中国艺术研究院基本科研业务费项目

项目编号 2017-3-2

"人民艺术家"王大化生平与创作研究

陈越 编

人民艺术家 王大化
创作集

文化艺术出版社
Culture and Art Publishing House

图书在版编目（CIP）数据

人民艺术家王大化创作集 / 陈越编 . —北京：文化艺术出版社，2022.4
ISBN 978-7-5039-7231-7

Ⅰ.①人… Ⅱ.①陈… Ⅲ.①中国文学—当代文学—作品综合集 Ⅳ.①I217.1

中国版本图书馆CIP数据核字（2022）第056582号

人民艺术家王大化创作集

编　　者	陈　越
责任编辑	刘　颖
责任校对	董　斌
书籍设计	楚燕平
出版发行	文化藝術出版社
地　　址	北京市东城区东四八条52号（100700）
网　　址	www.caaph.com
电子邮箱	s@caaph.com
电　　话	（010）84057666（总编室）　84057667（办公室） 　　　　　84057696—84057699（发行部）
传　　真	（010）84057660（总编室）　84057670（办公室） 　　　　　84057690（发行部）
经　　销	新华书店
印　　刷	国英印务有限公司
版　　次	2023年6月第1版
印　　次	2023年6月第1次印刷
开　　本	710毫米×1000毫米　1/16
印　　张	37.25
字　　数	360千字
书　　号	ISBN 978-7-5039-7231-7
定　　价	168.00元

版权所有，侵权必究。如有印装错误，随时调换。

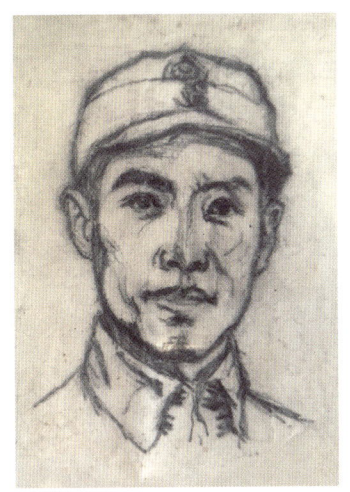

王大化
（1919.6.13—1946.12.21）

《马门教授》剧照

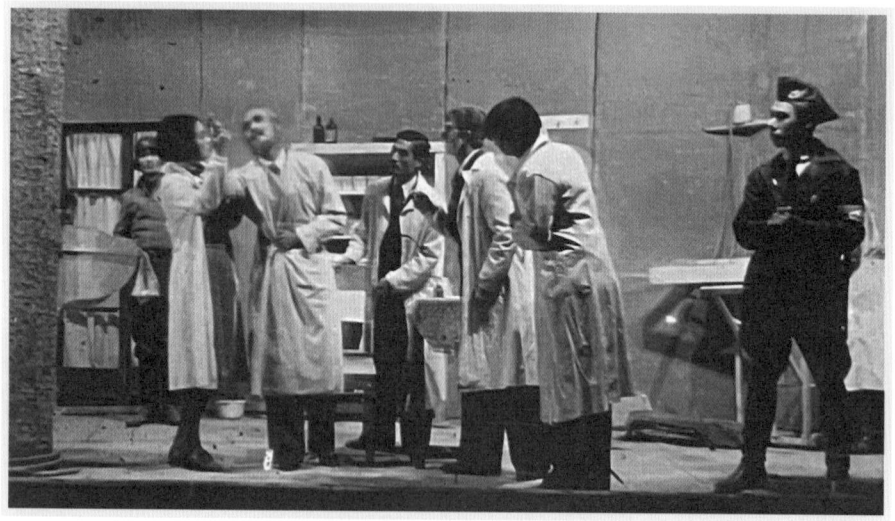

《马门教授》剧照

《神手》剧照

《拥军花鼓》剧照

《拥军花鼓》剧照

《兄妹开荒》剧照

《兄妹开荒》剧照

《兄妹开荒》剧照

《兄妹开荒》剧照

《兄妹开荒》剧照

《张丕谟锄奸》剧照

《张丕谟锄奸》剧照

《周子山》剧照

《粮食》剧照

《前线》剧照

《赵富贵自新》剧照

《赵富贵自新》剧照

《赵富贵自新》剧照

以上剧照（依照首次演出时间排序）均由王大化次子王盟盟先生提供，特此致谢！

西满革命烈士陵园内王大化墓碑（正面）

人民艺术家王大化的生平与创作
（代前言）

一、"王大化"是谁：从《辞海》"王大化"词条的内容变迁说起

王大化是谁？当下，除了文学和艺术领域的专家学者及学生，知道他的人可能不多了，知道的，可能会立即想起秧歌剧《兄妹开荒》。"哦，就是那个写《兄妹开荒》的"，或者，"哦，就是那个演《兄妹开荒》的"。

确实，"王大化"这个名字是与著名的秧歌剧《兄妹开荒》紧密相连的，但他的贡献与影响并不仅限于此，还有一个经历更为丰富、轮廓更为饱满、形象更为光辉、才能更为多样的王大化。可以说，从他在北平投身"一二·九"学生运动起，年仅16岁的他就以左翼文艺青年的身份自觉加入时代进步潮流中了，到革命圣地延安后，在戏剧表演上崭露头角的他，以文艺先锋的角色汇入新秧歌创作与演出的艺术浪潮中，创作和演出了以《兄妹开荒》为代表的众多秧歌剧，在艺术民族化上做出了重要的贡献，成为延安家喻户晓的"明星"和边区的文教英雄。

简言之，王大化是当之无愧的"人民的艺术家"，也是在当下有待重新深入认识的优秀革命文艺工作者。让我们先从不同时期出版的《辞海》艺术分册中的"王大化"说起吧。

1961年版《辞海》试行本的艺术分册如此表述：

我国新歌剧创始人之一。著名演员，中国共产党党员。山东潍县人。抗日战争时期在延安从事戏剧工作。1942年参加延安文艺座谈会后，深入生活，向民间艺术学习；并积极参与新歌剧运动。是新歌剧《白毛女》首次演出的导演之一，

并在秧歌剧《兄妹开荒》中成功地塑造了青年农民的形象。①

1980年版《辞海·艺术分册》的内容略有调整：

演员。中国共产党党员。山东潍县人。抗日战争时期在延安从事戏剧工作。1942年延安文艺座谈会后，深入生活，向民间艺术学习，致力新歌剧运动，是《白毛女》首次演出的导演之一；在秧歌剧《兄妹开荒》的创作和演出中成功地塑造了翻身农民的形象。②

1988年版《辞海·艺术分册》的内容如下所示：

演员、木刻家。山东潍县人。早年曾在南京国立戏剧学校学习。1936年参加中国共产主义青年团，不久转为中国共产党党员。抗日战争爆发后曾在成都从事木刻创作，并任中共成都区委书记。1939年赴延安从事戏剧工作。1941年任鲁迅艺术文学院戏剧系教员。1942年延安文艺座谈会后，深入生活，向民间艺术学习，致力新歌剧运动，是《白毛女》首次演出的导演之一；在秧歌剧《兄妹开荒》的创作和演出中成功地塑造了翻身农民的形象。1945年赴东北解放区从事文艺工作。翌年因车祸去世。③

1961年版的词条主要强调了王大化在延安从事戏剧工作，在参加延安文艺座谈会后，深入生活，向民间艺术学习，积极参与新歌剧运动，并从"新歌剧《白毛女》首次演出的导演之一"和"在秧歌剧《兄妹开荒》中成功地塑造了青年农民的形象"这两个方面简要概括了他在戏剧方面的成就与贡献。相比1961年版的表述，自1980年版起，可能为了表述更为客观起见，删去了"我国新歌剧创始人之一"及演员前的"著名"二字，关于《兄妹开荒》的内容也有所修订，那就是将创

---

① 《辞海（试行本）·第11分册·艺术》，中华书局1961年版，第47页。
② 《辞海·艺术分册》，上海辞书出版社1980年版，第88页。
③ 《辞海·艺术分册》，上海辞书出版社1988年版，第119页。

作与演出相提并论，强调王大化不仅是首演者，更是创作者，这自然更为准确。更为突出的是将此前的"成功地塑造了青年农民的形象"改为"成功地塑造了翻身农民的形象"，将"青年农民"这个较为一般化的表述变为"翻身农民"这个更具政治内涵的表述，自然是在强调作品中人物形象的阶级属性。在1988年的版本中，增加了有关王大化在国立戏剧学校学习、入团和入党以及抗战期间在成都的经历等生平事迹。

纵观这三个不同时期关于王大化的词条内容，在体会这些带有时代色彩的认识与表述上的差异之后，我们可以对王大化其人获得一个初步的认识。若从时代潮流中进步青年的文艺生涯这一角度来看待王大化，那么我们会发现，年仅27岁就不幸去世的这个年轻人，无论从党性觉悟还是从艺术素养来说，都堪称时代翘楚、青年楷模，他从左翼文艺青年成长为党的文艺工作者的经历也是具有典范意义的。当我们回顾他那短暂而又辉煌的一生时，总是不自觉地假想，若是天假其年，这个才华横溢的青年人该会为革命的人民文艺事业做出多少贡献啊！历史不能假想，在扼腕叹息的同时，我们有责任也有义务让更多的人了解王大化，因为了解越多，你就会越发认识到，他是值得我们感佩和尊敬的，理应为我们所缅怀与铭记。

二、从家乡到赴北平（1919—1936）：在时代风雨中成长的王大化

从山东省立第一实验小学到济南育英中学，入读艺文中学和参与北方"左联"活动、加入中国共产党与投身"一二·九"爱国学生运动

1919年6月13日（农历五月十六），王大化出生在山东潍县东关（今潍坊市奎文区），乳名为"制"，"意在抵制帝国主义的侵略，抵制日货"[1]，曾用笔名端木炎、炎、韦静之、韦路、路韦、丁，因其曾学习拉丁化新文字[2]，木刻作品多署名

---

[1] 任颖：《人民的艺术家王大化》，《新文化史料》1998年第2期，第58页。
[2] 王大化在济南育英中学的同学姚黎民曾在《关于王大化同志生平的情况说明》（未刊稿、标题为编者代拟）中提及"我到北平后，大化教我学拉丁化新文字，几乎每周两次我俩用拉丁化〔新文字〕写信"。

"D.X."①。

王大化的家庭是当地的书香门第。他的外祖父杜佐宸（字紫庭，1859—1935）于清末加入同盟会，系潍县早期革命党人，在当地提倡新式教育，积极创办私立学堂，曾被推选为潍县教育会会长，民国成立后，曾任荣城县民政长。②他的父亲王象五，1921年年初加入王尽美组织的山东共产主义小组，后为王尽美担任支部书记的中国共产党山东区支部成员。③他的兄长王大彤（1916—1966，笔名陈叔哲）1933年加入中国左翼作家联盟，1936年肄业于北平中国大学经济系，为"北平学联"负责人之一，参与领导了"一二·九"和"一二·一六"学生爱国运动，1936年1月加入中国共产党，后任北平民族先锋队西城区总务、中共北平东城区委书记等④，是王大化最初走上革命道路的领路人。

1924年，因父亲应邀赴青岛四方铁路小学任教，王大化与哥哥随父母到青岛。⑤1926年，因父亲应时任山东省教育厅厅长何思源邀约，前往山东省教育厅任职，王大化与哥哥随父母迁居济南，住新东门外七家村。1927年，王大化进入山东省立第一实验小学读书⑥，在此认识了于增俊。王大化家乡的木版年画很有名，幼年时他就很喜欢在集市上看木刻艺人制作年画⑦，上小学期间，喜欢拓碑文、听凤阳花鼓。⑧

1931年8月，王大化进入济南育英中学（私立育英初级中学），为第十三级二班学生，家住"济南十亩园十二号"。⑨在校期间，与同级一班学生姚黎民相识，过从甚密，二人曾相率到南京参加山东学生"九一八"反蒋请愿运动。"上课不到

---

① 王景山在《回忆王大化师》（《新文学史料》2006年第2期）提到王大化所刻列宁头像"右下角刻着'D.X.'两个英文字母，就是拉丁化文字'大化'二字的简写"。
② 有关杜佐宸生平，参见宋伯良《同盟会员杜佐宸轶事》，载中国人民政治协商会议山东省潍坊市潍城区委员编《潍坊市潍城区文史资料》第1辑，1984年6月，第87—98页。
③ 参见丁涛《王尽美在济南师范》，载中国人民政治协商会议济南市天桥区委员会学习文史委员会编《天桥文史资料选辑》第1辑，1990年12月，第38、40页。
④ 参见济南市历下区编纂委员会编《历下区志》，中国广播电视出版社1992年版，第548页。
⑤ 参见宋伯良《人民艺术家王大化》，载中国人民政治协商会议山东省委员会文史资料委员会编《山东文史资料选辑》第26辑，山东人民出版社1989年版，第137页。
⑥ 参见政协潍坊市奎文区委员会、潍坊市奎文区档案局编《人民艺术家王大化》，中国文联出版社2015年版，第231页。
⑦ 参见政协潍坊市奎文区委员会、潍坊市奎文区档案局编《人民艺术家王大化》，中国文联出版社2015年版，第12页。
⑧ 参见刘晓玲《少年挚友记忆中的人民艺术家王大化》，《山东文学（下半月）》2009年第5期，第26页。
⑨ 参见《二十周年的济南育英中学》，1933年6月，第49、52页。

两周,'九一八'事变起,育英的学生大部分也掀起抗日爱国活动,大化也被他们班里推为代表。"11月初,与同学姚黎民、于国霖随山东省学生联合会领导下的济南市参加南京请愿的学生乘火车到达南京,参加学生的示威游行等活动,十天后山东学生被军警押送返回济南。① 从育英中学毕业后,1934年9月,王大化入读济南师范学校。②

在1934年的上半年,王大化结识了从南京来济南的凌子风,并成为好友。凌子风在济南停留一段时间后,前往南京报考当年刚成立的国立戏剧学校。③ 次年,王大化考上同一所学校,两人成为校友,再后来他们又在延安相聚,得以再续友情。

1935年秋,经兄长王大彤引荐,王大化转入北平艺文中学高中部就读。④ "那时正值'一二·九'学生救亡运动前夕,他在艺文中学开始接触进步思想,积极地参加了'一二·九'学生救亡运动。"⑤ 在校期间,王大化曾加入学校的"艺术研究会"⑥ 以及1934年重组后的"北平木刻研究会"⑦。据姚黎民回忆,"这时大化在南长街南口艺文中学艺术班读书(主要是自学,学校采用美国新教育制道尔顿教学法)。大化很满意这座学校,读了不少文学艺术书籍,自学木刻,交识了当时在北平从事木刻的刘岘","在艺文中学组织时事讨论会,他和崔作禄一道活动,通过与同学讨论时事,劝说学习拉丁化新文字"。⑧

在艺文中学期间,王大化还参与了北方"左联"的活动。据谷牧回忆,他在

---

① 参见姚黎民《关于王大化同志生平的情况说明》(未刊稿),第1—2页。
② 王大彤在王大化木刻作品《桥》的背面所写说明文字中,提及该作品"作于1935年春,时他在山东济南师范读书"。项堃在《步履维艰的从艺之路》(全国政协文史资料委员会《文史资料选辑》编辑部编:《文史资料选辑》第31辑,中国文史出版社1997年版,第15—16页)中明确提及王大化为其在济南师范读书时的同班同学。
③ 参见凌子风《风——凌子风自述》,二十一世纪出版社2015年版,第65—66页。
④ 艺文中学由高仁山创办,多篇有关王大化生平的文章写到王大化考入李大钊创办的艺文中学,实误。高仁山(1894—1928),曾留学日本和美国,回国后任北京大学教育系教授,他和李大钊一样,是被奉系军阀逮捕并杀害的。参见周川主编《中国近现代高等教育人物辞典》,福建教育出版社2018年版,第539页。
⑤ 陈叔哲(王大彤):《王大化同志小传》,《山东省志资料》1963年第1期,第1页。
⑥ 王大化:《艺术研究会报告》,载《艺文学生》编辑委员会编《艺文学生十一周年纪念特刊》,艺文中学学生自治会1936年4月17日出版,第82—83页。
⑦ 有关北平木刻研究会创办及重建的过程,详见李允经《北平木刻研究会和北方木刻运动》,《新文学史料》1984年第2期,第139—144页、第166页。
⑧ 姚黎民:《关于王大化同志生平的情况说明》(未刊稿),第3—4页。

1935年秋恢复党的关系后,就接受了谷景生布置的任务,要以办刊方式来重新组织文艺界力量,于是他参与创办了《泡沫》杂志[①],"以这个刊物为阵地,我们逐步与一些进步文艺刊物和进步青年发展了联系,如伍石甫、秦川办的《榴火》,路一办的《大路》(《世界日报》副刊),还有木刻家金肇野(《北平新报》副刊编辑)、王大化等人"[②]。1936年4月1日出版的《令丁》创刊号上刊登了王大化的木刻《在战壕里》及为雷金茅小说《被烙者群》所作木刻插图,这个刊物也是北方"左联"成员创办的。[③]

1935年12月9日,王大化参加了北平"一二·九"学生救亡运动。[④]1936年春,王大化加入共产主义青年团,当年七八月间转为中国共产党党员。据王大化的入党介绍人邓力群回忆,"大概是1936年七八月间,王大彤向我传达了党中央的一个通知。他说,党中央作出决定,撤销共青团的组织,以前入团的团员统统转为党员,不要候补期,团龄就是党龄","王大彤的弟弟王大化和表弟是艺文中学的学生。他们也入了团,这时也转党了"。[⑤]

1936年7月,王大化"因为在展览会上展出纪念郭清的木刻《抬棺游行》被宋哲元通缉,乃离平南下"[⑥],"回到山东,又上南京、上海跑了一趟"[⑦]。

三、从南京经长沙到四川(1936—1938):在抗战中经受锻炼的王大化

考入国立戏剧学校、参加救亡演剧与组织和参与重庆、成都的木刻运动

---

① 北平左联领导下的泡沫社于1935年8月4日成立,出版《泡沫》文艺周刊,内容以文艺作品为主,翌年二月停刊,详见《北方左翼文化运动资料汇编》,北京出版社1991年版,第687页。
② 谷牧:《谷牧回忆录》,中央文献出版社2009年版,第19页。
③ 参见朱金顺《北方"左联"领导下的一个小刊物〈令丁〉》(《中国现代文艺资料丛刊》第7辑,上海文艺出版社1983年版)、中共北京市委党史研究室编《北京革命史简明词典》(北京出版社1992年版,第361—362页)。
④ 陈叔哲(王大彤)在《王大化同志小传》(《山东省志资料》1963年第1期)中提及这一点,但具体情况不详。
⑤ 邓力群:《邓力群自述(1915—1974)》,人民出版社2015年版,第42—43页。王大化妻子任颖在《王大化生平事业简介》中称王大化"一九三六年三月加入共产主义青年团,同年四月参加中国共产党",详见山东省文化厅文史志办公室、潍坊市文化局史志办公室编《文化艺术资料汇编 第8辑 潍坊市〈文化志〉资料专辑》,1985年9月,第39页。
⑥ 陈叔哲(王大彤):《王大化同志小传》,《山东省志资料》1963年第1期,第1页。
⑦ 王大化:《〈木刻习作选〉序》,未名社印造,生活书店1938年版。按:王大化去南京很可能是报考1935年成立于南京的"国立戏剧学校",也很可能正是此次在上海期间加入了刘岘发起的未名木刻社。

1936年9月，王大化考入南京的"国立戏剧学校"，为该校录取的"旧制""正科生"。王大化在校学习美术及舞台装置，课余从事新文字工作。[1] 同班同学有项堃（原名王象坤）、石联星（石莲馨）、牧虹、骆文宏、石羽等。在校期间，他曾参加曹禺编剧并执导的《镀金》（又名《迷眼的沙子》）的演出[2]，还参加过讽刺喜剧《视察专员》[3]及《威尼斯商人》[4]等剧的剧务工作。

关于王大化在国立戏剧学校学习和生活的情形，他的同届同学骆文（即骆文宏）在回忆文章中曾有所提及，"我是1936年夏在南京国立戏剧学校报到处结识大化的"，"当地下学联组织鲁迅先生逝世追悼会之后，南京气氛越发险恶。大化和地下学联同志一起去农村演出、教歌。我们也把书籍、文字材料作了转移。其中有大化和群众通信的信稿，是用拉丁字写在日记本上的。我问过他，你新文字写得像天书，读不懂。他笑了，原来他是用潍县'瞎子语'（一种反切方法的土话）作了进步学运的斗争纪录"[5]。经由田汉介绍，王大化还加入了南京文化界救国会在国立戏剧学校组织的抗日救国团体，活动以歌咏、话剧为主，曾演出《放下你的鞭子》等话剧。[6]

1937年8月，"日军进攻上海，直逼南京，学校奉命用巡回演出的方式西迁。为了发挥戏剧宣传抗日的作用，在迁校途中组成战时巡回抗敌演出团，8—10月，演出团在长沙公演抗日剧目"[7]。王大化也参与到战时抗敌演出的活动之中。1937年11月27日，王大化参加李庆华执笔、曹禺导演的街头剧《觉悟》在长沙的首演。[8] 据王大化同校第三届学生李乃忱回忆，抗战全面爆发后，"剧专以巡回演出、

---

[1] 参见任颖《人民的艺术家王大化》，《新文化史料》1998年第2期，第58页。
[2] 参见项堃《步履维艰的从艺之路》，载中国人民政治协商会议全国委员会文史资料委员会《文史资料选辑》编辑部编《文史资料选辑》第31辑，中国文史出版社1997年版，第17页。
[3] ［英］米尔恩（A.A.Milne）等著：《"国立戏剧学校第七届公演"戏 自救 视察专员》，万家宝等译，国立戏剧学校，1936年，第6页。
[4] 国立戏剧学校：《国立戏剧学校第十三届公演（第一届毕业公演）莎士比亚的威尼斯商人》，梁实秋译，国立戏剧学校，1937年6月，第5页。
[5] 骆文：《呼啸的性格——记王大化同志》，《人民日报》1986年10月28日第8版。
[6] 参见南京市教学研究室、中共南京市委党史办公室编《南京乡土史》，江苏教育出版社1987年版，第234页。
[7] 中央戏剧学院编：《戏剧艺术家的摇篮：中央戏剧学院》，文化艺术出版社2012年版，第48页。
[8] 参见李庆华等《觉悟》，国立戏剧学校1937年12月初版（临时校址长沙稻谷仓）。

宣传抗战的方式，转移到湖南长沙"，王大化"组织学校、工厂的歌咏活动，唤起民众，支援抗日"，还曾领唱"苏联卫国战争时期的名曲"。①

1938年1月，国立戏剧学校奉命由长沙迁往重庆②，王大化与同届同学石联星一起到湘江码头为同学送行，他们留在长沙做群众工作。③很可能是在这个阶段，王大化因"不满'CC'特务头子张道藩专横跋扈把持剧校"，于是"毅然离校参加了洪深领导的演剧二队，活动于长沙、武汉等地"④，以至"包括时期自二十五年七月起至二十七年春季开学前为止"的《民国廿六年国立戏剧学校一览》将"旧制二年级正科生名录（应于二十七年七月毕业）"中王大化的名字标注为"中途退学"。⑤

在长沙期间，王大化结识了同校第三届学生刘友瑾（即刘厚生），两人坐木船前往重庆，后离开前往武汉，因武汉撤退又回到重庆。⑥在重庆期间，王大化结识了从上海来到重庆的流亡青年群体，其中有文学家何公超、金近，漫画家张文元、黄尧、张同与王乐天等。⑦由同学江村、孙坚白、骆文宏、万流等人介绍，结识殷野。⑧

1938年4月，上海业余剧人协会到达成都，成都剧社与其合并。⑨据殷野回忆，正是在1938年的4月，"他（指王大化——引者注）和江村因不堪那难言的冷遇和歧视，经过贺孟斧先生介绍，去成都加入'上海业余剧人协会'。在'业余'期间，他担任了好几个戏的舞台设计，任劳任怨，毫无一点艺术家的架子，跟舞台工人们一同生活一道工作，深得工人们的爱戴。同时，他也是一个好演员，在国立剧校巡回苏皖鄂赣等省演剧宣传的时节，他那真挚动人的表演，曾感动了千百万人民"⑩。在上海业余剧人协会期间，除了承担舞台设计的工作，王大化还在陈白尘

---

① 李乃忱：《给王大化塑像》，《戏剧电影报》1989年第49期第2版。
② 参见中央戏剧学院编《戏剧艺术家的摇篮：中央戏剧学院》，文化艺术出版社2012年版，第48页。
③ 参见李乃忱《给王大化塑像》，《戏剧电影报》1989年第49期第2版。
④ 任颖：《人民的艺术家王大化》，《新文化史料》1998年第2期，第58页。
⑤ 《民国廿六年国立戏剧学校一览》，1937年，第78页。
⑥ 参见刘友瑾《悼王大化》，《文汇报》1947年2月10日第7版。
⑦ 参见王乐天《缅怀人民艺术家王大化》，《人民政协报》1993年2月18日第4版。
⑧ 参见殷野《悼念大化！》，《新华日报（重庆）》1947年2月14日第4版。
⑨ 参见郑国民《上海影人剧团在成都》，《成都新文化文史论稿》第1辑，成都市文化局，1993年，第8页。
⑩ 殷野：《悼念大化！》，《新华日报（重庆）》1947年2月14日第4版。

的《金田村》中饰演过烧炭工人。① 另据李乃忱回忆，受王大化影响，江村、牧虹、石羽也先后加入了该协会，此后牧虹由王大化介绍去了延安。②

在成都期间，王大化曾为《星芒报》（1938年4月5日创刊）③ 和《战时学生（旬刊）》等报刊创作木刻作品，为四川大学学生组织成立的抗敌宣传第二团（1938年二三月间成立）戏剧股的排练提供指导④，负责"战时学生旬刊社"木刻组的工作，为歌咏组教唱歌曲，参演戏剧组的话剧，并在社里组织的公开欢迎军训同学归来的欢迎会上演唱苏联歌曲。⑤

成都战时出版社是我党一个秘密活动据点，王大化曾到该社组织的"图书业同人联谊会"进行政治学习辅导，并为业余性质的"图书业工人歌咏团"开展"晨呼队"等经常性的宣传活动提供歌唱指导。⑥

为推广木刻艺术，团结教育青年，王大化创办了木刻训练班⑦，还参与筹建了中华全国木刻界抗敌协会成都会员座谈会分会，成员有郭钧（郭荆荣）、何以、秦威、方菁、王朝闻、张漾兮等。⑧

王大化担任成都北区区委委员期间，在四川省立戏剧音乐学校短暂划归北区区委领导的阶段（1938年8月到11月），曾受组织委派，到该校接转党员关系，建立党小组。⑨

"1938年11月，由于党的工作需要，王大化离开成都去重庆。1939年，在重庆与黄铸夫、丰中铁等人主持了中华全国木刻界抗敌协会重庆分会的会务工

---

① 参见任耕《王大化在蓉二三事》，《成都日报》1980年5月22日第3版。
② 参见李乃忱《给王大化塑像》，《戏剧电影报》1989年第49期第2版。该文称王大化到重庆参加了上海业余剧人协会，不确。
③ 胡绩伟：《初上笔阵——回忆成都办报时期》，载《新闻工作论说集》，工人出版社1989年版，第16页。
④ 参见张善熙《记成都市学生抗敌宣传第二团》，《武侯文史》第5辑，1996年1月，第87页。
⑤ 参见罗宗用整理《余明局同志谈四川青年救国联合会——一九八四年六月在杭州访问的录音》，载《成都文史资料选辑》第九辑"纪念抗日战争胜利四十周年专辑之一"，中国人民政治协商会议四川省成都市委员会文史资料研究委员会，1985年8月，第7页。
⑥ 参见傅登瀛《成都益民书店与战时出版社》，载中国人民政治协商会议成都市委员会政协文史资料研究委员会编《成都文史资料》1988年第3辑，第91—93页；杨用之《回忆"晨呼队"》，载成都市总工会工人运动史研究组编《成都工人运动史资料》第2辑，1983年10月，第120页。
⑦ 参见任耕《王大化在蓉二三事》，《成都日报》1980年5月22日第3版。
⑧ 参见丰中铁《"人民艺术家"王大化》，载高朴实等主编《巴蜀述闻》，上海书店出版社1992年版，第25—27页。
⑨ 中共郫县县委党史工委办公室：《抗战初期的四川省立戏剧音乐学校》，《成都党史资料通讯》1985年第9期，第17页。

作"①。据丰中铁回忆，由于其负责的中华全国木刻界抗敌协会缺乏专职工作人员，于是1939年年初，南方局将王大化调去重庆。②

在重庆期间，王大化曾在位于江北县的上海大夏大学附设中学担任音乐教员，后因1938年下半年"驱逐汉奸孔繁迪"的学生运动而被迫离开。③1939年3月，王大化到重庆复旦中学任音乐教员，并受组织委派，领导复旦中学地下党支部在"复活歌咏队"的基础上创建学生进步组织"复活社"，担任歌咏队指挥，并为学生排演洗群的话剧《反正》。其间，他与时为学生的曾卓相熟，后者感念两人交往所产生的友谊，于当年11月末写下《寄D.X.——一个木刻工作者》。④

1940年5月，时任中国共产党重庆市工委组织部长的杨真写下《关于重庆市党的工作报告——组织机构和重要干部情况》，其中提道"王大化：艺人，善木刻，无时下'文化人'习气，工作积极，能力强。曾任成都区委，在渝后任城西区区委"⑤。

四、从重庆到延安（1939—1945）：成为优秀革命文艺工作者的王大化

演出话剧受关注与沿着《在延安文艺座谈会上的讲话》指引的道路，
投身新秧歌运动

1939年11月3日，王大化由重庆坐汽车经过重重封锁到达延安⑥，进延安马列学院（六、七支部）学习，改名为端木炎。⑦1940年，王大化先后参加了《母亲》《维也纳工人暴动》《马门教授》的演出。1941年2月，王大化参加边区美协的会

---

① 任颖：《人民的艺术家王大化》，《新文化史料》1998年第2期，第59页。
② 参见丰中铁：《"人民艺术家"王大化》，载高朴实等主编《巴蜀述闻》，上海书店出版社1992年版，第24—26页。
③ 参见姚大年、夏义筠《回忆我们在大夏附中的活动》，载中共江北县委党史工作委员会编《江北县党史资料汇编》第1辑 "抗日战争时期"，1985年8月，第65—66页。
④ 参见曾卓《王大化在重庆复旦中学》，载《曾卓文集》第2卷，长江文艺出版社1994年版，第471—476页。
⑤ 中央档案馆、四川省档案馆编：《四川革命历史文件汇集（市委、中心县委文件）1938年11月—1940年》，1987年11月（封面所署日期），1988年12月（版权信息），第149页。
⑥ 参见《大化日记（五）》，《知识》1947年第5卷第5期，第33页。
⑦ 参见任颖《人民的艺术家王大化》，《新文化史料》1998年第2期，第59页。

员大会，当选为执委①，在美术研究部门美术工场曾短暂工作了一段时间。②

由于《马门教授》的成功演出，1941年4月中央组织部决定将王大化从马列学院调到鲁迅艺术文学院戏剧系担任朗诵教员，同时兼任鲁艺实验剧团演员。③ 也就是从此时开始，王大化表示："我将永远担任演员工作了，木刻就作为我业余的创作吧！"④ 自1941年7月起，到1942年年底，王大化先后参加了《七七大活报》《工人之家》《海滨渔妇》《我们的指挥部》《神手》等剧的演出。1941年10月6日，王大化当选为鲁迅艺术学院实验剧团新成立的团务委员会委员。⑤

1942年4月，延安开始全面整风，4月3日，中共中央宣传部发出《关于在延安讨论中央决定及毛泽东同志整顿三风报告的决定》(《解放日报》1942年4月7日第1版)，5月2、16、23日，延安文艺座谈会召开，5月30日，毛泽东又到鲁艺作报告。关于王大化是否参加了延安文艺座谈会这个问题，目前还难有定论，就编者目前所见研究成果，《延安文艺运动纪盛（1937年1月—1948年3月）》等书所列参会人员名单中均无王大化的名字。而《延安革命史画卷》等著作及论文《关于延安文艺座谈会出席人员的考证》，则认为王大化在参会人员之列。⑥ 王大化去世后的相关报道⑦和悼念文章⑧中也曾提及王大化参加延安文艺座谈会。王大化妻子任颖在《回忆王大化（革命回忆录）》中提到王大化"听了讲话之后，在思想上起了很大的变化，他激动，他兴奋，他深深地去体会毛主席讲话的精神"⑨。对于中国现代木刻史素有研究的李允经指出参加了延安文艺座谈会的木刻作家除了江丰、沃渣、胡一川、张望、马达、力群、刘岘、陈铁耕之外，还有古

---

① 《美协举行会员大会》，《新中华报》（第209号）1941年3月2日第3版。
② 参见戚单《在鲁艺工作、学习、劳动》，载孙新元、尚德周编《延安岁月：延安时期革命美术活动回忆录》，陕西人民美术出版社1985年版，第457页。
③ 参见任颖《人民的艺术家王大化》，《新文化史料》1998年第2期，第60页。
④ 任颖：《回忆王大化（革命回忆录）》，《北京文学》1962年第5期，第14页。
⑤ 此内容出自《鲁迅艺术学院术字第34号通告》，转引自艾克恩编纂《延安文艺运动纪盛（1937年1月—1948年3月）》，文化艺术出版社1987年版，第285页。
⑥ 据王盟盟先生所提供的山西武乡八路军太行纪念馆中的"毛泽东、朱德等接见参加延安文艺座谈会代表时的合影"，其文字内容明确写有"第六排左起：张望、胡一川、李又然、童大林、王大化"。
⑦ 《百余战友引村 齐市各界代表追悼王大化同志 仪典极尽哀荣》，《东北日报》1947年1月18日第2版。
⑧ 东北文艺工作团：《悼大化同志》，《东北日报》1947年1月19日第4版"追悼人民艺术家王大化同志特刊"。
⑨ 任颖：《回忆王大化（革命回忆录）》，《北京文学》1962年第5期，第14页。

元、罗工柳和王大化。① 虽然我们现在无法确定王大化是否参加了延安文艺座谈会，但我们可以明确看到，像在延安的很多文艺工作者一样，他真正领会了毛泽东《在延安文艺座谈会上的讲话》的精神，并在其指引之下，重新出发，开辟了新的局面，也取得了更大的成就。

据王大化在鲁艺的同事和朋友王家乙的回忆，在延安文艺座谈会召开后，"王大化和我们这些演员，分别到农村向群众学秧歌、腰鼓、旱船、赶毛驴等广场演出节目。10月期间陆续回到鲁艺后，全院联合组织起了第一支大秧歌队"②，这支秧歌宣传队在随后的文艺活动中大放异彩，1943年的新年和春节期间，王大化、李波演出《拥军秧歌》和《兄妹开荒》（初名《王小二开荒》），引起了轰动，他们两人也成为备受瞩目的文艺工作者，在延安四处演出的过程中赢得了广大群众的赞扬和喜爱。萧三在《可喜的转变》中特意提及："王大化、李波演的第一次打花鼓，第二次演《王小二开荒》，尤其是众口同声所称赞的、最成功的节目。"③

在《兄妹开荒》成功演出之后，1943年3月25日，王大化在鲁艺完成《从〈兄妹开荒〉的演出谈起——一个演员创作经过的片断》，这是他基于自身对《在延安文艺座谈会上的讲话》精神的理解，以及亲身参与创作与演出的体会，所写出的一篇重要的创作谈，堪称新秧歌运动中的重要文献。一个月后，《解放日报》分两次（4月25日、26日）连载了"街头秧歌剧"，署"王大化、李波、路由集体编剧，路由写词，安波配曲"，4月26日同版还刊出了《从〈兄妹开荒〉的演出谈起——一个演员创作经过的片断》，该文后被同年7月5日出版的《新华日报（重庆）》第4版转载，并改题为《一个秧歌剧演员的创作经验谈》，正文前的编者按语称："这一篇是演出《兄妹开荒》的演员自述，从这里我们可以看到一个艺术民族化的实例。"

---

① 参见李允经《论抗战版画——〈中国抗战版画选集〉前言并纪念抗日战争胜利七十周年》，《鲁迅研究月刊》2015年第1期。
② 王家乙:《王大化在延安》，载政协潍坊市奎文区委员会、潍坊市奎文区档案局编《人民艺术家王大化》，中国文联出版社2015年版，第64—65页。
③ 萧三:《可喜的转变》，《解放日报》1943年4月11日第4版。

1943年夏，王大化随演出队去南泥湾三五九旅慰问演出①，自9月到11月，先后创作了《赵富贵自新》《张丕谟锄奸》《二流子变英雄》，并饰演其中的主角。

1943年11月27日，中共中央西北局宣传部召开会议，欢送延安各剧团下乡工作。12月2日，鲁艺工作团离开延安，团长为张庚，副团长为田方，成员有包括王大化在内的42名文艺工作者。此次下乡历时四个多月，鲁艺工作团走遍绥德、米脂、佳县、吴堡、子洲等许多城镇乡村②，"主要做的是宣传工作，宣传工作中又以演秧歌为主"③。此次下乡过程中，王大化参与排演了郿鄠、秦腔、民歌等改编的大型歌剧《血泪仇》，并饰演剧中主角王东才，还与水华、贺敬之、马可等集体创作了《惯匪周子山》，并饰演剧中的农民领袖马红志。④《惯匪周子山》后来被边区文协评为一等奖⑤，王大化有关该剧的创作谈《申红友同志给我们上了第一课——秧歌剧〈周子山〉排演过程中的一点经验》也在1944年6月9日出版的《解放日报》第4版上发表了。

1944年9月至11月，王大化先后参加了话剧《前线》《粮食》的排练和演出，分别饰演剧中的奥格涅夫和县长等角色。

1945年1月3日，王大化与马可、任虹、瞿维、凌风（即凌子风）、牧虹等一起"'晋级'为'教员'"⑥。1月13日，边区群英大会举行颁奖典礼，王大化名列"文教补奖名单"，获颁"个人甲等奖"。⑦

1945年上半年，王大化的主要工作是与王彬（后改名王滨）、舒强等一起导演民族歌剧《白毛女》⑧，6月10日，歌剧《白毛女》为庆祝党的第七次全国代表大会进行了首演，毛泽东同志、全体中央委员和七大代表观看了演出。⑨

---

① 参见任颖《人民的艺术家王大化》，《新文化史料》1998年第2期，第60—61页。李波在《片断的回顾》中提道："春耕时节，我们到南泥湾慰问了三五九旅。"（《新文化史料》，1985年第2期，第34—42页）
② 参见艾克恩编纂《延安文艺运动纪盛（1937年1月—1948年3月）》，文化艺术出版社1987年版，第470页。
③ 张庚：《鲁艺工作团对于秧歌的一些经验》，《解放日报》1944年5月15日第4版。
④ 参见任颖《人民的艺术家王大化》，《新文化史料》1998年第2期，第61页。
⑤ 参见崇基（艾思奇）《〈惯匪周子山〉》，《解放日报》1944年5月15日第4版。
⑥ 马可：《马可选集 七 日记卷》（上），人民音乐出版社2017年版，第752页。
⑦ 《众英雄光荣受奖》，《解放日报》1945年1月14日第1版。
⑧ 参见张庚《歌剧〈白毛女〉在延安的创作演出》，《新文化史料》1995年第2期，第6页。
⑨ 参见艾克恩编纂《延安文艺运动纪盛（1937年1月—1948年3月）》，文化艺术出版社1987年版，第603页。

五、转战东北及长眠黑土地(1945—1946)：王大化的英年早逝

从城市到农村，从后方到前线，足迹遍布东三省

1945年8月24日，延安文化界在区交际处为即将开赴各解放区的延安文艺工作团举行欢送会，该团第一团四十余人，由舒群率领，第二团五十余人，由艾青率领，周恩来、彭真、边区政府主席林伯渠莅会并讲话，丁玲致开幕词。①舒群率领的这个团实际上是一个文艺工作队，隶属于挺进东北干部团工作队，编号为第八中队，王大化就是其中的成员。9月2日，王大化所在的工作队由延安出发，徒步横跨了陕西、山西、河北、热河、辽宁五省，于10月底抵达沈阳。②自9月2日至10月21日，王大化写有行军日记，记录了自己沿途的经历和见闻。

11月2日，到达沈阳后"东干团"八中队解散，舒群、田方及美术、文学方面的同志纷纷接受新的工作任务而离开。剩下的戏剧、音乐方面的同志在东北局宣传部凯丰的领导下，正式成立了东北文艺工作团。沙蒙任团长，王大化担任戏剧队长(后改为组训部部长)、团委委员。③到沈阳后不久，东北文艺工作团即打出"中国共产党辽宁省工委东北文艺工作团近期公演"的横幅，到街头去宣讲，王大化与同事杜粹远演出了《锯大缸》。④11月7日，东北文艺工作团在沈阳中苏文化协会协助下，在剧场演出由王大化导演的活报剧《东北人民大翻身》和话剧《粮食》。在沈阳期间，王大化还与李江、谢廷宇、刘炽、天蓝、雷加等人参与了最后由公木执笔的《东方红》歌词的修订。⑤此后因形势发生变化，工作团于12月初撤离沈阳，辗转本溪、鞍山、辽阳等地，深入农村、工矿、部队驻地。⑥

1946年3月14日，东北文艺工作团奉中共东北局的命令抵达大连⑦，团长沙

---

① 《延安文化界欢送文艺工作团上前线》，《解放日报》1945年8月25日第2版。
② 参见董兴泉《舒群年谱》，载董兴泉编《舒群研究资料》，春风文艺出版社1988年版，第36页。
③ 参见任颖《人民的艺术家王大化》，《新文化史料》1998年第2期，第62页。
④ 参见颜一烟《忆"东北文艺工作团"》，《社会科学战线》1984年第3期，第204—205页。
⑤ 参见高昌《公木传》，广东人民出版社2008年版，第354页。
⑥ 参见任颖《人民的艺术家王大化》，《新文化史料》1998年第2期，第62页。
⑦ 参见颜一烟《〈血泪仇〉改编的前前后后》，《新文化史料》1995年第6期。

蒙、支部书记韩地、秘书长张平,团员有王大化等十余人,他们以文艺团体应大连中苏友好协会邀请来连演出的名义进行革命的新文艺宣传工作,东北文艺工作团在大连期间通过演剧、编辑出版、开办讲座等多种形式的活动[①],极大发挥了革命文艺的作用,其成绩得到了高度的认可[②],在此过程中王大化做了大量的工作,切实发挥了模范带头作用。[③] 1946年8月24日,王大化随东北文艺工作团离开大连,前往辽东地区演出,又去辽南前线慰问东北民主联军,因形势变化,随团由安东(今丹东)借道朝鲜,过图们江北上,调到北满。[④] 12月2日,在全团一年来模范工作者选举大会上,王大化被选为特等模范工作者。[⑤] 12月9日下午,王大化到达兴山(今鹤岗)东北电影制片厂,见到久别的爱人、孩子。12月11日黎明又匆忙赶赴齐齐哈尔东北文工团,此时"团委决定趁春节这个机会,把西满的新秧歌运动开展起来。于是,组织了两个小组,深入到西满农村中去,向农民学习,体验生活,搜集材料,创作新秧歌剧的剧本"。12月19日中午,王大化率领其中一组,从齐齐哈尔出发,前往讷河,行至拉哈附近时,因道路坎坷,卡车剧烈颠簸,坐在车尾部的王大化被甩了下去,头部着地,身受重伤,送往讷河医院后,抢救无效,不幸牺牲。[⑥]

关于王大化牺牲的原因和经过,亲历整个过程的颜一烟在另外一篇文章中有过更为详细的描述:

> 我们搭乘的是商业部门运棉、布的大卡车。棉、布堆得很高,已经超过了车箱挡板,大化同志一边扶着同志们往棉、布包上爬,一边嘱咐着:"往中间坐。边上危险!"我们都上去了,他还不放心,叫我们靠驾驶楼坐,并且给同志们弄个窝窝坐得稳,然后又用行李给塞塞两旁。搭车的还有其他不相识的旅客,大化同

---

① 详见《东北文艺工作团在连工作简单报导》,《新生时报》1946年8月25日第4版。
② 参见韩光《革命文艺的作用——忆原东北文工团在大连的演出》,《大连日报》1983年1月1日第3版"星海"副刊第1期。
③ 详见颜一烟《哭大化》,《西满日报》1947年1月12日第4版"人民艺术家王大化同志追悼特刊"。
④ 参见吕明辉《朝鲜支援中国东北解放战争纪实》,白山出版社2013年版,第224页;李葆华《人民艺术家王大化》,《齐齐哈尔社会科学》1985年第4期。
⑤ 《大化日记》(续完),《知识》1948年第5卷第6期,第34页。颜一烟《忆王大化同志》《新文化史料》1990年第2期)提道:"1946年秋末,东北文艺工作团到了哈尔滨,总结在大连工作的大会上,大化同志以全票当选为一等模范工作者。"
⑥ 参见颜一烟:《忆"东北文艺工作团"》,《社会科学战线》1984年第3期。

志也叫他们靠里边坐，他自己则坐到边上。他明知道边上危险，可是他却把安全的地方让给了别人！那时东北农村没有公路，天寒地冻，道路坎坷不平，汽车猛颠，坐在车尾部的大化同志就被甩下去了。①

相比颜一烟的回忆，柳青基于王大化的日常品质所作的"推测"则更令人动容：

当我看到日报上登载新华社所发的讣告时，我反复反复读了好多遍，我才想开了一点，原来大化还是死于他优良的革命品质！按电讯说，他率领的工作队完成任务返回时，从汽车上摔下去重伤致死。我想他们坐的不是小车，否则摔不下去，但即是一队人坐在大板车上，为什么唯独一个领导者坠车了呢？我也坐过大板车，见过有人为了占好位置用高音吵得面红耳赤。大化，你是领导者，不坐在机师旁边，也不坐在靠里一点的地方，为什么自己挤在尽边被摔下去碰死自己呢？我明白了，我从你平素的作风知道你致死的原因。②

王大化因伤重不治，于1946年12月21日下午7时50分在讷河陆军医院逝世③，不久《西满日报》《黑龙江日报》《东北日报》《解放日报》《大连日报》《人民日报》等报刊先后发布了王大化逝世及东北各地举行追悼活动的消息。《西满日报》《大连日报》《新生时报》《东北日报》《牡丹江日报》《黑龙江日报》等报刊还推出了追悼和纪念王大化的专刊，发表了王大化的战友、同事以及朋友颜一烟、华君武、柳青、张庚、吕骥、钟敬之、李伯钊、李波、韩冰等人表达追悼与怀念之情的诗文。时任中共中央东北局宣传部长的凯丰先后写下挽词"大化同志千古 人民的艺术家"（《西满日报》1947年1月12日第4版"人民艺术家王大化同志追悼特刊"）、"悼王大化同志 人民的艺术家"（《东北日报》1947年1月19日第4版"追悼人民艺术家王大化同志特刊"），1947年6月14日，时任辽北省政府主席的阎宝航写下《王大化同志墓志》，高度评价了王大化短暂然而光辉的一生。

---

① 颜一烟：《忆王大化同志》，《新文化史料》1990年第2期，第62—63页。
② 刘东园（柳青）：《冰雪中悼大化》，《新生时报》1947年1月18日第4版"纪念王大化先生专刊"。
③ 《人民艺术工作者王大化同志坠车逝世》，《西满日报》1946年12月31日第1版。

六、从文教英雄到人民艺术家：革命文艺工作者的典范王大化

"1942年以后到过延安的人，没有不知道王大化的"[①]，这是著名戏剧理论家张庚在《回忆王大化同志》中所说的话。如果说在参演《马门教授》等话剧的阶段，王大化以其精湛的演技引发的关注和好评还只限于延安文艺界这个小圈子，那么随着《拥军花鼓》《兄妹开荒》的流行，王大化不期然地"成了老百姓中间的明星"。他以毛泽东《在延安文艺座谈会上的讲话》精神为指引，凭借自身的艺术才华与辛勤努力，成为《兄妹开荒》所开启的延安新秧歌运动的杰出代表。"到东北后，是他革命生涯最高峰的一年，也竟成了他革命生涯最后的一年"[②]，在东北期间，王大化将延安新秧歌所体现的中国共产党革命文艺的先进性发扬光大，开辟了新的文艺战线，产生了更为深远的社会影响。

对于王大化在新秧歌运动和戏剧史上的贡献及其典型意义，王大化的战友、著名诗人贺敬之《在纪念人民艺术家王大化逝世四十周年大会上的讲话》中曾做出了精练而准确的评价：

> 王大化这个响亮的名字，在我们国家的文艺发展历史上，特别是在戏剧发展史上，占着非常重要的位置。他是40年代，特别是延安文艺座谈会之后，在解放区特别是在延安，为广大人民所熟悉，也是我们革命文艺工作者公认的最富有成就、最富创造性的戏剧表演艺术家。同时，他也是在当时和以后为国统区的进步人士和文艺界的朋友所欣赏的延安精神的形象代表，是延安革命艺术运动的象征。他的最主要功绩就是实践延安文艺座谈会的精神，在新兴的革命秧歌运动中，做了一名最勇敢的、最有成就的闯将，是从新秧歌发展到新歌剧过程中，在表演和导演的艺术创造上最主要的代表人物。应该说他是我们革命歌剧的奠基人之一。[③]

[①] 张庚：《回忆王大化同志》，《人民日报》1956年12月23日第8版。
[②]《王大化同志略历》，《东北日报》1947年1月19日第4版"追悼人民艺术家王大化同志特刊"。
[③] 贺敬之：《在纪念人民艺术家王大化逝世四十周年大会上的讲话》，载《贺敬之文集4》（文论卷·下），作家出版社2005年版，第199页。

这段基于历史事实的评价强调了王大化是实践延安文艺座谈会精神、开创新秧歌运动的"闯将",以及作为延安文艺精神形象代表的革命文艺工作者的身份,在今天看来,这两方面正是王大化的主要成就和贡献所在。应该说,王大化所参与创作和演出的《兄妹开荒》《赵富贵自新》《周子山》《血泪仇》等剧,一方面开启和引领了新秧歌剧创演的潮流,另一方面,也堪称这一潮流中比较优秀的作品,是具有典型意义的。自然,包括王大化在内的创作与演出团队在践行《在延安文艺座谈会上的讲话》精神,不断深化思想认识与逐渐提高表演艺术等方面也是经历了一个发展过程的,这一点从王大化本人所写的《从〈兄妹开荒〉的演出谈起——一个演员创作经过的片断》和《申红友同志给我们上了第一课——秧歌剧〈周子山〉排演过程中的一点经验》中就可以看出。同时,由于创作时间较短,能够精心打磨的机会和时间不多,这些作品在今天看来,难免会有各种不足。但我们也应该看到,在当时艰苦的条件下,这些年轻的文艺工作者以忘我的拼搏精神,夜以继日琢磨推敲,在艺术民族化上所做出的探索是勤恳的,所取得的成就是可喜的,这种探索的精神和劲头是值得今天的我们学习和借鉴的。更为重要的,是他们对党和人民所具有的热情以及身为革命文艺工作者的自觉,在创作中所发挥的积极作用。

正如张庚在谈到《兄妹开荒》时所指出的:

这一点成功,是经过摸索、改正缺点和反复推敲等辛勤的艺术劳动才得到的。那时的大化并不很熟悉农民,也不很熟悉秧歌的表演,他是凭着政治和艺术的热情进行了不疲倦的钻研才得来的。那正是学了毛主席《在延安文艺座谈会上的讲话》之后,延安的文艺工作者们深深感到自己的责任是要创造一种富于中国气派的、为老百姓所喜闻乐见的、能够表现当时当地人民的斗争、生产和学习的火热生活的艺术。大化就是为这种热情所鼓舞起来的青年艺术家之一。[①]

颜一烟曾说,王大化"是个优秀的共产党员,是个全才的艺术家,是个好的

---

① 张庚:《回忆王大化同志》,《人民日报》1956年12月23日第8版。

领导者"，"是人人敬爱的英雄"，①这是来自战友的褒扬，难免溢美之词。在王大化自己看来，他首先是一名共产党员，其次才是一名文艺工作者。"一个党的文化宣传工作者，不但是指你作品，而最主要的，你这个人就是党最具体的宣传品。"这是王大化日记中的一句话，充满朴实的力量，这是他个人的觉悟，也是他的境界的体现。他不仅从内心认同党员文艺工作者所应达到的高度，而且是以实实在在的工作来践行他的这一理想——做一名优秀的党的文艺工作者。在他看来，党的文艺工作者首先要加强自身的道德修养，发挥模范带头作用；其次是通过艺术实践，在具体的作品中发挥宣传教育的作用。

王大化的艺术成就和光荣业绩，已经超出了传统意义上的德艺双馨，而具备了现代的文化政治的内涵，他的革命意志贯穿于他的艺术实践之中，他的政治觉悟与他的文化素养和艺术活力是相辅相成的。正因为具备了这种政治觉悟和革命意志，他才不仅能够克服身体上的病痛，去完成一场场演出，创作一幅幅作品，而且能够在增强党性、提高修养等方面做出持久的努力。这一点在他留下来的日记中也多有记载。正如他的妻子任颖所说："大化也并不是没有缺点和弱点的人，他是小资产阶级青年学生出身，但是，他能够很忠实很顺从地听党的话，并有着一种坚韧刚毅和勇于正视缺点改正缺点的性格。他总给人一个强烈的感觉，那就是他能够为了党为了人民的艺术事业，要求自己不断地向前进，在火热的工作和斗争中忘掉个人！"②

今天，我们在回望王大化的人生经历和艺术成就的时候，不仅要重视他在艺术上的独特贡献，更要学习他作为我们党的优秀文艺工作者所表现出来的优良品质。我们纪念和缅怀他，不仅因为他是一名优秀的艺术家，多才多艺；更重要的是，他身为党的优秀文艺工作者所表现的工作态度和思想境界值得我们学习、继承、发扬。

人民艺术家王大化英年早逝，但他作为革命文艺工作者的风范长存！

---

① 颜一烟：《学习王大化同志》，《戏剧报》1957年第2期，第27—28页。
② 任颖：《回忆王大化（革命回忆录）》，《北京文学》1962年第5期，第19—20页。

目 录

剧 本

兄妹开荒（街头秧歌剧）／ 006

赶骡马大会（推小车）／ 013

去运盐（赶毛驴）／ 018

张丕谟锄奸（秧歌剧）／ 024

夫妻逃难（秧歌剧）／ 032

赵富贵自新（秧歌剧）／ 042

周子山（秧歌剧·五场）／ 060

李七哥搬家（秧歌小场子）／ 116

东北人民大翻身（活报）／ 122

捉特务汉奸（秧歌剧）／ 130

血泪仇（新型秧歌剧）／ 136

祖国的土地 ／ 219

我们的乡村 ／ 238

词　曲

胜利向前进 / 284

八一五 / 286

伸冤！报仇！/ 288

庆祝新年（一）/ 289

儿童节歌 / 290

儿童进行曲 / 291

庆祝新年（二）/ 292

欢迎阎宝航先生 / 293

秧歌剧《盼八路》（第一曲）/ 297

木刻、漫画

桥 / 308

愁 / 309

在战壕里 / 310

雷金茅小说《被烙者群》木刻插图 / 311

为《艺文学生十一周年纪念特刊》
　目录及各栏目所作插画 / 312

黎明 / 313

街头剧《觉悟》封面木刻 / 314

保卫我们的国土 / 315

冲向我们的敌人 / 316

守 / 317

游击队阵容 / 318

保卫和平 / 319

七七纪念 / 320

犯罪的羔羊 / 321

为宋之的《旗舰出云号》所创作的木刻 / 322

我们的铁肩队，冒了枪林弹雨为兄弟们输送 / 325

游击行列——长征时代 / 326

相率中原豪杰还我河山（《太平天国》插图之一） / 327

行军（一） / 328

工余的功课 / 329

鲁迅先生像 / 330

去当兵 / 331

守望（《八月的乡村》插图之一） / 332

行军（二）（《八月的乡村》插图之一） / 333

谨献给黛痕 / 334

纪念"七七"各党各派联合起来抗战到底！（存目）

游击行列——长征时代（存目）

"鞭策他们去送死"！ / 335

宋之的先生著《旗舰出云号》之封面（存目）

我们的铁肩队，冒了炮火为弟兄们抢运子弹（存目）

向敌人冲击！（存目）

工友和农友的握手！ / 336

高尔基的像 / 337

几张朋友的书票（一） / 338

几张朋友的书票（二） / 339

死的不是尸首，是新生种子 / 340

空袭后 / 341

迎接伟大的五一节！ / 342

夜会 / 343

雪夜行军 / 344

革命导师列宁的像 / 345

八月的乡村插图之一（存目）

哨岗 / 346

王乐天木刻肖像 / 347

无题木刻之一 / 348

套色连环木刻《阿Q正传》之一 / 349

新垦地 / 350

夜袭归来 / 351

行军（三） / 352

25000里长征 / 353

母亲（木刻连续画） / 354

延安宝塔山 / 357

睡着的战士 / 358

文工团演出途中 / 359

重庆风景线之一：所谓"言论自由" / 360

用美国武器向自己同胞"收复失地"
　　内战责任应该谁负 / 361

美国马歇尔和中国反派之阴谋 / 362

民主自由的新中国 / 363

危险 / 364

不可遏止的反内战洪流中的武装起义 / 365

暴露旧剧团 / 366

中国法西斯的本质 / 367

要不得的"戏剧家" / 368

《血泪仇》一场面 / 369

被损害与被污辱者 / 370

无题木刻之二 / 371

苏联红军押解德寇 / 372

无题木刻之三 / 373

无题木刻之四 / 374

疑似王大化创作木刻作品 / 375

散 文

屠格涅夫——"四十年代"作家研究之一 / 380

关于木刻的话 / 386

故都散记 / 388

艺术研究会报告 / 391

谈木刻 / 393

一幅木刻的创作过程 / 394

《木刻习作选》序 / 396

年青的木刻工作者,起来! / 398

《华西日报》"木刻专页"发刊词 / 399

木刻之作法 / 400

木刻之大众性 / 402

对我们新伙伴说的话 / 404

一年来的全国木刻界抗敌协会 / 405

木刻雕法谈 / 408

从《兄妹开荒》的演出谈起
　　——一个演员创作经过的片断 / 426

申红友同志给我们上了第一课
　　——秧歌剧《周子山》排演过程中的一点经验 / 433

方达生是怎样一个人？ / 440

关于《原野》的演出 / 442

可喜的转变　宝贵的收获
　　——关于戏剧讲座考试 / 443

戏剧艺术观 / 447

关于曹禺先生 / 452

介绍《黄河大合唱》 / 462

音乐的八一五
　　——《黄河大合唱》听后感 / 465

新秧歌运动中几个问题的商讨 / 469

观评剧《白毛女》有感 / 476

日 记

行军日记 / 482

大化日记 / 507

排演日记 / 539

附 录

附录一　《兄妹开荒》发表和出版情况简表 / 547

附录二　王大化去世后的新闻报道、讣告和略历及
　　　　追悼与怀念诗文篇目（1946—2009） / 552

附录三　王大化在延安和东北时期演出、创作与
　　　　导演的剧目 / 560

后 记 / 563

剧本

编者说明

本辑收录了编者目前所能找到的王大化独自创作及与人合作完成的全部剧本，其中大部分为集体创作，少量为个人创作及改编。原有曲谱的曲谱从略。

目前所见，最早刊出的王大化创作的剧本为《兄妹开荒》，这也是他的成名作和代表作。该剧最初演出的时候名为《王小二开荒》，1943年4月25日和26日《解放日报》连载时名为《兄妹开荒》。鲁艺秧歌队编、华北书店1943年5月出版的《新秧歌集》的附录中收有《王小二开荒》[1]，此后无论发表的版本还是出版的单行本、合集与选本，均名为《兄妹开荒》。[2]

继《兄妹开荒》之后，王大化在延安期间还与人合作了《赶骡马大会》《去运盐》《张丕谟锄奸》《夫妻逃难》《赵富贵自新》等众多剧本，后被收入《新秧歌集（二集）》。编者所见该书无版权页和出版时间，《生活·读书·新知三联书店图书总目1932—2007》收有"《新秧歌集（二集）》"，其简介为"鲁艺工作团编，华北书店1944年1月初版，107页，32开。收《保卫边区》（花鼓）、《边区好地方》（大秧歌）、《边区人民真喜欢》（旱船）、《刘二起家》（快板剧）、《张丕谟除奸》（秧歌剧）等11个剧本"。编者所见版本中，107页为正文页数，正文后附有一页"节目"，即全书目录，除上述简介中列举的5种之外，还有《打倒法西斯》（秧歌领唱）、《规劝自新》（花鼓）、《赶骡马大会》（推小车）、《去运盐》（赶毛驴）、《夫妻逃难》（秧歌剧）、《赵富贵自新》（秧歌剧）等6种。上海文艺出版社1979年11月出版的《中国现代文艺资料丛刊》第4辑复刊号中，刊出了中国戏剧家协会资料室编写的《1942—1945年解放区话剧歌剧编目（初稿）》，其中列出了王大化参与编写的歌剧、秧歌剧剧目《夫妻逃难》《兄妹开荒》《张丕谟锄奸》《周子山》《赵富贵自新》，以及归入其他部分的《推小车（赶骡马大会）》，其中《张丕谟锄奸》和《推小车》

---

[1] 参见王荣《延安文艺史料学》，中国社会科学出版社2021年版，第31、58页。
[2] 有关《兄妹开荒》历年发表及出版的情况，详见本书附录一。

注明被收入鲁艺文工团所编《新秧歌集（二集）》。

　　五场秧歌剧《周子山》的初版本系1944年8月由新华书店出版，署"作者：水华、王大化、贺敬之、马可；配曲：乐濛、张鲁、刘炽、马可"。音乐出版社于1958年5月出版了《周子山》重印本，该重印本为"现代音乐创作丛书（戏剧音乐）"之一种，署"水华、王大化、贺敬之、马可编剧；马可、乐濛、张鲁、刘炽配曲"，作者之一贺敬之为该新版撰有前言，提及"剧本写成在子洲（双湖峪）、绥德和吴堡的巡回演出过程中，其后在延安有多次演出。抗日战争胜利后，在延安及其他解放区也曾陆续有剧团演出过。剧本只在延安（1944年）出版过一次，以后一直没有重印过。此次重印只作了某些词句上的修改，并把一些不易为读者理解的陕北方言作了注解"，除此之外还收录了王大化、艾思奇、马可等人的三篇文章作为附录。丁毅、苏一平主编的《延安文艺丛书 第8卷 歌剧卷》（湖南人民出版社1985年版）收入了《周子山》，虽未署所据版本，据内容可知所据当为1958年重印本，该卷编者还写有后记，介绍《周子山》是延安鲁艺秧歌队于1943年冬至1944年春赴绥德分区工作期间，在秧歌剧基础上创作的一部较大型的歌剧。它就地取材，以真人真事为模型。同小秧歌剧相比，它不仅规模较大，且有较复杂的情节，并注重了人物性格的塑造，为后来的大型歌剧《白毛女》的创作，提供了有益的经验。该剧创作和演出于1944年春夏。在创作和排演过程中，曾得到许多陕北老红军的热情帮助，使它充满了生活气息和时代感，博得广大观众一致好评。《周子山》的音乐，是以陕北人民最熟悉的革命历史民歌和陕北道情为素材，使其具有浓郁的地方色彩和突出的性格特征，成为许多文工团、队的经常上演剧目，演遍了陕甘宁边区以至全国"。

　　王大化的遗物中有手写油印本《李七哥搬家》（内容不全）和《捉特务汉奸》，前者封面写有"1945年1月20日""王大化作""鲁艺工作团出版"字样，后者封面写有"陕北民间创作，王大化改编，东北文艺工作团印，一九四六，一，重印"字样。上文所说的《1942—1945年解放区话剧歌剧编目（初稿）》在歌剧、秧歌剧部分，列有《李七哥搬家（秧歌剧）》，注明"鲁艺秧歌队集体创作1945年演出"，很有可能这就是王大化参与创作的作品。

在东北期间，王大化与颜一烟合作写出了《血泪仇》和《祖国的土地》，前者为三幕十七场的新型秧歌剧，系改编自马健翎原创的同名秦腔剧，先后有大连新生时报社（1946年8月15日）和东北书店（1946年12月），以及中原新华书店（1949年2月）、苏南新华书店（1949年6月）等出版的多个版本；后者发表于1946年8月出版的《戏剧与音乐》创刊号，该刊系东北文艺工作团主编，大连中苏友好协会出版。《东北日报》1945年12月29日、30日、31日连载的活报剧《东北人民大翻身》，虽然署名为"东北文艺工作团集体创作"，但实际也是由他们二人主创。他们还与李牧共同执笔创作了《我们的乡村》，有大连大众书店（出版时间不详）和东北画报社（1946年11月15日）等出版的单行本。

除上述剧本之外，王大化与丁毅还合写过《二流子变英雄》（绥德新华书店出版）[①]，但《丁毅文集》中并未收录该剧本。王大化的妻子任颖女士在回忆文章中提及，抗日战争爆发后，王大化写过剧本《八百壮士》。[②] 编者未能查询到这两部剧作，只能暂付阙如，希望能够得到学界同行的指点和帮助，早日找到这两部剧作。

最后，对全书文字校订的情况略做说明，此后不再重复。

在尽量保持文献历史原貌的基础上，结合出版规范的具体要求，此次编辑文字内容，除将繁体改为简体，照现行规范对标点符号进行调整和改动（如增加书名号及个别处酌加逗号、句号等）之外，仅对极个别的文字进行了修改，如将意为"哪"的"那"改为"哪"、将"作"和"做"作了相应的区分和修改，将"的"分别改为"的""地""得"，以减少误解，方便读者阅读，其他文字内容均未做任何改动，原文有明显及疑似错漏之处的，以〔 〕订正或出以校注，文中少量的译名及人名等，也根据情况做了注释说明。剧本部分，原作中角色名称多为简写，录入过程中以尊重原文为主，但为方便读者阅读，个别角色名称前后不统一之处做了统一处理，并在人物介绍处做了标注。日记部分，日记的日期据通行规范改为阿拉伯数字。

[①] 参见《丁毅生平和著译年表》，《丁毅文集》第2卷，漓江出版社2015年版，第290页。
[②] 参见任颖《王大化生平事业简介》，载山东省文化厅史志办公室、潍坊市文化局史志办公室编印《文化艺术志资料汇编 第八辑 潍坊市〈文化志〉资料专辑》，1985年9月，第39页。

兄妹开荒（街头秧歌剧）*

[开场锣鼓敲奏（愉快、热烈地）。

[音乐·日出，鸡鸣，狗叫，青年农民扛了一把雪亮的锄头，踏着节拍上场。

青年农民唱：（第一遍扛起锄头走着唱，第二遍开荒时唱）

雄鸡雄鸡高呀高声叫，

叫得太阳红又红。

身强力壮的小伙子，

怎么能躺在热炕上作呀懒虫。

扛起锄头上噢上山岗，

山呀么山岗上好呀么好风光。

我站得高来看得远来么咿呀嘿，

咱们的边区① 到如今成了一个好呀地方。

哪哈咿呀嘿嘿呃嘿哪哈咿呀嘿！

边区边区② 地呀地方好，

劳动英雄真也真不少。

---

* 《兄妹开荒》最初在《解放日报》连载时（1943年4月25日、26日），注明是"街头秧歌剧"，"王大化、李波、路由集体编剧，路由写词，安波配曲"，后刊载于《音乐艺术》1945年副辑3（1945年7月15日出刊）、《新音乐》（华南版）第6期（1946年12月），这是最早发表的三个版本，尚无法判断王大化是否参与了后面两个版本的文字修订。在王大化身后，有多个《兄妹开荒》的单行本及合集本印行，详见本书附录一。《兄妹开荒（秧歌剧）》（人民音乐出版社1978年版）的"后记"提及"本书的版本系根据李波、张扬二位同志于一九六二年灌制的唱片记录、整理的。一九六二年灌制唱片时，原作者安波同志对剧本、曲谱均作过校订。这次我们又请原作者之一李波同志作了订正"。鉴于上述情况，本书的剧本据《解放日报》的初刊本过录（曲谱及"过门"等提示文字从略），间或与其他版本对校，为剧中方言所作注解，采用《兄妹开荒》（中原新华书店1949年版）、《兄妹开荒》（《人民戏剧》1977年第5期）等版本的注解。

① "边区"在《音乐艺术》本中作"村庄"。

② "边区边区"在《音乐艺术》本中作"我们村里"。

年时个出了一位吴满有①,

尔个② 那马家父女又赶呀上了。

人家英雄是人家的功,

自己你眼红又有个什么用。

人人都能把劳动英雄来做呀嘿,

今年的生产要更加油来更加劲来更呀加工。

哪哈咿呀嘿嘿呃嘿要哪哈咿呀嘿!

[他愉快地吐了一口气,擦擦额上的汗,数"练子嘴"。

我小子,本姓王,家住在本县南区第二乡。兄妹二人都长大,父亲母亲也健康。自从三五年革命后,咱们的生活是一年更比一年强。种地种了三十垧,还有个耕牛吃得胖,吃的穿的都不用愁,一家四口喜洋洋来么喜洋洋。

今年政府号召生产,加紧开荒莫迟缓,大家学习吴满有,还有那马家父女二模范,人人赶上劳动英雄③,个个都要④加油干来么加油干。这件事情本来大,这些道理我都嗨吓⑤,只有我那个妹子太麻达⑥,一天到晚啰里啰嗦说不完的话,碰上我这个牛脾气,偏要跟她讨论讨论就吵一架。噫!说着人,人就到,待我和她开个玩笑,开个玩笑。

[放下锄头假在地里瞌睡,且打鼾齁。

[妹挑饭担上,轻健而愉快地。

---

① 中原新华书店本作"年时个出了一位英雄汉";人民文艺丛书本作"年时个延安开了群英会"。
② 尔个:有些版本写作"尔刻",意为现在、如今。
③ 中原新华书店本作"大家积极去努力,丰衣足食生活改善,人人要作劳动英雄";人民文艺丛书本作"人人想做劳动英雄";《人民戏剧》本作"别看咱们是庄稼汉,生产也能当状元"。
④ "都要"在人民文艺丛书本作"都更"。
⑤ 嗨吓:知道,《音乐艺术》本即将其改作"知道吓"。
⑥ 麻达:麻烦。

妹：（唱）①

　　太阳太阳当噢当头照，

　　送饭送饭走呀走一遭，

　　哥哥掘地多辛苦，

　　莫让他饿着肚子来呀勤劳。

　　挑起担儿上噢上山岗，

　　一头是米面馍，一头是热米汤，

　　哥哥本是个庄稼汉来么咿呀嘿，

　　送给他吃了要更加油来更加劲来多开荒。

　　哪哈咿呀嘿嘿呃嘿哪哈咿呀嘿好哪哈咿呀嘿。

　　〔忽然发现哥哥睡在地里，她惊异地走拢去。

妹：哥哥，你za②呢？

兄：（鼾齁着，梦呓地哼哼着）

妹：（放下饭担，有点生气的样子）哥哥，起来，大白天叫你来开荒嘛，哪个叫你来美地③睡了？（摇他）哥哥，起来吧！

兄：（鼾齁声更响，翻了个身）

妹：哥哥，起来！真是，叫也叫不醒哪，（回头看看饭担儿笑了笑，故意伏在他耳边，大声喊）哥哥，吃饭啦，吃饭啦！

兄：（急蹦起）嗯，饭在a达④呢？饭在a达呢？（拿馍馍就吃，并不理她）

　　〔音乐起。

妹：哥哥你听我言哪，你呀你好懒，

　　大白天你来睡觉误事真不浅⑤，

　　你误事真不浅。

---

① 《音乐艺术》本在唱词前有一句说明"妹唱：乐谱同前，先奏前八节作过门"。
② 此处原文如此。"za"在中原新华书店本作"怎么"。
③ "美地"在《音乐艺术》本中作"舒服地"。
④ a达：哪里，人民文艺丛书本作"哪达"，在《音乐艺术》本、中原新华书店本中均作"那里"。
⑤ "真不浅"在《音乐艺术》本中作"真不少"。

兄：（急咽一口①米汤，唱）

　　妹妹你慢发言哪，听我有意见哪，

　　夜黑②里开了会，我睡觉睡得晚，我睡觉睡得晚。

　　[这两段曲调，妹唱前段，兄唱后段，来回反复。

妹：夜里开的会呀，我也去参加，刘区长讲的话，（你）难道忘了吗③？（你）难道忘了吗？（括弧里的字都是附带的，不要把它放在重拍，下同此）

兄：区长讲什吗④呀？问题太复杂，一点两点第三点，（我）一满嗨不吓⑤，（我）一满嗨不吓。

妹：区长讲的话呀，句句有道理："大家学习劳动英雄，马家两父女，（呀）马家两父女。"

　　女叫马杏儿呀，父名马丕恩，庄户人家的好模范，到处有名声，（呀）到处有名声。

　　本是那米脂人，移民来延安府⑥，边府⑦农场把地种，勤劳不怕苦，（呀）勤劳不怕苦。

　　深耕勤锄草呀，又快又认真，别家一垧地打六斗，他们打八斗零，（呀）他们打八斗零。

　　[此段略去曲尾过门，兄接唱。

兄：（一直在吃饭，早知道她有这么啰嗦，让她唱完以上四段，作不耐烦的样子，唱）

　　人家搞得好呀，人家的手艺巧，咱们何必费大事，够吃就算了，（我）够吃就算了。

妹：今年是生产年呵，开荒要加紧。女子要学马杏儿，男学马丕恩（哪）男学

---

① "急咽一口"在《音乐艺术》本中作"急喝口"。
② "夜黑"在《音乐艺术》本中作"黑夜"。
③ "难道忘了吗"在《音乐艺术》本中作"难道都忘了"。
④ "什吗"在《音乐艺术》本中作"什么"。
⑤ 一满嗨不吓：全都不明白。
⑥ "延安府"在《音乐艺术》本中作"这里住"。
⑦ "边府"在《音乐艺术》本中作"经营"。

马丕恩。

兄：（饭已吃毕，故意装得懒洋洋地，拖起锄头去开荒）加紧不加紧呀，用不着咱操心，你去学你的马杏儿，咱可不能行（呀）咱可不能行。

妹：为什么不能行呀，你没有下决心，看你掘地懒洋洋，一点没使劲（你）一点没使劲。

（夺过兄的锄头，自己干起来）

兄：你有劲你去干哪，（我）休息在一边，掏出旱烟来吸一袋，快活似神仙（我）快活似神仙。

妹：（受到极大的侮辱，几乎哭出来，她气忿地扔下了锄头，唱）

哥哥你没来由呀，说话（你）不害羞，我去报告刘区长，开会把你斗，开会把你斗。

兄：（看到问题已发展到这步田地，玩笑是不能再继续下去了，他紧急地，也可以说是恐慌地拦住妹，唱）

妹妹你别走呀，听我说分明，刚才的话儿（是）开玩笑。（你）千万别当真（你）千万别当真。

夜里开的会呀，我都仔细听，区长讲的每句话，（我）全都记在心（我）全都记在心。

半夜细思量呀（我）决心多开荒，劳动英雄人人敬，拿他们作榜样，（呀）拿他们作榜样。

就从今天起呀（拾起锄头）开荒我更努力，你不信（来看）这片地，全是我开的①，（呀）全是我开的。

［妹顺着兄的手指看去，微笑。

兄：（白）噫，笑呢，哈哈哈哈，看你刚才气得那个样子。（学她刚才生气的样子）

妹：（白）谁叫你刚才骗我呢。

兄：（郑重其事地）我说妹子，尔个我们要非常努力的加紧极了的来生产②，向

---

① 《音乐艺术》本在"的"后多一"呢"字。
② "加紧极了的来生产"在新华书店本作"加紧的来生产运动"。

劳动英雄们看齐，你看怎吗①样？

妹：好得很，我就要和你比赛咧！

兄：（高兴极了）比赛就比赛！

　　[兄急去开荒妹拾起挑饭的棍子打土，鼓锣敲奏，他们愉快热烈地劳动起来，约廿②余秒钟，鼓锣停，音乐起。

兄、妹：（齐唱）向劳动英雄们看齐向劳动英雄们看齐，

　　　　　加紧生产不分男女加紧生产不分呀男呀哈男和女。

兄：（唱）哥哥我前面开荒地，

妹：（唱）妹妹来打土多卖力，

兄：（唱）赶上那英雄吴满有，

妹：（唱）赶上那马家两父女。③

　　　　人人呀哈能作呀哈劳动英雄，

　　　　努力努力靠咱们自己呀靠咱们自己呀。

　　　　哪咿呀哈④咿儿呀哈哪哈咿呀嘿哪哈咿呀嘿。

　　[日落。牛叫轻细的，音乐不断。

　　[远处人声："啊——二疙瘩，回来吃饭格咧！"

妹：哥哥，你听妈自己叫咱们吃饭啦！

兄：不，妹子，我说我们今天一定要把这一小块地完成了再走。

　　[兄妹仍继续劳动，更加卖劲，音乐强起。

　　（全场齐唱⑤）

　　嘿大家努力来加油，嘿大家努力来加油，

　　加紧生产不落后呀，加紧生产谁也呀，

---

① "怎吗"在《音乐艺术》本、新华书店本中均作"怎么"。
② "廿"在中原新华书店本作"二十"。
③ "（兄）赶上那英雄吴满有（妹）赶上那马家两父女"这两句在新华书店本作"（兄）要作那劳动英雄汉（妹）要作那时代新妇女"；在人民文艺丛书本作"（兄）要跟那英雄比高低（妹）要跟那模范争第一"；在《人民戏剧》本作"兄（唱）赶上那边区众英雄，妹（唱）赶上那马家俩父女"。
④ "哈"在《音乐艺术》本中作"嘿"。
⑤ 此句在《音乐艺术》本中作"全场齐唱：乐谱同前"。

不落呀不呀不落后。①

咱们生着有两只手,劳动起来的样样有。

男女老少一齐干,咱们的生活要②改善。

边区的人民吃得好来穿也穿得暖。

丰衣足食赶走了日本鬼呀,

同过那太平年呀。③

哪咿呀哈咿儿呀哈哪哈咿呀嘿哪哈咿呀嘿。

〔锣鼓急响。场终。

注:若在舞台上出演,最后齐唱部分只起两三句,便徐徐④闭幕,如果在旷场上出演,那末剧情也得根据具体情况而稍加更动。鲁艺宣传队演出时,是这样终场的。⑤

兄:……一定要把这一小块地完成了再走。

妹:不,今天后晌咱村里要开生产动员大会,还有民众剧团来给咱们演戏咧。

兄:哦,对着咧,开大会还要看戏咧。(十分高兴地放下锄,披起脱在地上的外衣,倒掉鞋里的土)

〔妹挑起饭担,兄扛着锄头,并肩走着唱最后的齐唱,直把齐唱唱完,才退出场来。

(完)

---

① 此句在《人民戏剧》本中作"不呀哈不呀不落后"。
② 此处"要"在《人民戏剧》本中作"就"。
③ 此句在《人民戏剧》本中作"建设新中国呀"。
④ "徐徐"在《音乐艺术》本中作"缓缓"。
⑤ 这一句为《音乐艺术》本所无。

赶骡马大会（推小车）*

人　　物：老汉、二圪塔（其子）
　　　　　　丑女、二女（其女）
　　　　　　兴旺、兴旺妻

　　　　　　［在紧张的锣鼓声中两个小车与夫妻二人上场，套花后锣鼓停。

老　　　汉：（喘气）呵，二圪塔！你这娃跑楞快把我热炸咧！唉，这娃……

二　圪　塔：（停车看见兴旺）呵，兴旺！

老　　　汉：呵，兴旺！你两口子到阿达去？

兴旺夫妻：大叔！我们去赶骡马大会，你老人家哩？

老汉一家：我们也是，一路，一道，走！走……

二　　　女：兴旺嫂，你熬咧吗？

丑　　　女：兴旺嫂，你熬咧吗？你来坐车吧！

兴　旺　妻：不，不熬……

兴　　　旺：不熬，还是二女、丑女坐吧！

老　　　汉：兴旺家，你要熬咧你就说，你来坐，我来推。

兴　旺　妻：好，那能行咧。

丑　　　女：兴旺嫂，你包包里拿的什么？

兴　旺　妻：今年喂咧些蚕，取咧些丝，想到骡马大会上卖咧。买些棉花纺线线，不知道骡马大会上有好棉花没有？

老　　　汉：这娃！别说好棉花咧，骡马大会啥好东西都有咧！

---

* 原载《新秧歌集（二集）》，署"鹤童、王岚、大化、敬之（编），张鲁 曲"。此处"赶骡马大会"为剧目名称，"推小车"为演出形式。

丑　　女：大大！有戏没有？

老　　汉：有吗！两台大戏呢！

二　　女：有秧歌没有？

老　　汉：有，有，有……啥都有咧！

丑　　女：大大！那骡马大会到底是个啥呢？

二圪塔：连骡马大会都不知道？

二女、丑女：啥吗？

二圪塔：骡马大会呀……骡马大会就是骡马大会吗！

老　　汉：提起骡马大会，你们这些猴娃娃都不晓得咧，想当年我年轻的时候也赶过骡马大会，当时赶会的人虽也不少，可是衙门里的人又是捐又是税又是收款，别说做买卖的人咧，就是咱老百姓一满都没好处！

兴旺妻：为啥吗？

老　　汉：你想么，咿政府就不是咱老百姓的，不是咱自己的政府，他怎能给咱办事哩！哎……而个就不同咧！而个咿政府是咱自己的政府，而个咱边区可就是什么都和往年不同咧！

二圪塔：就是吗，而个就是不同咧，你看什么地方有咱种地的人能当英雄，当状元，政府还有奖励。

兴　　旺：对着呢，除了咱边区哪达也没有！呵！大叔，你家今年收成怎样？

二圪塔：你问我家收成呀！可美炸咧，你听着：

　　　　　〔过门，二圪塔说话时起奏。

二圪塔：（唱）狗尾巴，谷穗穗尺半长么咿呀海，

老　　汉：（唱）今年收成，一年打下两年粮，

老、二圪塔①：（合唱）咱们的光景真是个好，什么地方能比得了！

全　　体：（唱）海海海海，咱们的光景真是个好，

---

① 此处原文为"二"，"二女""二圪塔"均可简写为"二"，故此处据上下文意补全。

什么地方能比得了!

老　　汉：你们的生产怎么样?

兴　　旺：(唱,谱同前)

今年咱庄上组织变工队呀海,

兴 旺 妻：男上山女纺线组织生产有计划,

二女①、丑、兴：我挑战,

老、二圪塔②、妻：我应战,

全　　体：互相帮助加油干!

海海海海,你挑战,我应战,

互相帮助加油干!

兴 旺 妻：(问)你们都收了些啥?

老　　汉：(唱)萝卜白菜下了窖么咿呀海,

二 圪 塔：谷子糜子堆满仓么装满屯儿!

老、二圪塔③：猪娃子添了十几个,

鸡呀羊呀一大群。

海海海海,猪娃子添了十几个,

鸡呀羊呀一大群。

兴　　旺：(白)大叔,上坡坡哩!我替你推吧。

老　　汉：不用,不用!

〔上坡。

二 圪 塔：上了道坡坡肚子就饿咧!

二女、丑女：我也饿咧!

老　　汉：到底是些娃娃,好,到前边给你们买"油旋"吃。

兴 旺 妻：丑女,你们今天吃的个啥呢?

二女、丑女：(唱)我家吃的羊肉哨子压饸饹。

---

① 此处原文为"二","二女""二圪塔"均可简写为"二",故此处据上下文意补全。
② 此处原文为"二","二女""二圪塔"均可简写为"二",故此处据上下文意补全。
③ 此处原文为"二","二女""二圪塔"均可简写为"二",故此处据上下文意补全。

老　　汉：（问）你们呢？

兴旺夫妻：（唱）我家吃的粉条条猪肉白面馍，

　　　　　　　逢年过节更是个好。

二女、丑女：一年四季饿不着。

全　　体：海海海海，逢年过节更是个好，

　　　　　一年四季饿不着。

老　　汉：（问）你们明年生产计划了没有？

兴　　旺：（唱）我把这布卖了买把镢头来生产，

兴　旺　妻：买一架新纺车多多来纺头等线。

兴旺夫妻：来年种上几亩花，

二女、丑女：明年咱也来养蚕。

全　　体：海海海海，今年生产搞得好，

　　　　　明年更要加油干。

兴　旺　妻：（白）唉，过河哩！

二女、丑女：我不坐了，我要下去，我怕……

老　　汉：不用不用，呵！兴旺，你们怎过呢？

兴　　旺：我们从石头上过。

老　　汉：滑得很，操个心。

二　圪　塔：妹妹，坐稳，我要脱鞋了。

　　　　　［兴旺夫妻先过。

老　　汉：我先过。（过河碰石头）二圪塔，水不深，可是石头不少，操个心。

　　　　　［二圪塔过河，滑，翻车，丑女把镜子掉在河里，丑女要捞，老汉和二圪塔捞，老汉捞到一块石头，以为是镜子，一看不是，往河里一扔，水溅满身。

二　圪　塔：算了，我给你买上两个。走，走……

丑　　女：我还要买杨木梳子。

二　　女：我要电光线袜子。

二圪塔[①]、老：啥都给你们买。（推车走）

兴　　旺：大叔，你看人山人海，想必是骡马大会。（大家拥看）

大　　家：是咧……快走！

（唱）你看那大会上人山人海人热闹，

赶会的人儿又有说来又有笑，

咱们的边区真是个好，

什么地方比得了！

海海海海，咱们的边区真是个好，

什么地方也比不了！

兴　　旺：你听，开戏啦！

大　　家：看戏咧，走……

［大家都下，老头最后才下。

（完）

---

① 此处原文为"二"，"二女""二圪塔"均可简写为"二"，故此处上下文意补全。

去运盐（赶毛驴）*

人　物：甲、乙　运盐队员，常脚

　　　　　丙　五十多岁的老汉，不是运盐的

　　　　［在一阵紧急的锣鼓后，甲乙打鞭子两声出场，唱信天游调。

　　　　一道道水来一道道山，

　　　　翻山越岭走三边。

　　　　三边地方有三宝，

　　　　咸盐臭皮甜甘草。

　　　　吆上了牲灵走三边，

　　　　三边的白盐堆成山。

　　　　驮回盐来赚下钱，

　　　　边区的人民不愁吃穿。

　　　　［唱完后说快板。

甲：　说运盐，道运盐，运盐的好处说不完，提起这话我就想起从前，旧社会咱就是赶牲灵，十六岁上就去驮盐。风吹雨打日头晒，千山万水都走遍。走三边驮趟盐，又是（喂）款子又是（喂）捐，一怕兵二怕匪，三怕刮风下雨天，刮风下雨咱受点苦，遇见兵匪可遭吓了大灾难，枪杆子逼着咱，又要银子又要钱，又要牲灵又要盐。光是这个还不算，人还得跟上受煎熬，人还得跟上受煎熬。

乙：　革命后，变了天，受苦人翻身建立政权。咱们的政府给咱们自己把事办，奖励咱们去运盐。往北修了个定延路，水草店家都方便。

---

* 原载《新秧歌集（二集）》，署"马可、王岚、大化、刘炽、田方、敬之"。

四〇年政府派人到三边，盐池上，谋虑一番，发动军民开盐田。打坝子，挖盐井，盐田开好了千万顷。政府的号召往下传，军队百姓都来打盐，专员县长都下盐池，亲身领导多打盐。部队上来了个王旅长，他到盐池看一番，他的办法实在大，造出运盐的车子像篮篮，地上铺着木头路，一人能推好几石。风又调，雨又顺，人多势众出好盐。尔个的世道不比前，劳动人民在边区是最当先，吴满有赵占魁做了模范，咱们的运盐队长刘永祥当了英雄中了状元，中了状元。

（唱一、二、三、四段）

[《运盐歌》，鹤童、刘炽、马可曲。

（一）乙唱：赶罢了那个骡马会，人山人海好红火，

噢啾得咧咧咧咧咧好红火，好红火。

捎带上一把南路货，去到那三边把盐驮哎哟把盐驮，

哎哟去到那三边把盐驮，哎哟把盐驮。

（二）甲唱：一人吆上几条驴，排成一行运盐队，

噢啾得咧咧咧咧咧运盐队，运盐队。

众人拾柴火焰高，又有咱政府好领导哎哟好领导，

哎哟又有咱政府好领导，哎哟好领导。

（三）乙唱：头一回一条驴，三回发展了整一对，

噢啾得咧咧咧咧咧整一对，整一对。

一驮盐来一匹布，全家都换上新衣服哎哟新衣服，

哎哟全家都换上新衣服，哎哟新衣服。

（四）甲唱：延安县开了会，奖励了模范运盐队，

噢啾得咧咧咧咧咧运盐队，运盐队。

刘永祥、张仁、党士鸿，这是咱运盐的三英雄哎哟三英雄，

哎哟这是咱运盐的三英雄，哎哟三英雄。

（五）丙唱：十月天暖旸旸，山里的庄稼收割完，

噢啾得咧咧咧咧咧收割完，收割完。

今年的收成更是好，全家五口都吃不了哎哟吃不了，

哎哟全家五口都吃不了，哎哟吃不了。

（六）丙唱： 咱边区真真好，骡马大会真热闹，

噢啾得咧咧咧咧咧咧真热闹，真热闹。

我从大会上买条驴，准备明年作庄稼哎哟作庄稼，

哎哟准备明年作庄稼，哎哟作庄稼。

（七）丙唱： 听你言我心喜欢，吆上毛驴走三边，

噢啾得咧咧咧咧咧咧走三边，走三边。

如今我就要回家转，参加那朋帮去运盐哎哟去运盐，

哎哟参加朋帮去运盐，哎哟去运盐。

（八）甲、乙唱：张大叔说得对，回去参加那运盐队，

噢啾得咧咧咧咧咧运盐队，运盐队。

咱们是边区好百姓，政府的号召要实行哎哟要实行，

哎哟政府的号召要实行，哎哟要实行。

（九）甲、乙唱：急忙忙往前赶，吆上毛驴走三边，

噢啾得咧咧咧咧咧走三边，走三边。

咱们的白盐堆成山，咱们大家加油干哎哟加油干，

哎哟咱们大家加油干，哎哟加油干。

〔老汉上喊："噢，得去，得去……得得得去。"驴子非常跳
〔调〕皮，在场转几个圈子后，老汉唱五六两段（见前面）。

老　　汉：（白）哎！我看咿是二娃和老五？

甲、乙：是嘛，张大叔。

老　　汉：你两〔俩〕哈时从咿三边回来嘛？

甲、乙：前儿个，你老人家到哪达去来咧？

老　　汉：我刚咿骡马大会上买条驴驴子，我回家。

甲、乙：哎过来抽袋烟。

老　　汉：对。

〔驴子打架。

〔驴子打架后。

乙：　张大叔，你在骡马大会上就买这样一个而驴。

老汉：　哎，我呌驴子可是个美的太，你看呌蹄子又细牙口又青，做起活来可是个好的太呢。

乙：　张大叔，我猜着了，你是买这驴是到三边去驮盐去？

老汉：　不是，我是准备明年种庄稼用呢。

甲：　那是为什么不抽冬闲去驮一回盐呢？

老汉：　我家里人手少抽不出空来，你再说驮上一两回盐又赚不下多少钱，没多大意思，我就不去。

乙：　嗨！没啥意思！意思大得很，而个你的呌冬麦子也种上了，秋庄稼也打下了，你把呌驴驴子买回来，还不是在家里闲着没事白吃草料了，你为啥不去呢？

甲：　噢！你看我年时个冬里才参加了呌运盐大队，那会儿我只有一条驴，尒个我发展成两条唎，你驮一回盐就能赚一匹布，驮吓两回盐，就能买一个犍牛，你再好好的多驮吓几回，你嫌呌驴驴子不好使唤的话，你挑上大走骡，你说明年是种地呀，送粪呀，还是驮盐呀，那宝气着哩！

老汉：　好倒是好，就是……

乙：　就是啥么，我知道你这个人，就木木囊囊的啥事自己还不能拿主意，还想回去和老婆商量一下，你说是不是？

老汉：　看看看，你这娃，说些啥话么，你"谅不及及"的，我还有我的问题要谋虑吗！

乙：　你还有啥问题？

老汉：　（唱【鄜鄠一串铃调】）

　　　　我问你我问你，牲口去了谁照看，

　　　　家里的事离不开，秋开荒来要生产。

　　　　（底下就依调下去）

甲：　张大叔听我言，你家里事情有法办，你村上本有那变工队，你和众人把工变，他们开荒你驮盐，大家生产都一般；如果你实在不能去，有两条办法由你拣：头一条，到那南区合作社，找刘主任谈一谈，入公家的股，四六作价最方便，赚下了钱大家分，公家一半你一半。二一条，如果你不愿来入股，放心把牲口交给咱，好牲口好照看，多年的脚户有经验，牲灵还是你好牲灵，捞回了本钱还赚利钱，又省回了草料不麻烦（哪呼嗨咿呀嗨）。

老　汉： 我问你，我问你，运盐我一满没经验，没盐本，没路费，鞍架口袋都不全，干着急，怎么办？怎么办？

乙： 张大叔，你别着急，这些都不成问题，没盐本，你没有钱，盐业公司你跑一番，他那里给你打票票（儿）你拿着个盐票去驮盐，驮回来盐卖了钱，盐业公司再把本还，一回能赚一匹布，不误农时，一年至少能驮三回盐，你搬〔扳〕开指头算一算，三回能驮多少盐，三回能赚多少钱。

老　汉： 哎，二娃子呦运盐还有呦大的利钱？

甲、乙： 你当是……

老　汉： 我就不知道呦里头还有呦大的"道恒"，我庄上组织运盐队我就没有参加。

甲、乙： 谁叫你不参加呢？

老　汉： 我这次回去我就要参加了，我还有一条牛，我把牛给狗日的拉上。

甲： 对嘛。

老　汉： （唱前面第七段）

甲、乙： （唱前面第八段）

老　汉： 二娃你莫唱了，过桥哩，你把驴驴看好。

乙： 咱呦长脚户的驴就保险着哩。

甲： 你莫大意。

老　汉： 我这驴要照护，"生驴"哩嘛。

乙： 驴还不过桥吗？

〔过桥。

老　汉： 到前头就分路。

（唱前面第九段）

老　汉：二娃分路了，在盐池上见面。

甲、乙：你一定要来。

老　汉：一定就来，（驴又跳〔调〕皮）我早就照护着。（下）

〔甲、乙唱开始的"一道道水来一道道山"下。

（完）

张丕谟锄奸（秧歌剧）*

人　物：张丕谟　三十余岁（以下简称"张"）
　　　　王德祥　三十岁左右，农民，不务正业，特务（以下简称"王"）
　　　　刘　三　二十余岁，特务（以下简称"刘"）
　　　　自卫军　二十余岁
　　　　群　众　自卫军六人

第一场

地　点：一个梢林的沟口，一面通村内，一面边①外村
时　间：傍晚

　　　　［锣鼓声起，张丕谟持红缨枪踏秧歌舞步上。
　　　　［过门拉【刘志丹调】，过门完，张唱【刘志丹调】。
张：　　（唱，调附于后）
　　　　日落西山红烧霞，天空里飞过来一群鸦，
　　　　沟里梢林黑压压，清个朗朗的流水，
　　　　田地肥纳纳，这一片好庄稼。

　　　　从前这田地不属咱，旧社会穷人受欺压，
　　　　套上夹板做牛马，流尽了血汗。

---

* 原载《新秧歌集（二集）》，署"水华、王大化、王岚、贺敬之"。
① 此处原文如此，"边（邊）"当为"通"之误。

打下的粮食，一满叫地主拿。

十三岁上我拦羊，拦工九年受稀荒，
三五年来遍地红，跟上了老刘，
闹呀闹革命，穷人就翻了身。

毛主席来真英明，他为人民费苦心，
领导了边区大发展，咱吃得饱来，
穿也穿得暖，哪个他不喜欢。

边区人民的好光景，国民党见了眼发红，
调来大兵几十万，还派了特务，
里外来夹攻，一心要害咱们。

国民党来狗狼心，不让咱百姓过光景，
边区人民齐动员，要把那特务，
搞呀搞干净，才能太平。

（白）我，金盆湾张家张丕谋，只因为今天村上人都上山秋收去了，我来替他们放哨。我刚从区上开会回来，而个区长说顽固分子又要捣乱咧，说要近几天把特务分子弄他个干干净净，利利撒撒的。唉，特务分子嘛也是亏人的，就像黑地里老鼠一样，鬼鬼祟祟东偷西拉的害人，我干革命十几年咧，也没犯下过一点点差错，尔个我又当上了这二乡的治安主任，这责任我可要负呢。今后要更加提高警觉性，不让一个特务跑掉，今天挨到我在这达放哨，哼，特务分子啊，一个也不要想在我的脸前头混过去，咱是干啥的嘛，还能让他跑了？（回头看发现有人自村里出来）唉，那是谁家？好像是后梢沟王家，这些会他出来做啥来嘛？（发现王行动很怪）唉，看他鬼鬼祟祟慌里慌张的做啥事嘛？我早就看这家伙二流打寨不是那务正的人，一天到晚有咘不三不四的面生人在他家得溜得溜的串门子。嗯，我得注意他一下才对，让我躲起来看看他到底做啥事？
（躲起）

〔王德祥鬼鬼祟祟慌慌张张上，踏了秧歌节奏。

王：（唱第二曲，调附于后）
鬼听鸡叫心发毛，特务做事怕太阳照，
正趁着随黑里村上人少，我这里急忙怕把路看好，
幸喜那老天爷路上没哨，回家去引刘三黑夜逃跑。
〔正打算转身跑，张由躲的地方出来喊住王。

张：（白）王德祥，回来！

王：（自语）这下"球事"咧！

张：（赶上）（唱第三曲，调附于后，二人对唱时一直可以踏着秧歌步子）
王德祥我问你，是不是上山受苦去？

王：张大哥你说笑呢，黑地里怎能受苦去？

张：黑地里你不能去，那么你到阿达去？

王：我到咘沟口去，我去寻我的毛驴去。

张：王德祥你好荒唐，毛驴怎拴到沟口上？

王：张大哥你莫耍笑，丢了毛驴我好心焦，
一家人全靠它，婆姨又哭又吵闹。

张：王德祥我知道，你的记性真不好，
你那毛驴早卖了。

王：张大哥，张大哥……
〔自卫军自远处喊叫"老张哥""老张哥，区长寻你咧"。

张：唔。

自卫军：老张哥，区长寻你咧。

张：寻我做啥呢？

自卫军：说有一个特务分子到我们二乡里来了，躲到后沟的梢林里去咧，要

　　　　你带上自卫军去搜查呢。

张：　嗯。

王：　（见事不妙）张大哥，我回去咧。

张：　（上前拉他）（唱三曲）

　　　　丢了驴还寻啥呢，跟我去寻特务去吧。

王：　张大哥你说个啥，啥个特务我嗒不下。

张：　王德祥莫装傻，捉到特务有办法，

　　　　政府里奖励你，把那毛驴再买下。

王：　（知道事情不妙，想逃走）

　　　　我呐驴还在家，就是把笼头丢下咧。

张：　（知道他在捣鬼，故意地）

　　　　王德祥这家伙，闹了半天你说笑话。

　　　　我这里还有正经事，你看区长又叫咱。

王：　张大哥，张大哥，那么我就回去咧。

张：　对，回去吧。（见王下后，对自卫军说）快跟上这狗日的，一步也不能离开，这狗日的与这案子有关系，我相跟上就来。（二人分头下）

第二场

　　［天已渐渐黑下来，王德祥慌张引特务刘三上。
　　［拉第二曲过门。

王：　（唱二曲）王德祥急忙前面引路，

刘：　我刘三慌张张后面跟上。

王：　切莫要遇到那站岗放哨，

刘：　那才是麻达事真是糟糕。

王：　趁天黑我把你引进梢林，

刘：　好等那二更天爬过山峁。

王： 过山峁就是那国民党地方。

刘： 到那里我就能自由逍遥。

〔王发现刘穿了一件白色衣服。

王： 嗳，你怎穿了一件白袄吗，把我这件黑夹袄穿上。

刘： 对。

王： 对了，再给你把刀子防身。

刘： 对，我再给你一大包毒药，给狗日村子上狠狠地放上一些。

王： 对，不到二更天你莫走，操心有哨呢。

〔王正打算走时，自卫军急上。

自卫军：嗳，怎么转了一个山峁峁就不见了，怎办呢，这是治安主任给的任务，这下把"瞎事"做下咧。（向村望）

〔王趁自卫军向村里走时，想从向村外的方向走，碰上张丕谟自那边回来。

张： 二娃，噢，二娃！

〔二娃应，王想再躲起但却被张发觉，就嚷。

张： 谁家？

〔自卫军急上前捉住王。

自卫军：王家。

张： 王德祥你又在这达咧？

王： 我……

张： 你不要再在我脸前耍花头，我的眼睛可亮得很，我的眼是观金宝，口是试金石，你刚梢林里下来做啥来？

王： 我……

张： 梢林里有人咧没？

王： 哪里有人，有，有鬼呢。

张： 有鬼，捉到活鬼可要找你呢。

王： 我，我一满啥不下，我回咧。

自卫军：（用手拦住）哪里去！

张： 不准走，跟我们一道搜山去！（向周围群众）同志们咱搜山咧！

王： （向山上高声喊）上来咧。

［自卫军马上捉住他。

张： 绑起，押下去。（在歌声中搜山）（群众唱第四曲）

准备好武器来搜查，准备好武器来搜查。

嗨，嗨，嗨，嗨，嗨！

特务你钻到哪达，咱们就搜到哪达，

咱们就搜到哪达，咱们的力量大又大，嘿！

要把那坏种连根拔！

［唱完时，拉【刘志丹调】过门。

张： （随搜随唱【刘志丹调】，搜查中【刘志丹调】过门）

一更一点人声静　悄悄的梢林里黑洞洞

特务份子哪达跑╟条条小路

我安下了自卫军　你走也走不通╟（群众重复最后一句）

刘： （白）叫声刘三你莫怕　到了二更就有办法。

［张在黑地里摸索着，顺着声音到了刘三爬着的一堆荆条边，张就摸在刘头上边，后用枪试了试知道是荆条就走开，刘趁机爬出急起，当张发现声音用枪刺时，却扎在树上，刘又躲开不做声。

张： （唱）二更二点添黑天　狼虫虎豹乱叫唤

　　　　特务份子他打了算盘╟同志们留个神

　　不要受他骗　咱查要查得严╟（众合最后一句）

刘： （白）二更里来走不通　我看只能等三更。

［张试探着找路，一摸脚下有小路是往山下去的，就顺路摸，而刘三也是摸了这条路，当张发觉对面有人，用枪刺过去时，刘又滚身逃过，张紧追，紧唱三更。

张[①]： （唱）三更三点风吹过　咱们这达有把握

---

① 此处角色根据文意添加，原文无。

特务份子乱哆嗦 ‖ 梢林和沟口都呀都把着

一定要把他捉 ‖（众合最后一句）

刘：　（白）说我哆嗦真哆嗦　这条小命逃不脱

　　　［张紧追，紧唱。

张：　四更四点冷霜下　努力加紧来搜查

　　　小心特务来逃走 ‖ 同志们操个心

　　　咱是干啥的呀　还能够跑了他 ‖（同上）

刘：　（白）跑不掉来走不脱，拔出刀子拼死活。

　　　［二人摸到大树边时，刘照了张的背后就是一刀，被张躲过，起身后二人照好了方向找，准备拼，刘又在张枪下溜过，最后转过树后，二人又摸，刘恰摸在张的枪杆上，张急上刺时又被刘逃脱，正紧张时鸡叫，东方已渐发白。

张：　五更五点公鸡叫　东方发白天明了

　　　鬼听鸡叫心发毛 ‖ 特务份子怕太阳照

　　　这下就捉定了 ‖（同上）

刘：　咱可"球事"了。

　　　［二人已可以隐约地看见，但因荆条梢林不易上前捕捉，刘与张打了几照面后就躲起，却被张看见，张也藏起，半晌，刘伏起看，看四周无人，只以为这下可好了。

刘：　（张望）看上去这条上路没人把守，叫我快逃走。

　　　［张悄悄地在他背后，乘其不备，搂腰抱住。

张：　（向群众喊）捉定咧！（二人挣扎张抢刘刀，并捉定刘）

　　　［众自卫军上，将刘绑起。

张：　你是干啥的？

刘：　我，我是搬苴子的。

张：　搬苴子的？我早就知道你咧，王德祥家的刀我也认得呢。

　　　［自卫军将王德祥带上，王一见刘被捉，慌了，急忙暗示。

王：　（对刘）你的黑夹袄是我前两个月卖给你的。

张： 不要再打电话咧,你家的刀还在这达呢。(搜王身上搜出毒药,闻了一下)噢,毒药,这一下就什么都明白咧,同志们带到政府里去,咱走!

(群众齐唱第四曲)

磨明了矛子,擦亮了刀,

加紧盘查和放哨,嗨,嗨,嗨嗨嗨!

咱边区组织严密,特务你休想逃跑,

咱们是干啥的呀,还能让你跑掉了。

还能要你跑掉了‖要把那特务搞干净,

齐心把咱们的边区保‖(最后一句可以反复一次)

[张,自卫军押了刘,王直到唱完时下场。

(完)

夫妻逃难（秧歌剧）*

人　物：难民男　四十岁左右（以下简称"男"）

　　　　难民女　其妻，三十五岁（以下简称"女"）

　　　　国民党军官　二排长（以下简称"军"）

　　　　士兵　国民党军队中士兵（以下简称"兵"）

　　　　李老汉　五十六岁，边区老百姓（以下简称"李"）

　　　　陕甘宁边区一区长　二三十岁（以下简称"区"）

时　间：1943年

第一场

地　点：边区边境外道路上

［难民男女上，男挑担子，女背破烂，状极狼狈。

男：（唱【河南洋调】）一条扁担我挑在肩，山又高路又远出门人难。我张永祥挑筐子前边走呵，娃子的他妈跟在后面。

女：（唱同前调）千里遥远我来逃难，可怜我逃难人有谁照管？饱汉子不知那饿汉子饥呵，满心的伤心泪流不完。

男：（唱【捞子调】）俺河南本是好地点，哪知道连年闹荒旱，国民党趁火来打劫，老百姓死活它不管。

女：（唱同前调）整整的半年分雨不下，庄稼禾苗似火煎，天上冒火地裂了口，井里没水干死人。

---

* 原载《新秧歌集（二集）》，署"张水华、王大化、王岚、贺敬之集体创作"。

男：（唱同前调）国民党要命又要钱，税上加税捐上加捐，军粮军款也催得紧，逼得你卖儿卖女卖庄田。

女：（唱同前调）吃完了树皮吃草根，浑身发肿实可怜，野狗老鸦啃死人，人杀人来人吃人。

男：（唱同前调）俺二弟出门讨吃的，被人家杀死把他吃，全家一听心肠碎，老娘哭得断了气。（悲痛落泪，接唱）国民党又拉我去当兵，我离开虎口来逃生，听说边区地方好，俺一家老小去投奔。（前行，接唱）眼看着边区就要到，我咬紧牙关撑起腰，回头来我把娃子妈叫，咱一步一步向前跑。

女：（昏迷欲倒，唱同前调）我眼前发黑浑身软，饥饿的人呀寸步难，两天以来我水米没沾，挨不定心发慌天地乱转。（倒下）

男：（惊慌，忙放下担子去扶女，白）孩子妈，你怎哩？你怎哩？

女：（白）我心慌，我……孩子他爹，歇一下再走吧。

男：（白）哎，这地方怎敢歇呢，要是遇上盘问，出了岔子那可怎办嘛。

女：（叹气）咳……

男：（白）咱快走吧，到了边区啥都不怕啦。

女：（试站起，又跌倒，白）孩子他爹，我实在不行了……

　　〔男痛苦无言。

女：（白）我……我歇一阵就好了……

男：（扶她坐好，男也坐下，白）唉，俺张永祥夫妻二人，老家河南。只因为天灾人祸逼得俺在老家里住不下，才出来逃荒。可怜我逃难人无依无靠，饿得没办法，哎，在西安把我一个六岁的男孩子也卖了……（稍停）只听说西北陕甘宁边区是好地方，眼看着就要到了，真恨不得一步就过去。（向女）孩子他妈，这阵你怎样了？

女：（白）这地方能找一口水吗？

男：（白）哎，这地方哪能找到水！咱快走吧，到了边区就好了，到了边区啥都不怕啦。（扶起女）

［难民男正欲挑担子扶女前行，国民党军官二排长手持马鞭上，士兵持步枪跟上。

军：（白，严厉地）干什么的？干什么的？（走上去推男）筐子放下！（把难民男拉过来）

男：（惊慌）老总，俺是难民，逃荒的……

军：（白）从哪里来的？

男：（白）河南，河南洛宁县。

军：（白）到哪里去？

男：俺是难民，没一定地方。

军：（白，抓男手臂）好，跟我到五十三师当兵去。

男：（恐惧）老总，俺是难民，俺不能当兵……

女：（上前哀告）老总，俺是难民，俺不能当兵……

军：（怒，推倒女）去你妈的！早知道你是到边区去的！（向士兵）绑起来！

女：（爬起来，哀告）老总，官长……

军：（用鞭子打她。士兵绑男，男挣扎，军官又打男）妈的，带走！

女：（唱，急得跺脚。【紧西京】）我见他绑定了好不心焦，我这里走上前紧紧抓牢。（军官把她推开，女跪下）官长哪你要杀杀我全家，你拆散我夫妻我有谁依靠？！（手抓军官）

军：（推她）他妈的皮！

女：（仍抓军官，跪地上，唱同前调）官长哪你也有妻儿老少，你为啥苦苦地逼散我家？！（军官推倒她，她又爬起，接唱）要生呀就夫妻们生在一起，要死呀就夫妻们死在一道。

军：（怒，鞭打她）去你妈的！（又回手打男）

男：（痛，挣扎，唱同前调）狗军官狗强盗你白天杀人，狗强盗我与你把命拼了！

军：（怒，用力打他）好，你骂人！妈的！

男：（痛苦欲倒）哎呀！

军：（对士兵，白）绑走！（回头看了一下）筐子给他挑走！（押难民男下）

女：(从地上爬起抓士兵，被士兵推倒)老总呵……(士兵挑筐子下)

女：(过了一会醒来，坐起，唱【滚板】)我丈夫去远了我肝肠痛断，这叫我孤零零如何是好？狗军官我与你无冤无仇，你为何逼得我无路可走？早知道快一步到了边区，就不会碰上这冤家对头，眼看着好日月就在面前，偏偏的我夫妻东奔西散，啊……(哭)我越思越想越心焦，不由得我眼前发黑……(昏倒在地)

[过门，李老汉背包袱上。

李：(唱【钢调】)探罢了亲戚我回呀家转，急急忙忙把路赶，眼看着边区就在眼前，不由得我老汉好不喜欢。(转【银拘丝】①)咱们的边区好呀好光景，你看那庄稼赛呀赛黄金，满山谷穗穗，秋风迎面吹，咱边区一年赶过一年美。(过门接唱)隔一条山沟两个世界，国民党地方遭了大灾，老百姓没吃的，男女都受害，因此上难民呀逃到边区来。(落)(白)我，李老汉，是边区老百姓，前几天我到国民党地方去看我女娃去啦哩，险火叫国民党顽固分子把我日他啦，今天我才找个机会偷跑回来。眼看着绕过一个峁峁就是咱边区哩，待我快快地赶去。(前行，白)我刚才听见有人在这达哭哩，想比〔必〕又是咋遭难人受国民党欺服〔负〕哩，叫我走看看，到底是怎样呢？(上前张望，发现前面倒在地上的难民女)啊，可不是个难民嘛。咱边区是优待难民的嘛，老百姓也帮助哩。我上前去叫醒她去。(走上去)哎！咿婆姨家，你是啊达的？(扶起女来)

[女醒来，看见老汉，哭。

李：(白)不敢哭，叫人听见可就不好啦，我问你，你是从哪达来的？

[女仍不管。

李：(白)你听我说，我是边区的老百姓，到国民党地方看我女娃，今天回去，路过这达，你有啥难说的，说给我，我帮助你！

[女停哭声。

李：(白)你是从哪达来的？

---

① 此处原文如此，疑为【银纽丝】。

女：（唱【慢西京】）俺打从河南呀来逃难，

李：（白）唔，你是打河南来的。

女：（接唱）俺老家人吃人不能安生。

李：（白）哎，人吃人？哟饥荒啊？

女：（接唱）一路上受熬煎遭人白眼，

李：（白）你男人呢？

女：（接唱）狗军官又把我丈夫拉走。

李：（白）啊！你男人叫国民党军队拉走了？哎，哟国民党狗军队就是伤天害理的嘛。……你打算到啊达去呀？

女：（唱前调）实只期望到边区去寻活路，谁知道落下了这样地步。

李：（白）唔！你是打算到边区去的，那就好了，我就把你引上到边区去，我们庄上还住了你们好多河南乡亲呢，你到那达安顿下慢慢再寻你男人。

女：（唱前调）可怜我逃难人牛马不如，走一处讨一处没人照顾。

李：（扶起女，引她上路）就是嘛，国民党顽固分子就是害咱老百姓的嘛……

女：（唱前调）受尽了折磨呀受尽苦，走遍了天下呀没有去处。幸亏那遇上了善心老人家。

李：（白）没啥，咱快走吧。

女：（接唱）他引我到边区去寻活路。

［李老汉扶难民女下。

第二场

时　间：距第一场已四个月

地　点：国民党军营到监房去的路上

［士兵押难民男上，男穿破军衣，皮开肉破，赤脚，两手被缚，痛苦万分。

男：(唱【慢西京】)狗军官打得我皮开肉破，这一回坐监房不知死活。千里的黄河水也有尽头，这苦罪要受到什么时候？

兵：(白，同情地)哎，如今这队伍上的罪就是个受不完。

男：(痛苦跌倒)哎哟！

男：(扶起他，白)哎，你挖战壕的时候，就是装个样子也好嘛，也省得叫他打得个死去活来的。

男：(白)你是知道的嘛，一天就喝上两口稀米汤，怎能撑住吗，镢头还没举起来，人就倒下去啦……

兵：(白，不堪想象)你这一倒下去不要紧，坐这一回监房，我看你就……(摇头)哎，快走吧……

男：(唱同上调)自从那四月前夫妻分散，不知道我的妻逃在哪边。只要我张永祥还有口气，砖头瓦块也有那翻身的一天。

兵：(回头看了看，从肩上取下枪)二排长来了，(对男)快走！

[军官凶恶地上。

军：(骂)妈的皮，怎么还没走？！(打男，并用脚踢)拉走！

[士兵拖男下，军官跟下。

第三场

时　间：第二场后一月
地　点：陕甘宁边区难民女家中

[李老汉新棉衣上，手提一篮篮。

李：(唱【剪剪花】)咱边区好地方世上难找，全凭着共产党来呀来领导，有吃有穿人人欢笑。(过门接唱)听说是要奖励张家婆姨，我今天叫她开呀开会去，我老汉满心好不欢喜。(白)日子过得真快，自从我把张家婆姨引到边区来，看看就有四五月啦，张家婆姨劳动可实在好，四个多月就纺了五十多斤线线，区政府和合作社要奖励她哩，明儿就是落年了，今儿区政府请她去开会还吃酒席，叫我去叫她去，我今天还给她带上些年礼去。叫我快走。（唱前调）听说是要奖励张家婆姨，我今天叫她开呀开会去，我老汉满心好不欢喜。（下）

［难民女新衣新鞋上，手拿线拐子，拐着线。

女：（唱上，【采花】）陕甘宁好地方谁不爱它，受难人到这达找到了自己的家，政府里抚养咱好比亲爹妈，暖窑热炕呀吃穿都给咱。（过门接唱）自从我来到边区地方，政府里帮我生产又给我粮，给我棉花把线来纺，变工队又帮我开地整两垧，真叫咱永生永世不能忘。（白）自从李老汉把俺救到边区来，算一算就有四五个月了。起头我还不信有这样好地方，哪知道还是真的。明儿就是落年了。俺啥事都称心如意，就是不知道孩子他爹这会怎样了，想起来真是叫人……政府里说正在打听着消息，不知道怎样，唉（唱同上调）百般的事儿都如意，不见孩子他爹我怎能过新年，眼看着落年日就要来到，但不知是何时才能团圆？（落）（李老汉急上）

李：（白）啊！咱到了。（喊）噢，张家！区政府奖励你来了！

女：（白）噢，李大叔，你来了。

李：（白）噢，张家，明儿就是落年了，我送上些年礼来，你可收下！（给她篮篮）

女：（白）李大叔，一年到头就够麻烦你老人家的啦，俺不要！

李：（白）啊，你可收下，娃娃家！

女：（白）俺不要，李大叔！

李：（白）哎，过个年啦嘛，你放下，快放下，哎，娃娃家，过个年啦嘛，放下放下。

［女收下篮篮。

李：（白）噢，张家，区上还要奖励你来哩，马下[①]到区上去开会，还吃酒席哩！

[①] 此处原文如此，"下"当系"上"之误。

女：（白）奖励个啥呢？

李：（白）区政府和合作社说你劳动好，纺的线线多，选你做劳动模范，又开会又吃酒席，我娃这下就名誉哩！走，走，快去开会。

女：（白）俺不去，政府对俺就够好了，我没做下个啥好处，奖励个啥吗！

李：（白）看你这娃，咱边区劳动好的奖励嘛，快走，快走！

女：（白）俺不去吧，俺不去吧！

李：（拉女）走，走，一定去，一定要去！

女：（白）那让我收拾收拾。

李：（白）好，那你"可利马渣"①收拾呀！（女下）

　　［场外有声传来。

声：噢——李大叔！

李：（白）谁呢？

声：李大叔，张家在窑里吧？

李：（白）在哩嘛，啊，你看区长也请来咧。

　　［区长引难民男上，男新衣新鞋。

李：（白）啊，你看区长也请来咧，张家，快走！

区：（向男，白）你看，这就是你的家，这是你的窑……

李：（白）张家，快出来！

区：（白）李大叔，你来，你来，有大喜事咧！

李：（白）啥呢？

区：（白）张家男人呦名字叫啥呢？

李：（白）张家呦男人名字叫啥……叫张……张永祥嘛！

区：（白）对着哩嘛，（指难民男）这就是张永祥嘛！

李：（大喜，白）啊，你就是永祥呀？！（上去拉他手）呦就好了，呦就好了，啊，呦就好了！

区：（对男）这就是引你婆姨到边区来的李老汉。

---

① 此处"可利马渣"当系方言的转写，现通常写作"科利马擦""克里马擦"，意为"快点，迅速些"。

男：（感谢万分）李大叔救俺一家。

李：（白）咳，没啥没啥！你婆姨白天黑地里想你想得憨憨呆呆的！我叫你婆姨来你夫妻团圆！（向内）噢，张家，你快出来，有喜事哩！

女：（在内）啥喜事呢？（上场）

李、区①：（白）你男人……

　　〔夫妻相见，半晌哑住，两人擦眼泪。

女：（唱【五更】）一见他好心酸，我这里走呵上前，我只说夫妻夫妻们不得相见，哪知道咱二人还能团圆。（上前拉住男人衣袖）

男：（唱前调）叫一声孩子他妈，不由我两泪连连〔涟涟〕，只以为你早不在那人世间，谁知道陕甘宁边区救了咱。

女：（唱前调）叫一声孩子他爹，我问你从哪达来？这几个月里你受下什么苦罪，又怎样离开难窝逃出来？

男：（唱前调）顽固军真凶残，绑定我送营盘，（转【一串铃】）绑定我把战壕挖，又逼我把边区打，不给吃，不给穿，十冬腊月破单衫，又挨打，又受骂，打得我浑身稀巴烂，又把我捉定下了监。前半月，有一天，下了命令打边区，我们的那一连，一百多人都逃散，八路军收留咱，把我送到政府里边，政府里，问得清，查得明，才知道孩子妈，你在边区过着好光景。一区长，他引我马上就把你来寻，哎……今天我才看到自己的家。（落）

女：（白）一区长，救我孩子他爹的命。我也是李大叔把我救到边区来的。

区：（白）没啥，这是咱政府里应该的。

李：（白）哎，没啥没啥！

女：（唱【十里堆】）老人家救我来到边区，陕甘宁好政府给我穿和吃，共产党它救了咱们一家，这样的好政府真是好比亲爹妈。

男、女：（唱前调）太阳出来云雾散，分散的夫妻又团圆，共产党它救了咱们一家，这样的好政府真是好比亲妈。

---

① 此处原文为"张"，编者据上下文意改为"区"。

区：(白)这下就对啦,这叫"双喜临门",你们夫妻团圆,你还不知道呢,你婆姨尔个当了劳动模范哩,马上到区上领奖,还吃酒席,咱快走吧!

女：(白)我看我还是不去了吧?!

李：(白)看你这娃,还客气啥咧吗!快收拾走。

〔女下。

区：(向男)这就好了,你以后的光景就不要发愁哩,你明儿到政府来,给你拨土地,没牛,没镢头,没种子,一满想办法解决,你就安心生产好了。李大叔,你以后多照看。

李：(白)没啥,你以后少啥短啥一满有我!

〔女上场。

女：(白)我看我还是不去咧吧?

李：(白)看你这娃,咻新媳妇上轿还害羞呢,快走吧!

〔四人一起走,秧歌舞穿花,齐唱【五更鸟】。

朵朵的红花遍呀遍地开,边区的老百姓欢喜的个太,红灯窑门挂呀哈,八碗炕上摆呀哈,明儿年三十呀哈,夫妻今儿团圆呀哈,咱们的边区男男女女老老少少,吃得又好穿得又好过的是好呀光景呀哼哎哟,哎哟哎哟朵朵的红花遍地开呀哼哎哟。(四人下场)

（完）

赵富贵自新（秧歌剧）*

人　物：赵富贵　三十岁模样，中小商人（以下简称"赵"）
　　　　　赵　妻　二十余岁
　　　　　大掌柜　四五十岁，特务头子（以下简称"大"）
　　　　　王老四　二十余岁，小特务（以下简称"王"）
　　　　　田世发　二十余岁，保安处工作人员（以下简称"田"）

第一场

时　间：晚饭前
地　点：赵富贵家中

〔赵妻着清淡些、诮〔俏〕皮点颜色的夹袄裤上，发髻上插一朵丝绒花，愉快舒服地踏着秧歌舞步上，乐曲奏【割韭菜】过门，她自然地随着音乐，扔〔纳〕着手中的鞋底。

赵妻：（唱【戏秋千调】）人逢喜事精神爽，月到中秋分呀分外光。一针针，一线线，zer zer 抽得欢，不由得我心中好喜欢，哎哟，哎哟……挡不住我心中好呀喜欢，哎……哟……挡不住我心中好呀喜欢。我常言边区世事过得好，真是咱哪辈子修下的福，好军队，好政府，一心为咱谋幸福，哎哟，哎哟……这样的政府军队哪达寻，哎……哟……自古来这样的世道哪达寻。眼看着中秋就要到来临，家家户户忙了过不休停，割猪肉，搂月饼，身上忙得个汗殷殷，左手我把烧酒打，右手我又把

---

* 原载《新秧歌集（二集）》，署"王大化、贺敬之、王岚、水华"，曲谱从略。

瓜果称，新夹袄，直贡缎，脚上又把绣鞋穿，新市场，我两头串，街上的人儿堆满山，叫前面的大叔把路让，回头又见我妗子在身边，哎哟，哎哟……今年的红火不比往年，哎……哟……尔个咱边区是丰衣足食年。（落）

（白）我张玉莲，这两天在窑里坐也坐不下，坐也坐不稳，眼看着中秋佳节就要来到了，还不见我那男人回来，我男人是到西安办货去了，待我算算日子，今儿个一定得回了。（听）耳听得哕门外驮口的铜铃得唧得唧地响，待我看看是不是我男人回来了。（看）不是的，听岔了。我男人到西安办货去了，是人家哕通顺号的大掌柜的介绍的，货的成本便宜，样数又能办得齐全，尔个咱边区生意发达，存不下货，这一趟，定能多挣下些，以后的日子可就更美了。

（唱【钢调】）咱边区，好地方，世事太平；老百姓，荷包里，装满金银；大小家，买卖铺，生意兴隆；政府里，收税少，合理公道。思一思，想一想，人莫忘本；没有那，好政府，哪有如今；想当年，穷光景，难熬日月；大路边，摆小摊，挣不下钱。大路上，行人少，土匪如麻，摊杂税，派铺款，死活谁管；幸亏那，三五年，闹起革命；高司令、刘志丹，救了穷人。毛主席，为穷人，谋虑周到；眼看着，咱边区，年年上升。（落）

（白）咦，这咯①会了，怎还不见他回来。（又出外去看）咦，你看，那大路上驮口成群的，想必是在那后面就到了，待我回窑去给他谋虑夜里饭去。（关门，下）

［赵富贵着黑短袄，裤，戴瓜皮帽，挎小包袱垂头懊伤地上，音乐奏慢过门赵随着音乐摇摇摆摆，无力地走着。

赵：（唱【慢西京调】）一步步，走进了，自家门前；越走进，自家门，好似那乱刀子扎；只以为，上西安，办货发财；有谁知，被人家，推下了火坑。（转【五更调】）可恨那大掌柜，谁知道他狼心狗肺，甜言蜜语，骗我上西安，原来是，设下圈套把我来害。（落）（白）我赵富贵这一下

---

① 此为"咱"的异体字之一。

可叫大掌柜给揽住了。他说他西安有熟人，此一去，定有照应；谁知道他跟咧西安国民党特务分子有勾搭，一边叫我上西安，一边又给咧西安特务分子打了报告，特务分子就把我捉定了。货给扣住，人给压起，咧特务分子一手拿着咧手枪，一手拿着咧毛笔，说要话〔活〕，就要给他办事，做特务；要不然，货给充公还不算，人还要杀头，没办法就答允了。唉，这做特务是伤天害理破坏边区亏人的事嘛，这叫我以后怎的做人嘛！（唱【慢西京】）我这里，走向前，想把门来喊（想打门，不敢打）；想玉莲，她那里，梦想着团圆；谁知道，他〔她〕丈夫，变成了特务；我这里，没有脸，回家去见她。大街上，个个人，喜眉笑脸；唯有我，赵富贵，变成了隔世的人。（落）（打门）开门来。

赵妻：（上）哎，听得是我男人回来了，叫我给他开门去。（开门，接过包袱）哎，算着你早就该回来了，怎今儿个才回。熬了，快回窑去，你歇下子，叫我给你收拾饭盘子去，我还给你炒下了羊肉，打下了烧酒，你等着呵。

赵：（白）不要，不要。（蹲在一边）

赵妻：（白）唉，看你咧神气，一回来就泥呆呆的，活似菩萨庙里的泥神仙一样，谁倒撞了你了？（赵不理）唉，莫不是路上出了岔子了，西安办的货怎样？西安办的货怎样？

赵：丢到咧店里去了。

赵妻：那你到底是为的啥呢？

赵：不用你管。

赵妻：呵，夜儿天大掌柜的还问你来着呢，人家看你莫回，还担心你在路上出了岔子……

赵：谁要他狗舅的问我呢！

赵妻：唉，我看你是着了邪了，我看你是疯了，怎了？人家好心好意的关心你，还差了。

赵：去，去，去，我咧男人家的事，用不着你女人家管，你女人家做你咧女人家事去。

赵妻：大佳节的，只等你回来团圆，谁知道，你倒把我好心当做驴肝肺，年

长日久吵吵闹闹的,这样的日子怎能过得下去呢!(含着泪下)

赵: 这都是那狗肏的特务分子害得我一家人不得安生,唉,我满肚子委屈,也不能对我婆姨说。(唱【慢西京】)眼看着,红洞洞,一家人烟;刹时间,只落得,家破人亡。(落)(白)西安还叫我跟大掌柜接什么关系,这怎办呢,(想)对,要是他来了,给他个硬不承认,一满解不下,看他敢把我怎的,对,我就是这个主意。

〔大掌柜上,拿长烟管,戴付老花镜,着宽大的长袍上,看他死眉塌眼,慢吞吞的样子,其实是眼观四方,一肚子怪歪心事。

大: (白)听说赵富贵回来了,叫我看看他去。喂,开门来……

赵: 谁哟?

大: 我哟,富贵,开门,开门。

赵: 贼驴肏下的,我不去找他,他到〔倒〕寻我来了。

大: 怎的还不开门?

〔赵开门,大掌柜进。

大: 我还担心着你没回来呢?你怎今儿个才回来嘛?……路上走熬了嘛?(赵一直蹲在一边,一声不理)富贵,西安办的货怎样,我想一定便宜些嘛。

大: 看你这娃走了一趟西省就不开口了,鼻子上就挂灯笼了,高明了。(赵仍不理)

大: 富贵,你这娃才是,咱以后就是一伙人了嘛,你还气汹汹的做啥?

赵: 谁是你哟一伙人?

大: (先恼,又哄)看你还装啥糊涂哩嘛?

赵: 谁给你装糊涂,我一满解不下。

大: 呵,对,对,对,你解不下,我就去报告,我就说哟有一个人到哟西省去办货,加入哟国民党特务分子。

〔赵很为难,赵妻这时上来取包袱,在后面偷听。

大: 赵富贵,你这娃怎是这样嘛,这是叫你升官发财哩嘛,谁还能害你呢,咱以后就是一伙人了嘛,以后你店里就短个二十万、三十万,你尽管开口，我大掌柜给你想办法，没关系。

赵： 我店里啥也不短。

大： 哎，给你说好说歹你都不听，告诉你，你给咱西安立下了凭据，你当我不知道，（赵惧怕）你在西安做了些啥事，你也不想一想。你可斗恼了我大掌柜，你家里出了事，你可别后悔。

赵： （见赵妻，更急，赵妻闪下）大掌柜，大掌柜，做特务是伤天害理破坏边区亏人的嘛。

大： （急接上）我不教你做咱伤天害理的事，你就给我说一句话就行了，你到咱新市场给咱大小买卖铺一说，就说你刚从西安回来，打听了西安黑毛市布可缺的利害，长到这个（做手式）价上了，谁家店里剩黑毛市布，白毛市布的，就都不要卖了，先压下，等以后赚大利了。

赵： 这咱放谣言，捣乱市面，政府里知道是犯法的。

大： 没关系嘛，说一句话有啥当紧，他们又没啥执证，谁还能把你怎了？一定有人问你时间，你就说我是拉闲话哩。

赵： 我赵富贵没说过瞎话，没做过咱些事。

大： 去，去，就说一句话嘛，不教你做天大的事。

赵： 我，我，大掌柜，我不能……

大： 就这一次，你做了，我好报告上级，给你说句话，下次保管不要你做了。

赵： 我，我……

大： 你这娃怎不懂人事嘛，我大掌柜一心照看你哩，我翻了脸，你可莫怪。

　　［赵不敢响。

大： 去，就去，到新市场一说就到我家来，给我报告一下。

大： （向外走）你不做，我可就不客气了，你一家人性命都捏在我手里哩，快来报告哩。（下）

赵： 这可怎么办呢？

　　［赵妻上，拉着他。

赵妻：你到西安做了啥事吗？啥亏人的事了吗？（赵急关门）啥特务了吗？

赵： 不要你说，没啥。

赵妻：你可不能做哟些事。

赵：　没啥，没啥。

赵妻：你可不能，你要是出了事，你叫我们一家人怎么办吗？（哭着下）

赵：　唉，这都是狗肏的特务分子害得我好苦呵。（掩面哭，一咬牙）唉，就给他狗肏的上新市场去走一趟吧！唉……（又不想走）唉，去一趟算了。（带着眼泪下）

第二场

时　间：紧接着上一场
地　点：大掌柜家里

[大掌柜正在回家的路上。

大：（唱【钢调】）走出了赵家门，我又喜又愁：喜的是赵富贵上了圈套，愁的是这小子胆子太小，这小子，莫出息，莫把事坏了。他不见，我大掌柜，谁人不晓。吃得好，穿得好，快乐逍遥。通顺号，大买卖，是咱来开。日本人，国民党，给我钱财。今日里，发展了，赵家富贵。日本人，国民党，定有奖赏。只要那，有一天，世事大变，国民党，得了势，我做大官。不觉得，来到了，自家门前。我看一看，观一观，好不喜欢。（落）（推门，关门）（白）唉，今儿个就叫哟赵富贵贼娃把我熬苦了，只望他能帮我一臂之力呢，谁知道这娃胆子哟小，不能给我做事，倒还给我坏事呀，以后倒要操个心……

赵：（上，打门，不安的样子）大掌柜，开门。

大：谁呀？

赵：我哟，大掌柜。

大：（开门）怎，你可就来了，你把哟事做了没？

赵：做了嘛。

大：你怎说的？

赵：我就照你教我说的……说了嘛。

大：呵，那就好。

赵：大掌柜，那我就回去也。

大：你先回来。

赵：（怕事）做啥……

大：给！

赵：啥？

大：毒药！

赵：呵，大掌柜，（把毒药让掉在地下）我……

大：你赶快拿到呦南门外放到呦井里。

赵：大掌柜，你不是说就叫我做一次嘛。

大：你倒想的呦好，做特务哪有只做一次的，你做了一次，就得做二次。

赵：大掌柜是你说了就叫我做一次的嘛，呦放毒药给人家一看见，我一家人就没命了，我不能干……

大：不能干也得干，谁叫你去新市场去放了谣言，你狗肏的不干，我一报告，你一家人还有活的？拾起来。

赵：那是你叫我去放……你叫我去说的吗！

大：去，去，捡起来，别在这麻麻达达，限你三天以内，放在南门外井里，我还要检查呢！你要是没做，你就当心你一家性命就是了。好娃哩，这一下，你一家小命全捏在我手里了。

赵：好我的大掌柜呢，你发发善心，救救我一家老小。让人家……人家看见了，我一家就没命了。

大：去，去，去。

赵：（急掏出些钱来）大掌柜，我……

大：（举起烟管要打）去不去？

赵：（唱【钢调】）可恨那，狗特务，实在凶狠；他把我，硬逼上死路一条。思想起，我一家，妻儿老小；赵富贵，没办法，好不心焦。我这里，

走上前，苦苦哀告；大掌柜，你发善心，救我老小。（跪下）

大：（接唱，可以省去过门，接得紧凑些）（把赵推倒）叫一声，赵富贵，你把我气炸；谁管你一家人死活该怎。你莫要，在我这，麻麻达达；你不干，自有人，会把你杀。

赵：（唱，可以要过门）我给你，十万元，买条性命；大掌柜，求求你，大发善心。

大：（紧接）（要打）谁要你，那两个，狗头毛钱；你要我，发善心，错打主张。

赵：（急了）大掌柜，你那里，不让我活；要杀我，快举刀，我死在你面前。

大：叫一声赵富贵你莫要癞〔赖〕皮，你要死我就去政府报告。（要去）

赵：（白）大掌柜……

〔二流子王老四上，挟着一顶草帽，掩着一盘电线，奔上。

王：（白）快开门，开门。

大：谁哟？

王：老四，开门。

大：对，对。

王：险火日他了，叫人看见就没命了。

〔大使眼色，耳语。

王：（把铁丝丢下）对，对，对着。

大：（看看赵）老四，你把我王德顺娃怎样了？

王：我，我把他杀了。

大：看，你把他杀了做啥吗？

王：他不肯干了嘛，我留着他坏事呀？

大：（慢慢走过来）赵富贵怎样？

王：这是谁家里嘛？

大：赵富贵嘛，不肯去嘛。

王：　rhei①，他不去？

大：　唉，赵富贵，你这娃怎是这样嘛，你把咊毒药到南门外井里一丢可就没事了嘛。这次真的，只叫你再做这一次，下次真的再不叫你做了……就做这一次。你先拿上，你先拿上。唉，你以后店里还要图发展吗，莫说十万、二十万、五十万、六十万，尽管向我大掌柜开口。

赵：　大掌柜，我实在不能……不能……

大：　去哩不去。（使眼色给王）

王：　去哩不去？

　　　〔赵被逼得退走。

王：　去，去，去，去哩嘛，去去去……

　　　〔赵想求大，大不理，被逼得哭着走了。

王：　（关门）这号人胆子比针眼还小哩！嘴头可长得很，光想占我的便宜，这下叫我骗到西安把狗审的发展上了。

王：　我看他还不想干呢。

大：　不想干也得干。（给他纸烟抽）老四，我叫你做的事怎样了，放谣言咊事。

王：　谣言我放了，我就说尔个要变了，国民党要进攻边区，共产党没办法，新市场的自卫军马上要开上前方了，弄得个人心慌里慌张的。

大：　对呢，就是这样，咊黑市的事怎样？

王：　法币长成三元了。白市布午上是××后晌就长成××了。还有电线我也割了很多，一次也没叫人看见。（拿来看）

大：　哎，你赶快把它"抬"②起来，叫人知道了怎得了。

王：　大掌柜，你看该不该奖赏哩。

大：　该，该，老四，我叫你放毒药，你放了没有？

王：　我全放了。

---

① 此处原文如此。
② 此处"抬"为方言用法，意为藏起来。

大： 你全放了，南门外井里，你就没放进去，我全检查过哩，你就没好好地放……我叫你活动的谋害共产党军事首长的人，你活动了怎样了？

王： 我活动着哩嘛。

大： 你活动啥呢，你就没好好活动，你当我不知道。

王： 人家一个个都是老革命了嘛，活动不上，一个个都是老革命……

大： 老四，你这娃怎是这样嘛，我还说你老四能干才教你干了嘛，你脸色放灵活些，见了机会就做嘛。

王： 对，对。

大： 这拿去四千块钱，拿去花去，可得要好好干哩。

王： 对，对，对，呵，大掌柜，听说市场上到了大批韩城的棉花哩，大批……

大： 老四，咱的办法又来了，快给用高价收买下，不要叫别人买去了，给他大大捣乱一下。走，快走，快走。

王： 对，对。（两人匆匆忙忙快步下）

第三场

时　间：三天后

地　点：南门外及赵富贵家里

赵： （晕晕沉沉地上，继又慌慌张张的东张西望的）（唱【五更调】）好一似在梦中，只觉得晕晕呀又沉沉，腰里揣着毒药，来到这南门外，唉，鬼特务逼着我毒来放。（落）（走向场中假想的井前望望又怕得退回来）唉，放哩还是不放哩，三天的限期已经到了，唉，为了我一家性命财产顾不得那么许多了，（猛跑向井边，边跑边唱【五更】）昧着良心我到井边，（正要猛投间，下不了手）哎……哟，未下手我混身发软，为了我个人就把那众人来害，哎……这才是伤天害理不应该。（白）

人生在世总得留个美名，有个良心，眼看我新市场生意发达，娃娃们一个个"活撒撒"的，我怎能狠心破坏人家"伏伏实实"的好光景呢？……要死就死我一个吧。（唱【五更】）打定主意下决心，哎……哟和那特务把命拼，要死，就死上我赵门一家人，哎……万不能留下臭名人人恨。（又犹疑）为了我……不能，不能丢，还是回家去吧。（冲冲跌跌的，唱【慢西京】）一路上，晕沉沉，冲冲跌跌，抬头见，又到了自家门前，（进门）刚才的事莫叫人家看见了，（关门，掏身上）莫叫人家看见，那就没命了，还是把它藏起来吧……放在这里，不行，太打眼，（音乐配曲见后，赵妻上跟在后面，又想抢）这里，走路会撞了。这里，莫叫老鼠拉去了。（最后他刚放下，赵妻即从后面抢去）

赵妻：你这包包里，包的啥哩嘛？

赵　：（急抢回）莫叫，莫叫，叫了就没命了。

赵妻：啥就没命了嘛……你跟我说一下。

赵妻：你不说，出了事，叫我们一家人怎么办哩嘛。你包包里包的是什么哩嘛？你包包里包的是什么哩嘛？

赵　：（被逼的）毒药！

赵妻：啥……唉！（哭了）

赵　：（唱【慢西京】）叫玉莲，你细听，非是我把心来狠；只因为，那些事，不能说给你来听。（白）唉，当特务是亏人的嘛，我叫狗兪的大掌柜揽进去了，怕说给你听了，你心焦呢。

赵妻：（白）这些事我都知道了，这怎么办哩嘛，这特务不干还不能行嘛？

赵　：你哪里知道，就是不干不行嘛。（唱【紧付调】）我向那，大掌柜，苦苦哀求；我求他，发善心，把我来救；他那里，扬起头，一言不听；反转来，逼着我，把毒来放。我给他，三万元，买条性命；他那里，反转来就要杀咱；今天里，逼着我，到南门外边，硬逼我，把毒药，投放井中。

赵妻：我问你把毒药放了没有？

赵　：（接唱）我想来又想去，下不得毒手。（落）

赵妻：（白）谢天谢地，你还没做呦伤天害理的事，你以后就不要出门了。

赵：　（白）人家会找到门上来。

赵妻：（白）不怕，他们来了我给你挡着，看他们能把你怎样！

赵：　唉，你不知道，我上西安给人家立下凭据了，人家到政府里一报告，咱就没命了。

赵妻：唉，这怎么办呢？（唱【慢西京】）只以为，你上西安，办货发财；谁知道，惹下了，这场大灾；急得我，乱跺脚，如何是好；我心里，乱如麻，想不出办法。

赵：　（接唱）我与那，狗特务，无怨无仇；逼得我，四处里，无路可走。

赵妻：（接唱）这真是，叫天来，天也不应；有谁能，搭救咱，跳出这火坑。

（最后一句赵合唱）

〔赵妻偷偷地把赵身上的毒药抢到手。

赵：　（抢回）玉莲，玉莲，不能行呦短见。

赵妻：你把那毒药叫我吃了吧，你叫我吃了吧。

赵：　玉莲，不要寻呦短见。

赵妻：眼看着咱一家人走头〔投〕无路了，你叫我吃了吧。

赵：　你就是吃了，也救不了咱一家人的性命，狗特务也不会放过咱一家人。

赵、赵妻：（同时）唉，我夫妻二人好苦呵！（都哭了）

〔田世法上，着制服。

田：　（唱【钢调】）国民党，鬼特务，实在凶狠；他把那，好人家，往火坑里推；共产党，为人民，日夜操心；他救那，遭难人，快快自新。有诚意，来改悔，政府宽大；保财产，保性命，还做那好公民。（白）我田世法是保安处的工作人员，只因为国民党特务害人太苦，把好好的老百姓弄得个不得安生。夜儿王老四改过自新了，说出了赵富贵，我们也已知道赵富贵是叫人家害进去的，富贵是呦老实人，今天我负了责任到他家里去劝说呢。这是件救人的大好事哩嘛，待我快快赶去。（唱【钢调】）救人如救火，事不宜迟；我这里，急忙忙，赶到他家。（白）到了，富贵开门来，开门嘛，富贵在家嘛？

赵妻：哎！这是谁呢？

赵：　不要是捉我来了。

田：　开门嘛，赵家。

赵妻：唉，是保安处的田世法来了。

赵：　哎，这是捉我来了。

田：　赵家，开门来。

〔赵妻擦着眼泪，开门。

田：　富贵在……（赵妻让开）

田：　富贵，你这晌光景怎样……（赵不理）

赵妻：他刚从西安……（赵制止）呵，他走熬了嘛。

田：　我知道他刚从西安回来……富贵，你你怎灰溜溜的，心里有啥事吗？……心里有啥事给我说，我帮你解决……我们是自小一块长大的嘛，看你灰溜溜的我也难过嘛，你心里有啥事，给我说，我帮助你解决。

赵妻：他没啥说的，你叫他说啥哩嘛。

田：　（看了看她）（唱【五更调】）富贵哥，你听我讲，心里的事千万莫忘〔往〕那坏路上想，样样的事儿你要那仔细地想，只有依靠共产党，（赵很难过，想让开）共产党是咱的命根，他是咱重生的亲爹娘。富贵哥，你要仔细地想，想一想，往年你是怎么样，（转【一串铃】）旧社会咱家怎么样，当牛当马受稀荒，吃不上，穿不上，眼看着性命没指望。多亏来了共产党，救了穷人把身翻，给你田地，让你种，自那会你才有了吃和穿。你要做生意，他也帮助你，一心来把你照看。种地你再不受那地主的气，做生意你也有发展，挣下了家产几十万，如今的光景好安然。要不是来了共产党，咱们哪能有今天。（赵妻在一旁低声旁白："共产党对咱的好处，咱还能忘了。"）常言，大树落叶总有根，人生在世莫忘本，共产党是咱的大恩人，你不靠他靠何人。从前他救你出火坑，尔个他一心要救人。富贵哥，

拿主张，千万莫往歪路上想，哎！（【五更】尾）哎哟……千万你莫忘那歪路上想。（落）

赵妻：（旁白）哎，只是做下了这些儿事，怎能说得出口嘛，富贵，我哟富贵莫做啥坏事。

田： 富贵，共产党，从前救了你，尔个还能把你掉下了？事事你只有依靠共产党，你心里有啥难说的，给我说，我给你帮助。

赵： （内心痛苦地）我没啥说的，我不是……（又想让开）

田： 你不是啥"些"？

赵妻：（接上）他不是，他不是哟坏人。

田： 唉，你家里的事，我都知道嘛，富贵，你真叫人着急，你这人怎这样想不开嘛！（跟在赵后面）唉，我把你好有一比。（富贵又蹲在一边，田环绕着他唱【钢调】）咱边区，好比是红火一家；毛主席、高司令是咱娘亲；咱们又好比同胞兄弟；你好比，咱家的，糊涂子弟；遇坏人，受欺骗，做了奸细；回家来，开大门，把强盗引进；偷咱家，抢咱家，杀咱家人；到如今，全家人，咬牙痛恨。毛主席、高司令，爱护咱们；只盼你，快快地，改邪归正；一不打，二不骂，不说重话；你依然是咱家的好子弟；这样的老娘亲，哪里去找，（白）你莫辜负了，（唱）毛主席、高司令一片慈心。

赵妻：（旁白）咱破坏了共产党，共产党还真能把咱放过了？

田： 你是要做一个好子弟哩嘛，还是要做一个败家子呢？

〔赵急得哭了。

田： 你要是再不改过自新，咱兄弟伙里也不让你。（唱【勾调】）我问你，做特务有啥好处；灰溜溜，黑良心，不如畜生；砍电线，放信号，造谣破坏；打黑枪，放毒药，暗害人民。

赵： （在田唱完"不如畜生"后接）我也没说他好嘛，（在田唱完"暗害人民"后接）我也没做哟些坏事。

赵妻：（在田唱最后几句，插旁白）说了怕杀头哩吧。

田： 我知道你是没做哟些事，你是被人家害进去的，你要不快快改过自新，到共产党这边来，国民党特务分子是不会放过你的。

〔赵急得一人背着哭，赵妻也哭。

田：富贵该是怕杀头吧，政府里的宽大政策，怕他还不明白哩吧，待我给他说个清楚，富贵，（唱【紧付调】）富贵哥，你那里，莫乱猜想；政府里，对特务，实在宽大；只要你，有诚心，说了真话，你依然，是边区的好公民。有钱财，不没收，分文不动，不坐牢，有自由，保全性命。

赵妻：（旁白）真有哟样好事，不杀头，又不没收财产。

田：哟毛主席、高司令一满都说过了，说你说了就没事，不说就不行。

赵妻：真有哟些好事？

田：这是……

赵妻：我是拉闲话哩嘛，我们富贵没有做哟些坏事。

田：这就是哟共产党的主张嘛，国民党特务分子是要把老百姓往火坑里推哩，共产党是要把老百姓往外救。共产党是老百姓的救星，老百姓有了难，他不救，谁来救哩，你莫看哟前几天延安县大会上几十个特务分子，参议会大礼堂里五百多个特务分子都改过自新了，一满没一点事，还有哟蟠龙区的史云才、崔树贵，还有你哟亲戚鲁世曾也都改过自新了，一满没一点事。我和富贵哥是自小一块长大的，我到你家来该没说过半句瞎话吧，今天我用我的命把富贵哥保下。富贵，你说了，我保你没一点事，说了，共产党会保护你的，看那些坏人敢把你怎的。……这样我给你说还不行，你一定要高司令亲自来给你说吗？

〔赵顿脚失声。

田：富贵，你说了吧！

赵妻：（转来向赵）我看你就……

田：你就说了吧，富贵！

赵：（经过了痛苦的挣扎）好，我就说了吧。

田：（紧握赵手）好。

赵： 我到西安办货，叫特务分子捉定了，特务分子一手拿了咻手枪，一手拿了咻毛笔，硬逼我当特务给他办事，咱没办法，唉，就答应了。（稍停）哎！（唱【钢调】）可恨那狗特务实在凶狠，逼得我夫妻俩无处逃生，险火里我妻子寻了短见，我富贵只以为不能翻身。陕甘宁老百姓光景真好，他却要硬逼我哭哭啼啼。（停了一下，松了一口气，白）啊，我想起我刚才的事，我好有一比，（唱【戏秋千】）好——似苦海中大梦一场，乌黑黑的云彩里冒出了太阳光，共产党，他眼睛亮，他见那坏人把我伤，他那里，伸双手，救咱们①富贵出火坑，哎哟哎哟，这样的恩典怎呀能忘。（对田）叫声世法你细细听，你的一番好话救了我的命，我本来不想干，就是那家伙逼着咱，要不是你伸双手，我富贵哪能出火坑。

田： （接唱【一串铃】）富贵，你听我讲，你改悔了我真喜欢，这都是共产党费尽了心血搭救你。

赵： （接唱前调）共产党，恩典大，咱一生一世不能忘。

赵妻： （唱【戏秋千】）共产党的恩德实呀实在大，每时每刻都救了咱家，给咱吃，给咱穿，走错路又把咱来挡，又把咱引到正路上，哎哟哎哟好——似一盏明灯引着咱呀嗯咳哟。

赵、赵妻： （接唱）哎咳哎咳哟好——似一盏明灯引着咱呀嗯咳哟。

田： （唱【戏秋千】）共产党生在人民中间，他站在人民的最呀最前线，有苦难，他先尝，有幸福，他后享，他为人民出主张，搭救人民理应当。哎哟哎哟搭救人民理应当呀嗯咳哟。

赵： （唱，前调）叫声世法你说得对，你的这番比方打动了我的心，我富贵，从今天，立下誓，报他的恩，一生一世跟着他，哎哟哎哟一生一世为着他。

赵、赵妻： （接唱）哎咳哎咳哟，他是咱重生的亲爹娘。

赵： （唱完以后，掏出毒药给田）噢，对咧，这是狗龟的特务分子给我的毒

---

① 此处原文如此，"咱们"当系"我"之误。

药，险火把我家给害炸了。

［田打开毒药包用鼻子嗅了嗅。

赵妻：（急得跑过去制止田）哎我的妈妈呀，不敢闻，要了命！

［田把毒药包收起。

赵：（白）特务分子硬逼了放了谣言，我，我……

田：（白）你放了啥谣言呢？

赵：（白）我就在市场上对人家说西安白毛市布、黑毛市布货缺，不得来，咱边区的货马上就涨价，叫各铺子里货不要就卖出去。

田：（白）你还做了些啥？

赵：（白）再没哩，再没做下啥。

田：（白）好，这就对哩，富贵哥，同你一伙的还有谁，你都把他们说出来，尔个再不要袒护他们哩！

赵：（白）尔个我还袒护个啥呢，就是同顺号狗窝的大掌柜的，还有二流子王老四。

田：（白）王老四早改过自新了，我不是说过吗，不管你过去天大的不是，只要一说哩啥事也没，你看王老四，过去做的坏事比你该多吧，尔个一说咧，一满没啥哩。（稍停）就是那大掌柜的还没……

赵：（白）那咱……

田：（白）咱去劝说劝说他去，你去不去？

赵：（白）去嘛。

田：（白）尔个就走吧。

赵妻：（白）哼，那号人劝他做啥呢，我恨不得咬他几口！

赵：（白）看你这人，又来哩。尔个救人嘛，咱还不是刚自新过来的。

赵妻：那号的老顽固要是不改过那怎办？

田：（白）那、那就严办，共产党对于想学好的人，讲宽大哩嘛，对那号坚决不反省的顽固分子就一满不客气。

赵妻：（白）对，共产党办事公道，咱把那坏人一满都救出来。

田：（白）那咱尔个就走吧。

赵：（白）好，走，走。

赵妻：（白）噢，我倒忘了，吃罢了便宜饭再走吧。

田：（白）咋，救人如救火，咿急得很咧。

赵：（白）回家再来吃吧。

赵妻：（白）好，那咱走。

[三人走。在场中扭秧歌。唱"三劝"。

田、赵、赵妻：（唱【钢调】）一劝那特务们赶快自新，切记住高司令苦口良言，他言说只要你政府报告，有决心来改过啥事不提。如果是坚决地不去报告，政府里对待你决不留情。二劝那众乡亲，细听分明，谁知道有特务快去报告，万不要把特务留藏隐埋，要知道那都是犯法事情。三劝那众乡亲眼睛放亮，听一听，查一查特务坏人，要把那狗特务都挤出来，要把他老根子挖个干净。劝乡亲齐用劲努力搜查，把特务搞干净才能太平。（快）要把那狗特务都挤出来，要把他老根子挖个干净，劝乡亲齐用劲努力搜查，把特务搞干净才能太平。

[三人下场。

（完）

周子山（秧歌剧·五场）*

人　物：谢玉林　红军小队长（以下简称"谢"）

　　　　马红志　马家沟闹革命领导者（以下简称"马"）

　　　　张聚英　马红志之妻（以下简称"英"）

　　　　张海旺　闹革命积极分子（以下简称"海"）

　　　　海旺妻　同上（以下简称"旺妻"）

　　　　李登高　同上（以下简称"李"）

　　　　田生贵　同上（以下简称"田"）

　　　　周子山　开始闹革命，后叛变，做政治土匪（以下简称"周"）

　　　　二老周　周子山之弟，后做政治土匪（以下简称"二"）

　　　　杨国保　团总（以下简称"杨"）

　　　　牛大海　民团队长（以下简称"牛"）

　　　　杨万喜　团丁（以下简称"喜"）

　　　　团　丁　甲、乙（以下简称"丁"）

　　　　田凤英　闹革命的，妇女（以下简称"凤"）

　　　　报讯者　闹革命的，男（以下简称"报"）

　　　　妇　女　甲、乙、丙（以下简称"妇甲""妇乙""妇丙"）

　　　　赤卫军　多人（以下简称"赤甲""赤丙"）

　　　　老　郭　老汉

　　　　牛　儿　老郭之孙

　　　　二疙瘩　老郭之子（以下简称"疙"）

---

* 此据《周子山（秧歌剧·五场）》（新华书店1944年版，署"作者：水华、王大化、贺敬之、马可　配曲：乐漾、张鲁、刘炽、马可"）过录，原书附有曲谱，本书从略。文中对陕北方言所作的注解则是出自音乐出版社1958年出版的《周子山》重印本。

自卫军　多人（以下简称"自甲""自乙""自丙"）

匪　众　甲、乙（以下简称"匪甲""匪乙"）

得贵妻（以下简称"贵妻"）

得贵子（以下简称"娃"）

卫　兵　杨国保之卫兵（以下简称"卫"）

游击队员　多人

男女群众　多人

第一场

时　间：1935年春天，土地革命蓬勃发展的时候

地　点：陕北某县小理河川马家沟村

第一小场

［谢玉林上，他是红军第三支队的一个小队长，今天是打扮成一个卖羊的到马家沟来布置工作。马家沟这时已经暗红[①]了，只等红军一来，马上就可以闹起来。谢玉林的红军这时已经来到上川，正准备攻打小理河川的反革命据点黑龙寨。谢玉林今天就是来找马家沟的马红志，布置打黑龙寨的事情。

［谢，秧歌步伐，兴奋地。

谢：（唱第一曲）

人人脑筋开，时势通公开，豪绅地主高利贷，杀那些反对派。

地主坐下吃，收租子又驮谷，压迫穷人没吃的，实实了不成。

陕北井岳秀，勾结老财们，军阀官僚龟子孙，你害苦了老百姓。

---

① 暗红：红，红色，即革命。暗红，暗地里酝酿革命。

太阳出来了，满呀满山红，陕北起了共产党，救了穷人命。

保安老刘，横山老高，领导咱一各多受苦人，来把革命闹。

公鸡叫三声，碾子不用了，欢欢喜喜走一场，我把红军当。

手提盒子枪，身背无烟钢①，无烟钢子儿推上膛，打死那连排长。

豪绅拉光了，土地均分了，高利贷钱儿不要了，救出穷人了。

红旗大发展，来到小理河川，穷人个个爱红军，暗地里都闹红。

要呀要闹红，大家一条心，马家沟有咱们好弟兄，一心盼红军。

（白）我，谢玉林，红军三支队的小队长，今儿我打扮成个卖羊的，到马家沟找马红志商量工作。马家沟的老百姓白儿黑地地盼红军，迩刻②我们红军到了上川了，决定这几天打黑龙寨，小理河川眼前就明着红了！叫我去找马红志布置一下，要马家沟群众赤卫军配合起来闹。

（唱第二曲）

马红志是咱们好同志，又忠实又坚定领导群众。

马家沟的群众都拥护他，同志们一条心来闹革命。

打下了黑龙寨好分土地，穷人们才能过好光景。

我这里快快价往前走，黑地里我赶到老马家中。

（来到门口，看了有没有人注意，打门）老马，开门！

［马红志婆姨张聚英上，很机警地来到门后。

英：　半夜三更的，谁呢？

谢：　（打暗号拍掌三下）马家，快开门。

英：　（向后）是老谢来了。

［马红志很快地披上衣服去开门，谢进门。

马：　（兴奋地）啊！老谢，是你来了，快回，快回！（到门外看了一下，进来把门关上）

---

① 无烟钢：钢枪。
② 迩刻：现在。

马： 路上没碰见什么吧？（谢反应没有）路上走熬①了，（对英）快去做饭去，给老谢赶〔擀〕上些面！

谢： 不要，不要，路上带着米面馍哩，不饿。

英： 啊！好同志哩！闹革命咱都是一家嘛！怎能连一口饭都不吃呢！

马： 对哩嘛。（取出高台灯，点着，用一个斗遮着光亮，给谢烟袋）咱②抽烟！

〔谢装烟，抽烟。

马： 老谢，迩刻咱们红军到了哪里了？

谢： 到了上川了！

〔狗咬声。

〔两人谈话立马停止，听狗咬声。

马： （对内）咋，我说你怎快出来！你快去看看狗咬，该没有什么吧？

英： （开门看看，进来关门）没什么，没什么。（下）

马： 红军到了上川了？多会到咱得儿家③来？

谢： （先问马）黑龙寨你密查的怎价④了？

马： 我去了两回，打问黑龙寨杨国保，带的民团一满⑤有一百几十号人，五六十杆马拐枪，支不住咱们打！（稍待）民团里也有好成分哩，李生荣、王凤山、陈七，我都给他们拉过话，都能顺咱们！

谢： 你是怎价认识他们的？

马： 旧前在一达里⑥共过事，迩刻暂时间在民团上混一口饭吃，心里还是顺咱们的。（稍停）唔，今儿我又派张海旺，和二老周密查去了。

谢： 老马，你看咱们要是打黑龙寨，群众的情绪怎价着哩？

---

① 熬：累。
② 重印本此处为"咂"，并注解为"语助词，此处作副词解，有请、来的意思"。
③ 咱得儿家：咱们这里。
④ 怎价：怎读zǎ，怎价，即怎么。
⑤ 一满：一共，有时意为完全，全都。
⑥ 重印本此处为"一搭里"，注解为"一块，一起"。

马：　（惊喜）甚？打黑龙寨？那群众的情绪可高得谔[①]哩！

（唱第三曲）

提起那黑龙寨叫人咳气[②]，杨国保龟子孙太得残苛；

他能绑他能抢杀害穷人，老百姓一个个恨在心里；

只盼着咱红军快快来到，打下那黑龙寨人人欢喜。

谢：　啊！好我的老马哩，我今天正要给你讨论这事情，红军这几天就要打黑龙寨，这边的党员群众赤卫军准备好，配合红军打下黑龙寨，小理河川就明着红哩！

（唱第四曲）

花儿遍地开，红军就要来，这几天就要打下黑龙寨；

活捉团总杨国保，为咱们穷人除祸害！

马：　那咱可做得来哩，活捉狗日的杨国保！

谢：　（接唱）

这些事情，大家要商讨，咱们的同志们都要准备好；

眼看着红军就来到，小理河川闹红了。

马：　（兴奋地）咱可弄美哩，咱们白儿黑地盼的咱红军，迩刻红军真的要来了，咱们穷人翻身的一天到伴[③]要来了！

谢：　老马，我看迩刻立马[④]就去寻老李、老田、周子山他们来开会！

马：　对，（对内）我说你咱快出来！（英上）你咱快去寻老李、老田、周子山来开会，有要紧的事要商量哩！你咱去看看海旺、二老周回来了没？

英：　对，唔，锅里水滚哩，叫我把面捞出来……

马：　好你哩，迩刻穷人要翻身哩嘛，我们各自闹，你快去！

英：　对。（欲走）

[①] 谔：极，甚。
[②] 咳气：生气。
[③] 到伴：到底。
[④] 立马：立刻。

马： 唔，你路上要是碰见反对派坏家伙，你就说我难活[1]哩，害了羊毛疔，寻医生的，你快去！操心！

英： 我知道了！

［英开门下。马出门看一下，关门。

谢： 老马，你婆姨迩刻一满积极着哩？

马： 好我的老谢哩，迩刻咱穷人要翻身了嘛，男女还不是一样的？咱回后窑吃饭去。

［谢同马一齐下。

第二小场

［聚英上。

英： （唱第五曲）

出了门往前行，去寻同志们来开会；

开会商量大事情，大家闹革命。

庄子上人睡定，黑天打洞[2]路不平；

一脚高来一脚低，去寻我兄弟。

可莫要遇上了，反对派那卖脑货；

他要是把我来叫定，我就说寻医生。

（来到张海旺家门口，打门）开门，张家！

［海旺的婆姨上，焦急地。

旺妻：（唱同上曲）

忽听有人来打门，是不是海旺回家中；

急急忙忙去开门，上前问一问。

（白）谁打门呢？

英[3]：（打暗号）我，聚英。快开门！

---

[1] 难活：即害病。
[2] 黑天打洞：形容夜黑难行。
[3] 此处据文意补全角色，原作无。重印本此处人物角色即为张聚英。

旺妻：（开门）唔，二姐，半夜三更你怎到我门下来哩？（关门）

英：　唔，老谢来了，今黑地有要紧事情要讨论，海旺回来了没？

旺妻①：没嘛，不哩②把人直急死！

英：　真个没回来？

旺妻：那③说是天一摸黑就回来的嘛，至迩刻还没回来，可不要出了什么岔子？

英：　你不要急，我到周子山家里看看二老周回来没有，你咱不要急。我走呀！（开门）

旺妻：你打问了给咱通个信儿。

英：　（赶快以手示旺妻叫她小声，关门）对，你在呀，我打问到就给你通个信儿。（开门）

旺妻：二姐，你黑天半夜，操操心走！

英：　对。（欲走）

旺妻：二姐……（很快被英摆手止住）

〔聚英下，旺妻下。

第三小场

〔周子山上，厌烦地。

周：　（唱第六曲）

周子山这几天好不厌烦，心里头压下事难对人言；
小组会上被别人批评一顿，倒显得马红志比我高强。
我和他从小里一搭长大，那兹儿价④那娃娃常听我话；
到如今一搭里闹了革命，谁知道闹革命我反不如他。
凭本事马红志他有什么，为什么同志们都拥护他？！

---

① 此处原作"旺"，据重印本改正。下同，不再一一出注。
② 不哩：要不然怎么会。
③ 此处原文如此，疑为"他"。
④ 那兹儿价：那时候。

有一天我把那功劳立下，到那时叫众人看看咱家！

（白）哎，前几天我给李云贵家定成分，我给他定个富农，众人说我过左了，马红志就把我批评了一顿。哼！马红志这娃娃嘛，也是蛤蟆爬到花椒树上，麻得甚也不知道了！按李云贵家的家当，他明明是个富农嘛，你们说我过左了，我还要说你们过右哩！（稍停）今儿我兄弟到黑龙寨密查去了，到这早还不回来，不知道怎价哩？……

〔周子山的兄弟二老周醉熏熏〔醺醺〕地上。

二：（唱第七曲）

　　黑龙寨遇见了相好拜识，喝烧酒喝得我醉打马糊；
　　迷糊糊听人说捉定共产，莫不是张海旺叫人捉定。

（白）我，二老周，今儿早起马红志派我和张海旺到黑龙寨密查去哩，谁知道在寨子上遇见民团上的牛队长牛大海，他是我的相好拜识，又是会门上的朋友，拉我到酒馆里喝酒，喝得我醉打马糊什么也不知道咧，罢了我出寨子听人说捉定了一个共产，大半是张海旺遭了凶险，我快快回家去！

（到门口打门）老大，开门！

周：谁？

二：老大，开门！

〔周开门，二进门，二呕吐，周扶二。

周：你在哪里喝得这醉打马糊的？你到黑龙寨密查去咧么？

二：去来哩么！

周：那你密查得怎价哩？你到马红志那里去来哩么？

二：哎呀，老大，不好了！

周：怎价不好了？

二：（唱同上曲）

　　我和那张海旺前去密查，牛大海老拜识他把我拉；

周：拉你做什么？

二：（接唱）

下酒馆喝得我迷迷糊糊，忘记了马红志派我密查。

周：　看你这娃真是个冒失鬼，又把儿事①做下了，海旺怎价哩？

二：　（接唱第八曲）

喝罢酒我正要把寨子来下，忽听得耳旁边哇呼吵闹；

有人说捉定了一个共产，我一想这事情大约糟糕；

莫不是张海旺叫人捉定，我東左脚東右腿②就往回跑。

周：　（又急又气）看这娃真是个冒失鬼，把人急炸了③，明儿个人家又要批评，哎，你做下这号事情，真是狐子打不着反倒落了一屁股骚，明儿你挨头子④，我也要跟着你受连累。

〔张聚英急上。

英：　（打门）老周，老周，快开门！

周：　（有些吃惊）谁？

英：　（打暗号）我，聚英，你家二老周回来了没？

周：　（悄悄对二）看马红志他婆姨来寻他兄弟来哩，快，回后头去！（二下）

〔周开门，英进门。

英：　你家二老周回来了没？——海旺和他一搭到黑龙寨去密查的么，迩刻回来了嘛？

周：　没嘛，我兄弟也没回嘛，这怎价办哩？

英：　那末不要出了什么事情？

周：　哎呀，这早还不回，可不要出了什么事情，让我寻个人去打问一卦⑤。

英：　这事情怎价办嘛。——唔，老谢同志来了，叫你开会去，还叫你去寻老田、老李，你咱快些来！

周：　对，对，你先走，我就来！

英：　你咱快来。（聚英下）

---

① 儿事：坏事。
② 重印本为"撇左脚拐右腿"。
③ 急炸了：急坏了。
④ 挨头子：挨整，挨批评。
⑤ 打问一卦：打问，即打听，打探。一卦，即一下。

周：（关门）这怎价办嘛？

（唱第九曲）

我老二真是个冒失鬼，真不该做下了这瞎事情；

明日里同志们一定批评，连累我周子山也难为情。

左一思右一想怎价办好？叫老二躲在家不许出门；

明日里我到那黑龙寨去，找到那牛队长好好活动。

我要把张海旺救回家中，到那时再让老二出门见人；

我就说我一个人救出两条命，叫众人看看我能行不能行！

（对内）老二，你出来！

［二老周上。

周：老二，我要去开会去，你到后头去睡下了，不敢出门，等我开罢了会回来再告诉你怎价办！来，你给来把门插上，（跨出门去）把门插上！

［二插门。

周：（对门缝）不是我来不拘谁叫门都不要开门呀！

二：唔。（下）

［周子山下。

第四小场

［英急上。

英：（唱第十曲）

听说我兄弟没回还，不由我心中好熬煎，

急忙回家见老谢，讨论一番。

（打门）开门！开门！（打暗号）

［马、谢急上。马开门。

英：（进门，关门）海旺和二老周到迩刻还没回来！

马：怎价？

英：那怕是出了什么事叫人抓去了？！

马：说了今儿黑地一定回来的嘛！

谢：　怎价？两个人到迤刻还没回，会不会发生什么问题，要好好地估计一下。老马！这两个人坚定着哩吧？

马：　海旺一满没问题，坚定着哩！就是二老周……先前也没问题，就是最近他哥哥大老周在工作合头①有些不高兴处。

谢：　他是怎价个不高兴？

马：　就是众人对他工作合头有些意见，批评了他，他就不高兴。

英：　我看不会吧，才将我到他家里，他家二老周也没回来，他也急得不能行，他还寻人去打问去了！

谢：　这事要先打问个确实消息再说。

马：　对。

　　　〔周子山、田生贵、李登高上。

田：　（看看周围，打门）开门！（打暗号）

马：　唔，他们来咧。（去开门）

　　　〔众人进门，马出门看一看，又关门。

田：　（看看老谢兴奋的）老谢，你来咧！

李、周：　老谢，你来咧！

谢：　今儿我来了一回，才将她去寻了你们一回，迤刻你们大家这一各多②又来了，怕有什么暴露，我看咱们还是放个哨出去。

李：　你看让谁去？

谢：　今儿这个会很重要，咱们大家都要发表意见，我看，（对马）让你的婆姨给咱放个哨，你看好哩不好？

马：　好嘛。

英：　能行哩！

马：　（对英）你就到门外起，那水碾底下，毛圈墙上，那达是个放哨的好地点，对不对？在那里放哨，从沟里头出来的，里里头出来的，山脑圪③

---

① 合头：中间，里头。
② 一各多：大群，很多。
③ 山脑圪：山头，山上。

下来的都能看见,你要看见沟里头、里里头、山脑峁下来人的时间,你就拿咱们那顶门棍在窑后头敲个三下,对不对?

英: 对,我知道哩!(拿顶门棍下)

谢: 我还有个意见,咱们今天这个会很重要,咱们都没有带武装,要是反革命坏家伙来了,咱们还要寻个地方隐蔽一下哩!

马: 不怕,不怕!反对派来了,一定从前头先进来,我早就在后起准备好了,一有什么变动,众人跟我走。

谢: 那好。

李: 我有个意见,海旺至迩刻还没回来怎办呀?

田: 这早还没回来,可不是出了什么事情?二老周也没回?

周: 是嘛。

李: 老马哥,我看派人去打问一卦。

马: 老周不是说寻人去打问了嘛。

周: 这早晚怎能打问嘛,还不是送去……

李: 那这事情怎办哩嘛?

周: 我看那,明个我到黑龙寨民团上去走一趟,想个办法把他俩救得回来!

李: 你有什么办法?

周: 那咱嘴上说是不顶事,明儿个我把人救得回来,众人面前再说好咧,迩刻老谢来了,不是说有要紧事情要讨论的么?

马: 对,对,咱先讨论,黑龙寨上就是有了什么变动,也不妨事。(对谢)老谢,迩刻你就给众人报告一下吧!

谢: 对,我给同志们报告一个好消息:

(唱第十一曲)

花儿遍地开,咱们红军就要来,这几天就要打下黑龙寨;
活捉团总杨国保,为咱们穷人除祸害。

田: 这下可闹美了。

李: 白日黑地里盼望的就是这一天嘛。

周: 这下子可好了。

谢：（接唱）

这件事情大家要商讨，咱们的同志们都要准备好；

组织起来赤卫军，磨明矛子擦亮了刀。

田：群众情绪一满高得谔哩！

李：土枪土炮早都准备好了，矛尖尖一满磨得明明价，就等着哩嘛。

周：这下有办法了。

谢：（接唱）

赶快把人派，密查那黑龙寨，宣传那众团丁归顺咱红军来；

士兵交枪不打人，大家一齐来闹革命。

马：对！老谢说的咱众人都听到了，这闹革命是咱穷人翻身的事情，这是件大事情，咱们可要操心地闹，迩刻咱把工作分配一下！

周：（抢着说）我看这到黑龙寨活动民团提枪①的事我去，我去了包管有办法！

田：我看这事情还是大家讨论。

马：对！

李：我说，活动民团这事还是老马哥去，他在民团上有几个能拉话的人，老马哥去了有办法，保险着哩！

周：（有些生气地）李登高，你就看我不行？我一定要去！

谢：工作嘛，大家好好价讨论嘛！

周：（有气未平）那讨论……

马：对，大家好好价讨论。

田：我看老李去闹赤卫军，我，交通，老马哥到黑龙寨活动民团，老周嘛，我看是宣传，散传单，贴标语……

周：（受了污辱似的）啊，工作一满由你们分配哩！你想怎价就怎价？我革命就不要闹了，一满叫你们闹去！……

马：呵，老周，有话咱好好价说，闹革命是咱穷人翻身嘛，要齐心地闹，可不

---

① 提枪：即瓦解敌军获取枪支。

敢一说话就瞪眼，有事众人好好价讨论嘛，你说对不对？

周：（换了口气）好同志哩，我也是为着革命嘛，这一回不拘长短我一定要去，我包管有办法，到民团上把枪提得来，把海旺和我家老二救出来。

谢：老周，你把你的办法说个一卦！

周：我在民团上拜识可多哩，陈七、李生荣、王凤山……

马：（对周）悄悄价……

周：陈七、王凤山、李生荣，你们晓得这可都是好成分哩！老马哥还不是给王凤山拉过话哩？

马：（考虑一阵）那好，就让他去。（对周）你去了那就只能寻这几个人，可不敢乱寻人，有办法咱好好活动，没办法回来咱大家想办法！

周：那我听老马哥的话好好价活动。

马：众人还有意见没？那迩刻工作就这么分配，老田，闹交通；老李，闹赤卫军；老周，去民团活动；我嘛，就留在地方上工作。

众：对！

马：闹革命为咱穷人翻身，要齐心闹，大家操心，（看门）可要保守秘密哩。

田、周、李：那我们迩刻回呀！

马：唔，不敢一搭里回去，一个走了再一个走！

田：那迩刻我先回。（开门，出门）

（唱第十二曲）

打下那黑龙寨分地分粮，穷人们救自己来闹革命。

周：（出门）（唱第十三曲）

明日里我偏要把牛队长寻，事办好叫你们看我本领。

〔马关门。

谢：今儿老周要自动地到黑龙寨去，这问题不简单，老周这人怎价？坚定着哩吧？

马：老周这人就不是实心闹革命的。一满为个自盘算，什么事都爱往前里抢！

谢： 我看明儿再派一人跟他去，可不要出什么事！

马： （对李）老李！我看明日你去一趟！

李： 对！

马： 你黑龙寨不有亲戚哩？咱买上些东西探亲戚去！

李： 对，那我明儿去一趟！

谢： （对李）你明儿去，千万可要注意方式哩，不要叫他发现你是监视他的，你看他怎价把人往出救的！一有事情赶快回来报告老马！

李： 对。那我迩刻回呀！

马： 你把聚英的哨撤回来。

李： 对。（开门，下）

谢： 那我迩刻也该回了！

马： 对，咱不敢从来路上走，怕碰见反对派坏家伙，绕小路走。我送你出去！

［两人出门，英进门。

英： （低声）老谢你咱就走呀？

谢： 唔，今儿你放哨辛苦啦！

英： 没什么。

马： （对英）我送老谢出村子，一时儿就回！

［谢、马出门，下。英关门，下。

第二场

时　间：接上

地　点：黑龙寨

第一小场

［民团队长牛大海手拿酒壶酒盅大笑着上，已经喝得有些醉了，但还

是拿着酒盅在喝。

牛： （唱第一曲）

　　人交好运真痛快，二老周送到我门上来；

　　这一下我升官又发财，这才是正想上天有了天梯；

　　人人都说我"五态"①好，四十岁上把红运交。

　　（笑）哈哈哈哈……真个，我才将过了四十岁的生日，就交了红运了——夜儿个②二老周和张海旺到黑龙寨来，谁知道张海旺是个红军的探子，夜儿个听说张海旺叫团总捉定了，二老周也一定是个红军的探子，可是我夜个还不知道，还美美地请了二老周一顿好酒好肉，好你个二老周哩，你吃了我的好酒好肉，可不能白白地便宜了你，虽说咱们都是会门上的弟兄，迩刻也顾不上讲什么义气了，叫我到团总那里去报告，把二老周提③得来，再把马家沟的共产党一闹子净做息了④，那时间，我又升官，又发财，哈哈哈哈……

　　[团丁上。

丁： 报告牛队长，外起有一个周子山要来见你！

牛： 呃，谁家？

丁： 就是那马家沟二老周的哥哥周子山！

牛： （大喜）啊！二老周的哥哥周子山也来了，这才是我老牛老牛，红运当头，又是一个送到门上来了，唔，叫我慢慢谜打⑤他，把狗日的真话套出来，叫他绑定送到团总那里！（对丁）叫他上来！

丁： 对！（欲下）

牛： 回来！叫几个弟兄在后头谋虑⑥好，一时儿听我一打招呼，就上来把狗日的绑定！

---

① 五态：五官。
② 夜儿个：昨天。
③ 此处"提"疑为"捉"之误，重印本为"捉"。
④ 一闹子净做息了：一下子都搞干净了。
⑤ 谜打：侦查，哄骗，笼络。
⑥ 谋虑：算计。

丁：　是！（下）

　　　［周子山上。

周：　（唱第二曲）

　　　夜黑地众人前说了大话，今日里事不成怎能回家？

牛：　（客气地）啊，子山，你来了，咱坐咱坐。（两人坐）呵，夜天里你兄弟还到我这里来串来哩，我还叫他代我问道你呢。

周：　不敢那么价嘛，我早该来问道牛队长的！

牛：　哎，自家人嘛，你还这样客气？！这一向的光景怎样咧？

周：　唉，受苦人嘛，还不就那么个样子，再说，迩刻的世道也变咧！

牛：　就是嘛，迩刻闹红军了，这儿也闹哩那儿也闹咧，不知道到伴闹到哪里价咧？

周：　啊，听说红军迩刻闹得可厉害哩，老百姓十个就有九个随了人家红军的，就说咱这会门上，随了人家红军的也多着咧！

牛：　唉，兄弟，（把周拉到一边，装得很知心地）我有几句心里的话难给人讲，我就怕将来世道一变，我们撑不上，这就不是吃不开咧？

周：　是嘛，自古常言，"乱世出英雄"，像你这样才干的人，要不出来干一干，连我还都替你受屈哩！

牛：　哎呀，兄弟，你这句话可戳到我心眼上了，真是我的好兄弟，（拍周肩）兄弟迩刻我把心上的话给你说了吧，我看革命迩刻闹得实在红火①，我也想闹一闹就是没人给咱带路，唉！有些人看我吃了民团上的饭，以为我真个顺了团总，有话都不给咱说，实在嘛，我本心可不是那么。

周：　老三，你不要多心，像你这样才干的只要你肯出来干，咱兄弟们还不是至死也要跟着你哩。

牛：　兄弟，我老牛是直性子人，迩刻咱们把话说开，水泼开，不要说那些黑话，咱们会门上讲的就是义气，迩刻连你们周家的弟兄我的老拜识都不相信我了，叫外边人怎价能相信我。那我只有这样（拔刀子假装

---

① 红火：兴旺，热闹。

戳自己的腿）……

周：（快上前挡住）老三，老三，不敢，不敢这样，只要是你闹革命，我们请还请不来呢，哎，我今儿就是为这事来的！

（唱第三曲）

叫一声老三你不要多心，你听我周子山细说分明：

共产党闹革命势力众大，老百姓一个个随了红军；

眼看着这世道就要改变，咱兄弟要把这世道看开。

黑龙寨杨团总欺压穷人，老百姓一个个咬牙痛恨；

共产党前川里调来红军，不打下黑龙寨死不回兵！

游击队赤卫军刀枪如林，要保定黑龙寨你白白操心。

牛：啊，兄弟，看你不给我说我还在黑风洞里生着①呢，……好！咱们怎价动手呀？

周：（接唱）

寨子外设下了天罗地网，只盼这寨子里有咱一心人；

难得你脑筋开顺了革命，指望你在这里头好好活动；

活动人活动枪暗地埋藏，一等那红军来里杀外打。

牛：怎价还要活动人活动枪？这一下厉害，这事情我承当起！

周：（唱）

打下了黑龙寨你立大功，到那时众人前你逞英雄！

就凭着咱兄弟这样才干，到那边包管你站人头前。

在那边我本是被人小看，那边的胡脑子②与我为难；

这一下咱兄弟闹到一搭，闹革命打天下时势归咱。

（兴奋地）啊！到那时间，咱就闹美咧！

牛：（突然大笑）哈哈哈哈，兄弟，别说到那时候，迩刻也就够美哩！（对后）来人！（团丁二人上）把他绑起！

---

① 生着：待着。
② 胡脑子：糊涂蛋。

〔团丁上来绑周。

周：（莫明〔名〕其妙地挣扎着，但已经不能动弹）哎，老三，这是怎个事情？！

牛：（冷冷地）哼，兄弟，你暂时委屈一下。

周：（知道上了当）你，牛大海，你"黑金反叛"你出卖自己人，你心坏哩？！

牛：（严厉地）什么心坏不心坏？！我解不开①！

（唱第四曲）

周子山你胆子真不小，老虎嘴上你敢拔毛；

我牛大海翻脸不认人，你给我到团总那里走一遭！

（对丁）走！

〔团丁绑周子山下。

第二小场

〔团总杨国保上。

杨：（唱第五曲）

如今的时势颠倒颠，穷人们起来要造反，

圪里圪崂②闹共产，竟然闹到我门前。

杨团总我心里好咳气，给他个厉害看一看！

肃反会工作我加紧干，要把共产党都杀完。

（白）哼！闹红，闹红，迟刻闹到我门上来哩，连马家沟都有了共产党哩！还派上探子到我黑龙寨来！夜儿，我抓住马家沟共产党张海旺，狗日的硬得厉害，打了半死拉活，连一句话也不说！好嘛，看我杨团总③有办法把你马家沟的共产党拾剁〔掇〕得一干二净！

〔牛大海兴奋地上。

牛：杨团总，杨团总！我又捉定了一个共产党，又是马家沟的！驴日的好

---

① 解不开：解读 hài，解不开，即不懂，不明白。
② 圪里圪崂：圪，即角落；圪里圪崂，即到处，各个角落。
③ 此处原文如此，第二个"总"字疑衍，重印本无。

　　　　大胆，探到我家里来咧，活动我去投红军，叫我活动人，提枪，还要打咱们的黑龙寨，迩刻叫我绑定了！

杨：　来拔我的老根子来哩，谁家？

牛：　周子山嘛，看样子还像个头头上的人呢。

杨：　噢，周子山，还是个头头上的人，迩刻在哪里啦？

牛：　在外起，我叫人带上来。

杨：　等个一阵。（考虑）唔，周子山，还是个头头上的人，（对牛）他给你说的些什么？你看这人怎样？

牛：　他净是瞎说哩，说要我和他一搭里闹革命，打天下，打下了天下我们好做头头上的人。

杨：　噢，他还给你说这些来哩，你看这人闹革命实心不实心？

牛：　呃，那些人么，我看弄不成，周子山和他们一搭的人还不对头呢。

杨：　啊，那好么！他还给你说些甚？

牛：　我看那神气还想叫我过去给他撑一撑，再没说甚。

杨：　哈，那就好么。牛队长！我们要拾剁〔掇〕马家沟的共产党，全靠在这个人身上哩，我们一定想把①办法把他日谜②过来。你把他带上来。

（牛下）

（唱第六曲）

我这里给他定下巧计，要把周子山来日谜；

只要周子山顺了咱家，马家沟的共产党逃到哪里去？！

〔牛带周上，团丁随后。

〔乐器起伴奏第七曲，极慢的速度。

杨：　（装腔）（对牛）你们这是做什么哩！这是咱乡亲门户的你就不认识了？快给放脱！（上去给周解绑）你们还不下去！（团丁下）（对牛）喂，到厨房给打上口饭，（牛下）（对周）啊，子山，不要咳气，等一时儿，

---

① 此处原文如此，"把"字疑衍，重印本无。
② 日谜：即设圈套使对方落入。

吃了饭再回去。

周：（又气，又惶恐）不吃！

杨：哎，不要客气么，咱都是乡亲门户的，你到我这搭儿价就和在你自己家里一样，咱们随便拉它①拉它。

周：……

杨：迩刻时势乱哩，这里也闹共产，那里也闹共产，咳，只要能闹出个名堂来也算上，哎，我看呀，不支事，闹不成！你不要看他们迩刻开会呀，斗争呀，分土地呀，吃羊呀……要是我们主家②来了，他们吃我们一只羊，将来一条命还抵不上呢！

周：……

杨：我看呀，闹革命是提着脑袋耍把戏啊！闹革命，闹革命，搧手③要把自家的命先割哩，啊——再说么，就是闹成了，好处也不是各自一个人的。哎！咱何必担这心思，吃这些苦头！

周：……

杨：我看你还是到我们这头来，愿做官，愿使唤钱，咱有的是！人生在世就是为了一个吃穿么！

周：……

杨：子山，我和你说的一满是心上的话，你好好想一想。

周：（唱第七曲）
　　夜黑天众人前我把口夸，今天里这情形我怎能回家？！
　　在那边我本是被人小看，这一来想出头更没办法。
　　倒不如我心一变随了这边，杨团总总不会小看咱家；
　　人活在世上为名为利，从今后靠团总定有办法。

杨：子山，你想得怎样了？

---

① 拉它：即拉话，谈心。
② 主家：即地主。
③ 此处原文如此，重印本亦为"搧手"，经查，山西、陕西、内蒙古等地方言中有"闪手"一词，意为"眼看"，表示有很大可能性的推测，此处当为作者根据方言转写。

周：（无耻地）团总的话我一满都解下哩，就是……

杨：那好，我早就知道你是个明白人么，你还有什么话，直情地说！

周：这一下我就算反对红军共产党了，共产党红军人家也不会放过咱，以后的事情还要（有言外之意）……

杨：（一下就知道了周的意思）哎，子山，看你说的！迩刻你顺了咱们，我请还请不来的，以后你的光景日月，你的出路一满有我，迩刻我就派人把你兄弟二老周接到咱这里来，来人！（团丁上）去到马家沟把周子山的兄弟二老周接到咱这里来！（团丁下）子山，你以后就参加咱的肃反会在这搭工作，以后你的光景就不要愁了！

周：才将，牛队长那一手可凶得谔咧！

杨：唉，不要见怪，那是要笑哩！常言说"不打着不成一家"嘛。哈哈哈，好，迩刻就把马家沟共产党情形给我说一下！

周：（唱第七曲）

马家沟的老百姓都随了红军，马红志他领头闹了革命；
李登高田生贵张家海旺，全庄上一满有五十多人。
谢玉林他是那红军队长，夜黑里悄悄价来到我村；
大伙儿开了会订了计划，要打下黑龙寨欢迎红军。

杨：还要打我的黑龙寨，好驴日的，马家沟还有谁家？

周：还有冯生炳、李老七、田凤英、张聚英；李登高是赤卫队长，张海旺也是头头上的人！

杨：张海旺负的什么责任？

周：张海旺是红军的交通，这一带上下川的庄子他到处活动，蒋家崖黄风峪他都接头过，谁随了红军他一满清楚……

杨：啊？连蒋家崖黄风峪都有了共产党了？（对后）牛队长把张海旺带上来。（向周）子山！我们要把马家沟黄风峪这几个庄子上的共产党拾剁〔掇〕干净，这事全在你身上，你要能把海旺说得顺了咱们那就是你一件大大的功劳啦。

〔牛队长带海旺上，团丁持枪跟上。

〔海旺不屈服地，坚决，愤怒。

〔乐器起伴奏第八曲。

〔海上来第一眼就看见了周子山……

杨：（又上去解绑）哎，快放脱！快放脱！（解了绑）海旺，我们说的你不听，迩刻叫你们一伙儿的人给你说去！（示意给周）

周：海旺兄弟！（假哭）咱们不支事了！咱们的庄子叫人家队伍给洗了，你姐夫，你姐姐，你婆姨叫人家断跑了……

海：（愤怒地打周一耳光）日你妈的！你狗日的还瞎说哩？！你狗日的叛变哩，你这个坏仔仔！

牛：（大怒）狗日的这样厉害！拾剁〔掇〕你狗日的！（欲拔枪）

杨：（快制止牛）不要这样！不要这样！咱好好价说。

周：（又无耻地上来）咱海旺兄弟，你不要咳气么，你……

海：（卑视地）你这坏孙！还瞎说！

杨：哎，海旺，不要硬将么，有话好好价说。

海：（对杨）日你妈的！你狗日的坏心眼我还不知道！你想要我反革命，你狗日的眼窝倒着哩！我革命是我们穷人要翻身，谁想挡也挡不定，拉也拉不住！你狗日的还想把我骗过去哩？！你们这些豪绅团总还想一辈一辈在我们穷人头上辱蹋哩？！

周：（又上前）海旺，你有话给团总好好价说么！

海：（愤怒地制止他）你这个反革命！你卖了穷人哩，你溜了豪绅团总的沟子哩！你慢慢看吧！总有一天把你狗日的脑袋给割来当尿罐！

牛：（大怒，拔出枪来）狗日的！你越来越厉害了！老子一枪……

杨：（又止牛）不要不要！

海：老子叫你们这号团总豪绅捉定了，我就没打算活！闹革命就不怕死！你狗日的想怎价就怎价！日你妈的！呸！（吐了团总一口）

杨：（跳了起来）咳，这样厉害！拉下去杀了！

海：你杀！你杀！穷人你杀不完，共产党你杀不完，你今儿把我杀了，明儿红军就来了，红军来了把你们狗日的一伙儿杀得光光的！

〔团丁推海。

海： （大喊）你杀！你杀！共产党你总杀不完的！

〔团丁推海下，牛跟下。

〔枪声。

周： （对杨）这狗日的非杀不可！

〔牛上。

杨： （对牛）牛队长！一不做，二不休，你带上队伍到马家沟把狗日的村子给洗了，快！快！

牛： 对！（急下）

〔杨下，周跟下。

第三场

时　间：接上

地　点：马家沟

第一小场

〔李登高急急跑上。

李： （唱第一曲）

李登高急忙忙跑回家中，要把那紧急事报告众人：
周子山黑龙寨叫人捉定，杨团总龟子孙发了大兵；
这一回马家沟准备大战，回去找同志们紧急动员。
（来到老马门口，打门）老马哥！老马哥！

〔马上。

马： （开门）老李回来了！

李： 老马哥，牛大海龟子孙带了民团来洗咱们的庄子了！

马：怎价？

李：牛大海带的民团离咱们庄子只有十几里地了！

马：周子山到哪里去了？

李：狗日的周子山一到黑龙寨就去寻牛大海，不一时就叫人家捉定了，他那里一被捉定，民团龟子孙牛大海就带了队伍来了！

马：（对内）喂，我说你，你咱快出来！（英上）你快去寻老田去，就说有要紧事立马要商量！（英欲下）唔，等一下！

李：老马哥，你看该压哨①吧？

马：对，你看派谁去？

李：（对英）你咱快寻张炳生、李贵山快去压哨！

英：对！（欲下）

马：（对英）等一下！你把田凤英和李老七寻来，叫田凤英挎上个篮篮，就说我有事要她办！

英：对，知道了！（急下）

李：老马哥，你看这事怎价办？

马：牛大海带来了多少人？多少枪？

李：一满有一百几十号人，五六十杆马拐枪，还有五六杆盒子！

［田凤英急上，进门。

凤：老马，是你找我哩？

马：唔，田凤英来了！（对凤）民团龟子孙带人来洗咱们庄子了，离咱们庄子只有十几里路了。你李家峁不是有亲戚哩？你赶紧买上些挂面，装得探亲戚去！把消息放得灵通些，一有什么变动，赶紧回来报告！

凤：对！（急下）

李：（对后台喊）噢——张炳生，李云山，赶紧搁上②镢头到山顶上放哨去，一有变动就隔山只是个吼③！

---

① 压哨：布哨，放哨。
② 搁上：读 nào，搁上即扛上。
③ 陕北土地革命战争时，赤卫军和革命群众，遇有敌情，在山上吼叫，山山相传，传递紧急消息及战斗命令等。

马：　（也喊）对，拦上镢头快去！

　　　［田生贵急上。

田：　怎价？情况有了变动哩？

李：　是嘛，狗日的牛大海带民团来洗咱们的庄子了，迩刻离咱们庄子怕只有七八里路了！

马：　（对李、田）你们看怎价办？

李、田：　打嘛，狗日的来了，咱就打！

马：　对！老田！立马写上封鸡毛信给上川红军，给老谢，叫上川红军立马下来！再给唐家圪垯李家洼赤卫军也写上封鸡毛信，叫他们立马到马家沟来集合，接济咱们！

田：　对！（写信）

马：　（对老李）唔，老李，你立马把赤卫队集合起来！把红旗拦起来！把咱庄上老财们和二流呼他的①家伙监视起来！再寻两个坚定的人到上川送信去！

李：　对！（急下）

　　　［报讯人急上。

报：　老马，老马！不好了，狗日的民团离我们蒋家崖只有二里路了，我们老王叫我来给你说一下，要你们操心布置！

马：　对，我们这里没问题，你们快回去布置你们的去！

　　　［报讯人急下。

　　　［马正欲准备武器，老郭、二疙瘩上。

老郭、疙②：　老马哥，老马哥！

马：　（对老郭）唔，老郭！（田拿好信交马，马交甲）立马把这封信送到上川红军去，叫老谢，叫咱们红军立马下来！唔，要是路上碰见敌人，信撂不办③，就把信吃到肚子里去！咱要操心，快些送去！

---

① 二流呼他的：不三不四的，不正经的，可疑的。
② 此处原文为"乙"，应为"二疙瘩"，重印本已改正为"二疙瘩"。
③ 信撂不办：即来不及销毁信件。

老郭：对！（下）

马：（对二疙瘩）唔，二疙瘩，快到咱后山峁上①对唐家圪塄李家洼只是个吼，叫他们赤卫军立马调到咱马家沟来配合咱们打民团龟子孙！

疙：对！（下）

　　〔马红志拿出手枪给田生贵，自己把盒子别起来，胳膊上缠上红布。

　　〔声：唔——唐家圪塄的，李家洼的，快把赤卫军调过来！狗日的民团龟子孙快来哩！

　　〔聚英及妇女甲、乙扶海旺妻上。

　　〔音乐伴奏第二曲。

　　〔旺妻知道了海旺亡命的消息，也知道了立马就要闹革命，大翻身……

马：唔，海旺家②，你放宽心，海旺兄弟为咱众人亡命了，流血牺牲了，众人一定给他报仇！（对英）聚英！你带着你那队人退到后牛犄沟去，那里成了咱们的后方了，到那里准备好，给咱们红军下来的伤号换药！（对旺妻）海旺家！你带上你那一组人，到那里做上几百号人的饭，咱红军下来了要吃饭，你们看能行不？

英：能行哩！

旺妻：能行哩！

马：你们把庄上婆姨娃娃都引到后牛犄沟安顿下，这责任能负不能？

妇众：能行哩！

妇甲：老马，把杨国保捉定乱片子③踩死他！

妇乙：我们把他千刀万剐了！

　　〔妇丙疯狂似的急上。

妇丙：老马哥，老马哥，你给我们作主呵！民团坏孙到了我们庄子上了，把婆姨娃娃欺负得一满不能行！我们一家人都叫那给害了！

马：对！你咱跟他们到后牛犄沟去！

---

① 后山峁上：后山顶上。
② 海旺家：对海旺妻子的称呼。
③ 乱片子：乱脚。

〔妇甲、乙、海旺妻及妇丙一起下。

〔马准备收拾。

马： （对田）老田，你快把文件整理好，保藏起来，不要有什么损失！这个责任你可要负哩！

田： 对！（收拾文件）

〔后台，李："赤卫军，快，集合了！"赤卫军唱歌上。

〔齐唱，同第一场第二曲。

红军共产党天心顺，全世界老百姓都随红军！

一杆红旗呼嘹嘹价飘，一心要把革命闹！

盒子枪土枪不拉拉响，打得那龟子孙快快交枪！

打倒那帝国主义军阀官僚，杀尽那害民的劣绅土豪！

不纳粮不还债为救群众，先分粮后分地人人平等！

〔赤卫军们拥着红旗各背着自己的武器，兴奋激昂地上。

李： 赤卫军们，不要言传①了，听老马哥给咱们讲话！

马： 同志们！杨国保的民团要洗咱们的庄子了，离咱们只有几里路了，狗日的杨国保旧前杀过咱们的人，抢过咱们的东西，今早起连咱们海旺兄弟也给害了，你们说该怎价办？

众： （群众愤慨）打！打他狗日的！报仇！报仇！

马： 对！同志们，迩刻咱们闹起了革命，咱们不要怕流血牺牲，咱们要奋斗到底！你们说对不对？

众： 对，不怕！干到底！

马： 迩刻咱们上川的红军立马就要下来了，咱们和咱红军一起去打开黑龙寨，给咱众人报仇！打开了黑龙寨咱们要分土地，分牛羊，分粮食，你们说好不好？

众： 好啊！分土地，分粮食，穷人们有饭吃！穷人们翻身了！

马： 好！赤卫队第一排压在东山峁上，看见民团龟子孙来了，就是个打！

---

① 言传：说话。

第二排第三排在后沟里前头一节、后头一节埋伏下，民团来了给他们个马后炮，迩刻就这样布置下去！

［赤卫军甲跑上。

赤甲：老马哥，老马哥，信不要送了，老谢来了！

马：啊，老谢来了！

众：（欢呼）老谢来了！

［谢身着红军正规服装急上。

谢：（对众）同志们！咱们的红军立马就下来了，离这里只有二里地了！

众：（鼓掌欢呼）好啊！

谢：迩刻我没多的时间来讲话，咱们立马就打黑龙寨，打开黑龙寨，咱们穷人就翻身了！

众：（欢腾）对！好啊！

［赤卫军丙急上。

赤丙：老马哥，民团坏孙来到咱东山峁下头了！

马：同志们！咱立马出动！

［众欢腾鼓舞地快步进行。齐唱。

红军共产党天心顺，全世界老百姓都随红军！

一杆红旗呼嚓嚓价飘，一心要把革命闹！

盒子枪土枪不拉拉响，打得那龟子孙快快交枪！

打倒那帝国主义军阀官僚，杀尽那害民的劣绅土豪！

不纳粮不还债为救群众，先分粮后分地人人平等！

［众急下。

第二小场

［团丁杨万喜慌慌张张地跑上。这时民团被红军和赤卫军打得落花流水，牛大海被打死，只剩下万喜一个人跑回来报讯。

喜：（唱第三曲）

跑得我杨万喜苦胆吓破，堪火里被红军把我活捉！

牛队长马家沟蹚①了脑袋，那红军黑压压随后追来！
眼看着黑龙寨就要不保，急忙忙找团总快快报告。
（一到门口就大叫）团总，团总，不好了，不好了！
〔杨正在后窑吃洋烟，听喊，便懒洋洋地上。

喜：　团总，不好了！

杨：　驴日的你是疯哩，还是魔哩？看你那披头撒脚的样子！

喜：　团总你不知道，上川的红军下②来了，人可多得谔哩，一满数呀数不伴，黑压压价，就要冲到寨子下头阳坬③上了！

杨：　（还是不信）驴日的，你还瞎说！

喜：　（急坏了）团总，你不晓得……

杨：　牛队长哪里去了？

喜：　牛队长叫人家红军打死了，咱们的队伍滚崖的滚崖，跳坬的跳坬，逃跑的逃跑，迩刻人家红军快冲到寨子跟前来了！

杨：　（大惊）那去调上队伍先撑住！快！（喜下）
〔团丁引二老周上。
〔乐器伴奏第四曲。

丁：　团总，团总，红军迩刻冲到寨子上来哩！

二：　红军一满冲过来咧，人可多哩！

杨：　那快，快快叫李队长带队先撑住！（丁下）

杨：　（对二）二老周，你哥哥迩刻已经顺了我们了，你也是我们的人了。

二：　我一满听我们老大的话，他叫我怎价我就怎价。

杨：　那好！
〔听见红军进军的歌声，喊叫声。
〔万喜急上。

喜：　团总，红军迩刻冲上寨子上哩！

---

① 蹚：掉。
② 此处原文如此，重印本为"上"。
③ 阳坬：向阳的山坡。

杨：　那快调人去打嘛，快调人！

喜：　队伍各自跑了一大半了！

杨：　那，那快到后头帮助太太把金银细软拾刹〔掇〕好，准备逃走！快去叫李队长把咱们撩〔撂〕下的人整理好，准备逃出去！（万喜下）

二：　（不知所措）团总，我……

杨：　唔，对哩！（对后）来人！（团丁上）把周子山叫上来！

〔丁下，周子山上，看见了老二也在这里。

周：　我……

杨：　你留在这搭埋伏下，暗地里给我们做事，面面上还是装个红的眉眼，红军不晓得你已经随了我们了，你留在这搭，以后有人给你接头，他叫你怎价你就怎价。（打量周的面色，又看了二一眼）你留在这搭，你兄弟我们带走！（对后）来人！（喜上）拿二百响洋来！（喜下）好，你留在这搭好好做事，我们回来，包管你升官发财，你不要看红军迩刻凶，不支事，我们几天就回来的！

〔红军歌声渐大，呼："打开黑龙寨！""活捉杨国保！"

〔团丁取响洋交杨。

杨：　（给周响洋）不……不要怕，你留这搭，我们就要回来的！你要是不好好给我们做事，我们饶不了你，连你兄弟也不放过！

周：　（收下响洋）我顺了这边了，还会有三心二意？！红军的时事我还看不清楚，他们不过三五天，不支事！

杨：　好，那就对！（团丁急上）

丁：　团总！红军从东寨门上来了！

〔红军歌声，口号声，喊声震天。

杨：　那……那快逃！（狼狈奔下）

〔二、丁、喜狼狈奔下。

〔周想跟团总走，又退回，不知所措，红军喊声越来越近，欲由左方下，但为猛烈的杀声惊住，退了几步，至右方，杀声更大，后终狼狈奔下。

〔谢玉林、李登高持短枪引赤卫军跑上,各持红旗,马刀,矛子,有的打着赤膊,狂奋地喊着:"杀!活捉杨国保!"

李: 狗日的跑了!断狗日的!

谢: 追!

〔众潮水般喊着杀下。

第四场

时　间:1940年

地　点:马家沟

第一小场

〔老汉拿了个拦羊铲,挎了个小筐筐,其孙牛儿擱了个拦羊的骚镢头,二人拦着羊上。

〔羊群叫声。

老郭:(唱第一曲)

春天里春风吹草儿肥又肥,拦了羊上山坡羊儿吃个美。

牛儿:(唱同上曲)

小豆豆开花花山鸡叫妈妈,豌豆豆开花花拦羊娃打木瓜。

(白)噢!羯子,羯子!个砍脑羊!操心蹚下去!(用土块打羊)噢!球!唔!羯子羯子!(从腰里掏出一本书来读)

老郭:(唱同上曲)

自从那三五年到处闹了红,马家沟的老百姓才翻了身;

迩刻咱有土地有了羊群,吃得饱穿得暖咱成了主人。

(白)晌午了,牛儿,咱把羊拦到阴凉地里歇个一阵。(牛儿不应)听见了没?(发现牛儿在读书,心里高兴,想同他开个玩笑走到牛儿身边）个碎驴日的，羊从山脑圪上蹚下咧！

牛儿：（急起）在哪里，在哪里？

老郭：我说就要蹚下咧，迩刻还没蹚下，你要再念个一阵书那可就真个蹚下咧！牛儿，咱走咧，到阴凉处歇晌，吃干粮去！牛儿，今儿学会了几个字？

牛儿：爷爷，学会了五个，（拉爷）你看，一个牛，一个羊，人，狗，还有一个咱马家沟的马字。

老郭：（看字）别的我不认识，可是这马字咱可见多了，人下棋时间常说马别住腿了，马有四腿嘛，你这马怎成了五根了？

牛儿：（看，数）一、二、三、四……

老郭：四？

牛儿：（不好意思）啊，长下①一条腿咧！

老郭：牛儿以后可得操心记了，记不下就当不了头名咧。

牛儿：爷爷，我一定好好地念，当第一名。

老郭：对，天不早了，咱到那达歇晌去！

〔二人拦着羊在乐器伴奏中到场的一角歇起。

〔马红志，愉快地踏秧歌舞步上。

马：（唱第二曲）

转过了山峁，急忙向前走，旧前的小路变成了大路；

山坡下的麦苗绿个油油，离家五年迩刻又回到马家沟。

往年是满山荒，迩刻是种地忙，满山二洼②忙得个喜洋洋；

谁知道那政治土匪又来捣乱，不肃清那政治土匪难过太平年。

（白）自从三五年打开黑龙寨以后，咱就当了红军离开家了，迩刻五年了！这次上级调咱到这边境上肃清政治土匪、奸细，咱又回到老地方来了！听说老田在这达当了区委书记了，老李也在游击队上负了责

---

① 长下："长"读"常"；长下，即多出。

② 满山二洼：满山满洼，满山遍野。

任，都是一到伴老厚气①真是想念得厉害。听说周子山这家伙也在这搭儿，自从三五年打开黑龙寨以后，他这段历史就搞不清楚。今儿去找老田老李还得把这问题好好价讨论讨论。（走）

（唱）

急忙向前走，去找那田书记，把周子山的问题搞个仔细；

要把那奸细搞干净，要把那政治土匪来肃清。

［牛儿发现了有人来。

牛儿：哪里来的？

马：　县上下来的。

牛儿：到哪里去？

马：　到区上来的。

牛儿：拿了路条了没？

马：　拿着咧！（取路条）

［老郭听见声音熟谙，上前看。

老郭：啊！我说听了声音就熟嘛，原来真是老马来了！

马：　是老郭！老郭，你可好？！

老郭：（欢喜地）好嘛！（给马指着山上的田地，自己和孙子的新衣服）老马！迩刻一满不同了，过美了，过美了！

牛儿：这是谁？爷爷！

老郭：这就是常和你们说的咱们的老马，马红志同志嘛！

牛儿：马红志，老马同志！（上前摸马的公文皮包，看符号）

马：　（摸了牛儿）这该是德顺的娃②吧？叫个什么名？

老郭：是哩嘛，叫个牛儿。

马：　牛儿，牛儿他大③迩刻在哪里咧。

---

① 一道伴老厚气：老朋友，老相知。
② 德顺的娃：娃，小孩子；此处意为德顺的儿子。
③ 牛儿他大：大，父亲；牛儿他大，牛儿的父亲。

老郭：年时①他大自愿地参加了队伍上搁枪走了，迩刻他兄弟二疙瘩还在庄上。老马，你这些年可好？

马：　好嘛！

　　　［后台人声："大，你和谁拉话？"

老郭：（对马）二疙瘩回来了！（对内）二疙瘩快来，老马回来了！

　　　［内："老马，哪个老马？"二疙瘩上，发现老马。

疙：　老马，是你回来了！你可把我们想结实了！老马，你这几年到哪里去了？

马：　说起来话长：自从三五年离开这搭，就跟上老刘②到处闹革命，三七年上去延安，这次上级调咱到边境上来，咱又回到老地方来了！

老郭：这真是一到伴老厚气又到一搭来了！老马，老田、老李都在这里，老田当了咱们的区委书记，老李……

疙：　老李当了咱们的游击队长了！

马：　这个我都知道了。老郭，迩刻咱这边境上还平静哩不？

老郭：好倒还好，就是常闹土匪哩，从白地③来的，杀人，抢东西，抢了杀了又跑回到白地去。

疙：　迩刻咱们年青人都放哨了，防备那些狗日的。老马，你还记得咱庄上那个二老周哩吧？

马：　二老周？怎价？

老郭：变了！当了土匪了！迩刻生在白地，到咱这搭杀人，抢东西，就跑回去。

疙：　迩刻咱们要捉住这些狗日的！老马，你来得正好，你来了咱可有办法了！

老郭：老马来了，可好了。

马：　这还得靠众人力量，对不对？咱们一定能把他们捉住。（稍停）那二老

---

① 年时：去年。
② 老刘：指刘志丹。
③ 白地：白区，国民党区。

周哥哥周子山迩刻怎么样？

老郭：周子山迩刻还好，务庄稼着哩。

马：务庄稼了？（想）对，我贪拉话了，把正事忘了，我还要到区政府去哩！

老郭：再拉它拉它！

马：不了。迩刻咱区政府在哪里？

疙：老地方，在老田的家里。走，我也回去，咱们一搭里相跟上走。

老郭：再拉它拉它嘛。

马：不哩！闲下来时间再去看你！（马与疙下）

老郭：（看他们下）哎，还是往年的老马！牛儿，快走，咱们歇晌去！

〔两人拦羊走。

老郭：（唱）

春天里春风吹草儿肥又肥，拦了羊上山坡羊儿吃个美。

牛儿：（唱）

小豆豆开花花山鸡叫妈妈，豌豆豆开花花拦羊娃打木瓜。

〔羊群叫声。两人拦羊下。

第二小场

〔周子山扛镢头上。

周：（唱第三曲）

眼看着太阳落西山，周子山扛镢头回家转！

面面上我种庄稼，心里不是那庄稼汉。

回家来把镢头我撩〔撂〕到一边。

这几年时势乱出了好汉，数好汉要数我周子山；

自从那，黑龙寨，顺了团总杨国保，

埋藏在马家沟暗地里来活动。

三六年红军去东征，我在这马家沟把地来种；

见了人，嘻嘻笑，装作一个好百姓，

三头两舌欺骗又拉拢。

三七年三八年我活动得欢,讲革命讲进步我走在头前;

明地里我装好人,叫他们,都相信,

暗地里把特务活动一番。

石头队暗杀队金钱美女,这几年搞得他不得平安。

我兄弟,在白地,听我的命令来边区,

杀了人,抢了人,他再跑回去!①

(白)自从那三五年杨团总走了以后,我就埋伏在这搭,明地里我装作一个好百姓,暗地里我把特务活动一番,这几年倒也顺手,事情办得也还不赖。哎,日他妈的,谁知道好事不长,前些日子田生贵调到这搭来做区委书记,我就提心吊胆,谁知道迩刻听说马红志又要调到这搭来了。哎!真是冤家对头,又碰到一搭里来咧!我可要好好操心!(抽烟)今儿我又去信叫我兄弟到叶家坪做案子来哩,到这早晚还不见到我这里来,可不要出了什么岔子!

[杨万喜背褡裢上。

喜:（唱第四曲）

前几天我到白地走了一趟,见了那杨团总把事商量;

带回了两千元、毒药和子弹,我要去交给那周子山。

（打门）开门！

周: 谁！

喜: 我,万喜！快开门！

周:（开门,喜进门）咱是你回来了,路上没出什么岔子吧？检查站上没露出马脚来？

喜: 哎！凭咱杨万喜半辈子跑江湖的本事办事还有错？！我装成一个脚户,吆上牲灵,我就到白地去,他共产党查得再严,还能挡住咱脚户

---

① "三头两舌欺骗又拉拢"至"他再跑回去",在重印本作:问当年咱也是"老革命",三七年三八年雨过天晴,躲过了大风雨我又显威风,钢刀白,人血红,明枪暗箭一齐放,这几年搞得他不得安宁。人生在世为了甚？不过是为利又为名。扔了红旗扛白旗,这种不灵那种灵,算透了时势才是英雄。

　　　　不做生意哩？！我万喜经验可多得谔哩！我是那老手旧胳膊哩嘛，再跑他几回算什么！

周：　你见了杨团总杨科长了没？

喜：　见了。

周：　把情报交了没？

喜：　他亲自收下了。

周：　他给你带回来什么东西来没？

喜：　（拿东西交周）有哩！信、毒药、子弹，这是两千块钱！

周：　（拆信看）唔，杨科长要我们快把田生贵拾剎〔掇〕了，你们怎价还不下手嘛！

喜：　没办法嘛！人家防备得严严价！

周：　那你们可要加劲地干呀！实在没办法，（拿手枪给万喜）把这拿去，暗杀队石头队一齐下手！要是再做不下，可要受处罚哩！（又给喜毒药、钱）把毒药给你一包，这是两百元拿去分了！可要好好干哩！

喜：　（接钱）好，那我回呀！（欲走）

周：　万喜！你们可要操心，马红志来了！

喜：　甚？马红志迩刻来到这搭哩！哎呀他娘的！

周：　操心着，不要出了什么岔子！

喜：　那，那我回！

周：　你快回！（喜鬼鬼祟祟下，周关门）

（唱第五曲）

　　　上级把命令来传下，要我把田生贵赶快来杀；
　　　田生贵这家伙又精明又能干，
　　　要杀他我还要好好想办法。（下场）

第三小场

　　　〔马红志上。

马：　（唱第六曲）

　　　　心急走得快，心急走得快，快快走到老田家里来；

　　　　好兄弟多年不见面，想念得真厉害；

　　　　来到门上叫一声，快快把门开！（打门）

　　　〔田生贵、李登高上。着制服。兴奋喜悦地。

田、李：（唱同上曲）

　　　　听得有人来，赶快把门开；（开门，马进门，两人紧握马手）

　　　　原来是老马，快回窑里来；

　　　　好兄弟几年不见面呀，想念得真厉害！

田、李、马：（唱）

　　　　好兄弟今天见了面呀，心里就真痛快！（三人亲热地坐在一起）

李：　老马哥！听说你要来了，可把我们等结实了！

田：　老马哥，这几年你在哪里工作来哩？

马：　从三五年打开黑龙寨以后，我跟了红军走咧，后来跟老刘东征去了，三七年统一战线成功了，上级调我到延安住训练①去了！……

李：　啊！你到延安住训练了！

田：　你到延安去了！

马：　……迩刻上级又调我到咱这搭来，咱们一到伴老厚气又到一搭里来了嘛！……这几年你们怎样？

田：　自从打下黑龙寨以后，这一带边境上情况复杂，我们调到蟠龙区去工作了，年时冬月里才又调到这搭里来工作了！

李：　我这几年一到伴②和老田在一搭里工作，我也是年时冬月里才调到这里来的，迩刻我们做政权工作咧！

马：　这一带边境上土匪骚扰的情形是怎么样？

田：　这一伙子政治土匪常来咱们边区抢人杀人，迩刻我们正在搞这个问题，正在肃清着呢！

---

① 住训练：在训练班受训。
② 一到伴：一直。

李：旧前，周子山的兄弟二老周迩刻在白地就是公开的政治土匪嘛！

马：我才将听老乡说过了，周子山这人到伴怎样？听说迩刻在务庄稼咧？

田：方才我不是给你说了嘛，自从打下黑龙寨以后，我们就调到蟠龙区工作去了，他这一段历史我们就不太清楚；迩刻他面面上还是装个好人，务庄稼。不过根据我们的材料他在①胡日鬼②咧！

马：那我迩刻去看他一下！

李：老马哥，你刚来，先安顿下来再去！

田：我们这里有他的材料，咱③先研究研究材料再去！

马：对，先研究研究材料，把事实搞得更明白些！

田：那咱先下去！

〔三人同下。

第四小场

〔政治土匪二老周上，背褡裢，面目狰狞。

二：（唱第七曲）

在白地我上级给我命令，到边区边境上抢人杀人；

今黑地杀死了一个老汉，抢东西就回到哥哥家中。

（叫门）老大，开门！

〔周上，开门，二进门。

周：老二，你来哩！你怎这早晚才回来嘛？

二：啊！是谁给你说叶家坪没住队伍？！要不是我们先去打问了一卦，我们五个人的脑袋堪火④都砍到那里了！

周：那是杨万喜说的嘛！

二：杨万喜！我看呀，这一带庄子上人家都扎上队伍了，以后要是一两个

---

① 重印本为"正在"。
② 胡日鬼：胡捣鬼。
③ 重印本为"咱们"。
④ 堪火：险些。

人，一两杆枪就不敢出来做案子①了！

周： 和你一搭里来的他们几个人咧？

二： 都藏在后沟庙里呢！（取出褡裢里的东西给周）这个给你，剩下的我拿去！

周： （接东西）这是哪里弄下的？

二： （唱第八曲）

我们从叶家坪湾转回还，山沟里遇上了个倒霉老汉；

一抬手我将他推下山沟，抢了他的东西就往回走！

周： 老二，以后可要操个心，马红志迩刻来到这搭哩！可不要碰到他手里！

二： 甚？马红志来了？碰到他我乱刀子扎了他！

周： 好你哩！你要快回！（二欲走）

〔马红志上。

马： （打门）老周！开门！

周： （惊慌）谁哩？

马： 老周，稀客来哩，开门！

周： 到伴是谁哩？

马： 几年不见了，连一到伴老厚气的声音都听不出来哩？！

周： （从门缝里看）哎哟！是马红志来了！

二： 哎呀，那怎价办？

周： 快藏起来！藏起来！藏到囤儿里！囤儿里！

〔二藏好。

马： 快开门！

周： 来了！来了！（开门）啊！老马哥，是你来哩！真是贵客临门，什么风把你吹到我家来的！咱快坐下！（拿烟）抽烟！抽烟！

马： （坐）我是特为来看你的，咱们两三年不见面了，这几年你闹什么营

---

① "案子"在重印本作"什么"。

生？你光景怎样？

周： 哎！不能提咧！这两年我受苦种庄稼，一天价风吹雨打日头晒把我熬得憨憨呆呆的！哪里像你老马哥闹革命迩刻可闹发达哩！

马： 啊！老周！你这话说得就不对了！闹革命是为穷人翻身嘛，咱们各自还发什么呢！迩刻是共产党的时势，穷人的时势，谁想要挡也挡不住，要反对也不能行！（没抽烟，把烟袋还给周）噢！你咱抽！

周： （接过烟袋）老马哥说得是嘛！我也是白日黑地地盼望咱穷人翻身，革命胜利嘛！

马： 噢！老周，你这话说对了！（稍停）噢，老周！你兄弟二老周迩刻和你在一搭里咧？他光景歪好？

周： 哎那，那不能提，他是我家的儿害，满年四季不知道生在哪里了，听人说他抢人杀人，我到伴也不知道他怎个抢人杀人，只要你们能把他捉定了，我也要把他杀了咧！

马： 唔！你咱放宽心，不管他跑到哪个圪里圪崂里咱革命一定能把他捉定！

周： （心慌）那……那你们能把他捉定就好，就好……

马： （稍停）噢！老周！咱从前在一搭里共过事的，在这达的还有谁家？

周： 从前，从前在一搭里共过事的，这里有，有李老七家……还有……

马： 听说民团合头……

周： 唔，民团合头还有个，杨……唔，杨……名字记不得了……啊！杨万喜……杨万喜也在这搭！

马： 唔！杨万喜也在这搭咧！

周： ……

　　　〔音乐起奏第九曲。

马： 噢！老周，话说到这儿价，我倒想起了一个笑话了：你还记得三五年咱们打黑龙寨的那时间，咱们说过的那话，我说咱们兄弟伙里谁要是反了革命，谁就打死谁，我要是反了革命你就打死我，你要是反了革命……哈哈哈哈……这是那时间的笑话，你看说着说着三四年就过去了！

周： 哎！（唱第十曲）

听他讲我周子山又恨又怕，他句句话刺着我好比针扎；

催命鬼马红志来到我家，一阵恼一阵笑半真半假。

莫不是他知道了我的事情，黑龙寨顺团总我埋伏这搭；

莫不是他知道了杨万喜，杨万喜他本身是我的手下；

莫不是他知道了我兄弟在家，把老二我藏在囤儿底下。

事到了如今把我急杀，我这里暗暗地把决心来下；

我骗他马红志请他吃饭，放毒药下毒手把他来杀。

（白）啊，老马哥！你看咱们拉了半天话，我们还没吃碗便易饭①哩！

马： 唔！老周！不客气，不吃，不吃，我是吃了饭来的！

周： 呃！老马哥！咱一到伴老厚气来到一搭，连口便易饭还能不吃咧？！

我闹去，我闹去！（下）

［马在细心地观察，考虑……

周： （趁马背过身时鬼鬼祟祟地上，看了一眼，又下。端饭碗，放毒。上）

老马哥，老马哥！便易饭，咱吃，咱吃！（自己拿碗吃）

［马拿碗筷……

周： 老马哥！咱吃，咱吃！

马： ……

［二疙瘩持矛子急上。

疙： 老马哥！老马哥！田书记叫人用石头砍了！……

马： （一惊）怎价？

疙： 田书记黑地回去在阳崖下叫人用石头打了！

马： 到伴打得怎价，人怎样？（放下碗）

疙： 不怕，头上打破了一块，淌了些血，迩刻田书记叫你回去！

周： 到伴是谁干的这伤天害理的事情？

马： 怎价，人捉定了没有？

---

① 便易饭：重印本作"便宜饭"，即便饭。

疙： 捉定了！

周： 是谁家？

疙： 狗日的，杨万喜嘛！

周： 杨万喜？……哎！迩刻的坏人真是个多……

马： 迩刻的坏人真是个多！可是他一个也不要想跑掉！唔！老周我回去了，明儿再来寻你谈！

周： ……

〔马与疙出门。

马： （对疙）你在这里把他监视起来，我先回去！（马下）

周： （对囤）老二，你快出来！（二从囤里跳出）你要快走！

二： 他再停一会儿不走，老子就出来砍他狗日的！

周： 哎，好你哩！万喜叫人捉定了，咱事情不好了！你先走，我也要走！

〔自卫军（疙）在门口倾听着。

疙： ……

周： （从门缝向外看，发现有哨）门外人家压下哨了！翻后墙走！快！

〔周与二翻墙下。

疙： （听见里面有动静，急急打门）开门，开门！（踢门，门开）哎！周子山狗日的跑了！捉周子山，捉周子山！（翻墙下）

〔声："狗日的周子山跑了！""捉周子山！"

第五小场

〔二老周与周子山慌慌张张跑上。

周： 老二！快走！……前面就到了白地了！

二： ……

〔两人跑下。

〔自卫军四人，手拿红缨枪跑上。

众： 追！追！追周子山！

〔发现周已跑到白地去了。

疙：　哎呀，叫狗日的跑到白地去了！

自甲、自乙：捉狗日的！

疙：　（挡住自乙、自丙）哎，上面有命令，不许咱到白地去嘛！

众：　他妈的！你跑到白地去，总有一天把你狗日的捉定！

　　　［众下。

第五场

时　间：1943年

地　点：××县①

第一小场

　　　［特务头子土匪头子杨国保上。

杨：　（唱第一曲）

　　　提起了共产党把我气炸，它是我眼中钉对头冤家；

　　　二四年②它把我黑龙寨抢了，到如今七八年我恨死了它。

　　　眼看着共产党越闹越大，一定要想办法把它搞垮；

　　　只要我杨国保活着一天，不消灭共产党我死不闭眼。

　　　（白）自从民国二十四年我退出了黑龙寨，来到这××县已经快八年了，县党部委任我当了一个科长，叫我搞特务，搞土匪，我一方面派了些人打到它里头活动，一方面又派了些小股的人在它边境上骚扰，虽然也做了几件事情，可是不顶大用。反而眼看着共产党越闹越大哩！（稍停）迩刻上面又下来命令，叫我们在这达派小股的人大大活动，然后派大军立马进攻。——我想，这件事情还要好好干一下。唔，把周子山叫上来商量一卦。（对内）来人！（卫兵一人上）

---

① 重印本写作"横山县"。

② 此处"二十四年"指下文所说的"民国二十四年"，即1935年。

卫： 有！

杨： 去把周子山叫上来，我有事情请他，来的时间，到后头叫我。（下）

卫： 是！（下）

第二小场

周： （唱第二曲）

夜黑天在凤仙家喝酒戏耍，我二人真是那前生缘法；

丧门神杨国保前来打扰，他来了我只得独自回家。

（白）狗日的杨国保的心也太狠了，难和他共事，他用着你的时间，就拉你一把，他要不用你的时间就一满不讲情义，我给他在边区当特务卖命卖了好几年，民国二十七年堪火叫马红志狗日的把我的命给要了，我逃到这达，指望他能重用我，谁知道他叫我当了个空头的保安中队长，又没人，又没枪，上面有命令叫他搞土匪骚乱边区，这卖命的事情又轮到我了。迩刻他是我的上级，我有话也不能说！……夜黑地我到凤仙家串门去了，哈，这婆姨对我倒还有几分情义，啊，谁知道杨国保这狗日的他也来了，狗日的这大年纪了，还骚情个甚？他来了，我只好回家来！哼，狗日的什么都压到我头上来了！哎，这些事情越想越气。……前几天我到边区走了一趟，抢了他五万元的东西，又抓来了一个人，卖给那联保上顶替了壮丁了，想不到这倒还是一条发财的好路，只要我老周运气好，一月走他三五趟，抓来他两三号人，我就受用不尽了！

（唱第三曲）

前几天到边区走了一趟，抢了他五万元又把人抓；

抓来了倒霉鬼王家继兴，卖给那联保上去当壮丁；

卖得了两万元我又嫖又赌，这样的好买卖实在受用。

［卫兵上。

卫： 周队长在家吗？唔，周队长，杨科长请你有事情。

周： 什么事情？

卫： 不知道，请你迩刻就去！

周： 你先下去，我就到。（卫下）

（唱第四曲）

忽听得杨国保又来叫咱，不知道什么事又用咱家。

（走到杨门口整理容装）杨科长在家不？（杨上）

杨： 子山，你来了。（以手示坐，两人坐）

周： ……

杨： 迩刻上面又下来命令，要我们在这达派小股的人到边区大大地活动，然后派大军立马进攻。

周： 咱对，对……

杨： 那好，那就要你好好价领头干呀，干得好了可有重赏！夜儿个你又派人去来了嘛？

周： 夜儿个我去了一趟，抢了他一些东西，还抓来了一个人。

杨： 唔，抢了东西，还抓来了人，我怎么没看见呀？

周： 联保上王主任要人顶替壮丁，我把他□①给了王主任了。

杨： 那你们这倒是生财有道，一条发财的好路呵！你们这次搞到多少钱？

周： 一共搞了二千块钱，我看弟兄们实在辛苦，给弟兄们分了！

杨： 啊！二千块钱？嘿……

周： 以后搞到东西先报告给科长。

杨： 你们下次无论抢了东西抓到人一定报告给我知道，要知道我是负这责任的呀！要是出了乱子，谁能负责任？你能负这责任吗？

周： 是……是……

杨： 啊，我才将给你说过了，上面下的命令，要我们好好地干一干，我看你把人带上，到边区这一带庄子上，抢东西、杀人，弄他个民不聊生。

周： 那，那今儿黑地我带人亲自去一趟……

杨： 好，你也把你兄弟带上一搭去，干得好了有重赏呀！咱下去！

---

① 此处原文字迹不清，疑为"卖"字。重印本此句为"我把他给了王主任了"。

周：是！（出门）

〔杨下。

周：（一肚子闷气）重赏，重赏，他娘的几年了也没见他一点钱！卖命是我的，功劳是你的！（稍停）哎呀，夜天我才到边区去了一趟，人家一定有了防备了，这怎价办？……哎，反正在他面前答应下了，不去也不能行了，这一下我给他往里头多走上几里地，他总不会防备这一手，哼，反正我老周胆大路熟，怕个什么？

（唱第五曲）

我老周这一去把人杀，抢了人卖了他又把财发；

但不知这一回到伴怎价，反正我路熟胆大怕个什么？（下）

第三小场

〔李登高上，气愤地。

李：（唱第六曲）

反动派狗土匪实在残火，抢咱的财产又抓咱的人；

夜黑地周子山出来抢人，绑走了王家峁家王①继兴；

他把咱好兄弟当作牛马，卖给了那联保上当了壮丁；

咱边区老百姓好比兄弟，十指头连心个个相疼；

要捉住周子山报仇除害，要把那狗土匪一满肃清。

（白）我前儿到县上去了一趟，狗日的周子山就出来搞乱咧！夜天他去抢王家峁王继兴家里，今儿我才将从王家峁王继兴家看罢了情形，继兴家婆姨哭得我难过得撑不定②，狗日的周子山他要再来非把狗日的捉定不可！迩刻我去寻老马哥老田商量一卦！（进门）老马哥！

〔马与田上。

马：（对田）唔，老李回来了！

---

① 此处"家王"显系误排，当为"王家"。
② 撑不定：不能支持。

田：老李回来了！

马：王家峁调查的情形怎么样？

李：周子山龟子孙夜儿黑地快临明的时节，带上了三几个人，几杆短枪打王家峁那岸的插花地上过来就闯进王继兴家去哩，等我们游击队自卫军赶到，狗日的周子山就把继兴绑定三蹦两蹦就蹦到白地去了！

田：家里的情形怎样？

李：哎，铺盖衣服粮食一满掳光了，连吃饭的锅也打得稀烂，家里只撩〔撂〕下一个婆姨，一个娃娃，继兴家哭得一满撑不定！

田：乡长给他安顿下了没有？

李：我去的时候乡长也在，迩刻安顿下了，吃的穿的一满都解决了！

马：迩刻人打问的怎么样？

李：叫狗日的周子山卖给他们那头联保上当了壮丁了嘛！唔，老马哥，老田，我看狗日的吃到甜头了，这几天怕还会来，咱们要注意！

马：迩刻反动派要进攻咱边区，进攻前一定要先来骚扰咱们，咱们要注意！

田：迩刻咱们庄稼快收了，这些土匪怕要来抢咱们的庄稼！

李：老马哥，我们游击队早下决心了，只要狗日的周子山再来，非把他捉定不可！

马：老田，这几天咱们可要操心哩，不管老百姓，不管自卫军，都要配合游击队，放哨，检查行人，清查户口，看见有面生人就要留神，可疑的人就要向政府报告，一些二流呼他人家进去的生人都要注意，到处都要压哨哩，山峁上路口上盘查哨、巡逻哨白日黑地不要断，山圪崂里，山洞洞里，古庙合头都不许藏下人！

田：我一定给各乡里布置下去！

李：那，老马哥我回去布置游击队去！（下）

马：咱们也下去布置一下！

田：对！

〔两人下。

第四小场

　　［周子山带土匪甲、乙二人及二老周，各带短枪，鬼鬼祟祟上。

周：（唱第七曲）

　　弟兄们快快走你们悄悄价，心放宽胆放大不要害怕；

　　今黑地去抢那，王家峁，得贵家；

　　他家里只有那，一个婆姨，一个娃！

　　抢东西抓了人咱就跑回家。

　　（白，低声地）操心！不要叫人家看见了，溜山沟走！

　　［匪众点头不语，悄悄往前走。

周：过崖了，操心！（从一个很险恶的石崖旁边侧身爬过）

　　［匪众一个个过崖。

周：走！散开走！

　　［匪众相跟走到一角。

　　［二疙瘩、自卫军甲持红缨枪上。

自甲：二疙瘩！可要操心哩！这几天龟子孙常来捣乱哩！

疙：迩刻不比先头，看他狗日的能捣乱几天？！他龟子孙再来，咱们自卫军非把那些捉定不可！

　　［两人忽然发现前面有人，两人同时卧倒。

自甲：（压低声）二疙瘩！有人了！你快给咱游击队长老李报告一下，再去把自卫军集合起来，压哨！我在这搭照定①那狗日的，看那些往哪里去！

疙：（轻声）对！你好好价照定！（下）

周：（发现自卫军的影子，对匪众）走！快走！

　　［匪伙轻轻地偷下。

自甲：（发现人影已经不见）狗日的走了！我断（追）那狗日的去！给李队长留下个记号！（跟踪匪伙，一路撒白粉下）

---

① 照定：照，即看；照定，即盯住。

第五小场

　　〔二疙瘩、乙急上。

疙：　李队长！李队长！

　　〔李急上。

李：　什么事？

　　〔马、田上。

疙：　有了坏人了！有了坏人了！

李：　有多少人？

疙：　三四个人！三四个人！

李：　带什么家伙？

疙：　看不大清楚，像是短家伙，从西头山峁上翻过去了！

李：　对！那咱们去一趟！

疙：　那我赶紧去集合自卫军，你带上游击队先去，在山峁下头汇合！今儿的暗号还跟先头一样？

李：　对！你咱先去！（二疙瘩下。李向后喊）刘生安、李明修、孙法明！走！带上家伙走！

马：　老田！你留在家里，我跟老李去一趟！

田：　好！（下）

李：　咱快走！

　　〔众下。

第六小场

　　〔二疙瘩领自卫军四五人上。

　　〔疙以手拍膝盖作暗号，不听回响。

自卫军们：人呢？

疙：　一定有了变动了！（注视四周）

自卫军们：有了变动了？

疙： （发现地上的白粉）老张留下记号了！咱快跟上走！

自卫军们：对！快走！（沿白粉撒下的路线下）

第七小场

[乐器起奏第八曲。

[匪伙又偷偷摸摸地上。

周： 迩刻天还没黑定，咱先到前头那古庙合头生个一阵，等天黑定了咱再走！（对匪甲）到庙合头看看有人没！去！（又示匪乙注意四周）

匪甲：（到庙门口，拾起一块小石子往庙里丢，听见没有动静，这才进门看了一看）没人，没人，快进！

周： 走，快进去！（对匪乙）老白，你在门口放一个哨。

[周子山、二老周、匪甲进庙，关门。

[匪乙在庙门口鬼眉贼眼地在注视着。

[自卫军甲机警地上，到庙后卧倒，听动静。

[夜。山风声。

匪甲：怎价？走呀还是不走？人家防备得严严价！

周： （抽烟）不怕，咱生个一阵再走，今黑地抢王家峁王得贵家去，我早打问好了，他家男人不在家，只有一个婆姨一个娃娃，咱们去把狗日的抓来，一个婆姨一个娃娃但卖下还不就是钱？这是发财嘛，你怕他做什么？

二： 手里拿着家伙哩嘛，球，怕什么？一个婆姨一个猴小子，一个胳膊就把狗日的给胳挟回来了！

周： 老二，预备，该走了，你引上老孙，你们先走，一搭里走目标太大，你们走了咱前后照应着，你们先到了，等我去再动手！

二： 对！（欲走）

周： 不要从前门走，翻后墙走！

[二及匪甲跳后墙下。

[匪乙在注视着四周……

周： （从门缝对匪乙）老白，进来。（开门，匪乙进）翻后墙走！

［匪乙翻后墙下。

［周关门，又把耳朵贴在门缝后听了听，没动静，翻后墙下。

自甲：（听不见动静了，在猜度着）狗日的走了？（拾起一个石子投进庙内，无动静）唔，狗日的走了！

［二疙瘩领自卫军上。马、李、游击队员三人，持枪紧张地上。

［疙拍腿作暗号。

自甲：（拍腿作暗号）二疙瘩！

疙： 老张！

自甲：老马！（指庙）周子山、二老周，才将在庙里商量了一阵，去抢王家峁王得贵家去了！

马： 快到庙里看看走了没？

［自卫军甲、乙进庙，其他的人持武器等待。

自甲：没人了！

马： 你们从后头走，我们走外头！

［众下。

第八小场

［二老周、匪甲上。

二： （来到门口蹲下，对匪甲）狗日的，还点着灯呢！

匪甲：还没睡呢！

二： 先在这等一下，等老大来了再说！

［周子山、匪乙上。

［周咳嗽……

［二咳嗽……

周： 老二！

二： 老大！狗日的还没睡呢，还点着灯呢！

周： （看了看门）众人听我说，我叫你们做什么你们就做什么！（对匪甲）

周: 你放个哨！（来到门口，敲门）王家，开门，得贵难活了。（对匪乙耳语）

匪乙：（装病人呻吟）哎哟，哎哟……

周: （打门）王家快开门，我们把得贵哥抬到门口来了，快开门，不要在外边着了风！

贵妻：（不敢开门）真个难活下了？

周: （更急地打门）开门，开门！

贵妻：你是谁家？

周: 我是……王家！

贵妻：（知道不对了）这一定有坏人了，这怎办呀？

周: （与二一起推门）开门！开门！

贵妻：唔，来了，我给你点灯。（对后喊）李家，李家，快来，有了坏人了！

二: 狗日的在里头在喊叫什么？快推门！

〔周挤门，"嗯啦"一声把门推开。

二: （以刀对贵妻）不许动！

贵妻：哎哟……

周: （对匪甲①）到里头把娃子拉出来！

〔匪乙进去把牛儿绑出来。

娃: （挣扎叫喊）妈！妈！

〔二疙瘩，自卫军甲、乙，马，李，游击队员上。

〔疙上去把放哨的匪甲的嘴塞住，把他扳倒。

自甲：（举手榴弹上前）周子山，不许动！一动我就把你狗日的做息了！

〔游击队员三人飞快地进门夺下土匪手中的枪，并很快地把他们绑起来。

〔马、李进门。

马: （对周）唔，先前的话可应了，不管你反革命跑到哪个圪里圪崂咱们革

---

① 此处"甲"当为"乙"之误。

命一定能把你捉住！

〔后台群众的嘈杂的声音由远而近："喂！捉住周子山了！""快去看，捉住周子山了！""二老周也捉住了！""捉定打死他狗日的！""乱片子踏死他狗日的！"

〔田生贵急上。

周：（听见了群众的声音恐惧地对马）老马哥，看咱多年的交情……

马：看咱多年的交情！看咱多年的交情我早就该杀死你的①，你杀了我们多少人，抢了我们多少东西，可是我是一个共产党员，我要代表党，迩刻党有宽大政策，要凭你自己好好反省，救你自己，要靠你自己！②

〔群众男女很多人蜂拥地跑上。

〔音乐起奏第九曲。

群众女：周子山，还我男人！（上去要咬他，撕他）

群众男：他穿的棉袄还是抢我的，剥下来！

群众甲：他抢了我们的东西！

群众乙：打他狗日的！

群众丙：乱脚片子踏死他！打呵！

〔大家推上去要打他。

李：哎，老乡们，先不要打！

马：（站在高处，高声地）老乡们，迩刻周子山、二老周，还有其别的两个土匪叫我们捉住了，可是周子山的问题还不是那么简单，还有些问题没搞清楚，我们要把他送到政府里去，政府里一定会按照咱们众人的意思办，众人说好不好？

众：好！

马：老乡们，大家都亲眼看见大老周、二老周叫我们众人捉定了，可是迩

---

① 重印本在此句后还有一句："你这个狼心狗肺的叛徒！"
② "我要代表党"至句尾，在重印本作："我要执行党的政策，政府的法令，根据群众的意见来办！"

刻还有很多政治土匪没捉定，咱们还要继续肃清政治土匪！①

疙： 老马说得对！咱以后要加紧操练自卫军，盘查放哨，咱还要练习武艺保卫咱们边区，要继续捉这些政治土匪，来一个捉一个，把狗日一伙给挤干净，叫飞鸟儿也难混过咱们的检查站！

〔二疙瘩领着大家喊口号："肃清政治土匪！肃清特务汉奸！保卫边区！"

马： 对！同志们，走！把他们送到政府里去！

〔众人又要上去打匪，但被拦住，众激愤地。

〔齐唱。

周子山、二老周，真是坏骨头！旧前你也是在革命这一头；

为什么到后来卖了穷人反革命，你给那豪绅团总当了走狗？！

特务坏种土匪头，你把我边区人民苦害够；

共产党伸出手，宽大政策把你救，快坦白快自新早些回头！②

天圪崂，地圪崂，狗土匪你跑不了，到头来一个一个把你们都捉到，

咱边区力量大革命火焰万丈高，肃清那政治土匪把咱边区保！

〔众下。

（全剧完）

---

① "可是迩刻"至句尾，在重印本作："这就是那些出卖咱革命的叛徒的下场。咱们边区革命的群众，一定要消灭叛徒，消灭政治土匪，保卫咱革命根据地，保卫边区！"

② "特务坏种土匪头"至"快坦白快自新早些回头"，在重印本作："周子山、二老周，真是坏骨头！旧前你也是在革命这一头，为什么革命大路你不走，狼心狗肺当了叛徒！"

李七哥搬家（秧歌小场子）*

一小场

［二保丁上，走场子，且走且唱【补缸调】。

保甲（喜欢钱）：我的名字叫喜欢钱，

保乙（欢喜钱）：我的名字叫欢喜钱，

保甲：家住榆林毛骨川，

保乙：奉了命令催粮款，

保甲：不抢东西发不了财，

保乙：不打死人升不了官，

二人：一心为的是大洋钱。

二小场

［李七哥上，难过地走着说着。

七哥：（白）俗语说，刀山扒得完，热泪流得完，十冬腊月过得完，咱们这苦日月"拖牵"不完。

（快板）家住榆林毛骨川，报恩乡上把家安，安上家家不安，官家"灾害"摊不完，出军粮，出军草，出石炭，外有公款没法算，又是办公费，纸张费，又是学堂费，又是……名目多，招数全，保上来催款，你得配〔赔〕笑脸，又是酒又是钱，白面猪肉家常饭，死衙役，凶眉

---

* 此据手稿过录，封面署"1945年1月20日，王大化作，鲁艺工作团出版"。

眼，进得窑来，满窑拾翻，不准你哭，不准你喊，开张口，嘴要银元，出得门闹翻天，东邻□得杀只羊，西邻□□口袋山药蛋，他嘴里满，肚里满，手里满，袋里满，留下几个脚印印，嘻嘻哈哈往回转，老百姓哭他不管，老百姓求他变了脸，□起白杆，打了个欢，百姓跳，百姓喊，嚎哇哭叫真可怜，嚎哇哭叫真可怜。

我李七哥不能说，家里一满七口人，靠我一人来养活，种了山地二十垧，每年能打四石多，交军粮得八斗多，交军草得三斗多，连货料，办公费，带联保上一满要交三石多，一满剩下一各都，连个娃娃也养不活，这个日子乍价过，这个日子乍价过？

想起了我妹夫，在红地边区那达过，离咱这达十里多，共产党八路军，爱百姓他那里风调雨顺国泰民安好光景，我有心要把妹夫寻，只是这个穷家掉不下，二心不安不安宁，唉，（白）金圪塄银圪塄就是撩〔撂〕不下这个穷圪塄。（望远处）（白）听着衙役小鬼叫，不由我七哥吓一跳，待我快快躲躲窑。（关门）（下）

〔二保丁上，唱【补缸】。

保甲：我的名字叫喜欢钱，

保乙：我的名字叫欢喜钱，

保甲：家住榆林毛骨川，

保乙：奉了命令催粮款，

保甲：不抢东西发不了财，

保乙：不打死人升不了官，

二人：一心为的是大洋钱。（走到七哥门前）

保甲：（敲门）敲断门栓〔闩〕chai[①]烂门限。

保乙：（敲门）要的是银元，催的是粮款。

二人：（叫门）老七开门来。（内不应）

二人：（踢门）个驴日的，乍死了。

[①] 此处原文如此。

〔七哥没法跑出。

保甲：你乍价，想软了，驴日的，你短下的四个款子，八斗军粮，二石公粮，今儿要如数交上。

七哥：好老总，这着咱唯〔委〕实完不上，看在乡亲面上宽几天……

保乙：好驴日的，"乡亲"咧，香不香要白洋，亲不亲要白银，你少撇脚撒软，捣蛋货也。（给他一个"米都"）快拿钱来。

七哥：（七哥正要再谈话又挨了甲一抢杆子）唯〔委〕实没有。

保甲：欢喜钱！

保乙：有，喜欢钱。

保甲：把狗日的这口大锅背上。

〔七哥不准，上来抢被甲挡住，打倒。

〔乙背锅走。

保甲：真是穷门，穷命穷家业没个拿上，（发现一个捣炭锤子）把狗日的捣炭锤子捎上。

二人：（唱）不抢东西发不了财，

　　　　不打死人升不了官，

　　　　一心为的是大洋钱。

〔二人下。

〔七哥醒扒起，目瞪着二人没影，看了四周，下了个决心。

七哥：哎，不能再□家拉死里过，还是带上家，到红地投奔我妹去，对，让我把这些零七八碎埋起来，待日后有几〔机〕会来取，（埋东西，埋缸埋石炭）哎，什么锁要什么钥匙开。

（唱）开了脑筋变了心，从今不做糊涂人。

三小场

二人：（唱）不抢东西发不了财，

　　　　不打死人升不了官，

　　　　　一心为的是大洋钱。

保甲：敲断门栓〔闩〕，chai 烂门限。

保乙：要的〔是〕银元，催的是粮款。

二人：李七，开门来！

二人：个驴日的死咧！？

　　　〔门踢破，二人跌进，发现没有人。

保甲：驴日的"逃"了，这下可"求日了"。（寻东西）

保甲：真够穷门，穷命，穷家业，什也没个拿上的，欢喜钱，走，到村东头看看张老三的款子怎么样了。（下）

　　　〔七哥上，穿了新衣服，高兴地。

七哥：（快板）搬到边区把家安，吃得饱来有了衣穿，还有些七行八事撂〔摞〕在这边，不来取心不干〔甘〕，咱搬到边区给别人，也不便宜了这些王八蛋！

　　　（随搬东西随说，自白）叫我先把缸挖出来，水缸，跟我到边区□□去，把你□在这达咱心里不死①，这些狗日的，保长甲长狗腿衙役是咱们的仇人，咱们不能便宜了他们，咱们生要生在边区，咱们死也要死在边区，可不能叫那些狗日的捞得去。

　　　〔在他搬的过程，二保丁已由村东头回来。

保甲：听得蹦响。

保乙：上前端详。

　　　〔二人发现七哥出，躲起，等七哥出到门旁，保甲从背后一抱，七哥发现了，又气又怕又急。

七哥：（急智地把缸一下扣到保甲头上。保乙□上来，叫七哥拾了块石头照脑门就打）狗日的你来！

保甲：（在缸里）欢喜钱！

保乙：你在哪里？

---

① 此处"死"疑为"甘"之误。

保甲：（扶起）乍价讨粮款，乍价讨到缸底下去了？

保乙：还说我呢，（指甲脸）乍价金块子银块子把你脸打成个□块子咧。

　　　〔二人忽然想起，乍快追去。

　　　〔七哥上，舍命跑。

七哥：（快板）狗腿子追得慌，我七哥忙得慌，眼看前面一堵墙，叫我却在后藏。（到墙后）哎，这墙后面到边区是直路，叫我快跑，他狗日的看不到。

　　　〔二保丁上。

保甲：捉了人送了官。

保乙：又升官又赏钱。

保甲：但见前面一堵墙。

保乙：李七家在哪里藏。

保甲：咱们二人分二路追围上去。

　　　〔二人分开悄悄地从墙的两旁猛扑过去，结果二人扑到一起。

二人：好狗日的哪里跑？！（打）

保丁：不要打。

保甲：不少打。（打）（后发现是保乙）乍价人呢？

保乙：人？人 chan 球的了。

二人：先回来！

　　　〔唱末了三句下。

四小场

　　　〔七哥上，已背了一大块石炭，兴奋地。

七哥：（唱）上的碰见了狗保丁，害得我什么也没背成。

　　　　　　这天背上了大石炭，不由我七哥好喜欢。

　　　〔二保丁上，唱两三句，发现七哥，追七哥跑了，石炭掉在地上，二人差一点追上，又跑。

保甲：好狗日的，今儿可溜不脱！

　　〔追，炭掉在地上，二人差一点追上，又跑。

保乙：快到红地了，快追！

东北人民大翻身(活报)*

第一场

时　间：红军解放东北之前
地　点：沈阳某工人住区——街口
人　物：工人、工人妻、伪警察、特务

〔阴森的夜。
〔风声、狼嚎狗哭。
〔悲惨的音乐伴奏。
〔幕启：伪警察和特务上场、交头耳语——特务指示伪警察抓劳工——二人下。
〔门内女人哭声，少顷。工人妻抱死孩子自门内哭出，呓语般地哭诉着："饿——死——啦！"咳嗽、哭、倒、少顷。工人藏着一小包高粱米慌张、急促、焦急地跑上。

工　人：快起来：我弄了点米来了！

工　妻：米？……孩子……已经饿……死……啦！

工　人：饿死啦！（悲愤到极点，再说不出一句话，抱过死孩子，把米袋交给其妻，其妻任米包自手上滑下嚅语着）

工　妻：米……孩子……饿死啦！（台后打骂声、哀告哭泣声大作——在抓劳工）

工　人：又抓劳工啦！

---

* 原载《东北日报》1945年12月29日、30日、31日，署"东北文艺工作团集体创作"，实际由王大化、颜一烟主创。

〔夫妻二人惊慌害怕，没有来得及躲藏。

〔特务伪警上，喝住工人，发现地上的米口袋。

特　务：（拿起米袋一看）啊？高粱米？

伪　警：私自买米！经济犯！

特　务：前三天就派了你去当劳工，你还不去，累得我们到处找你，你到〔倒〕去弄私米去了！——走！做工去！

〔工人哀求，特务、伪警打骂他，拖他走。

工　人：老爷让我先把孩子埋了去吧！

特　务：妈的，什么孩子！（从他怀里夺过死孩子，摔在地下，连打带骂捆了工人走）

〔工人妻哀求。

工　妻：老爷，饶了他吧！我们一家就靠他活命了！

特　务：做工去！这是保卫满洲！（踢开她，带工人下）

〔工人妻抱起死孩子，望着男人被拖走，歇斯底里地哭、骂。

〔暗场。

第二场

时　间：红军解放东北的日子

地　点：东北某地

人　物：被抓做劳工的老百姓数人（工人——在内）

　　　　伪警察、特务三人

　　　　敌军官一人、士兵一人

　　　　红军军官一人、士兵二人

　　　　东北人民军三人

〔敌军官兵、伪警察、特务赶一群劳工上场。

〔抽鞭子打骂，劳工挣扎抵抗。里面有一个人要逃跑，敌军官立刻命伪警把他打死，另一人背了很重的东西走不动了，敌人拖打他，他不支倒地，敌伪痛打他。

〔众人惊恐。

〔突然飞机坦克声自远而近，轰然大作。老百姓莫明〔名〕其妙地惊视。敌伪惊慌失措。

〔台后歌声起，苏联歌《我们是红色的战士》。"我们是红色的战士。保卫贫穷的人民。保护他们的田地房屋和自由。我们有着许多的大炮。我们有着许多的枪……"后面欢迎声喊口号声："欢迎红军解放东北！""中苏人民团结起来！"

〔特务——在乱中急忙脱去特务服，露出里面的中山装，戴上黑眼镜，拿上手杖，俨然一个"正人君子"。

特　1：（向特2）呆看着什么？还不快翻牌子去！（特2急忙把"满洲帝国协和会市本部"的牌子翻过来）

〔红军上，特务汉奸溜进"协和会"去了。

〔红军令敌人缴枪。敌伪跪下缴枪举手求饶。红军给老百姓解开绳子，众人欢呼。东北人民军上和红军亲密地握手，众欢呼口号："中苏人民亲密地团结起来！"红军压〔押〕敌伪下。一个敌兵走在后面，众人扑过去狂打。人民军赶过来拦阻。

人民军：乡亲们：先不要打，听我说，现在日本鬼子已经缴枪投降了，对于敌人战争罪犯，我们是一定要惩办的，该杀的杀，该罚苦工的罚苦工，现在让我把他送到司令部去吧！（带他走）

众：　　（纷纷不平）他妈的，日本鬼子祸害了咱们十四年，今儿个咱们翻身了，还不叫咱们报报仇、解解恨……

人民军：咱们是人民自己的军队就是替乡亲们办事情的，请放心吧！咱们一定替乡亲们报这个仇的！（人民军带敌兵下，老乡们纷纷议论）

老乡甲：没打死他不解恨啊！

老乡乙：人家刚不是说！咱们人民自己的军队替咱们报仇啊！

老乡丙：对！一定杀他们！……咱们去看看去。

〔戴黑眼镜的特务趁机会攒〔躜〕出，宣传他们的一套。

特　1：不要乱！听我说！你们别听刚才那个人的话，什么人民自己的军队？人民还能有自己的军队？（众愤愤地私语）别乱，听着，你们都是无知无识的，干不了什么！（众动乱）听着！听着！现在日本已经投降了，我们就要来复兴东北……

〔众骚动，愤愤私语，内有一人气愤地大声喊出。

甲：不要说了！我们受了十四年的罪，你们干什么去了？这会儿我们解放了，你们跑出来说话啦！

乙：日本鬼子祸害了我们十四年，你们管都不管，人家八路军在关里抗战，你们还给扯后腿！王八蛋！什么东西！

特：哎！哎！不要口出不逊啊！

丙：噫！他不是"协和会"的么！

乙：对，对，刚才还踢我们，打我们呢！这会儿换了一套衣裳，就变成这样了！

甲：（跑过去摘下"协和会"的牌子）你们看，他们这牌子，这面是"协和会"，翻过来就是这个。（翻着）什么东西！王八蛋。（摔牌子）

众：（怒喊）你是什么东西？说！你是干什么的？

特：（狼狈地）我……我……哎，我刚才的话，也是为你们好！没什么，没什么，听不听由你们，得……得……（抱头鼠窜而去）

众：翻牌子，换衣裳，这里头有鬼！追他狗蛋的去！（众追下）

〔暗场。

第三场

时　间：东北解放以后

人　　物：男女老乡十余人

　　　　　人民军三人

　　　　　特务三人

　　　　　〔男女十余人，愉快地拿了新买的食物、衣服。

老乡甲：你们上哪儿去了？

老乡乙：去买东西来着。

女　甲：我们买了些布、买了些粮食。

女　乙：这下可好了，可又有吃，又有穿了。

女　丙：这一下可不再当经济犯、国事犯了。

老乡甲：再不怕捉劳工了。

老乡乙：咱们可要去参加队伍，保卫咱们的家乡。

大　家：对、对。（去）

老乡甲：你们看咱们队伍来了。

　　　　　〔人民军上。

军　甲：老乡们，这些年可受罪了。

老乡甲：同志们！要是你们再不来，咱们可活不下去了。

女　甲：你们要是再不来咱们就要冻死了。

女　丙：同志们吃东西吧！

军　　：不、不。

老乡乙：咱们队伍这样好咱们能参加不？

军　　：能！

老乡甲：那我就报名去！

军　　：对，我带你去报名去！

老乡乙：对，我回来收拾收拾也来参加。

　　　　　〔军、老乡甲下。

老乡甲：你回去把咱们那一些人都叫来。

女　甲：（对甲）你可要好好地干，我把行李叫老王捎来。

军： 不用了……哈哈！（下）

众： 这下可好了！

　　　〔在老乡们谈时，三个特务像老鼠似地躲在黑影里，探头探脑地偷看，这时看他们走了，立刻攒〔蹿〕了出来。

特 1： 你们听见没有？他们要是干起来，还得了啊？不能让他们干起来！有他们就没我们！什么人民自己的军队？成天往老百姓里头攒〔蹿〕！（向特务2、3）你们去跟上！打黑枪，看见他们的人就杀！看见东西就抢！不管是军队的还是老百姓的！

特2、3： 是！是！

特 1： 我们不能让他们组织起来！也不能让他们太平，我们一定要扰乱他们的治安，明白不明白，咱们事变前是个黑了良心的汉奸，现在可要注意，要装个好人。

特2、3： 明白！明白！

特 1： 快去！

特2、3： 是！是！（工人拿枪自右方下）（特1自左方下）

　　　〔后面枪声，吵闹声。两个特务抢东西自右上，过场自左方下。

　　　〔男女老乡数人叫着追上。

老 乡： 哪儿去了？看不见了么？

老 乡： 哎，苏联军和人民军刚把咱们救出来，咱们刚能够吃饱穿暖了，又有坏蛋来捣乱，不让咱们过太平日子！

　　　〔人民军上。

军 乙： 什么事？

老乡乙： 我们刚在收拾东西！就来了两个坏家伙把东西抢了，还杀了人。

女 甲： 你们说到什么时候才能太平呢？

军 甲： 老乡们，都是那些汉奸特务在捣乱，咱们现在要组织起来能参军的参加，不参军的按家户组织起来，见了坏人就报告，咱们这样一来，坏人就干净了，就太平了。

众： 对！

老乡甲：（对乙）你准备好了么？

乙：　　好了，（指另外三人）他们也是要去的。

军乙：　好极了，那咱们走吧！

众：　　对。

〔众下，女回家。

第四场

人　物：男女老乡

　　　　人民军共数十人

　　　　特务三人

〔一个新参军的带着许多老乡自右方上。

老　乡：在哪儿哪？哪儿啦？

新　军：来啦！来啦！你们看！（指左方）

〔人民军和老乡们捉了三个特务自左方上。

人民军：乡亲们！现在咱们把这三个坏蛋捉住了，大家说怎么办吧？

众：　　枪毙！枪毙！

人民军：日本鬼子在这儿的时候，他们都是汉奸，做了很多坏事，害咱们！现在还扰乱治安，破坏咱们社会秩序，现在把他们抓住了，大家的意见是枪毙他们。

众：　　枪毙！枪毙！立刻枪毙！

〔拖了三个特务下去，立刻枪毙了。

〔众欢呼称快，喊口号。"彻底肃清敌伪残余势力""东北人民组织起来！""东北人民武装起来！""建设东北人民自己的政权！""建设东北人民自己的军队！"

〔一个无党无派的东北老乡突然站起来讲。

无党派老乡：谁真正替咱们老百姓办事情的……谁真正给咱们老百姓过好日子的，咱们就坚决拥护谁！

另一老乡：你们说谁是真正替咱们老百姓办事情的？

众：共产党！共产党！（口号："拥护中国共产党的主张！""一切民主党派民主人士团结起来，建设民主的新东北！""拥护中国人的领袖毛泽东！"）

〔工人农民等举国旗和毛泽东像出。

〔众人欢呼，高举火把，围着国旗和毛泽东像欢跳高唱。

东方红，太阳升！
中国出了个毛泽东，
他为人民谋生存，
他是人民大救星！

太阳升，东方亮，
中国全靠共产党，
他为人民出主张，
他把中国来解放！

红旗飘，红旗美，
叫声同胞们来开会！
军民团结一条心，
建设咱们新东北！

〔幕落。

（全剧完）

捉特务汉奸（秧歌剧）*

人　物：特务汉奸、工人、学生、商人、农人、兵

〔开场：汉奸特务鬼鬼祟祟上。

特：（唱）我是个特务大汉奸，

　　　　打从南京到奉天，

　　　　事变之前把坏①事干，

　　　　事变之后改头换面，

　　　　把协和会的牌子翻了个面，

　　　　换个门面来出现，

　　　　抢夺东西乱杀人，

　　　　把社会治安来捣乱，

　　　　礼义廉耻全不管，

　　　　死心塌地当汉奸，

　　　　叫你们日子不平安。

〔特下工人上。

工：（唱）日本人折磨了咱十四年，

　　　　东北的老百姓叫苦连天，

　　　　派苦役抓劳工勤劳增产，

　　　　国事犯经济犯令人胆寒，

　　　　红军和八路军把东北来解放，

---

* 此据手稿过录，封面写有"陕北民间创作，王大化改编，东北文艺工作团印，一九四六、一、重印"字样。
① 此处"坯"通"坏"。

东北的老百姓喜洋洋，

　　事变前饿肚皮还做苦力，

　　在今天咱有吃有穿咱把身翻。

　　〔特上遇上。

特：你是干什么的？

工：我是做工的。

特：你要上哪儿去？

工：上工去。

特：我看你不要去吧，现在还做什么工？

工：为什么不上工，现在咱们解放了，再不受日本人的气了，正好努力生产建设新东北大家过好日子。

特：你这就说错了，还是不要去，现在管事的都不是正牌，现在上工小心有人打你，将来正牌的中央军来了要砍头的。

工：什么正牌不正牌，政府是咱自己选的，军队是自己的，有什么不是正牌的？

特：……

工：你这家伙说话不对劲儿，自从咱们人民自己军队来了，自己政府成立了哪点不好，你偏偏说这些破坏话，你该不是个汉奸特务吧？

特：看你这人可别乱说，你看我哪点像汉奸特务？

工：你说汉奸特务是什么样？

特：这汉奸特务腰粗大肚，白天不敢走路，黑夜没地方住，你看我又长又瘦白天又敢走路，哪儿是汉奸特务？

工：不是？！

特：不是！我是一片好心为你，你仔细想想吧，好，再见！（退下）

工：我看这家伙一定是个坏东西，让我报告咱们队伍去。（下）

　　〔学生上，愉快地持一本《论联合政府》。

学：（唱）奴化的教育受了十四年，

　　　　表面上服从心不情愿，

今天的思想得了解放，

把爱国的事业干一场。

（白）自从红军八路军解放了东北，把咱们的思想解放了，再不怕什么思想不良思想犯了，趁这时候正要好好地学习，今天从东北书店买了一本毛泽东著的《论联合政府》，看了又看，里面尽说的是建设新中国的好道理，让我去找几个好朋友一齐学习研究，把建设新东北的事业干一场。

（唱）热血的青年不落后，

把爱国的事业记心头。（下）

［特务上。

特：（唱）我是个特务大汉奸，

打从南京到奉天，

事变之前把坏事干，

事变之后改头换面，

把协和会的牌子翻了个面，

改个门面再出现，

抢夺东西乱杀人，

把社会治安来捣乱，

礼义廉耻全不管，

死心塌地当汉奸，

叫你们日子不平安。

［学生上遇见特务。

特：你上哪儿去？看样子你是个学生。

学：是个学生。

特：这会还上什么学，还是回家去吧，到学校里去思想要赤化，还有人要打，将来正牌的中央军来了要砍头的。

学：我看你跟我们学校里坏老师一样，都是居心捣乱，把我们往坏路上领，你该不是个汉奸特务吧？

特：岂有此理，你可不敢乱说，这汉奸特务腰粗大肚，白天不敢走路，黑夜没地

方住，你看我又长又瘦，白天又敢走路，哪儿是汉奸特务？！（遁下）

学：我看这人不是个好人，让我报告队伍去。（下）

〔商人和农民上。

商：（唱）自从那解放后商业自由。

农：（唱）老百姓能扛粮食在街上走。

商：（唱）经济犯国事犯再也不怕。

二人：（唱）再不怕当劳工往监牢里头抓。

商：自从红军和八路军解放了东北以来真是太好了，咱们能做买卖了，咱们军队也真好，公买公卖。

农：可不是，早先咱们什么也吃不上，一个月十四斤掺土掺沙子的高粱米都吃不上，棒子面还掺香子面，偷着买点就是经济犯国事犯，这下可好了，自己有吃的了，还能进城卖上点，换些布做衣裳穿。

〔特上。

特：你们二位上哪里去？

商：我是进城做生意的。

农：我是进城卖米的。

特：我奉劝二位别进城了。

同：怎么？

特：现在城里乱得很，买卖不能做，这米到城里保险叫队伍抢了去。

商：人家队伍公买公卖，这怕什么？

农：现在队伍是自己的队伍怕什么？

商①：对呀！现在队伍是自己的怕什么？

特：自己的队伍？哈哈！你们昏了头，现在这管事的都不是正牌的，你们现在信他们，等将来正牌的中央军来了，要砍头的。

农：什么正牌不正牌，人家八路军辛辛苦苦抗战八年，流血流汗，中央军一仗不打，现在又来讨便宜啦！这都是汉奸特务造谣！

---

① 此处原文为"农"，误，径改。

商：我看你有点像事前协和会的。

农：这家伙恐怕是个汉奸特务。

特：你，你们可不能乱说。

商：我越看越像，咱们捉住他！

特：（以枪吓他们）你们敢！

〔二人怕，跑下，特务也下。

〔特务又上，跑。

特：（唱）抢夺东西乱杀人，

把社会治安来捣乱，

礼义廉耻全不管，

死心塌地当汉奸，

叫你们日子不平安。

（白）这回事情有点不妙，叫他们说出我是事变前协和会的来了，得赶快化装化装。（换衣服）

〔士兵上，后跟工、农、学、兵。

兵：站住，干什么的？

特：走，走路的。

兵：走路？走路换衣服干什么？

特：冷，冷了。

农：报告同志，就是他！

工：我今天去上工，他说现在别上工去了，现在做工是白做，将来中央军来了要砍头。

学：他还说，现在上学要被赤化，有人打，将来中央军来了要砍头。

商、农：他叫俺们认出是从前协和会的，他就拿枪吓我们就跑了。

特：你，你们……

兵：举起手来！（搜，搜出枪及一信）

（读）"……要加紧做破坏活动，散布谣言，抢东西，打黑枪，你们在里面活动，我们从外面派军队来打，管叫他们不能太平。"

工：大家听了，这些坏家伙是居的什么心眼，咱们日子才要过好，就要来破坏，打内战，这不是汉奸是什么？

商：这和报纸上登的那反动派的《剿匪手册》不是一样的吗？

工：内战还不是他们挑拨起来的。

兵：同胞们，今天捉住这个坏家伙是很好的，咱们明白了中国反动派的心狠到什么地步，比日本人还狠，十四年前他把咱们东北送给日本人，现在咱们才翻了身他们又向咱们开枪，咱们现在处在一个紧急的时候，咱们要提高警觉性，防备坏家伙活动，咱们要挨家挨户地组织起来，见到坏人就告，你们报告我们就抓，不让他们来破坏咱们的好生活。

工：我们再不过那种受压迫的生活了。

农：谁敢侵犯咱们，咱们就不能让他！

学：东北是东北人民的东北，谁敢侵犯就消灭他！

兵：对了，同胞说得对，那现在咱们先把这个坏家伙送到政府里去。

众：对！

工：（领喊口号）（对观众）现在咱们大家来喊几个口号：

彻底肃清特务汉奸！

东北人民组织起来，保卫咱们幸福的生活！

东北是东北人民的东北！

谁敢侵犯咱们，咱们就消灭他们！

（完）

附注：

1. 特务唱词"……打从南京到奉天"，"奉天"二字可按具体地点而改，如本溪、鞍山……

2. 学生可是男的或女的。

血泪仇（新型秧歌剧）*

（三幕十七场）

人　物：王仁厚　五十余岁，老农民，河南难民（以下简称"王"）

　　　　王　妻　五十余岁，仁厚妻（以下简称"婆"）

　　　　王东才　仁厚子，三十岁（以下简称"东"）

　　　　东才妻　二十八九岁（以下简称"媳"）

　　　　桂　花　东才女，十四岁（以下简称"桂"）

　　　　栓　儿　东才子，九岁（以下简称"栓"）

　　　　田保长　王仁厚所住的一保的保长，三十余岁（以下简称"田"）

　　　　保　丁　田保长的腿子，二十五岁（以下简称"丁"）

　　　　郭主任　联保主任，田保长的上司，四十三岁（以下简称"郭"）

　　　　孙副官　中央军汤恩伯所属军队中的副官，三十岁（以下简称"孙"）

　　　　韩排长　孙所率领之队伍里的排长，后升为连长，二十余岁（以下简称"韩"）

　　　　兵　甲　韩之腿子

　　　　兵　乙　韩之腿子

　　　　壮丁甲　东才

　　　　壮丁乙　二十余岁（以下简称"壮乙"）

　　　　壮丁丙　十余岁（以下简称"壮丙"）

　　　　壮丁丁　三十岁（以下简称"壮丁"）

　　　　冯老汉　五十余岁（以下简称"冯"）

---

* 此据东北文艺工作团编《血泪仇》，大连新生时报社1946年版过录，原书附有曲谱，本书从略。该书为"新演剧丛书创作之三"。封面署"原著：马健翎　改编：颜一烟、端木炎　配曲：黄准、李凝、陈先、李超"，"端木炎"为王大化笔名。正文前有颜一烟所写《人民的艺术——秧歌剧》（代序）及《本事》和舞台照若干。

变工队甲　老胡，三十来岁，河南难民，逃到共产党边区后翻了身（以下简称"变甲"）

变工队乙　二十来岁，边区农民（以下简称"变乙"）

变工队丙　二十来岁，同上（以下简称"变丙"）

变工队丁　同乙、丙（以下简称"变丁"）

乡　长　边区的乡长，二十多岁（以下简称"乡"）

张大娘　边区老农妇，十几年前由河南逃荒到边区的（以下简称"张"）

小海子　二十来岁的农民（以下简称"海"）

黄金贵　医生，是混到边区里的反动派特务（以下简称"黄"）

八路军连长　二十四五岁（以下简称"连"）

八路军通讯员　十六七岁

八路军军医　二十多岁（以下简称"医"）

妇女甲　二十来岁（以下简称"妇甲"）

妇女乙　二十来岁（以下简称"妇乙"）

小　孩　十三四岁（以下简称"孩"）

自卫队甲　二十来岁（以下简称"自甲"）

自卫队乙　二十来岁（以下简称"自乙"）

群众及自卫军数人

分场说明

第一幕

第一场　情节：荒旱、借贷

　　　　人物：王仁厚，河南某县

　　　　时间：五六月间，正热的时候，正午后

地点：王仁厚回家的路上

第二场　情节：讨款、派丁

人物：田保长、保丁

时间：同第一场

地点：去王仁厚家路上

第三场　情节：派壮丁、卖女

人物：王妻、东才妻、桂花、栓儿、王仁厚、田保长、保丁、王东才

时间：同第一场

地点：王仁厚的家里

第四场　情节：计划抓壮丁、派款

人物：孙副官、郭联保主任、田保长、韩排长、兵甲

时间：第一场之第二天

地点：联保办公处

第五场　情节：祭坟、抓壮丁

人物：王仁厚，王东才，栓儿，韩排长，兵甲、乙

时间：同第四场

地点：王仁厚祭坟回家的路上

第六场　情节：逃难

人物：王仁厚、王妻、东才妻、栓儿

时间：四场当天的傍晚

地点：王仁厚之家

第二幕

第七场　情节：押解壮丁

人物：壮丁甲、乙、丙、丁、兵甲、乙，韩排长

时间：距第一幕有十来天

地点：押解壮丁的路上

第八场　情节：龙王庙遇难、指路

人物：王仁厚，王妻，东才妻，栓儿，韩排长，兵甲、乙，冯老汉

时间：距第一幕半月后，傍晚

地点：陕西某县的一座龙王庙

第九场　情节：进攻边区、派特务

人物：孙副官、韩排长、兵甲、王东才

时间：六七月间

地点：中央军与八路军边区的边境地带

第十场　情节：进边区

人物：王仁厚，栓儿，变工队甲、乙、丙、丁，乡长，八路军连长，八路军通讯员

时间：七月间

地点：边区边境的山上

第十一场　情节：安家

人物：老胡，王仁厚，栓儿，张大娘，变工队甲、乙、丙、丁，乡长，海子

时间：十场的第二天

地点：边区里，王仁厚的新家庭

第三幕

第十二场　情节：接头

人物：黄金贵、王东才

时间：七八月间

地点：黄金贵的药铺

第十三场　情节：生产乐

人物：王仁厚、栓儿、张大娘、老胡

时间：十二场后两三天

地点：山头地里

第十四场　　情节：投毒、中毒、解救、送信①

人物：王东才、王仁厚、栓儿、张大娘、老胡、八路军军医

时间：十三场的下午

地点：村口

第十五场　　情节：逼刺、刺父、父子重逢

人物：黄金贵、王东才、王仁厚

时间：十四场的晚上

地点：同十四场

第十六场　　情节：回家、离家

人物：王仁厚、王东才、栓儿

时间：十五场的夜晚

地点：王仁厚家

第十七场　　情节：政府忙、坦白、捷报、参军

人物：王仁厚，老胡，乡长，变工队乙、丙、丁，自卫队甲、乙，妇女甲、乙，小孩，张大娘，栓儿，黄金贵，八路军连长，八路军通讯员，群众及自卫军数人（可多可少）

时间：十六场的第二天

地点：乡政府

第一幕

第一场　荒旱、借贷

[王仁厚疲惫不堪地上，他因为得罪了保长，又加上全家饿得实在无法支持，而四处去想法，但是在这样"水旱蝗汤"四灾威胁之下是任什

---

① 此处分场说明原文如此，与正文略有不同。

么也弄不到的，他失望地回家去，跄跄地走着。

王： 唉！（唱第一曲）

　　王仁厚村前村后都走遍，

　　村前村后都走遍，

　　走遍了前后村没有人烟。

　　一辈子没碰上这样荒旱。

　　直饿得老百姓叫苦连天。

　　又加上抓壮丁逼粮要款。

　　河南的老百姓快要死完。

　　树叶子青草根都吃干净。

　　观音土直吃得肚痛肿脸。

　　我的儿前村去剥榆树皮。

　　反被那田保长痛打一番。

　　他言道这地面全属他管。

　　掳树叶剥树皮也得出钱。

　　一出口就要了好几千元。

　　直逼得一家人长吁短叹。

　　眼看着过一天就来要款。

　　拿不出三千元我难过这一关。

　　唉，这几年咱河南地方算是遭上了大劫了！水灾、旱灾又加了蝗虫灾害，光这些还不算，还加上兵灾又来了！这河南地方出了兵灾汤恩伯，奉了他们什么上级的命令到处抓壮丁，派款子，抢粮食！天灾人祸闹得个民不聊生！"水旱蝗汤"，这真是要生不得，求死不能……

　　我家儿子东才，为一家老小没吃的，去山上剥榆树皮，叫田保长看见了，硬赖着说是剥他地里的。把树皮抢了去还不算，还要逼着赔他树皮钱。家里哪儿还有钱？前一次为了买东才不当壮丁，把最后老坟地也卖了三千元，叫田保长都拿去了。这回又要逼款……唉！想来想去，只得去求亲告助，可是这年头大家伙还不都是一样眼睁睁地没办法啊？！唉！

（唱第二曲）

大路小路千万条，

不知穷人走哪条！

越思越想越心焦，

这叫我王仁厚如何是好？！

〔踉跄而下。

第二场　讨款、派丁

〔田保长和保丁上。二人喝了点酒，逍遥自在的。

〔内叫板，田保长："小保子，走啊！"

田：　（出，唱第三曲）这几天抓壮丁东奔西跑。

丁：　田保长为公事实在操劳。

田：　老百姓一个个令人烦恼。

丁：　要牛筋不出钱叫人心焦。

田：　不逼他无路走不能发财。

丁：　哪管他老百姓痛哭号啕〔喇〕。

田：　（白）小保子，快到了吧？

丁：　快了。

田：　今儿去了可得硬着点，先把钱逼到手，再把抓壮丁的事提出来抓王东才！

丁：　我看今儿个还得小心点，别逼死了人，钱又弄不到手就糟了！昨儿个村西头张老婆不是跳了井？！

田：　管他跳井上吊呢，反正咱们要人财两得才行。

丁：　对。还是你老人家"硬梆"，那咱们爷儿们走吧。

田：　对。（唱）只要那人和钱都能拿到，

丁：　哪管他老百姓跳井上吊。（下）

第三场 派壮丁、卖女

[王老婆领孙女桂花、孙儿栓儿上。

婆：哎！（唱第四曲）

遭兵荒遇水灾天又大旱。

河南人一个个叫苦连天。

这样粮那样款推〔摊〕个不断。

眼看着老百姓就要死完。

桂：奶奶，爷爷怎还不回来呀？到哪儿去啦？

婆：哎！（唱）

田保长又来收榆树皮钱。

你爷爷找乡亲借粮借钱。

天到了这时候还不回转，

倒叫俺一家人挂念不安！

桂：一定是没有借着钱，要不，一定早回来啦！

婆：哎！这年月，家家都是连命都顾不上，谁还有钱借给人呀！

桂：（难受，劝婆）奶奶，咱们出去看看爷爷回来了没有吧！

婆：嗯！（牵着桂往外走，自语地）哎，你爷爷要是借不了钱回来，田保长这一关又是不得过呀！

[王仁厚颓丧地上。

王：（唱第五曲）

大路小路千万条，

叫我穷人走哪条？

借不了钱来交不了款，

保长来了死路一条！

栓：（迎上）爷爷回来了？

王：回来了。

婆：钱借着了吗？

王：　唉……

婆：　（与桂随入。审视他少顷）没借着钱吗？

王：　唉！咱河南又是水灾又是旱灾，又是蝗虫灾，还加上个汤恩伯的灾——灾！灾！灾！要把咱老百姓活活地吃了啊！谁家还有钱借给人呀！

婆：　哎！你说怎么办哪？

王：　怎么办？——有钱的打着穷人要钱，穷人想帮穷人，又没有钱，你叫我还能到哪里找钱哪！

婆：　哎，田保长限期三天，要把剥榆树皮的钱交清，今儿是第二天了，他明儿要是再来催款，可怎样办呢？

王：　怎么办？哼！怎么办也得办！要钱没有要命有！这儿老命还有一条！

桂：　（急）爷爷！不！不让他们要你的命！

王：　哈哈！桂花，别怕！这是顺嘴说说——我还能真叫那些王八蛋把我的老命要了去？

栓：　我要吃榆皮糊糊。

婆：　咱家没有榆皮糊糊了，今儿吃这草根吧！

栓：　不！（撒娇地）奶奶，我要吃榆皮糊糊……

婆：　（抚小栓）听话，你参就为剥这点榆树皮叫田保长打病了！那碗榆皮糊糊，留着你参醒了给他吃，咱们都吃草根吧！

栓：　（哭）不！我要吃榆皮糊糊！糊糊糊糊……

〔田、保丁上，咳嗽。

王：　（倾听，外面有人声）不要吵了！大概是田保长他们来了！快都到后头去！

〔栓也不叫吃了，一齐下。

〔王倾听一下，关好门。

〔田保长带保丁上。

丁：　保长，到了。

田：　到了？走！到王仁厚老杂种家去！

丁：　那个老杂种上回赎他儿子，把他最后的老坟地都卖完了，我看在那个老杂种身上也再挤不出什么油水来了。

田： 挤不出油水?……哼，骨头渣子还能熬四两油呢！走！叫门！

丁： 开门！开门！

王： （出）谁？

丁： （凶狠）保长来了！快开门！（猛拍）快！

王： 哎！这就来！（开门）噢！田保长，请进来坐！

田： 怎么开门开得这么慢！

　　〔与丁进去凶狠地，田坐下。

王： 田保长，忙得很吧？

田： （冷笑地）为大家办事就是这样。

王： 保长真是太辛苦了！

田： 少废话！你剥我榆树皮那三千元罚款怎么样啦？今儿可该缴了吧！

王： 哎，保长请您抬抬手，实在是当尽卖绝，借贷无门啊！田保长，请您……

田： 我不是到这儿来听你哭穷来了！痛快地说：缴不缴吧！

王： 缴！缴！缴！——哎，田保长您昨天说给我三天限，今儿个才是第二天呀！明天……

田： 明天准缴啦？

王： 明天，明天……

田： 哼，反正到了明天，你不缴也不成！我今儿个倒不是为这件事来的。——王仁厚！

王： 保长！

田： 这一回又有一件事叫大家难为难为，你要给我帮帮忙。

王： 保长有什么使用，我绝〔决〕不推辞。

田： 上边又派下壮丁来了，这一回的数目特别多，公事紧，没法子，你儿子这一回可是非去不可！

王： 哎呀，保长，您难道忘了吗？上一回我卖了我最后的老坟地，花了二千元，买过壮丁了！（腰里掏出一个纸单）您看这不是个收据！

田： （接过没看就撕了）前几天县政府派委员重新登记户口，从前买壮丁替名字的都不算了，又要重来！

王：保长，这不对！你要给想想办法！

田：上边的命令，谁也没办法！你敢违抗委员长吗？

王：我儿子赎回来没有几天，让你们打得到这会还病得不能起来！现在又要把他拉了去，这简直是不讲道理！简直是要老百姓的命啊！

田：（大声斥责）混蛋！什么不讲道理！现在日本打来了，国难当头，老百姓的命算什么？把你的儿子交出来！

王：不能交！——他病得不能动啊！

田：管他病不病！（命令丁）去，到后头把他抓出来！

丁：是！（下）

王：（拦住）不能！不能！

田：（一把抓回他）你敢违抗命令吗？——你敢目无王法吗？

王：命令！王法！——命令王法，不能不叫人活啊！你要是把东才拉走，我这一家人就完了！

田：国难当头，上边的命令，我管不了！你自己想办法！

王：保长老爷！你看我把地都卖完了。地方都让水推了，我还有什么法子可想啊！

田：什么，你真就一点办法也没有？

王：实在没有！

〔保丁挟东才上，婆媳、栓、女哭求随上。

田：（示保丁）捆了！

〔保丁捆东才。

婆：（拉住大哭大叫）不能！不能！天呀！要人的命啊……保长！保长！你要救救我们呀……

田：少在这儿吵！拉走！

〔丁拉东才走。

王：（往回拉东）保长！保长！不能！你要给我想想办法呀！

田：你没办法，我哪来办法？（大声）拉着走！

丁：（大声应）是！（拉）走！

王：（向丁）你们先不要拉走！（向田）田保长，（跪求）你发发慈悲，再宽容我一时，我还是想办法就是了。（田示意停拉。全家跪下）

（唱第六曲，转身向田）

叫声保长赏个情面！

我还是想办法情愿花钱，

但愿你田保长给个方便，

可怜我全家人常受饥寒！

田：（换笑容）哎，你怎么早不说呀！早说花钱，不就什么事都没有了吗？哈哈……王仁厚，别哭啦！听我说，只要你肯花钱，事就好办，并不是我保长做事太坏，只是上面有命令，我也为难，这一回我一定成全你。不过如今的东西贵得厉害，买一名壮丁最少要三千元。

王：（唱）听一言吓得我浑身打战！

从哪里能弄出二三千元？！

我这里把保长千呼万唤！（白）保长！保长！

这一回还要你格外恩典！

田：（白）政府里办公事不讲价钱，拿出钱样样事全都好办。要是不，哼，就对不起！

东：爹、娘，反正我去了是死，在家里也是死，就叫我去吧！

王：儿啊！（唱第七曲）

叫声东才别乱想，父亲心中有主张。

当兵打仗还犹可，未上战场命先亡！

千般折磨万般罪，壮丁几个活命还？

咱家中老小无能耐，全靠我儿你动弹。

为父心中有主意，我儿一旁莫多言！

（白）田保长，反正尽我的家产变卖，我一定花钱买壮丁就是了！

田：这就好——我得先把东才拉到保上去。

王：保长，你把他留下，他不会跑，我一定把钱送来！

田：这是手续！钱送来一定放回，你放心。

王： 保长，你知道我们是本份人……

田： （不耐烦）少废话！这不是你一家，不管谁家都是这么办，你懂不懂？

王： 我这儿子病得厉害，求你开这一回例吧！

田： 管他病不病！公事公办，没例可开！拉走！

王： 保长！我求你……

田： 你敢违抗命令吗？（命令丁）快拉走！

［丁拉东才下。

王： （见田、丁拉东下，悲愤地骂）田保长，你这杀人的强盗！

（唱第八曲）

强盗杀人不眨眼，仗势拉走我东才！

水旱蝗汤四大害，官府杀人第一灾！

［全家哭。唱。

婆： （唱）我这里呼天天不应，

媳： （唱）我这里叫地地不言！

婆： （唱）东才！儿呀！抓壮丁十去九个不返。

媳： （唱）怕的是小栓爹命难保全！

婆： （唱）官府里拿人命不当人命，

千万个屈死鬼何处伸冤？！

桂： （同哭叫）爹呀！

栓： （同哭叫）爹呀！

桂： （唱）狗强盗把爹爹捆绑拉走……爹爹呀！

婆： （唱）这一家老和小靠谁吃穿……东才儿呀！

王： （唱）娘哭儿，儿又把那爹爹来唤！

合： （唱）到哪里去找那三千元！

王： 哎，都不要哭了，救人要紧，赶快想办法弄钱吧！

婆： 哎，还有什么法子弄钱呀！你还不知道？前次卖了咱们那最后的老坟地，才把东才赎了回来，这回他们又给抓了走，这叫人还有什么法子呀！

王： 难道就一点能当能卖的东西都找不出来了吗？

婆：　家里早就当尽卖绝了，就剩下身上这几件破烂衣裳，都是扔在道上也没人捡的啊！

王：　真没办法了？

婆：　真没法子了！

王：　难道眼睁睁让那狗官府把我们东才活活弄死不成？！

媳：　（一直哀泣，这时悲痛地叫出）啊！——爹娘呀！媳妇有一句话不知该讲不该？

王：　东才家，你说吧！

媳：　……

王：　说呀！

媳：　把桂花……

婆：　啊？！……

媳：　把桂花卖了吧！

桂：　（一听此话，惊叫）妈妈呀！

婆：　桂花？！

媳：　（哭声）爹娘不要再耽误了，再晚了就救不了她爹了！桂花去了，还有小栓呢！（自己也哭出）桂花……

王：　（犹豫少顷，终下决心）事到如今，要救东才，也只有这个办法了！

婆：　桂花，你愿意不愿意？

桂：　奶奶呀！……

媳：　桂花！不要怪你娘狠心！要救你爹爹，没有法子呀！

桂：　（拉住她哭）娘！娘呀……

媳：　好孩子，去吧！等你爹爹回来，挣了钱就赎你回家！

桂：　爹爹挣了钱赎我回家？！……

王：　（不忍再看，狠心）哎！走吧！（拉桂花走）

婆：　哎！再等一等！（进去端了一碗榆皮糊出来）桂花！这是跟你爹留下的一碗榆皮糊糊，小栓要都没给他。哎！你在咱家十几年了，没吃过饱饭，今儿个吃饱了肚子再走吧！（放在手里）

桂： （少顷，抽咽）哎！反正也是……给弟弟吃吧！（给小栓）

王： 哎——好孩子！不是爷爷不痛你呀！（拉下）

婆： （全家泣送，快走下时婆又叫住她）桂花，回来！（王怔了一下，又牵桂花回，不明白她的意思。婆紧拉桂花手，又细看了一会，欲说无语，终于狠心，叹了口气）唉！去吧！（王拉桂下）

婆： （哭唱第九曲）眼看着桂花女出了家门。

媳： （接唱）好似钢刀割娘的心。

婆： （接唱）立逼出卖亲生女。

媳： （接唱）穷人哪天得翻身？

栓： （哭）娘！我要姐姐！

媳： （勉强安慰他）姐姐一会就回来！天不早啦，进去睡吧！

［栓一面叫"我要姐姐"被婆媳拉下。

第四场　计划抓壮丁、派款

［郭联保主任，与孙副官上。

郭： （唱第十曲）游游荡荡真高兴。

孙： （接唱）好酒好肉不离口。

郭： （接唱）金钱美女都到手，

孙： （接唱）管他害人不害人。

郭： （白）哎，你说到底哪一个好？

孙： 叫我说还是曹家的媳妇好。

郭： 还是杜家的媳妇好，年纪又小，脸又白。

孙： 我看那个"松"拗劲大得厉害！

郭： "心急吃不了热稀饭""功到自然成"——别忙呀！哈哈——对啦，孙副官！我看咱们押起来的那些坏分子，不一定都是共产党员。

孙： 嘿，难道你还不知道吗？凡是主张坚决抗战到底，改善人民生活，批评咱们专制独裁，不讲民主，说咱们军队不打日本专打内战，专祸害老百姓的人，都不是好东西。都有共产党的嫌疑！上面有命令：宁可以屈死九十九个人都不能放过去一个共产党!

郭: 是的,很对,对极啦!(说着,郭白面瘾上来了,打呵欠,孙副官也上了瘾)来,瘾上一袋!(田保长手持一包钱高兴地走上)

田: (唱第十一曲)
出门来只觉得身轻脚快,
这一回弄到手几万洋钱,
见主任我对他细讲一遍,
管叫他哈哈乐喜笑开颜!
(进门叫)郭主任,郭主任!

田: 嗷,主任回来啦?

郭: 田保长,(与孙落坐〔座〕又打呵欠)你来得早啊!

田: 我刚才来了一趟,您不在。

郭: 军款收齐了吧?

田: 收齐啦!

郭: 好收不好收?

田: 哎,难得厉害哩!水灾,旱灾,蝗虫灾,老百姓都穷的没有办法,非打不给钱!

郭: 能打出钱来就算不错,哼!不打不行啊!

田: (拿出一个包交郭)这一回的三万元,如数收到。

郭: (接过钱笑着问)你也能落几个吧?

田: (笑着说)哎!我不敢多落,弄得够双鞋钱就是了!

郭: (笑)哼,没有关系,你就多弄一点怕什么呢?反正有的是老百姓的钱!哈哈哈!(转向孙)孙副官你说对不对?

孙: (正在悠悠然抽大烟,闭目养神,被这突然一问,怔住了)啊!什么?(注视田)这人是……

郭: 嗷!我忘了!你们还不认识——这是田保长,是咱们本地征壮丁派款子最有办法的——算得上个人材!

孙: 那好极啦!

郭： 田保长，我给你引见引见：这位孙副官，是师部政治处的政训员，是汤恩伯汤司令官手下第一等红人！

田： 久仰！久仰！

孙： （得意地笑）哈哈，那倒不敢。

郭： 这回到咱们这儿来的任务，第一是要调查惩办坏分子……

孙： （抢着向田说）听说你们这一带的老百姓，因为水灾旱灾死的人不少，很多人都不满意咱们政府和咱们军队，是不是？

田： 嗯，是！是！

孙： 非把这些坏东西铲除干净不可！

田： 是的，是的，老百姓非严加管束不可！

孙： 以后你要多留意，调查这里有没有共产党，他们都是主张改善民生，坚决抗日——你应该明白，都是对我们不利的！

田： 是的！

孙： （向郭）还有，派给我们部队里的壮丁，办得怎么样了？

郭： （转向田）怎么样了？

田： 还好，就是高二锁跳井死了，再没出什么事。

郭： 钱呢？

田： 也还好，一共弄来了四万五千元——嘿！连王仁厚我把老杂种还"啃"得出了二千元呢。

郭： 王仁厚？上回赎他儿子，不就是说没有钱，把最后的老坟地都卖了吗？怎么这回又有钱了？

田： 这回是把他孙女桂花给卖了！

郭： 哼！卖他祖宗也活该，反正咱们有钱到手就行。

田： 对，对极啦！

郭： 这回家家都交了？

田： 不！赵家、李家、陈家、张家、孙家，一点办法都没有，我把他们都押在保里啦！

郭： 照你说，这五家真拿不出来啦？

田：不行，穷得太不像样子！赵家前天把一个孙子都饿死啦。

郭：那就把狗日的们捆来，交给副官吧！

田：是——这钱哩？

郭：先放在这儿，回头再细算——你这回是按什么数摊派的？

田：能出钱的壮丁，按一万元，实在不行的七八千。

郭：那怎么才弄这么一点来？

田：您还不知道，现在是抓人容易弄钱难——叫我看：四万五千元，这个数也就不算少啦！

郭：可是你该知道我们为的是啥！

田：我当然知道多弄几个钱好，可是老百姓这几年来，一年不如一年，老百姓的钱实在难弄得很！

郭：难弄也得再去弄他个三万两万的来！

田：可是，他们实在拿不出来了，叫我怎么办呢？

郭：我问你，你说老百姓怕死不怕？

田：当然怕死啦！

郭：怕死就有办法。你逼着叫他死，看他花钱不花钱？

田：自然，要是硬打硬上，钱还是能弄到手的，我就是怕弄得寻死上吊，风声一大，上边知道了，咱们受不了！

郭：呸，看你干了这几年公事，胆小的那个"松"〔厐〕像〔相〕，你知道上边是个干啥的？县长！专员！主席，团长，旅长，师长一直数到汤恩伯汤军长，不管他个什么长吧，哪一个不发财？哪一个不是从老百姓身上弄钱？你懂得个啥？

田：是！是！是！您这段话，真是使我顿开茅塞！（得意地）那照您说就不用害怕了？

郭：不用害怕，——咱们这儿还有孙副官给照看哪，——我不是说了吗？孙副官是汤军长面前的头等红人，出了什么事，孙副官一句话不就都过去了？——老百姓谁要是再不给，就按共产党办，没错！去吧！快去弄钱去吧！

田：是！是！您说不害怕，我就不害怕。只要不害怕，事事有办法！我这就去了！（下）

孙：（望他去）我看这个人倒还能办点事。

郭：事到〔倒〕是还能办点，就是有点胆子小，还不大懂得官场上的"规矩"——上边贪财，下边爱钱，上下一致，这可有什么可怕的呢？哈哈……

孙：（正色）不过，要钱也还得要人，刚才听他说：他这一保才押起来五个，这不行啊！

郭：哎！不过您派的那个数也太多了！

孙：（瞪眼）八十名还多？

郭：（急改口赔笑）不多！不多！国难当头，国家要人么！

孙：是啊！——本来按平日，你们每一联保，每月抽壮丁四十名，不过我们这一师，这回要大大地补充，所以这一次你们要多出壮丁，一定要办到！

郭：那是自然的！不过这几年来，这地方旱灾、水灾、蝗虫灾，老百姓实在苦得很……

孙：国难当头，老百姓苦一点算什么？

郭：是的！是的！咱们都是一个领袖，事情商量着办……您要是有什么为难的地方，我一定全力效劳！比方说……（把钱推给他）

孙：（把钱带起，又把桌上摆的另一包钱带起，口气立刻松了）那照你说，按现在的情形，你们这个联保，这回一共能抽多少壮丁呢？

郭：我看一共只能抽个二十人左右吧！

孙：哼！那不像话，我回去不好交代呀！

郭：哎！您是个圣明人，这还有什么不好交代的？报一些开小差的，吃一些空名字不就行了吗？再说，你带的是兵，拿的是枪，路上有的是人，还怕抓不下三十二十的？

孙：哈哈，你真是个内行！——这些事咱们倒是干惯啦！

郭：是啊！这还不容易吗？

孙： 来！我再跟你商量一件事！

郭： 甚么事？

孙： 我告诉你，这一回汤军长的意思是钱也要弄，人也要弄，我当然也不能空回！

郭： 那是自然喽！

孙： 因此，抓人补数，这些个事是难免的，倘若路上抓了你保上的老百姓，要是没有什么关系，你可不要跟我找啊！

郭： 那不成问题！你肯帮助我，我还能不跟你讲交情？

孙： 那就好——咱们出去打牌去吧！来呀！

兵甲：（上，立正敬礼）副官！

孙： 叫特务连第二排韩排长！

兵甲：是！（下）

郭： 好！走！（二人起立）说一句良心话：现在的人，只可以装好人，要是真打算当好人，那就非饿死不可！

孙： 至理名言！哈哈……

韩： （上）副官，什么事？

孙： 我们的工作就要结束了，你带上一班人，到各处查店，在路上等人，遇见四十五以下八[①]岁以上的人，都抓起来！

韩： 是！（欲走）

孙： 回来！

韩： （又转回立正）是！还有甚么吩咐？

孙： 抓住人藏起来，不能叫人看见！

韩： 是！（下）

郭： 其实国难当头，老百姓当然应该苦一些。

孙： 那是一定的么——要不然咱们就能发财了？

郭： 哈哈……是么，哈哈，走！（同下）

[①] 此处原文如此，"八"疑为"十八"之误，苏南新华书店本亦为"八岁"，北方出版社本则为"十八岁"。

第五场 祭坟、抓壮丁

[王仁厚领东才、栓上。

王： （唱第十二曲）王仁厚领儿孙去祭祖坟。

东： （唱）闹荒旱遭兵灾远离家园哪。

王： （唱）这一去不知道何时回转。

东： （唱）一路上父子们两泪不干。

王： 到了！跪下！磕头！（三代按顺序跪好）

（唱第十三曲）

祖坟前跪倒了啊，

王门三代，

啊……啊……

哭得我父子们抬不起头来！

东： （唱）只啊因为啊，

遭下了天灾人祸，

逼得咱不孝儿把坟地卖。

王： （唱）骂一声贼赃官实在凶残，

东： （唱）逼得我老百姓死活两难。

王： （唱）贼保长狗衙役踏破门限[①]，

东： （唱）又是粮又是款摊个不断。

王： （唱）逼得我活不得求死也难，

东： （唱）只逼得老百姓远离家园。

王： （白）（对坟）祖先哪！可千万别怪你的儿孙不孝啊，连张纸都没有给你老人家烧！哎，这以后……（强制着）走吧！（三代起来走）

[韩排长领着两个兵上来。

韩： 多留神着点！碰上就抓！

---

① 此处原文如此，苏南书店本作"门坎〔槛〕"，从唱词字韵角度来看，"坎"更为押韵。

兵甲：没错！（发现王家三口，对韩）喂！你看！

韩：（会意，带二人上前，大声）你们是干什么的？

王：我们，我们是上坟去的！

兵甲：（指东才）他是谁？

王：他是我儿子。

韩：你儿子？放屁！他是我们连上的逃兵！

王：老总，你一定是认错了！

韩：妈那个屄！没工夫跟你磨牙！（对甲）绑上！

王：老总！我们刚花了二千五百块钱把俺儿子买出来的呀！

韩：放屁，拉走！

王：（抢上）你们不能啊！（抓住不放）

［兵甲以枪托打王，王放开手，拖走。

栓：（追上）爹爹！爹爹！（去抓东，被韩一脚踢倒）

［兵拉东才下。

［王硬撑着爬起，抱起小栓。

王：（白）我的天哪！

（唱第十四曲）

老天杀人不眨眼，

官府军队是要命关，

刚花了银钱买出了我儿，

未逃出家门又遭了难。

（白）田保长！委员长！你们好狠的心啊！东才啊！我的儿啊！

［踉跄奔走，踬跌不稳。

（唱）昏沉沉只觉得神魂不在，

朦胧胧强扎挣头儿难抬，

睁开了昏花眼四面来看，

不见我东才儿他在哪边。

东才儿啊！

哭了声东才儿难相见，

大料我儿命难全，

拼老命我去把联保见，

去到那联保处大声喊冤！（跌撞奔下）

（连喊着）冤枉啊！冤枉啊！……

第六场　逃难

［婆媳上。

婆：（唱第十五曲）日落西山天将晚，

媳：（接唱）为什么他们不回还？

婆：（接唱）婆媳来到大门外，

媳：（接唱）等他们上坟回家转。

婆：（白）哎！他们爷三个上坟去，到这早晚还不回来，别是出了什么差错了吧？

媳：哎，也许出不了什么差错吧？您看！小栓爹今早清①才从保上赎了回来，这回儿他爷爷带着他爷儿俩去上坟，他们还能再把他怎么样吗？怎么说，他们还能一点人心都没有啦？

婆：哎，但愿他们平平安安地回来呀！（二人眺望）

媳：（忽望到远处有人走来）娘！回来啦！（指远处）你看！那不是……

婆：（看）哪儿啊？我看不清楚。

媳：（指）那不是往这边走哪！

婆：（看）嗯！嗯……

媳：（自语）咦？怎么是一个人啊？……（那人已走近看出不是）不是！不是！（看出是谁，急忙）哎呀！是保丁！（拉婆）娘！快进去吧！

婆：哎呀！（一面往内躲，一面说）这个要命阎王又来干什么呀？（二人未及躲入，保丁已上）

---

① 此处"清"疑为"晨"之误，苏南书店本即为"晨"。

丁：（气凶凶〔汹汹〕地）王仁厚！

（婆媳吓得呆视无言）

王仁厚在家不在家？

婆：他出去了。

丁：去！给我把他找回来！

媳：我们不知道他上哪儿去了，怎么找啊？

丁：哼！——他回来你告诉他！田保长说啦：你们剥榆树皮的罚款，今晚上非送过去不可！

婆、媳：（大惊）啊？今儿晚上？——

丁：怎么？你们还想赖吗？田保长给了你们三天限，今儿到期了！这是国家的法律：私剥树皮，就一定要罚款。

婆：（追拉求）老总！老总！求求您！您跟田保长说说，我们实在没办法——昨儿个……（提起"昨儿个"更触动伤处，痛楚地哀诉）哎！卖了……孙女……今儿个……才把我儿子赎回来呀！

丁：那是你们爱卖，我管不了，自个儿跟保长说去！（摔开她）哼！今儿晚上交不出钱来，看你们受得了受不了！（凶气满面地下）

婆：（追喊了两步）老总！老总！（望已去远，无奈转回）哎！这是把人往死里逼啊！

（唱第十六曲）又是壮丁又是钱，

媳：（接唱）穷人想活难上难！

婆：（接唱）盼他父子早回转，

媳：（接唱）商量办法渡难关！

〔王仁厚抱着小栓扑扑跌跌哭奔上。

王：（唱第十七曲）

王仁厚心中似火烧，（跌倒爬起）

走一步来跌一跤！

浑身打战往回跑……（跌进门，婆媳急扶）

婆、媳：（惊问）怎么了？

王：（看了她们一眼，痛悲地）东才娘！东才媳妇啊！

（接唱）天大的祸事又来到了！

婆、媳：（惊问）什么事？

王：（接唱）祖孙三代祭坟茔，

　　　　路上来了土匪兵，

婆、媳：（大惊）怎么样？

王：（接唱）横行霸道不讲理，

把咱的东才……（看全家）他……他……

他抓了逃兵！

[全家放声大哭。

婆、媳：哎呀！（同唱第十八曲）

听一言把人的肝胆惊炸！

（哭白）（婆）东才那儿呀……呀……

（媳）小栓爹呀……呀……

（接唱）这一回性命难保全！

（婆）忙把那东才爹一声唤！（叫）东才爹

（媳）忙把那老爹爹一声唤！（叫）爹爹

（婆）听我把话对你言……

（媳）听儿把话对你言……

婆：（白）你就该联保处里去告状！

王：（白）我见了联保主任王八蛋，

他把我连打带骂赶出了门！

媳：（白）那就到县政府去告他们去！

王：哎，咱们这里穷人只有受屈，哪有伸冤的地方？去年前庄殷老二的儿子，也是路上叫军队抓去，他到县政府里去告状，他们说：政府里管不了军队的事！不但不管，还把他饱打一顿，回到家没有两天就死了。唉！

（哭唱第十九曲）

王仁厚有难向谁告？

官府里全都是土匪强盗！

军队拿枪杀百姓，

（夹白）甚么官府军队啊！

活活地杀死我一家老小！

［与婆媳同哭。

婆：（擦了擦眼泪）哎，谁也不要怨，单怨姓魏的不是好东西！

王：姓魏的？哪一个姓魏的？

婆：派款，征粮，抓壮丁！他们哪一回都说是姓魏的给他们下的命令，叫他们干的，难道你就没听见过吗？

王：他叫作魏什么？

婆：你糊涂了？他叫魏元长！

王：哎，他呀！……

婆：那你说我们不能跟他拼去了？

王：哎！现在不能啊！

婆：那我们怎么办呢？

王：怎！怎！怎！……哎！事到如今，我们只有，（指小栓）把小栓抚养成人，让他将来给我们报仇雪恨啊！（严肃庄重地向媳）小栓他娘！

媳：爹爹！

王：今天我要把话对你说明：你看东才叫他们抓走，你不要妄想着他还能够回来……哎！你的年纪还轻，倒不如去另寻活路吧！

媳：哎！爹爹！我生是王门的人，死是王门的鬼，爹爹千万不要说这样的话！

王：好个深明大义的媳妇！你看，（指小栓）我们就是这一条根！我们不能再呆在河南等死，我想只有到外面逃难，也许还能活下去。你……你愿意不愿意？

媳：爹爹不要多心！你们到哪里，我就到哪里！（哭）我要把小栓抚养成人！

王：（感动地哭）你当真愿意？

媳： 愿意！

王： 你不怕受苦受罪？

媳： （哭）爹爹你不要担心，我不怕受罪！

王： 唉！小栓！小栓！我的小孙孙！你还不给你娘跪下！（栓跪哭叫娘！全家沉痛，媳抱之哭）

媳： （唱第二十曲）
　　叫声爹爹你（呀）放心！
　　媳妇不是糊涂人。
　　纵使那东才不得回，
　　我要把小栓带成人！

王： （哭唱第二十一曲）
　　王仁厚两眼泪淋淋，
　　感谢媳妇贤德的人！
　　立志抚养王门这一条根，
　　全家老小感你的恩！

媳： （哭白）媳妇这是应该的呀！（全家哭）

婆： （哭）好媳妇啊！（栓哭叫娘）

王： （唱）一家人只哭得肝肠断！
　　　　受苦人只落得这样可怜！
　　　　并不是庄稼人没有能耐，
　　　　恨官家横行霸道实凶残！

　　（白）哎！都不要哭啦，快去收拾行李，明天我们就要上路到外边逃难去！

婆： 刚才田保长又派人来催，要赔榆树皮的钱，说今儿夜里不给就不行！

王： 甚么，他们又来催过了？

婆、媳：催过了！

王： 那么千万不敢等到明天！——赶快收拾，连夜逃走！

　　〔一家进去收拾东西，少顷即出。媳妇提一个包袱，王担一担，一边是破席卷子，一边是烂东西，全家出门。

王： 走啊！（见婆又走回，急叫地）东才娘！你干什么又要回去啊？

婆： 我回去把门锁上！

王： 唉！家都不要了，你还锁门干什么呀？！

媳： 娘！走吧！

婆： （被拉走两步，又停回头看）哎！几十年没离开过的家呀！让我再看一眼吧！

王： 再看也还得走啊！——哎！走吧！

（唱）立逼得今夜晚就要逃走！

急忙忙离开这虎口狼窝。

咬牙关离开了穷乡故土！

全家人要打死里去求活！

［同下。

第二幕

第七场　押解壮丁

［内喊："快走！快走啊！"兵甲、乙押王东才及壮丁上，都用绳子连捆着。

东： （唱第一曲）

俺河南是一片人间地狱，

王东才在地狱里受尽了熬煎！

出卖了亲生女赎回壮丁，

祭祖坟当逃兵又抓到这边！

（白）爹娘呀！

（唱）哭了声爹娘难相见，

望不见桂女她在哪边！

小栓叫爹爹听不见，

一家人想见面难上加难！（哭）

兵甲：（狠狠地催促）走！快走！（向壮丁乙）你他妈又装蒜啦，快走！

兵乙：走吧！

东： 真要是当兵打日本，就是死也情愿哪，受这个罪是为的甚么？

壮乙：如今的事，甚么都不讲道理啦！

壮丙：哎！谁家不都是一样！

兵甲：（大声地）不准说话，快走！

〔壮乙因为有病，身体支持不住，以致倒地，并且不断呻吟。

兵甲：（见他倒，过去打）快走！（见他不起）你他妈"老丁婆养汉"倒有了主意啦，倒了就不起来啦，快滚起来，走！

兵乙：侯班长！他病成这样，你再打他，他更不能走了。

兵甲：怎么？你小子也心软了吗？走不动也得走！起来！走！

壮丁：（哀求地）哎呀！好老总！你饶了他吧！他病得实在走不动啦！

兵甲：走不动？谁管他走动走不动！他死了是谁的儿子？（打壮丁[①]）快滚起来！走！（韩排长上）

韩： 侯班长！

兵甲：（停打）有。

韩： 把这些壮丁快赶到西河滩去集合！上边有命令：队伍要开走。

兵乙：往哪儿开？

韩： 西边。

兵甲：是不是又去打共产党边区？

韩： 你不用管！快去集合，加紧监视壮丁，新兵行军是很麻烦的事，你要特别留神，听见没有？

兵甲：是！（回头赶壮乙）听见没有？快起来走！

壮乙：（哭求）老总！老总！我……我实在不能动弹了。

---

① 原文为"壮丁"，"丁"应为"乙"之误。

韩：（过来看）这小子怎么啦？

兵乙：报告！他有病，他走不动啦！

韩：走不动！那可以放他长假啦。

兵乙：他连站都站不稳啦！

韩：那就拉去埋啦！

兵甲：是！（解壮乙绳，壮丁丙、丁及王东才皆哀求）

兵乙：韩排长！我看把他丢在道旁算啦！

韩：胡说！丢在道旁算啦？这事不能叫人看见！再说咱们还要从上边领棺材费哪！（向兵甲）埋啦！

兵甲：是！（强拉壮乙欲下，壮乙挣扎，并大声哀求）

壮乙：我能活！我能活！你们不能埋我呀……

韩：（掏出手绢给兵甲）把他嘴堵上！

　　〔兵甲接过来堵壮乙嘴，强拉壮乙下。

　　〔东才及壮丙、丁眼泪汪汪看着。

韩：（大声）看见没有？你们要是再跟我捣蛋，我就叫你们跟土地爷做伴去，都活埋了你们。（向兵乙）赶走！

兵乙：是！（向东才等）走吧！（像猪一样把东才及壮丁赶下）

第八场　龙王庙遇难、指路

　　〔王仁厚、婆、媳带小栓上。

王：（唱第二曲）

　　一根扁担我担在肩，

　　山又高路又远出门人难，

　　王仁厚挑筐子前面走啊！

婆、媳：（接唱）一家老小跟在后边呀！

王：（接唱转第三曲）俺河南本是好地点，

婆：（接唱）哪知道连年遭荒旱，

王：（接唱）反动派趁火来打劫，

媳：（接唱）老百姓死活他不管，

王：（接唱）反动派要人又要钱，

婆：（接唱）税上加税捐上又加捐，

王：（接唱）军粮军款催得紧，

媳：（接唱）逼得你卖女卖儿卖庄田……

王：（接唱）这些事到处都一般，

婆：（接唱）走投无路该把谁来怨。

王：大路小路有千万，

众：（合唱）不知道逃难人走哪边？

栓：（白）爷爷！我饿了！

王：（抚栓头慰之）孩子，饿了不要紧，等到了前面的村庄，我给你要点东西吃。

栓：不，我等不得，我要吃！……（哭）

王：小栓，不要哭，等会爷爷给你找东西吃。

栓：我就要吃，我就要吃！（跳哭，擦泪）

媳：（拉过栓）小栓，不要哭，等到了前边就有吃的啦！

栓：我等不得了！我就要吃！把我饿死了！（跳哭）

媳：（打栓屁股）你老是不听话！你再哭！你再哭！（拉着小栓左膊，转圈子，栓越哭越凶，媳越打越急——然而自己也不禁流泪了）

王：（抱过栓痛心地）哎！我说媳妇，媳妇！你别打他！孩子两天没有吃东西了，真是饿坏了！唉……小栓儿别哭，再走一会，到了村子里就给你要东西吃呀！（拉栓走，栓走了两步又停）

栓：爷爷，我脚疼，走不动啦……（哭）

王：（看他一会，自己早已疲惫不堪，无奈地叹了口气）唉，孩子，你脚疼，爷爷也背不动你啦！孩子，咬咬牙，再走几步吧！

栓：我走不动了！（哭）

婆：（随走随哀怨）哎，我还不如早死了好！

王：唉，别说这样的话，跟着我走吧！

（唱第四曲）

东才娘不要这样说，

孩子听了更难过！

我不信天下没有穷人的路！

走遍了天涯海角也还要活！

（走至门口看，白）这里是座龙王庙，咱们就在庙里躲避一夜再说吧！

〔全家人进庙，王关门，顶门，众人坐的坐、躺的躺，不住长叹。

〔兵甲、乙走上，后随韩排长。

兵甲：（看了看）怎么看不见了——明明看着是过这边来了吗！

兵乙：嘿，（发现庙）这不是龙王庙？一定藏在庙里啦。

韩：　你们进去，把她拉到前边树林子里头去。

兵甲、兵乙：是。

韩：　不要心软，弄来了有赏！

兵甲：是。

兵甲：（打门）开门。

〔全家大惊，老小缩成一团。

兵甲：快！快开门！

王：　（不得已，畏缩进前）你……你们是甚么人？

兵甲：清查户口的。

王：　我们是逃难的老百姓。

兵甲：不管逃难不逃难，快开门！

王：　（紧压住门）饶了我们吧！这里头有女人孩子，他们害怕！

兵甲：妈个×，就是要查女人孩子的！快开门！（生气用力踢门）

〔王正在压着门，被兵将门踢开，王跌倒在地，小栓惊叫，婆媳紧紧搂住他，不叫他出声。

兵甲：（踢王一脚）为甚么不开门？

王：　我正要开门，你就把门踢开了。

兵甲：哼！狗×的，这儿有几个人？

王： 全家四口人。

兵甲：（走到婆媳跟前看）这女人是你甚么人？

王： 她是我的儿媳妇。

兵甲：哼，前庄有一个女人跑了，一定是她！我们把她拉去，教人家认认是不是？

婆： （拉媳）老总，你不能……

兵甲：甚么不能！（硬拉）

王： （跑去拉兵甲）你不能不讲理呀，这是我的儿媳妇！

兵甲：什么不讲理！你拐带人口等会儿还要治你的罪哩！（向兵乙）把他挡过去，等会儿把那筐子挑走！

兵乙：（将王推开）不准动！

兵甲：（踢婆一脚）放手！（抽出枪指媳）走！

〔王等吓得不敢动，兵甲逼着媳出门下，众人追撵。

兵乙：不准你们出来，出来就要开枪！（兵乙挑起王的筐子下）

王： （追喊）老总，你不能呀，……

婆： （追喊哭骂，唱第五曲）
骂一声狗强盗无法无天！
把一个良家女随便糟践！

王： （接唱）王仁厚拼老命……前去追赶……（哭骂着踉跄地、昏沉颠倒地出门摸着下）

婆： （接唱）怕只怕媳妇命难保全！

〔后面人声骚动，打人声，喊叫声——

〔韩排长喊："你们不要拉，她咬住我的手不放！"

〔兵甲喊："韩排长！你拿刀子！"

〔继续媳妇尖叫"哎哟！"继又呻吟。小栓闻声，叫着"娘"奔下。

婆： （听见这些声音，更大声哭叫）哎！天呦！我们不能活了呀！我们不能活了呀！

〔王仁厚昏沉颠倒地背着媳上，小栓哭着叫着娘随上。媳衣服被扯破，露着臂，上有血，头发蓬乱，满脸血迹，这时已昏迷不省人事。王把她背进庙，婆大惊，大声哭叫。

[全家哭叫。少顷。

媳：（转醒哭唱第六曲）

我只说老小难见面，

谁知又能转回还，

强打精神睁开眼，

（抓住栓）我的小栓，（看二老）哎！爹娘呀！

爹娘多把小栓看，

媳妇性命难保全……

小栓你再让娘看一看！（气喘挣扎，强抱小栓）我的小栓啊！……

（白）爹娘呀！

（接唱）丢不下年迈的二老爹娘呀……（死去）

[全家叫媳不应，大放悲声，栓伏媳身上哭叫娘。

婆：（疯狂地哭叫）东才媳妇……我……我的好媳妇啊！……啊……（小栓和着哭叫娘）丢下小栓谁照管啊！（哭叫）东才儿呀！……娘的儿呀……你在哪儿啊？……（小栓和着哭叫爹爹）

（唱第七曲）

一家人只落得人死财散，

老的老小的小痛断心肝！

死的死活的活实在伤惨，

我不如碰死，死也心甘！

[碰死，王见婆碰时，急忙上前阻挡，没有来得及，已死。王将婆身抱住叫唤，小栓扑过叫。婆倒地后，王疯了似的，扑一扑婆，扑一扑媳，看一看栓。

王：（忽放大声哭）啊呦！我的天哪……东才娘……东才媳妇……

（唱第八曲）媳妇婆婆都把命丧！

（哭叫）那……那是媳妇啊……（栓和哭叫娘）那……那是婆婆啊……

（栓和哭叫奶奶）啊……

（接唱）

好似钢刀刺胸膛，

死的死来亡的亡，

丢下老小这一双！

天黑地黑明星朗，

小小孩子哭亲娘！

难民无势难告状，

哭声天，叫声地，我无有主张！

（思忖叹息）唉！（最后坚强地跺了一下脚）

王仁厚收住泪两行，

事到了万难要硬心肠！

死的死了，她……她……她们无指望，

活着的还要活——（拉起小栓）

（白）小栓！

栓：爷爷！

王：不要哭啦，我们把她们——就在这儿埋了吧！

（在悲哀的音乐中——第九曲——与小栓啜泣拭泪，埋婆媳尸，拉栓）

来！跪下！给你奶奶和你娘磕头！（栓磕头毕，王拉着他，悲痛极，终于狠一狠心）咱们走！

栓：爷爷！就咱们走？

王：就咱们走！

栓：娘！（向后看放声大哭）娘不跟咱们来吗？

王：你娘不跟咱们来啦！

栓：我要娘！（连跳带哭）

王：（抱小栓）小栓！小栓！我的小孙孙！你的娘死了，死了不能活了！她再也不能跟咱们来了！

栓：（哭叫）娘！娘！我要娘！（跑向坟上挖土，意欲要娘出来）

王： （把小栓抱在怀里，痛心地叫）小栓！小栓！不明白的小栓！糊涂的小孙孙！你别傻想啦！别再挖土啦！你就是把你娘挖了出来，她也不会说话了！（哭）

（唱第八曲）

手拉着孙儿好悲伤！

小小年纪没了娘！

你就是刨开了那三寸土啊，

她也不能再与你把话讲！

庙堂上空坐龙王像，

不管人间百姓苦遭殃！

手拉着没娘儿往前去闯，（看四方不知往哪里走）

天苍苍，地茫茫，我走向哪方？

栓： （哭）爷爷！我要娘！我要奶奶！（大哭）

王： （自己也不禁老泪横流，抱抚栓，无奈地叹息）唉！

［农民老冯上，听哭声，走近他们。

冯： 这个小孩哭什么呀！

王： 噢！老大哥！你这时候是往哪儿去呀！

冯： 哎！走亲戚看我女儿去来着，话越说越没完，就把时候耽搁了，到这么晚才回来！哈哈！！

王： （想着人家父女欢叙的情形，更增加自己的悲痛，不觉又拭泪叹息）唉！

栓： 爷爷！我饿呀！（哭）

王： （拭泪）哎！老大哥，你身上带着吃的没有？我这个小孙子有两天没有吃东西了。

冯： 你们是逃难的？！

王： 嗯！从河南逃出来的。——哎！我心想着逃出来就好了，谁知道到了你们陕西也是一样啊！

冯： 哎！如今可怜的人真是太多啦！（说着由腰里掏出一个大黑馍馍给

王：　　先给一半,后来看他太可怜,把另一半也给了他们)哎!都拿去吧!

王：　　多谢老大哥——小栓,不要哭了,吃馍馍。

　　　　[小栓接过,大吞大咽。

冯：　　(审视祖孙二人,同情地叹息)哎!你们就是这样讨一口吃一口的,也不是个长久之计呀!

王：　　哎!就是呀!老大哥!你看你们庄上有用人的地方没有?这个小孩子还能够侍候人,我虽然上了点年纪,也还能受苦种地。

冯：　　你还不知道?如今人人都为难,我们这个庄也是这样,捐重税重款子多,还常常抓壮丁,十家有九家穷,唉!谁还能顾得上用人啊!

王：　　哎!那你说我们怎么办好呢?

冯：　　(看周围无人,轻向他说)听说有个边区,很好,那里粮也轻,款也少,老百姓的日子过得好极啦!你们河南逃难的,到那边去的很多,全都有办法啦!

王：　　边区在哪里?

冯：　　往北走两天就到啦。

王：　　那里是谁家管?

冯：　　那里是共产党八路军管的地方,是咱们穷人的天下。

王：　　共产党?我们保长常说"共产党杀人不眨眼",咱们敢去吗?

冯：　　哎!你还不明白?保长嘴里没好话,你只管去!到那儿你就知道啦!

王：　　(低头想了想)嗯!保长不做好事,哪儿还有好话?

冯：　　是啊!快到边区里去吧!——我们都是一样的庄稼人,我说话不会哄你的,快去吧——你好好想想,我走啦。(下)

王：　　谢谢你呀,(看他走后,自己寻思)边区真好吗?难道这世界上真有咱们穷人的天堂吗?

　　　　(唱第十曲)

　　　　老大哥讲说边区好,

　　　　王仁厚心里半信又半疑,

天底下当真有穷人的福地？

弄得我左思右想没主意。（自己沉思，最后下了决心）

罢！罢！罢！

死马当作活马治，

病到垂危我乱投医。

冻死饿死都是死，

九死里求一生我进边区。

［带小栓下。

第九场　进攻边区、派特务

［孙副官上，兵甲随上。

孙：（唱第十一曲）

司令的命令传下来，

要把军队往北开，

坚决消灭那共产党，

叫我升官又发大财。

（向兵甲）快请特务连韩连长到这儿来。

兵甲：是！（下）

韩：（进门敬礼）副官。

孙：你坐下。

韩：（坐）副官叫我有什么事？

孙：汤司令下来了紧急命令：咱们这儿，（指一个半圈）几师人，明天就开拔到北边去。

韩：是不是打共产党？

孙：那还用问吗？

韩：那东边的日本军队谁防备啊？

孙：（瞪眼）你问这个干什么？！

韩：（赶紧赔笑）是，是，我错了！

孙： 我告诉你，汤军长的命令，叫我指挥你们这一部分队伍扰乱边区，破坏他们！

韩： 哎呀！八路军打仗可硬得厉害呢！您看哪一回进攻边区的队伍，不是让八路军打得稀哩哗啦地跑回来了！

孙： （拍桌怒吼）你说这样话，简直就不配做党国的军人！

韩： 是，是！

孙： 哼！难道你不知道我为什么提拔你当连长吗？

韩： 是，是！

孙： 哼（冷笑了一声，停会儿，又转了话题）我问你！你们连里新抓来的壮丁，还有多少？

韩： （计算一会）现在……现在还有七八个了！

孙： 怎么就剩下七八个啦？

韩： 上礼拜病死了几个，病重的还活埋了几个，还有五个不是人家花了三万五千元赎出去了吗？副官，你看这怎么办呵？

孙： 那不要紧，我们自有办法，（附韩耳语）反正上头也不是不知道。

［二人会意点头笑。

孙： 韩排长！噢，韩连长！

韩： 副官！

孙： 你看你们连上，忠心干事，能下毒手的人有多少？

韩： 大概就是十个人左右吧！

孙： 我告诉你，你也是"复兴社"员，应该多留意新兵里头有什么老实可靠的人，就抓紧他服从命令，再给他一点便宜占！越叫他多占便宜，他就越能忠心咱们，替咱们送死。你明白不明白？

韩： 明白！明白！

孙： （看下周围，走近他，郑重地）我跟你说，共产党八路军不是好惹的，咱非得明也来暗也来不可！所以在他们那里头，非有咱们自己的心腹人做内应不可！

韩： 是，是，对极啦！

孙：你们连里有可靠的河南人没有？

韩：河南人？

孙：嗯，对过的边区边界上，有咱们一个人，做特务工作，他是河南人。他打来报告说，他自己在那里不好行动，要求这边再派去一个帮手，我想还是派个河南人去，好打掩护。你想你们连里谁合适？

韩：（想）河南人？可靠的？……（忽想起王东才）哎，有一个新兵叫王东才，是个河南人，虽然没干过什么事，可是人还老实，好利用，副官您看怎么样？

孙：叫他来咱们谈谈。

韩：是！（下，少顷，引东才上。东才害怕不知何事来）不用怕！（东才怯步近前，不自然地脱帽行礼）副官，他就是王东才。

孙：你就是王东才？

东：是，副官！

孙：你家在河南吗？

东：是，副官！

孙：你想家吧？

东：（又触动心事，悲痛地）是，副官，我家里离开我，一家人就不能活了！

孙：（才不管这一套哩，冷冷地）你家里有什么人？

东：我家里有老父亲，老母亲，我的女人，还有一儿一女！我的女儿……（难受地说不出来，停了会）唉！老的老，小的小，离了我就没法活了呀！

孙：（拿出日记本，一边问一边写）你父亲叫什么？

东：叫王仁厚。

孙：你母亲的娘家姓什么？

东：姓张。

孙：你女人的娘家姓什么？

东：姓吴。

孙： 你儿子叫什么？

东： 叫小栓。

孙： 你女儿叫什么？

东： 叫桂花——唉！就为了赎我，已经把她……（难受说不下去）

孙： （不等他说下去，接着问）你们家住在河南什么地方？

东： 渑池县康庄。

孙： 你家里穷吧？

东： 家里本来就穷，现在把地都卖完了……唉，一家非饿死不可啊！

孙： 那不要紧。只要你有胆量多做点事，就能够赚很多钱给你家里捎回去！——哎，你说那好不好？

东： 哎，我能够做什么呀？

孙： 只要你实心实意地给我们办事，我一定提拔你！

东： 哎，有副官提拔我，我还敢不干事？

孙： 你愿意干？

东： 愿意。

孙： 王东才，这可是你自己说的话是不是？

东： （疑虑地）是……

孙： 好，现在我们要做进攻边区、瓦解八路军的工作，派你到边区做内应。

东： 内应？内应到了那边儿，都干什么呢？

孙： 到了那边，暗地里调查他们的军队有多少？都驻扎在什么地方……还要画地图，放毒药……

东： 副官，我不敢去！人家知道了，要我的命哩！

孙： （不容他说下去拍桌）混蛋，这是命令！你敢不服从命令？！

东： （害怕得不知怎么好）我……

韩： （趋前开导之）王东才，你该想开点，又能升官，又能发财，这是再好没有的事啦！再说在军队里，长官叫你干什么，就得干什么，你还敢不服从命令吗？

东： 我不敢……

孙： 哼！我知道你就不敢，告诉你，你乐意干也得干，不乐意干也得干。要是不好好地干，不但要你的命，连你一家老小都活不成，（拍拍小本子）你一家人的名字都记在这里头了。怎么样？干不干？

东： 我干！我干！

韩： 这不就结了吗？快去吧，没什么可犹疑的啦！

东： 可是……那……

韩： 什么？

东： 我回来以后，请求长官们放我回家去！

韩： 回家可不成，咱们……

孙： （急推开韩，瞪了他一眼，故意说给东听的）那成！那成！为甚么不成啊！（转向东）只要你干得好，回来以后，我保你带很多很多的钱回家去！哎！你说好不好？

东： 哎！那你们就算救了我一家人了，我一辈子感你们的大恩大德啊！

孙： 这没甚么！这没甚么——来人哪！

〔兵甲上。

孙： 王东才你想开小差，拉下去给我打！

东： 副官：我刚才不是答应了吗？

孙： 放屁！你答应了什么？拉下去打！

〔甲拉东才下，东才连喊怨〔冤〕枉。

孙： 韩连长！

韩： 副官！

孙： 你要放灵活一点！我们用这一类的人，就一定得顺着他的心眼走：——他说要回家，咱们就答应他叫他回家。哼！等任务完成以后，他还能跑得出咱们的手心吗？

韩： 是的，还是您——哈哈。

孙： 把手续给他办好，立刻就叫他动身！

韩： 是！

〔二人耳语一会儿。

孙：　多跟他说些有利的话。

韩：　是！一定！

孙：　还要叫他知道不干就不得了！

韩：　那是自然！

孙：　下一班谁放哨？

韩：　侯班长。

孙：　可以告诉他，放他过去。

韩：　是！

孙：　好！马上就办啊！

韩：　是！（二人会意地互看一眼）

孙：　软的硬的一齐来，

韩：　哪怕他不把命来卖。

　　　[孙下，兵甲扶东才上。

兵甲：报告！

韩：　把他放下，你下去吧！

兵甲：是！（下）

东：　韩连长，为甚么我答应了还打我？

韩：　王东才，起来吧！不要紧，不受苦中苦，难得人上人。不这样，你进边区人家不相信你的！

东：　我打得实在动不得了。

韩：　起来吧！现在决定你马上动身去边区，到那里，找一个姓黄的医生，是我们派在那里做内线工作的。到了那里他会教给你做工作。你去找他的时候，就说他是你表哥，你是他表弟。

东：　是……

韩：　这回去不要叫王东才，改名叫——刘贵，听见了没有？

东：　听见了。

韩：　不准告诉人，叫人家捉住了也不准说实话！说了实话共产党要砍头的！

东： 是！

韩： 好，下去吧，一会就打发你动身。

[王东才下，韩冷笑一声，下。

第十场　进边区

[边区农民——变工队，四人各携农具上。

四人：（愉快地随走随唱第十二曲）

南风丝溜溜地吹，

来了一个变工队。

今年雨水实在好，

苗苗长呀长得美！

庄稼伺弄得好，

多多来锄草，

众人合伙金不换，

变工队锄草锄得好。

[到了山头停下来略略休息一下。

变甲：（擦了擦汗，望了望这一片良田，兴奋愉快地）哈哈，你们看，这绿油油的一片！今年的庄稼又是一百一呀！

变乙：嘿，这还不都是参加变工队的好处？要是就凭你自己一个人、一把锄头，就能把几十亩庄稼伺弄得这么好啦？

变丙：是么，"三人一条心，黄土变成金"：什么事都是大伙干，比一个人干好。

变丁：（调皮地和他开玩笑）咦！这会你又说这话了，去年动员你参加变工队的时候，你还不乐意呢！噘着个嘴跟乡长说，（学他当时的语调和态度）"好乡长啊！我一个牛工，变两个人工，那我不是吃亏了吗？"那话是谁说的？（众哄笑）

变丙：（被弄得有点不好意思）那时候我是不明白变工队的好处吗！你看我现在不是转变了吗？

变甲、变丁：哈哈，二娃子转变了！哈哈。

变乙：得了，得了，别开玩笑了，快干活吧！锄完了老张这片地，还要给小锁子家锄去哩！

众：对对，快锄吧！

（众人拿起锄头，开始愉快有力地锄起地来，随锄随唱）

深耕勤锄草，

锄草要惜苗，

锄头底下三分水，

今年收呀收成好！

人呀不亏地，

地呀不亏人，

种个甚么收个甚么，

劳动变呀变黄金！

一滴汗下土，

秋收万石粮，

谷子糜子堆满仓，

家家喜呀喜洋洋！

［继续锄着，丁向丙："加油啊！"丙："我和你竞赛！"

［王仁厚带小栓上。

王：（唱第十三曲）

爬一座山来又一道川。

求活路哪管他山川阻拦！

昨夜晚偷过了封锁线，

是不是来到了边区里边？

（不安地探视）

变丁：（发现了他，过去，大声地）嗯，你是干甚么的？

王：（吓得抖擞一下，仓皇不知所答）我……我……我是……（变甲、乙、丙都闻声走过来）

变乙：（责丁）瞧你，说话老是那么冲！

变丁：咦！瞧他那慌慌张张的样子，谁担保不是个坏家伙呀？

变乙：（不与他争论，转向王）老人家，不要怕，你是从哪里来的？

王：　这……这是甚么地方？

变乙：这是边区。

王：　啊？这是边区？

众：　对啦，这就是边区。

王：　（怀疑地望众人）你们……你们是……

变甲：我们是这里的老百姓。

变丙：（补充）我们是变工队，到这儿锄草来的。

王：　变工队？……（从来没听过这个名词）

变乙：对啦，变工队。（亲切地）老人家您是从哪里来？要到哪里去？

王：　唉！我是逃难的人哪！（拉小栓走近前）

（唱第十四曲）

我姓王家住河南，

天荒旱无收成少吃没穿；

那里的联保，

联保军队行事坏；

军粮军款捐税任意摊，

老百姓死了有大半，

有人把亲生儿女杀死充饥寒！

我只有一个儿子把活干，

抓壮丁一次两次没有完！

为赎儿子我出卖了亲生的孙女，

狗军队当逃兵又把我的儿拴！

全家人无奈何出门逃难，

连夜逃走，进了陕西潼关。

狗军队全不把人事干，

　　　　强奸我儿媳妇不从就用刀来砍！

　　　　我的女人年纪迈，

　　　　她一头撞死在龙王庙里边！

　　　　一家人只剩下祖孙两个，

　　　　老的老小的小有谁可怜？

　　　　遇见个老大哥把路指点，

　　　　他叫我进边区来把身安！

众：　（极感动地叹息）唉！外边的老百姓真太可怜了！

变甲：老人家，不要伤心，咱们这里优待难民，一定给你想办法！

变乙：就是吗，老人家你别看我方才对你那样，那我是不知道你是好人坏人，怕有坏人进边区破坏咱们，好了，老人家你等着，我给你找乡长去啊！（奔下）

王：　（惊怕）哎呀！找乡长？……

变乙：老人家不要怕，咱们这儿的乡长，是咱们老百姓自己选出来的，都是给老百姓办事的！

变丙：对啦，咱们这儿的长，可不像外头那些个长，外头的不管甚么"骡掌""马掌"的都是逼得老百姓九死一生的！

王：　唉！我们河南那个地方的田保长，就是不知道逼死了多少人啊！（变丁领乡长上）

变丁：（随上随喊）老人家，乡长来了！

王：　（慌忙地拉小栓跪下来）哎呀！乡长老爷！

乡：　（急扶）哎呀！老人家，快不要这样！咱们都是一样的人么，这边区人人平等，可再不要这样——老人家，你能受苦吧？

王：　能吗！我就是受苦种地的人么！

乡：　那更好啦！（向大家）老人家上了年纪了，咱们要给他老人家弄一点好地，大家还要多帮助！

众：　那还用说么！

变甲：老人家，你就到我家里去，我腾出来个窑洞给你，你先住着；等过了秋收，咱们大家伙帮助你打出个漂漂亮亮的窑洞来。

王：（真是万感交集，不知道说甚么好，只是看看这个，看看那个，慌慌乱乱地答对着）我……我……那……那……

乡：哈哈，咱们大家都热心帮助难民，什么问题都好解决——那么老人家您就先到老胡的家里住一个时候吧！

王：哎，哎，这叫我说甚么好呢？！

乡：哎，这还用说甚么呀？人么，谁都有个一灾二难的，到咱们边区里来，就都是一家人啦。

变乙：咱们边区老百姓日子都过得好，谁帮助谁点，都算不了一回事。

乡：好啦，先到咱们乡政府吃点饭去，（向变甲）老胡，回头你活干完了，就先把窑洞给老人家收拾出来吧！

变甲：对。

乡：咱们走吧！

王：哎，这实在是……我……我一辈子也忘不了你们的大恩啊！（说着又跪下要叩头）

乡：（急扶）老人家，再不敢这样，这样就不对啦，咱们走吧！（拉小栓领王走，正碰上连长担一担饭桶同一个警卫员也担着个菜桶上）咦，怎么你送饭呢？

连：对啦！我们同志在山上帮助难民锄草，我给他们送饭去！生产是大家的事么！（看见王）怎么，这位老人家又是逃难来的？

乡：是么，可怜得很！一家人让反动派的政府和军队蹧〔糟〕践死了好几口，剩下这爷孙两个，好容易他们跑到咱们边区来。

连：外边把老百姓太不当人看啦！（放下担子，拿出两个馍给王）给孩子吃点吧！（王看乡长，不敢拿，栓怕，叫爷爷）

乡：（接过馍给王）不要紧，吃吧！（王接馍给栓，栓吞吃）

连：（取出饭碗，盛汤，向栓）来，喝汤吧！（栓不敢去，乡长扶栓，栓怯怯不前地，一边走，一边回头看王，手欲接碗）

连：（以为栓接来，把碗一松，连碗带汤扑落在脚上）哧……哧……（揉脚）

王：（急得推栓一把）看你这孩子！（向连）老总，对不起，烫着了吧？（取起碗欲给连揉脚）

连：（接过碗，阻王）不要紧，老人家，孩子才从外边来，叫外边军队吓坏了，所以看见军队就害怕，不要紧！（说着又另取一个碗，盛了汤，把栓拉过来，交到他手中后，一边揉脚，稍表示烫疼，并给王馍及汤，一边说）老人家放心——到咱们边区来的难民，政府帮助，老百姓也帮助，大家都给想办法。（向乡长）你们乡上粮食要是一时不方便，我们队伍上也可以供给你们一些。

乡：不用！不用！现在群众都热心帮助难民，什么问题都好解决。

连：你们乡上安了多少家难民？

乡：已经安下二十多家啦，都有地种。

连：很好，很好。（担起担子）你们在吧，我要给他们送饭去啦！（欲走）

变丁：（追喊）喂！连长，你说派人帮助咱们组锄地，怎么还不派来呀？（连回转，尚未及答）

王：（惊讶）连长？这位是连长？！

变甲：对啦，他就是咱们八路军的连长，敌人来就拿上枪上战场，把敌人打跑了就回来拿锄头种地。

王：（慌张地趋前跪下）哎呀！连长老爷！我真不知道您是连长啊！

连：（急扶起）哎呀！老人家快别这样，咱们边区不讲这些！

乡：（也去扶他）真的，呆长了您就知道了，咱们边区，做官的跟老百姓都是一家人，常在一块呢——好，咱们走吧！

连：对啦，老人家先走，过两天我去看你，我们同志们在那边山上锄草，我要给他们送饭去哩。

王：（惊讶地叹了口气）哎！（被乡长拉走，他频频回头看连长，下）

连：（目送王下，众笑，转向变丁）对啦，我还忘了告诉你，这几天我们帮助抗属和难民锄草，一直没空，明天一定派一个班来帮你们，好吧？

变乙：对，对！

连：回见！（笑下）

变乙：咱们快把这一块锄完了，好给小锁子家锄去！

众：　对！（拿走锄头，继续锄，随锄随唱第十二曲）

南风丝溜溜吹，

来了个变工队。

今年风雨实在好，

苗苗长呀长得美。

庄稼伺弄得好，

多多来锄草。

众人合伙金不换，

变工队锄草锄得好！（同下）

第十一场　安家

[变甲与王仁厚带小栓自后窑上。

变甲：（随出随说）老人家，你看这后窑怎么样？也还能住吧？

王：　（感叹地）哎，好，好极啦！要是他们还在……

变甲：过去的事别提了，等明儿个我弄上他一筐石灰来，把这前后窑都给你刷得白个生生、亮个堂堂的。

王：　哎，就这样就很好了！——（转向孙）栓儿，咱们到了好地方了啊！

[张大娘提着个筐上。

张：　（唱第十六曲）

听说又有难民到，

送给他锅勺把饭烧；

两双筷子两个碗，

送给难民把家安。

变甲：喝①，张大娘，你来得倒快啊！

张：　（半夸耀半玩笑地）呦，张大娘是帮助难民的（得意地用边区术语）"积

---

① 此处原文如此，"喝"读轻声，意同"嗬"。

极分子"吗！哈哈！（转向王）这位老大哥就是刚逃难来的？

王： （不知说什么好，仓皇答应）是……是……

变甲：这是张大娘，帮助人可热心着哩！

张： 我给你们送来两双筷子、两个碗，你们好吃饭。

王： 哎呀！真是谢谢您哪！

变甲：还有什么？

张： 还不就是锅碗瓢盆这一套。（用铁勺敲锅叮当响）

变甲：好啊，这下子又有做饭的，又有盛饭的啦！（向王）快都收下吧！

王： 哎，真是叫我怎样谢你们呀！

变甲：看你老兄，快别说这话！我不是给你说了好几遍了吗？我前年逃难来的时候，政府给我粮吃，大家都帮助我，种二十亩地，三年不出公粮，五年不出租子——咱们这儿跟外边可不一样，这里政府极力地照顾老百姓，政府一好，老百姓就变成一家子啦！

王： 这里好，这里做官的、老百姓都很好。

张： 呦，你还不知道哪，咱们这里做官的，都是咱们老百姓自己选的！（得意地）去年选乡长的时候，我老婆子还画个〔过〕圈儿哪！哈哈哈！

（众随着欢快地笑）

〔变乙提一筐菜，变丁担一担柴上。

变乙：（唱第十六曲）土頭〔豆〕子大白菜水萝卜，

变丁：（接唱）架起干柴把它煮。

变乙：（接唱）咱们丰衣又足食，

变丁：（接唱）难民来了要帮助！

变丁、变乙：（同白）老人家给你送菜、送柴来了。

王： 哎呀，这怎么敢当！这叫我多……

变丁：哎，这算甚么呀，菜是自己个种的，柴是自己个砍的！在咱们边区，只要劳动，要什么有甚么，帮助帮助老人家还不是应该的！

变乙：就是嘛，我们在这儿吃得好，穿得好，日子过得美美的，你老人家逃难到此，人生地不熟的！我们不帮助，谁帮助啊？

张：   对呀，福顺儿这话说得才对哪！哈哈！（众帮助王收拾送来的东西）

〔变丙扛一把锹头上。

变丙：（唱第十六曲）

一把锹头扛在肩，

送给难民来生产。

（白）老人家，看这把锹头好不好？蹭〔锃〕光蹭〔锃〕亮的。

王：   哎呀，真是……

变丁：（抢说）二娃子你倒是抢早啊，人家刚到这儿，连地还没有呢！你就送锹头来了！

变丙：乡政府就要拨给他地了！

变甲：不要紧，我先把后山坡上那五亩阳坡地让给老人家。

王：   不，不，那不敢……那……

变甲：你就别客气啦，咱们边区有的是荒地，年青小伙子有的是力气，再开么！

变乙：老人家，我再分给你一块菜地！

变丙：老人家，你参加咱们变工队好不好？

张：   对啦，我想起来了，我明儿个再给你送一筐鸡蛋来，我喂着十来只老母鸡哪，轮着班儿地给我下蛋，哪天也收它个五六个！（神气地形容）都是这么老大老大的！

王：   （众人你一句我一句，简直没有他说话的空，又快乐又兴奋，又觉过意不去，顾这个顾不了那个，慌慌乱乱地答对着）我……我……这……哎……这叫我怎么过意得去啊！

变甲：A①，老大哥，你也别在意，我刚逃到这儿来的时候，大家伙也是这样热乎乎地帮助我，你看这会不上三年的工夫，我不但不要人家帮助，我还能帮助人哩！这都是咱们的政府好，老百姓都能过好日子，才能这么着哩！

---

① 此处原文如此，苏南书店本为"哎"。

众：　就是么！

栓：　爷爷，给我锹头！

王：　（给他锹头）小心点！

张：　（拉着小栓，爱抚地）小娃娃，你几岁了？

栓：　九岁。

张：　（端详栓，慈爱地）哎，伶伶俐俐的，怪爱人的！就是太瘦了，这到了咱们边区就好啦！等张大娘给你做上几顿好饭，不出一个月，包管把你吃得个胖呼〔乎〕呼〔乎〕的——你说好不好？

栓：　（拘拘束束地回答了一声）好。

变丁：（冲冲地）张大娘，我看你就把他认了干孙子吧！

众：　（随哄）对，对！

张：　那敢则好，就是不知道人家愿意不愿意？

变丁：（向王）老人家愿意不愿意？

王：　那……那……哎！我还有不愿意的？就是怕这孩子太淘气了！

众：　不要紧，不要紧，——这就算是认了亲啦！

王：　（按栓，兴奋地）栓儿，快给干奶奶磕头！（栓磕头，张笑扶，众哄笑，还有夹着道喜的，王笑让）

〔乡长背一袋米拿一盏麻油灯上。

乡：　（唱第十六曲）

　　　　拿来一盏麻油灯，

　　　　小小窑洞照个明。

　　　　政府拨来一斗米，

　　　　送给难民来充饥。

众：　（同）A！乡长也来了！

乡：　哎，你们真好，把东西都送来啦！

张：　咦，你当就是你乡长有"模范作用"咧？（众笑）

变丁：乡长，你背的啥东西？

乡：　乡政府拨给老人家的一斗米。老人家，你收下吧！还有这盏灯，晚上照个亮，油不够，明儿再给送来！

变甲：（插语）哎！还是乡长想得周到啊！

王：　哎，乡长，这就实在担当不起……（说着又要跪）

乡：　（急扶住）老人家，可不敢这样！你到咱们边区来，大家都应该给你想办法，不能叫你老小受饿。（向大家）你们都给老人家送来了什么东西啊？（众人热哄哄地抢着说自己所送的东西）好，都好——说实在的，全中国的老百姓都是一家人，应当互相帮助！

众：　就是么！

变乙：（拉乡长，告诉他）张大娘有了干孙啦！

乡：　有了干孙啦？在哪儿啦？

张：　（推栓）在这儿啦！

乡：　好！好！道喜……（众欢笑）

乡：　（向王）这一斗米，你爷儿俩先吃着，过几天，你也参加变工队，大家帮助，给你开一块地。

变丁：老胡让给他五亩地了。

变乙：多开点不更好吗？

王：　（感叹）哎，我是五六十岁的人啦，从来没见过这样的地方，从来没遇过这么多的好人啊！我这才知道你们边区真好！我往这来的时候，心里还犹犹摸摸地，不信你们边区真像他们说的那么好呢！

变甲：哎！老大哥，你说错了，应该说"咱们"的边区！

众：　对啦，是"咱们"的边区！

王：　（怔怔地）咱们的？边区也是我的吗？

乡：　老人家，看你说的，咱们是一家人！

王：　（怔怔地）一家人？——你们不嫌弃我？

乡：　哪儿的话呢！——世上受苦的穷人，都是一家人！

王：　（笑着问）一家人？

众：　一家人！

王：　那么说，边区也是我的了？

众: 也是你的!

王: (感动地流泪)哎,你们都是我的大恩人啊!(深深地给众人作揖)

(唱第十七曲)

王仁厚来泪满面,

众位恩人听我言。

外边的政府军队实在坏,

多少人饿死大路边。

我离家逃难有半载,

到处挨饿受熬煎。

眼看着没吃的性命难保全,

蒙大家救活我在边区里边。

〔张大娘突然擦鼻涕抹泪地哭起来。

乡: 咦,张大娘,你哭什么呀?

张: (哭着说)我哭什么?我让他勾起我的往事来了啊!民国十八年我逃难到这儿来,那时候这儿还是归国民党管,他们嘈〔糟〕践穷人,我受了他们多少欺侮啊!把我三岁小女儿活活地给饿死了,那时候要有咱们边区政府八路军,大家照顾,我的女儿就死不了,活到这会儿,比这孩子,(指栓)大得多呢!

乡: 好啦!好啦!你现在儿也有,孙也有,不愁吃,不愁穿,还哭上个什么呢?

众: 现在还有了干孙子了哩!(众笑)

〔小海子匆匆跑上。

海: (边上边喊)老人家!老人家!(见变甲)咦,老胡,你在这儿哪!咱们到处找你哩!

变甲: 找我干什么?

海: 咱们河南老乡开欢迎会,欢迎刚从河南逃来的这位老人家,(指王)——快去吧!大伙儿都等着呢!

变甲: 好,好,老大哥,咱们走吧!

王：（更是从未经过这样的事）那……那……哎！那大伙儿在这吃了饭再走吧！

海：咱们欢迎会给预备了饭啦！红烧肉、大馒头——快走吧！

王：哎！（感激地唱第十六曲）

千恩万谢说不尽！

众：（接唱）

老人家不必挂在心，

你帮我来，我帮助你，

天下的穷人是一家人！（同下）

[幕徐落。

第三幕

第十二场　接头

[黄金贵——挂着医生招牌的特务汉奸——上。

黄：（唱第一曲）

人人都说我是医生，

我这个医生要人命！

破坏边区立大功，

我的组织是复兴。

调查情报又画地图，

瓦解那八路军做内应。

下毒药暗杀人又打黑枪，

把边区的军民杀干净。

近来的工作上大受困难。

边区的老百姓组织得严！

打报告去上级要人帮助，

为什么到如今还不见人来？

（白）哎！前几天上级又来了一个命令，说是在边区的边界上，又派来了几十万大军，叫我在里头加紧破坏，准备内应；还给我带来了几包毒药，叫我刁个空子给他们下毒，可是这边区的老百姓组织得严，人手不够，没法下手，我写信要求上级派个人来帮助我工作，怎么，（屈指计算）十五、十六、十七……五天了，要来也该来了，怎么还没信呢？（开门出去看无人）哎，连个鬼也没有！（望了一会，怅然回，忽然想起）嗯，这几天他们八路军又打了胜仗，老百姓又都闹哄着劳军哩！对，我也趁这机会，把那些下上毒药的馒头，拿去劳军，毒死那些狗日的！（唱）下毒药暗杀人又打黑枪，

把边区的军民都杀干净！（狠狠地关上门下）

［王东才背着货包，摇着货郎鼓上。

东：（随摇随四边看）哎！说是爬过那个小山梁，往左一拐，头一道街就是……（看）说是第五个门，（数）一、二、三、四……噢，挂着个医生牌子——就是这个门了！（举手欲敲门，忽又停止，想，怕，难受地叹了一口气，手不觉又垂了下来）唉！人人进了边区，都说是进了天堂，我这进边区，简直是下了地狱呀！……唉！但愿做他一件两件事之后，早早地放我回家吧！（鼓起勇气敲门）开门！（黄端着一盘馒头上）

黄：谁？

东：我。

黄：（把馒头放在桌上，走近门，问）找谁？

东：找黄医生。

黄：你是哪儿的？

东：我是河南的。

黄：你找他干什么？

东：他是我的表哥，我是他的表弟。

黄：（一听见这句话，赶忙开开了门，做得非常亲切热烈地）哎呀！这几年不见，我就连你的声音都听不出来了！家里的人都好吗？快进去坐！

快进去！

东： 你就是表兄？

黄： 是么！

东： 你是黄先生？

黄： （急做手势示意他不要再说，挤眉弄眼，东张西望）快进去！（拉他入内紧密地关上门）

东： （进门，放下担子，怀疑地看着黄，又问了一句）你姓黄？

黄： 嗐！你还问什么呢！（稍停，听了听外面有什么声音没有，推了推门，关严了没有以后）你带的东西呢？

东： 我就担了这一担货。

黄： 我不是问这东西。（用力加重地）手续！

东： 手续？哎……

黄： 你来的时候他们那边没有叫你带什么东西给我？

东： 哎！（无奈，慢慢地从拨浪鼓把子里取出一个小纸包给黄）

黄： （看纸条）你坐下！（东呆然坐）你以后还是背着这个小包袱出去，方便些。

东： 是！

黄： 不敢随便说话，老老实实，要像一个好买卖人的样子。

东： 是！

黄： 每天下午太阳快落的时候，一定要回来，这是最要紧的。

东： 是！

黄： 一定要听话，我叫你干什么，你就干什么。

东： 是！

黄： 干这一种事，最要紧的是守规矩，不能大意一点。出了岔子，不敢说实话，不敢咬旁人——说了实话，八路军就要活剥了你的皮！咬出旁人，有人会要你的命！知道不知道？

东： 知道……知道……

黄： （从身上掏出一个小纸包）那么，把这个拿去吧！

东： 什么？

黄：　毒药。

东：　（大惊）啊！毒药……

黄：　嗯！毒药！今儿天晚了，好好歇一夜，明儿早上背着这个小包袱出去，趁人不见，把这几包毒药，给我下到他们渴〔喝〕水的井里去！

东：　我……

黄：　（厉声地）拿去！

东：　我……我不敢去……

黄：　（瞪眼）什么？

东：　这是……这是害人的事么！

黄：　（怒吼）你说什么？——（又给他药包）拿去！我叫你干什么你就得干什么！

东：　（畏缩不接）要是叫人知道了，就……没命啦！

黄：　（忽地掏出了手枪逼向东）你去不去？

东：　我……

黄：　（严厉地威胁）你要再敢说一个不字，我立刻在这儿就打死你——哼！找干事的人有的是！

东：　我……

黄：　（又逼一步）去不去！

东：　（不得已）我去！我去！可是，干完了就一定叫我回家呀！

黄：　（态度立刻缓和下来，收起手枪，随口答应）嗯！那容易，只要你好好干事儿，一定叫你回家！——拿去吧！（给药包）

东：　（无奈，接过，带在身上，又喂嚅地）那么黄先生……

黄：　（手一摆，不容他说下去）不用再说什么了——咱们吃饭去吧！

东：　（拿起桌上的馍）不用啦！这儿有馒头，我随便吃两个就行啦！

黄：　（连忙抢下来）不敢吃！不敢吃！不敢吃！这里头有毒！我弄了好些个呢！等过两天，咱们抬了去慰劳他们八路军，叫他们吃了不得好死！

东：　那人家不要把咱们抓了去吗？

黄：　当然不能叫他们知道啊！——好啦！等会儿我慢慢地和你细谈！回头我

带你去认认道，还有好些事要叫你做哪！咱们先去吃饭去吧！——走。

〔东背起小包，一边上下打量他，一边迟缓痛苦地叹了一口气。

黄：（突然地）走！快走！

〔东才吓得赶紧走下场，黄特务随下。

第十三场　生产乐

〔张大娘一手提着篮子，一手牵着小栓，小栓提着罐，欢快地上。

张：（唱第二曲）我提着篮儿。

栓：（接唱）我呀提个罐。

合：（接唱）一步一步往呀往前赶。

张：（接唱）送给变工队。

合：（接唱）吃了多生产。

栓：（接唱）爷爷去锄地。

合：（接唱）小栓也不闲。

栓：（接唱）揽羊又放牛。

合：（接唱）送水又送饭。

张：（接唱）过一个沟转一个湾，快把饭菜送上山。

合：（接唱）哎嗨哎嗨咿呦，快把饭菜送上山，嗯哎呦。

栓：（跑得很快，催张）快呀！快着呀！

张：（喘吁地紧赶）栓儿！慢点走，看把你干奶奶累的！

〔小栓停着看。

张：小栓，你看什么呀？

栓：（指）咦，那不是爷爷回来啦？

〔王仁厚与变甲都扛着锄头和红缨枪上。

王：到底是他们年青小伙子利〔厉〕害呀！

变甲：你老大哥也不善①啊。

---

① 此处原文如此，"善"疑为"差"之误。

栓： 爷爷！给你送饭来啦！

张： 哈哈！正给你们送饭，你们倒回来了。

栓： 爷爷！我要红缨枪！

张： 怎么今天都扛上红缨枪啦？

王： 在山上锄草就着放哨，防备特务分子捣乱咱们，这叫个劳动和武装——

变甲：这叫劳武结合！（栓拿红缨枪比着说："打倒反动派！"）

王、变甲：哎呀，张大娘你老辛苦了。

张： （笑）哪儿的话啊。你们后晌就不上山啦。

王： 后晌说是开什么英雄会？

张： 英雄会？

变甲：Ａ，是开劳动英雄选举大会！所以我们就把那块地突击完了，吃了饭好快开会去。

张： 我看王大哥一定能选上个劳动英雄！

王： （慌得不知说什么好，连连地）哎呀，我可不能！我可不能！

张： 什么不能？你劳动得好唡！大家伙一定选你！

王： Ａ，不能！不能！我才来了没多少日子，什么事儿还没干出来了咂，哪就配当甚么英雄啦？

变甲：不是英雄，也是模范！

张： 对啦！咱们就选他当"难民模范"！

变甲：对，对，今年是模范；你再照这样努力加油生产，明年的劳动英雄准跑不了你。

王： 哎呀！我可不敢当！你看我们爷儿俩逃难到这里，全靠政府帮助，大家帮助；我们现在有吃有穿，这就了不得啦！你们再要这样抬举我，我可就更担当不起啦！

变甲：哎，这些你都不要挂在心上，咱们边区就是这个样子：谁肯劳动，努力生产，帮助大家，谁就是劳动英雄！

王： 哎，这样的好地方，我真是从来连听都没有听说过呀！我要是把我这些日子在咱们边区经过的这些事，回去跟我们河南的老乡说，他们准不信哩——准说我是在说梦话呢！

变甲：哎，一辈子也没看见过这样替老百姓办事的政府和军队呀！

张：　是啊！等他们亲眼见了，他们就信了。

王：　是啊！不瞒你们说：我当初也是不信啊！

〔众欢笑。

张：　哎呀，竟〔净〕说话啦，这饭倒是吃不吃呀？

变甲：回去再吃吧！这是什么饭哪？

张：　（揭自己的篮）看，这么大的米面饽饽，还有蒸南瓜块。

王：　什么菜呀？

栓：　黄瓜拌豆腐。

变甲：好，咱们回去美美地吃上一顿。咦！小栓！你在干什么？

栓：　我写字呢！

变甲：写的什么字啊？

栓：　王小栓打倒反动派！

〔众笑。

变甲：这孩子到了咱们边区真和从前大不相同了，这都是咱们的政府领导得好！

栓：　爷爷，回家吃饭去！（径自跑去）

王：　栓儿，小心点，别踩了庄稼！哎，这样的好庄稼在咱们河南地方多咯①看见过呀？！

变甲：就是哞。（大家走）

王：　（唱第三曲）扛起了锄头，往呀往前看！

合：　（接唱）遍地的庄稼，长呀长得欢！

王：　（接唱）南瓜结疙疸〔瘩〕，

变甲：（接唱）地豆开了花。

王：　（接唱）玉米刷胡子，

---

① 此处原文如此，"咯"疑为"嗜"之误，"嗜"通作"咱"。

张：（接唱）豆角子把它拉。

栓：（接唱）鸟儿树上吱吱吱！

王：（接唱）青蛙河里哇哇哇！

合：（接唱）吱吱吱！哇哇哇！

王：不由我老汉笑哈哈！

众：（接唱）哎嗨哎嗨咿哟，今年的好庄稼呀嗯哎哟！

　　　　哎嗨哎嗨咿哟，今年的好庄稼呀嗯哎哟！

〔众欢笑着下。

第十四场　投毒、解救、送信

〔王东才背一包袱，手拿货郎鼓上。

〔前后左右看着，生怕有人发现自己。

东：（唱第四曲）

好一似在梦中，

只觉得昏昏沉沉！

怀里揣着毒药，来到这村口外，

狗特务逼着我把人来害！

（走到井边，从怀里掏出毒药包，准备投，又看了看四周，退回）

（白）咳！眼看着人家这边区太太平平，老百姓都过着好光景，你看那山顶上的变工队热热闹闹地在锄草，小孩子们也都是活蹦乱跳的……我怎么能忍心毒死他们哪！（把药揣回怀里，但又一想）不行，我要是不放，回去那个黄特务黄金贵就不能饶我！咳，没法子，只得……（下了一个决心，急趋井边）

（唱第四曲）

昧了良心到井边，（举起手准备投，又停下）

只觉得眼睛花浑身发软！

为了自己就把这众人害，（退开井边）

这才是伤天害理不应该！

（白）我还是不投吧！（欲走，但又想起了回去以后的情境）唉！要是一回去，我这命可就活不了了！（生之欲念使他又想投）要是投了，他能马上答应我回家去？！（一想到能回家，就又想只做这一次就完）唉！我也顾不得这么多了！（急打开药包，眼睛连看都不敢看，把药急忙投下，把纸团了一下，扔掉，同时发现有人走来）有人来了，我得快走！（急下）

［王仁厚、栓、张大娘、变工队一同上，愉快地。

张：（唱第五曲）挎起了篮儿往呀往前赶，

众：（唱）锄罢了地来回家去吃饭。

王：今天是什么饭？

张：馒头蒸南瓜，

王、变甲：今天是什么菜？

张：豆腐拌黄瓜。

王：馒头蒸得软又软，

张：南瓜蒸得甜又甜，

众：软又软，甜又甜，

张：不由我老婆子好喜欢！

众：哎咳哎咳哟，
今年是丰衣足食的年哪，嗯咳哟！（重一句）

张：快点走吧，这馒头都快凉了。

王：对！

栓：爷爷，我渴了，我要喝水！

王：不准喝！喝凉水要肚子痛！

栓：我就喝一口，不要紧！（说着往井边跑，用碗舀了一碗喝）

王：这孩子真是没办法，管不住！（对栓）走吧！

［走了几步，栓肚子痛。

栓：爷爷，肚子痛！肚子痛！

王：你看，我不叫你喝吧！

栓： 呀！痛啊，痛啊！（打滚）

张： 这是怎么啦？哎！（不知如何是好，给栓揉肚子，栓还是打滚）

变甲： 对了，刚才咱们团部的医生，不是在山坡上给老刘看病来么，让我去叫去！

王： 好，快点！（变甲跑下）

王： 哎，张大娘，栓可不会有个什么吧？

张： 哎，这，这怎么办呀？

栓： 痛啊，痛啊！

[变甲领军医上。

医： 怎么啦？（蹲下）把舌头伸出来看看。（给栓试脉搏）

王： 他刚才喝了这井里的两口水，走了几步，肚子就痛起来了。

医： 嗯，是中了毒了。

张、王： 啊？！……

医： 近来发现了有特务分子，在咱们边区里放毒！来，快把这包药给他用米汤灌下去！（张喂药，甲倒米汤）

医： （对甲）你快喊一声，叫大家再不要吃这井里的水；告诉他们在吃水之前先放一个青蛙在水里，青蛙要是不死才可以吃！（甲到后面大声喊："大家不要吃山前头井里的水啦，里面特务分子给放了毒啦！不管谁家吃水，先放个青蛙在水里试试，青蛙不死再吃！"）

张、王： 医生同志，孩子不要紧吧！

医： 发觉得早，不要紧！回去好好睡上两天，吐出来，再泻一泻就好了！（急蹲下写信）

王： 那就太谢谢你了！

医： 我看这事情得马上通知区上，叫区上通知四乡各村都要注意！另外要严格检查特务分子！

王、变甲： 是吗！

医： 那么，这封信谁送去呢？

王： 我去吧！

医：那怎么行！你孩子才中了毒！

王：这没有什么！边区救了我的命，难道在这个紧急的时候，我还不应当出点力？再说小栓有张大娘照顾，我也放心了。

张：对，你放心去吧，为了大家伙的事！小栓有我啦！

医：（交给他信）那么，把这封信带上，快去，越快越好！

王：（对甲）把锄头给我捎回去，（指栓）路上多照顾着点！（甲答应，接过锄头）

医：天快黑了，路上好好走！

王：不要紧，有这个（指红缨枪）给我做伴啦！

医：那咱们就分路吧！

王：对！

〔医生抱栓与张、变甲下。

〔王仁厚往山上方向下。

第十五场　逼刺、刺父、父子重逢

〔黄金贵贼眉鼠眼地蹒出，轻步跟向王的去处，望了一会。

黄：（恨恨地骂）狗日的，你也有落在老子手里的一天！（轻向来处打了一声口哨，等了一会儿，又轻喊一声）刘贵！

〔王东才背着包袱，阴沉地走上。

黄：刘贵！

东：嗯！

黄：你不是想多弄一点钱回家吗？现在有个好机会！

东：什么好机会？

黄：（指王去处）有个人到区政府送信去啦，半夜前儿回来。你就早一点藏好，等他过来，猛不防把他弄死！我就给那边去信，管叫你领一千元大洋！

东：哎呀！那是杀人哩嘛，我……

黄：（瞪眼）什么？你说什么？！

东：（怕）我说……哎，我说要是弄不好就不得了啊！

黄：告诉你，没错！天黑啦，他就是一个人，还是个老头子。你不用怕，把胆子放大，趁他不防备，一下子就干掉啦！

东：他，他是个干什么的？

黄：（沉下脸）你不用管！你这人真是，叫你干什么，老问这个问那个的干什么？！

东：哎！我没干过这事，心里害怕！

黄：怕什么？胆小发不了财！

东：啊呀，这……

黄：（板着面孔）刘贵，我告诉你：我留神了好几天，好容易遇见了这么一个好机会，不能放过去！哼！那个老家伙，别看才来了没多少日子，可是倒成了他们的"积极分子"啦，我们非把他除了不可！跟你说：就是这么一件事，干，能发财，能回家；不干，小心你的命！

东：咳，我……

黄：（逼近东，瞪眼）你怎么样？！

东：这，这是杀人的事，我不愿意干！

黄：好，你反啦！（掏出手枪逼东）你干不干？！

东：我……

黄：（更凶地）说！

东：我……

黄：干，立刻放你回家！不干，在这儿立刻就打死你！快说！干不干？

东：对，我干！

黄：（放开他）那就好！（收起手枪，拿出一把斧子，交东）给！

东：（犹疑，后退，不敢接）这……

黄：什么，你又要反悔吗？我这可不是哄孩子玩儿啊！拿去！

东：（不得已接过，叹一口气）哎……

黄：好，你就在这儿等着！等他过来的时候，心要硬，手要快，弄死了以后，把尸首往山沟里一扔，你就回去。我给你写好了信，打发你回家，——听见了没有？

东：听，听见了！

黄：你要是干不了他，回头你要是还拿着白斧子见我，那就小心你的命！

（愤下）

东：（怔了许久，呆望着手里的斧子，叹一口气）哎！

（唱第六曲）

手拿斧头心内跳，

今晚杀人第一遭！

有心不做逃走了，

上边知道命难逃！

哎……（无奈，放下包袱，隐藏起来）

［片刻——时间转移，远处狗凄厉地叫。

［王仁厚拿着红缨枪愉快地奔上。

王：（唱第七曲）

区里送了一封信，

半夜三更转回程。

一路走得身乏困，

抽一袋旱烟再动身。

（坐下，取烟袋。东见王坐，蹑足走出，近王前，举斧欲砍，又犹疑下不了手，退回。这样两次，最后下了决心，扬斧正砍下去，王已装好烟，正擦火点烟，火柴光中，王东才看见了对方的脸，不觉惊叫了一声，斧头落地）

东：啊！你！……

王：（惊，猛然跳起，拿红缨枪指东）你是谁！

东：（浑身打颤，要近前抓王）你……你……

王：嗯？你？……

东：（一把抓住王）你是爹爹！……

王：啊！东才？！……

东：（大哭）爹爹！（扑地跪下，紧抱王腿，哭）

王：（一时也不知说什么好，抚摸东，静场少顷）东才！东才！你抬起头来，我看看你！

东：（抬头）爹爹，我是东才！

王：（细看东，又怀疑地看看周围）这……这是梦吧？

东：爹爹，不是梦，我真是东才！

王：你……你……你还活在世上？

东：是的，爹爹，我还没死！

王：你……你怎么到这儿来的？

东：我是开小差……不！我是做小买卖到这边来的！爹爹你看，这就是我的货包子！

王：（看了一下包）你！你站起来！

［东站起……

［王抓东两肩细看……

东：爹爹，我是东才！

王：你！你是东才？

东：我是东才！

王：你……你回来啦？

东：我回来啦！

王：（大声）好！参加八路军！报仇！

东：爹爹，你怎么到这儿来的？

王：我走遍了天下，受尽了痛苦，好容易才到这个好地方来！这里是共产党的地方，是咱们穷人的天堂！

东：嗯，爹爹，我娘来了没有？

王：你娘？……

东：我娘怎么样？

王：你娘？……参加八路军报仇！走，跟我回！

东：（背好包）爹爹，我娘她们都好吧？

王：（拉东手）哎！走，回，参加八路军报仇！（东怀疑地随下）

第十六场　回家、离家

［王仁厚领东才上。

王：（拉东才手）走，回，参加咱们八路军报仇去！（走到窑门前，指给东才看）东才，看看，这就是咱们的家，咱们真是到了天堂了！（拉东才进，点灯）你看：暖窑，热炕……咱们真是到了天堂了，咱们过的是太平日子！

东：爹，娘她们呢？

王：你娘……

东：啊？

王：对，我去……

［王仁厚到后窑去，王东才看着窑内一切。

［王仁厚由内窑领小栓出。

王：栓！你看那是谁！

栓：（跑向东才）爹！

东：好孩子！（发现娘她们没有出来）栓！奶奶呢？你娘呢？

栓：奶奶和娘都死了！

东：（突然袭击，顿时有些昏了）怎么？都死啦？！

王：唉！

东：爹，她们是怎么死的？

王：……

东：爹，你快给我说呀！

王：唉，你也不要太伤心了！自从你被拉走之后，只以为你一去就活不成了！那贼保长又来逼钱，全家人走投无路只有出来逃难！有一天走到了陕西，歇在龙王庙里，狗军队把你媳妇拉到那树林里去要强奸她，她不从，就用刀把她砍死了！你娘一见，就寻了短见，一头就碰死在龙王庙里面！……

东： （唱第八曲）

听一言直哭得我肝肠痛断，

这一笔血泪仇我怎能不算？！

我的娘，我的妻，我对不起你们！

东才要为你们报仇雪恨！

（白）爹，那以后呢？

〔小栓忽然作呕。

东： 栓这孩子怎么啦？

王： 唉：都是叫那反动派特务分子害的！

东： 怎么？

王： 今天我和栓从山上回来，他非要喝水不可，就扒在村东头那眼井上喝了口凉水，谁知道那昧了良心的特务分子在里面放了毒，栓一喝下去就发了起来！

东： （抱起小栓）栓，爹对不起你！

（疯狂痛苦地，唱）

我咬牙骂一声反动派！

你把我变成了什么模样！

你逼我放毒药害了我儿，

又逼我杀父亲几乎命丧。

到如今你把我变成虎狼，

逼得我犯大罪丧尽天良！

王： 东才别难过了！栓现在好了，都亏了咱们八路军的军医救活了他。唉，你娘你媳妇虽然死了，你也不要难受了，人死了不能再活了！你来了更好了，咱们三代好好在边区过日子，这边区地方真是地上天堂啊！

东： 爹：你爷俩是怎么逃出来的？

王： 唉，自从你娘你媳妇死了以后，唉！

（唱第九曲）

一家人只剩下祖孙两个，

　　　　老的老小的小有谁可怜？

　　　　遇见个老大哥把路指点：

　　　　他叫我到边区来把身安。

　　　　我二人就逃到这边，

　　　　政府里招待实周全：

　　　　又是粮，又是款，

　　　　不愁吃来又不愁穿；

　　　　众人相亲又相爱，

　　　　好似一家人骨肉相连。

　　　　到今天才三个月半，

　　　　用的吃的用不完，

　　　　哎……边区这才是咱们的家！

东：　（旁唱第十曲）

　　　　听一言我好悲伤，

　　　　我忘恩负义坏了心肠！

　　　　我有心把那实话讲，

　　　　但怕我全家老小受灾殃！

　　　　左难右难难心上，

　　　　思前想后无下场！

　　　　我东才低下头再思又再想，

　　　　猛然间想起了好主张。

王：　东才，你不要太伤心了，我现在是把这世道看清楚了，共产党八路军真是救咱们的！有了他们中国就有救了！你回来得正好，明天我带你参加咱们八路军，去给你娘你媳妇报仇去！

东：　爹，我……

王：　你怎么样？

东：　我，我……

王：　告诉你：咱们八路军和外面军队不同，你不要怕当兵，当八路军是救国救民，才是光荣呢！

东：　爹，爹，我……

王：　你怎么样？

东：　我……我……

王：　（气愤他〔地〕责备地〔他〕）东才，到如今你还贪生怕死吗？当八路军又打日本又报家仇，难道不好吗！

东：　我……我……爹！

（唱第十一曲）

　　王东才来难又难！

　　话到口边不敢言。

　　爹爹他那里催得紧，

　　说一套假话我离家园。

　　（白）爹，我愿意参加八路军，只是我还有些东西丢在外面，我去取回来。

王：　丢在那边区外面了吗？

东：　我丢在……

王：　要是丢在那边，咱们就不要了！

东：　不，不，就在这边不远。

王：　那更好，明天早上再去取。赶明儿咱割上二斤肉，打上些酒，咱们一家人，吃上顿团圆饭！

东：　好吧！爹爹，你老人家该歇了吧？

王：　大家都该歇了，你也累了！

〔回到里窑睡。少顷，东才轻轻由里窑出来。

东：　（唱第十二曲）

　　爹爹小栓都睡定，

　　我东才心乱不安宁！

　　一个炕上两样梦，

　　一家人来两条心！

骂声反动派太凶残，

害得我一家人不能团圆！

我要翻山过境回到军队里边，

不杀死仇人我不生还！

（轻轻开门，下）

［鸡鸣，稍停，亮。

王：（自内窑出）东才，东才！（不见东才，出门叫了几声，转回自语）哎，这孩子太心急了！什么东西，这么要紧啊！（向内叫）栓，快起来吧！

［栓揉着眼睛，自后窑出。

栓：爷爷，爹呢？

王：他去取东西去了，一会就回来！栓，快去告诉你干奶奶，叫她把咱们那只老黄母鸡杀了炖上，再炒他一大盘鸡蛋，我再到村西头割上二斤肉，再蒸上馍，等你爹回来，吃团圆饭！

栓：对，我去！

王：栓儿！等会儿我到地里拔些白菜、大萝卜，去慰劳咱们八路军去！一会儿你到乡政府找我来吧！

栓：对……（跑下）

［王也拿起红缨枪随后下。

第十七场 政府忙、坦白、捷报、参军

［王仁厚背一筐菜，变工队甲背一袋米同上。

王：（唱第十二曲）可恨那反动派祸国殃民！

变甲：（唱）不抗日打边区天良丧尽！

王：（唱）你送米我送菜慰劳军队，

合：（唱）打走了反动派共享太平！

变甲：（进门）乡长！乡长！

乡：（由炕上跳下来）干什么呀？

王、变甲：劳军来了！

乡： 好呀，你们倒真快啊！

变甲：当然要快么！咱们八路军为了保护老百姓，把进攻咱们边区的反动派给打跑了，咱们还不快点来劳军！

乡： （看王背来的菜）哎呀！老王，政府不让你们难民出东西！你刚来边区不多些日子，这光景过得还不大好嘛。

王： 哎呀！老天爷在上，我可不敢说光景不好！从前在河南的时候，让反动派狗军队和政府，欺压得卖了坟地——卖了孙女，都还是活不下去，让他们弄得家破人亡！这会儿我们从虎口里逃出来这老小两条命，到了咱们边区，又有吃，又有穿，还能说光景不好吗？

乡： 哎，老王，真是……

［变工队乙背了一袋子白面上。

变乙：（唱第十二曲）

背来了白面二十斤，

慰劳咱们的八路军！

（白）乡长，我慰劳咱们八路军二十斤白面！

乡： 好，好。（登记）

变乙：（向王）哎呀，老人家，您也劳军来啦！

乡： 可不是，老人家这么大年纪了，还能背这门〔么〕多的菜！

变乙：哎！真是！老人家这门〔么〕大年纪了，还能背这门〔么〕多菜！

乡： 说的是么！

王： 哎，这算什么！心里有劲，力气就大！

变甲：乡长，你还不知道，这几天他简直是气疯了，到处跟人家说：他在外头的时候，反动派的军队和政府，怎么怎么把他害得家破人亡，把多少人都说得流下眼泪来啦！

王： 哎！反动派的军队和政府，不知道害死多少老百姓，这会儿放着日本不打，又来打咱们边区！从前我不懂啥，现在我明白啦！我要把我亲身经历的事，告诉咱们全中国的老百姓，叫大家伙知道：谁是害咱〔们〕的，谁是救咱们的！

变乙：叫普天下的人都知道谁好谁坏！

变甲：他妈的，自己做坏事，还不让别人做好事！看见咱们边区老百姓日子过得好，狗日的们就眼红啦！

〔变工队丙、丁，抬两蒸笼馒头上。

变丙：（唱第十二曲）挑来了热馍馍两大笼，

变丁：（唱）八路军吃了打冲锋！

变丙、变丁：乡长，乡长！八路军打走了反动派，咱们劳军来啦！

乡：　好啊！大家伙都这么拥护咱们军队，那咱们军队就更要打胜仗啦！

变丙：就是么！他妈的，反动派想来欺负咱们，瞎了他的狗眼！咱们军民一条心，他敢来，叫他狗日的吃不了兜着走！

众：　对嘛！

变丁：乡长，我报名参加自卫队！

乡：　自卫队可要脱离生产呀？

变丁：那我当然知道！我家里人手多，不怕。我要保卫边区打反动派！

乡：　好，我给你写个条子，你找自卫连连长去！

变丁：好！（接字条）你们在！（下场）

王：　对啦！乡长，我还没顾得上说啦！这回我也叫我儿子参加咱们八路军！

乡：　什么，你儿子？就是你常说的那个东才？

王：　就是嘛！我儿子回来啦！这下子可好啦！

乡：　（惊喜）真的？你儿子回来了？这会儿他在哪儿？

王：　（高兴地）这会儿他取他的东西去啦，哈哈，我炖了一只鸡，蒸好了馒头，等他取了东西回来，美美地吃上一顿，就带他来跟大家见见，叫他参加咱们八路军，报仇！

众：　好呀，给老人家道喜！老人家父子团圆啦！

王：　（笑得合不上嘴）不敢当！不敢当！哈哈，喜不喜的，一家人不能大团圆，也算是个小团圆啦！哈哈！（众欢笑）

〔妇甲、乙带小女孩抱许多慰劳鞋上。

妇甲：（唱第十二曲）妇救会做来了慰劳鞋，

妇乙：（唱）快送给咱们的好军队！

妇甲、妇乙：乡长，乡长，咱们劳军来了！

乡：哎呀，连婆姨娃娃都不落后啊！哈哈！

妇甲：当然喽，咱们妇女也要保卫边区，打反动派！

妇乙：咱妇救会的工作可积极啦！

孩：咱少先队的工作可模范啦！

乡：哈哈！好！好！咱边区党政军民、男女老少都是一条心，看那反动派有几个脑袋，敢来进攻咱们边区！

[张大娘提一筐蛋，小栓抱一只鸡上。

张：（唱第十二曲）

提一筐大鸡蛋抱一只鸡，

慰劳咱好军队保卫边区！

（白）乡长，乡长！

乡：啊，张大娘也劳军来啦！

张：就是嘛！哎，我也没什么好东西，把一筐鸡蛋和这只老母鸡送给咱八路军，把反动派打在十层地狱里去，叫他永辈子不得翻身！

众：好呀，对呀！

栓：（奔至爷前）爷爷！

王：栓儿，你爹回来了没有？

栓：没有。

张：还说啦，那只鸡都炖成鸡糊涂啦，你那个好儿子，也还不回来！我听说咱们八路军又打了胜仗，赶快来劳军，就把锅给端下来了。

王：哎，真是，这孩子可上哪儿去取东西去了啦！

[自卫军甲持枪奔上。

自甲：报告乡长，我们自卫队抓住一个奸细！

乡：（惊问）奸细？

自乙：（捆王东才上）他妈的！奸细！你跑到哪儿，咱们也能把你抓回来！

（边说边推东才进门）

栓、孩：（奔上去打东才）打汉奸！打汉奸！

栓：　（发现是他爹）啊？你是爹？！

东：　（惭愧而又悲痛地低声叫）小栓……

栓：　爹！爹！

王：　哎？东才？这是怎么回事？

自乙：他要往边区外头跑，没路条；问他话，他又说得驴唇不对马嘴，咱们自卫队就把他抓回来了！

乡：　（问自甲）老刘，你们什么时候把他抓住的？

自甲：天刚亮的时候。

乡：　在什么地方？

自甲：在边境上的山沟里。

乡：　老王，来！我问你，你儿子东才是什么时候回来的？

王：　昨夜里，我到区上送信回来，路过前面那山岭上，碰见了东才，把〔他〕说他是做小买卖来到边区的。

乡：　后来呢？

王：　后来，我把他领回家去啦！还没等天亮，他说要去取东西，就走啦！乡长，你给我好好问一问！

乡：　老王，你别急，我给你问问。（走到东才跟前）东才，你是什么时候来边区的？来边区干什么来啦？

东：　（无语）……

变甲：不说可不行！

变乙：问他黑夜里在山顶上干什么？

变甲：做小买卖？黑夜里到山顶上去做？

自甲：半夜里往边区外边跑，一定不是个好东西，准是个特务！

众：　对了，准是！

王：　好呀！你原来是个特务！你不是我的儿子！（拿起红缨枪要刺东才，众挡住）

乡：　老王，你别急！王东才，这到底是怎么一回事？

东：……

乡：没关系，就是做了坏事也不要紧，说出来，咱边区不会为难你的！

王：不要脸的东西！你不是我的儿子！

众：老王，你别急！让他好好地说！

变乙：乡长，他不说，把他送到县政府办他去！

变丙：不说就镇压！

变甲：让他坦白！让他把他干的坏事和他的特务关系都说出来！

张：对！让他说！他不说，小栓也不认他是爹！去！栓儿！去劝你爹！（栓走到东才跟前，拉住东才的手说）

栓：爹，快说！爹！快说！

东：（仍不敢说）……

张：（拉栓儿）过来！不说，就不认他是你爹！

乡：东才，快说吧！栓都劝你来了！

东：（看爹）爹！

乡：不要紧！只要你能说出来，不会连累你家里的！

东：（仍不敢说）……

乡：老王，你来劝劝东才，他刚来咱们边区，还不知道边区是怎么回事！只要他说出来就好，要是不说出来，那政府可就要镇压了！

王：东才，你是个什么，就说个什么；我亲眼看见，咱们边区怎么对待特务分子：说出来就宽大，也不杀头，也不枪毙。你要说出来就好，你要是不说出来，我就不认你是我的儿子！

东：（欲说）……

乡：快说，看你爹气的！

众：快说吧！

王：说吧，别怕！说了出来，有甚么问题，政府给你解决！

东：（跪倒）爹！众位乡亲！我对不起你们！我是个罪人！我……我真没脸见大家呀！（唱第十三曲）

国民党反动派实在凶残，

他把咱老百姓活活糟践！

他把我王东才推下火坑，

他叫我当特务发财升官！

拿手枪立逼我参加"复兴社"，

逼着我昧良心当了汉奸！

可恨那狗军队孙副官，

许回家许我钱把我欺骗！

又是骂又是打我无可奈何，

要是想不去干我难上加难！

派了我进边区假装小贩，

黄金贵又逼我把坏事干！

水井里放毒药害了我儿，

昨夜里又险些把我爹砍！

（白）爹，你饶了我吧，我太不算个人了！（转向众）要不是昨夜里，他老人家划洋火，我看出他老人家的脸，我险些一斧子把他老人家就砍死了！我又放毒药差点把小栓毒死！哎！

（接唱第十四曲）

共产党救了我一家人，

我忘恩负义坏了良心！

左难右难我想了个主张，

出边区回军队杀仇人！

（白）哎，昨夜里，我听我爹说了以后，我就难过，想：说了吧，又怕连累家里；不说吧，良心实在受不下去了！我就想了个主意，出边区去杀仇人！谁知道还没有出村，就叫你们把我抓住了！

（接唱第十五曲）

千里万里黄河里的水，

洗不清王东才一身的罪！

今天我向政府改过自新，

当汉奸害同胞我罪该万死!

（白）爹！我对不起你老人家！我对不起大家！

乡： 我们来欢迎王东才！

众： （鼓掌）欢迎王东才改过自新！

变甲：反动派把人害得成了什么样子！

变乙：叫亲儿子杀死自己的父亲！

张： 叫父亲放毒药毒死自己的儿子！

乡： 东才，别难过了！这不怪你，都怪那反动派丧尽天良的特务政策！你现在说了出来，就是好人啦！东才，来，我问你：你刚才说的那黄金贵，是不是就是咱们街上那个黄金贵？

王： 是不是那个黄医生？

东： 就是那个黄医生。

乡： （向自卫军甲、乙）你们两个，去把黄金贵给抓来！

〔自卫军甲、乙下。

〔正在这时，黄金贵端着一大盘馒头上。

黄： 乡长，送慰劳品来了！送慰劳品来了！（上来正碰上王东才）

东： 黄金贵，你来得正好，汉奸！

〔黄见势不对，想跑，被自卫军甲、乙堵到门口，众人上前打黄。

东： 乡长！他身上还有枪！

乡： 别打！把他的枪搜出来！（众下了他的枪）

东： （端过黄送来的馒头，向众）他的馒头不能吃，里面放了毒药啦！

〔众怒打。

乡： 先别打！把他绑起来，送到县政府去！政府一定会按照咱们的意思来办！

〔这时外面传来："八路军又打胜仗了！"连长上，众欢呼，欢迎。

乡： 连长，这回可辛苦了！咱们军队可真是从来不打败仗，真是常胜军！

连： 我告诉大家一个好消息，咱们把进攻咱们边区的反动派军队全打垮了！

〔众欢呼。

乡： 连长，你看，那是大伙慰劳咱们军队的东西。

连： 真是，谢谢大家，我代表全连的指战员谢谢！（敬军礼）

张： 连长，你跟咱们讲讲打反动派的事吧！

连： 这次国民党反动派有一个军来进攻咱们，后面还有十来万人。他一来，咱们毛主席、朱德总司令就给他们那边去了电报，说不要来打咱们，他不听，还是一个劲往边区里进攻；他们用的是美国火箭炮、大炮，咱们实在不能再忍了，于是就打起来了。这一打起来不要紧，一夜的工夫就把他们打退了一百八十里！

[众欢呼。

连： 这次战斗，我们打垮了他们五个连；还有两个连，不愿打内战，光荣地起义了！过两天，团部要开展览会，大伙儿去看看那些缴来的美国武器。

众： 对，咱们也去开开眼！

连： 好，我要走了，还要到团部开会去哩！

王： 连长，我有一件事情要求求你！

连： 老王，你有什么事？

王： 我想叫我儿子参加八路军！

连： 你儿子来了？在哪里？

王： （扯过东才）这就是咱们连长！

[东敬礼。

乡： 连长，这就是老王的儿子东才。他叫反动派把他派到咱们边区来做特务，前两天黄金贵逼着他放毒药，暗杀人！现在他都向政府坦白了，改过自新了！

连： 黄金贵呢？

乡： 抓住了，准备送到县政府去哩！

连： 东才，你愿意参加八路军吗？

东： 我愿意参加八路军打日本，打反动派，报家仇！

连： 好！（向王）那么，老王，你明天就把他送来吧！

[变工队乙、丙、丁也齐喊："我参加八路军！"

连：好，明天大伙去连部办手续！

乡：对，我们趁这工夫，把那些慰劳品送到连部里去！

众：好！（分拿慰劳品）（大秧歌）

王：（唱十六曲）

边区的旗帜迎风飘，

众：边区的军民心一条！

反动派你要是敢来骚扰，

王：拿鸡蛋往石头上碰，

众：管叫你反动派无处逃，无处逃！

王：边区的旗帜飘向前，

众：边区的军民团结得铁一般！

连：不管你特务政策多么毒辣，

众：自卫队组织得严，

决不放过一个汉奸，一个汉奸！

（转第十七曲）

国民党，反动派，制造内战！

千千万万的老百姓都遭了难！

要民主要和平起来清算，

血泪深仇今天要你还！

老百姓，参军，热潮高又高，

又生产，又作战，同把边区保。

边区的军民心一条，

边区的旗帜迎风飘！

［幕徐落。

（全剧完）

一九四六年七月，大连

祖国的土地

人　　物：刘德安　贫农，六十来岁（以下简称"刘"）
　　　　　炮手韩燕　东北抗日联军（以下简称"韩"）
　　　　　马占彪　士兵，二十多岁（以下简称"马"）
　　　　　伪靖安军官　三十多岁（以下简称"军"）
时　　间：1933年深秋
地　　点：东北某乡村

〔景：东北特有的桦树林。舞台上是一个林子里的空地。台左有一间用石头砌成的小屋子，顶上盖了干草，小屋前面是锯掉了的树墩子，地上有盛茂的草；小屋子及台的右端是几棵大树；台后是密密的丛林及小山坡，右面是通林外的小道。

〔幕启：刘德安正在磨镰刀。

〔远处有稀稀落落的枪声。

刘：（倾听）又放枪了！（起来，把手放在耳边倾听，一会又拭了拭老花的眼睛，向枪声来处瞭望）怎么，又不响了？（坐下掏出旱烟抽起烟来）唉，自打日本鬼子占了咱们东三省，这放枪的日子就算过不完了！日本鬼子放枪杀人，红袖头靖安军也是放枪杀人，唉，咱们东三省老百姓简直是遭了劫啦！（沉思少顷，又慢慢拿起镰刀来磨，磨了一会，又叹息出声）唉，遭了劫啦！难道这样的日子真就没个完了吗？……（自己忽又坚强地反驳）没个完？谁说的？老让他们这帮王八羔子骑在咱们老百姓脖子上拉屎……哼！咱们东山里的抗日联军就饶不了他们，（好像已看见胜利似的，脸上

---

* 原载《戏剧与音乐》1946年8月创刊号（东北文艺工作团主编，大连中苏友好协会出版），署"颜一烟、王大化编"。

显着兴奋的笑,用袖子拭了一下磨着的镰刀,举在眼前晃了一下)哼!老爷这把镰刀,也不饶他们嗽!哈,哈哈!

[炮手韩燕跛足地奔上来,他的衣服已完全破了,手上脸上还有血。

韩:老大爷,劳驾,您老给我碗水喝吧!

刘:行,行。(倒水,端了给他,打量他)看你这慌慌张张的样儿是追人啊,还是有人在后头追你?

韩:(贪婪地喝水)嗯,是有人追我,老大爷!(交还水碗)老大爷,谢谢您!我走了。

刘:哎,别忙,别忙!坐下,唠唠嗑么!(又仔细打量他)……你们这些年青人,都是有指望的,能干大事的!……你把你干的那些事儿也说说,让我在心头也指望,指望!

韩:哪儿的话呀,老大爷,我也没干什么事!

刘:别把我当成个狗腿子,背晦我!我是中国人——唉,真是黑间白日,烧香祷告地盼着你们呀!

韩:盼着"我们"?

刘:可不是!别看我的老眼花了,我的心而是一点也不花!(走近前)告诉你呀!我才刚一看见你,我的心里立刻就明镜似的知道你是打东山里出来的,……你说对不对?

韩:(惊讶地)嗯?

刘:(故意反问)嗯?

韩:(不能不承认)对,对,可是——

刘:(不容他说下去,紧接肯定地)你是咱们的抗日联军——你说对不对?

韩:可是你老怎么看出来的?难道……

刘:不,不,你放心!别人是什么也看不出来的。我呢,第一是盼你们心切,你不是我还要盼着你是呢;第二,哈哈哈,我活了这六七十岁,见人,经的事儿,比你肚子里的高粱米子儿还多呢!哈哈,刚才那咯达,(指韩来处)直响枪,那是红袖头靖安军放的吗?

韩:嗯,我就是从他们那儿跑了出来的,他们在后头追我呢!

刘：（看到他身上被鞭打的痕迹）这是叫他们打的吗？——哎！看他们把你打成什么样了！

韩：不要紧，这算什么。

刘：（发现对方时常慌张地四周环顾）你是怕追兵追来吗？不要紧！（掏出烟袋给他）来！抽袋烟吧！就是这点干烟梗了，将就着抽点吧——鬼子祸害得连口好烟叶子都抽不上啊！

韩：（一面装烟抽）真是！咱们有名的关东大叶子烟啊！

刘：也都便宜了鬼子啦！

韩：……

刘：不怕，这个地方顶严实啦，东边是老爷岭，西边是杨树沟，都是大松柏林子，我保险他们找不着。坐下，抽两袋，不怕！（韩坐，静默片刻）老弟，你的老家是哪儿？

韩：凤凰城。

刘：凤凰城？好地方啊！

韩：家里没法过！鬼子祸害得谁家里还能过？哼！扛上枪杆打鬼子，打走了鬼子好日子多着哪！

刘：你们年青人，好好干吧！（看看自己）人老了，不中用了——可是也不能白白便宜他！哼！把这把上了锈的镰刀磨快他！——跟你说：老弟，如今晚儿的镰刀不能割庄稼用了！

韩：对啦！咱们的人，到处都干起来了，老大爷的镰刀也该沾上点鬼子血了！

刘：唉，庄稼人都拿起了老洋炮，大抬杆，东奔西跑地找鬼子拼去了，地里的狗尾巴草比庄稼还高，又肥又壮，还有什么说的！

韩：老大爷家里有多少地？

刘：多少地？地都是人家的。

韩：那一年打下的粮食一定不够吃了？

刘：那还用说啊！！租啊捐啊，一年比一年重；今儿鬼子来派款，明儿个红袖头靖安军来要粮；苦苦地支撑一年，打下的粮食自己个哪吃上一样啊！——哎，这日子简直是不叫咱们庄稼人活啊！

韩：可是咱们就偏要活，偏要活着跟他们拼！对不对？老大爷。

刘：对么！哼！豆饼，橡子面糊都把脸吃肿了，可是迷糊不了咱们的心，咱们的心是透明透亮的——哼！鬼子，狗腿子，王八蛋，让他们等着瞧吧！

韩：这个地方，这些日子还平静吧？

刘：平静？自打鬼子一来，这地方让他们祸害得和尚不得庙姑子不得庵的，还有个平静？

［后面发一响声。

韩：（惊，欲起）什么？

刘：你先别动，我瞧瞧去。（至韩来处探视。停一会，又发同样响声）啥，是两个野兔子，（转回）不要紧，这个地方他们找不来。（停一会）就是找来啦，我也有地方藏你。

刘：哎！你说日本鬼子，什么时候能走呢？

韩：走？咱们不都起来打倒他，他还会自己走？你不知道？鬼子爱上了咱们这块肥地啦！

刘：肥地？——哎！咱们的大豆高粱呀！

韩：嗯！他们不但爱上了咱们东北好地方，还爱上关里的地方呢！——全中国他们都想拿去！

刘：都拿去？……我这老镰刀就不答应他！

韩：对！咱们全东三省全中国的人都不答应他！（站起来递烟袋给刘）谢谢老大爷，我该走了。（走了一步，痛得直皱眉头，用手摸小腿，不觉轻叫一声）啊！

刘：腿怎么啦？

韩：嗯！是我快进林子的时候叫他们打的，（痛得皱眉）妈拉巴子的！

刘：那你干什么不早说？快包上点吧！等我给你找点东西来！（韩坐，卷起裤子来，刘进草屋拿出一个小口袋）

刘：哎！什么也没有啦，就剩下这么个小粮食口袋——反正没有粮食，要他

〔它〕也没用。(扯口袋,替韩包)撒开手,撒开手!看!流这么多的血,你真能挺啊!——真是好样的!

韩:嗯!就是腿肚子上给打了个小窟窿。

刘:(一面绑着他的腿)老弟,你叫什么?

韩:韩燕!

刘:(大惊)啊!韩燕就是你吗?——你就是那个名震三江,妇孺皆知的韩炮儿韩队长吗?

韩:嗯。

刘:哎呀!怪不得刚才我瞅你有点面熟!我的大恩人呀!去年秋天要不是你们打过来,我们这全村的人,就都叫鬼子杀光了!唉呀!你怎么不早说啊?——来,再抽一袋!

韩:这也没有什么可说的呀!

刘:(不觉叹了口气)哎!我那个孩子就是那回跟你们走的啊!

韩:怎么?您老的孩子也在我们队伍里?……他叫什么?

刘:他叫刘大成。

韩:啊?刘大成就是您老的儿子?(深深叹了口气)唉!那真是一个好弟兄啊!——今年春天……您老心里一定很难过吧?

刘:哎!刚一听说他死了,也哭了几场。可是过后想想也就不怎么难过了!哎!叫鬼子糟践死了也是死;当狗腿子叫庄稼人拿镢头给开了瓢也是死;我这儿子当游击队跟鬼子拼死——这样的死是光荣的!

韩:(感动地)好!老大爷!我一定给我的好弟兄报仇!

刘:对!你们给咱全东三省受苦受难的人报仇吧!

韩:(欲起)劳您驾,老大爷!

刘:你先别动!他们来不了。就是来了,有我哪!你好好坐着,我再给你扎紧点省得"秃栌〔噜〕"下来。(扎紧)唉!你可不能受伤啊,咱们这一带的老百姓全靠你啦!唉!我真怕他们把你打死啊!

韩:那也是常有的事儿,没有什么可怕的。

刘:老天爷,你可不能死!(韩笑)看你还直笑呢!

韩：为了大家伙的事，死就死。难道这么大一条汉子，还能哭？哈，哈。

刘：你底下的弟兄们都到哪去了？

韩：叫敌人打散了。

刘：（惊）打散了？

韩：不要紧，打散了他们也还能汇合在一块的。就是汇合不到一块，也不要紧。到哪儿也是打鬼子，反正有鬼子的地方就有咱们，不管散到哪儿去，咱们也是叫鬼子不得好！

刘：都是好样的！

韩：（听马蹄声）他们追来了。

刘：（瞭望）可不是，往这来了，你快藏起来吧！爬过这个小土坡，下面是口枯井，浮头就是乱草，你扒到里头，谁也看不出来，快去，快去！

〔韩向他指定的地方爬去，刘目送他去后。

刘：（望望声音来处）来吧！我要是叫你们把韩燕弄了去，我就不是中国人揍的！

军：（在后台）李德才带着你那一班人到对面河边草地里好好搜一搜，其余的到树林子里去，几里格拉都要搜到！

声：是，队长！

军：马占彪！

马：有，队长！

军：把马牵到这儿来！

马：是，队长。

〔伪靖安军官上。

军：（对农①）你是干什么的？

〔刘磨着镰刀不答。

军：（走近凶凶地）跟你说话呢，听见没有？你是个聋子吗？混蛋！

刘：（抬起头看看他）聋子？——唉，对，对啦，我是个聋子——可不是混蛋。

---

① 此处原文如此，"农"是"刘德安 贫农"的简称，下同（第229页）。

军：(气他这样说话又骂了一句)混蛋！你在这儿干什么？

刘：(作刚明白的样子)噢！你是问我在这儿干什么？——那你干么生这大的气呢？我是个聋子，您可不是瞎子，(指指磨着的镰刀)您这不是看见了吗？！哈，哈哈哈……

军：混蛋！给我站起来！

[刘慢慢地站起来，双手握着镰刀。

军：把镰刀放下！听见没有？放下镰刀！(马占彪这时正走了过来)过去，(对马)把他的镰刀拿下来！

刘：(不等马过来，放下镰刀)不用怕，我不拿镰刀杀人啊！哈哈哈！

军：嗯，告诉我，你看见了人没有？

刘：什么？……

军：我问你看见人啦没有？

刘：人？

军：嗯！

刘：(一迭连声地)看见了看见了，早就看见了。

军：那你快告诉我，他往哪里去了？

刘：(指着韩藏的方向)往那边去了。

军：顺着这条道搜去！

马：是！(往那边走)

刘：(走近马故作机密地)可是你得小心点！他打人打得狠着哪！

马：(不明白)打人？

刘：嗯，打得可狠哪！哎！你想想我这个孤老头子，炕上穷得连张炕席都没有，哪还拿得起四十块钱呀？可是他一定要摊派我四十块钱，不给就打。

马：什么？

刘：哎！说是要给什么红袖头靖安军摊派什么招待费啊。

军：(完全听明白他说的并不是自己所要找的人。气极一把抓过他)你这个老混蛋，你说的是谁呀？

刘：什么？

军：你说的这个人是谁？

刘：谁？哎！我们的屯长呀！

军：（气极，给了他一耳光）谁问你这个人哪！

刘：你不是问我看见人了没有吗？（一面摸着被打的脸）唉，上了岁数喽，搁不住打啦！

军：我问你看见别人没有？

刘：别人？——没看见。

军：你撒谎！他是往这跑来的，你一定看见他了！

刘：哎！我让屯长打得躺在这儿老半回子不能动弹，后来强挺着起来，就坐在这儿磨我的镰刀，有人没人，我可没留意。

军：我告诉你！我的鞭子可是不认识人走〔的〕！

刘：哎！你就是打死我，我也没看见啊？

军：你这个该死的老家伙，（很快地在草屋周围绕了一周，并仔细地在各处巡视了一下好像是自语）嗯这老家伙一定看他了，妈拉个巴子的，老家伙一定看他了！（走近他）老家伙你这么死酱〔犟〕没用——我跟你说，这么个人：中流个儿，浓眉，大眼，连鬓胡子，腿上让我们打了一枪，走道有点瘸——这么个家伙，你看见了没有？

刘：噢，噢，您说一个瘸子？还能跑？

军：别跟我胡搅，你知道他是谁？

刘：那我怎么知道呢？我压根就没看见他！

军：噢！（又转身向马下命令，示意要他往韩藏的方向去搜马欲去）

刘：（紧接着说）噢，我想起来了！我看见那个人，（马停）还拉着个大姑娘！嘿！我听见那个大姑娘在这林子里就像杀猪似的那么叫！我吓得可是没敢知〔吱〕声啊！

军：（又听出不对）你说的又是谁？

刘：就是你刚才说要找的那个人呀，模样跟你说的差不多，也穿着这样的军衣，胳膊上也笼着这么个箍的靖安军，（指着军的臂箍）我可就没留神他走道瘸不瘸！

军：我告诉你，这家伙是东山里头的抗日联军，是个专门杀人放火的红胡子，这附近的村庄就都是他们烧的！

刘：哪些村庄啊？

军：我告诉你：张家屯一带的房子，全是他们烧的！

刘：对啦，我也是这么听说，靖安军的弟兄们专门杀人放火烧房子……

军：（气极给了他一鞭子）老王八蛋！这简直是反满抗日，我说的是抗日联军，红胡子，谁说靖安军红袖头啊？

刘：哎！上了年纪啦，您说的是什么军？我听不真啊！

军：我告诉你：你听清楚了！靖安军是不烧不杀的，他们是专门保护"满洲国"的土地保护像你这样的庄稼人的。

刘：那么说这些事都是日本人干的啦！

军：胡说，日本人是我们的好朋友，皇军是要建设东亚新秩序，是要在咱们"满洲国"建立王道乐土的！你这么大岁数了，怎么一点事也不懂。

刘：哎！真是，这样的事儿我怎么能懂啊！

军：少废话，你快说到底看见那个人了没有？他一定是从这边跑了！（径往韩藏的方向奔去，刘怔了一下，急追拦）

刘：您别生气，你坐下歇会，跟我说说，他是怎么个人，我下回见了他，好给您报告去——哎！真是。您这带着兵拿着枪的呼呼一大帮子，追那个瘸子干什么呀？

军：干什么？留着他就是咱们"满洲国"的祸害。

刘：（故作惊异）啊？一个瘸子，有这么王道？

军：他是个"马贼头"，领着这帮马贼，不是偷打县城，就是杀人放火，弄得你简直过不了一天安静日子！

刘：那你说皇军就不出管管他们？

军：管？那些"马贼"比兔子还灵，"讨伐"他们的时候，他们不是攒〔蹿〕进了高粱地，就是攒〔蹿〕到山沟里，树林子里去，一个影子，也摸不着他们！可是等"讨伐队"一离开，他们立刻就都攒〔蹿〕出来了，也摸不清都是打哪来的？一凑合就是三两千，半夜三更地摸咱们的县城！

刘：哎呀！这抗日联军这么利害啊！

军：（自语）也真怪，这些马贼怎么越"讨伐"越多，越"讨伐"越利害了啊？（突然向刘）喂！我告诉你，你看见了他们一定要报告！他们都是共产党领导的队伍，他们专门反满抗日！

刘：可是听说他们都是爱国的啊！

军：爱国？妈那个巴子给你两耳括子你就不爱国了！

刘：嗯……

军：哼！你不说我也搜得出来，（向马）先上这边搜搜。（径往韩藏的方向去）

刘：（追拦）等等，等等，我再跟你说句话：我听大家伙直嚷嚷着说日本人还想占我们中国关里的土地哩！

军：哼，我们的土地多得很。（往韩藏处走）

刘：（追拦）你们当官的土地多不多，我知道，不过我们庄稼人可是都要土地啊！

刘：我说咱们庄稼人的土地不能便叫人来糟蹋！谁要是敢来糟蹋，那我们就不让他！

军：不让？谁敢不让？——我叫你不让！（举起鞭子走向刘欲打他在刚才刘给韩包腿的地方滑了一下，低头看）血！这血是哪儿来的？（对刘）血是哪儿来的？

刘：血？血？——噢！是从天上下来的。

军：混蛋，我问你这地上的血是打哪儿来的。

刘：我也说是地上的雪啊，那都是从天上下来的，咱们这地方冷，雪一下就是几尺厚，五逢六月都不待〔带〕化的。您看要不然咱们那大兴安岭上的雪就长年不化了？

军：混蛋！（揪着他的耳朵，拉到那堆血旁，推下叫他看）我问你是这堆血，你跟我胡搅蛮缠！

刘：不是胡搅蛮缠！哎，实在是我耳朵背，听不清你的话。

军：快说！这堆血是哪儿来的？

刘：那我可不知道，

军：你还给我装蒜！去拿把镢头来！（刘进草屋拿镢头，又出）

刘：干么呀？

军：你要是不好好告诉我，这血是哪来的，流血这个人到哪去了？我就在这儿把你活埋了！快去，给你个儿挖个坟。（农默然拿镢头在双手，里吐了唾涎①，动手掘坑）

军：王八蛋，我给你土地！（对马）看住他！我到树林子里去查看查看去！

马：是，队长！这个……

军：（停了）什么，这个？……

马：是队长！

　　〔军官下。

刘：（停止挖）走了！（用袖子拭去额上的汗）哼！地地道道的一条狗，摇头摆尾巴的那个样——看你还有几天活头？！

马：犯人可不准说话！

刘：犯人？我犯了什么罪了？

马：不知道，队长叫我看着你，你就是犯人，犯人都不准说话！

刘：不准说话？为什么不准？

马：不知道！

刘：不知道？

马：嗯！嗯！我要放枪！

刘：放枪干么？

马：打死你？

刘：你这个小家伙，你打死了我，可谁挖坑啊？

马：不知道！

刘：（自语）这家伙真是块窝囊肺〔废〕！（对马）哎！小伙子听你口音不像咱们关外人，你是从哪儿来的？

马：从，从山东来的！（忽然想起来）嗯，不知道！——队长说：站岗的不

①　此处原文如此，疑有误。

准跟犯人说话！

刘：山东人到咱们关外来的可真不少啊！喂！山东老弟！你是哪年出关的？

马：半年多了！

刘：看你也是个老实庄稼人。

马：嗯。

刘：你怎么也跟这些没有良心的人在一块啊？

马：嗯，我是叫他们抓来打仗的。

刘：打仗？给谁打仗？为什么打仗？

马：（像背国文课似的）为了尽忠"满洲国"皇帝陛下！为了建设大东亚共荣圈！为了维持东亚新秩序！为了……

刘：（不等他说完连问）跟日本鬼子在一块吗？

马：（不理会刘的话，自己回忆着）唉！我是叫他们把我从老家拉到关外来打仗的，先是叫我干棒子队，后来又叫我当自卫团，最后就当上靖安军了。

刘：再就要当日本鬼子啦！哈哈……

马：（微愠）你胡说……（停了一会又凑近刘信任的）喂，说实在话，张家屯的事啊，实在是我们烧的！（指挥官）就是那个东西下命令，把全庄都烧成灰了！

刘：妈的，他还诬赖人家抗日联军的呢——什么东西！

马：人家抗日联军才不杀人放火哩！（后面急促一声枪〔响〕直往树林方面去看）可糟了一定搜出他来了，一定把他杀了！（看了一会又没动静，又转回）嘿！他可狠着得哪，半夜做梦他还杀人哩！要是照他的心意啊！哼！把全东三省的人都杀光了他才趁心呢！

刘：瞧着吧，咱们杀他的日子快到了！

刘：老弟，你们到底是追一个什么人呀？

马：听他们说是一个土匪——红胡子头。

刘：那，追个什么劲呢？

马：吓那家伙可利〔厉〕害着那！有一回一个日本老爷在山顶上打千里眼，那个家伙从老远的一枪就把那个千里眼打得粉碎，那个日本老爷也见了阎王了。

刘：真的？他有这么利〔厉〕害？

马：你还不信？我跟你说？他骑在一匹白马上，一个人就截住千军万马！他能双手开枪，说要打到你的眼，就打不到你的眉毛！

刘：这么利害呀！（忽然地）啊呀，老弟！

马：（吓了一跳）怎么？

刘：你就是一个人，一杆枪敢在这儿呆着？

马：嗯？

刘：你好大的胆子啊！

马：（让他说得开始有点害怕）啊？你说……

刘：我说：他要是就藏在这儿，你怎么办呢？

马：啊？就在这儿？

刘：比方说，他要是就藏在这儿，那儿呢，（指韩藏处）你怎么办？

马：那……那……（看看前后，左右，风吹得他心里更怕就藏在那……）

刘：老弟，你浑身怎么直哆嗦呀？

马：不知道！

刘：比方说，（绘影绘声地）这会你一个人站在这儿，他忽然就从（指韩藏处）那地方偷偷溜出来——你要是看着这边，他就打那边给你一枪；你要是脸朝着这边，那就小心着你的后脑勺子啊！

马：啊呀！别说了，别说了，坐下吧——来，咱们俩靠着点坐！（脊梁靠着脊梁坐下）

〔两人坐着，片刻无语，只有风吹草木响。

马：（大叫）哎呀，来了，来了，后①那边来啦！（指韩藏处）（躲在石墩〔礅〕后，卧倒瞄准）

刘：（过去看住了一会）

马：有没有？

刘：（回来）没有，什么也没有。

---

① 此处"后（後）"当作"从（從）"，可能原刊因这两个字字形相近而误排。

马：那才刚〔刚才〕是什么声音啊？

刘：是风，咱们东三省的松柏林子，就是这点特别，一起风，呼呼地就像里藏着千军万马似的——唉，你们山东没有吧？

马：（无心回答，随便应了一声）嗯……

刘：坐下吧，不要紧！

马：（又坐下，片刻，自语）哎！那家伙真是个好样的啊！

刘：（故意地）那家伙？

马：就是那个红胡子头，他叫……这个……

刘：炮手韩燕。

马：对了！对了！人家叫他"韩炮儿"！把他捆在那儿，什么大刑都上过了，谁都心思他活不成了啦！可是……哎！谁知道这个韩燕骨头真硬，怎么打，怎么上刑——灌辣椒水，压杠子——死过去活过来，可是他一点也不在乎，一个字儿也不说，连哼哼都不哼哼，这下子可是叫谁都知道：他们那个什么抗日联军的利〔厉〕害啦！你说他们这样的人是肉的哩，还是铁打的哩。

刘：不知道——我想一定是用什么特别材料做的！

马：对啦！对啦！他们这样的人，一定都是用稀罕材料做的；唉你不知道：我揪着他的腿把他往牢里拖的时候，我的眼眶热呼〔乎〕呼〔乎〕的，眼泪都要流出来了！我寻思着他一定是死了可是谁知道他就硬挺着起来逃跑了！——唉！你说这样的人谁还能把他怎么办呢？

刘：那一定是你们没有把他看好吧？

马：万老三在门口站了好几个钟头……万老三跟我是一个村里的，我们一块堆叫他们从老家给抓到关东来的，（悲痛地）唉！万老三做了"韩炮儿"的替身了！

刘：你说什么？

马：叫那个东西，（指官的方向）打死了，那个东西一听说韩炮逃走了，就马上到监牢里抓住万老三像个疯狗似的把万老三活活给打杀了！（回忆无限感慨)哎！从前我们常常凑在一块堆"拉瓜"（注一）[①]，"拉"俺山东老家的事，拉着拉着有时候就搂到一块堆儿哭起来啦！可是哭哭心里也是痛快的。嘿，告诉你就是刚才挨了打，也能连身上的疼都忘了哩！

刘：挨打！你们靖安军都是专门打咱们庄稼人的，怎么你们也还挨打？！

马：咦！你这回可是白长这么长的胡子，当兵的还有个不挨打的。

刘：当兵的为什么就要挨打呢？！

马：那……不知道。

[两人静默片刻。

刘：(自己唱起小调来)日头出来。

马：(打断他)嘿！你怎么也会唱这个小调？

刘：嗯，你也会唱？

马：这是我们山东小调嘛？我怎么不会——嗯，万老三唱得顶好了，我们常在一块唱。

刘：我就是跟你们山东老乡学了这么一句，(又唱起来)日头出来……

马：你那样唱得不对，这么唱才对哩……(自己唱起来)日头出来呀，紫挨门那呀挨呀，一对对学生他下山来呀，前面走的是梁山伯呀，后头跟着的是祝英台……(忽然停住)唉！队长说：站岗的不准唱小调。

刘：为什么站岗的不准唱小调？唱吧，不要紧，他这会来不了，我还想学学底下的，唱吧！

马：走一洼来又一洼碰一个老大爷摘西瓜，我问那老大爷他怎么着种……(唱了三句突然又一声枪响)哎呀！又放枪了，——好像是在这边放的。(指韩藏方向)喂，你说他是藏在这儿吗？

刘：不知道。

马：那队长干什么放枪？

刘：队长——他不是往树林子里去了吗？

马：他不会绕过去吗？

[①] 文末未见注释内容。

刘：那……绕不过去吧！

马：（突然感情冲动地）你说，他们为什么这样乱杀人？你说说看，为什么咱们中国人要杀中国人，自己人打自己人呢？哎！我亲眼看见他杀了的人可多啊！（稍顿，突向农）嘿，我说，他回来一定要杀你的。

刘：他一定是让你下手的！

马：我不，（稍顿）我不能杀自己人。

刘：老弟，你叫什么？

马：马占彪。

刘：好，马占彪，你瞧我这双鞋还是新的呢。我把它脱下来给你穿吧！（脱下来）你到村子里去，随便小声跟谁说一句就行。（走近他）你说，刘德安在割草的时候，叫靖安军给打死了，你告诉他们把这双鞋捡去吧！（把鞋抛进草屋里去）还有这件小棉袍也叫他们捡去吧！这都还能穿些日子呢——唉！家家户户都是少吃没穿的呀！

马：嗯，我去说，老大爷，我一定去说。（听到足声）老大爷，那家伙来啦，快挖吧！

[刘又拿镢头挖坑，军官上。

军：挖好了吗？

刘：还差一点。

军：想好了没有？

刘：啊？

军：韩燕在哪儿？

刘：这会跑远啦！

军：你撒谎，他一定藏在这儿！

刘：喂，可是早就走啦！

军：我一定要找着他。

刘：我看不容易吧！

军：你说什么？

刘：我说，这土地是我们的——是祖国的，祖国的土地上的一棵树，一根草，我们都要保护，更何况是一个抗日英雄？！

军：打死你老王八蛋×的！告诉我韩燕在哪儿？

刘：没看见！（挖坑）

军：（疲乏地坐在木桩上）死牛筋，老杂种！

刘：种；种倒是地地道道的中国种。

军：中国种，我是中国人……（带着虚伪的感情的样子）我是中国人的子孙。

刘：哼！"龙生九种""种种各别"，乌龟王八也都是龙的子孙哩！

军：什么？你说什么？你骂我，你敢骂我！

刘：（丢下镢头，直立起来）都是什么东西，少跟我这么叫！你也是中国人？好不要脸的东西。

刘：（威严地）我跟你说，中国人是跟炮手韩燕站在一块的，他们要保卫自己祖国的土地，他们已经勇敢地干起来了！你，你是一块跟日本人糟蹋我们的土地的，你还配说是中国人的子孙，你是日本鬼子的奴才。

军：我揍死你，我要痛痛快快地揍死你。（对马）拿绳子来！把他捆起来给我揍——把他活活地揍死，快去，拿绳子去！

［马不得已向拴马的地方去。

军：让你瞧瞧我的利〔厉〕害，我让你瞧瞧！

［马拿绳子上。

军：把他的手捆起来！

［马迟疑地走近农。

刘：叫你捆，你就捆呀！（把两手伸到背后去）

军：啊？

马：是……（把枪靠在草射①旁边，捆农的手）

［这时从右方现出韩燕，他小心地向枪匍匐行去。

军：（看见韩）韩燕——马占彪！抓住他！

马：（已捆好农的手，回身向）你！（向韩挨去）

---

① 此处原文如此，"射"疑为"堆"或"垛"之误。

军：拿皮带捆上他的手。（刘动，对刘）别动！抓活的！

马：这个我干不了！

军：干不了……那我叫他老实点吧。（跑至捆着的人前，以手枪柄重击韩的头，韩晕去）完啦！把他的手捆上！——捆上。

马：是，营长。

刘：窝囊肺〔废〕！简直是个窝囊肺〔废〕！

军：你说什么？哼！没工夫跟你废话，（对马）举枪（马略顿）举枪！（马顺从地举枪）

军：举枪！

〔马走开几步，又慢慢地用战栗着的手举起枪，白发严正的农森然的站着。

韩：（苏醒过来）老大爷！我连累你啦！

刘：韩燕你不埋怨我吧？

军：不准说话，（对马）瞄准！

〔马仿佛中了催眠术似的，重复举起枪来，瞄了好久。

刘：放呀！（转过身去，背对马）

军：放枪！

马：（放下枪）放不出来！营长！怎么也放不出来。

军：为什么放不出来？

马：我的手软了！

军：手！……熊蛋……你也要找死啦！（举起手枪，对准刘的头）

马：我也要找死啦！（马急忙飞起来放了一枪，直中军官的头，刘哆嗦了一下。他的膝屈了一屈，跟着，他就听见他后边有一个身体倒了，慢慢地回转身来）

刘：（对马）这是怎么回事呀？

马：（慌张地）我的良心，我的良心实在受不了。

韩：（对马）同志，同志，把绳子解开吧！都快捆麻了。

[马奔向韩,迅速地解开他的手。

韩:(对马)你真是我们的好同志!

刘:(拿起镰刀又向军官连砍数下)哼!怎么样?……要跟老百姓作对,老百姓就叫你死!

马:老大爷这双鞋还是还给你吧。

(完)

我们的乡村[*]

(一幕二场)

人　物：长顺　民兵甲(以下简称"顺")

李福海　民兵乙(以下简称"海")

二虎　民兵小组长(以下简称"虎")

二虎妻　妇救会青妇部干事(以下简称"媳")

银秀　村姑，长顺未婚妻(以下简称"银")

羊倌老九　村文化娱乐干事(以下简称"羊")

二老爹　二虎父亲(以下简称"老")

李大娘　海子母亲(以下简称"娘")

日军官(以下简称"日官")

伪军(以下简称"伪")

日兵

李奎武　地主，汉奸(以下简称"李")

地　点：晋察冀解放区某地

时　间：正是春暖花开时，尚有一点冷

[景：一个村庄的村头，正斜面是一个小马王庙，偏右面是一个临街屋的背影，墙上写着"空室清野要经常，快割快打快收藏"的大条标语，庙左侧面是一间屋子的房墙。在右正面标语墙前有一棵百来年的中国槐树，树左面一口井，上面有辘轳，小庙的左右是两条街，树左

---

[*] 此据东北文艺工作团编辑《我们的乡村》，东北画报社1946年版过录，内署"东北文艺工作团集体创作，李牧、颜一烟、王大化执笔"，正文前有东方《平凡的人，不平凡的死——〈我们的乡村〉观后感》(代序)。

是通邻村的大道。

[幕启时：拂晓前，东方才露出些微鱼肚白的光亮，从微弱光亮里衬出了这个村子的轮廓，隐约可看出两个人影，时常探出头来，向大道那面瞭望。

海：（一个粗壮的庄稼汉，闭着嘴，跷着脚跟，走到小庙台的暗影中去，隐蔽着自己的身子向顺）等了大半夜了，顺子，有动静了吧？

顺：（用手一摆）没！

海：没有动静，就不用看了，过来抽口烟吧！（打了个哈欠）

顺：别，（故做警状）听，听，……

海：（急上前一步）怎么？有动静了？

顺：（急往前扒〔趴〕在地上听）别作声，好像二老爹那块地里有人。

海：（也急忙扒〔趴〕在地上听）

[二人在地上扒〔趴〕了一会儿，顺子慢慢地站起来，看看扒〔趴〕在地上的海子觉得好笑。

海：（仍然一本正经地扒〔趴〕在地上）长顺，怎么没有声音，我看你是听差〔岔〕了，连个土耗子也没有。（长顺忍不住笑了）你这个家伙是跟我开玩笑。（以手拂脸上的土）

顺：（哈哈）看你打哈欠了，叫你精神振一振！（正经）不过咱们还是小心点好，天快亮了，启明星都快上来啦！我看咱们可是提防着点，下庄子就住着鬼子，离咱们这儿才五里地，说来就来了。

海：不怕，沉住气，反正前面有咱们二虎哥坐探呢，一有动静就会回来报的，站了大半夜了，真是有点累了，抽袋烟提提神吧！

顺：海子，你可别轻敌观念，二虎哥的本事，咱们是知道的，他一个人也敌不住二三百鬼子，万一鬼子使个鬼计从东山梁上翻过来，二虎哥再赶不上送个信回来，那咱们这一大村大人小孩不都完了，出了事你负责？

海：我负责，我李福海哪回站岗出过岔儿，我可不是夸口。

顺：别他妈的吹大气了。

海： 嗨，你别小看人呐，别看咱长得不济，可是眼睛耳朵顶管事，鬼子他娘的再鬼也鬼不过我的耳目。

顺： 好，咱村里谁也鬼不过你。

海： 干么呀！知道你好，谁也比不上你，要不银秀，就喜欢你啦！

顺： 海子，你他妈的扯到哪儿去了。

海： 对，不让咱提银秀咱就不提她，这村人别人出了事我海子完全负责，可是银秀要有个好歹，我海子可担当不起。

顺： 海子！（生气地）真是狗嘴里掏不出象牙来，我……（欲打）（鸡叫）你看天大亮了，咱们可得多加点小心哪！

海： 天大亮了就没事，我说没事就没事。

顺： （推海）还是去瞭着吧！小心点好。

〔二虎妻由左担水桶上。

海： （发现她）长顺你看虎子媳妇这么早就出来担水啦。

顺： 虎子不在家可真难为她了，海子你一个人瞭着，我去帮她担一担水。

海： 你不提我倒忘了，昨夜虎子哥临走时我还告诉他说我给他家担水呢。（向里）二嫂我给你挑吧！

媳： 不用了，我能担。（上场）

海： 来吧，嫂子这事我应该干的，谁知道站岗把事耽误了。

媳： 昨夜是你两〔俩〕站岗，困了吧。

顺： 不困，困什么，为了大家的事么！你家二虎哥黑夜白天的不睡一会儿，不是比我们还累吗？弄得叫二嫂子还出来担水真难为你了。

媳： 长顺呐！你算是好说了，他是整天价不在家，咱家里也不打算他做些什么，只要他在外面一心一意地打鬼子保住咱村子太太平平就行了。

顺： 二嫂明白的道理真多，咱村的妇女部工作比咱自卫队的工作可深入得多咧。

媳： 别见笑咱妇女部了，咱们妇女夜班起不了什么作用，还不是得你们自卫队，（特意对顺子说）给咱们别① 外上课呢。

海：（大笑）二嫂的嘴可真是利〔厉〕害，这一下可一针扎到长顺哥心眼里去了，银秀能有今天这样进步，还不亏了，长顺哥帮的忙。

顺：你们可又把话扯到哪儿去了，嫂子你别听他那傻话。（海子正去打水）

海：傻话，咱海子是真心话。

顺：缺德家伙小心掉到井里淹死。

海：淹死是活该，反正没有人痛我。

媳：你可不能那样说，你整天价在外面无昼无夜东奔西跑地打鬼子……

海：（抢说）那又算得了什么，这是因为怕鬼子来杀人放火把咱家的房子烧了，我娘要我跟大伙儿一起干。

媳：这就对了，你为了咱们村的房屋财产，为了你娘，挺身出来干，这就每个人都会喜欢你。

海：对，我有全村人喜欢我。有我妈喜欢我，（指顺）你也喜欢我，你也喜欢我？哈！哈！

媳：（同时）

顺：对，我们都喜欢你……

〔海子打完水。

海：这担水我替你担回去了。

媳：你放着吧，我能担。（望树那边）

海：二嫂你看什么？

顺：（小声）二嫂在想虎子哥呢。

海：（欲上前叫，被顺子拉住又忍不住叫了一声）嫂子。

媳：（不好意思）噢！时候不早了该回去了。

顺：二嫂放心吧！二哥手急眼快，机智大胆不会出岔的。

媳：我是惦记他昨儿黑夜出去，就没吃口饭，带了几块干粮走的，这会肚子……

---

① 此处"别"疑为"另"之误。

顺： 这你就别操心，这附近五十里方圆哪个不喜欢虎子哥，哪个不爱虎子哥，到邢①儿不给弄点好吃的，海子快帮二嫂把水担回去吧。

媳： 还是我自己担吧，你们留心岗上别出了事。

[海子与二嫂抢担子，二老爹上。]

老： 二虎家我找了你半天，你在这儿呢？哈哈。

顺： 二老爹起得早啊！

海： 二老爹你看二嫂子要抢我的桶，你说你管不管。

媳： 我的桶怎么说你的桶呢。

老： （看懂了其中道理对媳）你原来是来打水的，可是你怎么不早说一声呢，我这几根老骨头挑担水还行呢。

海： 二老爹你也不用担，以后虎子哥不在家，你们叫我一声就行了。

老： 昨儿黑夜得到什么情报没有？

顺： 没有。

老： 鬼子到了哪儿去了？

顺： 昨天来的情报说：南坡头，山谷峪，咱前村的下庄子都住上鬼子了。

老： 鬼子到了下庄子了，海子！长顺！咱村子里都准备好了吗？

海： 来吧！准把他打个稀立华拉〔稀里哗啦〕的。

老： 可是也得小心点，你们年青人我知道，那股火劲上来了，什么也不管啊，我年青的时候也跟你们一样，想当年闹义和团的时候，我也跟洋鬼子打过仗啊。

海： 你老人家不必担心，咱们是武在面上灵在心里啊，你看上回二虎哥带着我们去打北庄子的炮楼，他一个人就领了五支三连往炮楼上冲，鬼子的机枪打得像雨点一样，我爬在坡上连头都不敢抬，可是二虎哥还是一股劲往上带。

顺： 后来呢？

海： 后来一进一退把鬼子打得呀呀的，扑通喀嚓把炮楼就给夺下来了。

---

① 此处"邢"疑为"那"之误，现通作"哪"。

顺： 这就对了，要不是二虎哥带着五支三连不怕死地往上冲，这个炮楼，我看到现在也拿不下来，要都像你这样机枪一打得紧就连头都不敢抬那就别干了。

海： 可是我那一会也没有说不干啊。

顺： 说你不干啦，我是说二虎哥在最紧的时候能够机智大胆。

老： 顺子说得对，青年人不能光凭一股火劲儿，要大胆细心地干。

海： （打嘴）就是，咱们这个嘴不争气，咱本来也是那个意思，可就是说不出来。对，要细心大胆地干。

〔这时天已大亮公鸡叫几声。

老： 只顾说话了，快回去吧牲口还没喂哩。

海： 说了半天这担水，我还没有担呢。

老： 放着我来担吧。

〔媳上前把水担起就走。

顺： 二虎嫂真能干。

老： 自从八路军，到了咱们这儿，成立了抗日民主政府，连妇道人都大改变了！你看我这个媳妇，可顶个大小子使换〔唤〕呢！下地锄草，喂牲口，做饭，担水，哪样不像个大小子呀！这世道大改变了。（哈哈地笑哈下）

海： 世道大改变了，从前哪儿见过这样的好媳妇呀！说理有理，说干活就干活！真是一个模范的抗日妇女部主任呀。

顺： 这都是抗日政府领导得好。（忽然听到空中飞机声）喂，你听！（突然飞机声大作）

顺： 飞机。（二人办① 下）

海： 飞机？

顺： 他妈的，瞧！（指小山坡）飞得那么低。

海： 妈的，日本鬼子王八蛋，就欺侮咱没有飞机，高射炮，老子可有大

---

① 此处"办"疑为"趴"之误。

枪。(准备打)

顺：别，别打，小心暴露了目标。

海：你看，那鬼子我都看见了，我这一枪准能打中他。

顺：万一打不中他，他下个蛋来，那全村不是都要遭殃了。

［飞机声又近。

顺：别尽管看飞机，小心地下的，他每次都是上面用飞机吓唬人，下面就来了兵了。

海：瞧瞧飞机尾巴上掉下东西来了别是蛋。

顺：不是，是传单。

海：妈的，又来送窗户纸了。

［村里小孩子检〔捡〕传单的小孩声。

海：下来了，下来了。(望〔往〕传单的地方追下去)

［台后海子和小孩子抢传单的声音。

孩：海子你别抢我的鬼子画。

海：谁抢你的了，那边不是还有一大堆。

［海子上。

海：长顺哥你看。

［顺看了半天。

海：什么？八路军？……投降？……

顺：日本军？八路军……

海：什么王八画符……鬼东西，八路军抗日最坚决的还会投降他？

［李奎武上。

李：你们看什么？

海：看鬼画符。

顺：咱们俩看了半天，也没看明白，你给我们看。

李：(拿传单，拿出老花眼镜戴上)

海：上面说些什么。

李：八路军投降不杀——这是一张投诚票。拿这张投票去投诚，皇军说可以大大地优待的。

海：什么？

顺：妈的，这是他妈的哪一套，去他妈的蛋吧！别说是人家八路军，就连咱们这些庄稼汉也不信他一套，他好，他为什么要抢咱们的地方，粮食，杀咱们的人呀！

李：嗳！顺子你别这么说，人家皇军到中国来是帮助统一中国的呀，你说皇军杀人抢东西，就是叫你们这些什么游击队弄的。人家本来是实行王道乐土，就凭你们一条破枪，几个烂地雷，能抵上人家飞机大炮重机枪了吗？我看你少瞎胡闹吧！这几天风声紧，我听说这儿的八路军全叫鬼子消灭了。就靠你们这几个人有什么用，别成事不足害事有余，惹得皇军来大烧大杀。

顺：李奎武我看你今天黄汤喝多了，家里面几块地，佃户把你喂饱了你倒给敌人做宣传工作。

李：酒倒是喝了两口，这话可都清楚，这都是金玉良言，信不信可就在你们了。

顺：什么金玉良言，你说日本军队到中国来，是实行王道乐土。请你看看，咱们村里的房子是谁烧的，老路家媳妇是谁强奸的，老路家又是谁杀的，这就叫王道乐土？

李：这话说起来可就长了，总括一句话，咱们村上有了一群害群之马，害得咱们村昼夜不安！所以皇军就要来征服他们，那就得用武力了，用武就得伤害老百姓。可是那些老百姓还是愚昧无知，真是中毒太深。

海：闹了半天你是要宣传我们，走你的吧！别误我们的事。

李：好，我走，可是你们得好好儿地想想。

顺：我不用想，我都想过了，你说我们是害群之马；要是咱们村上没有我们民兵，怕连你这点财产也叫鬼子抢去了。

李：民兵，民兵，就是站岗防防小偷还可以，打日本人我看可不顶用，埋地雷又炸不死人，这又是何苦呢。

海：照你这么说：咱们该在这里等死。

李： 天下大道只有一条，由你们先〔选〕择吧，我还要吃饭去呢。……（下）
顺： 按你的话说，就是亡国灭种。
海： 这家伙越来越不像话了。
顺： 我看咱们还得注意点。
海： 放他妈的八辈子臭狗屁，亏他吃了几年墨汁，把他抓起来送到抗日政府去。
顺： 别，海子，咱们现在没抓到人家证据，抗日政府规定，不许随便抓人，要保障人权，等找着他确实证据的时候，咱们再抓他也不迟。

〔海子娘声。

娘： 海子！海子！
顺： 海子，你娘叫你呢。
海： 娘，干啥！
娘： 饭做好了，快回去吃吧，熬了一夜了。
顺： 海子！你去吧，我一个人在这儿瞭着就行了。
海： 不！娘你先吃吧，我这儿还走不开呢。

〔大娘上。

娘： 海子快回去吃吧！熬了一夜了，长顺！也在这儿，昨夜是你们两〔俩〕的岗呀！你两个一块去吃一点吧！怪累的，一夜了。
顺： 别，大娘我不饿，我这儿还有点干粮呢。
娘： 长顺！别那么客气啦，你们俩都去吃，我在这儿给瞭着吧！
海： 娘！这回可不比平时，放哨查查行人还可以，鬼子就在下庄住着，你胆小，还是跟人家到北坡去躲躲，这儿有动静，我就去告诉你。
娘： 怎么，鬼子已经到了下庄了，你怎么不早告诉我呢？（立时害怕起来）海子呀！你不知道你娘，一听见这个，腿肚子就软了吗？
海： 娘！你别怕，这儿有我和长顺在，还有这个宝贝。（指枪）
娘： 对，（喜）有海子在，还有长顺在，还有这个宝贝，海子！叫你娘看看这个"散把枪"。
海： 三八枪。

娘：　三八枪，我一夜没看见它了，娘一看到它就什么也不怕了。

海：　咳！长顺哥，你看，谁来了。

〔海故作警〔惊〕慌，娘一听也就慌起来。

娘：　谁？（急走到大树边）

海：　（看到他们这样子笑）看！谁来了，哈哈！

〔银秀提罐上。

娘：　哎呀！可把我吓得腿都软了，我只当是鬼子上来了呢！是银秀呀！可勤俭啦！倒早早地把饭做好了送来了。

银：　大娘！你比我还来得早呢。（笑）

娘：　好刁的丫头，我没你的心眼灵，想得周到，把饭做好送来了。

银：　看大娘，（羞）我又没惹你，一大清早一见我就……

娘：　大娘上了年纪了，连这事都没有想到，海子站了一夜岗，我就没想到做好了给他送来，还是你心眼灵，想得周到。

银：　大娘！（扭身子）你又来了。（把罐子一放）

娘：　对！不说了，不说了，来，我给你送过去！（罐子送到长顺面前）给你，长顺。

〔长顺不理故作瞭往〔望〕状。

海：　（哈哈大笑）长顺哥，望到哪里去了，（长顺不理）还装聋啊。

娘：　快吃吧，人家银秀好心好意地给送来，别等凉了，白白辜负了人家的心，海子，你等着娘也给你拿去啊！

海：　娘！快点吧，我早就饿了。

娘：　好！（欲下）银秀，你还不招呼你长顺哥吃啊！哈！哈！（下）

〔银秀见长顺不吃心里急，但又不好意思上前去叫。

海：　（故意上前）好热的棒子面贴饼子呀！（看银秀）

银：　（只好借题转移）海子哥，你饿了先吃吧。

顺：　（借机会过来）海子你先吃点吧！

海：　这是人家给你送来的，我吃什么，一会儿，我娘就给我送来啦！

银：　那还不是一样的，（对长顺）怎么！你还不吃，吃完了我还得收拾收拾

上山呢。(把饼子往筐里一扔)

顺： (见她这样就蹲下来取饼子吃)海子！你也来吃吧！

海： 对！(咬了一口)这比我娘做的还好吃呢。

顺： 少磨牙吧，吃完了饭还得上山呢。

海： 对！

顺： (对银)你们家吃完饭没有。

银： 还没吃呢！

顺： 怎么还不早早吃了上山去，你不知道这两天紧呐！

银： (害羞地)我娘叫我先给你送来叫你先吃了，要有个情况就不怕挨饿了。

〔见二人谈话忍住笑，但不由得一下又笑出来，把含在嘴里的一口饼子喷出来。

银： (生气地)你不好好地吃饭，你笑什么？

海： 我，(急掩饰)我叫一口饼子给噎住了。

银： 噎死你。

海： 噎死我！你们一大清早，你们就咒我，可我死了光留下你们两个有什么意思。

顺： (见他急了)海子长命百岁，不会死，海子还要人痛呢。

海： 我不要你们痛我。

顺： 你看你娘多痛你，你娘给送饭来了。

银： 快别惹他了，大娘来了，我受不了。

〔大娘上。

娘： 海子！娘给你送来了快点吃吧。

〔海把手里半块饼子一扔，蹲下来就吃。

娘： 怎么啦！

海： 刚才你不在，他们两〔俩〕都欺负我。

娘： (故意打趣)好！我一会儿不在，你们小两口就……

银： 大娘你怎么啦！你别听海子哥瞎说啦！我哪敢得罪他呀！

娘： （笑开了）别怕，得罪了也不怕，我这个海子是个没有人痛的孩子，不像长顺。

银： 大娘你又来了。（扭身要走）

海： 银秀！（拦住去路）你还敢欺负我不。

　　［这时远处一阵枪声。

海： 怎么哪来的枪响。（急忙放下碗筷抓起枪）

顺： 听听是不是信号。（又是一阵）

海： 不是，不是。

顺： 海子！你看北山坡上那一群是什么？

海： 在那儿！在那儿。

娘： 哎呀！海子！是怎么回事，是鬼子下来了。

银： 大娘！咱们快走吧，别在这儿。

　　［又是一阵枪声。

娘： 啊！是鬼子来了。

银： 大娘！别怕。

银： （拿起几块饼子给长顺）留下给你，当干粮吧，饿了可以垫垫饥。

娘： 银秀快走！别在这儿蘑菇了，快扶我走。

顺： 你快去叫村里人们没走的快上山呀。

海： （向街里的人们）乡亲们，没走的快上山呀！鬼子打北山坡上下来了。

海： 娘别在这儿啦！快走吧！

顺： 唉！海子，怎么又有一个人从北大梁上滚下来了。

海： 是不是虎子哥。

银： （也上去看）可不是二虎哥，在那儿跑吗。

娘： 银秀！你看你胆子真大呀！快走吧！

银： 大娘！别怕，不是鬼子，是虎子哥回来了。怕什么呀！

顺： 对，就是虎子哥，他那一块红绸子包枪布我认得。

海： （大喊）嘿！你们瞧，虎子哥扛着个是什么东西呀！黑嘟嘟的一大堆。

银： 可不是吗？那是个什么呀。

顺：真的是什么呀，口袋不像口袋，枪又不像个枪。

［二老爹，虎媳上。

老：长顺、海子，前面有情况啦！是鬼子吗？

媳：爹，快把那口袋粮食扛到咱们地里坚壁了吧！别真是鬼子来了。

顺：不是鬼子，是二虎哥回来了。

老：是二虎！那刚才那一阵枪声是怎么回事呢？

海：二老爹，你瞧，他还扛个东西呢？

老：还扛着个东西，（瞧）可不是，那是个什么呀！（拭了拭眼去细瞧）哎！别是打了条狼吧！咳！我那个孩子就是有这股冲劲，不管什么狼哪虎呀就没有他怕的。

顺：你们看，二虎一股劲儿往回跑，我看一定是有什么情况发生，你们大家快回去，别在这儿，快上山吧！银秀！快跟着老爹扶着大娘到后山坡去吧！

娘：银秀！二虎家的，咱们娘儿们还是早点走吧！别管他们爷儿们的事吧！在这儿碍他们的事。

［后台吆唤一阵。

［羊群叫唤声。

羊：（后台声）他娘的贼羔子。你上哪儿去，还不快走，鬼子来了，叫洋鬼子吃了你这个贼羔子。

海：（向后台）羊倌老爹，你怎么还没上山呢，前面有动静了，别把羊给喂了洋鬼子呀！

羊：（上场）这群羊是李家的，人家不放心，把羊放山上，每天得往村里赶。（向里）小三！你快赶着上山坡呀！我还得拿点干粮呢。

顺：二虎哥，二虎哥，（吆唤地）

海：二虎哥怎么了。

羊：谁，二虎回来了？

银：你瞧二虎跑得满头是汗。

顺：（吆唤）喂！二虎哥你跑什么呀！前面有什么情况发生啦！

虎： 噢！长顺，海子。

海： 喂！二虎哥，鬼子到哪儿了。

虎： 还在北庄呢。（上，四面看看所有的人）怎么你们都没有上山呀！（扛着机关枪上，满头是汗敲着胸）

海： 你们看，这是什么，哎呀！机关枪真是宝贝呀。

顺： 机关枪，这真是个宝贝呀。（海子把机关枪放下）

老： 哎呀，我还说是打了一条狼哩，闹了半天是扛了杆机关枪回来啦！

媳： 你怎么弄来的呀！

羊： 还是你们青年小伙子能干，有种。

海： 嗳——咱们游击小组，有了这家伙更抖起来了，鬼子一来，嗯①！一梭子就打死他好几十！

银： 对了，有了机关枪，咱们就更不怕鬼子啦！

娘： 这机关枪做什么使唤的呀！

海： （冲冲地）打鬼子的！这么一个顶这玩意（指步枪）好几十个，娘你真是没开过眼，不懂你就别问了，怪丢人的。

娘： 你开过眼。你的眼开得有多大呀，丢人，你娘给你丢人啦！

海： 娘！瞧，人家都是高高兴兴的，你说这些干吗？（娘还说）

老： 得了，你们这是干甚么呀！

顺： 都别说了，快叫二虎说说，他怎么弄来的这杆机关枪吧！

羊： 对，对！二虎，你快说，快说怎么弄来的啊。

虎： 对！我从头跟你们说吧！（擦头上的汗）

海： （给他搬一块石头来）坐在这儿吧！大伙都听得清楚。

[虎坐，其他人也有的坐下，有的站着，有的蹲着。

虎： 话说起来可长哩，昨儿个我打这儿走了以后，咱们中队部就集合了各村的民兵，要扰乱下庄的鬼子，叫鬼子们一夜不能好好睡觉。

海： 对，扰乱他们狗日的。

---

① 此处原文如此。

虎：　商量好了之后，傍黑的时候，我们八个人就出发了。

海：　你们才八个人，那下庄的鬼子有多少哩。

虎：　约摸〔莫〕有一二百。

海：　西村的王岭儿去了吗？

顺：　海子，别老问这，问那的，听虎子哥说吆。

虎：　到了离下庄不远的地方，我们就分成了四个小组，分配了任务，规定了集合地点就分散了，那时候我跟马家村的马寿子，就爬到了下庄的后山顶上，朝着村子里打枪，嘿！（说到兴奋处忽然站起来了）我们一个人才只打了两枪啊！王八窝的鬼子可就都炸了，唬唬的又是机关枪，又是步枪，足足地打了有一个来钟头。

娘：　（担心地）哎呀！那你们怎么办呀？

虎：　（不在意地笑）我们，我们就抱着枪扒〔趴〕在山坡上，又是看，又是听——嘿，简直比过年看花炮还热闹。

　　　〔众笑。

娘：　哎呀！我的小王爷，你们的胆子真不小呀。

海：　娘！别怕，我们常这么干，二虎哥快接着说，后来呢。

虎：　后来，就听着他们四面机枪声停了，我们南山坡上的小组，就又接上了，噼拍〔啪〕几枪，鬼子就毛了，嘿！西边哗啦又打了一大阵子，等他刚一停西边的就是几枪，西边的过去了，东边又来了，东边过去了，北边又接上了，就这么东西南北四面八方。我们八个人闹了他半夜弄得鬼子简直是弄不清我们开来了多少兵马。到了后来鬼子们真急了，就到村北范家的那块打麦场上集合了。

羊：　集合了，是要出来吗？

虎：　哼！他不出来我还叫他出来呢！那时候我就跟马寿子商量，我们要引敌人出村，跟着我一声信号枪，我们四个小组，就一齐朝着村子里打枪，果不然，敌人就让我们给引出来了，在下庄北山坡那个庙台上架上了机枪，朝着我们就是一阵。

羊：　那个小庙台，我常在那息晌。

海： 那你们，那时候转移了没有。

羊： 海子！别插嘴叫二虎子说嘛。

海： （翻着眼睛）准你插嘴不准我插嘴。

顺： 别吵，别吵，听二虎哥接着说。

虎： 鬼子的机枪响了老半天，停了。我就又打了两声信号枪，我们就偷偷地转移到小庙台的东面，这时候启明星都起来了，山谷峪的栓子提议摸鬼子的机枪，他问谁敢去摸，我说我敢去！

娘： 呀快别去，鬼子的机枪，可不敢随便摸呀！叫他知道了，可就没有命啦！

海： 娘，你瞧你，人家摸都摸回来了，这不是瞎操心吗？

娘： 好，我又多说了话了，我这个老碎嘴子。

海： 娘，听吧，听二虎哥怎么摸机枪——二虎哥快说。

虎： 这时候，天已经快亮了，鬼子有好大一阵子没有动静了，我们游击小队也一点动静没有，我就脱了鞋，蹑手蹑脚地，从小庙东边转到小庙后山坡一看！

老： （关心急切地）怎么样叫鬼子发觉你了！

虎： 不是鬼子发觉了我，是我看见了有十来个鬼子，爬在庙后头那块洼地里，我心想这个可没法挨近他了。

顺： 真是得小心，这可不是光凭一股劲儿就能办事的。

虎： 那时候我一想对了……

海： 怎么！

虎： 小庙台下面，不是还有一个坡吗？

羊： 对了，那是个阴坡。

虎： 我就打定主意，从那个阴坡边爬上去，鬼子就是发觉了我，也没法打着我的，我就慢慢又爬到了那个阴坡边，我用耳朵贴在阴坡上一听！

顺： 鬼子在上面？

虎： 可不是吗！鬼子在打呼呢！

海： 鬼子睡着了。

虎：对了呼呼的一股劲儿打呼呢，叫我们闹了他们一夜也该他们累了，这时候我就偷偷乘机上去一摸就抱着那机枪就往回跑，我刚下坡，那个鬼子就醒了，呀呀呀地直鬼叫，我就一劲儿地往回跑。

顺：鬼子没打枪呀！

虎：怎么没呢！小庙后的那三个鬼子就直往下追！在我的后脑上，就是一阵排枪下来了，亏我赶紧弯下腰来，子弹嗖嗖地打我脑袋上飞过去了，我赶紧一滚，连枪带人滚下来了。

海：（这时他被故事感动了）好！二虎哥能干。

虎：这下我想他追不上我了，他妈的谁知道村北的鬼子也上来了，一阵机枪就把我给截在那山坡后了，这时我心里真急了，心想这下完了，死活就看这一回了，我把机枪抱得紧紧的就往山坡上爬，向下是不成了，他妈的小庙后的那个鬼子，又从后面追上来了。

娘：二虎！你就扔了机枪跑就算么，命还救不过呢！还扛着那好沉的机枪干啥呀！

虎：我下了决心，有我就有枪，只要我不死，这杆机枪说什么也不能扔。

海：好，二虎哥！

虎：（紧接）鬼子在后头追得挺紧，我掏出我这个王八盒子想给他两枪可是……

顺：怎么！

虎：打了一夜子弹打完了。

媳：（不觉失声叫出）哎呀！那怎么办呢？

虎：在这九死一生眼看着就要叫鬼子抓住的时候我倒笑了。

老：你怎么有心笑啊！傻孩子。

虎：对啦！我就是笑我太傻了。抱着这个机枪跑了一路，怎么就没想起使唤它呢？想到这儿我就翻过身子，照着那些鬼子，呼呼就是一梭子，亲眼见着前头倒了五六个，后头再不敢上来，我抱着机枪，回过头从北山坡大梁上，一口气就跑回来了。（这时才松了一口气）

［众人也跟着松了一口气后面就立刻又欢跃起来。

老： 好孩子！真是你爸爸的好孩子。

海： （同时）好小子有种。

顺： （同时）真是咱们游击小组的光荣。

娘： 可是，哎！你瞧瞧虎子那股劲儿，真是天不怕地不怕了，这不是拿命闹着玩儿吗。

媳： 不怕，大娘你看虎子不是好好地回来了吗，再说您想，咱们游击小组有了这杆机枪，又能多打死多少鬼子啊！

银： 二虎哥！你真能干呀！

羊： 好，二虎，好小子，干得有劲，干得好，有出息，你们父子俩，老子英雄，儿好汉，都出在你们家了，哈哈！（父子笑）哼！鬼子，看你还能王道几天，我跟你们说，别看鬼子利〔厉〕害，架不住咱们乡亲们一条心跟他干。

老： （向虎）对哪，你羊倌叔刚才的话说得对，只要咱们一条心地干，咱们就能有安生日子过的，可是虎子往后你也要多加小心，日子还长着呢，咱们乡亲们还要你们都多做点事呢！

娘： 对了，乡亲们都指望着你们这些年轻人呢！

银： 二虎哥，还没吃饭吧，来吃一点吧，这里还有点呢。

媳： 银秀妹，别，咱家已经做好了，就是等他回来呢，这回好了，回家去吃点吧，爹也回去吃点吧！

娘： （发现二虎哥光着脚）呀！二虎怎么连鞋也没穿。

虎： 跑得太急了，连鞋也没来得及穿！扔在那山坡上了。

媳： 回家把那双新鞋穿上吧！

虎： （回头）海子、长顺，你们小心着点呀！鬼子怕要报复我们呀，现在咱们村三面都有敌人，说不定鬼子要向咱们村扑一下呢！前天北庄子鬼子吃了一次亏，叫八连在黑夜给摸进去了，鬼子现在到处找咱们的主力呢！

海： 二虎哥，咱们队伍现在转移到哪去了，刚才李奎武，这老家伙还在这儿宣传了半天，说咱们的队伍全叫鬼子消灭了，叫咱们别干了。

虎：咱们的队伍正在向鬼子四面包围，咱们负责村里的事，吃完饭都得上山，村里一个人不许留，李奎武这老家伙顽固不化还没上山？

顺：没呢！那次敌人来了，总是堵着叫才走的。

虎：好，你们瞭着点吧！有动静就叫我，我回去吃点饭就来，李奎武那个老家伙，咱们都注意点，大娘，银秀，村里没有事，就快上山吧！别到鬼子一来就跑不及啦！

海：（见他下之后）二虎哥真是胆子大，硬得敢夺鬼子的轻机枪。

顺：要没有这点胆子，就敢上去了，我看你就没有这个胆子干！

海：长顺哥，你别小看人，我不敢，你这三八大杆哪儿来的。

羊：哈！哈！哈！小伙子都能干，我这是老了，不顶用了，我要是再年轻二十年，我也一样的和你们干，我看你们这样，真是高兴，我是老了……

海：羊倌老爹来坐，给咱们说说，你们老辈子打洋鬼子的事给咱们听听。

羊：哈！哈！哈！那些往事，上了年纪，都记不清了。

顺：就说说你和二老爹闹义和团打洋鬼子的事。

羊：那时候，我跟虎子他爹，都还年轻，我们就跟你们现在一样，一股劲儿地跟洋鬼子干哪，那时候的洋鬼子，可不是现在的小日本鬼，是什么美国德国的大洋鬼子。

海：那他们比日本小鬼利〔厉〕害吧！

羊：利〔厉〕害也不行啊！你们看，就在那棋盘坨顶上，洋鬼子用的是洋枪洋炮，咱们拿的土枪土炮跟他们干，别看洋鬼子利〔厉〕害，可是他爬不了山，穿着皮靴腿肚子打不了弯，哈！哈！哈！咱们就在山顶上搬着石雷往下滚，那一回啊！洋鬼子在这个棋盘坨上足足地死了有六七百，嗯！还是刚才那句话，别看小鬼子利〔厉〕害，可架不住咱们一条心跟他干。

海：可是那时候咱们中国不是打败了吗？

羊：那是那个清朝昏君把咱们出卖了的。

海：卖了？

羊： 嗯！他那个昏君跟洋鬼子订了条约，为了要洋鬼子保住他做皇帝，就把咱们中国的土地大块大块地送给洋鬼子。听说是那回什么庚子赔款就是好几万万呢，那不是出在咱们老百姓身上？

海： 妈的，那些反动派卖国贼，真该打倒。

羊： 那时候他们还说什么"宁赠友邦，不与家奴"。你说可恨不可恨。

海： 那话是什么意思啊？

羊： 那就是说，把咱们中国的土地财富，宁可送给洋鬼子，也不给咱们老百姓。

海： 他妈的，真可恨！

顺： 这也跟咱们中国现在的事一样的，上回咱们队伍上一个同志，不是说那些反动派也是喊着什么先安内而后攘外吗？

海： 这话我懂，这意思说那些反动派不打日本鬼子专打咱们老百姓。

羊： 对了，要不说，那回闹义和团，打洋鬼子，虽是多年的事了，可也跟现在差不多，就说咱们这地方吧，要是民国二十六年前政府就能抗日，这地方不就不会叫日本鬼子占了吗？再说要不是咱们八路军把咱们这地方从鬼子手里夺回来，给咱们这儿成立了抗日民主政府，咱们哪能享这个福。

海： 嘿！我想起来了，这些家伙就像咱们村的李奎武一样样地一天吃饱了不下地，自己不干还不让别人干，还替敌人作宣传，他妈的真该杀死他们。

顺： 对啦！所以我们就得好好地保住我们的村子，不让李奎武那个王八蛋出卖了。

羊： 对！洋鬼子也快啦！只要大家伙一齐起来，把洋鬼子打走咱们就永远享福了。

〔后台声音：哦！长顺！鬼子出动了。

顺： （向台里）到哪儿啦？……

〔后台声音：鬼子的马队从北大梁翻下来了，大家准备下吧。

顺： 海子！快到村子里面叫唤一声，快叫没走的赶紧上山。

海： 是！

〔虎子、虎子妻、虎子爹，三人上。

虎： （急上）怎么，长顺，鬼子到哪儿了，下庄的鬼子出动了吗？

顺： 不是下庄子的鬼子，是南坡头的鬼子马队，从北大梁翻下来了。

海： （向村里）乡亲们，快走吧！南坡头的鬼子下来了。

虎： 你们俩快走吧！

媳： 给这块饼子留下做干粮吧！

虎： 不用了，你们带上山去吧！爹你把辘轳和水桶拿到山上去，给乡亲们说别着急，这儿有动静，我赶着上山给你们送信。（虎子爹和虎子妻下）

虎： 海子，快把咱们的地雷拿出来！（一阵马蹄声）

顺： （从小庙里拿出地雷）他妈的老子等你一夜了。

虎： 海子，在那个路口上埋一个，长顺，你把这个给下在井台上，我把这个下在庙台阶上。

海： 成了。（就要下）。

虎： 把雷管塞紧点，一碰就着，叫他娘的鬼子死得快点！

〔马蹄声紧。

海： （急上）虎子哥，快走吧！鬼子上来了。

顺： 别急，海子，别把雷白埋了不响。

海： 不会的，不信你检查一下。

〔远处枪声马蹄声大作。

海： 听！虎子哥咱们走吧！村后北山梁的鬼子也下来了。

虎： 别急！你先走吧！我去看魁〔奎〕武叔走了没有？

顺： 虎子哥你走吧！我去看看。

海： 看他干什么！他不走叫虎[1]子杀了他算了。

虎： 鬼子杀了他倒是一件好事，就是怕鬼子不杀他。要他把咱村的地窖，

---

[1] 原文如此，"虎"应为"鬼"。

粮食，都说给鬼子。那就糟了，所以我每次叫你们看着他点，鬼子来了一个人也不让在村里躲，都得走，这样的人叫敌人捉住了，谁保得住他不给敌人说，好，你们先走吧！我叫他一声。

顺： 好，我们在后山坡上等你。

虎： 海子，先把歪把子给带上山去，长顺，你给咱队伍送个信就说鬼子出动了，到了咱村。

〔顺、海、急下。

〔虎子下后台虎声。

虎： 奎武叔！奎武叔！鬼子下来了，鬼子下来了，快开门，快开门，快上山吧！（急敲门声）

虎： 他妈的，这家伙，成心要当汉奸呢。

羊： 呀！二虎你还在这儿。

虎： 羊倌老爹，你怎么还不走呢？鬼子上来了。

羊： 我回家弄点干粮，没听见你们吆唤。

虎： 羊倌老爹，别走西大场，鬼子已经从南坡头下来了。看小心地雷，这台阶已经下上地雷了，来，你随着我走。

羊： 好！

〔街中一片吆唤声。

〔二虎先在树后射击后准备走又打枪，当再拉拉枪栓时发现子弹已经没有了，迅速地把枪丢在井中，两面伪军和日官二面夹上。

伪： 举起手来！（二虎沉着地举起手来）

日官：（命令伪军）检查シロ！（伪上前，虎子突然把他抱住，二人搏斗，日兵刺枪伪军爬起）

日官： ンパルンダ！（二人将虎子绑在树上）

伪： 妈的×，好小子，给我乖乖地说吧！（绑）

〔虎气喘不理。

日兵： 土八路干活。（端枪欲刺）

日官： 杀スジャダヲダ！コレガイチバンヂゥョゥダ，コチラノソンラクノコモサカンダジャナイノカ？

日官：八路军的明白。

伪：　皇军问你八路军到哪儿去了？

虎：　不知道。

日官：八路军的ワカラント土八路のワカル？

虎：　不知道。

日官：土八路的土雷的ワカルカ？

虎：　地雷？

日官：ソウ，地雷！

虎：　地雷！咱们这儿周围到处都是地雷。

日官：ア！大大的，地雷大大有！

虎：　是的。

日官：（狞笑）良民的干活！你的ヨクイッテタレ！地雷的哪边的有，老百姓的ソンラク里的没有？

[虎不语。

伪：　太君给你说话呢，问你有没有老百姓，地雷埋在哪里了。

虎：　（瞪他一眼）妈那个×。

伪：　好小子！（欲打）

日官：（止住）オイ！（伪住手）（挨住二虎身边）你的害怕的不要，コウタンガイヂバンイィング，オマエガヨクイッテクレルナラ。皇军优待优待的你的明白。

日官：（掏钱引诱他）你的说了的，金票的ヤルゾ！明白。

伪：　皇军抬举你哪，别他妈的不识相。

虎：　（啐他一口）老子见过钱，不像你他妈的昧了良心见钱眼开，给日本当奴才。

[伪军上前虎子用脚踹他。

虎：　妈拉个×我李二虎叫你们这股王八蛋抓住了，就没打算活，你们别打算在我嘴里套出一句话来，你们爱怎样就怎样，来吧！来个痛快。

伪：　好小子，我看你有几个脑袋瓜子。

日官：ヨシ！（狞笑）你的年青的有，你的人好，（对伪）他的不好良心坏了坏了的，说了的，（捏金票）タクサンヤルゾ！不说的，死了死了的！

虎：　（踢他一脚）去你妈的吧，你少打我二虎的主意。（日兵向前）

日官：好，好！你的说，哪边的？

虎：　到处都是！

日官：コノヤロウ！バガモノダナ！（将手中皮鞭交日兵）タタケ！

　　　［日兵以皮鞭打。

虎：　来吧！尽管来吧！老子不含乎你们，老子要在你们面前哼一哼！就算不上是个民兵。

日官：ヒドクテャレ！

日兵：你的说八路的哪边有？

虎[①]：四面八方已经把你们包围住了，你们这些王八蛋死到头上，还不知道呢。

日兵[②]：バガヤロウ。（用枪把重打他的头，虎晕过去了）

日兵：（向官）ホゥコク！シンデシマイマシタ。

日官：シンダ！（向伪）死了死了的？

伪：　（近前摸虎的头）报告！死了死了的没有，头晕了晕了的。

日官：（向兵）ムラノナカニサガセ。

日兵：（向伪）你的辘辘的找的。

伪：　我的？皇军叫你的去的。

日兵：我的不去，地雷大大的有，我的怕，你的去。

伪：　我的也怕地雷的，我的不敢去。

日官：パガ！才前行ケ！

　　　［伪军不得已以枪探路下。

---

① 原文角色为"兵"，此处编者据上下文意加以改正。
② 原文为"兵"，剧中角色有"兵"和"日兵"，编者据上下文意将"兵"统一改作"日兵"。

日官：土八路良心坏了坏了的！——（打）

[伪军带着李魁〔奎〕武上。

[李魁〔奎〕武提着水。

伪：　报告，这个良民大大的好。

日官：良民的？

伪：　大大的良民。

李：　（九十度鞠躬）大大的良民，大大的。

日官：好，好！（哈哈笑拍李肩）

李：　不知皇军驾到，未曾远迎失礼失礼。

日官：哈哈！（大笑）这儿的老百姓统统坏了坏了的，你的良心的好。

李：　此地老百姓，愚昧无知，都是受毒太深，不明皇军实施王道乐土之大义，请皇军多加宽恕。

伪：　李大爷别客气，皇军一向是宽大为怀的，只要多给做点事就成。

日官：好！好！你们统统的，皇军ニ助ケテ大东亚共荣圈ヲ建设スル为ニヨク动イテイル；俺ハチャント知ッテイル。他的，（指二虎）你的明白？

李：　（发现二虎）他？

日官：你的认识？

李：　认识！认识。

日官：他的什么干活？

李：　民兵的干活。

日官：才？民兵！

李：　土八路的干活。

日官：土八路的干活！土八路ガヒドイダナ——北庄的，トチカ的，彼ガ打ッダノカ。

伪：　皇军问北庄的炮楼是他打的不？

李：　对，那就是他带着那些民兵干的。

日官：ユウベ，下庄子的ヒトヤデ。

伪： 昨天在下庄子扰乱了皇军一夜，也是他们吧？

李： 是的，是的，也是他带着各村的民兵干的。

日官：畜生！オレノ机关铳ガウバハレタ，皇军的六人ガ死ンデヂマッター ソレーキャッナノカ？

伪： 抢了皇军的机枪还不算，还打死了六个皇军。

李： 抢机枪，还死了六个皇军，那我可就不知道了。

日官：ヒドイダナー，（向李）他的大大的利〔厉〕害。

日兵：コロシジヤドウデスカ？（欲杀）

日官：チコットマッテ，（向李）要问他的话的，八路军的，他的ワカル？

李： 知道，知道，他跟八路的，通气通气的。

日官：嗯！嗯！叫他说了说了的。

李： 是！是！

日官：地雷的，他的他的ワカル。

李： 知道，知道，地雷，就是他带着八路军埋了埋了的。

日官：他的埋了的，你的问他的。

李： 是！是！一定为皇军效犬马之劳。

日官：（命令兵）サタテャレ。

日兵：ハイ！（提起水桶向虎泼去）

日官：（对李）你的说，皇军的大大的优待。

李： 是！是！

日官：你的问他的，八路军的哪里的，地雷的哪里的有，俺ガ金票的タクサンヤルゾ。

李： 是是（走近说二虎慢慢醒，李拉叫）二虎！（二虎苏醒过来，但因伤重，手又捆住，很吃力，起不来李扶他）来！我扶你起来。

虎： （挣开他）不要你们扶，鬼子，汉奸，王八蛋。

〔自己挣扎欲起，李一面还是帮助他站了起来，一边说别骂人哪，二虎细瞧瞧这是我，是你奎武叔。

虎： （果然回身睁大眼细瞧一看是他）啊！是你，你什么时候来的？

李：　（陪〔赔〕笑）刚来，刚来！

虎：　你跟他们说了些什么啦。

李：　嘿，什么也没说，皇军问八路军在哪儿，地雷埋在哪儿，这我都不知道啊。

虎：　（冷笑）哼！亏得你不知道。

李：　二虎别傻了，你看你受这个罪，这个图个什么呢？我早就跟你们说了"成事不足""败事有余"这下闹到自己头上来了吧。年青青的什么不能干偏偏干这个。快说吧！地雷埋在哪儿，八路军哪里去了，再惹祸别把皇军惹火了把小命都送了。

虎：　你快给我滚，不要脸的东西，中国怎么出了你这么一个坏种，咱们李家庄怎么出了你这么一个脓包，情愿认贼作父，我早就看出你了。

李：　唉！虎子！你可别这样，我是好心好意地劝你，论起辈来，我还是你叔呢，你可不能出口骂人呐。

虎：　骂你，骂你还是好的，我还要揍你呢！（挣扎）

〔这时日官指挥刀拿出来。

李：　还不快说！（二虎不理）

李：　二虎快说吧。

虎：　没有什么说的，不像你这样情愿认贼作父。

李：　皇军大人！这小子年青不懂事，都是受八路军的毒害太深，让我慢慢地劝说二虎，（又回到二虎身边）你可想想你爹那么大年纪了，再说你就不想想你那青年的媳妇。

虎：　李奎武，你真不是个东西，连一点中国人的味都没有，先前你在咱们佃户头上拉屎还不算，现在你又帮助日本鬼子来祸害咱们？我死了不要紧，咱们乡亲们不会饶你的，抗日政府不会饶你的。

李：　皇军！这个人，我也办法的没有了。

日官：（拿起刀要打他）你的，用的没有，你的他的通通的死了死了的。

李：　哎呀！皇军您别生气，我的再去问的。

日官：你的，他的说话，老百姓的土八路的，一体，何处ニ行ッタンダ？

虎：　李奎武，别忘了你是中国人，你不能出卖乡亲们。

日官：你的知道的，你的速ク言ッテ吴レ！

李：　是，（看了虎子一眼）还是为他们好，（转向日官指点）这里的老百姓都藏到北山坡去了，你瞧，顺着这小道翻过那道梁再往西一拐，顺着那个小山沟上去就在那里头藏着不少人哪。

虎：　李奎武！好小子！真心当汉奸呀！中国人不会饶你们这些汉奸狗腿子的。

日官：（向李）你的キョウトウ，アンナイッテ！

李：　是是，你跟我走！

日官：（令日兵）ツイテイコウ。

日兵：ハイ！（与日官随李走）

虎：　（机智）等一等（又停）李奎武！我先问你，你光知道咱们乡亲们都藏在北山坡？可你是道知[①]不知道，从这儿到北山坡，这一路上我都埋了地雷了吗？

李：　这个？（一想他的话对[②]怕起来了）（急问日官）哎呀皇军这个地雷大大的有，我的不敢去。

虎：　（一阵冷笑）哼哼哼！带路去吧！

日官：（走向虎）オイ！你的带路的。

虎：　（扭过身子）我不认识路。

日官：你的说地雷的通通那边的有。

虎：　不知道。

日官：（思索了一阵踱来踱去然后喊）你的再不说，（喊一二三）死了死了明的白？（对日兵）イチ（日兵与伪军举枪）

李：　（冷笑）说吧命要紧，胳臂扭不过大腿去。

日官：（更大的声音）二。

　　　〔日兵伪军作射击式，日官故意停。

[①] 此处"道知"疑为"知道"之误。
[②] 原文如此，疑为"害"。

虎： 好，我说！

日官：（令日兵伪军）ヤタ。（日兵伪军放下枪）（问虎）你的快说。

虎： 你们不是问我地雷埋在哪儿吗？好，都跟我来吧！（英勇地先走）（日，伪，日官，李随）

虎： （走到小庙台阶前埋雷处大喊一声）地雷就在这儿呢。（自己先触雷，雷果然轰炸日兵伪军李奎武均被炸倒。李奎武未炸死只伤了腿）

羊： （从小庙内出来）二虎！二虎！怎样了醒醒二虎。

羊： 二虎！二虎！醒醒是我二虎，是我你羊倌老爹。

虎： （看了一会知道是羊倌）羊倌老爹，是你，乡亲们呢？

羊： 还在山上呢，你伤的怎么样，炸了哪儿啦？

羊： （知道他是真不行了不觉落下两滴热泪）唉！好虎子你爹虽然不在你身边，有我也是一样的。

虎： 劝我爹……想开一点……

羊： 嗯嗯，劝你爹想开着点。

虎： 给我哥哥捎个信……叫他……在队伍里……好好地干。

羊： 嗯！嗯！给你哥哥捎个信叫他在队伍里好好地干。

虎： 告诉我媳妇别难受，小心自己的身子，为了……为了李家的后代……

羊： 我一定告诉你媳妇要好好地保重身子，为了你们李家的后代，好！好！你都放心吧！（虎子死）虎子！虎子！……嗯！我知道啦！刚才的事我都听见了，李奎武那小子一定要除了他，哼！这些汉奸狗腿子不除了，咱们村子是不能过安生日子的！（忽然枪声大作）枪！枪！咱们队伍……打来了！鬼子就要完旦了！鬼子就要完了，虎子！虎子！（见虎子已经死了）虎子！虎子！你真是咱们李家村的战斗英雄！

［转暗枪声不停。

［第一场完。

［暗场中羊倌把敌伪死尸和枪支拖在大树边和井台上。

第二场

［灯光渐明，大阵枪声停，只有远处有稀落的枪声。

羊： （站在敌伪军的死尸边上）虎子，羊倌老爹给你报仇去！（正要走，后台人声起）

［后台群众声：乡亲们！回来吧，鬼子叫咱们给消灭了！

［海子长顺欢叫着上——海子扛着虎子的机关枪。

顺、海[①]：乡亲们！回来吧！鬼子全叫咱们给消灭了！

海： （看见羊倌欢叫）羊倌老爹，你还在这儿呢？告诉你，鬼子全叫咱们消灭了！

顺： 二虎哥不是叫我给咱们队伍送信去吗？我还没有到，咱们队伍早就开过来啦！把南坡头，山谷的鬼子全都包围起来了！

海： （兴奋地）羊倌老爹，二虎哥不是叫把这家伙扛到山上去吗，可是我一听见枪响，心想这多窝囊呀！我抱了这家伙就往山下跑，一下山就碰上一群日本鬼子叫咱们队伍追着跑呢！我端起这家伙就是一梭子，噼粒拍拉〔噼里啪啦〕，一下就倒了十来个！唉！羊倌老爹！这家伙我还是头一回使唤呢！真痛快极了！

顺： 羊倌老爹，这下可好了，鬼子死的死，活捉的活捉，全完蛋了！

羊： 好！好！二虎，给你报了仇啦！

海： 咦！羊倌老爹！你说什么？

顺： （也才想到没见二虎）什么！羊倌老爹，你说二虎？——二虎哥，怎么啦？

海： 羊倌老爹！你说呀！二虎哥，怎么啦！说呀！

羊： （痛苦地）哎！二虎为咱们大伙儿，他先走啦！

海、顺：啊！二虎哥死了？（哭叫）二虎哥！二虎哥！

海： 二虎哥！你没看见你这机枪打死了多少鬼子呀！二虎哥，你怎么死了啊！（哭）

[①] 原文为"长 海"，为方便阅读，此处编者据上下文意进行统一处理。

顺： 二虎哥在哪儿呢？

羊： （指）我把他背到那草房子里去啦！（海、顺正要去看二虎）

　　〔后台乡亲们回来了！吆唤声一片！鬼子完蛋啦！这下可好了！鬼子叫咱们队伍给消灭了！鬼子叫咱们兵打跑了！

　　〔二虎爹、二虎妻、银秀、大娘抱着一只母鸡同上。

娘： 哎呀！鬼子可真完蛋啦！这下可解了气啦！哈！哈！这死日本鬼子，害得我这老母鸡都跟着受了洋罪啦！——去吧，哈！哈！（放鸡）

　　〔众人见此情景，都轰然大笑。

海： （又悲又气地）你们还笑呢……二虎哥都……

众： 二虎？怎么啦？（少顷）

海： （悲痛地）二……虎……哥……死了！

　　〔众低头哭泣！二虎妻啜泣不成声！

羊： 哎！都别哭了，哭会子不也是……（然而自己不觉又落下泪来）

老： （沉痛地）咳！想不到这孩子倒走在我的头里啦！（这才哭出声来）虎子他在哪儿？让我再看他一眼去！（顺扶老，羊倌送虎尸的方向起去）

娘： （望他们走去，痛哭）哎！我的好二虎啊！你这年轻的人到〔倒〕先走了！留下我们这些老废物可干什么呀！……让我替了你去吧，我的好二虎啊——

海： 娘！你也别哭了——羊倌老爹，你看见二虎怎么死的了吗？

羊： 哎！我都看见了，真是，我羊倌活了五十多，还没见过这好样的！真是咱们李家村的英雄！

海： （才发现地下的尸身）咦！羊倌老爹，鬼子也都炸死了？

娘： （拭泪）怎么，鬼子也都炸死了？

羊： 嗯！这都是二虎的命换来的呀！

海： 这都是怎么回事啊？

银： 二虎哥叫鬼子撞上了吗？

羊： 哎！二虎就是为了怕李奎武留在这儿跟鬼子说什么，去叫李奎武，让他上山，就这么误了，没跑及，鬼子就从两边上来了。

海： 他妈的，李奎武王八蛋！你害了二虎哥了！我非得给他报仇！羊倌老爹你说完。

羊： 鬼子千方百计，又是软又是硬，叫二虎说出八路军在哪里，咱们乡亲们藏在哪里！可是咱们二虎真是好样的，临死不屈，一个字也没说出来！

娘： 好！二虎有骨气，给他爹挣了气啦！

海： （同时）二虎哥好样的！

银： 后来怎么样呢？

羊： 后来鬼子把二虎哥打昏过去了，就叫汉奸狗腿子去找水，汉奸狗腿子回来就把李奎武带来了。

海： 李奎武，没出村？

羊： 老混蛋就是准备支应敌人的！他来了就帮着鬼子劝二虎，二虎还是不说，后来老混蛋就告诉鬼子，乡亲们都藏在后山坡了。

海： 啊？他告诉鬼子了！

羊： 嗯！鬼子叫他带路，那个丧了良心的王八蛋，带了鬼子就要往后山坡找咱们乡亲们去！

娘： 啊！李奎武要带鬼子找我们去？那咱们这一村人不就都完了吗。

羊： 二虎一看急了，赶紧说这一路上，他都埋上了地雷，吓得李奎武这小子就不敢去了。

娘： 好！好！二虎有主意！咱这一村人的命都叫他救了啊！——哎！这么好的孩子，怎么就……（难受起来，说不下去）

羊： 哎，是啊！后来鬼子就叫二虎带路，二虎不带，让他说地雷在哪儿，他也不说，鬼子就架起了枪，说，叫一、二、三，再不说就打死他。

海： 那二虎哥怎么样？

羊： 鬼子叫到"二"的时候，二虎心一横，想着就是死也要换他几个——他就带着鬼子踩了地雷了！

银： （低沉地）他就跟鬼子一块被炸死了……

羊： （坚毅而沉痛地）哎！二虎这辈子也值得了！当了这几年民兵，领着大伙打下来了鬼子多少炮楼？连打带地雷炸，弄死了有多少鬼子啊！
海：是啊！昨晚上还拿这家伙，（指机枪）扫了五六个呢！
娘：瞧！这地下还躺着三个呢！这一条命换这么些条命，虎子这孩子真行啊！
羊：可是，哎！怎么就没炸死李奎武这个王八蛋呢？
海：他妈的！我早就看出来这家伙不是个好东西！我找这小子去！（跑下）
娘：唉！咱们李家村怎么出来了这么一个坏蛋啊！这死不了的贼骨头，还要他活着干什么？

〔众人都嚷。

〔长顺扶二老爹上，二妻①饮泣随上。

老：（一面仍恋恋地回顾着）哎！让我再看他一眼吧！
顺：（劝慰）别看了，二老爹，再看不也是——没法子了妈〔吗〕？
老：（泪声）嗯，不看了！不看了！（但仍频频回顾）哎我的好孩子！年轻轻的……
顺：二老爹您也别难受了！（其实他自己也很难受）我知道，二虎哥这样为大家伙牺牲了，他心里也很高兴——您看他脸上不还笑着哩么？
老：嗯嗯，我知道他心里高兴，他尽了他的责任啦！（回忆地）自打他参加民兵那天起，他就跟我说：只要能打走了鬼子，就是死了也不怕！你们看，这几年，他天天不都是无昼无夜的，不怕死地跟鬼子干吗？
顺：是啊！二虎哥，也常跟我们说："要打鬼子，就不怕死！"
老：哎！有时候还像开玩笑似的跟我说："爹呀！有一天我要是叫鬼子打死了，您也别难受！当是没生我，只生了我哥哥一个吧！"哎！谁知道真就有这一天啊！
羊：二虎他爹！想开着点吧！哎！咱们这白了头发的人，倒给黑头发的人送了终，真是谁也没想到啊！
老：哎！他羊倌叔！他就那么走了吗？一句话也没说？

---

① 指"二虎妻"。

羊：哎！我还没顾上告诉你们哪！我出来的时候他还有点气儿，就断断续续地嘱咐了几句话……

老：（急问）他都说了些什么？

羊：他说叫长顺海子，他们领着大伙儿更加劲儿地干！

娘：嗯，我那个海子，没错！能顶上他二虎哥！

羊：（对老）他说叫我劝你想开着点，说你有这么一个儿子，也该高兴！

老：嗯！我是该高兴！我有这么一个儿子，为了乡亲们，为了咱们村子，为了把鬼子打出去，死了——死了也是光荣的！嗯！光荣的！连我这个老头子都光荣啊！（虽如此说但痛子的热泪仍不住地流落下来）

羊：（也不觉擦了擦眼泪）哎！还叫给他哥捎个信，让他在队伍里好好地干。

老：嗯！我那个大小子，在队伍里更错不了，一定能给他兄弟报仇的！

羊：还说叫告诉他媳妇……

娘：（急叫二妻）虎子媳妇！虎子临终的时候，给你留下话了，快过来听啊！

银：（一直在二妻旁劝她，这时就说）二虎嫂，别难过了，过去听听啊！（一面快过来）

羊：虎子媳妇，虎子说，叫你别难过，好好保重身子，为了你们李家的后代……

媳：（抽咽地）嗯嗯我知道……

娘：（惊）怎么？虎子媳妇你？……

媳：（微羞地点点头）嗯！

娘：哎呀！怎么还瞒着你大娘啊！哎这就更别难过啦！——你们李家有了后啦！——谢天谢地！

[正说着后面李奎武声音。

[奎武声：海子你别拉我，我腿受伤啦！

[海声：你死了也没人管你！走！

[海子拖李奎武上。

李：（对羊等）你们看这小子，不是要造反？简直没大没小啦！你这是要干嘛。

海：干嘛？你上哪儿去哪？

李：我没上哪儿。

顺：那你的腿怎么受伤？

李：这个是日本人给我打的。

羊：打的？——崩的吧？

李：你、你说什么？

羊：我说什么，我说你丧尽了天良，认贼作父，帮着鬼子说话还要给鬼子带路。

李：我、我没有呀！

羊：我就躲在这马王庙里，刚才的事我听得一清二白的，你还想赖！

李：我！我……

娘：咱们全村人的命，差点儿都送在你手里啊！你这老昏旦〔浑蛋〕！我吃了你也不解气啊！

银：你甘心给敌人指路，帮助敌人杀害咱们抗日干部。

老：我那二虎，就是叫你给害了！

顺：你拿着敌人的传单替敌人宣传，你还说我们埋地雷不顶用，你看现在怎么连你的狗腿都炸了？

羊：要不是二虎拼了自己的命，踝①了地雷把鬼子炸死，长顺、海子他们又跟咱们的队伍一块儿在村外把鬼子打走了，咱们全村的人就都叫你给卖了，你简直就不是中国人啊！

〔群众激愤喊：揍死这个老混蛋，海子上前揍他一个耳光。

海：你说是咱们游击小组害了咱们乡亲们，还是你害了乡亲们？你说！

众：打！打！打！叫他说……（众打）

顺：不要打了，乡亲们！听我说！这是一个甘心情愿为敌人做事的奴才，

---

① 原文如此，"踝"疑为"踩"之误。

是咱们李家村的败类，我们要消灭这些败类，才能过安生日子，才能保住咱们的田地财产，光打走鬼子不行，还要消灭藏在我们村中的内奸，只有咱们乡亲们一条心团结起来，澈底消灭这些内奸，才能保卫住咱们的村子——现在我提议把他送到我们的民主政府去，大家同意不？

众：同意！

海：二虎哥，我们给你报了仇啦！

顺：对！二虎哥，你要安心吧，我们要学着你的样儿，更加劲地干呀！（向老）二老爹，您别难过，有我们大家照顾您哪！

海：对！我们像二虎哥一样地孝顺您！

老：好！好！我不难过，我早就把我这个儿子，交给全村啦！哎！他死了，有你们也一样！（但似[1]禁不住滴下痛子之泪）

海：好，二老爹，真想得开！

顺：二虎嫂，你也别难受！我们都帮助你，政府也要抚恤你哪！

银：我们妇救会也一定帮助你。

海：咱们自卫队也帮助你！

媳：嗯，我也不难受，他是为了大家伙……（抽咽拭泪）

羊：我说二虎是咱们李家村的战斗英雄！

众：对，对！

老：（转悲为喜）真是谢谢乡亲们的好意哪——哎，大家可别为我们一家子的事耽误咱们全村的事哪——咱们这块儿的鬼子叫八路军跟咱们民兵给打走了，这一回真是保住了咱们的身家性命，保住咱们村子啦。咱们这个村子四面离敌人的据点都是只有十来里地呀，虽然北庄南坡头的鬼子全打走了，可是下庄子离咱们这儿只有五里地，今天鬼子吃了这么大个亏，一定会来报复的，咱们还是准备下吧！

顺：嗯，鬼子一定会来报复的。

---

[1] 原文如此，"似"疑为"仍"之误。

　　　　［《八路军进行曲》的歌声由远而近，唱着：向前！向前！向前！我们
　　　　的队伍向太阳，脚踏着祖国的大地……向塞外的山岗。
海：　你们听咱们的队伍开来了！
顺：　唉！咱们的队伍这忽儿往哪儿开呀？
海：　瞧！那不是王连长啰？（喊）王连长！连长！你们往哪儿开呀？
　　　　［连长偕警卫员上。
连：　长顺、海子呀，我们队伍往下庄子开。
海：　是打下庄子鬼子去吗？
连：　是的，你们村的游击组还没通知吗？上级来了命令，叫咱们队伍乘胜，一下攻下下庄这个炮楼。南坡头和进攻你们村的鬼子全叫咱们给消灭了，现在咱们这一块儿就剩下下庄子这个据点了，只要咱们军民再努一把力，把下庄的鬼子消灭了，那这一次敌人分区大扫荡的计划，在咱们全分区党政军民，一致努力不怕牺牲的精神下就完全粉碎了！长顺、海子，你们村也快准备下吧。
顺：　好啊，这回再把下庄的鬼子打走了，那咱们这一个分区就太平了。
连：　所以这次的战斗是非常重要的。
海：　那咱们再配合咱们队伍打去！
顺：　连长，这儿没有外人，你给咱们分配任务吧！
连：　好！现在南坡头山谷峪都没有问题了，就剩下庄子的鬼子了，你们注意着村北的那条小道，鬼子退的时候，一定是从这条道往任家屯那方面跑，你们游击小组，就负责任在那里堵截，他们要往那儿跑，我们就前后夹击，在那儿把他们消灭干净！
海、顺：好！痛快痛快！
连：　你们留下来的自卫队更要提高警惕性，加紧站岗放哨啊！
海：　没错！
连：　好！你们再帮我们找两个向导来吧！
顺：　对！我去！

连：好，今天后半夜就要动手，你们准备好了，就到下店子来集合吧！好，我走了！

娘：别走，别走，王连长，再说会话么，好几天没有见你吧，真是打心眼里想你呀！唉！（拉住连长）你等等，我回去给你提点水来喝。

连：不，李大娘，我们还有任务，改天再来跟你说话吧！

海：娘！王连长这会没工夫——要打鬼子去啊！

娘：（不得已放开）好，好，打完了鬼子来啊？

连：对！对！好！我走了，再见！（下）

海：对，我给集合担架队去——把这家伙（指李）送到咱们的民主政府去！

顺：我给咱队伍找向导去！

老：好，长顺、海子，你们虽然丢了一个二虎哥，可是也别灰心丧气，还是要更加劲儿干呀！

顺、海：那还用你说！①

顺：对，咱们全村的男女老少都动员起来，粉碎敌人的扫荡！——走，海子，到中队部集合去！

海：对，走！（欲走，听老讲话又停）

老：好，好，我虽然上了年纪，可是打鬼子还行，我替我的二虎打鬼子去！

羊：好，好，二虎虽然牺牲了，可是咱们村里人都接着他干哪！有长顺，有海子，有锁儿，有栓……还有我羊倌——你们别都当我们这上了年纪的人不顶用，真的，我们这么两个，（指老）加到一块儿，就算顶不上一个二虎，难倒〔道〕还顶不上半个吗？哈——

老：就是说哪！（拿日兵枪）来！羊倌老爹！拿上这个，（又把日官的刀交给羊倌）再拿上这个！（这时羊倌戴上日军的帽子）再拿出四十年前闹义和团跟洋鬼子干的那股劲，跟日本小鬼干去！（举着枪）这也是

---

① 原文此处未标人物，由编者据上下文意添加。

　　　　我那个二虎换来的啊!

羊：　嗯!咱们的枪炮子弹就是这么得来的啊!

顺、海:(大喊)拿敌人的武器消灭敌人,保卫我们的乡村!

　　　[幕急落。

(完)

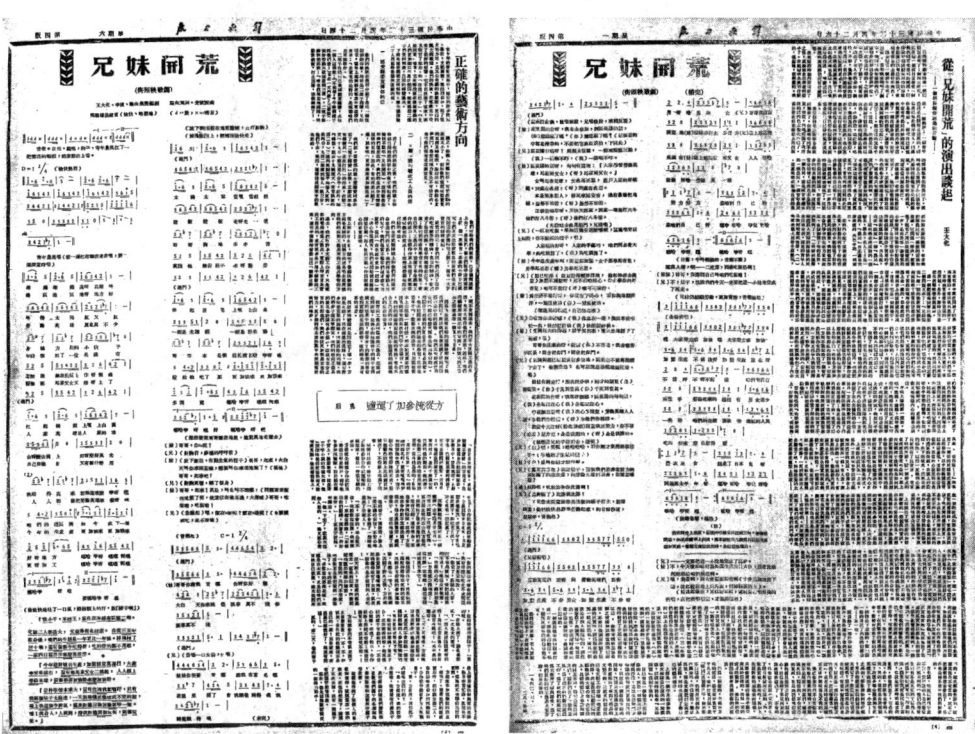

《兄妹开荒》,《解放日报》1943年4月25日、26日刊出

《兄妹开荒》,韬奋书店1945年版书影

《兄妹开荒》,新华书店1949年版书影

《兄妹开荒》,中原新华书店1949年版书影

词曲

编者说明

本辑收录了王大化所创作的歌词8首和歌曲1首。8首歌词中,有2首仅见歌词,未见曲谱,发表情况不详;其余6首中,5首系王大化与刘炽合作(《胜利向前进》的歌词系王大化与贺敬之合作),1首系王大化与田风合作。以下按照创作和发表的时间先后略加介绍。

《胜利向前进》的歌词系王大化与贺敬之合作,刘炽作曲,手稿上署"敬之、大化词,刘炽曲",注明"1945.8.20于延安"。

《八一五》系王大化与田风合作的作品,在王大化遗物中有铅印的《八一五》的单张,注明"东北文艺工作团出版部出版",并有手写的补充内容"一九四五年十二月作于沈阳",很可能是出自王大化本人之手。该首歌曲曾发表于大连的报纸《人民呼声》1946年4月2日,内容比铅印本要少一段。解放军歌曲编辑部编《解放战争时期歌曲选集(第一集)》(音乐出版社1959年版)亦收录了该首歌曲,但歌词相比前两个版本有少量不同。

《伸冤!报仇!》系王大化与刘炽合作的作品,王大化遗物中保存有铅印的《伸冤!报仇!》的单张,署"大华作词、刘炽作曲",其中"华"字被改为手写的"化"字,作品末有手写内容"一九四五年冬作于本溪湖"。该首歌曲曾刊载于《知识》1946年第4期(9月15日),内容与铅印本一致。

《庆祝新年(一)》[①]也是王大化与刘炽合作的作品,王大化遗物中保存的铅印本《庆祝新年》署"大化、刘炽",作品末注明"东北文艺工作团印",并有手写内容"一九四五年年末作于本溪"。

《儿童节歌》和《儿童进行曲》也都是王大化与刘炽合作的作品,前者曾发表在1946年4月4日出版的《人民呼声》上[②],并与后者一起被收入大连市政府教育局

[①] 此处"(一)"和下文的"(二)"系编者为区分这两首同名实异的歌词所作的区分,原文均为"庆祝新年"。
[②] 参见葛玉广、李尧、丁希文《大连艺术界大事记(1945—1949)》,载大连市艺术研究室编《大连文艺史料》第1辑,1984年12月,第126页。

教科书编辑委员会所编的《儿童节纪念册》,该纪念册共有十一个章节,最后一部分"儿童歌曲四首"中就有王大化与刘炽合作的这两首歌,前者署"王大化作词、刘炽作曲",注明"初年级用";后者署"大化作词、刘炽作曲",注明"献给东北解放后的第一个儿童节",据此可知当是创作于1946年。《儿童进行曲》还曾刊载于《人民音乐》1947年第1卷第3期(3月)的"儿童歌曲"专辑,为该专辑的第一篇,署"大化词、刘炽曲"。该刊系中华全国文艺协会东北总分会音乐会刊,创刊于佳木斯,在停刊后于1948年在哈尔滨复刊,卷期另起,此后迁到沈阳出版。[1] 1959年音乐出版社出版的《解放战争时期歌曲选集(第三集)》(解放军歌曲编辑部编)中收录了《儿童进行曲》,并注明"1946年作于大连"。1979年人民音乐出版社出版的《祖国之歌:刘炽歌曲选》亦收录了该首歌曲,署"王大化词、刘炽曲",并注明"作于1946年"。以上这些版本,除了歌词开头的拟声词各有不同,以及《解放战争时期歌曲选集(第三集)》第三段中有一个词不同于其余各版本外,内容基本一致。

在留存下来的王大化遗物中,有《欢迎阎宝航先生》和《庆祝新年(二)》这两首歌词的手稿,前者署"王大化词",文末注明"一九四六年十二月十八日在齐齐哈尔各界欢迎会上";后者末尾注明"这是大化同志临下乡前,赶出来的一首歌词,也是他最后的一个作品""一九四六年十二月作于齐齐哈尔",由此可以推测,这很可能是王大化在东北文工团的同事或其家人誊抄的。

另外,与王大化有过接触和交流的汪泽滨回忆,王大化曾收集了不少民歌并进行再加工,并表示总想"从大化的遗物中找到这部民歌集"[2],这部民歌集是否存在,目前还无法确定,而且目前并没有其他关于王大化改编民歌的史料,但汪泽滨的这些记述仍然为我们了解和探究王大化歌词创作的民族民间资源提供了线索。

除了写作歌词,王大化还曾为秧歌剧谱曲。颜一烟回忆王大化在大连期间参与将秦腔剧《血泪仇》改编为秧歌剧的情形时,提到王大化"和音乐部的几位同志

---

[1] 编者尚未见到该刊,有关刊物简介及篇目情况均来源于中国艺术研究院音乐研究所、李文如编《二十世纪中国音乐期刊篇目汇编》(上),文化艺术出版社2005年版,第186—188页。

[2] 汪泽滨:《王大化与民间文学》,《齐齐哈尔日报》1980年11月5日第4版。

一起研究配曲并且教唱",以及在改编本要出版时,他"设计了封面,写上了作者的名字——在改编者和配曲者下面都没有他自己的名字","经过我们坚决抗议他才同意写上他的笔名'端木炎',至于配曲他还是不肯写上自己的名字"[①],由此可见王大化是懂音乐且参加了具体配曲的创作过程的。

收入本辑的秧歌剧《盼八路》的第一曲明确注明"王大化曲",该剧由加鸣编,上海杂志公司1950年9月出版。另外一首《讷河谣》是否为王大化作曲,则仍有待考证。《军营文化天地》2009年第12期刊登了贺捷所写《刘炽与〈讷河谣〉》,其中提到1947年"沈乃然同志(时任嫩江省政府文化科长)拿来《讷河谣》的草稿,请刘炽谱曲。刘炽认真地看了看,然后开始构思,来回踱步,大约不到半小时就谱完曲",后文又提到刘炽女儿"问我要《讷河谣》的原歌谱",因而"请讷河市委宣传部帮助。投石问路,我把写好的文章寄过去,想不到转到讷河文联,诗人白帆接手此事。他广为查询,终于从讷河县志中查到原词曲",同期刊登的《讷河谣》注明"张平词 刘炽曲"。《讷河县志》(《讷河县志》编纂委员会编,黑龙江人民出版社1989年11月)的"大事记"部分记有1946年"人民艺术家王大化与其同来讷河县的作曲家刘炽,为讷河人民创作了歌曲《讷河谣》,后广为流传",文字表述略有不通及歧义,而该书正文"第十七篇 文化"的第二章"文艺创作"第一节"诗词歌谣"部分所刊出的《讷河谣》的词曲则注明"刘炽 张平词 王大化 曲",同一书中出现如此明显前后不一致的情况,不知何故,很可能是编排过程中出现了差错。黑龙江省志编审委员会办公室编的《新县志编纂初探》(1985年12月)中记有"著名音乐家刘炽1946年来讷河县采访期间,创作了歌曲《讷河谣》"。《讷河县文物志》(《讷河县文物志》编写组,北方文物杂志社1986年9月)"大事记"部分记有"1946年12月 人民艺术家王大化来本县收集创作素材,不幸在拉哈坠车牺牲","同王大化一起来本县的作曲家刘炽为讷河人民创作歌曲《讷河谣》",这两本书的出版时间早于《讷河县志》,均认为刘炽是《讷河谣》的作曲者。据以上材料及王大化与刘炽此前合作歌曲的惯例,编者推测《讷河谣》的作曲者应该是刘炽,王大化为词作者(之一),当然,此中原委,还有待继续考辨。

[①] 颜一烟:《学习王大化同志》,《戏剧报》1957年第2期,第28页。

胜利向前进*

版本一

朱总司令天下闻,

一声号令向前进,

收复乡村克城镇,

四面八方都出动。

呵嗨,解放军,解放军,

胜利向前进!胜利向前进!

朱总旗帜迎风飘,

歌声嘹亮震云霄,

千万人民都欢迎,

解放军队有功劳。

呵嗨,解放军,解放军,

胜利向前进!胜利向前进!胜利胜利向前进!

---

* 敬之、大化词,刘炽曲,1945.8.20于延安。

版本二[①]

朱总司令下命令,

一声号令天下闻,

进了乡村进大城,

四面八方都出动。

哎嗨!解放军,解放军,

勇猛向前进,胜利向前进!

太原城头插大旗,

天津市里扎大营,

北平城里点兵马,

沈阳街上挂红灯。

哎嗨!解放军,解放军,

勇猛向前进,胜利向前进!

---

① 该版本前有文字"还是用此词好"。

八一五[*]

（一）

东四省，数奉天，人多财广好地点，
自从鬼子霸占后，好像乌云遮满天。

红军来，大炮响，沈阳城里放红光，
新旧世道翻了个个，日本鬼子缴了枪。

八一五，不能忘，东北人民得解放，
受苦受罪十四年，今天重见太阳光。

太阳光，暖又暖，东北人民有了吃穿，
再不怕苦役再不抓劳工，再不当经济犯国事犯。

新的生活要有保证，就要大家来斗争，
汉奸这祸害要肃清，咱们才能享太平。

---

[*] 田风作曲。题为《八一五》的歌词有两个版本，此处所录的第一个版本曾刊载于大连《人民呼声》1946年4月2日，所标注的"王大化调"当为"王大化词"之误；第二个版本选录自解放军歌曲编辑部编《解放战争时期歌曲选集（第一集）》（音乐出版社1959年版）。

（二）

东三省，好地点，人多财广称乐园，
自从鬼子霸占后，好像乌云遮满天。

苏军来，大炮响，东北遍地放红光，
新旧世界翻了个，日本鬼子缴了枪。

八一五，不能忘，东北人民得解放，
受苦受难十四年，今天重见太阳光。

太阳光，暖又暖，东北人民多喜欢，
挺起胸膛举起拳，要做主人把身翻。

最可恨，反动派，一心想来专制独裁，
发来了大兵打内战，叫咱们东北不太平。

军和民，齐动员，坚决自卫上前线，
粉碎那反动派武装进攻，咱们才有太平年。

伸冤！报仇！*

有冤的伸冤，
伸冤伸冤伸冤；
有仇的报仇，
报仇报仇报仇；
十四年的血债要算清，
枪毙战争罪犯，
镇压汉奸走狗，
如今我们抬起了头，
抬起头这是报仇的时候。

---

* 原载《知识》1946年第4期（9月15日），第30页，署"大化词、刘炽曲"。

庆祝新年（一）

锣鼓喧天打得欢，打得个欢呀，
万众欢腾过新年，过新年呀，
十四年的压迫得解放，做了主人把身翻，
大发展来大建设，迎接民国三十五年。

敌伪残余要肃清，要肃清呀，
老百姓如今掌大权，掌大权呀，
人民自治政府要成立，自己的事情自己管，
大发展来大建设，迎接民国三十五年。

十四年血债总清算，总清算呀，
汉奸特务要惩办，要惩办呀，
建设民主的新东北，自由幸福万万年，
大发展来大建设，迎接民国三十五年。

锣鼓喧天打得欢，打得个欢呀，
万众欢胜过新年，过新年呀，
大发展来大建设，迎接民国三十五年，
大发展来大建设，迎接民国三十五年。

一九四五年年末作于本溪
东北文艺工作团印

儿童节歌[*]

儿童节多欢乐,
小朋友团团坐,
又跳舞来又唱歌,
新中国的儿童笑哈哈。

日本鬼投了降,
签了字缴了枪,
从此不受鬼子的气,
新中国的儿童喜洋洋。

四月四好春天,
鲜红的花开满山,
全世界小朋友拉紧了手,
新社会的建设全靠咱。

---

[*] 该首歌曲曾发表于《人民呼声》,但编者未见到该报,此据《儿童节纪念册》录存,署"王大化作词、刘炽作曲",该书由大连市政府教育局教科书编辑委员会编,未见出版时间,但据内容可知出版于1946年。

儿童进行曲[*]

嗒嗒嘀嗒嗒，嗒嗒唎嘀嗒嘀嗒嗨！
快快排成队，大家来唱歌，
唱的是什么歌？唱的是解放歌，
唱的是什么歌？唱的是自由歌，
大家笑哈哈，你唱我来和，
解放自由歌越唱越快活。

嗒嗒嘀嗒嗒，嗒嗒唎嘀嗒嘀嗒嗨！
咱们生在新中国，咱们过着新生活，
咱们要铲除日本人的奴化课，
咱们要学习自己祖国的好功课，
用功学习国文课，用功学习历史课，
咱们要明白自由幸福的新中国。

嗒嗒嘀嗒嗒，嗒嗒唎嘀嗒嘀嗒嗨！
唱咱们新中国，过咱们新生活，
咱们新儿童是新中国的小主人，
咱们新儿童是新中国的建设者，
新的事业儿童来做，建设民主的新中国，
咱们新儿童是新中国的建设者。

---

[*] 原载《儿童节纪念册》，标题下写有"献给东北解放后的第一个儿童节"。

庆祝新年（二）*

锣鼓喧天打得欢，打得个欢呀，

万众欢腾过新年，过新年哪，

十四年的压迫得解放，做了主人把身翻。

往日的仇恨得清算，得清算呀，老百姓喜欢得翻了天，翻了个天呀，

蒋介石王八蛋坏了心肠，要打内战来进攻咱。

民主联军保卫咱，保卫咱呀，

打击蒋介石在前线，在前线呀，冰天雪地里流血流汗，咱们后方才得平安。

联军的同志们拼命地干，拼命地干呀，

咱们后方齐动员，齐动员呀，

生产节约支援前线，军民合作打自卫战。

锣鼓喧天过新年，过新年呀，

生产节约为前线，为前线呀，

军民合作来打自卫战，打走老蒋好过太平年。

注：这是大化同志临下乡前，赶出来的一首歌词，也是他最后的一个作品。

一九四六年十二月作于齐齐哈尔

---

* 此据手稿过录，从字迹和末尾的附注来看，写有这首歌词的稿件应该是由王大化的战友或家人誊抄的。

欢迎阎宝航先生[*]

今天的大会是欢迎会，
欢迎先生回东北，
锣鼓家伙敲地响，
到会的人儿喜洋洋。

阎先生为了抗日工作，
四处奔走为团结，
打从关外到关内，
组织东北救亡总会。

抗日的人民得胜利，
和平自由多欢喜，
国民党蒋介石红了眼，
破坏和平打内战。

上海人民反对内战，
阎先生南京去请愿，
下关车站遭了打，
救国的意志不改变。

---

[*] 此据手稿过录。

阎先生就是民主的旗，
人民见了就欢喜，
人民到处把你亲，
先生一心为人民。

为了建设新东北，
咱们东北组织了政委会，
选上了先生阎宝航，
欢迎先生回故乡。

锣鼓家伙敲地响，
敬祝先生身体健康，
欢迎咱们的阎主席，
新东北建设一定胜利。

一九四六年十二月十八日在齐齐哈尔各界欢迎会上

《庆祝新年》手稿

《欢迎阎宝航先生》手稿

秧歌剧《盼八路》(第一曲)

$\frac{2}{4}$

| 2̇ 3̇.1̇ | 2 - | 2̇3̇ 1̇6 | 5 - | 5 5̇6 | 2̇ | 2̇ | 65̇ 43̇ | 2 - |

四 月 里　　　大 风　草 木 发 芽　阳 气 升
天 将 亮　鸡 不 鸣　自 古 没 见　这 怪 事 情

| 5 4 5 | 6 6 | 2̇1̇ 2̇3̇ | 1̇. 65̇ | 6 4 5 | 6 2̇ | 65̇ 43̇2 - ‖

庄 稼 人 本 当 去 种 田　怎 奈　官 活 不 放 松
你 若 问 小 鸡 怎 不 叫　都 只 为 来 了 种 殃 军

木刻、漫画

编者说明

　　王大化是鲁迅所倡导的中国现代新兴木刻运动的积极参与者和创作者，在北平、长沙、成都和重庆等地求学和工作期间，他就曾创作和发表了不少木刻和漫画作品。他到了延安之后，虽然将主要精力投入戏剧活动中，但也创作和发表了少量木刻作品。1945年9月初随东北文艺工作团到东北工作后，他还在《新生时报》上发表过不少漫画作品。由于各种原因，这些作品的原件已很难见到，本书所收是编者目前所能查找到的王大化已发表的木刻和漫画作品，以及身后遗物中所存留的少量未注明发表出处的单幅木刻作品。1936年7月5日至10日在广州市立中山图书馆举办的"全国木刻流动展览会"上展出过王大化的作品《捆》[①]。1935年至1936年在北平期间，王大化创作了纪念爱国学生郭清的木刻《抬棺游行》，并因在展览会上展出该作品而遭到当时政府的通缉。[②] 1939年4月"第三届全国抗战木刻展览会"在重庆举行时，王大化创作的连环木刻《一个青年的故事》参展，当时的报道称该作品"描画了划时代青年的新姿态，他们已埋葬了过去腐化的生活，投入到抗战中"[③]。这三幅可以确定系王大化创作，但未见到作品实物或发表版本。

　　为避免重复，曾不止一次在不同报刊上以同名或异名发表的同一作品，则一般收入较早发表的版本，同时兼顾作品的清晰程度，择优收入作品质量较好的版本，不同版本的基本信息以图注的形式加以说明。

关于《木刻雕法谈》中的木刻作品

　　考虑到王大化与刘岘合作的《木刻雕法谈》为专著，为保持其完整性，其中的

---

① 《全国木刻流动展览会出品总目》，原载《木刻界》1936年第4期（7月5日出刊），转引自上海鲁迅纪念馆编《纪念与研究》（第5辑），1982年12月，第291页。
② 参见陈叔哲（王大彤）《王大化同志小传》，《山东省志资料》1963年第1期，1963年1月1日出版，第1页。
③ 秀金：《全国木刻界展览会上　时代的钢刀刻画了祖国一切动态》，《大公报》（重庆）1939年4月7日第3版。

文字、图例和附图均已全部收入了本书的散文部分，因此，这批木刻图例中可以确定为王大化所作的（作品中刻有 DX），在本辑就不再专门收入。曾作为附图收入《木刻雕法谈》的王大化所作木刻，此前已发表过且已收入本辑的，作存目处理，未确定发表情况的则按照收入该书时的题名来标注，并加以说明。

关于《大众文艺》上王大化发表的三幅木刻

1940年4月15日创刊于延安的《大众文艺》是中华全国文艺界抗敌协会延安分会的会刊，同年出至第2卷第3期停刊，共出版9期。2013年陕西人民出版社的《红色档案：延安时期文献档案汇编》中收入了这9期刊物的影印本。

由于《红色档案：延安时期文献档案汇编》中所影印的《大众文艺》第1卷第4期的目录中未列出该期封面木刻的信息。《中国现代文学期刊目录汇编》（下）（唐沅、韩之友、封世辉、舒欣、孙庆升、顾盈丰编，天津人民出版社1988年版）中所列《大众文艺》第1卷第4期的目录中有"封面木刻王化"（此处可能因原刊字迹模糊或编者疏忽而导致遗漏）。《抗日民主根据地文艺期刊目录选载（二）》[河南师大中文系抗日根据地文艺运动史料编辑组，《河南师范大学学报（哲学社会科学版）》1981年第1期]中所列《大众文艺》第1卷第4期的目录中有"封面木刻（行军）"，但未列作者姓名，此处所写"行军"当为木刻作品名称，但不知所据何在。《延安文艺丛书第16卷文艺史料卷》所收的《大众文艺》目录中，第1卷第4期未列出封面木刻的信息，第1卷第5期目录中列出"《母亲》（木刻连续画）王大化"和"封面木刻王大化"。①

编者所见王大化的遗物中有《大众文艺》第1卷第4期的封面，上面的木刻作品可以确定是王大化所作，这不仅是因为其右下角署有"D.X.1938"，而且，遗物中还有这一作品的其他两个不知具体出处的版本，一个在作品下注明"行军（'流'《八月的乡村》之图之一）王大化木刻"；另一个疑为刊于世界语刊物，作品下所写疑为世界语"Ligngravurajo deŬang Taj-hǔa, el la ilustroj de la romano 'Vila

---

① 钟敬之、金紫光主编：《延安文艺丛书第16卷文艺史料卷》，湖南文艺出版社1987年版，第783页。

ĝoenAŭgusto'ĉineverkita de Tjen-ĝjun"，根据其中的几个关键词 Ǔang Taj-hǔa（王大化）、Tjen-ĝjun（田军）（萧军笔名）、VilaĝoenAŭgusto（《八月的乡村》），大致可以猜出内容：田军作品《八月的乡村》插画，王大化木刻，为准确起见，编者用翻译软件将该句转为英文，意为"王大化为田军著《八月的乡村》中文版所作木刻版画"。由此可以看出，《抗日民主根据地文艺期刊目录选载（二）》中所写"封面木刻（行军）"是准确的，而《中国现代文学期刊目录汇编》（下）中所写"封面木刻王化"，应该是作者名少了一个"大"字。但现在问题在于，《红色档案：延安时期文献档案汇编》中所收影印本《大众文艺》中标注为第1卷第4期的，其封面只有刊名和封面木刻，并无明确的卷期（本应在封面下半部的最右侧），从刊名的最后一个字"艺"有缺损可推知，这一期所据以影印的原本很可能是残缺不全的。而且更重要的是，这幅封面木刻并非《行军》，而是另一幅可以肯定也是王大化所作的木刻《25000里长征》，画面中有"25000里，1934—1936"和"八路军"的字样，编者此前从王大化妻子任颖所写文章中得知他创作过这一幅作品，在王大化遗物中见到这幅作品的单张后，仍然未查找到其出处，直到在《红色档案：延安时期文献档案汇编》中见到被编者标注为"第1卷第4期"的这张封面木刻，才与头脑中的《25000里长征》对上了号。令人遗憾的是，《红色档案：延安时期文献档案汇编》中《大众文艺》第1卷第5期的封面木刻部分为空白，如果《延安文艺丛书第16卷文艺史料卷》中所写第1卷第5期"封面木刻王大化"无误的话，那么《红色档案：延安时期文献档案汇编》中这一期所据以影印的原刊很可能也有缺失。

综合上述四种目录的内容及目前能见到的《大众文艺》第1卷第4期封面实物的照片，似可大致做出如下推定：《大众文艺》第1卷第4期的封面木刻为王大化所作《行军》（《八月的乡村》插图之一），第1卷第5期的封面木刻为王大化所作《25000里长征》（该期还刊有王大化的木刻连续画《母亲》），《红色档案：延安时期文献档案汇编》可能因为据以影印的原刊的页面缺失以及重新编排过程中的失误，将本应是第1卷第5期封面木刻的《25000里长征》误置于第1卷第4期的封面之中，当然，这些只是编者个人的猜测，也不一定对，问题的最终解决还有待于看到完整的《大众文艺》第1卷第4期和第5期的原刊，在此也祈请读者的指教与帮助，以便早日确定事实的真相。

《大众文艺》第1卷第4期原刊封面　　《红色档案：延安时期文献档案汇编》中《大众文艺》第1卷第4期封面

《红色档案：延安时期文献档案汇编》中《大众文艺》第1卷第5期封面　　木刻作品《25000里长征》

行军(「流」八月的乡村之图之一)　　王大化木刻

王大化遗物之一

Lıgngravurajo de Ŭang Taj-hŭa, el la ilustroj de la romano
"Vilaĝo en Aŭgusto" ĉine verkita de Tjen-ĝjun.

王大化遗物之二

关于王大化在民间出版社出版的漫画作品

刘喆在《战争与娱乐——抗战中上海市民日常生活的掌上乾坤》一文中提到漫画家黄尧"在重庆创办了民间出版社，召集画家编创了一系列'新的连环图画'"，其中就有"王大化的《红领巾万三小姐》"①，经查文末所出注释中提到的刊物，并无关于王大化的内容，不知该作者所据何来。据王大化在重庆时的朋友王乐天回忆，"抗日战争爆发的第二年，我们从上海来到重庆的流亡青年中，有文学家何公超、金近，漫画家张文元、黄尧、张同与我，驻扎在南温泉由特伟领导的抗日漫画宣传队成员们常在太阳沟小学里聚会"，而王大化正是当年一个初春的晚上走进他们这个小团体的。②若王乐天记忆无误，那么王大化与黄尧是相识的，那么善于木刻和绘画的他在黄尧创办的民间出版社出版漫画作品也是很有可能的。

关于六幅无题木刻

王大化的遗物中有六幅无题木刻，其中五幅可以确定是他的作品。两幅写有创作时间的（"DX 1939""一九四一 大化"）则按照时间顺序分别被编入1939年和1941年发表或出版过的作品之末，题为《无题木刻之一》《无题木刻之二》。三幅仅写有"DX"的作品中，有一幅套色木刻可以基本确定就是不少回忆王大化的文章中提到的连环木刻《阿Q正传》之一，根据相关史料，编者将这幅"无题"作品以《套色连环木刻〈阿Q正传〉之一》为题，与《无题木刻之一》一起，编入1939年发表及出版的作品之末。其他两幅无法判断创作时间的，则置于木刻作品的末尾。至于最后这幅既没有发现"DX"，也没有其他文字说明的，则作为疑似作品，置于本部分的最后。

---

① [法] 刘喆《战争与娱乐——抗战中上海市民日常生活的掌上干坤》，载周武主编《上海学》第4辑，上海人民出版社2016年版，第205页。宁柠在《抗战时期黄尧"牛鼻子"漫画创作及其民间出版社研究》（硕士学位论文，广州美术学院，2018年）中所列"1938年9月，黄尧作为主编，连同几位艺术家好友，共同编绘出版"的"10余本'新的连环图画'系列"中，有"王大化绘《红头巾万三小姐》"，与刘喆文中所列书名有一字之差，不知何者为确，但由此可以初步确定，王大化在民间出版社出版过以"万三小姐"为主题的漫画作品。

② 王乐天：《缅怀人民艺术家王大化》，《人民政协报》1993年2月18日第4版。

关于《统一抗战》的封面木刻

陈嘉祥在《〈统一抗战〉——一份珍贵的进步刊物》中提到《统一抗战》第1卷第2、3期合刊"封面刊载的木刻,其作者王大化是秧歌剧《兄妹开荒》的剧作者和最先演出者之一","《统一抗战》封面木刻因'统战'需要,作者王大化在木刻上刻有青天白日旗"。[①] 编者查阅了该刊第1卷第1期和第2、3期合刊,这两期刊物的目录中均未注明封面木刻的作者,但第1卷第1期的封面木刻的右下方写有"彭先述作",彭先述实有其人,1940年由成都市民教馆编印的《抗战漫画歌谣集》就收录了他的多幅作品,第2、3期合刊的封面木刻与第1期是一样的,但未署作者信息,这幅木刻作品的右上方确有青天白日旗,但不知陈嘉祥所言其作者为王大化的依据何在,这一判断即使不说是错误的,起码也是要存疑的,故本辑未收录。

王大化在《新生时报》发表漫画作品时基本都在作品的右下角署一个由"D"和"X"连接的线条环绕一个"化"字而成的签名,为避免繁琐,单个作品的图注中不再一一说明。

本书即将付印之际,编者在《文艺月刊·战时特刊》第2卷第3期(1938年9月16日出刊)发现了王大化创作的一幅木刻作品《袭击》,目录将其列入"插图"部分,署"达化",正文作品页署"达化刻",作品的右下角署"DX"。因已无法补入,故在此略作说明。

---

① 陈嘉祥:《〈统一抗战〉——一份珍贵的进步刊物》,《四川统一战线》2000年第5期,第22—23页。

桥

原载《天津商报画刊》1935年第16卷第2期（11月26日出刊），作品右下角署"TH化"，署"王大化木刻《桥》 青芳赠刊"。青芳可能是时任北平艺文中学美术教员的王青芳。王大化家属所收藏的王大化遗物中有该幅作品（可能是剪报），背面有王大化的哥哥王大彤所写的一段说明文字："此系大化初学木刻时的一张习作，作于1935年春，时他在山东济南师范读书。木刻所刻系济南新车门外护城河及石桥风景（在现在青龙桥之北）。此木刻曾于第一届全国木刻展览会流动展览至济南时参加展出。（签名为'TH化'）王大彤志 1962年5月，济南。"

愁

原载《天津商报画刊》1935年第16卷第16期（12月28日出刊），署"王大化木刻《愁》 青芳赠刊"

在战壕里

原载《令丁》1936年第1卷第1期（4月1日出刊），第1页，署名"大化"

雷金茅小说《被烙者群》木刻插图

原载《令丁》1936年第1卷第1期（4月1日出刊），第20页，目录署名"大化"

为《艺文学生十一周年纪念特刊》目录及各栏目所作插画

标题为编者所加。原载《艺文学生》编辑委员会编《艺文学生十一周年纪念特刊》（目录页为"艺文学校十一周年纪念刊"），艺文中学学生自治会1936年4月17日出版，目录页、第1页、第7页、第13页、第75页，署名"大化"

黎明

原载《力报》(长沙) 1937年12月26日第4版 "抗战版画" 第1期，署名 "大化"

街头剧《觉悟》封面木刻

原载李庆华执笔:《觉悟(街头剧)》,国立戏剧学校1937年12月出版,该剧为"国立戏剧学校战时戏剧小丛书第三种",版权页注明"封面木刻　王大化"

保卫我们的国土

原载《战时学生》（旬刊）1938年第2期（5月30日出刊），第11页。作品右下角署"DX"，署名"王达化"，"达"当为"大"之误

冲向我们的敌人

原载《弹花》1938年第6期（7月1日出刊），第170页。右下角署"W.D.X1938"，署名"王大化"。后以《向敌人冲去！》为题，刊载于《战时学生（旬刊）》1938年第9期（8月10日）。再以《向敌人冲击！》为题，收录于《木刻习作选》（1938年版）

守

原载《战时学生（旬刊）》1938年第5—6期（7月7日出刊），第18页，署名"王大化"

游击队阵容

原载《商务日报》1938年7月10日第3版"商副"第99期"重庆市七七纪念抗战木刻画展特刊"。作品右下角署"DX",署名"王大化"。后以《游击战士》为题,刊载于《抗战画刊》1939年第24期(3月11日出刊)。还被收入赵望云编《抗战画选集》(华中图书公司1940年版)

保卫和平

原载《新民报(重庆)》1938年7月10日第2版"血潮"第172号"重庆抗战木刻画展特辑"。署名"王大化"。编者所见该作品不够清晰,但基本可以确认它与王大化为《旗舰出云号》所作插图"第三幕第二景·上海外滩"(已收入本辑)是同一幅作品

七七纪念

原载《春云》1938年第4卷第1期（7月25日出刊），第14页，作品右下角署"DX1938"，署名"王大化"。后以《纪念"七七" 各党各派联合起来抗战到底！》为题收录于《木刻习作选》（1938年版）

犯罪的羔羊

原载《商务日报》1938年7月31日第3版"商副"第118期"抗战木刻"第1期,作品右下角署"DX",署名"王大化"

为宋之的《旗舰出云号》所创作的木刻

共五幅。原载宋之的《旗舰出云号》，上海杂志公司发行，1938年8月10日初版。四幕景的木刻右下角或左下角署"DX"。宋之的在序言的最后（第4页）提道："封面的插画及四幕景均为王大化君的木刻，谢谢他刻这几幅插画的热情。"该封面木刻也以《宋之的先生〈旗舰出云号〉之封面》为题，被收入《木刻习作选》（1938年版），其右下角署"WDX1938.5"。

第一幕景・青岛海滨旅馆花园的一角

第三幕第一景・旗舰出云号上

第三幕第二景·上海外滩

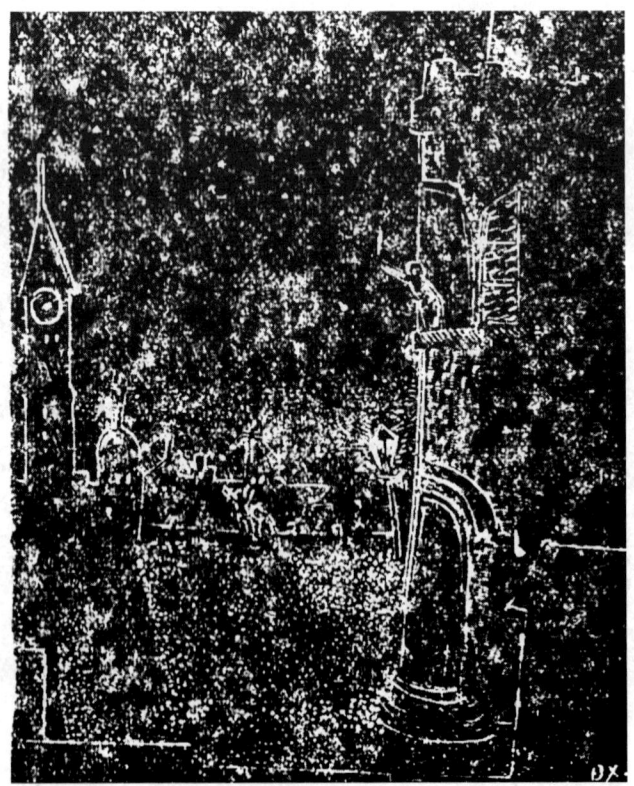

第五幕景·黄浦江外滩巨厦前

我们的铁肩队，冒了枪林弹雨为兄弟们输送

原载《新民报》（成都）1938年8月13日第5页"中华木刻作者抗敌协会成都展览会特刊 纪念八一三特辑"，作品右中署"DX1938"，署名"路韦"，"路韦"为王大化笔名。后刊载于《新华日报》1939年2月27日第4版，题为《担送枪弹给前线的弟兄们》，署名"王达化"，"达"当为"大"之误。还以《我们的铁肩队，冒了炮火为弟兄们抢运子弹》为题，被收录于《木刻习作选》（1938年版）

游击行列——长征时代

原载《新民报》(成都) 1938年8月13日第5页 "中华木刻作者抗敌协会成都展览会特刊 纪念八一三特辑",作品右下角署"DX",署名"丁"。后被收入《木刻习作选》(1938年版)

相率中原豪杰还我河山（《太平天国》插图之一）

原载《新民报》（成都）1938年8月19日第5页"公演《太平天国》特刊"，署名"王大化"

行军（一）

原载《华西日报》1938年9月4日第8版"木刻专页"第1期，署名"达化"，"达"当为"大"之误

工余的功课

原载《华西日报》1938年9月23日第8版,署名"大化"

鲁迅先生像

原载《文艺后防》1938年"鲁迅先生逝世二周年纪念特辑"（10月19日出刊），署名"王大化"

去当兵

原载《国民公报》1938年11月20日"星期增刊"第2版"木刻专页"第6期，作品右下角署"DX"，署名"大化"

守望（《八月的乡村》插图之一）

该作品来自王大化遗物，其右下角署"DX"，作品下方写有"守望"及"《八月的乡村》插图"等字样。据目前所掌握的史料，该木刻作品以《哨兵》为题被收入《抗战木刻选集》第二集（1938年版）。以《国防前哨》为题，发表于《木刻丛集》1940年第1卷第3期（4月1日出刊）《战鼓》，第3期误署名为"郝力群"，实为王大化所作，《木刻丛集》1940年第1卷第4期（6月20日出刊）《铁骑》的编者后记中已作更正："《战鼓》里的《国防前哨》原来是王大化刻的，误排郝力群，应予更正。"以《放哨》为题，被收入邹雅、李平凡编《解放区木刻》（人民美术出版社1962年版），以《守望》为题，被收入中国美术馆编《中国美术馆藏抗战八年木刻作品集》（广西美术出版社2005年版）。李小山、邹跃进主编《明朗的天：1937—1949解放区木刻版画集》（湖南美术出版社1998年版）收入王大化"木刻插图二幅 约40年代早期"（未写明作品名称），其中之一即为该作品，系年有误

行军（二）(《八月的乡村》插图之一)

此处"（二）"系编者所加，以区别于同题的另一幅作品。该作品右下角署"DX.1938"，曾作为附图被收入《木刻雕法谈》（未名木刻社1939年版）。后刊于《大众文艺》1941年第1卷第4期（7月15日出刊）封面。再以《行军》为题，被收入邹雅、李平凡编《解放区木刻》（人民美术出版社1962年版）。李小山、邹跃进主编《明朗的天：1937—1949解放区木刻版画集》（湖南美术出版社1998年版）收入王大化"木刻插图二幅 约40年代早期"，其中之一即为该作品，系年有误

谨献给黛痕

原载《木刻习作选》扉页，作品左上角署"DX 1938"。《木刻习作选》，未名社印造，生活书店1938年出版。封面正中为书名"木刻习作选"，下有拼音"DA HUA MUKE XIZUO"和汉字"王大化"，底部署"未名社印造""生活书店"。《木刻习作选》收录作品《谨献给黛痕》、《纪念"七七"各党各派联合起来抗战到底！》（存目）、《游击行列——长征时代》（存目）、《"鞭策他们去送死"！》《宋之的先生著〈旗舰出云号〉之封面》（存目）、《我们的铁肩队，冒了炮火为弟兄们抢运子弹》（存目）、《向敌人冲击！》（存目）、《工友和农友的握手！》《高尔基的像》《几张朋友的书票（一）》《几张朋友的书票（二）》，以下逐一列出

"鞭策他们去送死"!

原载《木刻习作选》,1938年,作品左下角署
"DX193□"

工友和农友的握手！

原载《木刻习作选》，1938年

高尔基的像

原载《木刻习作选》,1938年,作品左下角署"DX"

几张朋友的书票(一)

原载《木刻习作选》,1938年,作品右下角署"D.X."

几张朋友的书票（二）

原载《木刻习作选》，1938年

死的不是尸首,是新生种子

原载《国民公报》1939年2月12日"星期增刊"第1版,作品右下角署"DX",署名"王大化"

空袭后

原载《国民公报》1939年2月12日"星期增刊"第2版"木刻专页"第10期,作品右下角署"DX",署名"韦路","韦路"为王大化笔名

迎接伟大的五一节!

原载《新华日报》1939年4月30日第4版,作品右下角署"DX",署名"王大化"

夜会

原载《木刻雕法谈》，未名木刻社1939年版，注明"木口木刻"，署名"王大化"。又以《游击队》为题，被收入《延安文艺丛书 第12卷 美术卷》（湖南文艺出版社1987年版），李小山、邹跃进主编《明朗的天：1937—1949解放区木刻版画集》（湖南美术出版社1998年版）。《木刻雕法谈》共有附图五幅：《夜会》、《雪夜行军》、《革命导师列宁的像》、《八月的乡村插图之一》（存目）、《哨岗》，以下逐一列出

雪夜行军

原载《木刻雕法谈》，未名木刻社1939年版。注明"木口木刻"，署名"大化"。又以《风雪中行军》为题，先后被收入邹雅、李平凡编《解放区木刻》（人民美术出版社1962年版），李小山、邹跃进主编《明朗的天：1937—1949解放区木刻版画集》（湖南美术出版社1998年版），注明"风雪中行军 8.2×9.4cm，约40年代早期"，此系年有误。

革命导师列宁的像

原载《木刻雕法谈》，未名木刻社1939年版，作品左下角署"DAXUA"，署名"大化"

哨岗

原载《木刻雕法谈》，未名木刻社1939年版，作品右下角署"DX 193口"，署名"大化"

王乐天木刻肖像

此作系王大化 1939 年据友人王乐天照片创作,于赴延安前赠与王乐天,作品左下角写"1939 N",右下角署"DX"。《人民政协报》1993 年 2 月 18 日第 4 版在发表王乐天所写《缅怀人民艺术家王大化》时刊出了该作品

无题木刻之一

此作品来自王大化遗物,发表情况不详,作品左下角署"DX 1939"

套色连环木刻《阿Q正传》之一

此作品来自王大化遗物，发表情况不详，据现有资料可初步确定该作品创作于1939年，故放在1939年作品的最末

新垦地

原载《大公报(香港)》1940年1月5日第8版"文艺"第765期,作品右下角署"DX",署名"王大化"

夜袭归来

原载《大公报(香港)》1940年1月10日第8版"文艺"第770号,作品右下角署"DX",署名"王大化"。后刊于《中美周刊》1940年第1卷第21期(2月17日出刊)

行军(三)

原载《抗建通俗画刊》1940年第3期(3月1日出刊),第16页

25000里长征

此作品来自王大化遗物,曾作为封面木刻刊于《大众文艺》1940年第1卷第5期(8月15日出刊)

母亲（木刻连续画）

她丈夫在十几年前因抗租被枪毙了。

丈夫留给她的是贫穷，一把锈了的镰刀和两个尚待哺乳的幼儿。十年后她又重新支持起了这个家：有田有牛有鸡还有两个活宝贝——她的儿子和女儿。

（1）丰收了，黄油油的谷粒像金豆子似的在手里乱滚，她喜得合拢不起嘴来

（2）六月的风带来了血腥，日本鬼子占领了这个村子……

"你们不能把他拉走啊！"儿子被拉去了，她哭得死去活来

（3）接着，田地被糟蹋，牛牵走了，鸡给宰了吃了。被奸死的女儿可怜地曲伏在她的怀中，她没有了眼泪——"孩子，别怕，妈妈在这儿，安静地睡罢！"

（4）"还我们的土地！""还我的孩子！"她举起了复仇的镰刀

原载《大众文艺》1940年第1卷第5期（8月15日出刊），第79—80页。（1）（2）左下角署"DX"，（3）左下角署"DX 1939"，其下有表示地名的标音，模糊不清，疑与（4）中相同，即CHUNG KING（重庆），（4）右下角署"DX 1939 CHUNGKING"（重庆）

王大化遗物中所存作品

延安宝塔山

此作发表情况不详，先后被收入《延安文艺丛书 第12卷 美术卷》，湖南文艺出版社1987年版，目录页注明"延安宝塔山（4.6×7.3厘米，1940年）"；李小山、邹跃进主编《明朗的天：1937—1949解放区木刻版画集》，湖南美术出版社1998年版，正文页注明"延安宝塔山 4.6cm×7.3cm 1940年 王大化"；中国美术馆编《中国美术馆藏抗战八年木刻作品集》，广西美术出版社2005年版，目录及正文均注明"延安宝塔山 王大化 1940年 单色木刻 4.6cm×7.3cm"。

睡着的战士

此作来自王大化遗物,发表情况不详,其中图片下有印刷体文字:《睡着的战士》——王大化刻 中华全国木刻界抗敌协会印行。在"王大化刻"后有手写的"赠 22/IX 1940",当为王大化本人1940年9月22日在该单幅作品上所写,可能准备持赠某人

文工团演出途中

原作无题,此为编者代拟。署"DX 王大化 1942年"

重庆风景线之一：所谓"言论自由"

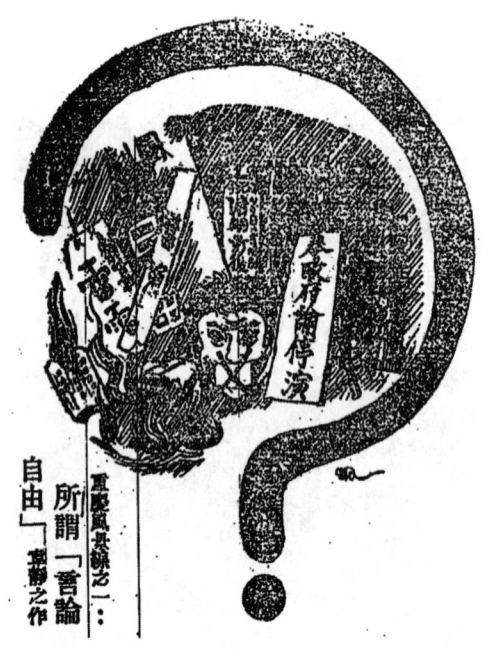

原载《新生时报》1946年6月2日第4版"戏剧周刊"第1期，署名"韦静之"

用美国武器向自己同胞"收复失地",内战责任应该谁负

原载《新生时报》1946年6月7日第4版"新生副刊"第1期,署名"韦静之"

美国马歇尔和中国反派之阴谋

原载《新生时报》1946年6月8日第2版,署名"韦静之"

民主自由的新中国

原载《新生时报》1946年6月9日第4版"戏剧周刊"第2期,署名"韦静之"

危险

原载《新生时报》1946年6月12日第4版"新生副刊",作品右下角有签名图案,以及时间"1946.6",署名"韦静之"

不可遏止的反内战洪流中的武装起义

原载《新生时报》1946年6月16日第1版，署名"韦静之"

暴露旧剧团

导演:"演完了这场戏给不行吗?"

女演员:"那么我明天来演好吗?"

导演:(从团长手里抽过一千元的票子)"好好,就给,就给!"

原载《新生时报》1946年6月16日第4版"戏剧周刊"第3期,署名"韦静之"。发表时无标题,王大化遗物中有该作品的剪报,其上单独写有标题"暴露旧剧团",并附有以上三段文字

中国法西斯的本质

原载《新生时报》1946年6月19日第4版"新生副刊",署名"韦静之"

要不得的"戏剧家"

原载《新生时报》1946年6月23日第4版"戏剧周刊"第4期,署名"韦静之"

《血泪仇》一场面

原载《戏剧与音乐》创刊号（1946年8月15日出刊），目录中写明"封面木刻:《血泪仇》一场面（王大化）"。后又作为"王大化先生遗作之二"刊于《新生时报》1947年1月18日第4版"纪念王大化先生专刊"，写明"木刻:《血泪仇》一个场面"

被损害与被污辱者

原载《综艺：美术戏剧电影音乐半月刊》1948年第2卷第6期（10月1日出刊），署名"王大化"

无题木刻之二

此作品来自王大化遗物，发表情况不详，作品右下角署"一九四一 大化"

苏联红军押解德寇

此作品发表情况不详,作品右下角署"DX",先后被收入《延安文艺丛书 第12卷 美术卷》,湖南文艺出版社1987年版,目录页注明尺寸和创作时间为"8.2×9.1厘米,1939年";李小山、邹跃进主编《明朗的天:1937—1949解放区木刻版画集》,湖南美术出版社1998年版

无题木刻之三

此作品来自王大化遗物，发表情况不详，作品右下角署"DX"

无题木刻之四

此作品来自王大化遗物,发表情况不详,作品右下角署"DX"

疑似王大化创作木刻作品

此作品来自王大化遗物,发表情况不详,很可能也是王大化创作的,但作品中无"DX"等常见署名,也无其他文字说明,故作疑似作品处理

散文

编者说明

王大化在创作木刻、漫画及剧本之外，还写了不少"创作谈"一类的文字，其中既有在四川参与木刻运动时为《商务日报》《新民报》《华西日报》《国民公报》《新华日报》《战时学生》等报刊所撰写的木刻专页的发刊词及谈木刻的多篇文字，也有自述参与剧本创作的心得体会的文字，后者最为著名的当数《从〈兄妹开荒〉的演出谈起——一个演员创作经过的片断》和《申红友同志给我们上了第一课——秧歌剧〈周子山〉排演过程中的一点经验》。除此之外，他在北京艺文中学读书时，还在《艺文学生十一周年纪念特刊》上发表了《屠格涅夫——"四十年代"作家研究之一》《关于木刻的话》《故都散记》等文艺评论和抒情散文，为完整展现王大化不同时期的心路历程，编者将王大化历年所创作的带有文论性质的文字（创作感言和文艺评论）和抒情散文依照创作和发表时间的先后编入本辑，未能确定创作时间的手稿《观剧感》则放在最后。

屠格涅夫——"四十年代"作家研究之一[*]

作为卓越的小说家且又是优秀的诗人的屠格涅夫,是"俄罗斯散文家里面的最大艺术家"。——这是十九世纪大批评家布兰兑斯对于他的称颂。在另一方面,特别是某个时期在他的祖国里,对于布兰兑斯之这样的批评持着相反意见的人们,也有很多。可是,无论如何,始终抱负着绘出俄国六十年代到八十年代间纷扰时代的巨影,而且在某种限度之内说来显然是成功了的屠格涅夫,在俄罗斯"四十年代"作家之群中,即使不是最伟大的一个。

这个染有着鞑靼贵族血统的作家,伊凡·屠格涅夫,以一八一八年诞生在位于墨司科①之南的奥勒尔地方。他的家庭很是富饶。父亲是一个颇有文学涵养的土地贵族。当时资本经济已经相当发达了的俄罗斯,想把自己的孩子教养成一个西欧式的青年绅士的心思,是富有者所共同具有的。为了这个缘故,屠格涅夫幼年时代的家庭教师,便都由外国人来担当。对于本国文学的兴趣的启蒙,是藉力于一个年老的仆人,从而他熟悉了许多非常美丽的民间故事。在家里受完初等教育之后,便离开故乡的奥勒尔而去墨司科。入墨斯科大学肄业,第二年复转入圣彼得堡大学,共待三年之久,在那里结束了他的学校生涯。在大学时期,他曾经是黑格尔哲学的热烈的信徒,也曾经是圣西门乌托邦社会主义的衷心的追随者。那时候的他,非常反对农奴制度。他那富有的地主的父亲,像俄罗斯当时的许多别的土地贵族一样,是大量土地的所有者,同时又是大量农奴的所有者。为了这个缘故,所以,从幼年便在那温室似的家庭里用作非常舒适的生活滋育起来的他,却能够在另方面看到与这种温室似的生活所绝然不同的东西:农奴制度,浸

---

* 原载《艺文学生》编辑委员会编《艺文学生十一周年纪念特刊》(目录页为"艺文学校十一周年纪念刊"),艺文中学学生自治会1936年4月17日出版,第30—34页,署名"王大化"。

① 此处及下文中的"墨司科""墨斯科",现通译为"莫斯科"。

透了农奴的血和汗的农奴制度！农奴制度的残酷和农奴的非人的生活，在他脑海里都铭刻下了非常深刻的纹印。这是燎起他对农奴制度之厌恶的根本的力量。把这样的感受看作是形成他初期作品之中的反抗情绪的泉源的东西都不为过。

一八五二年，为着写了一篇追悼歌郭里①的文字，以思想不稳的罪名被检举，且几受流放之刑。经过困难的折冲，在圣彼得堡监狱里禁锢一月之后，便恢复自由。这次的禁锢对他有重大的转机。对于那原来已经使他深深厌恶了的国家，这样一来，是更其厌恶了。他不能与那环境奋斗，结局只有躲避地退却。在他的《回忆》里，关于这点曾说过这样的话："我不能和我憎恶的东西呼吸同样的空气。那是因为性格的强度不够吧。为了对于敌人加以更大的打击，从自己的敌人离开是必要的。这个敌人在我的眼里有一定的形象一定的名字——那便是农奴制度。"说"为了对于敌人加以更大的打击，从自己的敌人离开是必要的"这话恐怕也就是②自己的退却所找的藉口吧。

从那时候，他便离开祖国而漫游在欧西大陆了，最后，停居于巴黎。这其间，他虽不断地回到祖国去，可是他们中间的隔阂却一天来得比一天更深。每次回去，他仅自家作客一样。对于圣彼得堡，或墨司科的社会恐怕还不如他对于巴黎社会的熟悉呢，在巴黎，他和福洛贝③、左拉、都德，都是很好的朋友。他的文字的优美的文体和明快的风韵，和那谨严的慎④密的写实主义的本质，多多少少是受了当时独占法兰西文坛的法国写实主义的影响的。从巴黎，他辽遥地考察了他的祖国，相继地发表了他的那些名震一时的巨作。由于文体的优美和风韵的明快，他的文章特别受西欧人们的欢迎。甚至为了这点，有人说是藉了屠格涅夫的生动的笔西欧人士才恍然明瞭了俄国人的生活。这话多少儿是有点夸大的。他在巴黎住着一直到死去的时候。他逝世于一八八三年九月三日，在国外飘漂了半生的他的身体终于是移到圣彼得堡安葬了的。

他是以写诗开始自己的文学生涯的。可是不久，便感到写诗对于那时候的他

---

① "歌郭里"现通译为"果戈理"。
② "是"后疑少一"为"字。
③ "福洛贝"现通译为"福楼拜"。
④ 此处"慎"当为"缜"之误，下同，不另出校。

是不适宜的。最初很受摆轮①影响的他，在一八四三年出版的一小本诗集里，便浓厚地染着那影响的色彩，一八四七年，放弃了诗而努力写小说。同年，开始在墨司科《当代》杂志上发表他描写农民生活的散文。那是他行猎期间在乡村农民间见闻的搜集，里透扬②杂着丰饶的感情成份，而且对于俄罗斯的美丽的森林草原，河流，都有很美丽的描写，他写景的方面的特长在这第一部小说中已经闪出灿耀的光彩。一八五二年，将这些连续发表的散文集为单行本问世，即出名的《猎人日记》。写《猎人日记》的时候，正也就是他对于农奴制度的厌烦非常高涨的时候。于是，虽然当初并没有怀着那样的目的，可是因为他的心情的自然的流露，结局却成为农奴解放运动的有力的宣传品。这是当初他所未曾预料得到的。

一八五四到一八五五之间的一年，屠格涅夫曾写过不少短篇小说。《初恋》和《春潮》便都是这期间的产物。这两部小说多多少少都带点儿自传的性质，在他后来纯然以客观事实为描写对象的作品中，是鲜见的。他纯然把恋爱看作自然事物而用诗一样优美的调子描写了出来。一八五六年所作《罗亭》发表。书里面的主心③公罗亭，是一个姿态潇洒，言词动人的青年，从他的谈话里看来，他仿佛什么东西都该知道的。他初次出现，是在一个贵族夫人家作客。动人的言词和流露在外表的渊博，不但使女主人深为赏识，就是那家庭的别人也都为他压服。结果主人的女儿娜太莎竟爱上了他。她要求给他一同私奔，可是那平时专门说漂亮话的罗亭究竟出④怎样的态度呢？他没有答应的勇气！置身在这样凸出意外的要求之前，他平时谈吐的华丽的内容全部粉碎。屠格涅夫的目的在于写出十九世纪中叶俄国社会里一般光说空话而不能实践的青年。他选择了罗亭作为典型。虽然露骨地写出了罗亭的坏的一面，他却把好的一面埋没了？⑤而且，那作为罗亭这样人物出现的社会的致因，也没曾注意。

继《罗亭》之后，一八五七年又发表了《贵族之家》。主人公拉勒茨基较之罗亭是进步了的青年。他鄙视说而不行，不过究竟应当怎样去行，却不知道。他因

---

① "摆轮"现通译为"拜伦"。
② 此处原文如此。
③ 此处"心"疑为"人"之误。
④ 此处原文如此，"出"前疑少一"显"字。
⑤ 此处原文如此，疑为"。"之误。

为和一个性情乖戾，习染浮华的女子结婚，精神生活感受到非常的痛苦。其后因不合而离开了时，遇到端淑的少女丽莎。他们不久便相互地爱着了。这新的梦当他女人回来时便又成云影。比罗亭，他是进步了，可是这种进步是极其有限的。想为完成自己的理想去努力，不过仍然缺乏着坚决的勇气。《贵族之家》是屠氏作品中最成功的一部，他的艺术在那儿获得非常的成功。

一八六○年，《前夜》刊布。《前夜》和一八七六年发表的《新时代》都以社会活动为背景，不过在对于那些活动的认识有某种程度的不同。《前夜》的主人公海伦是个勇敢有为女子，比《罗亭》里的娜太莎更进步了的女子，她同样不耐烦于家庭那沉闷的环境，想离开那沉闷的圈子猎取新鲜的生活。这种出走，除去为了爱，还有别的致因，即她具有对于社会活动的热忱。在暴风雨的夜里她走了，这狂风暴雨是一次更大的风暴的序幕！《新时代》是以七○年的"到民间去"的社会运动为背景。他创造了那运动的漩涡中的几个特殊的性格，结局失败了，因为那些性格只是他头脑之中的影响，距着真实很远。因而，很受时人的责难，在他全部作品中，所受责难最多的，却要算是《父与子》。发表于一八六二年，目的在于写出当时新旧思想的冲突。他选择了叫作巴扎洛夫的医学生为新思潮之代表，而且给予巴扎洛夫所代表的青年人以虚无主义这样不适当的名称。他是极端主义者，否认旧时代一切，反对旧时代一切。旧思潮之代表人物的皮威耳却站在完全相反的立场上。他极端讨厌巴扎洛夫那样的青年；巴扎洛夫同样讨厌他那样的保守派。屠格涅夫用他二人决斗结果皮威耳失败未①结束了这两大思潮冲突的时代的悲剧。《父与子》发表之后，各方面的攻击和非难一齐涌来。站在新的立场上的人们，以为巴扎洛夫是对于他们的恶意的讽刺，认为屠格涅夫对他们没有会②理解。另一方面，站在旧的立场上的人们，也因为皮威耳的失败而把屠格涅夫看作虚无主义者一流人物。这部书在俄国虽然受到空前的打击，在欧洲却大受欢迎，许多批评者甚且认为是屠氏的最伟大的作品。一八六七年出版的《烟》则反映了社会运动消沉期中一般智识份子的幻灭的情感。在极度紧张之后，"只是一

---

① 此处"未"显系"来"之误。
② 此处原文如此，"会"字疑衍。

阵烟，一切只是一阵烟"。这便是《烟》的主人公的人生观。这种消极的观念直到一八七六年《新时代》发表时才露出一线光亮来。上边所说的六个长篇，也就是一般所谓六大名著的东西。其中，屠格涅夫抱着如何的企图是非常明显的，他想把捉那个时代的青年男女的活动所呈出的各种姿态的痕迹。想给那纷扰的黑暗的时代留下一幅连续的剪影。这样伟大的企图是值得钦服的。不过，他没有完全的成功。前边我曾说过的"在某种限度之内来说他显然是成功了的"的话，便是就此而言。

他自从五十年代离开俄罗斯之后，对于祖国的情形一天比一天更加疏远，充其量，只是"从温室的玻璃里边观察了那连巴黎吹到了的俄罗斯青年时代的狂风暴雨"而已。关于这点，中条百合子对于他的批评是正确的："俄罗斯的急进青年男女，于社会层和社会层的一天一天明显的创订[①]以及由那产生的现实的激烈的锻炼，从'罗亭'的时代走向了'前夜''新时代'的时代。随着那，屠格涅夫虽然也用了从外面的观察写了各个时代的作品，但在巴黎的他的自身的实践却一直停滞着，本质上并没有从开始被微亚多——他在巴黎的恋人——支配的那时代的懒形态有过什么飞跃。"他辽遥的在巴黎观察了他祖国社会的动态，并且依据着他辽遥的观察的结果写下了诸色的影照。他立意要描写的已经是死去了的陈迹。

在人物和风景的描写上，屠格涅夫是有其卓越的能力的。他写出了各色各样的人物，不管是否现实的，用着非常慎密非常细腻的笔法。有的批评者说是藉了他的生动的笔西欧人这才恍然明瞭了俄罗斯人的难解的性格，恐怕也就是为了[②]个缘故吧。无论是罗亭抑或巴扎洛夫，无论是娜太莎抑丽莎，在他的笔下出现于纸上时，都是宛然如生的。就是对于一些并不重要的人物的描写，他也不厌于细密和详细。

他曾说："我是热爱着自然的，尤其爱他的活的现象。"这是真的，他对于自然景致的描写的成功便是这种热爱的结果。德国见灵说他是承受了诗人普希金的衣钵的。俄罗斯的伟丽的风景，在他作品里有着美丽的风景的反照。无际的森

[①] 此处原文如此，经查，此处所引文字当出自中条百合子著，胡风译《屠格涅夫底生活道路》，《译文》1935年第2卷第2期，"创订"为"对立"之误。
[②] 此处疑少一"这"字。

林,无际的平原,草茵和田垄,树木和花草,发怒一样的奔流和潺潺作响的清溪,在他文字里像一幅幅色泽匀合的风景彩绘。因为他有把那些风景和故事的主人公适当地配合起来的缘故,丝毫都不见单调。就是在同时代的托尔斯太[①]或杜斯退益夫斯基[②]的作品里,那种完整的技巧,也不能找到。

[①] "托尔斯太"现通译为"托尔斯泰"。
[②] "杜斯退益夫斯基"现通译为"陀思妥耶夫斯基"。

关于木刻的话*

向来被人看不起的木刻，尤其是在中国不承认它是一种艺术。不过由了西欧诸国发狂地研究它，拿它当做一种伟大的艺术品。因之，我国也有一部份人在研究它了！这向来被轻视的它——木刻——也在中国艺坛上活跃起来。这是近来研究他的人常挂在嘴上的话。

我们知道艺术是跳不出经济的圈套的，木刻呢却正适合了这省钱的条件，因为无论中西绘画，单就油画来讲吧！画成了一张油画至少要三四元钱，在这经济恐荒①农村破产的今日，去花三四元钱画一张不关痛痒的油画的人究竟是太少啊！就时间来说；在过去的社会与目前的社会是决对不同的，过去的生活条件太简单了！一个人在那社会中简直是悠闲极了，整日除了吃睡等简单的要求外，他们就有利用那空暇的时间去作各种活动。这期间就生出了不少的无聊画家。高兴了，喝上点酒，拿过笔来画他一张山水、鸟兽……拿去挂在某个名人的墙壁上。我们看看目前的社会情形是怎样？！我们知道时代踏上了另一阶段，这时代是个多忙时代，经济生活条件复杂了，能悠然地喝着酒，聊着天画画子的人也少有了！尤其是那毫无一些意识的画子。我们再看，过去的艺术品。既是些无聊之作，近日的呢，还不是一样的画一张美女吧！青草绿树吧！要不就替某长官或名人画一张肖像……艺术是要接近大众的，要使大众易明瞭，易受反应的，次之，没有大众来承认一张艺术作品是不能成的。像那画一青草绿树……对一般普遍的大众一些不关联的东西，能成为艺术品吗？那只合摆在千金小姐的床头，卦②在阔人的客厅墙上……不过，木刻，一提到木刻，我们就会立时想到强有力的明暗

---

* 原载《艺文学生》编辑委员会编《艺文学生十一周年纪念特刊》（目录页为"艺文学校十一周年纪念刊"），艺文中学学生自治会1936年4月17日出版，第40—41页，署名"王大化"。
① 此处原文如此，"荒"或为"慌"之误。
② 此处原文如此，"卦"当为"挂"之误。

对照的线条，每一根线条对每一个人会生很大的刺激。

木刻，说起来倒也简单得很，就是拿一把刀子在木头上刻出自所想到的东西，这刀子也就像当那画笔艺术是时代的产物，它是充分地反映着社会上的一切。所以在每个社会阶段都有某种艺术品的产生。它是合时代需要的。就像我国过去的山水人物……也是当时社会的产物，在那时候所适合需要的东西怎么能拿到现在的时代里？在这社会中因为了需求，而木版画便占定了一个价值。在这社会中需要它的原因是："它的本质上保有一种心理组织的积极性，用她特有的强烈的明暗对照，可以表现出比任何艺术更深刻的感情。木刻具有丰富的技巧，可以自由表现社会及人生的诸相。木刻是一种机械的生产，可以满足大众的要求，木刻在现社会的各个再[①]度上都可以完成一般艺术的使命。"木刻，假如你要刻的画话，也不用先调色，置画架子，放模特儿，润笔……它只需要根据生活的经验而来画出社会上层出不尽的种种现象。它的构图在你的范围以内，生活环境里面都能得来的。

木刻的合需要理论上既站得住，同时事实又真是那样，我们爱好它的就该着手做起了！试看看，"在欧洲大陆的德国和法国，新兴的苏联，在木刻的发达上有悠久历史的英国，在资本主义文明烂熟的美国，这方面不断的新人出现。已经卓然成[②]的，如英国的纪耳（Eric Gill），莱登女史（Chareteighton），吉本斯（Robert Gibbings），美国的康特（Rockwell Kent），德国的珂勒微支（Koethl[③] Kollwitz），若特罗夫（Kari Schmidt Rottloff），比利时的麦绥莱勒（Frans Masereel），各用着不同的技巧，在单纯的木版上，综错着黑白二色，创作了不少惊人的杰作。……"目前的中国对于这项也有了可惊的进步，野夫，温涛粗大而有力的线条，很可以表出了它的意义，刘岘的《阿Q正传》《孔乙己》《怒吼吧，中国》……都可以说是比较有"力"的作品，中国不是不成，就是怕不干，有了这种强有力的作品，足可以作一般大众的号筒了！最后我希望国内的从事木刻的朋友们，我们要抛弃了，肉香，温暖的怀抱，向现实的路上走去，我们要以现实的人生观作去！

[①] 此处"再度"不通，显然有误，经查，此处所引文字，当出自《现代版画》第1集（1934年12月5日出版）"卷首话"，"再度"为"角度"之误。

[②] 此处原文如此，经查，此处所引文字，当出自叶灵凤为比利时版画家麦绥莱勒的作品集《光明的追求》（良友图书印刷公司1933年版）所写序言，其中写作"卓然成家"。

[③] 此处当为Kaethe。

故都散记*

一①

在北平住久了的人，对那里多多少少总有点恋栈的情感。这仿佛是很奇怪的。常有人说那曾经闪□②过灿烂的光华的古城里潜伏着一股叫不出名字来的诱惑力，也许便是那股诱惑力的作用吧？恋栈的情感，这仿佛是很奇怪的。乍听听来，这一个在那里住过六七年之久的朋友，曾根据他自己的深刻而又细腻的经验告诉过我下边的话。他说："北平像一个白发苍苍的老头儿，他平常也许是成年成月的沉默无言，可是一旦你去访问他的时候，他却会滔滔不绝的同你谈许久，谈许多；那些话，对于你都是新奇的，极有趣味的，而且从而能得到些或种的经验；在不知不觉之中，使你不自主地对他发生一种似是淡淡却又不能遽舍的恋情。"

这是真的。也许有人会在初到那里的时候对他发生一种厌烦的情绪，而且，我便曾遇到过这样的例子，这是可能的，对于一个新的客人，那满是黑土的街道，被悠久的岁月蚕蚀了的古旧的房屋，特别是那少有息停的沙风，诚然不易有很好的印象。可是一旦住得时间稍久，一旦熟稔了他的朴诚的友谊，非但那种厌烦的情绪可以立刻冰释，反会从而把他认作意洽情融的知己。

二

除非你是自己去寻找寂寞，那么，你那里是没有寂寞的。有各色各式的去处

---

* 原载《艺文学生》编辑委员会编《艺文学生十一周年纪念特刊》（目录页为"艺文学校十一周年纪念刊"），艺文中学学生自治会1936年4月17日出版，第47—49页，署名"王大化"。

① 原文无小标题"一"，此处为编者所补。

② 此处原文字迹不清，疑为"耀"。

可以消磨你无聊的时间；有各种各类的玩意可以疗治你悒闷的心境。

随着季节的递嬗，都有非常适宜的地方供你游散。春天呢，社稷坛畔的牡丹齐开，管家岭的桃花也会在春风的轻抚里灿烂枝头；昆明湖的春水绿波和近郊的新绿都会使你觉得春天又重返人间了，新鲜的环境带来新生的精神。天气渐渐地热了，那么，在太庙后边的蔽天的古柏的浓阴下，一壶清茗和几枝纸烟便可以打发一个燥而且热的下午；御河里的莲花正开着，从碧绿的浮萍和蓬叶间亭亭地立起几朵粉红或是雪白的轻盈的花木；偶尔一阵轻风拂过，凉爽里夹着角楼上的铃铛的丁东，偶尔一朵白云从午门的澄黄的琉璃瓦顶上飘过；在那儿，什么烦燥，什么炎热，你会自然地一股脑儿扔开，完全陶醉在梦一样的温存里。九月，飒飒的秋风从塞外吹来时，北海的芦花白了，像白色的浪花，摇闪在深蓝的海上；秋天，不也是逛陶然亭的好时候么，找一个天高气爽的晴朗的过午，跑到那儿去听微风里荻花的萧萧，不也是足够写意的？新雪初霁之后，你高兴时，可以跑到外城上去，远眺一下近郊白茫茫的雪色，也会使你旷怡心神，一洗心头尘垢。要不，静穆的晨夕，在天安门前的铺满着槐荫的碎石路上漫然地散步过，或是沿着景山大街的水门汀砌的行人道沉静深思地走上一段，那矗立在天安门前的高冲霄汉的华表或是故宫的红壁和从紫禁城上露出来的重楼叠阁，能使你在自己的记忆的锦匣里翻出一些什么值得品味的快乐或是苦痛的往事来，也未可知。

三

假若你是不耐清静而是喜欢热闹的，那也有你去的地方。

那么，你可以到天桥去，可以到西单市场去，碰巧了的时候也可以去赶隆福寺，白塔寺，或是别的什么寺的庙会。天桥，是下流社会的汇合，是北平下流社会生活的重要的写照。在那里，有锣鼓喧天的京戏，有各地的梆子，有十七八的大姑娘走架索玩把戏的，也有耍枪弄刀打拳卖艺走江湖，算命，卖膏药的。总之，凡百的众生相，你都可以见到。坐在说《封神榜》或《七侠五义》的说书的长条凳上，一个人一坐可以坐一过午，高兴了，可以扔上几枚，要不，厚着脸皮硬不掏或者真的没的掏，他对你也没有办法；临走的时候挨他两句讥骂，也许是不免的，可是习惯于那样"白听"的人，又何曾不习惯于那样的讥骂？至多，耸耸肩膀，叽哩咕噜地不知所云地嘟哝上两句，便也大模大样地走去了。

乏了，假若手头有闲钱，可以到茶楼上去坐坐。真的是"楼"，高到三四层的东西。我担心，北风刮紧了的时候那些"楼"有的也许会震颤吧？讲究的，自己带茶叶，水钱是层级越高越贵，不过，顶多也没有超过五大枚一位的；自己没有茶叶，那么，成包的龙井、香片，他们也都有。水沏上来了，再来碟葵花子，或是炒蚕豆慢慢地嚼着，于是疲乏会渐渐逝去。饿了，那也够方便的，"清真教门"的小饭铺里牛肉包子，汤面，和羊肚之类都是挺现成的；再不就是傍着一个卖酸豆汁的担子坐下，再割上一吊钱的猪头肉，也满舒服。在贴着"莫谈国事"的红纸条子的茶楼上，什么你都可以听到。谈戏，谈女人，吃喝，谈……都有；不过，谈女人的恐怕少有谈那个大学的皇后或那学校的"花王"的，谈戏的也总不会论中国旅行剧团的《茶花女》《梅萝香》或可泰兰加波，谈吃的呢，东来顺的涮锅子和便宜坊的烤鸭是有津津谈到的，可是撷英的大餐就不会在他们的话下了。

艺术研究会报告[*]

"艺术",一提这两个字,就会引起人们一种神秘莫测的心理,正如同对于谈到哲学一样。其实,我们日常生活中的种种动作,种种表现不也就是艺术吗?正是因为它——艺术——的普通而被忽略了!

虽然,艺术是那么寻常,普通,但我们却不能不知道它,我们要知道艺术与人生是有很大的关联存在着,"艺术"是人与人之间交通手段,人生呢又是人类的生活,为了表明他俩的关系,我在下面写出来:

艺术是可以组织社会的,可以使人感到社会的可近。艺术是可以鼓励人生的,可以使人感到生活的有劲。一个人正在悲哀着,这时他去看一幕最悲的剧,他今[①]看到世间还有比他可怜的,因而,他的悲哀也可以减轻。老少的工人唱着有趣的民间歌谣,老的会想到老夫老妻的乐趣,年青的更会联想到妙龄十八的大姑娘……这样可以使他们兴奋,忘了工作的疲乏。有时一个歌歌了会生出很大的力量:法国革命时代的《马赛曲》不就是一个很好的例子吗,艺术之对于人生正如同空气对人一样,我们整天在空气中生活着,觉不出怎样需要它,但一离开了它不就能生活下去。

我们同学见到了这点,便组织了艺术研究会,去比较深刻地认识它。在这组织下本着两个信条:第一,我们认为在这时代中来研究艺术,是要它深入民间大众,因为过去的艺术品,差不多是供阔人们饭后[②]余的消遣品。所以我们注重现实社会的一切,用最通俗的方式献给大众。第二,我们所用的工具都是极单简

---

[*] 原载《艺文学生》编辑委员会编《艺文学生十一周年纪念特刊》(目录页为"艺文学校十一周年纪念刊"),艺文中学学生自治会1936年4月17日出版,第82—83页,署名"王大化"。
[①] 此处"今"疑为"会"之误,可能系因两者字形相近而出现的排印错误。
[②] 此处疑漏一"茶"字。

化，经济化。我们没有画油画……的经济条件，我们的经济能力只能接近最有力量而工作时间经济化的木刻，素描和构图简单色彩单调的宣传画；线条幽默布局单纯，而富有意义的漫画。

木会的组织

会长——一人，主持会中一切事务。

记录——一人，掌每次会中的记录。

会员——九人。

会期——除每月研究周外课余有时招集。

会址——本校

研究方式—— A. 对于该物作品的欣赏与批判。

B. 抓住某一问题澈底讨论、研究。

C. 同先生讨论。

实习—— A. 课内的实习

B. 课外的实习

实习的对象—— A. 课内：以先生或自己摆的模特儿写生。

B. 课外：取材于社会现象，根据现实思想构图。

发表—— 除掉尽力找位置发表外，拟每学期有一次展览。

会的组织已经写了出来，因为我们所主张的不是形式，而是实作！所以在组织大纲上未免简单。但我们是依了道尔顿主义所主张的：自动，实作。万分英勇地走上去，我们不怕难，唯有艰难才是我们生活奋斗的对象，或许不久的将来我们幼稚的成绩，可以供献给中国的一般大众！

谈木刻[*]

跟着时代的轮子转着，到目前——又是跟敌人拼着你死我活的时候——，无形中那些整天价仔细地描写着女人的屁股的艺术家、整天家[①]坐在画室里与雇来的模特儿吊膀子的艺术大师，是被人忘却了。因为人们都在积极地参加了他们应该去做的每一个救亡部门，有谁还闲情逸致地去欣赏那一笔红一笔绿的女人屁股呢？

"历史"告诉过我们，在每一个时代都有一种应着时代要求而产生的艺术，那么无疑的我们是需要一种"最现实，最强感，而最简单的艺术"，这个时候的艺术要从个人解放出来而为大众的，要由抒情写意的内容转变为现实的。艺术，在这时代里就成为一种调整人们紧张着的心弦的工具，艺术，在这个时代是负有社会使命的。

"一种的艺术都可以遂行这个使命。然而，在艺术部门中，木刻就得特别指出来了，因为木刻有它的特性，适合于目前这个环境。"

"木刻是最简单的黑室[②]艺术，他既具备一切艺术上的要素，同时具有版画的特质。即长[③]它是一种版画，能同时产生多量作品，我们既可以传达我们的情感，意识，我们更可广泛地散布我们的情感意识。在现在这抗战的情形下，就非常需要这种简单、强感的精神食量[④]，以达到慰藉，刺激，兴奋，鼓舞无数强紧着的心弦的目的。木刻该以写实的姿势出现，描刻现实诸象，使人人了解；人人感到不能离开它，木刻在这时代里是负着重大的社会使命的。"

一九三八，七、七，于重庆

---

[*] 原载《商务日报》1938年7月10日第3版"商副"第99期"重庆市七七纪念 抗战木刻画展特刊"，署名"王大化"。
[①] 此处原文如此，"家"疑为"价"之误。
[②] 此处"室"显系"白"之误，经查，此段引文出自李桦《木刻在国难期中的估价》(《木刻界》1936年4月创刊号)一文，其中写作"木刻是最简单的黑白艺术"。
[③] 此处"长"显然有误，经查所引原文（同上一注释），"即长"应为"即是"。
[④] 此处"量"当作"粮"。

一幅木刻的创作过程[*]

谁也不能否认,木刻在今日国防艺术上,是有力的宣传部门之一,也为大家所景仰的新兴的艺术——虽然它曾有过悠长的历史。

但是一幅木刻的创作过程究竟怎样呢:

这里,我作一个简切的讨论。

我们知道木刻过程中第一个先决条件是木头跟刀子——不过这儿所指的木头是一块整的木头,即是这块木头是经过人工改造了它本来的外形——拿到一块木头一定得先用锯锯成你所需要的大小,然后再用刨子刨光,又再用细的砂纸在木块上摩擦,使它净光,板面变成非常光滑的木面,然后我们才可以动手起稿去刻,但千万别忽略了板面的平滑,否则对整个画面是有损害的。

一个初学木刻的人应该注意木刻的第一步工作——起草——因为一幅画的构图,明暗,线条之处理,都在这个时候决定的。关于起草,我可以提供给初学木刻的朋友一个比较好的方法,我们知道,现在我们起草是起在本色的木块上,那么刻呢也是刻出本色的线条,这是容易混乱不清的,并且容易叫你"走刀",或失刀刻过了别的线条。可是这个补救的方法是这样:

(一)把木上涂了黑墨,干后用铅笔去起草,这样不但线条清楚,而且还可以利用光线叫它明显,但还不过是取了刻起来便利,因为用刀子一刻刻出的线条是白的,所以刻时就可看出画面的明暗,线条……假使在长时刻亮了些,也还可以补救。

(二)这方法是个偷懒办法,是随刻着,随把所刻线条用白粉填起来。不过这办法虽说很方便,但太简便,疵病也就大,倒不如多费一些功夫用第一种方

---

[*] 原载《战时学生(旬刊)》1938年第8期(7月30日出刊),第15页,署名"王大化"。

法好。

其次是刀子运用的问题，我们知道刀子的形状太多，总括的分为两种：一是木口刀，一是平面刀。木口刀用于木口板，平面刀用于平面板，但什么是木口板与平面板呢？一个木块因锯刻之不同，可分为木口与平面两种，横木纹锯的叫木口板，顺木纹锯的叫平面板。木口刀的笔法是将刀柄放在右手拇指与食指中间，再把中指合在一起，刀子握紧，极力压在木块上，从里向外刻（有一种是由右向左笔法也不同）。平面刀是把刀柄放在木面，即可推动，并不需极重的压力。刀子用过，用棉花包放在盒内，磨时用麻油软石磨，千万不可用水。

至于刀子的种类，将来有机会再谈。

最后，谈到印刷的方法，木刻印刷所需要的东西是：油墨滚子，油墨注：不是油印墨，最好是石印或铅印墨，因为油印墨太稀，太油，印出后常常会有一个油的边子。石版，和一个铜匙子，就可以了。

把一块已刻好木板放好，把油墨弄到石版上（石版小学生用的即可）再用油滚子把油墨在石版上滚匀，然后滚在木板上去，滚完了，把纸（宣纸最好）放在木面上，用铜匙子来回地在纸上滑动，等每一个地方都滑到时，把纸揭下，版画即成。

《木刻习作选》序 *

我不愿在□□再谈什么"何谓木刻""木刻史"一类的理论，因为已经有不少木刻界的先进介绍过了，现在我只说点自己学习木刻以来的一个小小的过程。

是一九三五年，那是我才十六岁，第一次离开土气的家乡上"北京城"去念书，时间□□，十二月就来了，谁都知道，一九三五年的十二月在北平曾经是怎么样的，我个人就从"一二·九"这个伟大的日子起开始了学习刻木刻。

直到现在有一本书是□我常记起的，桐哥买给我的麦绥莱勒（Frans Mascreal）的《一个人的受难》，当时，它□□影响了我一阵子，终因为外面的工作忙，连练习刀法的时间都被夺去了。

一九三六年"三·三一"以后，由于一些讨厌的事，我□压迫着别了北平。回到山东，又上南京，上海跑了一趟，"八一三"以后跟着一个学校来到内地。

在流浪的两三年中就没有一天忘了木刻的，我没有一天让狼狈的生活离了我的刻刀。

正在自己东西犹见长进的时候，很幸运地遇到刘岘兄，承他给我好多帮助，我得深深地感激他的教益。

刻到现在也到了几百幅图了，可是，说也脸红，很少是拿得出手的，况且中国的出版界一向就以"家"的标准来取舍稿件的。

最近病倒在川中，在闲不住的情形下又刻了点东西，为了朋友们的鼓励，也为了自己实在想纪念一个"学程"。刚好又赶上"七七"后的一周年终于把零碎的几张东西集成了这一个小册子。

感谢□□哥、鲁人、□子、□兄给我印刷"费"，没有他们，我的东西是出不

---

* 此据原件照片过录，因照片模糊难以准确辨认之处，以"□"表示。

来的，还有我的桐哥、骆文宏兄以及别的朋友，对有①学习上有很多的鼓励，更得一并谢谢他们。

更得提出来的是黛痕，自己刻的东西能走上一条比较正常的路，得感谢她的力量。

我自己还不到二十岁，我还年青，我永远不会感到难关在我的前面，这是足以告慰关心我的友人的，谨希望刻木刻的朋友，爱护我的读者朋友，给我最严厉的批评，指正！

王大化 一九三八年 七月

---

① 此处"有"疑为"我"之误。

年青的木刻工作者,起来!*

谁都知道现在已经不是悠闲地喝着一杯咖啡去描绘模特儿的时候了,而且伟大的艺术作品并不是由个人的主观或幻想所能创造出来的,它——艺术——的使命是解放民族的精神,是在这动的乱①时代中描出了血的争斗的史诗。

木刻在抗战中已展开了它的动的,活泼的姿态,是在为自己民族的解放而工作着,青年的木刻工作者:这现实的,新生的艺术是需要我们去创造呵,我们得担起这创造新生艺术的重责。

---

* 原载《新民报》(成都)1938年8月13日第5页"中华木刻作者抗敌协会成都展览会特刊(纪念'八一三'特辑)",署名"韦路","韦路"为王大化的笔名。

① 此处原文如此,或为"动乱的"之误。

《华西日报》"木刻专页"发刊词[*]

为了使木刻运动迅速地在这后方开展起来，我们出了这个木刻专页，借这个机会做些介绍和练习的工作，而同时可以跟了报纸流到我们的能力达不到的地方，叫那儿的艺术的工作者们跟我们联系起来！

木刻在中国出现就本了反帝反封建的特性，在全民族抗战中它更表现了它的另一个新的姿态——站在统一战线上工作！它无时无刻不是站在民族解放斗争的岗位上，它无时无刻不是在向万恶的人类公敌法西斯匪徒，托匪冲击！它在解放过程上是一支活泼而勇敢的短兵！游击单位！

我们是一群年青孩子，所懂的东西都太少，还希望爱护我们的朋友经常给我们指导。

年青的木刻工作者们，拿起我们的雕刀对准了那些吃人的怪物，对准了那些阻碍我们前进的家伙，我们要把他们消灭，有句名言说得很对："……我们不但要击退我们的敌人，我们要击破它！"

大化　一九三八，八，二十九

---

[*] 原载《华西日报》1938年9月4日第8版"木刻专页"创刊号，署名"大化"。

木刻之作法[*]

第一章

总论

一、版画在当前的意义

二、版画之大众性

三、复制木刻与创作木刻

四、四期版画及其他

    A 中国之版画史

    B 西洋的版画

    C 现代之版画——苏联的片段——

五、版画的种类

一、版画在当前意义

"版画",首先得说明的这儿所谈的"版画"只是指"木刻",什么原故,在版画之大众性中可以说明了它。

现代木刻之产生是应了环境而生的,它是在一个风雨飘摇的乱动的大时代中产生出来的,它的周围是个争斗的环境,因之它一出来便是争斗性的,也就可以说它是为了争斗而出现于这个时代的,它出现在艺坛上无疑的占了一个重要的地位。

谁都知道,目前我们的整个民族是在一种什么情况中,在这期间每个部门都发动起来,尽他们的能力去为这民族战争而工作,不管在前方,后方的救亡工作

---

[*] 原载《华西日报》1938年9月4日第8版"木刻专页"创刊号,署名"王大化",文末注明"未完",但编者在此后9月23日、10月27日的"木刻专页"上未见到其续篇。

者都是在积极地开展着他们的工作；如戏剧，歌咏，漫画……

话虽是这么说，但抗战空气并没有充分地涵漫了全国各地，这当然是明显地证明了我们宣传力量的不够，和一般人的根本还不明潦①现在为什么打仗……这些就引到宣传工作，由于工作□②验中我们知道，戏剧，漫画，木刻，歌咏，是比口头讲演收到了实效。

（未完）

---

① 此处"潦"或为"瞭"之误。
② 此处原文字迹漶漫，可能是"经"字。

木刻之大众性[*]

跟着时代的轮子转着,到目前——又是跟敌人拼着你死我活的时候——[①]无形中那些整天价仔细地描绘着女人屁股[②]的艺术家,整天价坐在画室里跟雇来的模特儿吊膀子[③]的艺术大师,是被人忘却掉了,因为每一个人在这时候都去参加了他们应该去做的每一个救亡部门,有谁还闲情逸致地去欣赏那一笔红一笔绿的女人屁股[④]呢?

"历史"告诉我们,在每一个时代都有应着时代而产生的艺术,那么无疑的我们是需要一种最强烈的,最现实的,而又是最简单[⑤]的艺术,这个时候的艺术应该从为艺术而艺术的个人出发点解放出来而为大众的,要由"抒情的写意的"内容转变为现实的,它在这个大时代中负有了社会使命的。

那么不要我们问了,这时代中我们所需要的艺术是哪一种。我们知道目前在艺术的出发[⑥]有一个顶根本的原则决定着这"艺术"的趋向,这就是经济,经济可以决定着艺术趋向,在以往我们经常的画着油画,画着[⑦]炭,然而现在却不成了,因为现在已□[⑧]没有几个人能花钱去买油画的颜料,和昂贵的木炭画纸,他们开始寻找一种,省钱而可以代替油画和木炭画的东西[⑨]木刻在这时以一个活泼

---

[*] 原载《华西日报》1938年9月23日第8版"木刻专页",后刊于《国民公报》1938年12月4日"星期增刊"第2版"木刻专页"第7期,均署名"王大化"。此据《华西日报》本录存,间或与《国民公报》本对校。
① 《国民公报》本无前后的破折号及"又"字。
② 《国民公报》本无"屁股"二字。
③ "跟雇来的模特儿吊膀子"在《国民公报》作"只画模特儿"。
④ 《国民公报》本无"女人屁股"四字。
⑤ 此处"简单"在《国民公报》本作"简易"。
⑥ 《国民公报》本无"出发",在"艺术"后多一","。
⑦ 此处"着"在《国民公报》本作"木"。
⑧ 此处原刊字迹漶漫,《国民公报》为"往",或为"经"之误。
⑨ 此处疑少一","。

的姿态出现，它跳出了经济原则的限制，因为它的工具太简便了，它的表现力量又是那么强。

再回转头来说，我们既已知道目前是不能闲情逸致地去描绘去了，这就说到时间问题，画一幅油画需要多少天，然而去刻一幅画只要几十分钟，或一两个钟头，在这种急需着给民众制造精神粮食的时候，它——木刻——又适应了这"迅速"的要求，我们可以看出在经济上，时间上木刻是占有了比别的东西的优点，可是我们又要问了，①难道②木刻之所以适合大众就只这几点么？

不，不仅仅这一些，我们以纯艺术的观点来说，木刻也③是俱④有了它的好处的，它有黑白明显强烈对照的色彩，强有力的线条。它有它特具的表现技巧……总之它无论在经济上，时间上，意义上说都是比别的东西好⑤。

最后还有一个很大的优点，就是刻出了一张画接着，自己就可以印出个千百张来。这对于到一些偏僻地方去做宣传工作的朋友不能⑥说是一种最好的宣传品吧！

一付木刻的刀具仅只一毛钱，一块木头只九分钱，费上几十分钟或一个钟头的功夫刻成一张画，并且这幅画是含了最强烈，最现实，最简单的条件，像这样的艺术不该是大众的又该是谁们的呢？

---

① 这一句为《国民公报》本所无。
② 此处"难道"在《国民公报》本作"可是"。
③ 此处"也"在《国民公报》本作"他"，疑为"也"之误。
④ 此处原文如此，"俱"通作"具"。
⑤ 此处"好"在《国民公报》本作"困难小些"。
⑥ 此处原文如此，"不能"后当有一"不"字。

对我们新伙伴说的话*

先声明我自己尚在学习中。

底下是我要说的话：

一、不要把木刻看得太奥妙了，更不要把什么"木刻家"这字眼儿放在心上，因为它并不奥妙，同时在中国尚未有"木刻家"。

二、别想偷巧，得脚踏实地，去干，因为只有从不断的学习中才能获得成功。

三、一个木刻□①从事者不是一个机械的"刻匠"，他应是极活泼的向前的，和有创造性的。

四、最后，应该认清，现阶段的木刻工作者是民族解放过程当□②者③力的一个战斗员，别忘了自己的责任，我们要握紧了雕刀把敌人赶出我们的营垒。

---

* 原载《国民公报》1939年1月22日"星期增刊"第1版"全国木刻界抗敌协会主办第二届木刻讲习班习作特刊"，署名"王大化"。
① 此处原文字迹漶漫，疑为"的"字。
② 此处原文字迹漶漫，疑为"中"字。
③ 此处原文如此，"者"或为"有"之误。

一年来的全国木刻界抗敌协会[*]

中华全国木刻界抗敌协会自在汉成立以来，即本从事抗敌宣传及发展木刻运动，以增强抗战宣传力量的宗旨去推进工作。筹备的经过：是由"武汉木刻人联谊会"召集木刻座谈会，出席在汉木刻作者五十六位，由力群等提出组织全国木刻协会的意见，经全体一致赞成通过，当时就推选马达、力群、建庵、铸夫、陈九、安林、卢鸿基、罗工柳、文云龙等留汉同志，为筹备委员，跟[①]即筹备成立大会。

一九三八年六月十二日，在汉口，开成立大会，到留汉会员九十七人，由力群主席。当即通过宣言、会章，并选出驻会理事，马达、力群。建庵、陈九、安林、卢鸿基、罗工柳、铸夫、赖少其、文云龙、沙清泉等十一人，并外埠理事李桦、李海流、酆中铁等九人。

武汉撤退后，本会迁移重庆，然而工作上较诸在汉时困难还多，一切会务就交由酆中铁、王大化、文云龙等代理，随后复有，铸夫、鸿基、张望等相继来渝参加工作。

但各负责同志，并未因此而松懈，反更能激励自身努力推进工作。兹将本会自去年六月至本年四月之工作情形略叙述于后：

一、组织工作：会员——现增至二百零五人，地域广遍川、汉、黔、湘、桂、粤、（港）、鄂、豫、浙、苏鲁、陕、晋各省。分会——现已成立桂林办事处，成都分会筹备会，云南分会筹备会，桂林由刘建庵、赖少其负责，成都由秦威、郭荆荣、何以、宇等负责，昆明由李衡、马杏垣、夏明等同志负责。经费——在

---

[*] 原载《新华日报》1939年4月7日第4版。文末署"本文执笔者：中铁、大化、云龙"，即丰中铁、王大化、文云龙。
[①] 此处原文如此，"跟"或为"随"之误。

汉时因文件被毁无从查考,在渝时仅收到金费六元会友补助费廿余元,各界捐助费一百二十元,除各项开支外,尚欠债七十余元。

二、出版工作:书籍——全国木刻选集一一五册,全国抗战木刻选集一册(份数不详系江西出版),编辑木刻创作法一册。木刻卡片——汉口印行六百张,重庆印行七千五百张,成都印行一万一千张。木刻专页——重庆出版十期,成都出版五期。纪念刊——汉口一次;重庆三次,单独出版一次,分载报纸三种;成都一次,分载六种报纸;合川一次;惠州一次;江西二次。宣传招贴——式[①]千件。

出版工作纸张昂贵,印刷困难,经费无着的困苦条件下,数量有限,还不能满足许多工作同志的要求。跟着木刻刀的畅销和采用木刻的书籍、报纸、刊物增多,在本会出版条件困难下,曾企图改为供应,由其他的出版家来弥补这个缺陷,但并未得到好的收获。木刻卡片是为了印刷书籍困难而大量出版的,它的收获很出我们意料之外,这样在读者可以出少许的钱,得到精美的画片,在印刷上尽量采用原版,以省费用,每一期总是很快地便售尽了。

三、展览工作:全国抗战木刻展览会——汉口举行二次,计作品八〇〇余件,参观者万余人,南昌一次;这次重庆举行的展览会,作品共计六百余件。地方展览会——重庆一次,计作品一七六件,参观者六百余人;成都二次,作品计二八〇件,参观者五千七百人;桂林一次计作品二四〇件,衡山一次计作品二七〇张,参观者七百余人;南岳一次,二七〇张,参观者四千人;衡阳一次计作品二七〇张,参观者五百余人;惠州一次,作品一百余张;汉川一次,作品百二十张;此外新野、西安、南昌曾各举行一次。乡村流动展览会——川黔公路一次,作品八十余张,合川区一次,作品一百四十张;璧山区一次,作品一百二十五张。

四、供应工作:木刻刀——汉口供应二百副,重庆供应三百余副,成都供应一百副。木刻作品——安南金边市抗建画展四十件,中国文艺社劳军展四十件,中苏文化四川分会廿件,中苏文化总会送往苏联之中国抗战艺展一百件,美

[①] 此处原文如此,"式"或为"贰"之误。

国 New Masses 杂志廿七件，捷克廿七件，重庆市春节美展卅余件，国内刊物杂志报纸共贰百柒拾余件，壁报伍百四十件。文字——计各报纸杂志叁拾四篇约伍万字。木板——汉口约十方丈，重庆约七方丈。油墨——十五筒。印纸——土纸一百张，宣纸廿张。

五、研究工作：木刻研习班——汉口一次共四十人；重庆一次共十二人；成都一次共卅二人。研究会——现已成立者有西南艺术职业学校木刻研究会，重庆木刻研究会。

关于研究方面，本是很重要的，尤其是中国木刻艺术还正在成长的时期的今天，要使木刻成为有力的宣传品，必须提高木刻艺术水准，但这项工作，在本会除了办讲习班之外，因为会员居住分散，很不易在研究上办到研讨的机会，这只有等待各地分会和会友自身来担负起这个任务。

在题材和内容上，本会会友的作品都能针对着敌寇的暴行，在抗战中的建设，象征团结力量，表现抗战以来前方英勇将士杀敌的史事，发扬民族正义，表现领袖伟大精神，宣传兵役等等的宣传方针工作。

从上述的工作中，我们可看到，实际的工作虽然做了不少，不够的地方实在太多，除了财力上及人力上的贫乏以外，我们不能不承认理事会的分工合作的组织形态，很不充实，以致减低了工作效率，在现在我们正努力克服这个缺点，更希望得到各方的指导。

木刻雕法谈[*]

谨献给

在斗争中初从事木刻工作的同志们：

拿起我们的木刻刀，对准我们的敌人——法西斯强盗，托匪，汉奸！

创作过程

一、先得有个题材

无论一个文学家写一篇小说也罢，或戏剧家写一出戏也好，总得先有了小说的内容和戏的故事。刻木刻当然也是一样的。

在刻一幅画之前，一定要多想你所要刻的东西，想得越周到刻出的东西就少出毛病，如果拿到一块板后再想要刻什么就晚了，所以常常是想的时间多于刻的时间。

二、构图

A. 是用石印蜡纸印到板上再刻：将蜡纸盖于已画好之稿上，用墨笔描下，将已修好之板面喷水（不可多，亦不可少），再将蜡纸贴于板上，再加压力，少过些时则所画之稿就到木板上面去了，你可以稍加修改后即动手刻。

B. 先将已修好之板面涂墨，待墨干后在板上用铅笔打稿子（用红墨水涂亦可），即可动手刻，刻着随时可看出明暗之线条。

---

[*]《木刻雕法谈》系王大化与刘岘合著，未名木刻社1939年版。

C. 在已修好之板面上用铅笔直接打稿子，随刻可将刻去之空隙填上白粉，等刻完亦可看出画面之明暗了。

D. 用化学方法□[①] 到板上去（此法在我国不普遍）。

A、B 两种为大家常用的方法，C、D 虽好但一为太脏二为太麻烦。

三、板子之修理

这儿所需的是极平滑，极合尺寸的板子（如上机器印最好是六分高），把板刨平滑，锯成所需之尺寸，把边缘弄好，再构图，等图构好可以刻了。

四、动手刻

起初最好按色调之层次分刻，要非常仔细，若一走了刀不但画面受损失，而有把手刻破之可能，同时更应该注意刀子之使用，否则进步慢刻不好。

五、印

将油墨注于石版上，以油滚调匀，再滚于已刻好之板面上，然后铺上纸，用汤匙来回在纸上磨擦，待画面每一处都磨到时揭下来就是我们所刻之画。

六、印时应注意的事

A. 手要洗净

B. 把纸预先裁好

C. 油墨调匀（煤油少掺）

---

① 此处原文字迹模糊，难以辨认。

木板的种类

A. 木面木板：

是木头的纵切面，质较松，用此种木头只能刻较粗之线，多梨木，枣木，杜木。

B. 木口板：

是木头的横断面，因是直立之树纹故可刻细之线，是很坚固而不易中断的。多黄杨，枣，梨。

木口是木料的横切面
木面是纵切面

刀子之种类

A. 木面刀——在木面板上用的。
B. 木口刀——在木口板上用的。

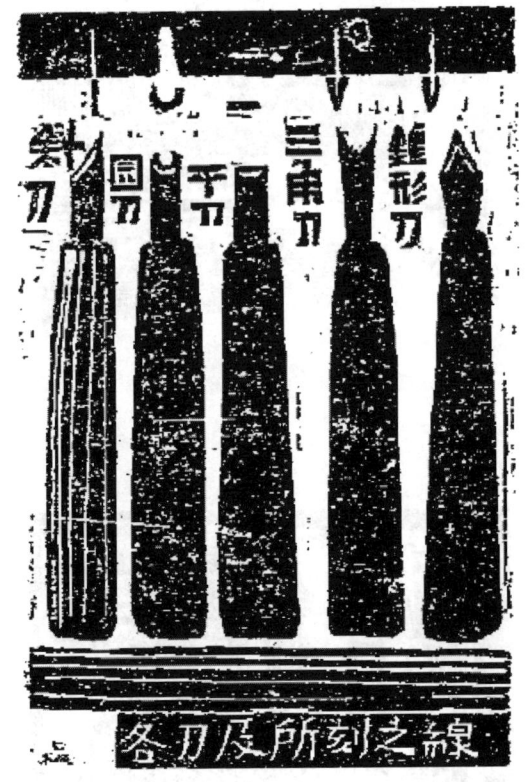

各刀及所刻之线

木面刀：刀子之名字及形式。此系我国流行用的几种。(刀口之形式，及能刻之线)

这是斜刃刀的持法，及此种刀所刻出之线

上面是圆刀平刀锥形刀之持法及其刻出的，下面则是锥形刀和平刀所刻出的线条

用平形刀所刻之画

弧形园〔圆〕刀所刻之图

用平刀所刻出之图

三角刀之持法及所刻出之图画

用三角刀所刻出之图

主要三把刀子及磨法：斜刃刀最容易，就只放平了磨。圆刀则须活动交替地磨。三角刀则要仔细分面慢慢地磨。注意磨时最好用油

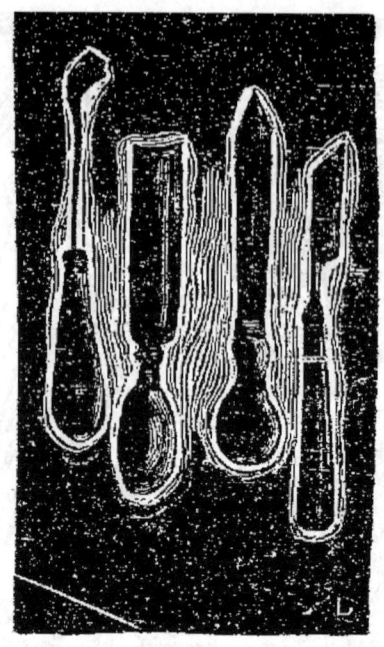

德国刀之刀样,这种刀用起来比我们所用之刀好用,但在国内却少见

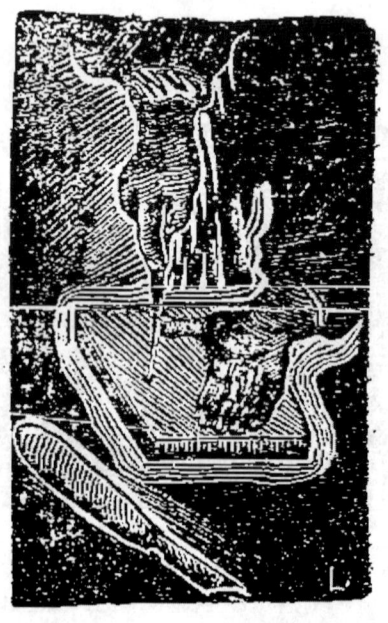

德国刀之持法

刀在板上刻时切切记住刀子要持平持稳，A、B 即示知应如何在板上动手刻

木面刀使用时要记住拿平，拿稳，请注意上图。

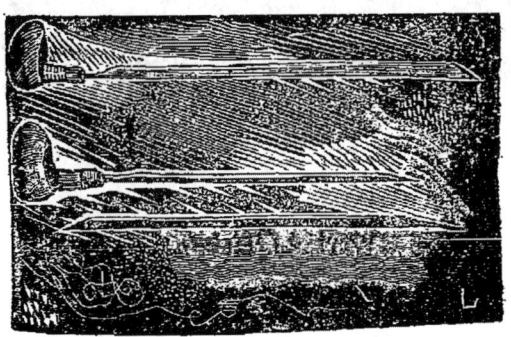

木口刀之形式，及所刻出之线，有一种刀叫锯形刀，因系锯齿形的，它能刻出一排排线，有三根的，五根的，十根的等等，如上图下方波纹式的线即此种刀刻出

木口刀之拿法

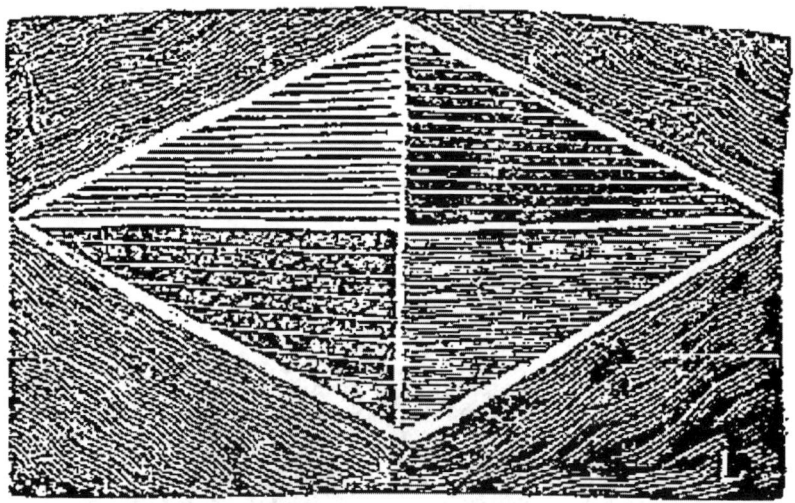

木口刀所能刻出之线，四周之线系用锯形刀刻出

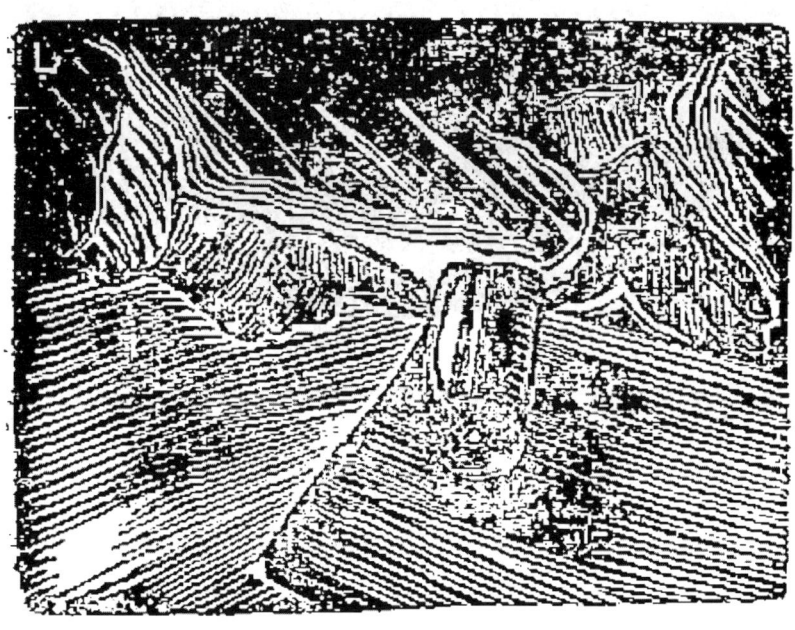

印刷

附图共八幅[①]

夜会(木口木刻)　大化刻

---

① 实际上为七幅——编者。

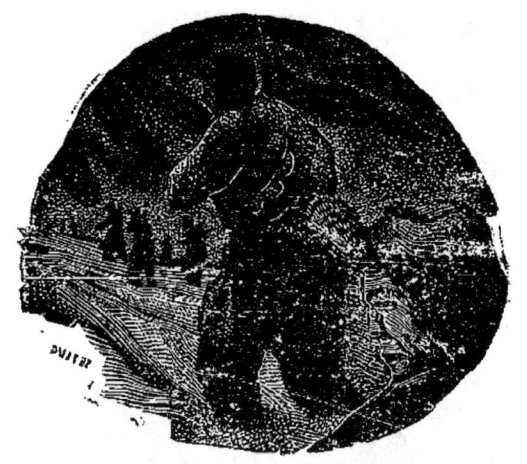

雪夜行军（木口木刻） 大化刻

鹰食（木口木刻） 刘岘刻

无题　刘岘刻

革命导师列宁的像　大化刻

《八月的乡村》插图之一　大化刻

哨岗　大化刻

写在后面

这本小书从动手作起到这书的付印足足费了一年另八个月的功夫。

是一九三七年冬天的事情了,在南京失陷的前几天,接到岘兄由首都寄一个小包裹到长沙(这包就是这本《木刻雕法谈》的本来面目,是包括了四千字和七幅图画的书),并寄了钱来叫我代他印出,当时因为自己马上就离开了长沙,所以这书就耽搁下来没印,那笔钱也就做我的医药费花掉了。

一九三八年春天到了四川,入川后就想把它赶快印出来,但苦于没钱于是又重新搁起。

去年在成都碰上了萧军先生,我把岘兄的《木刻雕法谈》拿给他看,他看了就说关于木刻作法的书太少了,最好你能加上一点合到一起设法把它印出来,后来又蒙跋涉书店刘鲁华先生愿为出版,于是就动手加上了一部份,写完了交给书店,这时这书已包括两万多字和廿几幅插图。但是事又不凑巧得很,时候近年底,印刷和纸张都成了问题,正好我因事急需离开成都,因此这书的原稿木板又跟着我跑了。

为了这书的印出碰了不少钉子,吃了不少气,到现在算能印出,这总对得起朋友了。

得特别提起的是,这书没能像岘兄所希望的早些印出,这是我非常难过的一件事。

自这书由岘兄寄到我手中以后,我们通讯到一九三八年的七月,但自七月到现在整整一个年头了没听到他一点消息,在这里,我希望知道他最近消息的朋友给个信我[①],那我就高兴极了。

这书印成这个特别样子是不得已,因为在此地"文字"的排工印工太贵了,我以为这样用原版印出对初学木刻的朋友帮忙也是极大的,这是个尝试,我希望这尝试会得到些效果,虽然,它是简单又简单极了的。

这书的印成得感谢许多直接或间接帮忙了它的人。

---

① 此处原文如此,可能为"给个信给我"的口语化表述,亦可能为"给我个信"之误。

这本小册子印出来了，我们希望每个见到这本书的朋友给我们严厉的批判，我们都是极诚恳接受的。

我们都还年青，路还远着呢，我们得好好地干，决不叫对我们抱了热望的人失望的。

大化记于重庆

一九三九·七·十四

从《兄妹开荒》的演出谈起
——一个演员创作经过的片断[*]

当我接到剧本时第一个问题马上来了；① 如何去演呢？这是每一个演员当接受一个角色时首先想到的问题，往往最初阅读剧本所得的印象会给演员以创造的启发，使他更容易地去接近那角色。

过去每当一个剧本决定了以后，首先我去理解了剧本，我理解我要演的角色，而初步地加以分析和研究。这一次也是同样的，拿到剧本之后，看了读了，甚至初步地想了主人公的身份、个性、外形，他与他妹妹的关系等问题。创作时间的紧促使我不能想到更多。当时我想，戏我是演过几个了，陕北的农民我也见过，自己也在乡间住过，那么这样一个戏的演出恐怕没有什么问题。

在极短的时间内这样想了之后，就按照自己所想的着手了。在起初我是没有什么的，很松弛，很轻松的。我想，一个农民；一个青年农民是比较容易接近

---

* 原载《解放日报》1943年4月26日第4版，署名"王大化"。《新华日报（重庆）》1943年7月5日第4版"新华副刊"转载时改名为《一个秧歌剧演员的创作经验谈》，内容亦有所删改，前有编者按语"秧歌，是中国各地农民都爱好的一种艺术。当抗战和民主生活创造了新的农民的时候，这人民所喜闻乐见的艺术，就生长出了新的内容，发出了更灿烂的光辉，在北方赢得了人民从心的爱好，收到更大的成功，（请参考五月七日本刊：萧三作《可喜的转变》一文）这一篇是演出《兄妹开荒》的演员自述，从这里我们可以看到一个艺术民族化的实例"。《文汇报》1946年6月14日第6版"演剧"副刊刊登的《一个演员演"秧歌剧"的经过》亦系该文的删减版。王大化牺牲后，《知识》在"青年人民艺术家王大化同志纪念之页"中重刊了此文，前有编者按语："大化同志，自一九四二年文艺座谈会后，即埋头于艺术为工农兵的实践工作了。在他参加创作下的、他第一次在延安演出的新秧歌《兄妹开荒》现在已经传遍全国。由他做执行导演的民族歌剧《白毛女》也已轰动了全解放区。全解放区（特别是陕甘宁）的老百姓几乎没有不熟悉他的，因为他所创作的，导演的和扮演的戏全为劳动人民所喜见乐闻。无论在政治上，在艺术思想上，在演技上，在作风上，大化同志都具备了人民艺术家的伟大前途：来东北一年后，正当开始下乡搜集人民翻身材料，忠心耿耿为东北人民服务之际，不幸竟英年夭折。噩耗传来，震痛万分。我们仅于仓促中，辑成此页，以志哀念。"该文亦先后被收入《秧歌论文选集》（新华书店1944年版）、《秧歌论文选集》（东北文艺工作团编，大连中苏友好协会1947年版）等论文集。

① 此处"；"疑为"："之误，《秧歌论文选集》（新华书店1944年版）沿用了《解放日报》的标点，《新华日报》和《文汇报》的转载本均无开头这一段，在王大化身后重刊的《知识》本则已改为"："。

的，因为自己也是个年青人，情感容易相通，何况自己记忆中还有些农民外形的速写。我就从许多能记的外形中选择了一个比较合适的，青年农民一般的模型。跟着这我就想到他的情感动作，他的语言……照这样我就着手演了。当然，我仍是照过去那种习惯的方法来处理这角色。排演的开始是松弛的，我动作着，我说着，唱着，与戏里的妹妹玩笑着，好像是很习惯似的，我心里想这可太容易了，这次的排演好像没有碰到什么困难，排演时也没觉得紧张，又因为是演员自己排好像更没拘束。

事情往往是说着容易做就困难来了。由于我那种不拘束，习惯，叫我发现了我所演的这角色太像我自己了。甚至像在都市银幕上所出现的那种都市化的农民了。这叫我马上想到了在这过程中所感到的松弛并不是真的松弛，而是由于自我的再现，因而不觉得紧张而已。

经过这么一来我倒真紧张起来了，也开始觉得困难起来了。怎么办呢？对于这角色的各方面我都想过了啊（而且也只有跟着这些想过的才能表演的啊），照这样说我应当很自如地表演，可是为什么有了困难呢？为了解决这困难，为了达到真正接近我所演的角色，我思索了，首先叫我想到的是这个农民像我自己的问题。为什么会像我自己呢？我并不是一个农民啊，进一步思索时问题便被我发现了，这就是对农民的认识，和更进一步的对主题的把握。这里应当分清楚，这角色不是别的一个农民，而是陕甘宁边区的一个农民，一个青年农民。这里我要表现他自由的生活和对生产的热情，要求我对这农民有一种新的看法和情感。这问题一解决，便发觉了起先之所以没能接近这一步，是由于那一套习惯的小资产阶级知识份子对农民的看法；是用了那套小资产阶级艺术知识份子惯用的手法来表现的原故，只是说，我在"表演"一个"农民"——这与我去表演别的一个医生，学生，名人……是一样的，"农民"只不过是我所表演的角色中的一种而已。

在我内心起了这个新的变化后，对农民我有了新的看法；我内心中燃烧起了对于这农民的热爱，我把他当作革命斗争中的主要力量来表演。由这扩张了我的思路，我想到了：（一）我要表现那种边区人民跃动而愉快的民主自由生活，这儿的青年人是如何明朗与快乐，（二）我要表现人民对生产热情，及在群众中广泛开展了的吴满有运动。这以后我就排了，当时我常想着新发现的一些问题。另外，随时注意着把生活趣味带到戏里来。

第一个问题得到解决后第二个问题又来了:《兄妹开荒》这一类的秧歌街头剧如何演法呢？应当注意些什么呢？当然在理解分析角色问题上是一样的,但在表演上却应与台上的话剧演出不同。首先,它是一个圆场子,观众就在你面前,要你把舞台上的第四堵墙打破,这对一个舞台演员来说是相当别扭的。其次,在表演上值得注意的是你的对象是谁,他们是喜欢什么的。在这种与观众的关系上,就要求演员的表演能和观众起情感上的交流。这比在台上与观众的关系更近了,这对一个习惯于演外国戏,大戏的舞台演员来说,就得丢掉过去那套臭架子,丢掉那套自以为是的演技,而向群众的演技形式来学习,因为只有如此,只有你能运用群众所熟悉喜欢的形式,才容易接近群众。在过去我们常常是看不起民间形式中一些东西的,譬如一些象征的手势,一些形象的习惯动作,我们认为是无生命的,不现实的,事实上这些东西却是人民所很熟悉与欢喜的,这与我们新的演技矛盾了,我就想怎么样能使它们变为有生命的？我想,旧的群众形式中某些象征形象的动作我们还是可以用的,重要的是我们如何把它们与新的演技技术相结合。我又想,人们所以说它们是无生命的,因为那只是一个旧的外形,而没有通过内心情感的指导,因而他们不能给人以情绪的感染。

想到了这个,我就大胆地尝试了,首先就是角色的动作步伐的问题,他的动作步伐得合乎秧歌节奏。我就把这个具体的青年农民动作走路该是怎么样先想好了,接着我就跟了音乐的节拍和主人公的心情、性格各方面加以秧歌舞动作的夸张。这里一方面不能忽略了一个青年农民动作走路的写实性,另外一方面又得加上秧歌的舞蹈性。动作是活泼,轻松,而又充满了活力的(当然自己所想的在实践中打了很大的折扣),这样通过了内心的愉快我就较顺利地形成了这角色的外形与步伐。

这种戏的动作是与舞台上话剧的演出不同的,因为是在广场上,因为有音乐伴奏,同时自己又演又唱着,你要合乎音乐的节奏,你要利用群众形式,更主要的,你又要通过内心的联系去创造。

在我上场的第一段歌,我唱"雄鸡,雄鸡,高呀么高声叫,叫得太阳红又红"时,我就大胆地采用了民间形式,我踏着节奏,用身体和上秧歌的步调,我用双手伸向天空，摇挥着——这个我表示了清晨太阳的红光引起了我内心的欢跃，一方面表现了主人公愉快的心情；另外一方面把观众带到戏里来。这种表演我是通过了内心的想像的；也正是从内心出发而支持了我，充实了那形象的表演。当我要把观众吸引到我所表演的那段情感中来时，我意识的注意了不把这些动作当了无生命的装饰，而要把这段的意义传达给他们。

当我演唱到"山呀么山岗上，好呀么好风光，我站得高来，看得远……"我也用了一个旧的民间形式里常见的动作，以手遮眼跷起双腿向前展望，这动作是俗得很的，但当我心里想到重叠的边区的山头，山头上的庄稼，山下的流水，边区生活的畅快，这些一反映到心里后使我有了真实感，丰富了我的想像，变一个形式的东西而为带有生命的。举上面两个例子说明我是如何试着把旧的演技和新的演员创作融合的开始，而主要的说明了在利用旧形式过程中，新的演技技术是起着决定作用的，因为它包括了内心和外形二者而不单独是形式。

上面谈的还只是一方面，另外一方面我要尝试着大胆地用写实的表演，像舞台上话剧演出一样，有人说，广场上的戏一定得动作大，富于舞蹈性，像话剧写实的演出是不会得到效果的。但在这戏里完全写实的表演我做了，如睡觉，一般旧形式里总是假的，甚至还可以在一边旁白。又如吃米面馍，喝米汤，一直到后来主人公掘完了地，抖掉鞋里的土把衣服搭在镢头上回家……这一切的表演我都是努力往真实的那样做，当然生活限制了我更深地接近真实，但基本上我是像在舞台上一样不折不扣地做了，所不同的是在节奏上除去整个戏的节奏外，更吻合着秧歌的节奏，这样的表演之后观众并没感到没兴味或是不亲切。

上面谈出了运用新的和旧的技术的一些粗浅的尝试，但是必须要说明的是，在创造这种新的形式时多熟悉旧的民间的东西是必要的，多吸取那里面可以很合适运用的东西也是必要的，但是做为一个新演员的人决不能为那旧的东西所束缚，更不能以为旧的东西就是群众所喜欢的而不顾一切地去用，去迎合他们，这样没法跳出旧的形式的圈子，失掉了艺术创造的真意义。因为实际告诉了我们，只有新的东西才是有前途的，无疑的话剧应当是有光辉的前程的。话剧要有前途其本身也得改造，这个改造也正是由于我们具体的对象——工农兵大众——而改变的。只要我们是表现了他们的生活，只要是真正反映了他们的斗争的，他们一定会喜欢。这一次演出中《兄妹开荒》便是证实。检讨起来，过去话剧之为人所不想看，这原因是我们的内容、形式、表演，离开实际太远了。离开了现实那会决定我们的演技走向架空，不为大众所了解与接受。

以上所说到的外形动作等是决定于内心的，这也说明了新的演技的特点。不通过内心的这个创作过程你是没法使你所表现的生命化。在这问题上有了意见的分歧；①有人以为这样的演出可以粗糙一些，广场上，观众也只是一般的群众，可以马虎些。但由于这次演出的经验，我反对这种说法。做为一个演员的人不应当这样想，这是脱离群众的想法，是忘了为谁而演，是不忠实于你的对象的。另外也欺骗了自己。一个演员创造一个角色不经过那一定的细腻的分析和研究，你是很难和你所要表现的人物接近的。一个无生命的外形形式是不会感动人的，他在观众面前出现时便是一个来路不明的人物。这次经验告诉我，群众是真正的艺术鉴赏者，这话是不错的，任何投机取巧不忠实的表演都逃不过他们的眼睛，如果你想使你所表演的能引起他们内心的共鸣的话，除非你是真实地反映了他们所熟悉的事物，而这所谓"真实地反映"里面包括了情感的真实加以艺术上的创造。群众是懂得艺术的，一出坏戏，一段拙劣的表演是不会引起他们的愉快的。你不信，若看你表演上的成功与失败时，群众反应便是最可靠的鉴定，也只有在这种反应中，在与群众的情感交流中，你便会走进了你的角色，往往是下意识的，你一点一点地接近了角色的情感动作……及一切。

演员除了一些外形动作表演外，另外还凭了你的语言和歌唱，把主题传给观众，而语言又是和外形动作分不开的——这里包括了表演，歌唱，说话。对于这一类的演出，有人主张"唱"主要是唱歌，要声音悦耳唱得好就对了，可以与表演的关系少些，我反对这种说法，这多半是受了旧的演唱的影响。我觉得照这种人的说法，那被唱出的便会只是一个无生命的曲调了——即使那歌曲本身包括了多少革命内容，也没法表现的。严格地说起来，这只能算是唱，而不是演唱。做为一个演员，这次经验告诉我，是在于你能把每一句话，歌，通过内心以具体的

---

① 此处"；"疑为"："之误，《新华日报》本为"。"，《知识》本为"，"，《秧歌论文选集》（新华书店1944年版）本则为"："。

声音表情，面目表情，动作表情等传达给观众，在观众那里引起极强烈的反应，这个关系很大的。在技术上要求演员们：(一)语言群众化(这里面包括了语言的地方色彩与语汇的群众化)，只有这样群众才会觉得亲切爱听。(二)吐字清楚，把每个字都送到观众耳朵里。(三)外形把握的群众生活化，否则他们会觉得不是他们的人。(四)以上各点都得有机地联系，而不能割开单独地运用，那就会是片面的。(五)唱时一定得唱出情感来，而应和表演情感的一贯发展不能分开。在必要时为了整个情绪的发展可以按情节处理曲调的休止和延长等。在有些时候为了更适当表现你的情感，你宁可牺牲某节曲调之音而加以适当的声音表情。不要以曲调而限制了情感的真实性。因为现在的曲调一般是民歌风，而且一个歌是几个人轮流唱的，因此而限制了曲调与每一句词儿的一致性，在表演时必要的改动还是应该的。曲调作者会谅解的。

一个演员他要想和观众打成一片，那他非得把演，唱，观众反应有机地联系起不可。

提到观众反应，有人就说在这种广场上，在这种群众之前得有"噱头"才能吃得开，而这种"噱头"是要粗犷的。这次经验告诉我，这种说法是不妥当的，这不仅把艺术创造市侩化了，另外也是极不尊重我们的观众的。

首先讲，噱头这两个字就不对，说这话的人是把趣味和噱头并列的(他们的趣味含义也不是正确的)，这些人认为只有噱头可引起观众的笑，观众的笑便是代表了喜欢，也就是表演时要追求的东西。但他们忘了，有名的戏、小说、诗歌也是会叫人笑、哭的，但那是由于噱头吗？在很多场合观众无言的沉默正表现了戏、小说……之成功，那你将如何解释呢？曹禺的戏里面戏剧情节是太丰富了，你能说这是卖弄噱头吗？应该认为这是由于主题的一定发展而产生的东西，这正是一个作品的艺术性戏剧性。把这解释为"噱头"，或在表演时追求那种不正确的趣味都是不对的。

难道你非得以不合实际的玩笑取得观众的乐吗？否则便不是演技？同志们，那种过火的，夸张的，不合实际的东西，正是我们从事新演剧的演员应该去掉的。别担心，以为去掉了那东西就没法使观众激动了，不会的，只要你是按照一定角度去了解分析你所表演的人物，你忠实他，热爱他，再加上生活对你的感染去表现他，只要你所表现的是合乎观众所见的那样的，按照一定的情绪的发展，那高级的戏剧趣味便会出现在你的表演里。

作为一个新的，走向新方向的演员，应当老老实实平平凡凡。要和江湖习气，从"噱头"出发作斗争，如果你不这样做，仍旧想在创作上投机取巧，作为游戏，趣味出发，那是使新戏剧走向溃灭之路，同时也溃灭了你自己的艺术创造。

上面是一个半月来参加秧歌宣传队自己演出的一点经验，这经验特别是拿《兄妹开荒》为例子谈的。

自己尚是一个初走上演员路的人，对于一切都是极幼稚与浮浅，尤以生活和斗争知识的限制使我更难以谈得好。但这是一个新的方向的开始，特别是文艺座谈会上毛主席提出了面向工农兵的文艺方向，最近又特别指出这是文艺工作者唯一应当走的路，在这里写这点粗浅的经验以供大家参考，在看法上，具体的体验上也许与别的同志不同，特别是演员同志们，请你们看了后给我意见，为了建立我们新的演戏工作，为了使我们的演技能为大众所了解与接受，为了我们更好地为工农兵大众服务，这是必要的。

一九四三、三、二五　鲁艺

申红友同志给我们上了第一课
——秧歌剧《周子山》排演过程中的一点经验[*]

一

今年正月里我们工作在绥西（子洲县）边境一带，在边境地带时受政治土匪骚扰，老百姓对政治土匪恨极了。

根据了当地的情况，我们工作团就决定即时反映这问题。

我们选取了一个实在的政治土匪及以绥西为背景来写。为了使这人物更凸出一些，所以在外形上性格上就与那个本人有些出入。我们起了一个名字"周子山"。我们写他是一个以个人英雄主义者参加了土地革命，在革命当中他不可能实心，他要争领导，他要个人突出，为自己盘算，爱往人头前里抢……为了写出革命的实际力量，真正的共产党员的品质，我们写了马红志。这里更对比出周子山从个人出发，及如何走向毁灭。另方面写马红志，是怎样在群众斗争中生长起来，他代表了党和人民力量的成长与强大，他代表了劳动人民的革命品质。

为了表现这整个历史阶段，为了明确地表现出革命与反革命的斗争，我们决定了写五场；前三场写土地革命时代，后二场写统一战线以后。

在创作过程中，不论在搜集材料上，在处理题材，表现人物上都曾遇到一些困难，但最后剧本终于写出。大家谈了一下觉得还可以，只是觉得这戏没有特色。

马上我们就动手起来，但一排起来的时候就成了大问题，排不下去。譬如排第一场的秘密小组会，排起来，一点秘密的感觉都没有，一点革命的气息都没有。导演演员（剧本创作有导演和演员参加）都摇头排不下去，到这时候才想到：

---

[*] 原载《解放日报》1944年6月9日第4版，署名"王大化"。

革命实际被我们轻轻地放过。

当我们在收集材料的时候，我们总觉每次谈后收获不大，我们完全没有注意到与我们谈朱永山材料的、谈土地革命时代材料的那些同志正是代表了当时的活生生的革命史实，正是我们应当表现的和学习的。

怎么办呢？戏还是要排下去，事情还是要反映，不容许你关了门闹主观，事情逼着你到实际中去找办法，这里，如果你觉得可以混一下，可以不实际一下，那么你的创作便会失败！

末了，还是革命的实际来给解决了问题，使《周子山》获得了生命，变为生动的了。

二

我们的戏正在没办法的时候，恰巧我们工作到了米脂县的一个区——桃镇区——这地方曾红过，而干部中有很多都是参加过土地革命的。我们就去区上请了一位同志来帮助我们解决戏的问题，这位同志姓申名红友（老申的名字在工作团里差不多都知道而且都深深地记着，因为他是我们最好的先生）。

我们请他来之后，同他谈了戏的情形，请他帮忙，他就说："对，把土地革命时的实际内容闹清楚。"

我们把剧本读给他听，先读第一场，一读周子山的台词时，老申说话了，他说："我看周子山这人不是个实心闹革命的，为个自盘算，与马红志不同，得注意才对。"读到二老周酒醉回来，我们问这时候有这样人没，"有这号人"。继续再读时老申提出了问题，他说："这达得先把张海旺确是被捕这问题搞清楚，可以显出周子山这个人。"当继续听下去的时候，他说："周子山打埋伏了，这人可能叛。"这些问题经他一提出就明确化了，从本质上分析了周子山，即对导演处理周子山这人物上也有了启发。由于这样我们兴奋得很，我们就决定排给他看，在排的过程中具体地解决问题。

戏排起来了，老申很集中地看着我们。戏排到谢玉林上来了，老申说话了："你得装扮个卖什么的才行，要不，反动派一碰见就对答不出。"问题一提出我们就感觉到新鲜，觉得好，他就给出了个主意说装个"买羊的"。这样一来谢玉林一开头就有了生命。谢玉林到老马家敲门，打了暗号后，谁去开门呢？"老马去开"，马红志就照样做了。老谢一进门就关上门回来。老申又说了："嚷加不能行，得往外瞧瞧才对，不要后头跟了人。再，我还有意见，你们看行不行？我说加进这么个内容：老谢进门后，马红志把他往回拉，再问他该没碰见什么人吧？（说这话时老申坐在炕头上，给我们表演着当时表情）要说碰上了人那么就要有变动情况。"我们就按照他说的往下排了，（接着老马把烟递给老谢："咱抽！老谢咱红军哪达咧？"老谢说："到了上川咧！"）正想接下去，刚刚在思索着的老申说话了，"我看这达加上个内容：加上狗叫，对不对？""对嘛！"大家不约而同地为这一个狗叫激起，这是多么巧妙的一个导演手法，给剧添上了气氛。由于这深夜里的狗叫更衬出了地下斗争的秘密气氛，夜的气氛也浓了。我们大家为这个而非常兴奋，我们就照样地工作了，可是有了狗叫之后又该怎么样呢，生活贫乏的我们又没办法了。老申说："狗叫以后得叫聚英去外看看，叫老马说：'诺，我说你，咱快出来，去看看外起狗叫该没有什么吧。'要是没有什么才说别的。"聚英回来了说没有什么，老申说现在可以谈了，于是老谢就问老马打探黑龙寨的情形，老马就报告了一下，老申在旁边说："说话的时候应注意到门口和声音；不说废话，这是谈工作来的。（本来我们有一点废话的，那是在为了补足没有生活而加上的一些琐碎的东西）最后就谈到找大家来开会，按原来写法是叫聚英去的，我们问可以不，老申说聚英是同情革命的积极份子就可以去。"（老申总是站在一定的阶级立场上讲话的，处理每一个问题都是与这分不开）听了他的话聚英就想走，老申就问我们，照这个样子出去要是碰上反动派怎么办？我们又瞪起了眼睛，老申看我们那样，他就说："嚷加吧，让老马说'要是碰见反对[①]派时间，就说我难活了——生了羊毛疔，寻医生去'。"问题解决了，聚英去寻人去了，老马和老谢到后窑吃饭。

我们又继续排，聚英回家报告海旺二老周没回家，根据了这种情况老申马上提出了海旺和二老周坚定不坚定的问题（这是我们根本没想到的，老申说："得好

[①] 此处"对"当为"动"之误。

好地估计才成，打黑龙寨与新变动有密切关系。"）开会的场面一开始我们戏里就讨论起打黑龙寨的。老申说："慢一点，你们忘了寨子上已经捉住了我们的人，情况有了变动。这两个人如果在寨子上有了变卦的时间，打寨子的事就有大影响，这问题得先讨论。"大家都很心服地做了。另外一个问题又发生了，如果讨论起人的话再如何转到打寨子的事呢？"不要紧。"他说，"反正咱们红军去上川，就是寨子上有了变动也不妨事"，马红志又照样的说了。可以讨论打寨子的事吧，老申说："不行，在暗红的地点政权还是人家的，要操心人家破坏呢，得放个哨。"（马上反映在我们脑子上的是一个人拿了红缨枪放哨）他好像已经看出我们的怀疑，他说："不是红缨枪站哨，是放暗哨。"派谁去呢？老申说："你们都是主要份子，要操心发表意见，叫聚英去吧！"聚英正想走，他又说："慢一点得把地点暗号布置好。"他马上又给布置好，叫老马嘱咐聚英："你咱到咱水碾房上茅圈墙上，那达是个放哨的好地点，对不对，在那达，沟里出来的，里头出来的，山脑畔下来的人都能看见了，你要是看见了人的时间，你就拿咱顶门棍在咱窑墙合头（外头）敲上个三下，对不对？……"聚英下去了，大家总以为可以开会了，老申又提出了大家没带武器，得找个隐蔽的地方。接着他又安排了，叫老马说："早就预备好了，一有变动就跟我走。"哨放了，隐蔽的地方也有了，老申说，现在就可以讨论了。他又把我们的会给布置好。一直开完了大家走了。老申说："照今天开会时间周子山要自动地去黑龙寨活动人、活动枪这事不是么简单，得派一个坚定份子去跟着他，防备万一，但是要注意方式，不要叫他觉出是监视他。"李登高给派去了，一场就完了。末了老申说："老谢不能按原路回去，怕碰上反动派。"

　　第三场一开始老申就给带进了叫人感奋的东西，那就是李登高火急的报信，他说："这是个革命最坚定份子，非这样不可！"这给第三场首先染上了浓厚的战斗气氛——战斗的开始。他说："应当先问周子山人的问题，这可以关系到周子山这个人的。"情况一变，老马听见了周子山捉住就知道民团发兵有道理。战斗开始了："老马得立马布置工作，像老马这号好的同志要坚定，快快召集李登高、田生贵讨论。"他又说："马红志这时间什么都得照管"，"得把哨放到马家沟前头的庄子上。找上两个人，一男一女，男的闹上镢头去，一有变动山头上撒土。叫个女的到前庄，挎上个小篮装探亲戚的，消息放灵通，一有动静回来报告。叫老田快给上川老谢写鸡毛信，叫上川红军快下来。再给×××、×××赤卫军信，叫他们的赤卫军立马到马家沟集合。叫老李集合赤卫军，闹起红旗，监视定老财们，派坚定份子上川送信去。在机动的布置底下拿起了武器。叫田生贵把文件藏好。把红布围起……"一幅活生生的火热的斗争场面画出了，戏充满了战斗意志，有了生命。正在这时聚英等扶了海旺老婆上来了，（本来我们在这里写海旺老婆说：海旺死了……老马给我做主……处理得有些歇斯缔里[①]的。总之是很伤感的语句，我们觉得这些话是很感动人的，老马说：你要放宽心……海旺牺牲了……闹革命为穷人翻身……打开黑龙寨报仇……）对这问题老申特别强调这时应当照住多数，对同志流血牺牲应该有难受的表示的，可是事情急了就不能个人难过咧，要不然就要坏事情，这时间只要说"海旺为众人亡了命了，流血牺牲了，咱众人要给他报仇"就对了。（这里是多么集中地表现了真正同志间的友爱，这比我们说了许多许多话真挚到不晓得多少倍）老申又说："闹革命那一定要死人的嘛，这时要顾众人，顾多数人，不能顾个人，众人的命比一个人的命要紧，反正闹革命成了功，就是为他报了仇了。"这里说明了斗争的残酷，说明了一切只有经过斗争才能解决，集体与个人不是矛盾的，而是统一的。紧接着派坚定份子去送信，并嘱咐"在路上碰见敌人，信掉不办就吞到肚去"。

紧接着，老马给妇女们分配了工作，换药、做饭……

紧接着，赤卫军来了。（本来这地方我们写老马对群众讲的话比较多，但老申说："已经开始军事行动了，只要向群众报告一下就去打寨子，要坚定众人革命信心。要众人闹革命不要怕流血牺牲，要奋斗到底。要提出大家的希望：打开黑龙寨分土地，分牛羊，分粮食……"）

送信的人在路上碰见了老谢和红军一道回来了。红军代表说："同志们，咱们红军下来了，只有二里路了。""同志们，现在没有时间多说话，咱们打开黑龙寨，咱们穷人们就翻身了！"

报信的人来报说"民团已进沟口"，于是赤卫军出动了，唱着"红军共产党天心顺，全世界老百姓都随红军……"的歌子出发打黑龙寨……

[①] 此处原刊如此，英语音译词，现通译为"歇斯底里"。

老申是一个有经验的革命家，他全面地细心又周密地解决了这斗争中的一切问题。《周子山》一场三场就是这样获得了生命，有了现实意义，这与老申是分不开的。

三

在老申帮助下的《周子山》前半部的排演过程中我们学习到的是什么呢？这里拿我作为一个演员来说的话，老申是给我上了很重要的一课。

在过去，每每想到演一个群众领袖或是一个党的工作者，反映到脑子上的必定是个突出的人物，与众不同的，这才会有特色。所以在老申未帮助之前自己是很苦闷的，觉得马红志是一个没有什么性格特色的，要把他表现成为一个出色的人物是不成的。怎么办呢？我想到了在外形上来补救。于是我就想起了一些这方面的形象，又在生活中找到一些材料，我试着做了，但做不通。我意识的要表现他的与众不同，要寻求他的特色。但最使自己没办法的是自己无论如何相信不过自己，角色本身根本失掉了依据。

但与老申接触后促使我比较冷静地思索现实斗争中的英雄们是怎么样。我改变了我的想法，这使得我变成老实。他教育给我一个真正的共产党员，一个坚强的革命斗争战士是普普通通的，与群众在一达里，并不是一个孤零零突出的。（过去对这问题只是理论地认识到）老申就是这样一个最现实的人物。首先他对革命工作态度上是叫人感动的。他是一个搞政权工作的，工作忙极了，可是帮助我们搞戏弄到深夜，在极寒冷的清晨为我们排练，他不说什么。他所能说的是："咱要叫这个戏本编得好，能更把那实际内容来宣传群众。"老申有着那么丰富的斗争智识，但他丝毫不骄傲，他是虚心的。每当他提出一个意见时他就问："我看这达应当这样，你们看怎么样？行不行？""依我看这达加上这么一个实际内容，你们看对了不对？"更使我感动的是在排第三场时他领来一个曾经参加过打寨子的同志；这位同志是一个乡长，老申说"咱自己没参加过打寨子不能乱说"，他又对那位乡长同志说："他们问你什么你就说什么，把当时情况说个清楚，一定要把那个实际内容，讲好，这是要宣传人的。"当那位同志对所要求的东西尚不太了解的时候，他就说了："夜天他没听头二幕戏怕不清楚，我看就加上这么一个内容你们看对不对？"譬如第三场找人闹上镢头去放哨，找田凤英挎了小篮去打探消息……在布置过程中他不是一个人独断的，他总是虚心地问乡长及征求我们大家的意见"你们看怎么样？对不对？""我没参加过打寨子，不能乱说，可是计划布置打寨子咱参加过，就照那个事实来做，对不对？"他的虚心是真的站在为革命工作上，是完全实事求是的态度。所以老申不但帮助我们解决了《周子山》一剧创作过程中的许多具体问题，而且也正是实际上使我们懂得了甚么叫作现实主义的创作方法。如果说《周子山》还多少获得了一些成功，特别是前半部（一般批评都说前半部较好），那末，老申是有很大功劳的。对于我，则可以说是上了很重要的一课。

方达生是怎样一个人？*

方达生代表着四十年代中国青年的特点，有着一颗热辣辣的心，真是"满心向善"有着小资产阶级所特有的虚无主义的色彩。现实生活给自己提出了很多问题、自己不能解决，但又想求得解答，怎么办呢，于是就深深地埋在心里，自己呆呆地想这答案，因此常常是过着内心生活。有着一肚子幻想，□[①]而这些幻想又是不大合乎时宜，"空抱着一腔同情和理想，而实际上因为事实倒底不是他所想像的那样单纯，这就显出了他的单纯与天真"。

他走进了罪恶的都市，他看见了自己从前的爱人生活在不可拔的深渊里，堕落、腐化、放荡，于是他要拯救她、感化她，但他只从表象地看到白露的生活方式，认为只要"跟他走"一切便可了之，他就不知道，是什么造成了白露的生活方式，又是什么东西把她拉住不能走！他看到了小东西，他同情小东西，他愿意救这孩子，甚至为寻找这可怜的小孩子找遍了窑子，但他找不到。无论对陈白露的感化，或是对小东西的无限同情，都是从人性论的道德观点，这些观点往往是无补于事的。这观点就像肥皂泡一见到风就破了。他要做一点事，"要同金八拼一拼！"但他完全不明白金八是怎样地生活着的，什么东西维系着金八活着的。因为他是幻想地、主观地，因而就不是实际的。

他从到了都市以后，这罪恶的现实叫他认识了书本上学不到的东西，他看到了给予社会罪恶的是谁，他更看到了谁又是被侮辱与被损害的，现实打破了他某些幻想，他从现实生活里领会到一些真理，但这是自发的并非自觉的。因此他打破了旧的幻想又产生了新的幻想，那就是乌托邦式的自由社会，他觉到需要热烈

---

* 原载《新生时报》1946年4月25日第4版"《日出》专刊"，署名"梦滨"，"梦滨"为王大化的笔名。
① 此处原刊字迹漶漫，疑为"然"。

地追求光明,在太阳底下生活,永远被阳光所照耀,他觉得劳动人民的夯声里充满了新生的力量。他去追求这新的生活去了。

会想像到他会碰上什么钉子的,他幻想着光明,为追求光明的欲望所激动,但光明对他究属渺茫。

可是,只要他能燃烧起这情绪来,真正要做出点事业来,要改造世界独力把太阳唤出来,只要他有坚毅的决心,那么,虽然他会碰许多钉子,吃许多亏,是终会有结果的。只要他能理解到这罪恶社会的基础,了解到空想的或改良的办法都行不通,而是要依靠那新生力是叫社会翻个过,使大小金八溃灭,使自己成为自觉地与劳动人民结合在一起,那么光明便真是属于他的。

关于《原野》的演出[*]

《原野》是一个中国封建社会对人民压迫和剥削的写照，这里面写的是封建阶级的代理人焦阎王及其帮凶者如何残害无辜的农民，又写着人民是如何反抗这封建的压迫要求个性的解放和为生活的自由的斗争。仇虎和金子就是这人民代表，这个主题是有积极反抗性的，是代表了进步的思想的。

东艺剧团演出的《原野》，首先导演者对主题的掌握上就弄错了，他把仇虎和金子的行动认为是"罪恶"的，这种"罪恶不能涤清"，因而应该死，那是"因果报应"！（有括弧的是引的东艺演出《原野》的说明书）这样一来，不是说封建社会那样杀害人民是应该的了？人民如果起来反对就是犯罪，应该死！这样一来，如果把话说得远点的话，满清就不应该推翻了，那么就用不着革命了。正因为如此，导演把仇虎处理成一个江湖大盗，金子是一个下流女人而焦家母子处理成善良的人这理由就可以明白了。这不是与曹禺先生的意见背道而驰吗？

这是不是怪演员呢？很难这样提，主要的是导演者把主题思想掌握错了，主题思想是一个作品的生命，如果把他弄错了那么一切都会走歪了。

在关里曾看过很多不同的《原野》演出，但从没有看到今天如此处理它的，所以在这里我有这样一点感触提出给与戏剧界朋友们研究。

---

[*] 原载《新生时报》1946年6月2日第4版"戏剧周刊"第1期，署名"静之"，"静之"为王大化的笔名。

可喜的转变　宝贵的收获
——关于戏剧讲座考试[*]

戏剧讲座于本月二日举行了考试，参与考试的有七十名左右。在这些朋友们各对试题的答案中我们归纳出了以下的几个问题，这些意见都是很珍贵的，它代表了连市戏剧工作者与爱好者对戏剧的认识——它的社会意义，剧人的生活态度，对时局的认识等等。

我们的试题有下面几个：

一、你投考戏剧讲座的志愿。

二、你对戏剧的认识及看法。

三、戏剧与社会的关系。

四、对时局的意见。

底下就是经过了归纳以后的试题答案：

一、对投考戏剧讲座的志愿

"戏剧是新文化运动里非常重要的一件工作，它的好不好，能够直接影响于新文化的进展。所以打算使戏剧工作做好，我以为这个责任却不能不由我们从事戏剧工作的人来担负，为了尽我们作剧人的使命，为了把剧运推进，我以为首先应该充实自己，努力学习……戏剧讲座的成立，无疑是我们从事戏剧工作的人们的一个好的机会，一个学习的机会，在这里我们能够彻底知道一些问题，学习一些东西，更可以进一步地认识了戏剧。"

---

[*] 原载《新生时报》1946年6月9日第4版"戏剧周刊"第2期，署名"大化"。

"……为了扫除脑海里深印的法西斯文化教育及封建思想的毒素,为了扫除这些毒素,建立科学的新思想,新戏剧的力量是不可忽视的。所以我不顾一切地投入这里……"

"……为了充实学力,好做一个完整的剧运工作者。"

"……为了我们大连的文化运动,改变我们四十年帝国时代敢怒不敢言的思想,为了祖国的文化的进步和发展。"

"……想戏剧为社会服务,锻炼为大家服务的能力。"

二、对戏剧的看法及认识

"……戏剧是人生的反映,记录,解释……他是一种好的社会教育工具……在这里它把人生的每一阶段,每一些不良不妥的事情,由几个人扮演,搬上舞台,给人们看,使他们知道人与人之间的关系,革除一些不良不妥的事……"

"戏剧使人们生活得有兴趣,有目的,它能组织群众,教育群众。"

"戏剧是歌颂光明,暴露黑暗的,它是我们人生中最需要的食粮……"

"戏剧是坚决地站在为社会,为人类服务的……以它来为我们的新民主主义的,民主的,建设的,统一,富强的新中国起一点作用。"

"戏剧是为大众而存在的……"

"戏剧艺术不是享受的,而是艰苦的。"

"戏剧是贯通新思想的前锋者。"

"戏剧使社会一般人对于现代时事,都有一种认识。并不是完全为了娱乐。"

"戏剧就是黑夜里的明灯……"

三、戏剧与社会的关系

"戏剧是领导社会,启示社会,改善社会的一种工具,换一句话说,戏剧工作就是社会事业之一种。是新文化运动之一重要部门,一个不可缺少的工作。社会由人类集合而成,这里面包含了好的,坏的,戏剧是为了整个社会好,使社会向前发展，因此二者密切联系不可分。"

"它是社会政治经济的反映，每个时代的戏剧，也就是要反映出那个社会是怎样的一种情形，所以社会的进步也可以推进戏剧的进展，反之，由于戏剧教育人的力量非常大，由于改化人的思想的力量非常强，它也能转过来推进社会的进步，改造旧社会，建立新社会。"

"戏剧是推动社会的原动力……"

"它更扶助社会的发展进步，提高文化……"

"戏剧是社会的一面镜子，社会的进退或明暗都呈现在这里边，因此它与社会是无论如何也分不开的。"

"它负有改进社会之任务。"

"戏剧是为了宣传的，当然是和社会有关系的，社会到了什么社会，那么戏剧所宣传的就是那时社会的现实生活的一切。"

"叫人不要落到旧社会里……"

"戏剧是普及教育文化的先锋，增强民族意识文化思想的！"

"它能启发民智，宣传文化，改革过去封建式的腐败社会，领导民众走向光明社会，使社会上一切不良现象去掉，使人民对现代社会作更进一步的澈底认识，推翻法西斯封建式的黑暗社会……是人民宣传之一部份，它能负起改造社会的重大使命，为国家人民而服务……"

四、对时局的感想

"希望不要打内战，打内战对老百姓不好，老百姓希望和平。民主联军让步是为了老百姓，我认为民主联军这样做得好。"

"中国应实现民主，必须实行三大政策，联俄联共扶助工农才行。中国必须把民主实行好了才好。"

"从'八一五'以来胜利了，但国内打内战，应由国民党反动派负责，应当呼吁政府及国民党停止内战，应当好好谈民主和平。"

"国内局势应当是国共合作才能和平实现。"

以上都是投考戏剧讲座的朋友们的答案，都回答得如此真切，直爽。这里面的答题给我们说明了一个很重要的问题，那就是过去一般人对连市剧人抱了一种成见，即这帮人是什么也不闻不问的，就演他的戏！但试问我们看了这些答题之后还能那样想吗？我们可以肯定地说这些朋友们都是有思想的，有正确的认识的，有相当程度对戏剧的了解的，是有着光辉前途的！从答题上我们又可以看出，那在思想上起的变化已经比较明显，随着这个了解将会为新的民主主义文化运动中的新演剧工作放出光芒。最重要的我们的朋友们已不是"为艺术而艺术"的"艺术家"，而是站在人民大众的立场上为社会人民服务的，这是个新的变化，是个很可喜的倾向。

预祝这些朋友们前途的光辉！

戏剧艺术观[*]

一

人生活在世界上，有他一定的生活方式，一定的思想动态，有他对一切事物的看法，即其对事物的观点，这种对事物看法的观点可分为两种，一种是把自己放在一个主观的圈子里，他不正视一切问题，而叫一切服从于自己的主观愿望，叫一切都围绕着他。明明桌子是四条腿，他偏偏要说是三条，明明社会里存在着斗争，但他却说没有阶级，只是"大贫小贫"，企图来模糊人们的眼睛，企图以他主观的力量来消灭斗争。他说一切是"精神"的，让人把一切寄托于渺茫的空想，其目的无非是否定一切，以达其统治的目的。这种观点是资产阶级的观点是唯心的，主观的。另一种是从实际出发的，认为一切是客观存在的，桌子是四条腿，社会里是有阶级存在，并且认为只要阶级存在一天那么斗争就存在一天。这种观点是正视现实的科学的，他以历史的发展中来看问题，认为一切是物质的，是勇于把一切现实社会当中一切矛盾斗争提出来，并求得这些问题的解决。在这两种观点来说，我们是反对前者而要后者的，因为人不能离开你所生活的现实而单独存在的。这种观点是唯物的，历史的，是代表了无产阶级人民大众的观点。

---

[*] 原载《戏剧与音乐》创刊号，1946年8月15日出版，第1—2页，署名"王大化"，后曾刊载于《大连日报》1947年1月31日"艺林"第1期，此据《戏剧与音乐》本录存。

二

戏剧艺术是观念形态的一种表现形式，而这观念形态是由整个社会的政治经济生活来决定的，作为观念形态之一的戏剧当然是离不开社会而存在的。同时戏剧艺术是要通过人来做的，照上面所谈，那么这个从事戏剧的人必然要有其对现实社会一定的看法，即他个人的思想方法，如果他要生活就必须确立一种对客观事物的看法，只有确立自己的观点才能达到如何表现现实社会一切的目的。

譬如说，如果自己是不相信客观存在的现实，那么你去表现一个工厂的工人因资本家的剥削而群起罢工的时候就无法表现，因为在你的思想方法里是不承认阶级存在的。只有能认识客观现实，了解阶级的存在，了解到工人为什么要罢工，要达到何种目的……他方能去表现，难道这不是很明显的吗？而后者应该是肯定的也是很明显的！

三

因为有两种不同的思想方法，因此基于这不同的思想方法之下反映在他们艺术表现上也各有不同。第一种人资产阶级艺术家们是以粉饰社会的态度出现，为了少数人高唱升平掩盖自己的一切丑恶，人们就不愿看那些东西，因为人们生活着的社会不是那样的，观众要求的是把真事一五一十地告诉他们，无产阶级的艺术态度正是恰恰符合于群众这要求的，他们是依据了客观现实中人民中所发生的一切问题加以反映，暴露那些少数人的黑暗，歌颂多数人的光明。从这问题可以看得出艺术是有它一定的立场的，就是说，你是站在那少数的，黑暗的一群里，还是站在广大的人民群中。就也是说有它的阶级性的。

在外国是这样的，中国也是这样。

在英国，他为了表现他的殖民地政策，写了不少的"边塞英雄"，描写这些英雄如何屠杀土人，压迫黑人，他们歌颂这些英雄，提倡人民学习他们，以巩固其资本帝国主义的垄断统治。英帝国为了表现其帝国之武力，及其对弱小民族的侵略，他们描写伊利莎伯，描写他的雄心企图……但另方面，在外国也有这样的人，如卓别林，他写《摩登时代》《大独裁者》，以讽刺的手法来描写资本主义剥削工人的残酷和反对法西斯垄断资本的独裁与高度的剥削。再又如德国有名的渥尔夫的著作《维也纳工人暴动》《马汗姆教授》《新木马计》，在这些戏里，如《维也纳工人暴动》表现了工人阶级的力量，资产阶级政党及小资产阶级自由主义者政党的对人民失信，反人民，与大地主资产阶级结合在一起，另外又描写着工人在武装斗争中无比的力量，与在敌人法庭上出现的布尔什维克是如何的英勇。在后二戏里充分表现出在法西斯统治下德国人民的牛马生活，同时又表现在那样艰苦的环境里共产党还是如何地与法西斯斗争着……

在中国呢，也一样，有不要脸的民族败类等着《野玫瑰》《蓝蝴蝶》这样认贼作父的汉奸剧本，但在黑暗的统治下他就可以存在，并且得奖，因为是代表了那群统治者的思想。在京戏里也有《四郎探母》这样的失掉民族气节的戏，这大概与现在反动派高呼的"曲线救国"是一回事。同时在中国也有另外的戏，如京戏里的《打渔杀家》，它充分地表现了封建地主的剥削，及人民向他的复仇反抗，在话剧方面很多了，很早的有《王三》《回声》《东北之家》……后来有《日出》《蜕变》《民族万岁》《上海屋檐下》《故乡》《屈原》……这些剧里都代表了真正的中国人的思想感情的。

从这许多例子中说明了，没有一个人他能脱离开这两种思想的，即使有所谓第三者，那他至少也是一个现实作家，他是正视现实的，肯定地说他是在逐步接近和变成为这后一种正确的思想的。

这里也说明了，历史时代已给我们安排了两条路，就是说，要不你往为人民的客观的现实主义路上走，要不你往主观主义唯心的路上走！艺术思想脱离不开现实，阶级存在一天那么这思想就一定有其阶级性。

四

艺术是有阶级性的，戏剧亦是如此，由上节我们可以看到这阶级性可以决定我们的态度，即一定的思想方法，这态度，思想方法，在我们说来就是一个立场问题，即你是站在什么角度来表现，你要表现什么，要表现他哪一方面。

很明显的，我们的立场必然要站在为绝大多数的人民上，因为这是社会的主体。

既然我们站在这个立场上，那么我们应该表现什么呢？很明显的，我们需要歌颂这个社会的主体，歌颂他们的光明前途，歌颂他[①]的力量，与这对比的，是要尽情地暴露那少数统治与剥削者的黑暗，没落及其必然崩溃的前途。

因此，一个戏剧艺术工作者，首先必需确定他的艺术观点，在我们要求的应该是为人民，客观地，历史唯物的现实主义观点，站在人民大众的立场，以他们的思想感情为自己感情的准绳，使他自己融化到他们之中，使自己的思想能代表了他们的思想，这思想便形成了对一切问题看法的方法即立场，一切自然形态的艺术是创作材料，泉源，这些东西通过了我们的思想方法、艺术思想（咱们的艺术思想是与政治思想结合在一起的）而表现出来，那么这表现出来的东西必然是人民所需要的作品，只有这样走前途才是光明的，否则就永被人民所摒弃！

在这里我们已经谈到了作为一个戏剧艺术工作者的政治艺术思想，也就是一个艺术观的问题，为了说得更清楚，现在引一段延安毛主席在文艺座谈会的讲话中，谈到关于政治标准与艺术标准来结束此文。

毛主席说："政治并不等于艺术，一般的世界观也并不等于艺术创作的方法论，我们不但否认抽象的绝对不变的政治标准，也否认抽象的绝对不变的艺术标准，各个阶级社会与各个阶级社会中的各个别[②]阶级，都有不同的政治标准与艺术标准，但是无论什么样的阶级社会，与无论什么样阶级社会中的各别阶级，总是以政治标准放在第一位，以艺术标准放在第二位的……我们要求的是政治与艺术的统一，内容与形式的统一，革命的政治内容与可能高度的艺术形式的统一……既然必须和新的群众的时代相结合，就必须彻底解决个人与群众的关系问题。鲁迅的两句诗'横眉冷对千夫指，俯首甘为孺子牛'，应该成为我们的座右铭。'千夫'就是敌人，对于无论什么凶恶的敌人我们决不屈服，'孺子'就是无产阶级和人民大众。一切共产党员，一切革命家，一切革命的文艺工作者，都应该

[①] 此处疑少一"们"字。
[②] 此处"各个别"中的"个"疑为衍文，《大连日报》本中即为"各别"。

学习鲁迅的榜样，作无产阶级和人民大众的'牛'鞠躬尽瘁，死而后已，知识份子要与群众结合，要为群众服务，这个过程可能而且一定会产生许多痛苦，许多擦磨，但只要大家有决心，这些要求是能够解决的。"①

---

① 王大化所引讲话不知所据何本。毛泽东《在延安文艺座谈会上的讲话》中说："政治并不等于艺术，一般的宇宙观也并不等于艺术创作和艺术批评的方法。我们不但否认抽象的绝对不变的政治标准，也否认抽象的绝对不变的艺术标准，各个阶级社会中的各个阶级，都有不同的政治标准和不同的艺术标准。但是任何阶级社会中的任何阶级，总是以政治标准放在第一位，以艺术标准放在第二位……我们的要求则是政治和艺术的统一，内容和形式的统一，革命的政治内容和尽可能完美的艺术形式的统一……既然必须和新的群众的时代相结合，就必须彻底解决个人和群众的关系问题。鲁迅的两句诗，'横眉冷对千夫指，俯首甘为孺子牛'，应该成为我们的座右铭。'千夫'在这里就是说敌人，对于无论什么凶恶的敌人我们决不屈服。'孺子'在这里就是说无产阶级和人民大众。一切共产党员，一切革命家，一切革命的文艺工作者，都应该学鲁迅的榜样，做无产阶级和人民大众的'牛'，鞠躬尽瘁，死而后已。知识分子要和群众结合，要为群众服务，需要一个互相认识的过程。这个过程可能而且一定会发生许多痛苦，许多磨擦，但是只要大家有决心，这些要求是能够达到的。"详见《在延安文艺座谈会上的讲话（一九四二年五月）》，《毛泽东选集》第三卷，人民出版社1991年版，第869—877页。

关于曹禺先生*

在戏剧工作阵营里我是一个学生①。在七年前跟曹禺先生在一戏剧学校里读过书，曾听过他的课，演过他导演的戏，看过他演的戏。在这里来介绍曹禺先生，做一个简短的叙述②，但由于自己对一切问题的了解还很肤浅，恐怕有些问题说不周到，但这篇东西如能给想知道曹禺先生的朋友们有所裨益的话，则是莫大愉快。

一、曹禺先生是怎样一个人？

一谈起曹禺先生，有人也许以为曹禺一定是一个外貌十分惊人而有着一付艺术家"派头"的人（记得有些人曾是这样想像③他的。这些人是被那些长头发、大领结、歪戴帽子、不走正路、到处招摇过市的所谓"艺术家"们耀花了眼的），但，曹禺先生不是那样类型的人。如果他走在街上，你绝不会想到他是一个在中国，不！有世界荣誉的作家曹禺。他是那样朴实而谦虚。微黑而削瘦的面颊，有着一双闪烁着智慧光芒永不疲倦的眼睛，架着一付白框的眼镜，不加修饰的头发上盖着一顶旧礼帽，短小的身上总穿着暗淡而又褪色的长袍，在夏天穿一件夏布大褂或是白帆布西装。走起路来，节奏是那样快而明显，干净而明朗的语言充满着金属声音，表现出他那生命的活力。

---

* 原载《新生时报》1946年4月17日"《日出》专刊（3）"、4月23日"《日出》专刊（4）"、4月24日"《日出》专刊（5）"，署名"王大化"，后刊载于《戏剧与音乐》创刊号，1946年8月15日出版（该刊由东北文艺工作团编辑，中苏友好协会出版）。此据《新生时报》本录存，间或与《戏剧与音乐》本对校。
① 此句在《戏剧与音乐》本作"自己是一个戏剧工作的学徒"。
② 《戏剧与音乐》本无"来介绍曹禺先生，"。
③ 《戏剧与音乐》本无"像"字。

他是最懂得与他谈话的人的心理的,他总是倾听着你的谈话,记着你说的问题,他决不愿使与他谈话的人受到丝毫的拘束。

他关心他的朋友,他的学生,他愿意帮助他们,他虽然忙,但总愿意分出时间来为大家解决问题。

他没有架子,他也最恨那些有架子的人;他不夸耀自己,他也最恨那些站在别人血迹上夸耀自己的坏蛋们。他爱自由,他不愿意受到甚么东西束缚。他和同学们打成一片,同学们总是围绕在他的周围。

如果要问曹禺先生是怎样一个人,我告诉你吧!他有着一颗赤热的心,一副朴实而明朗的性格,有着锐利而正直的思想。与他接触时你会感到温暖,亲切,和无限的智慧。

曹禺先生不仅是一个杰出的剧作家,他同时又是一个优秀的导演,一个有才能的演员。

二、曹禺先生是个好教员

曹禺先生日常生活里是同学们的好朋友,在课堂里是同学们的好先生,记得在那个学校里我们上别的教员课,如谷剑尘的化妆课、王家齐的排演、张道潘[①]等人的各门课程时,同学们都"溜"了,有时到下课时只剩下几个在看别的书的同学(当然不是指所有教员)。但在上曹禺先生的课时,课堂里总是挤得满满的,只听见沙沙的记笔记声。

记得三六年秋,马彦祥先生去苏联参加戏剧节,他的戏剧概论由曹禺先生代讲。先生给我们讲戏剧起源,讲希腊悲剧。讲那原始人民为庆祝自己的收获,抬着生殖之神德奥民[②]塞斯(译音)歌唱之始[③]戏剧形式,他给我们讲希腊三十[④]悲剧家,爱斯基拉斯,索福克立斯,尤瑞皮地斯的生平及创作,为我们介绍这些作家

---

① 此处"潘"当为"藩"之误。
② 此处"民"当为"尼"之误,《戏剧与音乐》本已改正。
③ 此处原文如此,"歌唱之始"在《戏剧与音乐》本作"欢唱的原始戏剧"。
④ 此处"十"当为"大"之误,《戏剧与音乐》本作"三大"。

的伟大史剧像窝底波斯王，特洛伊之战……为我们讲述亚理斯多德在戏剧理论上的之①一律，为我们分析荷马的史诗……他教我们两个月的戏剧概论课，记了两厚本笔记，而别的先生教半年才不过记三分之一本。曹禺先生的学识是渊博的。

上编剧课时，他为我们介绍各大作家及其名著的特点，为我们介绍莎士比亚，讲《仲夏夜之梦》《罗米欧与米丽叶》②《如愿》《威尼斯商人》《李尔王》《哈姆雷特》……分析这些剧本的结构，它的主题思想，时代背景。他介绍莫利哀，并充分地讲解《伪君子》这戏的本质。讲易卜生及他的剧本《娜拉》《司脱门医生》(《国民公敌》)，以个人与社会的关系上讲述娜拉的出走。介绍现代③作家奥尼尔，分析他杰出的见地、独特的技巧，教我们如何突破那些死的成规，大胆地创作。他讲这些课总是拿原文读着讲（因为有很多戏没有译本，有一些又不够好），每个学生的心就系在他的语言上，都随着他的语言悲哀而悲哀，愉快而愉快，好像是身临其境，没有人觉得疲倦，没有人要求休息。

上他的排演课的时候，没有一个人是缺席的，没有一个不是严肃认真的表演，他这样认为：不管你是一个群众演员，或只是一句话，但是戏中不能缺少你。他对那就是只有一句话的演员也是认真的指导。

他对每个动作表情，或是声音表情都是极其注意的，他校正着每句对话，每个动作。有时他来说，他来做，甚至翻来覆去地说做，但他并不把演员当成傀儡，他是与演员共同研究剧本，分析角色，再根据共同的理解来做的。因为他是个有才能的演员，往往他理解的是深刻的、正确的，他是把内心情感与外形动作统一到一起的，而不单是一个无生命的外形的传授。

他的排演不是支离单独的片段，他是非常注意如何表现主题思想的。如他排《日出》时，他非常仔细地处理着社会上的两个阶级，他尽情地以讽刺手法处理张乔治之流，以暴露的手法处理金融资本的上层代表，以最大的同情处理在人间地狱里生活着的一群，小东西、翠喜、黄省三……又如他在排高尔斯华绥的《争强》时，他注意地排着每个工人群众在工人大会上的情绪，有节奏、有色彩，像

---

① 此处"之"当为"三"之误，《戏剧与音乐》本作"三一律"。
②《罗米欧与米丽叶》现通译为《罗密欧与朱丽叶》。
③ 此处"代"在《戏剧与音乐》本作"在"。

一首名曲在键盘上演奏一样地细心处理每个波动，每个群众情绪的起伏，使群众有了个性，使群众集体情绪集中起来，成了一个人，显示出工人伟大的团结力量。

三、曹禺先生是个有才能的演员[①]

记得看过他演的《雷雨》中的周朴园，那确是一个活的周朴园，那内心矛盾，在那错综复杂的关系中，他对每个人的态度，那深刻的内心表演……实在是教[②]人感到他极高度的演技修养。

他的工作是认真而严肃的。记得考戏剧概论课时，全班五十几个人，够分的只有十几个，但，不够分的不怨他，因为他的讲的东西是应该记住的哟！他是这样认为，如果你不记住你所学的东西，那就是欺骗你自己，是不忠实你所从事的事业。

他导演《日出》时，翠喜抱孩子走的一段，总排了几十遍，但他自己还是做了又做，教演员做了又做，因为要充分地表现这个值得同情的人物，所以对她每个内心情绪的转换，每个外形动作，都是极仔细地排演，甚致[③]演员都感到烦了，他还不倦地说、做。他为了保持《日出》的原有精神，强调后台效果，他自己亲身在后台做效果，是那样负责、认真。

他对每件演出中的小事都是如此注意的，记得一次演《争强》时，一个同学下场后做效果，自己认为反正出了布景了可以自由些，就说了几句自己的方言土语，曹禺先生马上到后台给他指出来，结果那同学为这个难过了很久。

他身体是不大好的，有时因为过度紧张而头痛、不舒服，但他还是讲、讲，不停地讲，因为他有一个责任，就是为了那艺术事业，为了后面的一代，他已[④]把自己献给了这个艰巨的事业的。

[①] 此处小标题在《戏剧与音乐》本中为正文内容。
[②] 此处"教"在《戏剧与音乐》本作"叫"。下同，不另出校。
[③] 此处"致"当为"至"之误，《戏剧与音乐》本即为"至"。
[④] 此处"已"在《戏剧与音乐》本作"是"。

他最注意①演员的品质的,在他以为如果一个演员品质不好,是不能演出成功的作品的。他这样②说法是正确的,因为创作是离不开演员的思想感情的。

严肃、紧张、认真、不倦③的追求,这就是曹禺先生的工作精神。

四、曹禺先生的作品及其思想④

从来一个有名的艺术家,必然是一个能反映时代思想的人,因为他从现实社会里深入地了解了一切,汲取了它里面的真髓来描写。他说出了社会里所存在的问题及如何解决。高尔基是那样,鲁迅先生是那样。但是有时现实社会里那些"有夜猫子眼睛的怪物"不允许你说出社会的前途的时候,是最苦恼的事情,写出来的东西被查封、没收、焚烧、禁演……人不能说出自己更多内心的话,正如曹禺先生在《日出》的"跋"里所说的一样:"如果你想知道日头是怎样出来的请你一个人到我家里来我与你谈。"曹禺先生是生长在那样一个社会里,生活在那样一个历史时代,他遭受的正是那样的命运。他虽然没能像高尔基、鲁迅那样正面地写现实的一切,但却也尽了他一个现实作家的任务。

什么东西也锁不住一个现实主义作家的⑤,正如同以任何大的血腥压力也制不住人民力量增涨一样。物理学上说得好,"压力越大,反抗力越强",应用在社会问题上也是如此。因此曹禺先生要写,把一切公布在人民的面前。

曹禺先生是爱自己民族、自己国家的。正因为如⑥他对于自己祖国的黑暗、不公平,感到莫大痛苦,此如鲁迅先生写《阿Q正传》动机一样,他恨自己民族的黑暗、暴戾,同时又怜悯自己的同胞。表现在曹禺先生所写的几部名著中都反映了这一点。现在我们单就这些戏的主体思想稍加分析来说明先生思想。

在《雷雨》里,曹禺先生以周朴园的家庭来描写着封建社会的腐朽及没落,这

---

① 此处"意"在《戏剧与音乐》本作"重"。
② 《戏剧与音乐》本无此"样"字。
③ 此处"倦"在《戏剧与音乐》本作"断"。
④ 此处序号原文为"三",按照连载的顺序,当为"四"。
⑤ 《戏剧与音乐》本在"的"后多一"口"字。
⑥ 此处疑少一"此"字。《戏剧与音乐》本即为"如此"。

里面写着半殖民地半封建社会里资本家与封建地主的代表周朴园及其^①他的势力下的受害的人——鲁妈及凤儿大海，说明了在他的礼义道德后面的无耻与罪孽，另外也提出在这社会制度下面人的个性被压迫，被锁在一个囚笼里，他在这戏里大胆地暴露出一切^②，为那些要求解放的人呼喊。

在《日出》里，他暴露着中国金融资本社会的罪恶，写着踩在劳苦人民血上面享乐的富人们，他为那些终日为别人流血流汗而自己一无所得的人呼喊，为那些被逼死的人们喊怨^③。他自己说得很好："我诅咒四周的不平，除了去掉这群腐烂的人们，我看不出眼前有多少光明……""我要写一点东西，宣泄这一腔愤懑，我要喊'你们的末日到了！'对这群荒淫无耻，丢弃了太阳的人们"，他把那群腐烂的人们的罪恶丑态无遗地呈现在观众面前。

另外他也写出了被剥削的和被压迫的如可怜的黄省三、小东西，和有着一付好心肠的女人翠喜，写出了这些人求生不得求死不能的最惨的悲剧。他为了使自己能说出真正代表这些人的"心窝子"里的话，他花费了半年的时间，在妓院里，受苦人集中的破落地方，向唱"数来宝"的人学习，与这些人交朋友，生活在一起，以各式各样的方式取得这些肺腑之言，他遭^④受过侮辱，朋友的误会，甚至殴打，有一次几乎瞎了一只眼睛^⑤，多少天的寝食不安，他要求"人们睁开自己昏聩的眼，想想人把人逼到什么地步"。他这种深入到群众去的现实主义创作精神是值得赞扬的。

先生在《日出》里他幻想着光明，虽然他在《日出》的"跋"里为方达生写着："……所以这帮'无组织无计划的'满心向善，而充满着一脑子幻想的呆子，他们'看出太阳早晚要照耀地面，并且能预测光明会落在谁身上……却自己是否能为大家'做一点事'，也为将来的阳光爱惜着，就有些茫然。"但同时，他在同一页上也写着："……再我也知道有许多勇敢有为的青年，他们确实与方达生有同样的好心肠，不过他们早已不用叹气、空虚的同情来耗费自己精力，早已和那帮高唱

---

① 此处"其"在《戏剧与音乐》本作"在"。
② 此处"出一切"在《戏剧与音乐》本作"了黑暗"。
③ 此处"怨"或为"冤"之误。
④ 此处"遭"在《戏剧与音乐》本作"曾"。
⑤ 此处"瞎了一只眼睛"在《戏剧与音乐》本作"打瞎了眼睛"。

着夯歌的人们联系在一起，在《日出》那一堆鬼里就找不着他们。"这就是说人不要做一个虚无飘渺的人性论的光明追求者，应该做一个脚踏实地敢做敢为与人民结合在一起代表光明的人物。他祈望着那"日出"背后劳动人民的夯声"那声音传到观众耳里是一个大生命浩浩荡荡地向前推，向前进，洋洋溢溢〔地〕充塞了宇宙"，用我们现在的话说，社会应该变成一个由劳动人民为主体的，阳光永远照耀着的新社会，"我们要的是太阳，是春天，是充满了欢笑的好生活"。

再谈《原野》吧。先生强调地提出了在①这个封建社会的本质，提出了穷人应该向那些压榨他们的魔王反抗、报复。他强调地以仇虎、金子两个人代表了封建社会下②压迫着的人民个性，要求解放，要求突破那个杀人的枷锁——封建制度。先生不敢正面提出那封建制度的现实人物，而以象征的手法来表现，在第三幕中正是象征着封建社会本质的，也正是要观众所领会的主题思想。

在《原野》里他所写的仇虎和金子，是两个正面的人物，他们正代表着向封建社会反抗的新生力量，如果演出的仇虎和金子给人的印象与这相反，变成两个非常不正派的人物的时候，这就是违背了作者的思想。或是把第三幕给变动了也是不应该的，因为他对第三幕看法与对《日出》第三幕看法是一样的——它们都是代表着该剧的中心思想的。

所以表现《原野》的主题思想，应该强调表现封建社会杀人不眨眼的罪恶，倾诉出受害人们的苦难，强调地表现出仇虎和金子的生命活力，和对斗争的信心。仇虎临死的时候对金子说：（大意）"告诉弟兄们努力吧！我死了不要紧，我们还有那子子孙孙起来，干吧！"仇虎是相信自己弟兄们的力量的，这正是先生所歌颂的力量。

在先生所改编巴金先生原著《家》剧本里，他写着封建社会阻碍了社会的发展，写这社会的没落、黑暗、无耻，写着一群追求光明要求社会向前推进的青年人物，他们要自由和解放，要求粉碎这个黑暗的社会制度，要求个性得到解放，和代表封建的家庭斗争。封建旧礼教的统治与新生的革命力量③形成一个显明的

---

① 《戏剧与音乐》本无此"在"字。
② 此处疑少一"被"字，《戏剧与音乐》本即有此"被"字。
③ 此处"新生的革命力量"在《戏剧与音乐》本作"新生命力量"。

对照。

在《蜕变》里，由于作者在祖国战争中所看到的不良倾向，他幻想着在祖国战争里产生光明的人物，他写出了梁监理员，写出了为战士服务的好医生丁大夫，及他的好孩子——一个有希望的青年，一心要到西北去……先生诅咒着那些黑暗的现象，幻想着一切机关里由光明的人物来担任。但是在曹禺先生所在的地区是难有这样人物出现，因为那里是贪污、腐化，一些官员们做着违反祖国战争利益的勾当（怪不得这戏在重庆后[1]被禁演）。

根据这些例子，也可以了解到曹禺先生的思想了，他以最沉重的心情诅咒和暴露那没落的黑暗社会，他以高度的热情歌颂和欢迎新社会的来临。但是由于先生到底还不是一个亲身参加实际斗争的，他只能幻想着光明，这美丽的幻想也是基[2]于当时社会所激起的，但与真正的斗争实际是有些距离的，看上去似乎是对先生的苛求，但事实是如此，甚至先生在自己《日出》的"跋"里也显露出这个意思来。

为[3]他提出"眼前看不到多少光明"，而实际上那时人民反封建反帝的斗争正在南方许多地区澎澎湃湃地发展而形成坚强的力量；又如在《蜕变》里写的某些光明人物，有的太美化了，我相信他写这些人物正是由于那些舍身[4]为国的光明人物的所[5]为而引起的，可是先生所在的环境里是找不到的，在另一种地区，如敌后抗日根据地里，这样人物倒是不新鲜，先生也正是幻想着这些地方，如他叫丁大夫的孩子去西北。可是先生自己与他所想着的那新颖的斗争生活是有些距离的，这样说并不能减弱他成为一个现实主义作家的，因为他到底是尽了一个现实作家暴露黑暗和启示光明的任务，而他那种现实主义的创作精神是值得我们学习的。

---

[1] 此处"后"在《戏剧与音乐》本作"而"。
[2] 此处"基"在《戏剧与音乐》本作"由"。
[3] 此处"为"字不通，《戏剧与音乐》本作"如"。
[4] 此处"身"在《戏剧与音乐》本作"命"。
[5] 此处"所"在《戏剧与音乐》本作"行"。

五、曹禺先生的遭遇

曹禺先生最引以为憾事的，是"不能使那些象征着光明的人们出来，因为一些有夜猫子眼睛的怪物无昼无夜，眈眈地守在一旁，是事实上不可能"，他因为担心这个而费尽了心血用象征手法，但是那些怪物却连这都①不放过，先生和他作品在怪物们狞视之下，遭受到不可想像的命运，因为社会毕竟还是《日出》里所写的社会，金八之类人还大有人在，他们当然是不愿意被别人暴露自己狐狸尾巴的。于是一切限制自由的办法都出来了。

在抗战中的陪都重庆，先是对曹禺先生的作品加以删改和禁演，《日出》不准演第三幕，说《日出》是象②日本胜利，《雷雨》说是乱伦。演《蜕变》时更有意思，检查委员先生去看了以后说好，后来总裁去看了以后就大大申斥了那些检查委员说"这种戏还能叫演"？③大家不知道这里面有个道理，因为大后方那里是没有这样的人物④的，只有在敌后抗日根据地才能找到，何况里面丁大夫的儿子要到西北去呢！于是《蜕变》就遭了惨的命运，命令把到西北改为到"干训团"，这不正违背了先生原意，反而把一个可爱的孩子送到黑暗的牢狱里去吗？再谈曹禺先生改编的《家》吧，里面觉慧读《新青年》一类五四时代新启蒙运动的杂志，但却接到命令，命令把这些书改为三民主义，这样随便地改变中山先生所著的年代，真是笑掉大牙的事，要是中山先生活着一定会生气的。

演员们不想演改得体无完肤的名作，但又不行，一方面由于生计，另方面由于那些怪物的淫威。从四〇年后就遭到更大的摧残，在陪都重庆严格地订立了出版条例，曹禺先生的作品都在禁演之例〔列〕，社会人士为这不平，戏剧工作者为这个而难过，在生活上给先生以侮辱与损害，去抄他的家，烧他的作品，特务盯他的梢，限制自由……天哪！那真是昏天昏地的世界，社会使人看不到阳光，罩在闷人的雾里，使人的呼吸窒息。（中国人共知的名演员赵丹、王为一等从四〇年

---

① 此处"都"在《戏剧与音乐》本作"也"。
② 此处疑少一"征"字。《戏剧与音乐》本即为"象征"。
③ 此处"？"在《戏剧与音乐》本作"！"。
④ 《戏剧与音乐》本在"人物"前多一"好"字。

起就押在牢狱里，直到八一五后由于人民的呼吁才放出来，出来后都已成了瘦弱不堪的病人了，与他们相同命运而押在集中营、劳动营、干训团、反省院……里的文化工作者，青年学生，工人……还不知有多少呢？在世界和中国都闻名的戏剧前辈洪深先生全家服毒自杀，不也是一个有力的例子吗？）那真是"我观看地，地是空虚混沌！我观看天，天也无光"，这样的社会就是《日出》所描写的社会。就是那不公平的社会。记得有一首民间诗歌写得好："木匠住的破大门，石匠墓上无碑文，大路旁冻死的是裁缝，丰收的田地上饿死种地的人。"这样社会里存在着极端的矛盾，这矛盾只有以被压迫人民为主体的民主主义社会中才可以解决，人民渴望这社会，先生也渴望这社会。

六、有民主的地方可以上演《日出》

只有在有民主的地方曹禺先生的作品便可上演，只有在以人民为主体的民主主义社会里他的作品才能与人民相见。人民是爱他的，因为他写出了中国的社会，在抗战中各敌后抗日根据地解放区演过他的戏，写过介绍他作品的文章，得到人们的赞扬。

在民主的东北能上演他的戏，在自由的大连可以演他的戏，在曹禺先生一定是愉快的。

新的民主中国已露出端睨[①]，"新的天地"在一些地区（如解放区）已成为事实，这新的力量正向广大中国伸展，曹禺先生所暴露的旧社会即将溃灭，新社会逐渐在实现。在自由的大连演这戏是非常有价值的，一方面叫人想到应为新的社会而努力斗争，另方面叫人记清那使人坠入灾难中的怪物们，那封建势力的本来面目。

作为先生学生的我，能在自由的大连演出他的戏，感到无上光荣与兴奋。

一九四六、四、七 夜深

[①] 此处原文如此，"睨"当为"倪"之误。

介绍《黄河大合唱》*

一、关于《黄河大合唱》谁到过黄河①

当一听到《黄河大合唱》里所描写的船夫曲时，就会马上想到黄河边上的情境，那简直不是渡河，而是像把自己置身于一个战斗里，那凶涛骇浪就像是那千军万马一样，像是参加了一场有决定生死意义的战斗一样。

黄河有时叫人觉得可怕，渡河的人像一个蚂蚁在急雨里爬上一片树叶，在急流中浮沉一样，可是当你经过人与他搏斗之后，再登在高山之巅，望着直泻奔流的黄河，不禁心胸顿时开朗，有一种想喊出来的欲望，感到自己的渺小，觉得黄河是一个依靠，他是伟大雄伟的。

《黄河大合唱》不单只是描写惊涛澎湃雄伟的黄河之歌，而是以黄河来写中华民族的。这个大合唱在词的作者光未然先生来说，是花费了很大的心血，他是以极大的热，歌颂中华民族，喊出了中国人民呼声，这词的语言是非常成功的，因为他是代表了自己民族情感的语言。他写出了中华民族的气质，是一部描写中华民族的史诗。曲的作者冼星海先生，他是充分地表现了词作者的要求，并以丰富而又形象的音乐语言把这作品更充实了。作者自己就好像是乘上一只与惊涛搏斗的船上，这情境正说明了在飞雨飘摇中多难的中国，但船夫们终于冲破了排山倒海的波浪到达彼岸，给乘客，即人民，带来以新的希望。作者对黄河像对自己的母亲一样，又不禁兴奋地歌颂赞美他，黄河是太伟大了，这值得自己骄傲。想到

---

* 原载《戏剧与音乐》创刊号，1946年8月15日出版，第43—44页，署名"王大化"。《文汇报》1949年11月1日第3版"文化广场"第72期亦刊出此文的第一部分"关于《黄河大合唱》"，注明"王大化遗作"。

① 此处"谁到过黄河"疑为误排入标题的正文内容。《文汇报》本的第一个标题为"关于《黄河大合唱》"，正文第一句为"谁到过黄河"。

这古老民族的远景,黄河的子孙已为他注入了新的血液。后代的子孙将与他一样伟大坚强。歌颂着黄河的人要想到自己是黄河的子孙,要唱出他的雄威,要唱那引以为荣耀的情绪,作者是以这个来感染每一个黄河的子孙的。

作者是爱自己的黄河,爱自己的祖国的。他为自己民族苦难感到莫大的悲伤,他眼见着在多难的国家里,自己的父母兄弟弃家奔走,流离失所,他以他丰富的感情写着人民身受的一切,如果不是一个把民族的苦难放在自己身上的人是写不出来的,作者写的那些人是生活在他周围的人,也是生活在我们周围的人。

作者替人民喊出了,苦难的哀怨,然而却不只是单纯消极的哀怨,这哀怨里埋着火,埋着要敌人以血来偿还的血债。作者从张老三、王老七两个在黄河两岸的老乡的对口唱里,更坚定地指出了人民走的路:那就是"一同打回老家去"!

复仇的烽火起来了,燃遍了黄河两岸,作者作为一个人民的子弟兵为保卫黄河,保卫自己祖国而战斗,向敌人骄傲地唱出自己人民的力量,这里是复仇火烽[1]在燃烧,这里是血的搏斗,这里洋溢着胜利的笑。

黄河怒吼了,中华民族要起来了,这声音响泷[2]了宇宙,这显示了中华民族的威力,他巍巍地站在敌人面前,"松花江在怒吼,扬子江在怒吼",抗日的焰[3]火燃遍了全中国,与世界劳动人民结成一支不可阻挡的洪流把敌人淹没。这是向敌人的进军,这是有着胜利信心的欢笑!

《黄河大合唱》的价值首先在于这歌声是与人民斗争相结合了的,他不只是凄楚悲哀,而重要的,他给人民指出了出路。其次,他的黄河大合唱是第一次突破了中国新音运以来的一般形式,他运用了齐唱、混声合唱、对唱、独唱、轮唱。在音乐语言上说来,是没受一般形式的束缚的,作者所用的音乐语言是有个性的,是表现了极高度的情感,他打破了一切过去的格式,而以人民现实生活为基础,以人民的生活情调造成自己音乐上的整个风格。这是一个革命,是音乐上新写实主义的代表作品。

《黄河大合唱》不是一首普通的歌,《黄河大合唱》里面有极丰富的音乐语言;

---

[1] 此处"烽"或为"焰"之误,《文汇报》本即为"焰"。
[2] 此处原文如此,"泷(瀧)"疑"澈"之误,《文汇报》本即为"澈"。
[3] 此处"焰"或为"烽"之误,《文汇报》本即为"烽"。

这丰富的音乐语言，是来自人民心底深处，从那形象的音乐语言里增强了人民的民族观念，鼓励人民去和敌人斗争。如果去估计《黄河大合唱》的艺术价值，是与整个中华民族的解放斗争分不开的。

黄河象征古老中国，中华民族的前途是光明的，与星海先生指出的是一样，但星海先生却在这伟大的民族重新放出解放了的光芒之前几个月，离开了中国人民。星海先生虽然死了，但他也安心了因为他为民族尽了他的力量，吐出了他的心血。

《黄河大合唱》与中华民族分不开，星海先生的名字也与中华民族分不开。

二、我们为什么要演出这节目呢？

1. 现在的歌曲已由于群众的大翻身而起了变化，也与文学上一样，已由表现一个个体的，或是单纯某种趣味的欣赏，变到了写集体的，人民的力量了。即所谓群众的歌声，已非昔日的风花雪月靡靡之音了。因此我们歌颂这新的生活，歌颂新的生活的主人，我们所选的《黄河大合唱》是这方面的，虽然这里面也还有独唱，但这独唱已经是代表了人的某种典型而出现的。

2. 中国解放了，咱们做了主人，在从前咱们不能说心里话，现在可以说了，可以畅快地说自己心里的话，唱自己的歌。我们介绍了这方面的歌，希望能与当地音乐工作者，互相研究，多作一些唱出自己心里的话的歌子。

3. 在日本统治的时候，日本人不让我们有民族的东西，甚至连说话都要改成协和语；在现在不同了，咱们应当多了解自己民族的文化，自己民族的优秀作品，我们应大量地产生真正代表自己民族的作品。

最后，我们演唱出这大合唱只当为一种介绍，作为抛砖引玉，希望能够在为建设自己民族的文化这一点上互相研究讨论，互相学习，更希望能在从事音乐工作的先生们及爱好者之间引起争论，我们这支小的力量能引起同仁们及群众们的关怀及研究，这是我们衷心的希望。

音乐的八一五
——《黄河大合唱》听后感*

我不懂艺术，也没有看见过真正的艺术——日寇为了巩固他的长期统治——换句话说：为了我们生生世世，祖孙万代作他恭顺的奴隶，他不让我们懂得艺术，也不让我们看见真正的艺术！最近，我听谁好像说过这么一句话："艺术是人类灵魂的工程师！"从前，我们不知道这句话，然而我相信：日寇是深深懂得这句话的，所以，他怕艺术会改造了我们的灵魂，他怕艺术会启发了我们反抗的思想，他更怕思想指导行动，我们会起来推翻了他的统治；因此，他不让我们懂艺术，不让我们有思想，他除了让我们歌颂日本天皇，歌颂伪满皇帝……在我们脑子里深深扎下忠"君"报"国"的奴化"思想"之外，就是拿一些"哥呀妹呀"的流行歌，来麻醉我们，萎靡我们的意志，要我们糊糊涂涂，恭恭顺顺地作他的奴隶，一辈子不懂得反抗，一辈子不想翻身。

一直活到廿岁，在我心目中所谓"艺术"，就是：诲淫的调情戏，裸体跳舞，"哥呀妹呀"的流行歌……

想起我是二十世纪的中国青年的时候，我流下痛苦而惭愧的热泪！

"八一五"！这个伟大的日子！这个东北人民大翻身的日子！在这日子里，我重新降生了！一个真正的中华民族的儿子新生了！再不怕当什甚"思想犯""国事犯"，我高声狂叫着："中华民国万岁！"我高高地挺起胸膛，感到了我是个中国人的骄傲！我跳，我笑，我叫，我唱！我唱，我唱，我唱啊！……但是，我唱什么呢？！……热血沸腾着，狂欢的情感要冲破了我的喉咙，然而，我什么也唱不出来；我想歌颂我亲爱的祖国，然而我会唱的是要为日本天皇效"忠"的："海行

---

* 原载《戏剧与音乐》创刊号，1946年8月15日出版，第44—45页，署名"炎"，"炎"为王大化的笔名。

カバ！"我想唱出我二十年生不如死的，被压迫，奴役的痛苦，我想唱出我获得了解放，看到了光明的，新生的狂欢；我想唱出我对解放我们的人民军和苏联红军的感谢；我想唱出我要为建设自由幸福的新中国而努力的热望；我想唱……我想唱……然而我会唱的是：麻醉了我二十年的，使我萎靡颓废，像生活在醉里，梦里，坟墓里的——"哥呀妹呀"的流行歌！！

我是个中国人！我是个热血的青年！这些日寇来奴化我们的歌子，我发誓一句也不再唱！那么，我唱什么呢？！二十年被奴役的旧我，和日寇的统治一起被消灭了；过着自由幸福的生活的新我随着"八一五"而降生了！同样地，和旧我一起，我埋葬了唱了十几年的旧歌子，然而，歌颂这自由幸福的新歌子，在什么地方呢？！……我天天想着，盼着：什么时候，在我们大连市也来个音乐的"八一五"啊！

这个日子，终于让我盼到了！

三月十八日午后四点钟，像走出结婚礼堂的新娘子，带着又愉快，又兴奋，却又有点羞惭的心情，我走出了"上友好电影院"。

我兴奋愉快的是：第一，东北文艺工作团演出的这个音乐会，所给我的，正是"如大旱之望云霓"般的，我盼望了很久的，歌颂自由幸福的新歌子！第二，更主要的是：它给了我希望，给了我力量，给了我丰富的精神食粮，更使我知道了许多我从来不知道的事情！

我简直不是在这里听歌子，而是在这里生活，在这里战斗！这里所表演的，不是一个人唱给一个人听的抒情歌，而是集体的，代表大众唱给大众听的群众歌声！

这里，有我们被日本帝国主义压迫蹂躏的生活："受苦受罪四十年，皮鞭监牢橡子面……"这里，有我们翻身后的狂欢："……如今我们见青天""……太阳光，暖又暖，东北人民得了解放……"这里，给我们坚定的信心"……要保卫自己的边疆，不管敌人有多少！""……一心消灭法西斯兵，抗战一定要胜利，胜利才能享太平！"这里，更告诉了我们，应该怎样来保卫我们自由幸福的新生活："……新的生活要有保证，就得大家来斗争……""……专治独裁要反对，老百姓如今要做主人！"

这里，告诉了我们：苏联红军是如何的英勇，如何的有力，有热，为祖国，为真理，为世界和平，为人类解放，是在如何英勇地斗争着："我们是红色的战士，保卫贫穷的人民……"他们向他们的祖国说："……假如敌人来侵犯……为祖国战斗，保护你呀，亲爱的母亲！……""无数熊熊的火炬！"在"号召着决死的战斗"，他们是在"火里不怕燃烧，在水里不会下沉"的！

这里，更告诉了我们：在关里，我们广大的同胞曾遭受着如何大的灾难！在日本帝国主义残杀蹂躏之下，他们死走逃亡，"妻离子散，天各一方"！然而，他们是不屈服的！"万山丛中，抗日英雄真不少！青纱帐里，游击健儿逞英豪！"他们"拿起土枪洋枪，挥动大刀长矛……"相约相誓："仇和恨在心里，奔腾如同黄河水！为国家，当兵去！太行山上打游击……一同打回老家去！"为了"保卫家乡，保卫全中国"，他们在和日寇作着英勇的流血的斗争！五千年的中华民族，虽然是"苦难真不少"，然而，是决不会灭亡的！"伟大的中华民族英雄儿女，是像黄河一样的伟大坚强！""新中国在怒吼！"在"向全世界劳动人们发出战斗的警号！"

走出电影院，望着太阳光煊耀着的青天，不禁兴奋而又愉快地随着唱出："枪口对外，齐步向前……我们是铁的队伍，我们是铁的心，维护中华民族，永作自由人！"

然而，想起我活了二十岁，一直过着日寇压迫蹂躏的生活，一直受着他们的奴化教育，一直被他们欺骗着，蒙蔽着，麻醉着；祖国的情形，完全不知道！在我们祖国广大的土地上，成千成万的同胞，正在和日寇作着英勇的、残酷的、决死斗争的时候，我还在唱着"哥呀妹呀"的流行歌……我又怎能不惭愧呢！

这里所唱的歌子，是我们东北十四年，大连四十余年从来没有听到过的歌子。它给了我们力量，给了我们新生！在"八一五"，日寇的统治被消灭了，我们解放了，同样的，在这音乐的"八一五"，日寇用来麻醉我们的流行歌也将消灭，大连市将从这里而解放出来，而在光明的太阳光照耀之下，到处洋溢着：自由，幸福，愉快，雄壮，为争取民主和平，团结而斗争的，群众的歌声。我们将像感谢解放了我们的人民军和苏联红军一样，感谢把我们从流行歌中解放出来的"东北文艺工作团"！我们热烈地希望他们多在大连市住些时候，多唱多介绍，多出版些这样的歌子。被日寇统治了四十年的人民——尤其是青年们——在精神上也是太缺乏营养了！

最后，我还要说一句：这是大连市四十余年来第一次听到中国人唱这样的歌子！这是祖国的歌声，听到这歌声，我周身的血液，真是都像黄河水一样地汹涌澎湃！因为，我深切而又兴奋地感到：祖国没有忘记这个被践踏了四十年的大连，祖国在召唤我们！

民国三十五年三月十八日
（转载三月廿日《人民呼声》）

新秧歌运动中几个问题的商讨[*]

一、写在前头

这篇东西是根据了从前在陕甘宁边区做秧歌工作的点滴经验,经大家交换了一下意见之后整理出来的,这篇东西只能供目前从事或即将从事秧歌运动工作的同志以参考。因为按目前来说,时间,地点和具体的条件都不同了。我们之所以写出来,是希望大家能把这方面的意见多交流,以展开东北的新秧歌运动。

二、为什么要广泛地组织秧歌队?

要把这问题说明白,首先要把新秧歌谈一下;新秧歌,它在形式上是群众所熟悉的,不过它已经经过取舍,去掉了旧秧歌中的色情低级成份,保留了秧歌中朴素健康的部份,并给予了某种程度上的发展。在内容上说是写的老百姓。写了他们的生活和斗争,老百姓在秧歌艺术中与群众运动中一样,成了被描写的主人翁。从这些秧歌的演出里,群众明白了为什么要斗争,为什么要翻身,怎么样才能得到翻身?认识了共产党,认识了八路军;学会了为新的生活要不断地斗争。按我们东北来说,大部分地区已分了土地,穷人翻了身,都为这个新生活而愉悦。但这已获得的果实还需要巩固;还需要防范国民党地主阶级的进攻;要组织民兵,打土匪;土地虽然分了,但是有的地区做得不切实,需要检查……这一切都急需来做。展开新秧歌运动,就是在于把这一切迅速地反映到秧歌中,演给

---

[*] 原载《知识》第2卷第4期,1947年1月1日出版,第3—5页。正文前注明"刘炽、林农、于蓝、王大化座谈,王大化整理"。

老百姓看。也就是我们要用他们所喜爱的形式，把老百姓生活中可歌可泣的斗争经验集中起来，有系统地组织起来，再形象地传达给他们，使他们学会怎么样来保卫这已得的生活，这就是新秧歌要达到的目的，因此我们就需要广泛地组织秧歌队。

三、怎样组织？组织哪些人？

目前在广大农村有很多旧的秧歌队，我们需要到他们那去，邀他们出来闹秧歌。去邀他们的时候会有两种情形：有时他们就会出来，有时他们又不会出来，这里面就包含了一个我们的争取工作。比如：在××地方，很多"老把式"（即秧歌技艺纯熟的旧艺人）都参加了新秧歌运动，而且他们还能自己创造新的秧歌与剧本，这些创作又都是非常紧密地联系着他们的生活与斗争。如劝榆林国民党统治区学生留解放区读书；如反对没有正当理由闹离婚等剧本，都在当地得到群众热烈的欢迎，而且起了预期的作用。他们之所以能闹新秧歌而且有这样大的成绩，主要还是由于当地的区乡干部能帮助当地省中寒假回家工作的学生，与这些学生共同来团结旧艺人，而使这些学生所已掌握的新秧歌与旧艺人结合起来，共同创造了反映他们自己的生活与斗争的新秧歌。同时，另方面也有旧艺人不肯参加闹新秧歌的情形：如××地区的"老把式"就是摆老资格，看不起新秧歌。也不肯去学着闹新秧歌。虽然经过我们多少次的邀请，他们都是推诿不来，甚至说不要紧，不用排练到时候就会有新的。结果演出的时候，仍是旧秧歌的一套，而且完全不被群众欢迎。

对于已经愿意出来闹的人要巩固他，帮助他。具体办法是帮助他们做组织工作，帮助他们提供有关剧本，排演等工作上的意见，帮助他们出于组织秧歌队能得到的政治思想教育，如前面所举的例子，就是进行了这样的工作而得了成功的范例。至于不肯出来的旧艺人，则需要以更大的耐心，研究他们，帮助他们，也不会没有收效的。当然对于坚持保守旧秧歌的艺人，争取到一定程度无效也可放弃他们，因为终究少数的保守者也不会阻碍了新秧歌运动的发展。

对于那些能争取的一部份人，应该先把闹新秧歌这点讲清楚，要把旧秧歌如何在群众中的不良影响，新秧歌的教育作用，民主政府的好，穷人翻身这些道理同他们讲清楚，使他们能主动地认识与行动起来。但在开头发展新秧歌的时候，往往这一部份人不能在一开头就闹起来，在开始主要依靠的是下面几种人：

①农会工会的积极份子：他们最积极热情，对于自己生活认识得清楚，有政治思想，明白咱们的政策，更重要的是他们有群众基础。如果能把这里面的积极份子掌握住，使他们自己先来闹起，使他们自己来表现自己的生活。由于他们是自己斗争而得以翻了身的积极份子，他们当然会极其高兴与乐意的，那些新的秧歌，通过他们就会很快地组织起来了。

②小学教员：农村的小学教员是乡村文娱生活的中心，是团结小宣传员小先生的中心，他的群众（小学生）都是些爱玩的，又是最多感受新生活的，如果能把他们的积极性发动起来，就是很好的农村宣传队。

③冬学或冬训班或民兵冬训的学员：在这样的学习组织里，学员都是群众中的积极份子，政治上也比较开展，我们就可以在这样的学习组织里进行新秧歌的活动。以一个强有力的干部来辅助这个工作，发挥他们每个人的积极性发动创作，造成一种空气。人也许会想到这才耽误学习了，这个问题就在于主持学习的人如何掌握了。根据经验，如果能进行得好，倒反会使学习更活泼、更实际。效果反而收得大些。例如：识字很枯燥，但把识字与歌词台词连系起来，就既容易记，而又有兴趣。再如又可把冬训所要提出的政治内容放在剧本里，那么经过了他们自己的出演，无疑的，他们即将领会了这些政治内容并且成为带头的执行者，这就会使冬训的学习更实际，更易达到我们预期的目的。

更重要的是他们在这里学习了这么一套，一回去就会教别人，又会自动组织起秧歌队，扮演起学到的一套，这样一来就一分二，二分四多了起来，这样做是把秧歌变成一种运动的好办法。要能在这个学习组织里给他们一个组织的任务的话，那预期的目的是一定可以达到的。根据过去经验，这类的学习组织是新秧歌的发源地。

例如，有一个小学教员，在县上看了新秧歌，回来恰巧赶上劳军，于是他就反映了阶层的劳军情绪，里面还穿插了一个家庭里父子为劳军问题而起的冲突……又如写不识字的坏处，一个人到处碰钉子，终于认识了非识字不可……

他写了好几个剧本，完全不受任何形式的限制，他想表现哪个情况就表现哪个情况。每一个节目都得到了群众的欢迎，因为那都是群众生活中间所存在的，已解决的或尚未解决的许多问题。这些全是他们所最熟悉的，所以也最能感动他们，而得到他们的欢迎。另外这个乡上的另一批"老把式"们，看不起小学生闹新秧歌，自己闹一套旧秧歌，结果在新年的演出上，旧秧歌大大地失败了，完全不被群众欢迎。就这样这一地区新秧歌的地位与威信就大大地提高了，最后那些"老把式"们也提出要帮他们学习新秧歌的要求，并且开始埋怨自己不识字吃了亏，要求帮助他们识字。

总之，只要他受了新的影响，愿意进行创作，就不要管他什么形式不形式的，只要是能表现群众的生活，感情，要求与斗争就可以。这样一来有故事，有情节，宣传任务完成了，旧的秧歌就打垮了。只要是新秧歌能在群众当中札①下根基，在农民，工人，士兵，学生……当中的组织发动起来，一演出就可以传开了。

④组织中学或高小学生寒假回家工作组：这些学生平日多半在城镇地区，有首先接触新秧歌的条件，能把他们当中爱好秧歌的依其家庭地区编成小组，使他们寒假回家可与当地的乡政权连系起来，团结当地的旧艺人与爱好秧歌的或其他积极份子共同闹新秧歌，这种形式往往收效最大。例如米脂中学的学生，寒假回家，利用冬学的组织，作为新秧演②的基础，又从冬学学生中收集了当地闹离婚的材料，与发生离婚事件的本人共同创作了《离婚》剧本，内容就是反对女人错误的"解放"偏向，不安于勤劳生活。要求虚荣享受。以讽刺的手法穿插了这一故事，得到全乡最热烈的拥护。一个老乡素来不爱看秧歌，听说了这个故事，赶着十几里路来看它，因为他自己也碰到了这样的不幸。另一个老乡说："看这些婆姨（女人）还敢不敢闹离婚了，多丢人败兴（不要脸的意思）。"

由于《离婚》剧本的写出，又激励了旧艺人的创作欲望，他们也根据了当地的一些事件，运用了旧秧歌的技艺，编出了"变工队"和"刘××转变"及许多秧歌

---

① 此处"札"当系"扎"之误。
② 此处"演"当系"歌"之误。

领唱，都得到了全乡热烈的欢迎。而且对于乡政工作起了极大的推动作用，更鼓励了旧艺人闹新秧歌的勇气与信心。

总之，在各种各样的群众团里发现积极份子，通过他们来发动秧歌。把握住几个主要的团体去突击他，只要突破这一环，取得了经验，就可以逐步行开了。

四、组织起来以后怎么办？

组织起来会碰到一些问题的，如经费问题，剧本歌子问题，和其他一些困难，怎么办呢？可以有以下一些办法：

①经济问题：一方面可以由政府帮助一部份，另外可以进行一些募捐，最好的办法是秧歌队自己想办法，如集股进行生产，组织合作社，一方面可解决秧歌队需要的一切，另外又可以获得一些生活必需品。在陕甘宁还有一种办法，就是分地以后，抽出自己很少的一点地，大家凑起来，轮流耕种，算起来花不了多少力量，这地里所生产的一切就作为秧歌队的基金。这种地叫作"义地"，目前在分得了土地的农民来说算不了什么的。

②秧歌队的创作问题：如果已经把团体组织起来了，切不要把我们的一套硬加进去，而要尊重他们的创作。去帮助工作的人要善于了解情况，和当地的群众一起用他们所有的及能掌握的形式来表现。

要善于和当地的秧歌艺人团结，把他们吸收到我们的团体里来，在思想上给他以影响，他会以纯熟的技巧来表现新的时代，那样的东西是有民族特点的。最好是由他们的积极份子来做，我们不要包办，更不要所有的由我们代替，根据过去经验往往我们写出的东西，他们很难一时学会的。

如果他们实在一时写不出来，要依靠我们的帮助，那我们要写也必须是极其简单而接近他们生活的。

曲调的创作，开始最好不用新的创作，尽量采用旧调配新词。因为新调他们学起来太困难，而且当秧歌迅速广泛开展后，可逐渐加进新的曲调。

③其他的一些困难：首先参加秧歌队的农民，学生……可能怕耽误家里的活计，或者是他本人愿意而家庭又反对的，这都需要辅助秧歌工作的同志很好地注

意，保证大家利用夜晚等闲暇时间不误生产。

其次也会有怕羞等现像，这可以多练习，或以积极不怕羞的先带头闹起来，突破窘的情况，引起大家积极参与的欲望，就可以克服这一困难。

再有就是要注意的一些问题，如搞不好就会影响到秧歌队的垮台。那就是要切实注意份子的纯洁，不可吸收农村流氓及名誉不好等份子，甚至有一个进去，都是遭到其他家庭的反对。另外注意秧歌队队员的作风，切不可到处要吃喝要喜钱，如有吃喝与慰劳等事可由领队的负责解决，下面的人切不要插进一脚，乱管闲事。这些虽都是小问题，有时影响却很大。

五、目前我们要做些什么？

为了进行这个秧歌的组织工作，为了达到这个任务的完成，我们必需加紧这一工作，把下面的几件事积极地做起来：

①音乐工作者和歌词作者：在最近很快的搜集民间的秧歌调子，音乐工作者要准确地把流传于民间的这些调子记下谱来，而词作者要很快地填上词，如穷人翻身运动，武装自己，打土匪改造旧政权，工人店员分红，美国干涉中国内政，蒋介石的罪恶……填好之后，很快地印发下去，广泛地唱起来，作为目前群众教育及群众秧歌运动的基础，最好能把评剧（落子）用到新秧歌里去，因它在东北流传最广，而又能表现出东北沉痛历史的悲壮特点。

②要尽量地搜集地方语言、语汇及秧歌的形式。要研究它们，作为我们将来工作的线索，及我们创作地方性的作品的准备阶段。在这个问题上，需要很好地向民间艺人学习，最好请他们表演，从他们表演中来了解当地形式。如他们如何表现一定的内容，我们好掌握这些形式来表现新的生活，及突破这些形式。

③我们要在原有的基础上改造它，首先在歌的问题上把旧的封建的一套"摇钱树""元宝盆""送上大户的门"之类的词去掉，换上与斗争生活联系很紧以他们语言写成的词。在舞蹈的姿态上去掉那些调情的成分，去掉那些不合实际的怪脸化装。只要一个秧歌队初步达到这样地步，经过比较熟练的排演就可以公演出去了。

④在创作形式上，最宜于写短的，反映当时当地情况的。要掌握民间形式上干净利洒的特点，明确地把他们表现出来。不要先在我们脑子里有一个幻想，不要勉强把他们的行动适合我们的要求，那就会办不好。我们下去一定要耐心地，从他们的基础上帮助他们，可能会碰许多钉子，我们必须要有一个精神准备。

⑤要主动地组织起文工团、剧团、工作队，仔细的排演大批新的秧歌巡回演出。一方面扩大影响，一方面作为新秧歌的示范工作。可以针对着某些个别地区先进行突击，扭转群众对秧歌的印象，打下新秧歌的基础。藉演出工作团结一批秧歌的积极份子，并辅助他们组织起来。工作队或剧团走后，他们就是这地方的宣传骨干了。

以上就是我们所想到的一些，也许提出来不一定适合现在的情况，但是把它们提出来作为参考，请大家来讨论讨论，看看用什么方法可以把新秧歌运动展开来，也许稍许有点帮助。

观评剧《白毛女》有感 *

一

看了评剧《白毛女》，给了我很大的感奋，这次演出叫我感到亲切，温暖。

东北人民剧社以评剧演出了《白毛女》——这个新现实主义的作品，是一件大事情，这是一个大的改变；是伴随着东北人民解放后，在艺术上的大翻身。

很长久的时间在争论着改造京剧；地方剧，但是开始这样做的，是敌后抗日根据地，解放区，是在毛泽东同志提出面向工农兵；文艺必须是人民"喜见乐闻"的才能行得通。在戏剧音乐及文学写作上都是根据了这一个元①则，学习民族的民间的东西，加上现实斗争生活的实际，《白毛女》就是在这样情况下产生的作品。

《白毛女》用评剧演出是一个新的尝试，人民剧社今天的尝试应该说是成功了的，在评剧的《白毛女》演出中，更进一步地发挥了东北的，又是民族的地方特点，包涵了很强烈的生的意志，为广大的观众喜爱。这更说明了毛泽东同志文艺方向的正确；又说明了，这正是改造地方戏剧的方向。人民剧社正是开始走上这个方向。

二

从评剧《白毛女》的演出中，我得到了学习和教育：

---

* 本文据手稿过录，原文未署写作时间，据王大化1946年11月15日、16日的日记内容，可推测该文很可能写于1946年11月15日或16日。原稿无标题，此系编者所加。

① 此处原文如此，"元"现通作"原"。

首先，在演技上说，绝大部份演员的技术是很熟练的。这熟练表现在演员对典型的角色型[①]象的表演上，如演黄世仁，及老□的两位演员，从他们的表演上叫我们感到他们生活的饱满和对那生活的熟悉，叫人感觉到那些人物是有生命。同时在有的演员的演技上表现出很浓的民族的气息，中国气魄，他们以他们固有的评剧上熟练的演技，通过生活的经历，把戏里的人物表现在舞台上，而他们这种固有的演技又与新的现实主义话剧的表现手法结合到一起。有人说，这两种演技技术是绝对不能相容的，但事实告给了我们，不但可以在一起用，而且还可以用得很好，那就要看你是否是在现实主义的基础上加以取舍的怎么样，拿最具体的例子像红喜由黄家逃出及在大风雨里去到庙里偷供献时的两段表演，这位演员运用评剧的演技，以舞容的形象表现出了角色内在的情绪，那些动作的夸张就恰到好处。看得出这位演员是有相当素养。以旧的演技手法突出和集中地表现某些情绪，造成了整个的节奏。而在人民剧社来说，三四十或是四五十岁的评剧老演员能够这样认真地做，这对旧的来说，是一个革命，也就说明了这些技术当一与现实结合时就立时产生出物质效果来。

其次是演唱的问题。向来，有人说，唱还不就是把那个调唱出来就对了！在评剧《白毛女》的演唱中，我们听到的不是这种演唱，而是与角色的典型性格结合了的形象的音乐语言，如，有的调子是从前延安、哈市演出时用的，但一经他们唱出之后，就起了变化，固然，在音乐的观点上说，也许有点拍子不够，或是个别音阶的差错，但在音乐与戏剧结合的意义上来说，那些演唱中包涵了浓厚的中国味道，有民族的特点，感觉到亲切，这是演员掌握了自己的脚角[②]，又通过了评剧演唱的技术，把他表现出来，那里面的咬字清楚，对于情绪的表现，与动作节奏的谐调都是值得学习的地方。如黄世仁、老赵二位演员的演唱上就充分地表现出这点。

第三，要说的是，把评剧用进《白毛女》里来的问题。这次评剧的调子加进了一般调子里尚没感到不调和，倒是觉得更能表现得丰富些，反而觉得似乎评剧

---

① 此处原文如此，"型"通作"形"。
② 此处原文如此，"角"疑为"色"之误。

的成分应该更重一些才好。另外，在用这些调子的处理上也看得出是相当费了思考的，如红喜到黄家及出黄家的一些调子都能突出地表□她的苦，受压榨，表现出了她的冤和仇，更表现出了那强烈的生之意志的昂奋。观众熟悉自己乡土的音调，很容易接受，从观①跟随这些调子悲而悲，激昂而愤恨，从演唱这些曲调时由观众那里给的笑，哭与骂就是好的例证。

与这些曲调分不开的是乐器的伴奏，前半部时乐器所拉出的《白毛女》原来用的曲调时，大家都觉惊奇，直在称赞琴师的技术及他的好记忆力。到了用评剧曲调的地方就更显得熟练与饱满了。如在红喜逃出黄家后打击乐器、弦乐器与角色情绪融在了一起，造成了整个气氛与情绪的节奏，像有时梆子引头再加进板胡的音色，一会缓慢哀怨，继而悲愤高昂，打击乐器间或掺起中更是增加了不少色彩。又像某些地方打击乐器轻轻一动就直接帮助某种气氛的造成，如红喜逃时唱的"……大河流水花啦啦响"在"大河流水"后加上了很短的小锣小义②，锣的烘托，就把那"流水花啦啦响"表现出来了。这次《白毛女》演出中加的京梆子在里面用得很恰当。

第四，在导演来说是花了很③气力，无论在整个节奏的掌握上，人物的对比上，情绪的转换上，都是很仔细地处理的，虽然有的地方尚显过程有些不够，但总的来说影响尚不大。

---

① 此处原文如此，疑少一"众"字。
② 此处"义"疑为"叉"之误，"叉"通作"镲"。
③ 此处原文如此，疑少一"大"字。

日记

编者说明

本辑日记按写作时间顺序分为三部分，第一部分为"《王大化日记》1945.9.8—10.19（从延安赴东北的行军日记）"（"手抄本"首页），该段时期日记的节录本曾以《行军日记》为题被收入《延安文艺丛书·散文卷》（以下简称"丛书本"），故此次整理仍题名为《行军日记》，但内容则据手抄本过录，间或与丛书本对校，并补全了后者所删减的内容。第二部分为《大化日记》，系王大化1945年除夕之夜到1946年2月21日，8月4日到12月6日的日记，这段时期的日记曾在《知识》杂志上分六期连载，题为《大化日记》，注明"王大化遗作"，此次据《知识》本整理重刊。第三部分为《排演日记》，据作者手稿过录，手稿首页写有"排演日记　王大化"，正文为6月17日至26日的日记，原稿未写明年份，但据内容可知，当为1946年，王大化时在大连。

还需要说明的是，就文献的整理而言，书信与日记因其书写特性通常是被相提并论的，本辑原本也应该为"书信与日记"才更准确，事实上，王大化是有书信留存的，蓝露怡所写《王大化侧记》（《新文学史料》1998年第3期）中提及王大化在重庆以及去延安后与曾为其未婚妻的贾如真书信往来的情形，并在文章最后摘录了一些信件片段，据此可以推测王大化写给贾如真的信件为数可能不少，希望这批历经半个多世纪还能被保存下来的珍贵文献以后能有机会得到整理和出版。

行军日记

9月2日

延安到四十里铺,四十里。①

9月3日

四十里铺到甘谷驿,四十里。

行军之后一定要用热水烫脚,恢复②疲劳。

昔日的教堂,今日的工厂,奴役杀害人民的寺院,变成了丰衣足食的乐园。

山西梆子

我:"台上演的什么戏?"

老乡:"叫个……咱忘记叫个什么名字。"

我:"解开了不?"

老乡:"一满解不下!"

台上小丑东扭西扭,老乡笑了,问他为什么笑,他解不下,群众解不下却也是他的食粮之一,这叫人急躁、苦闷,但又是必然会存在的现象。

改造他和学习他,这之间存在着一个矛盾,这是自我锻炼的一个过程。

---

* 此部分日记据王大化妻子任颖手抄本过录,该手抄本系稿纸誊抄,封面左上写有"任颖手抄本1983年左右"字样,正中为《王大化日记》1945.9.8—10.19(从延安赴东北的行军日记)"(以下简称"手抄本"),该段时期日记的节录本曾以《行军日记》为题被收入《延安文艺丛书·散文卷》(《延安文艺丛书》编委会编,湖南人民出版社1984年版)(以下简称"丛书本"),正文前有编者按语:"一九四五年'八一五'日本投降后,党中央组织了东北干部工作团派赴东北开辟工作。这是大化同志随东干团八中队(文艺队)由延安出发,一九四五年九月二日—十月廿一日的沿途见闻。"该丛书未注明日记来源,虽然整体内容不如手抄本完整,但也有个别文字可补手抄本之缺,据此推测,很可能也是据作者原稿加以整理和节录的。编者此次据手抄本整理,间或与丛书本对校。

① 这一句在丛书本中位于"9月4日"日记内容的第一句。
② 此处原稿如此。

9月4日

禹居，一个满漂亮的小镇，虽然有些破落但还美，有陕甘小镇的特点。

从禹居动身去延川路上的雁门关，这不是那个大雁门关，我们就给取了个小雁门关的名字，形势很险要，可作为防守之关口。到了这关口马上想到上次下乡时彭七在这里方便过，于是联着谈到彭七娶了个回教媳妇，入了回教，事情往往是这样，从张三谈起，又会谈到李四、赵五……以至地球上所有成[①]在与不存在的事，今天也是一样。

9月5日

延川。到了延川住在孔老二的庙里。已经破烂不堪了，内战时白军曾以它作为一个据点打我们，墙上留下了弹痕，自从白军退了后，这里用他的佛堂，把佛像拆了作为小学校的教室了。内战时红军的炮火侭侭[②]打碎了孔老二的虚伪的塑像、庙宇。这之后，革命闹成了，现在是往他内脏里打了。往日念书的一定要祭孔的，国民党、日本人也从祭孔来维持他的统治和剥削。

我们在孔庙里办学校却是学习的反孔老二的思想。这里说明了一个革命的基本问题。

延川。这是延川城的街，中华路，这城很老，有点像北平西城某些街道，人到了这里很清爽。这里果子很便宜，一百元可以买十几个。空气很好。很宜于养病。水果棉花是这儿主要出产。

9月6日

清涧。清涧城本来在我印象中很干净，但这次却是相反……

意外地碰上了以前美术系的模特儿白老汉，他是我住的房子的主人，大家见了亲热得利害[③]，他说："没看见你就听出你的声音是王大化了，哈哈！"

[①] 此处原稿如此，当为"存"字。
[②] 此处原稿如此，"侭"意同"尽"（jìn），但据上下文，此处"侭"当意为"仅"，成为誊抄之误。
[③] 此处"利害"在丛书本作"很"。"利害"通作"厉害"。

9月7日

石背。① 正睡在半夜，高阳说了话，他一说话，大家都开了腔，原来大家都是整夜地失了眠，于是打起铺盖在炕头上等天明。

"城头上跑马还嫌低，面对面睡觉还想你。"——这是陕北民歌中常有的词句，这可以与莎翁"as you like it"里"永远加一天的爱你"相比美。

9月8日—9日

绥德。到了一个自己曾到过的地方时，那地方确是像一个老朋友一样，告诉给你哪里变了，旧的不在了，又添了什么新的东西，异常亲切。绥德对我也是如此。所不同的是绥德比往年年青一些了。在我倒是比他年老了一些。一切不愉悦的事迹，血的炼狱把我变老了，虽然新的生命火力已又燃起，但，不可抹灭的老的皱纹已深深地刻上了。——一个受了挫折的中年人心情已不复是青年了。

绥德的老乡们送来了慰劳品，每人发了鞋、果子、红鲜枣。

抗大文工团给演了一出平剧，是一个很好的创作，叫——

可惜才一开场，我就被叫了出来去地委谈《白毛女》演出经验。

9月10日

黄家川。

天下乌鸦一般黑，这是指地主阶级说的，"黑"代表了他们剥削、享乐思想。在这样一个落后偏僻的山沟沟里，地主品着茶听着"戏箱子"，但他却穷酸地说：自己没吃穿，租子吃得少……地主不动弹坐吃享乐。这就是说明了为什么存在斗争。

9月11日

郭（杨）家沟。

---

① 此处"石背"二字不见于手抄本，手抄本在日期后只有两个空格和一个句号，不知何故，现据丛书本增补。

9月12日

贺家山山顶上摆下了慰劳台。果子、开水、枣子、纸烟摆出来。我们去烧火，总烧不燃，老太太跑来了，把我拉开："让我来，这火你们烧不惯。"烧了一会，我要烧，她又说："算了，你还要赶路，熬了，还是要我来吧！"……就这样帮我们烧完了一大锅水。这里有说不尽的乡亲们的情谊，享受不完的温暖。

古说黄河水来自天上，但根据我们的经验，黄河水是来自山沟沟里。如果说是来自天上，那只是经过了蒸气的挥发到天上，变成雨下到地上，再发山洪（包括了山泉）。于是黄河……

9月13日

看了①这幅画会觉得奇怪的，其实没有什么，这是一个老太太，在哨岗上拐线，岗楼门口一边是红缨枪，一边是她老人家的拐杖。

"春耕要防敌扫荡，空室清野要经常"，这是河东②见到的第一个标语。

一个女民兵，拿了杆红缨枪在站岗，她很愉快，大方，她很爱美，笑得很响亮。

宿三交镇。路上："同志，快吃点枣。"

"同志，吃西瓜""老乡，喝米汤，解渴的。"

"同志……""喝酒吧，还有烟，小意思……"

这就是老乡亲们对我们的情谊。一颗热腾腾的心。——梁家壁。

对了，这就是埋地雷的坑，雷埋得到处都是，鬼子可受苦大了，到处挨轰！那一次轰死了八个日本鬼子，六个伪军，一只洋狗。

河东的庄稼长美了。

9月14日

三交。敌人一共占领了二年□③个月。

---

① 此处丛书本在"看了"后多一"我"字。
② 此处"河东"在丛书本作"过了黄河"。
③ 此处原稿空白，丛书本用"×"表示。

围困太原去！

老百姓自己成了带枪的人，兴奋愉悦地去参战去。他们说：咱们困[①]太原去了，要把日本鬼子打死，把顽军困死。

这就是咱们的武器，手榴弹，地雷，专门崩敌人。你问麻杆做啥，把雷埋下，要把麻杆杆盖上加上土就等鬼子来踩了。

肥沃的田原，茂盛的丛林，美丽的房舍，这就是咱们中国的土地。她曾被敌人奸淫着，如今解放了，她从[②]新呼吸到新的空气，她在新的阳光下，重新生长，繁荣。

三交镇

××年敌人还在四圪塔，我们就成立了武委会，青抗先模范队，去村里查哨，户口。到敌人占了三交以后，青抗先模范队都成了民兵了，一个行政村有八十来个民兵，一村有七八支枪，每人1—4个手榴弹，一个行政村一中队（一切行政工作服从对敌斗争）成立联防哨，民兵白天黑夜监视敌人。一般民兵皆参加农会，减租减息，前面对敌作战。

军队有时住个一夜半夜，主要靠民兵配合。以后民兵都有了地雷。

地雷有暗雷、拉雷，敌人一出门就有雷，敌人就不敢出来了。联防哨上是拉雷。联防哨在四圪塔，后又发展放虚哨。又进了一步，放在敌人堡垒旁边。

民兵嘹[③]着哨，男人来种地，防敌人出来。起先老百姓怕当兵，不当民兵。后来敌人杀了自己家里人，有了仇恨敌人的心理，于是许多年青人当了民兵。就[④]放哨的放哨，种地的种地，（变工）做饭的做饭……

"有人暗地里维持敌[⑤]，半夜去送款，民兵在路上等着[⑥]教育他。告诉他要有气节，日本人是外国人，他狗日的杀了咱的人，谁谁……被杀了，谁谁被

---

① 此处"困"在丛书本作"包围"。
② 此处"从"在丛书本作"重"。
③ 此处原稿如此，"嘹"当作"瞭"，丛书本作"放"。
④ 丛书本在"就"前有一"这"字。
⑤ 丛书本为"敌人"。
⑥ "在路上等着"在丛书本作"就等在路上"。

奸了……"

下面是①一个小故事：日本人出了三交②瞭望哨③在山头上把假树"搬"倒。村里人跑了④，把敌人引诱进村，由民兵团团围住，外面是爆炸组，弄得敌人动弹不得。敌人一动就打，一走雷就轰，回了老家⑤。

农会里有秘书，组织，宣传（行政村）自然村是农会干事。地主破坏减租：

1. 你们减了租，公粮你们负担。

2. 明年地咱个自种。

3. 八路军力量小，八路军走了怎么办？

地主与敌人秘密维持，按月送款，专门和敌接洽，与敌人做一些破坏工作。

对村政权就抓干部的缺点。1. 批评干部对群众态度（我们干部做工作发脾气，光说话）。2. 以金钱温情拉拢："你们辛辛苦苦做工作什也不挣，家里还吃不上个粮食。"

地主刘奏国，天主教徒，狠毒，阴险他⑥趁着我们在基本群众没发动起来的时候就秘密维持，破坏抗日法令，经过了三个阶段⑦才摧毁了刘奏国的力量⑧。

1. 半公开的，村政权下令不维持，村干部不表明态度，后来上级又命令，就暗地维持。

2. 四二年大扫荡，刘奏国秘密活动，群众因受了害，大家愿意维持，怕找出谁领头，想出圆圈签名，这时农会尚在地主手里，村中尚没有党的组织（农会是由牺盟会改的），这时只是行政村领导在咱们手里，但下层组织却在人家手里，群众就发动不⑨。

3. 这时组织起武工队，党来领导，又派出了游击队。武工队又派人在村中埋

---

① "是"在丛书本作"又是"。
② 丛书本在"三交"后多一"，"。
③ 丛书本作"咱的瞭望哨"。
④ 丛书本在"跑了"前多"看见信号"。
⑤ 丛书本在"回了老家"前多"把鬼子送"。
⑥ "他"在丛书本作"地"。
⑦ "三个阶段"在丛书本作"反复斗争"。
⑧ "力量"在丛书本作"地主权势"。
⑨ 此处"不"字后似少一"了"字。

伏工作，进行调查工作。先在减租问题上开始，开佃户会议，把为什么成立农会说明白，是为了穷人，天下穷人是一家，应当团结起，农会应该是减租减息，回赎土地解决困难问题。土地问题，贷粮、贷款、牛犋。经过了具体说服教育，研究出了地主是剥削我们的，靠咱们发财，他们不动弹就吃好穿好，咱们终年受苦受累，一年没吃穿……群众明白了这些，佃户们花花地参加了，于是就挑选干部，选代表自己利益的人，选出了又审查，选出真正劳动农人，一条心的才能参加，压迫农人做坏事都不行。党的工作就做起来了，在基本群众里发展党员。

经过这个斗争，群众研究出他们来，把刘奏国他们打垮了，提出了这些家伙，对他们提了意见：1.绝对不维持。2.把维持的钱拿做抗日经费。

挤敌人

首先是不维持，群众怕，就成立了民兵瞭望哨，联防哨，黑夜住探（甲村住乙村、乙村住丙村）情况紧打手榴弹，不紧回来报告，慢慢组织了指挥部有计划地转移。

民兵变工互助：民兵做农会工作，农会保证民兵地不荒，民兵掩护种地，一有情况民兵打枪，老百姓转移，有时不分你我。

群众才相信了民兵的力量。一、能抗击少数[①]敌人。二、敌人搜不成山。三、打些东西[②]。威信提高[③]，在村中开会，村长讲话："要不是民兵，谁谁死了，谁谁东西抢了。"于是号召谁家有土枪土炮都拿出来，就集起了很多[④]。

敌人还不知道，一来给打跑了，这一下民兵情绪可高了。

民兵给[⑤]变工组编到一起，劳武结合，轮流放哨。后来提出来搞地雷，都不肯搞[⑥]埋不到地方，后来干部起模范作用。黑夜里把狼炸死了，后来又炸死一个给敌人送维持款子的。这一来群众看到地雷还有个用项，就普遍埋起来。

---

① 丛书本无"少数"二字。
② 丛书本为"三、还能缴获战利品"。
③ 丛书本无这一句。
④ 丛书本为"民兵也跟着武装起来了"。
⑤ "给"在丛书本作"和"。
⑥ 丛书本无"都不肯搞"这四字，多一"又"字。

敌人来了，把敌人炸死了五个人一条洋狗，吓得用火把照着走，还把腿炸断了，群众见到地雷利害，就用生铁去换炸弹。

在上当泉的①一个桥，民兵把桥弄断了，把②雷埋弄到一块③桥板上，敌人来时找板撒开④，放到桥头上，敌人来时⑤叫民伕搬，老百姓不搬，把老百姓踢倒，自己去搬，搬第一块没关系，第二块就轰的一声是⑥鬼子轰到天上去了。

场里有麦子，敌伪来抢，一抢轰的一声。

爆炸商店

自古商店名目可谓繁多。如：中山商店，中山肉店，平康里，××巷，八大……那是资产阶级社会□□中的汲取大多数人的钱财的机关。

边区的合作社是发展人民经济增加人民财富的福利组织。

爆炸商店则是生产与战斗结合的新发明，人民参加了人民战争。

就凭了它，救出了多少人的性命，它存在了人民就存在了。

9月15日

宿康宁北上张家畔，行军八十大里，约小里一百里。

"日本人在的时候，杀人，烧房子，没拉⑦一天好日子。"

"现在咱们队伍来了，好了，你们住下咱们就有了安宁日子。"

老百姓一天到晚吃糠皮皮，到如今才吃上一些山药蛋，豆角角。

日本人抢掠摧毁了中国田野房屋，但日本人没能摧毁中国人的灵魂。

这是一个上张家畔地方六岁小孩写的字，牛拉是他的名字。

牛拉写：打日本也种地。

---

① 丛书本为"上当泉有"。
② 丛书本作"地"。
③ 丛书本作"堆"。
④ 丛书本作"把板撒开"。
⑤ 丛书本无"来时"。
⑥ 丛书本作"把"。
⑦ 丛书本作"有"

自己少吃没①用却驮了小米，抬了猪肉来慰劳咱们。

9月16日

宿兴县。

休息。

下山。

行军，人在又饥又累的时候，往往想到最好吃最可口的肉肴，最舒适地睡一眠。这连望梅止渴都不如——因为连个促使想像的条件都没有，可是人们却总这样想，说他傻吧！他不承认。说他聪明吧！又有点"阿Q"。

棉花桃白堂堂，旁边站了孩子和娘，净花纺纱织成布，细裁细缝做衣裳。

一拍起交通工具，马上会想到火车、汽车……可是在我们现在却只有牛车、骆驼、驴驹子……这叫作适应环境。哈哈，否则你说该怎么办？

9月17日

前站②号房子去了。

宿营。

这不是城市的摩登小姐。这是这个地区妇女的打扮，没有出嫁的女孩子是结两个辫子。出嫁的梳上"Juanr"③，以后还梳上两支大辫子，实在是好看。

小孩在歌颂毛主席，他们唱毛主席是太阳，他们歌颂"七大"，他们说自己是中国的主人，他们骂汉奸、日本人。他们欢唱自己幸福的民主生活，战斗的生活，自己英勇的战斗英雄，欢唱这伟大的时代。

9月18日

白山黑水，大豆高粱，这是东北的宝藏。

十四年来被日本人淫辱着，而今在红军下解放了。这种欢乐是没法表现的。

---

① 丛书本作"少"。
② 丛书本作"打前站的"。
③ 丛书本作"纂儿"。

驴驹子就是咱们的火车头，别看这些物件其貌不扬，它们可顶了大事，它们负荷着千万斤，跋山涉水……

同志们问道我，关心我，我自己很难过。太辜负了他们的殷切之情，这是一支鞭子。它鞭笞着我上进。想起了十年来常说的一句话："决不使朋友们对我的热望变成失望。"

雷有明雷、暗雷、拉雷、扔雷、水雷……还有新发明的石雷，去年敌人扫荡，走不敢走，累了不敢坐，陆地不敢走，走水里，水里又碰上送命的玩意。

9月18日

兴县。

有望梅止渴的人，有嗅梅止渴的人，还有人望点心止馋，但因是近视之眼，竟把鼻子碰到点心的玻璃盒上，左右看来，左右磨擦。于是又有了新名词叫磨玻璃盒子。

还没有被敌人摧毁的房屋——兴县的一角。

在秋雨之夜，伙计们团团围住，畅饮几两，这也是行军生活中最有情趣的一景。

9月19日

林枫同志报告：[1]

从这出发走，往前走，要过一个封锁线，有些严重，但不是过不去。敌人不大出动的[2]。但过铁路时，尚与他有矛盾，顽军间，传也想用[3]，而这队伍声势也是大得很[4]。可能他以为是去破路的。需要把队伍更集中些，更有组织性。

开罢了会，队伍纷纷离开会场，但见会场后面高山顶上一个士兵正聚精会神地在深秋的晚风里放哨。

---

[1] 丛书本作"兴县林枫同志报告。"
[2] 丛书本作"敌人平常不大出动"。
[3] 此处原稿如此。
[4] 此句丛书本为"这里也有顽军，而这队伍声势也是大得很"。

七月剧社演出：剧名：《八大锤》《减租》。

从他们的戏里看出他们深入生活的程度，他们确是走在我们的前头了。他们的戏给人很大的亲切和鼓动。

栓是一个社会渣子，一个二不溜，虽然他也是出自农民。但他的阶级意识却是模糊的，他跟随了钱剥皮，从钱那里喝到一点汤水，而这些微微的汤水还需付利息，这就是他的人生观。

老财是应当享乐的，这是地主资产阶级的理论，在他们是天经地义的。黄家川的老财唱"戏箱子"也是属于这一类思想。不过这是在地主资产阶级掌握政权的时候。现在在钱剥皮的心里也存在了很大的惶恐，因为人民抬起头来了，人民向他要回自己的权利和财富。

"你就凭了你，你还不是灰不溜溜的，Rao[①]种！"——王德锁的老婆对他说。但王德锁这样的农民思想在农民说也是应该的了。新政权建立了，王德锁虽然也懂得了自己应当获得自己的权利，但是他太窝囊了，抱着一股热去了，一进门什么都没了……

"穷人翻身要靠自己；彻底执行减租法令。"钱剥皮没力量了，连跑都没个去处。这结果自然可以想像得到。

"望江楼"

……待收复旧山河……

……莫等闲、白了少年头，空悲切。

秦桧之类的上了台，岳飞被绞死在风波亭，这个历史事几[②]，正反映了目前中国的局势，但今日之不同是人民开始抓住了刀把子。

人民力量已被组织，已掌握了自己的政权。

"岳家军可无论如何不能离开中原百姓啊！"岳飞叹息自己是"水中之月"是必然的，因为到底是在那个皇帝封建时代，忠孝绝对服从皇上是天经地义，这使

---

① 此处原稿如此，对应的可能是"孬"字。
② 此处原稿如此，"事几"通作"事迹"。

他无法离开他所在的阶级思想所限制，无法真正与人民利益真正结合，所以只有望月叹息了。

生活的海

看了七月剧社的戏，有很大的感触，感到坐在延安关了门搞出东西浮浅极了。他们的戏给我很大的教育，叫我更实际地认识到技术①、创作与生活结合的重要性，而生活的深度更决定了作品艺术上的成就。思想上有个为工农兵的思想，生活也想深入再深入，但是在创作上表现出一套学生腔，纵然②这是一个小资产阶级的改造过程。但是不看真正来自人民中间的东西是不会吃惊的，这等于是当头一棒。

这也说明了，真正踏实地生活时，不一定是时时刻刻注意那些"所谓技术问题"自然地会解决③，否则就是④能"技术地"注意到那些形式问题，也是⑤架空的。

9月20日

兴县。八月仲秋之夜。

这天黑夜，在一个大石窑的顶上开了一个联欢会。碰上这样的场合自己心里说不出是一种什么……⑥大家乐自己也有些⑦乐，但叫我去出什么节目就窘得不行。天兰批评我是不看重群众，这个问题还值得研究。在自己也确是感到与自己的日常行动矛盾……

这是一个节目，是从前玩的一种三一律，小杜的一个是"小杜在高阳的背包里刮胡子"。

这是一个关于我的，是王大化在跳蚤的肚子里想情人。

---

① 丛书本作"艺术"。
② 丛书本作"虽然"。
③ 这一句在丛书本为"不一定是时时刻刻注意那些'所谓技术问题'，这些问题也要在生活中解决"。
④ 此处"是"在丛书本作"只"。
⑤ 丛书本在"也是"前多一"这"字。
⑥ "是一种什么……"在丛书本作"说不出的高兴"。
⑦ 丛书本无"有些"二字。

华二爷表演精彩节目：狗爬。

9月21日

兴县。心里乐了，心里烦了，身上冷了身体累了，嘴馋了，都可以去喝二两，喝二两变成了一个口头上的术语，犹如在四川讲打牙祭一样。

二两有闷喝、畅喝、大喝、小喝。闷喝是闷着头皮不言语，这多属于烦闷之时，畅喝则是有说有笑，多属快乐之时，大喝是有菜有汤，小喝则是二两，卤肉解决问题。

为了解决色彩上的单调，买了一盒颜色铅笔，为了买它曾踌躇了四天之久，终于买了，这比喝二两好些，哈哈！

9月22日

宿卧虎沟。

这是水磨，从兴县起每隔十里八里就会有这么一所。这是一个省人力的好办法。

由水磨想到了南方的摇稻子的风车已被用在陕北某个别地方。又想到流行于陕北民间传说关于唤风的故事。从前多少年前了，一个拦羊娃放羊碰见风婆婆和雷公公"打游击"。他就喊了起来，风婆婆和雷公公立马叫他别喊，给他谈条件说干什么都行，拦羊娃就说，咱打场常没有风，你给点风吧！风婆婆要个记号，拦羊娃就用嘴打了个口哨。于是后来拦羊娃给人家扬场时没有风了，他就"shr"一声，风就来了，别人看他一吹，风就来，就学他，一吹风也来了，因此就传开了，所以现在一扬场时就吹口哨。

路上碰一队结婚的，女的还很小，穿了一套结婚的礼服，颜色很老，尺寸也是大人的尺寸，脖子上围了些棉花，起先我以为是一种装饰，后来才知道是生了老鼠疮。看上去满可怜，我不晓得她心里当时想什么，在她表情上看不出是喜还是悲，看上去连新女婿也有木然。

"莜麦面香啊，哈……"

这就是莜麦面，看上去很文弱，但听说吃下去劲儿可不小。

今天宿营睡在一个大草窑里，门窗已为敌人破坏，大家就铺草席地而卧，空气很流畅，又软又暖和，像在沙发上一样。

夜来十七的月亮，照得澈亮，又是安静异常，人都睡得又香又甜，犹如置身于仙境，不尽怡然神往。

9月23日

宿小涧村，淋雨。

胡麻，可以炸油，称为胡麻油。

自出兴县以来，山都变成石山了，非常好看。看远远的山地很像各色各样的布，这山的名字叫烧炭山，是岢①岚峰的一支。

烧炭山下的张家村，是敌人"三光政策"的具体表现。敌人毁灭了所有的物质，张家村的树木烧死了，全村里连一角整的墙都找不到。

途中小景

下了烧炭山，雨雷阵阵作响，顷刻大雨下起来……

几个下雨中的样子，有的是蹲在雨地里等掉队的，有的是被淋得如"□□"②一般。是③走了将千里路程的第一遇。

有的在炕上打500分，有的在帮运输员同志搬驮子，高阳滑了一脚几乎跌倒。

今天本应赶进城，临时决定住小涧村。这是我们的房子，炕是在一个类似门框一样的东西里，房子像是才刷过的④。日本人来过，杀的得鸡犬不留。老百姓现在养的鸡是留种的。

不用多说都会记起这个场面，这是一分队的第一次会餐。

夜里蒸过莜面的炕，热气大发，是上面凉下面烫，不怪许珂说梦话："这么烫"，一会又说"好冷"。

无题。

---

① 丛书本作"克"。
② 此处空白在丛书本为"落汤鸡"。
③ 丛书本在"是"前多一"这"字。
④ 此句丛书本为"房子象要倒架子"。

9月24日

五寨宿营。

在一个村口有一棵皮剥得光光的榆树，像一个人在呼号个什么。这一定是在灾荒的时候被人剥吃了的。这象征着一个恐怖的时代。

这是几个烽火台，在几千年前，曾用它烧起狼烟以号召诸侯，这个习惯被后代子孙改了，红军时代利用山顶撒土报信，鸡毛快信，抗战时代民兵在山顶上栽假树代替讯号，都起了革命的作用。

这叫蝎子草，人的皮肤一碰着它就像蜂子、蝎子叮了一样，可用碱性的东西用力擦，使之起中和作用。

这叫苧①麻，撕出麻来很细，很少疙瘩，从前尚未见过。

9月24日

"生产当中防敌人　变工一定要民兵"

收复了以后的岢岚城门。城门旁边的堡垒犹在，城的一角已有些要倒下来的样子。

城内眼看就要倾倒下来的牌坊上，还挂着敌人仁丹的招牌，这是日本人统治中国的路标。颜色显然是暗淡模糊了，比牌楼的命运更短，已经完蛋了。

"此去五寨一道平川"，这是在一个大石碑上用粉笔写的字。别了七八年的平原，一旦见到，心中不尽畅阔异常②。可以看那旷阔的地面，那么大的天空，叫我联想到将来的目的地。

用黄牛车拉大炮，这看起来是最现代化与最落后的。但这也正是中国革命的特点，牛车硬是拉缴获来的大炮。凭了极简单的武器可以击败现代化的敌人。这并不是崇拜它的落后而是一个半殖民地半封建处境中抗击敌人的特点。谁能说我们不能掌握现代武器的呢？资产阶级倒是掌握了一些现代武器，可是，但是它却不去抗击民族敌人。

---

① "苎"的异体字。
② 此句丛书本为"心中说不尽的畅阔"。

这一代①年青人参战去了。老乡都在极度的贫困中，没有一个人有一件完整的衣服，与陕甘宁的农民是没法相比的。但他们为战斗为自己队伍的服务精神却是没法形容的。这上面是一群年已②五十左右的老人家，为我们送担架的。赶③一天路在晚风中归家。

这景色在我印象中非常深。那④地的颜色，一对农民夫妇在收割，这景的色彩的丰富，画面的美是我所画不出来的。

夜晚赶到五寨。

9月25日

这是五寨的建筑，在窗口外架以栅栏，买东西要拐进栅栏才成。有点象北方的当铺。在这个老城里敌人给留下的痕迹很多，墙到处都是炮弹枪子破坏的痕迹。

9月26日

这是已经被我们破坏了的敌人的炮楼。炮楼周围是用电网围住，外面是交通壕，口上是一个堡垒，敌人曾用它控制着周围三二里地的村庄。今天我懂得了《把眼光放远一点》⑤的环境。这炮楼周围的地荒芜着，敌人不准种。现在炮楼孤独地立在那里，但是已经没有了战争。农民用自己的牛耕着曾经荒了八年的土地。

敌人的电线杆是在一土堆上，上垒石头，外围电网，电网又□以壕沟⑥。可是敌人尽管如此，电杆还是经常被拔掉，现在更不用说了，只剩下光秃秃的一堆土了。

敌人在店儿上的暴行：烧、杀、奸女、抢，把大便便在菜缸、饭锅里……吃饭吃不完，走了小便在锅里，把家具打个粉碎。

---

① "代"在丛书本作"带"。
② 丛书本为"一些年已"。
③ 丛书本在"赶"前多"他们"二字。
④ "那"在丛书本作"土"。
⑤ 当指冀中火线剧社集体创作、胡丹沸执笔的独幕话剧，初创于1942年，经西北战地服务团集体讨论、牧虹修改后的剧本在《解放日报》1944年6月20日、21日、23日第4版连载。后曾作为《中国人民文艺丛书》之一种于1949年和1950年由新华书店出版。
⑥ 此句在丛书本为"电网以外又是壕沟"。

就在七月十五那天,民兵和主力军从南山上下来把店儿上解放了。

夜行演习到达南辛庄。

9月27日

南辛庄的一角。这庄子年青人小孩子已稀少到很可怕①,全庄只有三四个十八九的年青人,二三十个小孩子。

夜行过封锁线的准备工作:吸烟、干粮、?②

神池城外景。

这是敌人的窘像,也说明我们的力量。敌人吃水井都要建筑防御工事。哈哈!

(月夜过封锁线)

在极度紧张下还摸了两下铁轨。

全身都烧起来,喘不过气来,我算体验到这种情绪。

(两个男同志架着一个女同志走)

9月28日

过了之后。

(挎包、水壶、鞋、帽都扔在地下,好轻松啊!)

陶萍的马丢在线③上。我和沙蒙的被子和马同④一命运,没有破坏没有建设,丢了就丢了,哈哈!

第二天早晨日出的时候。

9月29日

见到了一批民兵,他们都是精神焕发的⑤,穿了日本人的衣服⑥,背了三八大

---

① 丛书本为"稀少得可怕"。
② 此处原稿如此。
③ 丛书本在"线"前多"封锁"二字。
④ 丛书本在"同"前多一"也"字。
⑤ 丛书本为"他们个个精神焕发"。
⑥ "衣服"在丛书本作"军衣"。

盖，还有一个十三四岁的娃娃也[①]扛了一支三八枪，蹦蹦跳跳地跟着大家走。

是日大雨，大家都被淋成落汤鸡一样。

矮矮的沙土红的建筑，细高的树木，褚红的骆驼，青绿色的草原，清清的水潭，小小圆圆的浮萍。这是所谓蒙疆自治政府雁北区的景色。这地方埋藏着神秘。这需要一种新的力量来掘发。

9月30日

我们的主人是一个商人模样的人。他"很会招待"我们，有点像支应日本人一样。这不能怪他们，而是日本人给他们种的毒。

我们的房主（以下是追记：对这问题有个新的看法，想起30号对那家老百姓实在不当，这不是站在群众观点上处理问题，表面上很好，而实际上却是："给！给！给！"的利己思想作祟）。

10月1日

雁北的人，少吃缺穿，布更是缺乏，天已冷得利害，女人只穿一个坎肩，小孩只穿一个像口袋似的上衣，下面光着，这都是急待解决的问题。

"大仙之位"上天言好事，回宫降吉祥。

这一带普遍的供狐仙，这是民间的一种风俗。

留人小店，米面方便，走得肚饥，来住我店。

雁南飞，天气冷了，季节变了。

一个老太太说："你们队伍去安家去了。"

在雪里进军。

雪盖满了山顶。

10月2日

马苘。

[①] 丛书本无"也"字。

这一带有很多野圈，在地里，离村庄较远。人和牲畜都是露宿在野地里，是雁北地方的特点。

小石口的风景。

过了大山。

140里的结果（脚背肿得像馒头）。

10月3日

多少年不用的铜钱，今日又在这地区使换，拿在手里有点回到小时的感觉。

繁峙县委来了三位同志，谈关于延安的文艺活动。她谈了些晋察冀的文艺活动，特别是戏剧活动，谈的结果是大家所做的，所经过的过程大致相同①。这说明了都是跟了毛主席的方针做的。这是更说明了决定一个方向的重要。毛主席的方向就是文艺活动的指针，人民生活就是它的灵魂。

另外谈到这些地区大家普遍的还在演《兄妹开荒》②，歌子非常流行，但想起来它已经只可③作为一个材料提供参考而已了。

10月4日

小岱部。

中央的急电，透过山岭，河流，村庄追着我们，我们只有以最快的速度赶路程④。

在后方有合作分红，公私兼顾。这不仅发展了社会经济，而⑤提高了个人生产情绪，发展了个人经济。在前方又有战斗分红，打死一日本人是十元，得一支枪是五元……这不单提高了战斗情绪，又解决了"自己动手，丰衣足食，克服困难"的号召。我们的士兵，都是神手，他们不领上面的钱、物……而却能解决生活和战斗上的一切问题。

---

① 此句丛书本为"谈的结果大家都是这样做的"。
② 此句丛书本为"这些地区大家还在演《兄妹开荒》"。
③ "可"在丛书本作"是"。
④ 此句丛书本为"要我们以最快的速度前进"。
⑤ 此处原稿如此，疑漏一"且"字。

有人形容我们队伍所经之处，犹如过蝗虫，的确是有些像，这说明了一个作风问题。如张政委所说的：如用钱，拦买东西，犹如是在荒年。这一方面大大影响自己的军风纪，另外也大大地扰乱了市面，而有些不好的现象就在这里面产生出来。

虽然只是一面锣，但是锣一响了，群众一听了随了锣后面的话就按照那话做了，锣是这些地区政府传达事情的记号，而这政府是人民自己的，人民都愿意听它的话。

这种景色是雁北的一个特点，直溜溜的小叶杨，光滑滑的颜色石头砌成的小坝和矮墙。

在边区境界上的老百姓生活冷清而又寂寞。日本人旧社会给他们心里种上了忧愁苦难，对我们抱着怀疑半恐惧的眼色。我们的中心区，则是一片欢乐，生气勃勃与我们亲切如一家。

经过了140里的小石口山路跋涉，有的人渐渐垮下来了，上了牛车。车比人走得慢得多，赶车的人是一个老汉和他孙孙，老汉很慈祥，小孩很漂亮、活泼。样子很像 weiwei（潍潍）。

10月5日

洪洞。

同样的季节，同样的景色，最易引起人的回忆，特别是又有在那环境中共同相处的人。今天叫我想起了南蟠龙两河口的乡居时所过的日月。

这是平型关，就是历史上那个有名的地点。地势确是险要，在墙上残存着弹痕，我们好奇心地找一下会不会有武士道的遗骸，但没找到。以后也暂时[①]不会找到了。

这是用人民的血换来的。走了一阵我才难过地想起，如果走到这样的地方首先应当想到的是人民流的血，而不是有点像单纯游历一个古迹一样。斗争还在继续，一定要时时刻刻全身心地与这斗争相结合。

抗联主任的妈妈也是个好妈妈。

---

① 丛书本无"暂时"二字。

在洪洞，我们住在抗联会主任家，他非常好，他忠厚又诚挚的言语使我们感动。他对我们什么也不分，一块吃一块谈，到我们到时，他一天还没吃饭，一会他又开会去了，到了夜半他回来了，拿了几颗铃是回家来取枪打狼，怕大家不安宁。

民兵打碉堡，脱了鞋，悄悄走近碉堡，手上扛着锄刀，是①砍铁丝网用的，砍了铁丝网，然后接近用手榴弹轰。

灵丘日本人撤退时将城内的男人反绑起来挑死，然后再埋到一个大坑里，把城内烧得一点都不剩。

10月6日
灵丘。

这是一种殡仪，先是一个架子摆上，家属跪在架前哭，等灵柩抬出后家属大哭，棺材放到架子上以后，家属反身然后把棺材抬起踢倒凳子，跨过凳子向前走。

这是在灵丘住时的主家。家里有一女一子，一天我和她们一道捡荞麦，老太太边说边哭，提到日本人时她说不敢想，想起来吓人……第二天走时，我去告诉她，她和她女儿一起出来送我，她说："要多住几天就好了。"

10月7日
西宜兴。

敌人屠杀人民的铁丝网，变成了人民防备牲畜吃菜的围子，这是一个讽刺。你也不要担心铁丝网不是糟蹋了吗？不会的，假如再有敌人侵犯人民，那他们会以敌人的东西来武装自己。

从树叶绿黄，这已经是另一个季节的开始，而在路程也将走完一个大的阶段。

这是一个到西宜兴前山沟里的石佛，佛是雕在山洞里，山洞又黑雕出来的手艺很好，颜色很鲜，从前没见过。

---

① 丛书本在"是"前多一"这"字。

10月8日

灵丘。

山很高、很险。偶而见到一溜①儿阳光，直到沟口时阳光大放，有重见光明之感。

自古围城是在城郊，但我们围广灵县的士兵住在广灵四关以内。士兵和老乡们住在一起，老乡们也帮助攻城。咱们的士兵是生活在人民的海里。

察哈尔的建筑，给人以沙的感觉，别有风味。

"大丈夫"

最近数日来，特别到察哈尔境内，关公庙特别多，几乎每庄每山口都有。庙口上皆写"大丈夫"三字，内里皆有壁画，在颜色上多用黑褚色，不与别处色彩那样显明。关公的脸是金色的。

这叫暖泉是个好地方，才解放了七八天，这群小娃娃是区上组织的宣传队，由教员领着耍"霸王鞭"，他们的精神非常好，唱的词非常清楚，他们唱日本怎么进中国的，唱二十一条，唱比唱现在胜利的。另外的就是与当前战斗任务有关的词。他们的教员就不像咱们在后方，都是利利爽爽的，腰里还挎着手枪。

"爱护路"。这是日本帝国主义者统治人民的手段，然而爱护路、爱护村的老乡们白天被逼着。晚上却扛了镢头去破路。伪军们对老乡们说，你们这是何苦呢？但给敌人当应声虫的东西是不能理解人民的。

10月9日

钱家沙窝。

这就是敌人的"甲"的大门，门旁用黑地白字写了铺路甲、花稍营甲之类的字。这东西最不利于人民和我们，敌人易统治、坚守，我们人在里头不容易出来。

但现在不同了，张三甲、李四甲都畅开了大门，老百姓愁苦的面孔上浮出笑容，他们开始懂得更多的东西了，他们有的已经懂得为什么日本人有的还不撤，

---

① "溜"在丛书本作"缕"。

为什么有人不像中国人。

像风车在这地区大量地用,远远地听来像是飞机又像是汽车,它不用手摇而是用脚蹬铁把把,用起来很快。

10月10日

宿三十里店子(太平庄附近)。

渡河。

用大车架起大桥,足有二三十辆大车,走起来还很稳。

今天是双十国庆,在我们是"基本上"打破了一道大的枷锁,该高兴,但是更艰苦的日月却在后面,中国革命正如毛主席讲的,是长期的,也正如我们的行程,二千里的跋涉,真正是中国革命的特点。

10月11日

自己的两只脚就是最可靠的车,虽然有的时候零件有毛病,但经加油加水后又畅行无阻了,这是一个本钱,一个最基本的东西。

这是一个突然的袭击,但检查起自己来这个时期尚没有对不起同志和自己的事,什么"哗众取宠",什么"××悲剧"。真是无中生有,脑筋没处用了。现在已不像以前,我是不理这一套的,我用不到多化①小脑筋去过敏,或是畏缩。我是一个人,有人生存的权利;只要我是正直的做人是什么话都不怕,自古常言:"自己不做亏心事,夜半敲门也不惊。"

10月12日

今天仍住张家房,作行军总结。

10月18日

宿北老金堂(又名湾儿)。

---

① "化"旧同"花"。

今天参加了马号班工作,心里很高兴,我担任和前站一起为宿营地备牲口的草料。今天我才体会到了马号工作的繁重与吃力。在自己倒没有为这些麻烦而烦躁不愉快,相反地倒是愉悦的。因为人生来是应当工作的。更应该努力地克服自己的劣根性,锻炼着为人民服务精神。

我接触到一个粮秣委员,他给办事情是一句价钱也不讲的,其余的人也是一样,粮秣的父亲说:"我们盼还盼不到你们来一回呢,只要我们有什么就拿出什么来。提起老鬼子,那可把咱们糟踏得不能说了。"说着说着老人家眼泪都流下来了。他听说我们要吃菜,一句话都没说一个人悄悄地去割白菜去了……看到了他们想到了自己,这是一个鲜明的对照。他们的政治品质是表现在实际行动上的,而我们往往是理论上的。

在孟家营碰见了一个军阀主义的残余,在强拉老百姓的牲口。自己非常气,几乎要骂,后来与他说了几句,叫他对人家老百姓态度好些,那人就推着老乡扬长而去。这样的行动对待上面这样的人民,实在是叫人难过、气愤。

担负了马号工作,以后怕画的时间少了,以后日记可能改成用笔写了,但我绝不放弃能更完整地完成这本日记的。

这是敌人的火车,在两月前因为我们拆了铁路而翻车的。死了很多老鬼子。这是以落后工具获得了现代机械的又一明证,这就是我们的力量。

日本人以刺刀逼着人民修碉堡,用它来屠杀中国人民,而今民兵,中国人民的主人以胜利兴奋的心情,以自己曾为敌人修碉堡的工具来平毁这碉堡——这是延庆城外的工程。

10月19日

今天走了生平最苦的一段路,身体虽没有疲困到极点,但路途之险要是相当的可以。

今天和整个团失掉了关系,我们设营的人到了黄花城西的西湖峪,结果临时有了变动而我们又不知道,原来部队在永宁宿营,路线整个改变了。我们就赶到了黄花城。城里又一个人没有,后来才又赶到了黄花镇,黄花镇幸好驻了一个十二团的连。我们明天起还得追队伍去,也许一天也许两天。和队伍离开了,像是没娘的孩子，心里显得孤单、寂寞。所好①的都是自己人，又有了自己队伍组织性的特点，一下就组织起来了。虽然今天是辛苦了，可以与小石口相比，但在情绪的感染上是很重的。看到了黑油油的肥田，密封封的白杨，要扬②起身子才能看到的山峰，完整的长城，杨二郎把守三关口的二道关关口……③

10月20日
四海。

10月21日④

12月2日
又是一个新日之始。

新的生活总是带给人以兴奋的，很多年渴望着的部队生活又一次的接触了。

我要求工作，只要是党给予我的，我已不怕任何困难要去做的。我为一些人难过，他在争吵着为了地位，为了名义……革命不是请客，这是自己乐意来参加的。

恶意的诽谤，冷言的打击，以某些行动来辱骂一个同志，这个我都可以不问你，我宁愿受苦，我宁愿自己难过些……但我要求你，真正为党工作，把个人意识减弱一些。

12月？日⑤
五有主义——唉！

---

① 此处"好"在丛书本作"有"。
② 此处"扬"在丛书本作"仰"。
③ 丛书本到此结束。
④ 原稿仅有日期，无内容。
⑤ 此处原稿如此。

大化日记[*]

人民艺术家大化同志在人民的艺术工作上有过重要的贡献，他自一九四五年十一月来到东北，直至去年十二月廿九日在讷河殉职这一年期间，除编导创作戏曲外，主要的是参加东北文工一团（那时在南满活动）的领导工作，由于大化同志气质作风的正派，坚强地团结和教育了全团同志坚持工作，始终不懈。他这一年来的日记正全面地反映了他的气质作风，大化同志告诉了我们使工作胜利的多种方法方式，而每一种方法方式都是和他的气质作风分不开的。现此日记已经任颖同志整理好，我们打算在本卷（《知识》）中分期择登，以飨读者。——编者

（一）

1945年除夕之夜

一个领导者确是不容易，他要解决各种不好处理的问题，要使同志们满意、心服，但又要合乎原则，这是一个磨练，如能达到一分就是一大进步。

一个冲动，也是责任，促使我应当留在前锋，帮助把这个可怜的团体扶植起来。

我需要工作，我要为革命多做工作，我要在这个过程中来改造我自己，我不要求什么地位和物质上的享受，我要为革命立功，但不一定要把我说成功臣。

---

[*] 题为《大化日记 王大化遗作》的这段日记曾连载于1947年—1948年《知识》半月刊第5卷第1—6期，后重刊于《东北现代文学史料》第6辑（黑龙江省社会科学院文学研究所编，1983年4月），因所据原刊字迹不清，该重刊本有若干文字缺省。编者此次据《知识》半月刊本过录，对重刊本的若干错漏已加以改正和补充（为免烦琐不出校），保留了原刊连载时的序号，正文中以楷体显示的编者按语系出自《知识》半月刊。另外，在王大化妻子任颖女士誊抄（具体时间不详）自《知识》半月刊的日记抄本第一页上，写有"王大化日记 1946.8.2—12.7l 自己的写照l 王大化l 在东北时的工作日记l"这数行文字。第二页系誊抄的《知识》半月刊上《大化日记 王大化遗作》的编者按，但上方贴有裁剪下来的仅两行稿纸的纸条，写有"一九四六年八月下旬，王大化告别大连随东北文艺工作团去辽东地区演出，又去辽南前线"。第三页系完整的《知识》半月刊《大化日记 王大化遗作》的编者按，此后为日记正文。

1946年

1月6日

工作做了，群众当中有好的影响，不管好的坏的都拥护你，你就要警惕，这对一个做工作的人说是一个进步，那么，落后的人，从个人出发的人，就会对你有意见，抱着成见。你要能自持，要能够与这些同志好好地谈，要在行动中努力团结这些同志。

能够一切为了革命，把自己抛开，这是自己进步努力的目标，自己工作不一定马上叫人了解，时间久了自然会明白的。

工作不是为了叫人看的，因为你是在做革命工作。

1月7日

一个领导干部，一定要以身作则地亲自下手，打入下层，与下层群众相结合。不要摆老资格的架子，不要以为自己下去做工作，人家会看不起，相反的，他们反而会真正团结在你的周围，你能达到真正团结群众与教育群众的目的，这样才真正能在群众中生根。

革命工作的年龄，不是一面牌子而是一支鞭笞自己进步的鞭子。

什么时候人不从个人出发了，不斤斤计较自己的名利的时候，天下就太平了。口口声声"我不想当官儿"，但是，实际却为了自己的地位而不满，这是难以捉摸的一种想法。

我要求多给我工作做，多给我工作做，我衷心地对组织上屡次申明我的想法。在不妨碍组织的原则下，满足某些同志的愿望吧！我只要求多多给我工作做。

1月8日

我要立①戒烟酒，要以对待工作的毅力来克服自己的惰性。我相信如能在工作上克服了困难的话，我一定能解决这个问题，否则，我会对不起自己。这虽不

---

① 此处原刊如此，"立"或为"力"之误。

是一个大的原则问题，但是，我要做到这样。

一个党的文化宣传工作者，不但是指你作品，而最主要的，你这个人就是党最具体的宣传品。

今天在一个偶然的场合下，遇见了十一年前的老同学，心里很高兴。

1月9日

多做事，少说话，要说有用的话，要多做革命需要你做的事。

好心为同志解决问题是好的，但也要注意到效果，注意到把问题给人家讲明白，否则叫人家为难，不能解决问题，反而妨碍工作，针对具体的对象，这一点，常常在口头上挂着，但在工作中，却常常忽略了。

知无不言，言无不尽，言者无罪，听者足诫。这十六个字如能在一个团体内真正展开了，那这个团体就有办法了。

1月10日、11日

个人意识发展到了高度，会走到脱党的危险，深刻地来反省自己的劣根性，勇敢地掘发自己，把自己解剖在同志面前，让大家来开刀，卸开来才能达到重新作人的目的。

不要辜负了党对自己的培养，固然自己是花费了力量，但最主要的是党对自己的培养。

一个人最宝贵的是能客观地认识自己，欢迎每一个从错误里回到党的怀抱里的人。

1月13日

集中起来坚持下去，这就是领导的秘诀。意见是容易集中的，但能够把集中起来的意见加以分杤①、研究，经过具体的讨论，做出决定。那么，领导者就要执行这些决定，进行有计划的检查，即时解决问题，总结问题。

---

① 此处原刊如此，"杤"当为"析"之误。

1月15日

陈东尧同志死了。在他临死前以对王震同志说:"我的任务完成了。"东尧同志是党的好干部,毛主席曾特别奖励过他。党报上曾表扬过他,他是一个模范军人,他能以身作则,努力学习,耐心教育同志。他是朱总司令南泥湾屯田政策的执行者。那千百年来的古山野林,变成了陕北的江南,军人向政府缴公粮,创办了军人合作社……

我想起了当年在马列学院,与东尧同志同小组时,他和蔼得像个妈妈,但一谈到了民族敌人与阶级敌人,他一定是眼睛冒着火,咬着牙。在生产时,他看我力量不够,总对我说:"端木,让我来吧,哈哈!"

东尧同志死了,但他的样子却总萦绕着我,我想到了他,我就要不懈地工作。东尧同志,你安眠吧!我会在艺术战线上继续你和我的共同事业,东尧同志,你是我的一盏灯,你引我走吧!东尧同志,我爱你,永远地爱你,因为你是党的最好的干部,是我最好的同志。

1月17日

不要为暂时的和平懈怠、休息。革命的胜利,往往是在最后的,只有把反动派的脑袋,挂在高杆的时候,胜利才是靠得住的,斗争是从血里孕育起来的。

1月19日

作为一个作者参加革命,而不作为一个普通的战士参加革命集体,这里埋下了个人与革命集体矛盾的危机。这需要用大力给他打破这个想法。

工作多,头绪乱,一个好的领导者要善于从繁乱当中,清理出头绪,使同志们各安其位,我要从这方面来努力。

要深入去了解每个集体成员,要知道他们每个人的心理活动,这对我是一个艰巨的工作,但这又是能开困难之门的第一把钥匙。

看完了《腐蚀》。看了一个通夜,手冻得不行,我还看,眼泪几次要流出来,嗓子里好象塞了什么东西,但我要看……

茅盾先生给多难的中国画了一幅画,这是一笔血泪的债,人看了内心里引起很大的波澜。家乙说："不禁想起了前些年喊的救救孩子吧！"的呼声。

无辜的孩子被抛进火坑，洁白稚子的手上染上了血腥，叫新生的一代，生活在活地狱里，叫他们出卖掉自己的灵魂，任刽子手们宰割。"我们生长在同一国度，但生活在两个世界里。"——我想起了去年一位朋友由重庆写给我的信，那些可爱的年青的一代是生活在另一个世界里哟！

好朋友们，我怀念你们，我怜悯你们，我要为你们呼喊，告诉人们，那一个世界里还有一群新生的一代，我要以我自己的力量来打他们，为了你们，我要全身心地献给你们……

蹄，你像K，荃，你就是萍，真①，你最可怜，你就是N。我对不起你，把你丢在外面，现在我想到你会怎么样的时候，我不敢想了。

那生活啊，永远是一个痛苦的灵魂伴着寂寞的心！真，我祈祷着，你能有个好姐姐、哥哥或爱人，把你带到那"三千里外的地方去"，我为你祝福。

1月20日

工作没做多少，就先想到自己是太辛苦了，这是一种视己为功臣，向革命要报酬，这与那"五无"者（枪、钱、表、钢笔、老婆）论调的人是一样的，这些人自以为"为""革命"做了工作，因而有对自己细微的事情斤斤计较，讨价还价，旧社会的雇佣观念。

2月1日　辽阳

今天是旧历除夕，繁重的工作愉快地完成了。感到无限的愉悦。

天下竟有如此荒谬的事，说延安有火车，车站在西门外。有河，离城一二里地。水是四季常清。河的两岸是树木茂盛。一到礼拜六，男女同志携手去划船。有一个电影院，一个大戏院。有城东南的新大陆。冬天生"BieLieKi"②……这也是除夕夜的一个娱乐，哈哈！

---

① 此处"真"可能指王大化早年的未婚妻贾如真，详见蓝露怡《王大化侧记》，《新文学史料》1998年第3期。
② 意为"火炉"。

躺在被窝里看颖、潍、盟的照片。越看越想，都在对我笑。好人们，亲爱的，固然想你们，并没有妨碍工作。

2月5日

"反动派要进攻我们怎么样？"政委问全体战士。

"打！！！"战士们的声音是一个声音。

2月11日

前天到了鞍山很兴奋又惭愧。

鞍山中央剧场，规模相当大，像个剧场样子。有转台，有宽大的后台，有点像进了一个大的剧场里工作。在这里演戏，我想到了工作团的远景，工作更有劲了。

2月14日

把一切错误推到领导上是不对的，这是改正自己缺点的阻碍。

2月15日

所谓原则问题，决不是空洞的，而是具体的。譬如有的人对日本人，不是偏左就是右偏，甚至把多少年来的民族仇恨，几乎置之于脑后。老美的两句话说得很好，他说："在他们白嫩的小手上，都沾过无辜的中国人民的血。"

"不要把在关里与他们流血流汗搏斗的七八年忘记了。"（这是一位到过解放区的美国记者在其作品中讲日本鬼——编者）

我应该加上一句："十四年的血泪深仇，不能轻易忘怀。"

2月16日

在偏僻的东北乡村里，也普遍地唱起——东方红、毛泽东、共产党。这说明了一个人民思想的倾向。老百姓开始向区政府告状办事情，说明了把政府已经看成自己的了。

（二）

2月17日

看见了很多新鲜的事物：朝鲜人背了几乎大于自己一倍大的行李，大人小孩，男的女的在候车。他们是要到安东然后回家的。朝鲜人民解放了，四十多年的血的炼狱开了，他们愉悦地挺着腰板，在酒馆里吃个蒜苗炒肉，喝一小壶酒……如今也成了一个人。我想到了革命的武亭、薄一雨……民主的朝鲜。

老乡们抬了受了伤的战士，往火车上送。这是我看到自己的同志受伤抬下来上火车的第一回。心里剧痛。一个年青战士在担架上还笑，掀起身子看大家。

在车上，来了一个受伤的同志，他脸上没有愁苦，而是笑容。到站了，送他下车。我们说："同志，你好了以后，再——"他不等你说完，就回答："当然啰！"几十只眼睛兴奋地送他下了车。

夜十二点半，又回到了本溪。一共二十一天。

2月18日

又安然地住在本溪了，回本溪确是像回家。这里街上人也忙，军用车也在来回地装运东西，但给人的感觉，却不是忙乱。这里叫我明确地感到巩固和不十分巩固的地方，和临近前线的地方的不同……

2月19日

作为一个党员，对党要负责任，不要惧怕任何阻难，要面对问题，要坚持斗争。一定要顽强地和不正确的思想斗争到底。

对一个犯了错误的，思想上有些混乱的同志，要竭力帮助他，不要因为他对你有成见，怕记下成见的种子，而不接近他，不要对他采取逃避的态度，要面对着他，一直到他真正认识到问题为止。

2月21日

别说东北同学奴化思想太深了，别说他们没有爱国思想。

"毛泽东来了，温暖来了，希望来了"——重庆人民涌到机场去，有的人被挤得没看到。——我眼泪要流出来了。

我回到辽中时，和咱们部队到前线。枪子嗖嗖地穿着，但我不怕死。我心里想：我回到了自己的故土，看到了解放自己故土的解放军队，我死也瞑目了。

8月4日

毛主席是我们心里的灯笼，我爱毛主席，想念毛主席。国民党炸延安，引起心上愤恨的火。这是全面内战的前声。但我们是相信我们的力量的。想起了宫原士兵大会的话——政委问："假如国民党来进攻我们，怎么办？""消灭他们。"士兵们一个声音；坚强而有力。

当工作做得顺利了，会产生一种惰性，就不愿多去用脑子，不愿多说，形成简单化与老一套的领导作风。发现不了新鲜事物，不能多方面去解决问题，这是危险的，渐渐地要与群众脱离。因为自己工作顺利，都做得也还差不多，于是就总看到别人的不对，有毛病，自己就好像没有，这是自己进步的绊脚石。

同志的爱是与小资产阶级温情主义，绝然不同的。这种爱是实际的，是基于阶级的情感的。这种爱，有一种力量。这种力量会使每人注入新生的血球。

8月5日

"这本来是他的事嘛，我做了他倒……"这话包括了许多意气。其实，工作还不是为了革命，又何尝是为了自己？即使工作分工上，存在某些不合理，与缺陷的话。也不应当这样。因为这对一个同志是刺激的。

8月7日

我为什么不能更广泛与全面地团结人呢？这里面恐怕还包涵了自己最大的毛病：狭隘，心胸不够宽大、开阔。水华曾在与我临别时，提出过这问题。颖子也给我提出过。最好的同志们给我提出。这也是阻碍我进步的绊脚石。

自己挤出时间来学习的精神太不够了，虽并非是戈尔洛夫[①]的思想在作祟，但却也有为繁重的事务行政忽略了它。甚至自己还原谅自己。大化，决不要使对自己抱希望的人们失望啊！

知道自己的莫过于自己，自己最亲近的人也会懂得你、理解你。可是，重要的却是要大家都能理解你。

8月28日　安东

与队伍分开了四五天，四五天里尝到了离开队伍的滋味，体验到了革命集体的温暖。

听了前方回来的战士讲战斗故事。"前方兵工厂""土造飞机""一八四师的士兵""咱们的新战士"，讲的人充满着胜利的信心，听的人被这信心鼓舞着。讲故事的人是今年春天才参加的新战士。然而他的战斗意志却有着惊人的进步。

有一百多新战士住在招待所，有唱有跳的，都是十八九岁、二十一二岁的小伙子，看上去是一群不知忧愁的人。他们都是自愿地乐意地来参加的。一个战士对我说："现在参军的真多啊！数都数不清多少！"这使我想起了国民党区域抓壮丁都抓不到，而咱们这里参军的数都数不清。这说明了一个趋势。下级干部的作风是非常实事求是的，他们是毛主席的好学生，总是惦记着毛主席每一句教诲。

（三）

8月30日

遇到了雷加，安东造纸厂厂长。他领着我们参观了整个造纸的过程，从那重工企业的每一环节上，我回想到咱们边区的手工业那艰巨的工程。又想到了现代的企业掌握到我们手里，照样地动起来了，而正像雷加讲的起了质的变化。工人开始把厂认为自己的厂了。再偷纸觉得惭愧，因为这是自己的东西了。还有好多

[①] 苏联剧作家科尔内楚克（此为萧三译本在《解放日报》连载时的译名，亦有译作高涅楚克、考奈楚克、考纳丘克的）创作的三幕五场话剧《前线》中的人物，王大化在延安时曾参与过该剧的演出。

例子。我特别感到党的力量的伟大。

9月1日

看到了一些军区文艺工作者，对自己有些刺激，那是自己从前和残留在现在的写照。

小资产阶级文艺工作者，往往是看重自己而过于一切，他不像工人农民那样朴实、实际、相信集体的力量。

9月6日

有时，人会被无名的锁锁住，他要善于用智慧的钥匙来开。但往往，智慧的人找不到智慧的钥匙。

逢事都应想到来由，想到发展，想到末了的结果，这才能决定处置，但，往往就不肯正视这些，而采取放任的态度，对自己放宽了尺度，这都是太"年青"的过，这是脑子里的问题，这也得用科学的智慧的钥匙来开。

小资产阶级往往悔恨自己的过错，但，又往往在错误中生活。

别人是自己的镜子，要善于从这镜子里看自己，不要以为事不关己。

为了党的、自己的、别的同志的事业干吧！那结果会使你得到无上欣慰的。

9月7日

看《苏联纪行》有感，郭沫若先生身在苏联，心在中国，过着天堂里的快乐生活，想着受苦受难的中国，这是一个真正中国人的思想态度。受难的中国，正需要我们以大力把他扶持起来。

为军区文工团校对《白毛女》剧本，亦感触甚深，《白毛女》已成为全面性的东西，想到了这个自己也是愉快的，这成功不是偶然的，党在领导这个工作上是花费了很大的精力，更主要的一个物质基础，是丰富的人民斗争意志和人民所受的苦难。《白毛女》的排演曾在我思想上起了变化，《白毛女》工作总结给了我教育成为进步的开始，我常记着这个工作。

自己身体这些日子很不济事，在情绪上可也没有什么，倒是别的同志病了，心里惦记得利害，盼他早日健康。

9月8日

人民的智慧是无穷的，草莽英雄，有了党的领导，便成了可靠的力量，造出惊人的伟绩。苏联的夏伯阳，波兰的梭罗科夫斯基，中国的李勇、许广田，都有着超人的意志，这都是特殊材料造成的人物。从人们介绍他们的材料中他们是那样自己看为平凡而不以为了不起，我曾看过李勇的样是那样机警、勇敢。今天又看到了许广田的照片是那样一付坚韧、朴实的农民的脸。他的手上正板①着盒子枪，他是山东军区战斗英雄。

得到了兴奋的消息，我将于明天去前方。参观咱们军队的实弹演习。这是大战之前的准备，是自己武装的检阅。怀着孩子样的心情，我将参与这场假设有敌人的战斗，将带给我像苏联电影《捣毁敌巢》的记忆。我抱着热爱的心去迎接它。

我还有个想法，我想到最前线去看咱们的战士，咱们的堡垒，在那里将灌入新的血液。抽象的对自己士兵的爱，和对自己力量的憧憬即将变成事实。

计划和李牧创作关于现实斗争的剧本，决定分头收集材料，好好地整理和充实来完成这个工作。创作的欲望和深入实际的心，同时强烈地刺激我，我必须把自己投入到这个火热的斗争中去。

9月9日

坐在汽车上，飞驰在辽东平原。看着漫延的长白山脉，清朗朗的细水，像条银带镶在茂盛的丛绿之下。

我想到了老家，陕北江南南泥湾，想到了那粗黑健壮的开拓者，想到了那些把荒山变成良田的英雄们，他们创造了新的史页。

如今在东北的辽原上，英雄们又用自己的血，洗灌着祖国的土地，孕育起不可遏止的力量，开出了鲜艳的花朵，发射出灿烂的火花。

敌人的大炮用咱们的牲口拖着。敌人的冲锋式枪被咱们战士拿着。说不完英

---

① 此处"板"当为"扳"之误。

勇战果，写不完英雄的事迹。这就是咱们的斗争实际。

与刘鸿奎、田兹里二同志谈话。英雄们坐在我们旁边，我觉得我们自己渺小到没法形容。

明天我就会看到自己的部队的演习。

9月10日　通远堡

在辽东军区四纵队司令部通远堡过团圆节。

今天参加了一场有声有色的战斗，战争也很激烈，但是双方都没有伤亡。虽然没像第一天听到要参加的那样的演习，但是基本上的战斗是学了一课，教员们太认真了，军事术语说就是敌情观念很强。

莫主任讲了话，他说："如果战场上也能像今天演习这样动作，我们一定能获胜。"又分析了敌我力量的对比，说出了我们一定可以胜利的原因。他问一个老百姓说："打仗怕不怕？"老百姓回答他："不怕，打败了国民党老百姓才有饭吃。"有了人民的支持、同情。这支持与同情即将变成配合主力的坚强力量。

战斗完了开检讨会。表现了工农士兵的朴实、诚挚的本质，优良的红军传统。有什么说什么，毫不顾及，但又有原则。我联想到了自己团内思想斗争的问题。如能像他们那样，文工团的工作，是要更进一步的。出身不同，斗争的洗炼不同，决定了人们的思想动态，这是千真万确的真理。

9月11日

看了四纵队的英雄榜，这些英雄们给予我的印象是超人的意志、勇敢、坚毅、机智、视死如归……很刺痛了我自己。但小资产阶级出身的我，总还是想一些别的事。

小资产阶级知识份子的两重性是很利害的，前一小时他会为紧张热烈的工作、学习……所拥抱着。但说不定后一小时他又自己跑到忧郁苦闷的深渊里；又有在政治上要求自己很严，但在有些时又放松自己。

9月13日、14日

又离开了大伙回安东。坐了一天一夜火车。在车上和老百姓谈了一些解放区的情形。到鸡冠山一个老百姓也对我说咱们的炮兵。

天亮三点半才到安东，回到住处。找到老何与他谈了些要解决的问题，天已亮了。

白天同老何处理了一切问题。晚上为在家中留守的人，讲了四个战斗故事。并为他们分析了这些战斗英雄的模范事迹的物质基础，及我们应如何从自己业务基础上向他们学习。

决定明天我再赶回前方，给他们送东西。可能他们在祁家堡，可说不一定，说不定在连山关，如果在连山关，我就到最前线去看一下。

9月15日、16日　南坟

从早起八点钟坐在车上，直到十六日清晨八点。五天来就差不多在车上，疲乏得很。但也总想到了不少事情。四五天来总生活在路上，我体贴到了一个所谓旅行者的一部份生活情绪。我之所以说是一部份生活情绪，因为在本质上，我不是旅行。我所体会到的倒不是贻①然自得。而是想回到集体的心切。我不知道怎么会那样，三八年春，我曾想由汉口折回四川学校时也是，简直一时一刻也等不得似的。

当从很远地方，辽②见有两个车皮在连山关站上，我心里笑了安了心。我又会见他们了。

没睡好觉，没吃饭。走了卅五里山路，身体不济事，熬坏了。想休息一下了。

9月17日

开分队会，给一个同志分析了一些问题。

在南坟第一次遇到了演出上的困难问题。昨天夜里没电没演成戏。今天才开演，就下起大雨。没法移到屋里演，大有化装排演的味道。演完了在大雨中奔回。把湿脚一擦，往被窝里一钻，实在舒服。

---

① 此处原刊如此，"贻"当系"怡"之误。
② 此处原刊如此，"辽(遼)"当系"瞭"之误。

9月18日

没想过"九一八"的十五周年会在东北来过。

9月19日、20日　河沿村

我在河沿村看到了翻身后的农民。他们的情绪是那么高涨。从农会主任的谈话里，我又深深地体会到他们已变得很有组织，有井有条地计划着分配、管理和发展。组织起合作社，把一切精力放到如何战胜自己的阶级敌人的工作上，也活跃地热烈地发动起斗争来。都理直气壮的。我与自卫队长谈了话，我感动得要哭出来。我参加了斗争大会：地主哭丧着脸在农民面前屈膝了，农民的情绪就像一盆火。每个人都相信着自己组织的力量。

在会上打消了我那种人性论的"爱"与"同情"。想到了《白毛女》的写作过程及处理。反映了具体的群众观点问题。

阶级投降主义就是牺牲自己阶级利益。成全了地主资产阶级。结果把自己变成阶级叛变者。知识份子、小资产阶级，与斗争相接触的尖锐时，往往就反映出一些空洞的想法。也往往最容易心软。这是最可怕与最可耻的呀！

9月21日　连山关

以胜利者的心情，踏上了归程，憧憬着昨天[①]胜利的场面，不尽[②]对满山遍洼的在割着的庄稼笑了，这是胜利的果实。这是新民主主义革命斗争中最基本的问题。

9月22日

自己太软弱，太不果断，今天又深深体验到这一点。我想再这样继续下去是一个什么事都搞不成的结局。应该认准了自己职务所在，毫不顾及。只要坚决地执行自己的任务。同时在自己的心情上是有些对人瞒[③]怨，因为有的同志太想

[①] 此处原刊如此，"昨天"或系"明天"之误。

[②] 此处原刊如此，"不尽"当系"不禁"之误。

[③] 此处原刊如此，"瞒"当系"埋"之误。

自己了，至甚①他就不想还要工作，明明每天清早以后可以学习，但他偏说需要休息，你又有什么法子，结果是他玩去了，大家一个也没有休息，他的时间却空混过去了。说起来好像我不愿谈似的，终于在同志热情鼓励下面才打破了我这种顾及思想，我把斗争会前后的一切向大家作了传达引起了大家很大波动，我于谈完后又特别申明我们还应注意的是什么？从连山关又到了通远堡不知到底在哪里演出。

（四）

9月23日

四年多没有见到哥哥的字，今天王彬由海南给我带到海北来。九年来，别离了的家庭的亲昵的声音在我耳边呼唤。六十七岁的老妈妈，六十多岁的老爹爹。还有身体病弱的可爱的哥哥。他们在家里盼望着，等待着我和外面的这个小家。他们不知道，他②的儿子已经是属于党的了，他们不知道，他们的儿子如果想他们的话，不是回家，而是如何地多为老百姓做些好事。

大化，我对你自己说，你丢开一切不实际的想法吧！忍痛割掉一些东西吧！幻想是可怕的，不实际的幻想是会毁灭了你自己与别的同志。记住，全身心地为了党，为了人民，记住，决不要使大家对你失望啊，要脚踏实地地从头做起，学习你所需要知道的任何一件微小的事件，追求你所没有掌握的一切。记着自己曾得到的人民给你的荣誉。那不是凭空得来的，要宝贵这个东西，就是尊重党对你的培养。一刻都不要休息地为了那个光荣的目标，光荣的目标总是等待着每个积极为党为人民的人。我要向那个方向走，我要争取那个光荣的旗帜。

也不能光把自己寄托于那光荣的理想中。目前实际工作，就是那光荣事业的基石。你要抓紧这个东西。以最大的积极性和创造性来完成你当前的这事业。一夯一夯地，老老实实地把这个基石打稳。

---

① 此处原刊如此，"至甚"当为"甚至"之误。下同，不另出校。
② 此处疑少一"们"字。

9月24日　赛马集

对自己将来的事业抱着高度的理想，不是罪恶。而是促使自己上进的引子。而自己的一切也应当围绕着它，努力地提高自己。当然是一定要按原则办事。

9月25日

有些着急了，事情摆在那里没人做，内心里有些瞒怨，好像这话只有同自己说似的。但也包含了自己的思想上的非组织意识。

谈到别人，回回避避，不要说痛了，至甚连痒都怕，我愿意在后天会上，打破这种不自然的形态，把一切都弄出来，使每个人受到应有的检讨，我自己先做下准备，我一定要冷静地倾听人家的意见，克制自己情绪上的抗拒，我想我会做到的。

怕负责，不积极地负责任，与不负责任，是有根本的不同的。我要从这次的检讨中，建立起新的作风。我要帮助支部，支部教育我。

以后，对于自己，我要多思考问题。对自己做到最低限度的苛求，对别人做到最大限度的容让。埋起头来，多做实际工作。多在自己思想上深刻地掘发问题。狠狠地割掉自己的尾巴，为了工作，为了自己。向好的标帜学习，学习那为党工作的精神。

9月26日

很久没有这样病过了，三四天来，肚子痛得不可收拾。阵阵作痛。

开始读关于翻身斗争的材料。这些材料都是受难人的苦诉，是一笔血债。这里面提供出了中国的封建的残酷剥削到不可相信的地步。不错，同志们说得对，中国民族是个苦劳的民族。苦劳的民族该翻身了。

给哥哥写信，不知从哪里写起的好。我告诉他这些年我是怎样生活和工作的。

晚上有几个同志报告材料。晓南的一个爱兵的模范，那对士兵的爱是无微不至，真是他到哪里，"爱"到哪里。他的爱表现在他每个神经细泡[①]的活动上。

[①] 此处"泡"或为"胞"之误。

于蓝报告五月匝①的材料。这是一首中国"雪特林"的叙事诗。那丰富的斗争实际，那憨厚的农民本质，与他那为革命不顾自己，坚韧与机智英勇。他是杨靖宇同志的代表人物，他是典型的东北抗日联军，他又是八路军、民主联军的战斗模范。

躺下很久不能入睡。智识份子太渺小了。命太"值钱"了，什样时候会像他们那样完全忘掉了自己才好！

9月27日

整天在昏沌中，肚子阵阵作痛。头又昏了，似乎又感冒了，真是讨厌。身子怎么这样不济事了呢？心里有一阵灰溜溜，但又很快地被自己否定了，那主要是情绪问题。我相信那超人意志，他是物质的。他可以解决我这些问题，我相信明天又可以很健康地工作了。为了使别人多一个学习的机会，我去参加装台去。

与李牧谈关于剧本问题，谈到几点：

一、不受话剧幕的限度②，要活泼地利用旧形式分场的办法，要把它活泼机动，更又尖锐地对照出所要表现的东西。

二、演出的形式不怕它是个"四不像"，只要它是能表现的，由每个要表现的片断与整体的内容去决定。

另外谈到上海的"弄堂剧"这是由于谈"田庄"剧而引起的，由于这些，我想到了哈市后，可以搞街头剧，这街头剧打破以往的形式，而利用街头的建筑来演出。

又与十一师宣传队开座谈会，很有感触。

爬在车厢的床上写日记。

9月28日、29日

今天心里很开阔、愉快。自己到小河里洗了澡、衣服，理了一个发。让他从

---

① 此处原刊如此，语意不祥。
② 此处"度"当为"制"之误。

里到外地刷新一下。晚上才开车。

看了很多群众翻身的材料，心里开始酝酿一个东西。在写剧本之前，我想写一个报告文学似的东西，或者一首叙事的长诗。这个东西只把它成①为鉴定自己对群众的看法及认识。作为写剧本之前的思想准备。

9月30日　鸡冠山

今天的情绪，有点像去年在灵邱宿营的味道，秋高气爽。

有些想颖子他们。希望能早见到他们。

10月2日　鸡冠山到安东路上

天很早就起来了，到河边去洗了个脸，回来整理斗争的材料。这几天以来，自己心情上几乎被这块沉重的磁石给吸住了。我对这工作有了很大的感情。与李牧谈了又谈，两人谈得很兴奋。谈到如何描写，如何突出地表现地主与农民。这是一个大的工程，也是对自己一个再好没有的学习。

10月3日　安东

与李牧又谈关于剧本问题。谈到如何写出些有血有肉的人物来。我们谈到洪深的《五奎桥》《香稻米》，鲁迅先生的一些短篇，那里面所写的南方的农村生活。

我们谈到那一阶层的生活都太陌生了，就连小资产阶级本身的体验也是太肤浅了。

10月4日　安东

记得开始读《被开垦的处女地》已经快十年了。今天当我再捧起这本书来的时候，已大有不同。我对那里面的人物已感到熟悉可亲。

出现在《处女地》的人物，都是有血有肉的，达维多夫那种朴实坚韧的工人性

---

① 此处原刊如此，作者意思似乎为：这个东西我只把它用作鉴定自己对群众的看法及认识。

格，他与贫农站在一起的态度，他是一个新型的工件①者，是列宁、斯大林思想的代表者。萧洛霍夫②写得那样细腻、深刻、生动。在过去，体验不到这个，至甚早都忘得干干净净的了，现在我需要多思索他、学习他，对我是教育，对要进行的创作是一种大的启发。

开团务会，决定走通化，沿途演戏回北边。

颜一烟走，给颖子捎了一封信，告给她和孩子，我在一个多月以后就可以回到她那里。

10月5日

全团大会，清算小资产阶级的思想与作风问题。

10月16日

一直开了很多天，今天不开会了，心里顿时一松。倒反而空虚起来了，人是需要时时鞭笞自己的，会上也给了我以教育，对新生的力量，有了新的认识。读完了《处女地》，我获得了新的滋养。它使我想到的太多了，特别是达维多夫这新型的人物在我心里刻上了深的痕迹。

土地斗争的材料又开始在脑子里盘旋，创作的欲望在跳动。河沿村的斗争会的场面，又浮在眼前。

剪了一天的报纸。心里活动着报纸上所报导的事件，幻想着出现在纸面上的或舞台上的场面。

10月17日　安东

到"白山艺校"谈边区文艺活动及有关秧歌的问题。

---

① 此处原刊如此，"件"当为"作"之误。
② "萧洛霍夫"现通译为"肖洛霍夫"。

10月18日　安东

与雷加、雷汀等会餐分别。相对无言。好像满肚子话，但又说不出。看到了他们，想到了自己。这次回到北边，我是不是可以像天蓝那样呢！不能想像，到时再说吧！

"你应当爱人，爱每个同志，哪怕他对不起你。你也应该胸襟开阔去爱每个同志、人民。那么你才会被人民和同志爱你。"

"好表现自己并没有多大意思，越埋头，越谦虚，不争功，不争名，才是真正的智者，才是没有缺陷的人格。爱表现，只能叫人感到肤浅。"

"集中精力去团结培养新的一代。和加深自己的学习。更多地培育新生力量，更多地加深自己！！！"

10月19日

又开始了漫长的火车旅程。

二次再读《被开垦的处女地》，想再深入地理解一下里面那些人物。可怜的是咱们现在写出的人物，都是些没有血肉的至甚有的连四肢都不全。创作的欲望在内心燃烧着。

已经是一个病了，几乎整夜的失眠，但愿早日到达图们，好解放一下。

10月21日

到了××，有点像江南。望着窗外的自然景色，叫我联想到四川、湖南。

在×山做早饭，我切菜炒菜。我对他们说笑话，说家事是复员之前的准备动作。哈哈！

10月22日—27日

几天来，画画素描，速写。倒是唤起了不少回忆，这些回忆给了不少勇气，多少年来没有像这几天车上生活如此悠闲。

我再读《处女地》。萧洛霍夫深刻细腻地写着集体中的每一个人物。他们都是活的，在我面前跳动，他们叫我看他们的每一个侧面。那每一个侧面都唤起我在中国土地与农民中间的事件的联想。一根无名软链，紧结住我的心，使我窒息，我是多么想把这苦劳的民族，深刻地喊出来啊！

自然的景色，引不起我什么内心的感触，倒是萧洛霍夫所写的达维多夫，和可爱的农民……的思想给了我以最深的感染，达维多夫对玛尔加承认错误的原则态度。却又是以最伟大的布尔雪维克①的"爱"对玛尔加。因为，照达维多夫自己的话："是我们的人。"

这两天在思想上很受达维多夫他们思想的影响，我觉得这样处理一切是对的。

（五）

10月28日

很长一个时间谈着将来工作问题。××曾拿我和别人比过，说他本质是好的，但是学习不努力，说我聪明爱学习，但是本质不好，人的本质是可以改变的，这是随着他的思想锻炼而起变化的。对自己，我是有这样自信心。

不要为一点点小的个人得失不能忘怀吧！看一看达维多夫是什么态度吧！

不晓得是精力太足，还是神经衰弱，很长久地失眠了。

听说再有个三四天就可以到图们，从图们有三天就可以到哈尔滨。会见他们大伙儿的日子快了。

10月29日

天气有些冷起来了。加上了毛裤。

继续读《处女地》。

给大家讲《李有才板话》，效果很好。

夜里肚子痛，痛得几乎死过去。吃了片三番米丁才算压住。

从来在分配工作上我没有讲过价钱，这次，让我提一下吧！叫我好好地下去工作，深入到斗争实际里，哪怕是极短的时间也是好事！

---

① "布尔雪维克"现通译为"布尔什维克"。

11月2日

图们到哈尔滨的第一夜。

就要碰见他们了。（大化同志在这里所怀念的是许多曾和他一起在延安学习、工作了七八年的同志们。大化同志随文工一团到东北来得最早，思想上有了显著的猛进，听说那些同志近也从延安来到东北，而这时他们的团也开始从南满出发到北满去汇合他们，故日夜渴念。——编者）我应该怎么办呢？一年来，跑了不少地方，这次回去会带回不少江湖跑码头的习气，还有……应该特别谨慎和虚心，因为即使是自己的最大成功也不值得傲慢，要看到别的同志些微的成功也得看重。你知道别的同志一年当中又有了多大的进步？

怎么样回去和水华他们谈别离的一年，可别使他们感到我……那就要看我自己！千万别叫对自己抱了热望的人失望啊！水华、马可我默念着你们，愿一年的斗争把你们变得更坚实了。

11月3日

今天是踏进中国解放区的七周年，七年前的今天，坐了汽车透过重重封锁到达延安，今天坐了自己的火车，畅行在图哈路上，穿了自己军队的衣服和自己军队在一起。……年代不同了，革命的情况也不同了，抚着自己胸前的胜利章，回溯着近十年来的生活……

永远纠缠于琐碎的技术事件中，对自己说是一种可耻的毛病，对革命来说是一个损失，不要太狭隘地计较别人那些小的与原则距离远的技术事件吧！记住，改造你自己啊！不要使别人失望啊！

想一想，那理想的人物是怎样的？爱同志，把狭隘的憎恶与喜爱根除啊！你怎么这样叫我着急呀；大化，我对你自己说，可真记住呀，别只是思想着这些，只又把这些思想从懒散中消失。

11月4日　牡丹江

一个巧遇，田民、成中、李伟、亚伦他们大家都在，大伙一起吃了一顿团圆饭，由李伟招待，大家几乎都变成了孩子。

从他们嘴里，我知道了盟盟时常病，可怜的孩子，爸爸是多么想念你啊！潍潍还是那么好玩。就只苦了颖子，听说他们在叶赤线上围场是很苦的，颖子！苦了你啦，用什么来补偿呢？越走近你们了，我心里想的就更多了。

于蓝看到自己的哥哥，很久了没见到她这样高兴，从她的高兴里，我越发地想见到颖子和其余的伙伴们的时候又是怎么样了。

不晓得为了什么，见到了故人，没有了从前那种热狂的情绪，××说我装的，算了，说装的就装的吧，好在自己内心里丝毫没有装的思想就对了。

亚伦和成中的话，从两方面教育了我，我是应当很好地工作和生活啊！离开车了，我告诉成中，让以后的历史来证实吧！

今冬第一次见到雪，在初冬的雪里把自己心意吹干净些，自己在车外站着直到望不见他们。自己又在雪里淋了一阵才进去，我的心一直与他们连着……

我祈祷着我们的成中的健康。牡丹江的夜晚是值得回忆的。

我又多少次读《处女地》的某些章，那是血，是泪，是自己的镜子。

11月5日

已走了牡丹江到哈尔滨的四分之三，今晚一点左右可到达哈尔滨。也许明天才到，盼了半年多的哈尔滨，憧憬十几年的东方巴黎就要到了。涌起了一阵孩子似的愉快。但跟着又被别一种情绪阻住了。

今天重新体贴到一种三八年时的情绪。……

昨天几乎整夜不得眠，加上昨天的呕吐，浑身直是痛，本想大师傅的伙[①]不干，但一见别人在那里忙时，手又痒了，又做了起来。

听说风子在陕北电影厂最近的影片中演吴满有，在我自己引起一种欲望，但这欲望又马上压了下来，去深入地生活吧！

11月6日

昨天半夜到达哈尔滨。

[①] 此处原刊如此，"伙"或为"活"之误。

在昨天临睡前，我读了我来东北时路上的行军日记，和到东北后最初阶段的日记，从这里面使我回忆了很多东西。

又几乎是整夜的失眠，有点恢复了四一年秋时的情况。

舒群、芒荪来看，都还差不多是老样子，舒群瘦了些大概是太忙了，芒荪有些发福了。

颖子给了我信，并捎来了她们三口的照片，她的信使得我一天来不能平静。舒群同我谈到了几句。颖子，一切让我们面谈吧！

11月7日

晚上团务会讨论了组织观念的问题，及上级领导与下级关系的问题。会开得很好。都有了共同的认识。对党来说，在今天我们不能向党要求温暖与特别关照。而应该客观实际地把自己团的一切摆在党的面前，让党了解，让党来鉴定。从一切问题上把握住原则的态度来处理。只要是本住这个作风来做，那效果会好的。可能还会给予别的兄弟团体以帮助和启发。

初步地谈了一下，先让我、于蓝去佳木斯一下，把家乙、田风带回帮助工作，送欧阳进医院，取总结工作的材料。

11月8日

洗了个澡，把多久来的灰泥清算了一下，显得一身清爽。睡了一觉，适逢吴本立来，他又急于要走，叫他等着给颖子写了几个字。

11月9日

团务会上，有的人发言态度使我难以忍耐，虽然不是对我，但也就是对我，因为我自己认为当时我是站在正确方面讲话的。

人总愿肯定自己的东西，并坚持它，而相信它是好的，眼小如豆，只找别人的缺点、毛病。目无组织，乱蹦乱跳，暴哮如雷。

这种不能容忍，我也想了，但却不是从个人的感受上来的，而是从爱护这同志而发言的,我自己有些高兴,就是我已经能够不顾及①地谈话了。

11月10日

我应当大公无私地爱每一个同志。

我应当把心胸放开阔起来,把思想开展的程度加快。

我应当注意运动意义上讲自己的工作。

我应当更埋头地工作。

我应当检查为什么工作做得还好,大家也说好,但却仍存在着个别的意见!

11月11日

组织大家去看了一次《毁灭》。晚上回来开了座谈会。

11月12日

心情异常不宁静,说不出什么理由。碰见汪琦,她很高兴,对我讲《兄妹开荒》在重庆及上海的哄动受欢迎……这只有加深了我自己内心的苦痛,我是值不得受别人的称赞的哟,我还需要向那光明的远景迈进呐!

再次读《虹》②,从第一页起,我流泪了。

11月13日

看了《宣誓》这里面显示着苏维埃国家是在怎么样的艰辛的情况下生长起来,列宁死了,沉重的担子落到了斯大林的肩上,他在与列宁长谈的露天长椅面前,在严寒朔风的雪地里流出了坚毅的热泪,列宁对工农的讲演萦绕在他脑海里。在《宣誓》里告给人们,苏维埃祖国里人民与领袖在一起,为了建设无产阶级祖国的事业而斗争。

我继续读《虹》,它给了我强烈的刺激,伟大的母亲的爱,人民对自己祖国的

---

① 此处原刊如此,"及"或为"忌"之误。
② 可能指苏联作家瓦希列夫斯卡原著,曹靖华翻译的《虹》,该书1943年10月由重庆新知书店初版。

赤诚。

11月14日

去看了华君武、张蓓、小漪，又巧遇上铸夫，另外一个马列学院的同学，都有些变了，心里很高兴。

在路上碰见了一个从前文学系的同志，是和寒弟一道去陇东工作的，他讲寒弟曾到哈市，现在又在××①学校了，好弟弟，可如愿了，愿你健康地学习，为你祝贺，我的好弟弟。

家乙、田风、任虹、塞声、刘炽他们自佳木斯来，带来很多叫人兴奋的消息，谈了一些以后就没精神了，自己回来了一会看书，写了日记。心里对他们热得很，但又不愿多说无用的话，好好地工作吧！同志们自然会高兴的。

吴一铿给了我一封信，并代寄了颖子她们的照片，她说我到后要罚我看一个月的孩子。哈哈！

11月15日、16日

刘萼同志来，捎了颖子的信，张波也捎了信来，信里颖子的心情很烦，我不愿多写，我想颖子的心情慢慢会好的。

决定一边演出，一边总结工作。

抽这个空，组织大家去看评剧《白毛女》。感触很深。有些类似在晋西北看了"七月剧社"戏后给我的教育。本来打算为他们写一篇东西。等快完了，但没写下去。把它留在下面。

又继续读《虹》。

11月18日

总结工作，同舒群同志谈工作，暂留团内待以后说。

晚团务会讨论颖子，孩子事。大家意思把任颖调来团内，孩子问题总得解决。

---

① "××"在手抄本为"空军"。

决定我总结完工作时，回去一趟。

（续完）

11月21日

应有一个将来的工作的模型。在脑子里活动。

今天是我最快乐的一天，同志们对我的爱。连小鬼都是那样地愿意靠近我。

我取消了对我自己的任何不信任，虽然有时，幸福愉快会是深沉的。但是把人们的爱埋在内心吧！

很多爱我的同志，关心我的同志，在谈着我的进步，谈着我对党不讲价钱。谈到我许多。我衷心地笑了，我决不会骄傲的，我要更多谨慎自己、爱护自己、鞭策自己。要小心谨慎地一步一步踏实地往前走。同志们的爱传给了我是为了给我以勇气。叫我能冲破最艰苦的境地！

我要把同志们对我说的每一句话每一个字，埋到我心里，永远记住他们！我要经得住考验！

为了不辜负党爱我，人民爱我，同志爱我，我也要更加百倍地去爱所有的人们（除了敌人以外），不管他们是怎么样淡漠，我都该去爱他们，帮助他们！

真不愿离开自己工作的这个房间，在这里我把工作的各方面做了总结。我为自己和工作的收获兴奋愉悦。

11月24日

应该澈底地想想，自己还存在的缺点。我一定要改造，否则，我不会进步。

不要怕任何人赶过你，这没什么好处，对党对人民；任何人的进步都是好的，只要你自己肯学习人家的进步，你也就永不会落伍。不必总想做头一名，只要供[①]献出自己的一切就是好的，死亦不愧！该更埋头，意识地叫别人出头露面，意识地埋头自己，无名英雄是更可贵的！

---

① 此处"供"通作"贡"。

帮助别人解决问题，就要使他口服心服，暂时的强制解决不了问题，当然也不是说任何强制都不要，而是基本精神要爱护他、帮助他，使他认识问题。同时要他感到这个精神，才会愿意接受。否则，永远是隔一层的，帮助人应该是真正地解决他的实际困难，思想上的、工作上的、生活上的，只有真正给他解决了问题，他才真正感激你、信任你。

应该专心毅志地做群众工作，为所有的人谋福利。把自己投在群众运动的浪潮里，锻炼自己吧！

同志们爱我，同志们帮助我，同志们想我应该成为一个有用的，不使他们失望的人。

整理墙报稿子，有很大感触，新的力量生长得真快，在这上头今天倒不是怕他们赶过了自己，倒是觉得如何更帮助他们。

晚上团务会，整理讨论一天来的总结讨论。谈论到了关于沈阳阶段，演出《大特务》的问题。

以后应如何根据客观、各阶级阶层的反应，来检查我们行动的路线及研究方向问题。

谈到××思想问题，谈了很多，他也真是说出了一些自己内心的想法，不容易，暴露出了他思想上严重的缺点。

他说，他过去——

"一切生活上的，'深入'群众中去的，基本上一个问题是为了自己的成功，叫一切围绕着自己的最后成就。"

"把深入到群众去作为自己创作材料的汲取处，而不是作为改造自己，向他们学习。"

（按：大化同志在此所记是文工团里一个思想较落后同志，在他经年耐心教育下，对自己的不正确思想所做的反省。——编者）

如不把自己范围内小群众团结起，是无从去团结那广大的群众，亦无法谈到为他们服务……

这是我的一面镜子，让我把它擦干净后自己好好地照照，作为自己的反省。

11月25日

今天的大会给了我教育，就是如何能客观地分析一切事物，不加主观成份，当主席是件好事情，它教给我要冷静，要掌握问题。

我也学习着：如何在进行二件事情的总结，过去一定要在失败里、缺点中寻找经验教训。往往忽略了做得对的成绩，这样取得的经验往往是一面。而缺少建设性的东西。

今天会上解决很多问题。难得的是，在群众的面前，得到了初步的共同认识，这是以后能较顺利工作的基础。

会后，和同志们又谈：××想问题多、深，善于思考，但行动性少。我想得不多，想到一定程度就算了，但能坚持去干！××说我有一股火辣辣的生气，可就有一点锋芒！我这人想人家想得少，对自己却又是想到一定程度做了算了，得克服这个大毛病。

我还觉得团务会有些懒散，一方面觉得总结如何重要，但总结过程中它却总是一方面急，一方面就又滑过去了（滑字也不太恰当），以后在团里，应该纠正这个作风。

的确，如果明后天党内的会议能开得好的话，将是工作上一大扭转点，我一定努力于这样一个效果。

11月26日

昨天晚上看墙报稿子，有一篇东西给了我印象很深，给我提出了很多要想的问题。我想写出来。

塞克也来了信，是他第一封信才转到，他关心我们的一切。

11月29日

晚上讨论会。

草明同志来谈大连文艺活动的稿子事，说是舒群同志叫她来的。看吧！抽时间写。

11月30日

昨夜晚完成了一篇稿子，但还不想马上发出去。写完了，心里激动得很，长久不能睡去。

白天与沙蒙、李牧共同讨论总结报告，谈的问题较深。

舒群同志今天来讲了话，他的中心：

首先要掌握批评与自我批评，特别是自我批评要进行得具体，要热情。并提起大家应注意的问题：两个要求，两个警惕。

在今天会上，我个人的收获是：从近三四年来，一直不能与我很好谈问题，抱了深的成见，甚至在某些事件上"仇恨"我的××同志，今天他相信了我。在过去，不要说在态度上，甚至在语言上从未肯定过我的，今天他表示了以下的态度，从他的沉重的声音里说明了我的发言引起了他内心的共鸣。

下面是他的话：

"我和大家闹别扭很久，要帮助一个同志，不是用多少漂亮的语句，而在乎你自己如何向他剖白，大化发言，我很感动，他的话，对我有很多的教育，我看到大化，能对自己这样的认识，而我，今天还在预防着别人，观察着别人，我希望明天开会我向他学习，大家也向他学习。"

11月28日

晚饭给于蓝饯行，主要的是组训部三个人，加上沙蒙，每人喝了一杯酒，又算破例开了禁，纸烟已是十多天没有抽了。

晚上继续总结工作，总结完，很高兴，与沙蒙共同愉快地舒了一口气。

12月1日

听凯丰同志报告，我们团去西满工作问题及文艺方向问题。

晚上开晚会，演出了五个戏，都是同志们自己创作的，成绩很好。还出了一张长约三丈长的大墙报，内容还算丰富，这在文工团来说当是第一次。

心里很兴奋，又很苦，开完了会一个人到工作室里写东西，帮助写总结提纲。今天沙蒙没来得及报告，决定明天报告。

12月2日

沙蒙报告总结，我整理一些材料，供给同志们参考，整理完了材料，又想了一些问题。

最近常常萦绕着一些问题，恐怕，从自己接触革命以来这是最易想问题的一个时期。因为，我不能在懒散中与不自觉中幻灭自己。

晚上开全团一年来模范工作者选举大会，我被选上了特等模范工作者，心里很高兴。

支部分工，我做组织委员。我一定好好好的做这个工作。

开完选举会，已是三点钟，我又整理材料，天已明。这一夜的夜车不是白开的。清理完了所有材料，又帮助做完了支部总结。

12月3日

天亮了，不能睡了，一个人跑到澡塘里睡了一小觉，又吃不住那股热劲儿，很快地跑回来，准备开秧歌座谈会，又没开成。

一天在混混沌沌里，看上去身体是不济事了，前些日子连开几个整夜没什么，但昨天一开有点吃不消了。自己睡了一阵，到小楼上又准备开夜车，整理行政总结报告。

12月4日

到齐齐哈尔的大部份人走了，留下的是去佳木斯和兴山的人。

在家里整理团的行政报告。还顺利。晚上继续总结完报告及写出秧歌运动中几个问题。心里很愉快。在小楼上一段工作告一段落，这是难忘的一天。明天就要离开这里了，有些舍不得这个地方。

12月5日

由哈市搭车赴佳木斯，一路上非常愉快。像是一切都解放了，都变得年轻。长久紧张的工作里舒了一口气，我很高兴。

最后的一页

12月6日

白天在车上画了几张画,整理关于秧歌运动的稿子。下午到达了佳木斯,见到了一些老人。

(按:大化同志赴佳未久,即去齐齐哈尔归团。距此最后的一页日记仅十三天,即十二月十九日,在乘汽车率一小组去讷河下乡搜集材料途中,不幸坠车逝世,一代人民艺术家竟英年夭折,时年仅廿七岁——编者)

(《大化日记》全文完)

排演日记[*]

6月17日

确定了我担任《血泪仇》的导演,对我是一个相当重的工作,但承担下来了。我想做好,这还得靠大家。

《血泪仇》对我好像是个熟悉的工作,但又似乎是生疏的,这种痛苦只有我自己克服。

工作的分配:

1. 剧本还是由我与一烟合改,我改了一二场,她改了三四场。

2. 配曲由小黄、小杜、李凝、李百万他们弄。

3. 乐队由李百万负责。

4. 剧务是小杜。

与守维谈演出中诸问题:

1. 各项舞工人员的确定。

2. 决定某些演员的AB制。

3. 景由我与老何设计。

4. 确定了角色。表如下:

王仁厚	张平		韩排长	兰旅
王妻	欧阳		兵甲	浪平
王东才	守维		兵乙	荆杰
东才妻	A.黄准	B.李凝	指路老汉	沙丹
桂花	小杜		壮丁	甲

---

[*] 此据手稿过录。

栓儿　　　　　　　　　　　　　乙

保长　　　　造美　　　　　　　丙

保丁　　　　崔斌　　　　　　　丁

联保主任　　晓南　　　　乡长

联保丁　　　刘迅

孙副官　　　许野

6月18日

颜一烟写出了第六场，我写出了第五场。

配曲配了二场，三场也初步谈了意见。

傍晚召集了全体职演员大会谈了以下几个问题：

1. 谈了故事梗概。

2. 主题思想的分析。

3. 我们要突出表现的是哪些方面？

4. 话剧与秧歌剧

    a. 概念。

    b. 秧歌的表现手法。

    c. 秧歌剧的形式。

会上有人提出了问题：

1. 为什么要在大连闹秧歌戏？

2. 某些曲调有些刺耳。

唱了一下征求大家的意见：

1. 还能听得懂。

2. 对某些曲调认为还有意思。

3. 对故事大都受到大的感动。

6月19日

印出了第三场，剧本第一幕脱稿。

上午排第一场，还顺利，先是对词，在对词与演唱工作上花了点时间，似乎是比较仔细地追求表现的，我们谈到了如何形象地表现出王仁厚出场的情景，我们首先假定了一定的情况，把环境也提供了一下。

准备开始排了，张平踌躇起来，一直不能开始，我马上想到一个创作工作开始的困难，而同时有的演员又是想先进行个别的练习后再进排演室的。我就对他说，教他先一个人走，到了一定程度再一同排。

下午他告诉我，他去房里走了五十圈，随了五十圈的疲劳，他比较顺畅地表现出王仁厚的感情。但一经休息之后再来时那种东西又没有了。这里我想是说明了：首先，一个情绪和生理的体验问题。其次则是在一个演员最宝①的，即如何紧紧抓住自己所体验过的情绪的情境，在每次都能重新唤起那个记忆，把自己带到下意识的境界。

进行了其他几场的配曲工作。

百万去交涉关于乐队的问题。

6月20日

排第二场，还算顺利，在表面上初步打破了两个演员对秧歌的观念。两个人排得还有兴趣。这里产〔生〕了一个问题，即如何进行对从未从事过秧歌剧演出的排演工作。但同时也又得出一个经验，不管这人是否接触过这种形式，但他对音乐如有所爱好与一定水准的话，那他是比较容易接近的，这主要的我想是由于节奏感的原故。

秧歌剧的词儿写法还是那样：即如何加强它的动作性，及如何使它能在短短区区几句唱词中表现出明确的内容，正因为这个之故，我们在对词过程中经过了一些讨论。再一个问题是说与唱的问题，什么地方该唱什么地方不该唱，如何由说过渡到唱，又如何由唱过渡到说，在这次的改作过程中也有这样缺点，以致影响在排演的过程中删掉了很多唱词。

唱词典型性的问题，这个虽是老问题，但在这次仓促的改写过程中没有解决，

---

① 此处疑缺一"贵"字。

只有极少数的是代表了典型的,而绝大的部份只是代表了一般类型而已。这与写话剧在元①则上是一个道理。

这次根本就没多想到新剧本排演的形式问题,似乎因为已经摆了一个老形式在那里,而自己就没想到能在形式上有所发展或怎么的。

乐队的问题算是开了个头,虽然问题很多,但大家都有克服的决心。

6月21日

今天排三场,对四场词,大家情绪都很高,一般人对秧歌有一个新的认识。在排三场时,所有演员都哭了,这说明一个问题,是给与角色以最大同情,这叫我考虑一个感情的真实性的问题,我承认这些感情是真实可贵的,但是,这些感情绝大部份尚不是角色自己的感情,而是自己为这个角色的遭遇而引起的同情。

在对四场词时间中谈了下面几个问题:

1. 关于秧歌剧的□度的问题。
2. 夸张性,"块②"的表现。
3. 话剧与秧歌剧:素描与漫画。
4. 秧歌剧人物表现的典型突出问题。
5. 秧歌剧的结构与对主题的表现方法。

在排三场地位时——

1. 对两种力量的对立。
2. 如何表现一个集体的情绪(在地位上,人物的情绪处理上)。

晚上进行了一二三场联排,联排后征求了大家意见:

晓南:文化水平低一些的观众完全被感动,即使过去对秧歌有成见的人也会把成见去掉的。

老许:比一般话剧力量大,唱的力量更感人。老百姓的悲惨够了,但凶暴的

---

① "元"通作"原"。
② 此处原文为"块",或为"醜(丑)"之误。

力量要加强才行。

兰旅：我想在舞台上演出比话剧好。是不是词的吐字要更清楚一些。

6月22日

进行排演三场，四场及五场的前半。

剧本完成七场八场。

晚上进行一、二、三、四、五（前半）的连排，连排中发现以下诸问题急待解决：

1. 乐队问题：

    a. 急需解决练习时间问题，要确定。确定与个别演员合乐队及戏配乐队问题。

    b. 解决转调的问题。办法是多买胡琴，定好调以备使用。

2. 剧本问题：

    a. 国民党方面的一些话似乎太讽刺，易失掉其真实性，我们要达到中间人士同情我们，有成见的人说不出话来。

    b. 卖桂花的必然因素不够，否则其悲惨的程度一定不够。

3. 部位问题：处理王仁厚一家向田保长求情时场面，不应把田放在突出的位置而应放在次要，王仁厚一家应突出，这问题可以研究。其实我的意思倒是为了形成两种力量，田是如何高高在上地压他们。不过沙蒙的意见有道理，我这样处理容易形成喧宾夺主。

4. 演技上问题：有的演员要个人突出，要为了表现，把角色演得不伦不类，超出了现实当中的可能性，一味地夸张，故①然，秧歌剧当中是需要夸张，但不能夸张得离开实际上的可能。当然，我想秧歌在表现上也确是应与话剧有分别的。

（6月）23日

今天开团务会，谈了一下：

---

① "故"通作"固"。

1. 导演与演出的分工。

演出管舞台技术部门。

导演管乐队，配曲，创作。

2. 乐队与排演在一起进行。

3. 分场排演规定人负责。

4. 统一全团工作学习作息时间。

5. 剧本限于30号交卷。

6. 从吹鼓手里挑选乐队。

6月24日

排六场，对七场词。（守维负责）

乐队练习。

复习了二场。

八场印出。

6月25日、26日

1. 排七场，八场排完。

  一二三场连排（加乐队）。

2. 乐队已全部由自己人担任，一切尚顺序[①]。

排演中发现的问题：

1. 某些部位问题。

2. 语言的夸张。

3. 配器问题。

4. 确定戏的整个情绪起伏与配曲问题。

---

① 此处原稿如此，"顺序"可能为"顺利"之误。

附录

附录一 《兄妹开荒》发表和出版情况简表

1.《兄妹开荒》的报刊发表本

题名	类型表述	作者署名	发表报刊	发表刊期	备注
兄妹开荒	街头秧歌剧	王大化、李波、路由写词，安波配曲	解放日报	1943年4月25日（第4版误印为24日）、26日第4版	全本，包括唱词和曲谱
兄妹开荒（最后两段）	街头秧歌剧	无	新华日报	1943年7月5日第4版	片段"向劳动英雄们看齐"，包括唱词和曲谱
兄妹开荒	秧歌剧	王大化、李波、路由集体创作，安波配曲	普音艺术	1945年第3期副辑，1945年7月15日出版，第15—19页	全本，包括唱词和曲谱
兄妹开荒	秧歌剧	王大化、李波、路由集体创作，安波配曲	新音乐（华南版）	1946年第1卷第6期，1946年12月出版，第3—14页	全本，包括唱词和曲谱
兄妹开荒	无	路由词，安波曲	大众呼声	1948年第1期，第23—24页	片段"太阳太阳当头照送饭送饭走呀走一遭"，包括唱词和曲谱
兄妹开荒	秧歌剧	王大化、李波、路由作词，安波作曲	解放日报	1977年5月22日第3版	全本，仅剧本，无曲谱
兄妹开荒	秧歌剧	王大化、李波、路由	人民戏剧	1977年第5期，1977年5月25日出版，第68—71页	全本，仅剧本，无曲谱

2.《兄妹开荒》的单行本

书名	类型表述	作者（编者）署名	出版社	出版时间	备注
兄妹开荒（王大化等作）（洪荒等作）	街头秧歌剧	扉页署：王大化等集体创作；正文署：王大化、李波、路由集体编剧，路由写词，安波配曲	韬奋书店（总店：涉县素堡，分店：林南合间）	1945年4月	该版本的《兄妹开荒》正文前有剧情介绍和导演说明
兄妹开荒	秧歌剧	封面署：周而复，王大化著；扉页署：周而复，王大化等著；目录页署王大化、李波、路由作词，安波谱曲	雷鸣出版社	1947年3月	该版本收入《兄妹开荒》《一朵红花》（周文作）、《牛永贵受伤》（周而复作，苏一平词，书前有周而复所作的《秧歌剧发展的道路》（代序）
兄妹开荒	不详	不详	华中新华书店盐阜分店	1948年11月	该版本"收《兄妹开荒》及《一把锄头》[①]2个剧本。原书未署编著"
兄妹开荒	歌剧	封面署：王大化等集体创作；扉页署：王大化、李波、路由集体创作	中原新华书店（开封郑州洛阳）	1949年1月	
兄妹开荒（中国人民文艺丛书）	小型歌剧选	封面未署作者；版权页署：著者王大化等，编辑者中国人民文艺丛书社	出版者和发行者均署新华书店，无具体地址[②]	1949年5月	该版本收入《兄妹开荒》《动员起来》延安枣园文工团集体创作）、《夫妻识字》（马可）三部作品

---

① 北京图书馆编《民国时期总书目1911—1949 文学理论·世界文学·中国文学》（上），书目文献出版社1992年版，第532页。

② 北京图书馆编《民国时期总书目1911—1949 文学理论·世界文学·中国文学》（上）（书目文献出版社1992年版，第532页）中对这一版本有如下介绍："北平新华书店1949年5月初版，1949年5月天津翻印，1949年9月广州版54页32开（中国人民文艺丛书中国人民文艺丛书社编）。"

（续表）

书名	类型表述	作者（编者）署名	出版社	出版时间	备注
兄妹开荒	秧歌剧	周而复、王大化等著	华夏书店	1949年7月再版	该版本收入《兄妹开荒》《一朵红花》《周而复受伤》《周而复所作的《秧歌剧发展的道路》（代序）
兄妹开荒（中国人民文艺丛书）	小型歌剧选	封面未署作者；版权页署：剧作者王大化等，编辑者中国人民文艺丛书社	出版者署：新华书店（上海四川北路新乡路一号）；印刷者署：新华印刷厂（上海西康路四八九号）	1949年8月初版，1949年11月再版，后又多次再版，目前见有注明1950年第4版的	该版本收入《兄妹开荒》《动员起来》《延安杲园文工团集体创作》《夫妻识字》《马前卒）三部作品
兄妹开荒	秧歌剧		川北人民音乐出版社①	1951年	中国国家图书馆著录信息
兄妹开荒	不详	不详	北京宝文堂书店	1952年第6版	中国国家图书馆著录信息
兄妹开荒	封面左上角印有"新戏剧普及本"	封面署：集体创作；正文前署：王大化、路由词，李波、安波曲	北京宝文堂书店	1953年4月第8版（印数：22001—32000）	中国国家图书馆著录信息
兄妹开荒	歌剧	王大化等集体创作，路由词，安波配曲	北京宝文堂书店	1954年	中国国家图书馆著录信息
兄妹开荒	秧歌剧	王大化等编剧，路由作词，安波作曲	北京宝文堂书店	1957年	中国国家图书馆著录信息

① 编者所见书影为"川北人民出版社"。

(续表)

书名	类型表述	作者（编者）署名	出版社	出版时间	备注
兄妹开荒	秧歌剧	封面署：中央群众艺术馆、中国戏剧家协会编，王大化、李波、路由编剧，路由作词，安波作曲	中国戏剧出版社	1957年12月第1版	封面印有"群众演唱剧本"。仅剧本，无曲谱
兄妹开荒	秧歌剧	封面署：王大化、李波、路由编剧，安波作曲	人民音乐出版社	1978年1月	

3.《兄妹开荒》被收入秧歌选本的情况

选本名称	编辑者	署名情况	出版社	出版时间	所据版本	备注
新秧歌集①	鲁艺秧歌队		华北书店	1943年5月出版	不详，题为《王小二开荒》	作为附录收入
秧歌剧初集②	群众杂志社	署：周而复等著	重庆新华日报图书课	1945年8月初版	不详	新华文艺丛书，还收录了周文《一场秧歌红花》、周而复、苏一平《牛永贵受伤》

---

① 编著未见此书，相关信息据王荣《延安文艺史料学》，中国社会科学出版社2021年版，第31、58页。《解放日报》1943年8月10日第1版的广告"华北书店最新出版！"中有关于《新秧歌集》的简介，称"这里收集了《兄妹开荒》《春天里》等三十支新秧歌曲"。

② 编著未见此书，相关信息据北京图书馆书目编辑组编《中国现代作家著译书目》，书目文献出版社1982年版，第462页。

（续表）

选本名称	编辑者	署名情况	出版社	出版时间	所据版本	备注
秧歌剧选集（一）		目录中署：延安鲁艺秧歌队集体创作；正文中署：王大化，路由作，李波、安波曲	东北书店	1947年7月	未署	新文艺丛书之四，扉页署马健翎等著；目录前有张庚所作的序，马可所作的《关于秧歌音乐》，《兄妹开荒》前有张庚所写说明
秧歌剧选集	人民文学出版社编辑部	目录中署：王大化，李波，路由作，路由编曲；正文前署：王大化，李波、路由编词，安波配曲	人民文学出版社	1957年1月	未署	
秧歌剧选	张庚	目录和正文前均署：王大化，李波，路由作剧，路由编词，安波作曲	中国戏剧出版社	1962年9月	未署	
秧歌剧选	张庚	目录和正文前均署：王大化，李波，路由作剧，路由编词，安波作曲	人民文学出版社	1977年6月新1版	未署	
独幕剧选（第2册）	北京大学、北京师范大学、北京师范学院中文系中国现代文学教研室		上海教育出版社	1979年11月	"中国人民文艺丛书"《兄妹开荒》（小型歌剧选），新华书店1949年5月版	为"中国现代文学史参考资料"之一
延安文艺丛书第7卷秧歌剧卷	苏一平、陈明		湖南文艺出版社	1987年10月新第1版	剧本选自《人民戏剧》1977年第5期，曲谱选自单行本《兄妹开荒》人民音乐出版社1978年版	

附录二　王大化去世后的新闻报道、讣告和略历及追悼与怀念诗文篇目（1946—2009）*

1. 新闻报道

序号	篇名	作者	发表报刊	日期版面
01	人民艺术工作者王大化同志坠车逝世		西满日报	1946年12月31日第1版
02	东北文艺工作团第一团讣告	东北文艺工作团第一团	西满日报	1946年12月31日第1版
03	人民艺术工作者王大化同志坠车逝世		黑龙江日报	1947年1月5日第1版
04	人民艺术工作者王大化同志坠车遇难		东北日报	1947年1月6日第2版
05	人民戏剧界一大损失 王大化氏堕车逝世		解放日报	1947年1月6日第2版
06	著名人民戏剧杰出演员王大化氏逝世		大连日报	1947年1月7日第2版
07	王大化同志灵柩来齐 治丧委员会成立 追悼会本月十二日举行		西满日报	1947年1月8日第1版
08	人民的戏剧家王大化逝世		人民日报	1947年1月10日第3版
09	王大化同志灵柩来齐 治丧委员会成立 追悼会本月十二日举行		黑龙江日报	1947年1月12日第1版
10	百余战友引衬移灵 追悼王大化同志 仪典极尽哀荣		西满日报	1947年1月14日第1版
11	百余战友引衬 齐市各界代表追悼 王大化同志 仪典极尽哀荣		东北日报	1947年1月18日第2版
12	东北追悼王大化同志		解放日报	1947年1月19日第4版

---

* 本附录所列主要是王大化牺牲后《西满日报》等东北报刊所刊登的新闻报道和王大化的生平简历，以及他的亲人、朋友、战友、同事、学生等所写的追悼与怀念文章，也有少数诗作，侧重其史料价值，以文献性为主，兼顾文学性，发表时间跨度从1946年到2009年，在此之后报刊还发表过不少以王大化为主题的传记类文章，因不尽符合上述标准，故从略。

（续表）

序号	篇名	作者	发表报刊	日期版面
13	西满文艺界三百人集会 痛悼人民艺术家王大化氏		辽宁日报	1947年1月20日第1版 （第145期）
14	连市文化界集会追悼王大化氏	钧	大连日报	1947年1月21日第1版
15	本市文化教育界追悼王大化先生 卢局长号召要以大化同志作榜样 改造文化工作者脱离群众的缺点	平	新生时报	1947年1月21日第1版
16	痛失人民戏剧家！ 秧歌剧演员王大化逝世		新华日报	1947年2月1日第2版
17	佳市文化界痛悼王大化同志		东北日报	1947年2月4日第2版
18	北安文化界追悼王大化同志 当场通过成立中华文协北安分会		黑龙江日报	1947年2月4日第1版

2．王大化同志略历

序号	篇名	作者	发表报刊	日期及版面
01	王大化同志略历		西满日报	1946年12月31日第1版
02	王大化同志略历		黑龙江日报	1947年1月8日第2版
03	王大化同志略历		知识	第2卷第5期，1947年1月15日出刊，第26页
04	王大化同志略历		东北日报	1947年1月19日第4版 "追悼人民艺术家王大化同志特刊"
05	人民的艺术家王大化略历		黑龙江日报	1947年2月2日第2版 "追悼王大化同志特刊"
06	王大化同志略历		牡丹江日报	1947年1月30日第4版 "追悼人民艺术家王大化同志特刊"

3. 追悼与怀念诗文

序号	篇名	作者	发表报刊	日期及版面
01	悼人民戏剧家王大化	何人	大连日报	1947年1月7日第2版
02	悼大化同志	东北文艺工作团	西满日报	1947年1月12日第4版"人民艺术家王大化同志追悼特刊"
03	哭大化	颜一烟	西满日报	1947年1月12日第4版"人民艺术家王大化同志追悼特刊"
04	追念大化同志	李晓南	西满日报	1947年1月12日第4版"人民艺术家王大化同志追悼特刊"
05	哀悼大化同志	华君武	西满日报	1947年1月12日第4版"人民艺术家王大化同志追悼特刊"
06	无限前程终止了！——悼念大化同志	范元甄	西满日报	1947年1月12日第4版"人民艺术家王大化同志追悼特刊"
07	大化，你死得太早啊！	陈陇	大连日报	1947年1月18日第4版"青年文艺"第9期"悼王大化专页"
08	用行动来纪念王大化先生	陶冶	大连日报	1947年1月18日第4版"青年文艺"第9期"悼王大化专页"
09	追悼死者	卢正义	大连日报	1947年1月18日第4版"青年文艺"第9期"悼王大化专页"
10	你活在我们心里	相如	大连日报	1947年1月18日第4版"青年文艺"第9期"悼王大化专页"
11	悼	振亚	大连日报	1947年1月18日第4版"青年文艺"第9期"悼王大化专页"
12	把悲愤变为力量——追悼王大化先生	流金	大连日报	1947年1月18日第4版"青年文艺"第9期"悼王大化专页"
13	我真不会想到	海风	大连日报	1947年1月18日第4版"青年文艺"第9期"悼王大化专页"
14	冰雪中悼大化	刘东园（柳青）	新生时报	1947年1月18日第4版"纪念王大化先生专刊"
15	大化，我要告诉你	于乐	新生时报	1947年1月18日第4版"纪念王大化先生专刊"
16	巨人，大化！	有的	新生时报	1947年1月18日第4版"纪念王大化先生专刊"

（续表）

序号	篇名	作者	发表报刊	日期及版面
17	悼人民戏剧杰出演员王大化	白杨林	新生时报	1947年1月18日第4版"纪念王大化先生专刊"
18	悼王大化同志	张庚	东北日报	1947年1月19日第4版"追悼人民艺术家王大化同志特刊"
19	悼念大化同志	吕骥	东北日报	1947年1月19日第4版"追悼人民艺术家王大化同志特刊"
20	悼大化同志	东北文艺工作团	东北日报	1947年1月19日第4版"追悼人民艺术家王大化同志特刊"
21	哀悼大化同志	华君武	东北日报	1947年1月19日第4版"追悼人民艺术家王大化同志特刊"
22	悼念王大化同志	钟敬之	解放日报	1947年1月19日第4版
23	我所见到的王大化同志	李伯钊	解放日报	1947年1月19日第4版
24	我不能忘记	李波	解放日报	1947年1月19日第4版
25	他再不能和我一起在一个舞台上出现了	韩冰	解放日报	1947年1月19日第4版
26	你活在人民底心上——追悼王大化先生	张琳	新生时报	1947年1月19日第4版"新生副刊"
27	悼——人民艺术家王大化先生	山河	新生时报	1947年1月19日第4版"新生副刊"
28	本刊同仁谨以最大的哀痛悼念王大化、石涛、卢咸烁三同志	编委会	人民戏剧	第1卷第2期，1947年1月20日出刊
29	悼王大化同志	张庚	人民戏剧	第1卷第2期，1947年1月20日出刊
30	沉痛的悼念——追悼王大化、卢咸砾、石涛三同志	吴雪	人民戏剧	第1卷第2期，1947年1月20日出刊
31	永恒的纪念——悼大化	思群	大连日报	1947年1月27日第2版
32	追悼王大化同志	舒非（袁文殊）	牡丹江日报	1947年1月30日第4版"追悼人民艺术家王大化同志特刊"
33	悼王大化同志	刘流	牡丹江日报	1947年1月30日第4版"追悼人民艺术家王大化同志特刊"

（续表）

序号	篇名	作者	发表报刊	日期及版面
34	追悼王大化同志	赵逸武	牡丹江日报	1947年1月30日第4版 "追悼人民艺术家王大化同志特刊"
35	悼王大化同志	马纳	牡丹江日报	1947年1月31日第4版
36	你死得太早了——记王大化逝世消息传出来后的一个早上	扬明	大连青年	第3号，1947年2月1日出刊
37	悼念人民艺术家王大化同志	中华全国文艺协会东北总分会筹委会	东北文艺	第1卷第3期，1947年2月1日出刊
38	悼王大化同志（挽歌词）	舒群	东北文艺	第1卷第3期，1947年2月1日出刊
39	哀大化	方冰	大连日报	1947年2月2日第4版 "海燕"第22期
40	祭	雁南行	大连日报	1947年2月2日第4版 "海燕"第22期
41	纪念人民艺术家——王大化	鲁企风	黑龙江日报	1947年2月2日第2版 "追悼王大化同志特刊"
42	纪念大化同志	关鹤童	黑龙江日报	1947年2月2日第2版 "追悼王大化同志特刊"
43	悼王大化同志	李沅荻	黑龙江日报	1947年2月2日第2版 "追悼王大化同志特刊"
44	追念大化同志	又罘	黑龙江日报	1947年2月2日第2版 "追悼王大化同志特刊"
45	悼王大化	刘友瑾（刘厚生）	文汇报	1947年2月10日第7版
46	悼念大化！	殷野	新华日报（重庆）	1947年2月14日第4版
47	由木刻转到秧歌剧的艺人王大化	徐麟	大公报（香港）	1948年12月6日第8版
48	北方文艺工作者小记：《兄妹开荒》的剧作者王大化	周方	大公报（香港）	1949年2月19日第8版
49	回忆王大化同志	张庚	人民日报	1956年12月23日第8版

（续表）

序号	篇名	作者	发表报刊	日期及版面
50	你永远活在人民的心中——纪念王大化同志逝世十周年	李波	戏剧报	1957年第2期，1957年1月26日出刊
51	学习王大化同志	颜一烟	戏剧报	1957年第2期，1957年1月26日出刊
52	回忆王大化（革命回忆录）	任颖	北京文学	1962年第5期
53	王大化同志小传	陈叔哲（王大彤）	山东省志资料	1963年第1期
54	王大化同志在大连	颜一烟	海燕	1979年第4期
55	燃烧——悼念人民艺术家王大化同志	田琳	北方文学	1979年第12期
56	王大化在蓉二三事	任耕	成都日报	1980年5月22日第3版
57	忆王大化在重庆	张文元 王乐天	重庆日报	1980年5月23日第3版
58	春光不尽思绪无穷——为王大化同志逝世34周年而作	汪泽滨	齐齐哈尔日报	1980年7月30日第3版
59	陨落的星继续闪光——忆人民艺术家王大化同志	李波	龙沙	1981年第2期
60	忆王大化同志在成都	王德芬	文明	1981年第4期
61	陕北大秧歌的热潮——兼忆王大化同志	萧武	新闻电影	1982年第6期
62	忆《兄妹开荒》的编剧王大化	萧武	戏剧与电影	1982年第7期
63	人民艺术家——王大化	宋伯良	山东文学	1982年第9期
64	王大化在重庆	王乐天	新民晚报	1982年11月18日第5版
65	忆大化在大连	任颖	大连日报	1983年2月6日第3版
66	王大化的大衣	钟瑄（陈中宣）	随笔	1984年第6期

（续表）

序号	篇名	作者	发表报刊	日期及版面
67	片断的回忆	李波	新文化史料	1985 年第 2 期
68	王大化生平事业简介	任颖	文化艺术志资料汇编第 8 辑潍坊市《文化志》资料专辑	1985 年 9 月出版
69	回忆王大化同志（摘录）	李波	文化艺术志资料汇编第 8 辑潍坊市《文化志》资料专辑	1985 年 9 月出版
70	呼啸的性格 ——记王大化同志	骆文	人民日报	1986 年 10 月 28 日第 8 版
71	王大化在重庆	金珈（贾如真）	重庆剧讯	1987 年 3 月第 5 卷第 1 期
72	王大化在重庆复旦中学	曾卓	长江文艺	1988 年第 9 期（后收入《曾卓文集》第 2 卷，长江文艺出版社 1994 年 8 月出版）
73	给王大化塑像	李乃忱	戏剧电影报	1989 年第 49 期第 2 版
74	忆王大化同志	颜一烟	新文化史料	1990 年第 2 期
75	祭大化	王淑耘	闪光的青春（张林苏、黄铁主编）	武汉出版社 1995 年 8 月出版
76	缅怀人民艺术家王大化	王乐天	人民政协报	1993 年 2 月 18 日第 4 版
77	怀念人民艺术家王大化	王乐天	黑龙江日报	1993 年 2 月 24 日第 7 版
78	世纪陨星 ——写在"人民艺术家"王大化殉职五十周年之际	马新义	大众周末	1997 年 3 月 22 日
79	人民的艺术家王大化	任颖	新文化史料	1998 年第 2 期
80	王大化侧记	蓝露怡	新文学史料	1998 年第 3 期
81	"人民艺术家"王大化	丰中铁	巴蜀述闻	中华书局 2005 年 12 月出版
82	回忆王大化师	王景山	新文学史料	2006 年第 2 期

（续表）

序号	篇名	作者	发表报刊	日期及版面
83	少年挚友记忆中的人民艺术家王大化	刘晓玲	山东文学（下半月）	2009年第5期
84	王大化的葬礼	韩三洲	老照片（第68辑）	山东画报出版社2009年12月出版

附录三　王大化在延安和东北时期演出、创作与导演的剧目[*]

1. 王大化在延安时期演出、创作与导演的剧目

序号	剧目名称	编剧与导演	演出时间	扮演角色
01	母亲	不详	1940 年	不详
02	维也纳工人暴动	不详	1940 年 5 月	不详
03	马门教授	德国剧作家沃尔夫原著，陈波儿导演	1940 年 11 月 10 日，马列学院为十月革命节演出	马门教授
04	海滨渔妇	苏联短剧，张水华导演	1941 年 7 月 18 日，鲁艺为援苏反法西斯宣传演出	叔叔
05	七七大活报	不详	1941 年 7 月	不详
06	工人之家	不详	1941 年 7 月	不详
07	我们的指挥部	独幕剧，陈荒煤编剧，王滨导演	1942 年 7 月 7 日，鲁艺戏剧部为纪念"七七"抗战五周年而创作并演出的反映华北军民反扫荡斗争的短剧	政委
08	神手	苏联短剧，张水华导演	1942 年 11 月 15 日，鲁艺实验剧团演出	二流子
09	拥军花鼓	王大化导演	1943 年 1 月	男演员
10	兄妹开荒	王大化与李波、路由等集体创作、导演	1943 年 2 月	兄长
11	赵富贵自新	王大化与贺敬之、王岚、水华等集体创作	1943 年 9 月	赵富贵

---

[*] 本表以王大化次子王盟盟先生提供的《王大化资料目录》之五《王大化艺术生涯》为基础编制，据《新秧歌集（二集）》、钟敬之编的《延安十年戏剧图集（1937—947）》、艾克恩编纂的《延安文艺运动纪盛（1937年1月—1948年3月）》等略有增订。表中所列剧目，很多不止演出过一次，表中所列时间，一般为首演时间。表中剧目按照演出和创作时间的先后排序，月份不详的放在该年的最后。编者深知掌握的文献特别是第一手文献有限，表中众多剧目的各项信息，肯定会有疏漏及不确之处，恳请读者谅解并欢迎批评指正。

（续表）

序号	剧目名称	编剧与导演	演出时间	扮演角色
12	张丕谟锄奸	王大化与张水华、王岚、贺敬之等集体创作	1943年11月	张丕谟
13	血泪仇	马健翎原著，王大化、贺敬之、张水华等共同改编，与张水华共同导演[①]	1943年12月	王东才
14	赶骡马大会（推小车）	王大化与关鹤童、王岚、贺敬之共同编剧	该作品被收入1944年1月出版的《新秧歌集（二集）》，演出可能在此之前	
15	去运盐（赶毛驴）	王大化与马可、王岚、刘炽、田方、贺敬之等集体创作	同上	
16	夫妻逃难	王大化与张水华、王岚、贺敬之等集体创作	同上	
17	周子山（又名惯匪周子山）	与张水华、贺敬之、马可等集体创作，张水华导演	1944年5月，鲁艺工作团演出	马红志
18	白凤英翻身	王大化导演	1944年6月	二流子
19	粮食[②]（又名沁园围困）	四幕六场话剧，陈荒煤、姚时晓、张水华编剧，舒强导演	1944年9月，鲁艺戏剧部演出	县长
20	前线	三幕五场话剧，苏联柯涅楚克原著，王滨、沙蒙导演	1944年11月15日，中央党校、鲁艺联合演出	奥格涅夫
21	二流子变英雄	与丁毅共同创作	1944年，鲁艺	
22	移民英雄	参与集体创作	1944年	
23	四季生产年[③]	导演之一	1944年12月	
24	李七哥搬家（秧歌小场子）	个人创作	油印稿署1945年1月20日出版，演出可能在此之前[④]	

---

① 任葆琦主编：《戏剧改革发展史》（上），中央文献出版社2016年版，第489页。
② 另有洛汀、海默编剧，凌子风导演，1945年5月间，由西北战地服务团为"七大"演出的独幕剧《粮食》。
③ 此处剧名"四季生产年"疑为"四季生产舞"之误。
④ 张庚《悼王大化同志》中提及王大化在1945年新年期间创作该剧。

（续表）

序号	剧目名称	编剧与导演	演出时间	扮演角色
25	白毛女	参与集体创作，与舒强、张水华任首次演出的导演	1945年4月	

2. 王大化赴东北后演出、创作与导演的剧目

序号	剧目名称	编剧与导演	演出时间	扮演角色
01	东北人民大翻身（活报）	东北文艺工作团集体创作，王大化与颜一烟共同执笔并任导演	1945年11月7日[①]，纪念苏联十月革命节	群众
02	抓特务（秧歌剧）	王大化编剧并任导演	1945年11月	特务
03	合流		1946年2月	参谋长
04	日出	沙蒙导演	1946年4月14日[②]	胡四
05	我们的乡村	东北文艺工作团集体创作，王大化、李牧、颜一烟等共同执笔，李牧导演	1946年5月	
06	祖国的土地	王大化与颜一烟共同编剧并任导演	1946年5月	马占彪
07	把眼光放远一点	王大化导演	1946年5月	老大
08	血泪仇（新型秧歌剧）	马健翎原著，王大化与颜一烟共同改编并任导演	1946年7月15日，为纪念"七七"抗战九周年[③]	群众[④]

[①] 颜一烟：《忆"东北文艺工作团"》，《社会科学战线》1984年第3期，第205页。
[②] 此处演出详细日期据葛玉广、李尧、丁希文《大连艺术界大事记（1945—1949）》，载大连市艺术研究室编《大连文艺史料》（第1辑），1984年12月，第126页。
[③] 葛玉广、李尧、丁希文：《大连艺术界大事记（1945—1949）》，载大连市艺术研究室编《大连文艺史料》（第1辑），1984年12月，第128页。
[④] 颜一烟在《王大化同志在大连》（《海燕》1979年第4期，第58页）中提及王大化在《血泪仇》中演王东才。

后 记

虽然本书的缘起只是编者几年前一个极为简单的想法——让更多的人了解这位革命先烈的光荣事迹和优秀成果——但它最终能以现在的样子呈现于读者面前,却是凝聚了很多人的辛劳和心血。

编者以"'人民艺术家'王大化生平与创作研究"为题申请中国艺术研究院基本科研业务费项目资助,有幸得以立项,几年后又顺利结项,在此要感谢各位不知名专家所给予的肯定和鼓励,以及院科研处的领导和同事在全部环节所给予的支持和帮助!

感谢王大化的次子,原中央电视台党委常委,中央新闻纪录电影制片厂党委副书记、副厂长王盟盟先生的帮助!他本是高级记者,多年从事新闻纪录电影的拍摄工作,为人和蔼而低调,不仅为编者提供了包括王大化资料目录和王大化演出剧照在内的大量资料,还从业内专家的角度为本书的编辑提供了很好的建议,感谢他对于编者的充分信任和大力支持!

感谢王大化的战友刘炽之子刘欣欣先生费心查找并慷慨提供王大化与贺敬之作词、刘炽作曲的《胜利向前进》的手稿!

感谢中国艺术研究院马克思主义文艺理论研究所原所长、中国艺术研究院原副院长祝东力老师的指点和鞭策,他一直关心着该书的进度,但直至他退休,走下领导岗位、回归学人角色,本书仍未出版,无论如何,心中总是满含愧疚。

感谢中国艺术研究院艺术与文献馆的张亚昕副馆长、典藏阅览服务部的毛景娴和李慧两位老师，她们在查阅文献上给予了热情帮助。

感谢曾任齐齐哈尔市民政局常务副局长、老龄委主任以及退休后身为市党史研究员的王国作，时任西满革命烈士陵园管理处主任的吕士强、齐齐哈尔市政协文史学宣委主任的覃华、齐齐哈尔市副市长的郝明哲等诸位领导在2019年编者随同王盟盟先生赴西满革命烈士陵园拜祭之时，所给予的热情接待和大力支持！

感谢中国艺术研究院马克思主义文艺理论研究所鲁太光所长、崔柯副所长及全体同事的支持和帮助！

坦率地说，几年前在开始王大化的研究之时，编者也只知道他是和《兄妹开荒》有关的一个人，随着了解渐多，对这位烈士和人民艺术家的敬佩之情日益增长，同时发现他与我们院有着不浅的渊源。我们的老院长贺敬之、张庚都曾是他的同事和朋友，一起共事，共同创作。张庚在王大化去世后和逝世十周年之际，都写过悼念和回忆文章；贺敬之在王大化逝世四十周年纪念大会上发表过讲话，他们对王大化的人格特质、艺术成就及其所具有的典范意义都做过客观和深入的评价。说来颇具戏剧性的是，收录有王大化众多秧歌剧的一本作品集，编者遍寻不着，最终在我们院找到了，在令人惊喜之余，不由得感慨也许这正是冥冥之中的某种缘分吧。编者作为后辈学人，在机缘巧合之下，承担起为王大化编辑创作集的任务，是深感荣幸的，这是向以王大化为代表的无数革命先烈和前辈文艺工作者的一次庄严致敬，也是我们学习延安精神、提升自我的一次重要契机。

编者自知学识尚浅、能力有限，虽尽力搜求，仍难免遗珠之憾，虽于编校颇为用心，但问题和不足肯定也在所难免，在此，要感谢文化艺术出版社的编辑刘颖老师，她的认真与严谨、耐心与细致在最大程度上保证了本书的品质，所有可能存在的差错与缺陷，其责任理应由编者承担。编者深知，如果没有以上提及以及未能提及的众多师友的鼓励与帮助，本书很可能只是一个构想或是电脑里一个待完成的稿件，因此，要向他们表示诚挚的谢意！与此同时，也祈请读者的批评与指正。

编　者
2022年12月30日